桂堂文库

排序按作者姓氏笔画：

经典重释与中外
文学关系新垦拓

葛桂录　著

人民出版社

责任编辑:詹素娟

封面设计:周涛勇

图书在版编目(CIP)数据

经典重释与中外文学关系新垦拓/葛桂录 著. -北京:人民出版社,2014.10

ISBN 978 - 7 - 01 - 013872 - 5

Ⅰ.①经… Ⅱ.①葛… Ⅲ.①比较文学-文学研究-中国、国外

Ⅳ.①I0-03

中国版本图书馆 CIP 数据核字(2014)第 198630 号

经典重释与中外文学关系新垦拓

JINGDIAN CHONGSHI YU ZHONGWAI WENXUE GUANXI XINKENTUO

葛桂录 著

人民出版社 出版发行

(100706 北京市东城区隆福寺街 99 号)

北京中科印刷有限公司印刷 新华书店经销

2014 年 10 月第 1 版 2014 年 10 月北京第 1 次印刷

开本:710 毫米×1000 毫米 1/16 印张:23.25

字数:365 千字

ISBN 978 - 7 - 01 - 013872 - 5 定价:58.00 元

邮购地址 100706 北京市东城区隆福寺街 99 号

人民东方图书销售中心 电话 (010)65250042 65289539

序

福建师范大学是一所百年学府,肇始于 1907 年由清末帝师陈宝琛先生创立的福建优级师范学堂,开示福建高等教育的先河和师范教育的优良传统,又承传 1908 年筹设的福建华南女子文理学院和 1915 年兴办的福建协和大学两所教会大学的学科积淀,历经百年建设,发展成为东南名校。

我校中文系与校史一样源远流长,主要由福建优级师范学堂国文科、协和大学与华南女院等中文系科发展而来,于 2000 年改设文学院,现包括中国语言文学、秘书学和文化产业管理三系。文学院的学术源流,既呈现了陈宝琛、陈易园、严叔夏、董作宾、黄寿祺诸先贤奠定的传统国学,又涵衍着叶圣陶、郭绍虞、章靳以、胡山源、俞元桂等名家开拓的现代新学,堪称新旧交融,底蕴深厚。其中,长期为学科建设殚精竭虑而贡献卓著者,当推前后执掌中文系务三十年的经学宗师黄寿祺(号六庵)教授和现代文学史家俞元桂(号桂堂)教授。

随着改革开放的新时代进程,我校中国语言文学学科建设稳步发展,屡有创获。由六庵先生和桂堂先生分别领衔的中国古代文学和中国现当代文学学科,于 1979 年开始招收研究生,1981 年经国务院学位委员会批准为全国首批硕士点;1995 年中国语言文学学科由国家教委确认为国家文科基础学科人才培养和科学研究基地;1998 年一举获得中国古代文学和中国现当代文学两个博士点,2000 年又获汉语言文字学博士点,2001 年设立中国语言文学博士后科研流动站,2003 年获取中国语言文学一级学科博士授予权,2007 年中国现当代文学被评为国家重点学科。此外,还有戏剧与影视学一级学科博士授予权和博士后科研流动站,国家级特色专业、人才培养模式创新实验区、教学团队各 1 个和精品课程 4 门,综合实力居全国同类院系的先进行列。

先师桂堂先生,1942 年毕业于协和大学,系国学名师陈易园、严叔夏先生之高足;1943 年考入中山大学研究院中国语言文学部,又师从文献学家李笠教授和文艺学家钟敬文教授;1946 年获文学硕士后,受严复哲嗣叔夏先生举荐回母校执教,直至退休。1956 年起任中文系副主任,协助六庵先生操持系务,1979 年接任系主任,至 1984 年卸任。先生从教五十年,早期讲授中国古代文学和文学批评史,1951 年起奉命转治现代文学,晚年创立现代散文研究方向,著有《中国现代散文史》、《桂堂述学》及散文集《晚晴漫步》、《晓月摇情》等,与六庵先生同为我校中文学科德高望重的鸿儒硕老。文学院此次策划出版两套学术文库,分别以两位先师的别号命名,不止为缅怀先师功德,更有传承光大学术门风的深长意味。

《桂堂文库》首批辑录 11 种,均来自我校现代文学学科群三代学者,包括文艺学、比较文学和语文教育学等学科。老一辈名师中,孙绍振教授以《文学的坚守与理论的突围》汇集他在中外文论、文艺美学和文本解读方面的精品力作,姚春树教授则以《中国现代杂文散文杂论》显示精鉴博识的特色。中年专家有 6 种,闽江学者特聘教授南帆的《表述与意义生产》畅论当代文论和文学研究的前沿关键问题,辜也平的《多维牵掣下的苦心雕镂》在巴金研究和传记文学探索上有所创获,席扬在《中国当代文学的“历史叙述”和“典型现象”》中阐发学科史和思潮史的新见,潘新和专门论述《“表现—存在论”语文学视界》,赖瑞云则细心探讨文学教育的《文本解读与多元有界》的理论与实践,拙作《现代散文学初探》只是附骥而已。新一代学人有郑家建的《透亮的纸窗》、葛桂录的《经典重释与中外文学关系新垦拓》和朱立立的《阅读华文离散叙事》,在各自领域显示学术锐气。原作俱在,可集中检阅我们学科建设的部分成果和治学风气,我作为当事人不宜在此饶舌,还是由读者独立阅读和评议吧。

汪文顶

二〇一四年夏于福建师范大学仓山校区

目　录
C O N T E N T S

文学关系研究：
学科建构与方法反思

中外文学关系的史料学研究及其学科价值 [①]

跨文化交流语境里的中外文学关系研究，一直是中国比较文学学科的重要支撑领域，也是取得最好实绩的研究领域之一。我国比较文学界的前辈学者以及近二十多年学界时贤在这一领域的杰出成就，昭示着比较文学学科在中国的坚实根基。为使这一领域有可持续拓展的潜力与动力，我们觉得应该加强两方面的研究与探讨：一是文学关系原理与方法的研究与推广；二是文学关系的史料学研究。这是中外文学与文化关系研究两条灵动（理论）而坚实（史料）的腿，依靠它们能够在比较文学与文学交流领域走出一方宽阔的天地。本章仅就中外文学关系史料学研究做一点初步思考。

一、中外文学关系史研究的史料基础

中外文学关系史或交流史研究，首先属于史的范畴，而史料是一切历史研究的基础。坚实的史料基础决定了这一研究领域的成果意义与学术价值。

[①] 原载《跨文化对话》第二十九辑，三联书店 2012 年版。另收入吴光主编《比较文学研究》（《中华文化研究集刊》第八辑），上海古籍出版社 2009 年版。

识者,资以为史,亦可用耳。"① 由此,鲁迅强调"史识"与"史料"的统一,史料需要史识的照亮,但史料的发掘与整理却是研究"入手"的基础。钱理群谈到自己著书体会时也曾这样说:"每写一部重要著作,一定从史料的独立准备入手。而且据我的体会,随着学术眼光、思路的变化,必然有一批新的史料进入研究视野;而随着史料发掘的深入,新的学术思想与方法也得到了深化,这是一个相互促进的良性的互动过程。我自觉追求的研究的新意与创造活力,正是有赖于这样的新的学术眼光,以及被激活的新的史料。"②

一般而言,在文史研究领域内,比较讲究文献资料的提供。由此推论,衡量一部文学关系研究论著的学术意义,其中的一个重要标准就是,看你给本领域本学科提供了多少新资料、新文献,进而引发多少新问题,展现多少"新的学术眼光"? 陈寅恪在《陈垣〈敦煌劫余录〉序》中曾指出:"一代之学术,必有其新材料与新问题。取用此材料,以研求问题,则为此时代学术之新潮流。治学之士,得预于此潮流者,谓之预流(借用佛教初果之名)。其未得预者,谓之未入流。此古今学术史之通义,非彼闭门造车之徒,所能同喻者也。"③ 20 世纪初以来,我们各种新学科群的建立,往往得益于极其重要的新史料的发现及新问题的提出。但新史料与传统史料也不能完全无关,正如傅斯年所说:"新史料之发见与应用,实是史学进步的最要条件;然而但持新材料,而与遗传者接不上气,亦每每是枉然。"④

当然,新材料的发现带有一定偶然性。研究者们更难将自己的研究工作全部寄于新材料的发现上。这样看来,有些新资料并非刚刚挖出来的,而是在新的思路下,有些资料,它会从边缘的、不受重视的角落,变成重要的、中心的资料。于是有些最常见、最一般、最现成的资料,当你用新的观念去阅读时,它便成了新资料,能够给别人提供新的东西。即如上文钱理群所谓"新的学术眼光"被激活的"新的史料"。因此,读常见书,挖掘常见材料里的

---

① 鲁迅:《致台静农》(1932 年 8 月 15 日),《鲁迅全集》第十二卷,人民文学出版社 2005 年版,第 322 页。

② 钱理群:《重视史料的"独立准备"》,《中国现代文学研究丛刊》2004 年第 3 期。

③ 陈寅恪:《金明馆丛稿二编》,上海古籍出版社 1980 年版,第 236 页。

④ 傅斯年著、雷颐点校:《史学方法导论——傅斯年史学文辑》,中国人民大学出版社 2004 年版,第 33 页。

潜在史料价值,不失为一种研究方略。[①] 其实,史料之有无价值和价值大小,主要看人们的需要和远见卓识。同样一件史料,放在不同的研究者手中,得出的结论和获得的研究成果也不完全相同。

在中外文学关系史研究中,设若文献材料有误,势必会影响整个研究基础与历史描述。严谨的治学者均将文献资料的搜罗、编年,当做第一等的大事。许多研究思路和设想就出之于那些看似零零星星的材料中。因此,提倡史料的搜集与考辨先行,是必要的,也是可行的。

史料搜集及援引的真实性,乃学术研究的首要基础。这方面,史学界有所谓的"不确实之病":英国史学家弗劳德(J. A. Froude , 1818—1894)曾游览过属于澳大利亚的一个小城镇爱戴雷特(Adelaide)。据他的记载:"吾所见者,平原当前,一河界之,此 15 万居民之城市,其中无一人之心中曾蓄有片刻之纷扰,但有宁静无欲,每日三餐而已。"但实际上,此小城建于山岭间的高地,无任何河流界之,人口不超过七万五千,而且弗劳德去那里游览的当儿,小城正困于饥馑。弗劳德是英国首位根据未刊与已刊的原始文献从事历史研究的人,在对爱戴雷特小城的描述上差错显然,难怪被斥为天性多误,即所谓"不确实之病"。此病乃因急遽求速与轻忽失慎所至。史学家杜维运引用了这一记载后则指出:"历史的壮观,实建筑于坚实的细密考证工程上。数以千万计的历史考证学家,耗珍贵岁月于此考证专业,其有功于历史,实非远逊于撰写贯通性历史大著的少数史学家。"[②]

因而,文学关系史研究也离不开文献考据功夫。从现存文献材料出发,尽可能清晰地勾画文学交流的基本史实,应是中外文学关系史撰著的最基本要求。比如,经过文献史料的考辨,关注诸多处于"第一"、"首次"、"最早"地位的文学关系史实,因为它们在文学关系史上,往往会构成一个个转折点或新的坐标。笔者在撰著《中英文学关系编年史》的过程中深有体会。一些新史料的挖掘可以改变现有文学交流史、译介史的论断。

---

① 鲁迅在比较自己与郑振铎的读书治学时说:"郑君治学,盖用胡适之法,往往恃孤本秘笈,为惊人之具,此实足以炫耀人目,其为学子所珍赏,宜也。我法稍不同,凡所泛览,皆通行之本,易得之书,故遂孑然于学林之外。"鲁迅:《致台静农》(1932 年 8 月 15 日),《鲁迅全集》第十二卷,人民文学出版社 2005 年版,第 321—322 页。

② 杜维运:《史学方法论》,北京大学出版社 2006 年版,第 136 页。

　　史料搜集,当然不易。除了需要持之以恒,投入大量精力外,尚需有识别史料价值的能力。我们通常所见的史书报刊上的文学交流史料,有时并非完全能从正面识别出来,从它们的反面或侧面,往往可能会暗示出一种重要的交流史信息。

　　这种识别史料价值的方法,前辈学者已为我们提供了很好的经验。翦伯赞在《略论搜集史料的方法》一文中,讲得非常明白:"还有一种史料,个别看来,没有什么意义;要综合起来,才能显出更大的价值。又有一种史料,综合起来,没有什么意义;要分析起来,才有更大的价值。再有一种史料,片面看来,没有什么价值;要比较看来,才能显出更大的意义。……帮助我们搜集这一类史料的是统计学。"[①] 所以翦老说:"我们要运用各种方法,把史料从原书中钩索出来,从正面看不出来的,从反面看,侧面看;从个别看不出来的,从综合看;从笼统看不出来的,从分析看;从片面看不出来的,从类比看。这样,我们便能网罗所有的史料了。"[②]

　　关于史料与方法的关系,翦伯赞同一篇文章中强调,研究历史,固然要有正确的科学方法,但"方法的本身,并不就是历史,也不会自动地变成历史"。"不钻进史料中去,不能研究历史;从史料中跑不出来,也不算懂得历史。"[③] 所谓既要"入乎其内",又能"出乎其外"。强调史料对历史研究的重要性,并不是说方法不重要;反之,没有正确的方法,不但不能进行历史之科学的研究;即从事于史料之搜集与整理,亦不可能。史料与方法之相辅相成的关系,正如刘知几云:"夫有学(史料)而无才(方法),亦犹有良田百顷,黄金满籯,而使愚者营生,终不能致于货殖者矣。如有才而无学,亦犹思兼匠石,巧若公输,而家无楩楠斧斤,终不果成其宫室者矣。"(《旧唐书·刘子玄传》)

　　如何搜集整理大量的史料,目录学知识的重要性自不待言。我们研究某一个问题,如果文献史料的占有不比别人多,理解问题又不如别人高强,则必然限制了研究成果的学术价值。对问题的研究假如没有独立而详备的资料

---

① 翦伯赞:《史料与史学》,北京出版社 2005 年版,第 108 页。
② 同上书,第 111 页。
③ 同上书,第 85 页。

准备,就会受制于别人的研究成果,加之自己的论证不足,难免产生一些主观片面的认识,最终无法解决实质问题。

所以,要想构建中外文学关系史或交流史的框架脉络,尽可能大量阅读初始文献史料(包括中古、近代、现代的史料),感知文学交流场的脉动,这是无论如何绕不过去的一个步骤。

比如,就外国文学在中国的接受而言,举凡外国作品在中国翻译的初版本、译本序跋、出版广告、据作品改编的电影海报,近现代报刊刊载的重要评论文章,作家的旅行日记、信函、交游录、自传等均在搜集汇总之列。而要想试图探讨明清时期的英国形象问题,其范围即可包括明清年间中国对英国的认识从模糊到清晰的过程。采纳多学科交叉研究的方法,充分采辑文书档案、私人笔记、日记、通信、学者著作、文学作品、翻译作品、游记、报刊杂志、民间传说、图像实物等相关资料。再进一步通过研究英国在中国的形象这个具体个案,尝试对国际理论界有关异国情调,形象学以及后现代主义中东方主义和西方主义等理论观点,进行验证与补充,亦即"新的史料"与"新的学术眼光"的互动关联。

2004 年 10 月召开的"史料的新发现与文学史的再审视——中国现代文学文献问题学术研讨会"上,中国社会科学院文学研究所所长杨义阐述了文献还原与学理原创之间的互动关系,并具体总结了自己整理和研究文献的经验,他总结为八事:①版本的鉴定与对鉴定的思考;②作家表述与历史材料互证;③文本真伪与风格鉴赏;④文本搜集阅读与文本外的调查;⑤印刷文本、作者手稿、图书馆藏书与作家自留书版本之间的互补互勘;⑥文学材料和史学材料的互证;⑦现在材料和古代材料的借用、引申和旁出问题;⑧图和文的互动问题。①

上海外国语大学教授卫茂平关于德语文学汉译史的考辨研究,对我们启发亦大。他的做法是"充分利用现有的资料索引、书目汇编,以及前贤研究成果,理清汉译德语文学的家底,尽可能地接触第一手资料,爬罗剔抉,存真定伪,整理出晚清至民国时期较完整的汉译德语文学书目,并根据年代和作

---

① 参见刘涛:《中国现代文学文献问题学术研讨会综述》,《中国现代文学研究丛刊》2005 年第 2 期。

家进行梳理考订。"同时,他还特别关注散见在各种杂志报刊上的单篇译作,以及各种译本的序跋,杂志报刊上的书评广告,乃至关于德语文学汉译的文坛笔战,地域文化对汉译德语文学的左右,中国政治历史之变故对德语文学在中国际遇的影响等问题,均在采辑探讨之列。同时试图通过对以上各点的绍述,检点当时译者及评家对德语文学所表现出的审美趣味、文学眼光的见识,掌握德语文学在中国接受史的基本实况。①

当然,更为困难的是,如何在本土作家作品里发掘与验证中外文学与文化交流撞击的史实与成果。因为文学交流(特别是20世纪中外文学交流)过程中的影响接受与互动认知,是一个十分复杂的话题。比如但丁与中国的关系,当我们搜集到了但丁作品在中国的诸多译本、改编本、评论后,中国作家在什么层面上、如何来接受这样一个意大利作家呢?为什么鲁迅称他为"总不能爱"的一个作家?老舍则说"使我受益最大的是但丁的《神曲》";对巴金来说,"但丁的诗给了我很大的勇气";在盛成眼里,"但丁是我们第二至圣先师";在现代中国诗人笔下,但丁形象又是如何?均值得我们详加考述。

史料虽成"历史",一旦将之置于历史场景中,就会成为一个个鲜活的生命存在。对此,钱理群说得好:"人们通常把史料看作是'死'东西,把史料的发掘与整理看作是一个多少有些枯燥乏味的技术性工作,这是一个天大的误解。史料本身是一个个活的生命存在在历史上留下的印迹,因此,所谓'辑佚',就是对遗失的生命(文字的生命及文字的创造者人的生命)的一种寻找与激活,使其和今人相遇与对话;而文献学所要处理的版本、目录、校勘等整理工作的对象,实际上是历史上的人的一种书写活动与生命存在方式,以及一个时代的文化(文学)生产与流通的体制与运作方式。"②

二、中外文学关系史料学研究的基本内容

任何学术研究的结构,如同建筑工程,可分为基础实施和上层结构两个

---

① 卫茂平:《德语文学汉译史考辨:晚清和民国时期》,上海外语教育出版社2004年版,第8页。
② 钱理群:《重视史料的"独立准备"》,《中国现代文学研究丛刊》2004年第3期。

方面。基础实施是各类专题研究赖以进行的基本条件,具有相对的、长期稳定的特点。对这一研究领域而言,文学与文化关系基本史料的搜集、鉴辨、审查、理解和运用,就是中外文学关系研究的基础工程。我国比较文学学者的优秀学术研究成果大多数是建立在资料实证基础之上的。因此,文学关系史料学研究,是其他专题性研究所无法替代的。

从史料学的建树来说,哲学、历史学、中国古典文学、中国现代文学等学科走在了前头。比较文学学科应该大力借鉴这些学科领域的优秀成果与成功经验,将史料学与学术史结合起来,企求为中国比较文学学术史增添新的内容,树立一种新的标格。

文学关系史料编排与阐释,其目标是尽可能接近或还原中外文学交流历程之面貌,揭示文学交流的历史规律及对现实的启发意义。所以,以原始资料为基础,则成了资料搜集过程中应该注意的首要问题。原始性是决定史料真实性的重要因素,而史料的真实性又是决定它的史学文献价值的首要因素。所谓史料是否真实,是想确证这份材料是不是原件? 这份材料从史料学上说是不是原始资料? 比如说,某人写的回忆录,单就这份材料而言,当然是原件;但是回忆录是一种事后的回忆资料,详略正常,偏误难免,从展现历史真实性的角度看,则很难称其为原始资料。有时,不经意的记载,或者更进一步说无意的记载,其史料的真实性更值得重视。

这就是说,史料的真实性(是否原件)与它的内容的真实性(历史事件)之间,关系很大。其中具有决定性意义的因素在于它们是否为原始资料或曰原典性材料,而成为我们叙述那些历史活动的最可靠的凭据。原始资料为什么值得特别重视,就是因为它在史料的原始性,以及反映的主体事实方面有绝对可靠性。

探讨文献史料的真实性,离不开史料具有绝对性与相对性并存的特点。对学术研究来讲,史料的相对性意义更加无法忽视。在此,我们参考借用李良玉教授的分类研究,提示以下几方面的情况 ①:

第一,史料及其所涉及的历史事实的关系,决定了其真实性的程度与效

① 参见李良玉:《文献的史料学定义与利用问题》,《南通师范学院学报》2004 年第 1 期。

用。不同史料的产生,它和记载的事实的本来关系不一样。在描述文学交流的过程中,援引相关史料时,就要把握好历史事实与作家回忆事实之关系,这一点非常重要。

第二,史料所展示的历史内容的主体事实与派生事实之间,在真实性方面有差异。主体事实就是与史料内容相对应的历史活动的事实,就是史料内容与它所表达的历史活动的基本目标完全一致的事实。派生事实就是史料所表达的与历史活动的主体内容有牵连的次要事实。一般说来,原始资料的主体事实都是真实的。

第三,史料的学术价值具有可比性。反映同一问题的许多史料中,价值有大有小。有的原始资料没有提供什么有价值的内容;有的第二手资料,也许倒很说明问题。另一来源的某份史料可能记载着这个问题的重要情况;与这个问题有关系的某份不起眼的资料中,可能记载着与另一个问题有关的重要内容。

傅斯年在论及史料中的本事与旁涉的关系时亦说:"看来像是本事最要,旁涉则相干处少,然而有时候事实恰恰与此相反。因为本事经意,旁涉不经意,于是旁涉有时露马脚,而使我们觉得实在另是一回事,本事所记者反不相干矣"。"史学家应该最忌孤证,因为某个孤证若是来源有问题,岂不是全套议论都入了东洋大海吗?"[①] 因而,傅斯年在《史学方法导论》之"史料论略"部分,强调说:"假如有人问我们整理史料的方法,我们要回答说:第一是比较不同的史料,第二是比较不同的史料,第三还是比较不同的史料。……史学便是史料学;史料学便是比较方法之应用。"[②]

在文学关系研究中,比较不同的史料,在此过程中试图回归文学交流进程的原生态场景。有时,典型性的史料能够包蕴着丰富的文学交流信息,即如黑格尔所说的:一即多。这"一"典型的史料,隐含着普遍性、本质性的东西。另一方面,黑格尔还说:多即一。许许多多的文学关系史料,能够展示某一时期的文学交流的主导特征与内在本质。

---

① 　傅斯年著、雷颐点校:《史学方法导论——傅斯年史学文辑》,中国人民大学出版社 2004 年版,第 39 页。
②　同上书,第 2 页。

第四，课题体现史料价值。任何史料，它的重要性都是对于研究课题而言。你不研究某个问题，所有关于这个问题的史料你可能不会去关心。它们再有价值，对你也没有意义。

有治学经验的学者都体会到，学问与其说是知识的储蓄，倒不如说是善于在书海中找到需要的知识的能力。我们也注意到，许多初涉本领域的研究者，面对大量的史籍报刊，不知道怎样才能找到自己所需的材料，不了解各种史料的性质和类别，也不怎么会检索大型工具书，于是发出"论文题目好定，文献史料难找"的感慨。有的花费大量精力，终于找到一大堆与课题有关的史料，由于内容形形色色，甚至相互抵牾，不知如何鉴别与取舍。还有的对史料领会不深、消化不透，不熟悉一般的引用方法。只有较好地掌握史料学知识的人，才能在浩如烟海的史籍中比较容易地找到自己所需要的史料，才能出色的驾驭史料，取得事半功倍的效果。

一般认为，史料学有两类：一类研究搜集、鉴别和运用史料的一般规律和方法，可称为史料学通论；另一类研究某一历史时期或某一史学领域史料的来源、价值和利用，可称为具体的史料学。就学科建设而言，两者均属必要。

简而言之，文学关系史料学研究主要包括：①弄清史料文献的源流类型与内容价值；②掌握鉴辨整理的方法以确定史料真伪及价值大小；③提供检索利用的信息途径。同时关注文学交流史料的历史语境与评判标准，将史料学研究与学术史探讨及理论批评范式相结合，力求创造性地理解运用，发掘文学史料的潜在价值，揭示跨文化传播中的文学交流史料特点及其对现实的启迪意义。

具体而言，我们可以参考相关学科的史料学著述，确定文学关系史料学研究的基本任务：

一是确定文学关系史料的来源，弄清楚历史文献的材料依据和作者写作的具体情况。

比如，在中外文学与文化交流史领域，以译本为中介吸取异域文化的现象比较普遍。外国作家涉及中国文化题材的写作，大都经由某一译本为依据。如王尔德之于中国老庄思想，离不开翟理斯的《庄子》译本；卡内蒂之于儒家思想，离不开卫礼贤翻译《论语》、《孟子》等中国典籍。对此，北京外国语大学海外汉学中心主任张西平在《汉学（中国学）研究导论》一文这样说："中文典籍的外传,构成了域外汉学家研究中国文化的基础。……西方大多数汉学家研究中国的文本使用的是各种西方语言的译本。而在不同的历史时期,中国与外部世界联结的通道是不同的,域外汉学家们所得到的翻译的文本是不同的,这些不同的文本决定了他们对中国文化的理解。例如,在西方汉学的历史上对《四书》的翻译就有罗明坚的译本、柏应理的译本、卫方济的译本、理雅各的译本、卫礼贤的译本、陈荣捷的译本。这些译本由于时代不同,译者的文化背景不同,所表达的《四书》的含义有着很大的不同。"而且,"直到今天我们仍不能真正说清楚伏尔泰、莱布尼茨的中国观,因为他们所理解的中国儒家的基础是柏应理的《中国哲学家孔子》一书,而到今天为止能真正读懂这本拉丁文著作的中国学者屈指可数。同样,读过龙华民的《中国宗教的若干问题》的学者很少,但研究莱布尼茨和'礼仪之争'的论文和论著却每天在增加。而如果读不好龙华民的这本书,是很难真正理解'礼仪之争'和莱布尼茨的儒学观的。……同样,到今天为止我们还没有认真研究过晚清时裨治文等人所办的《中国丛报》中所介绍的中国的基本情况,而正是这份报纸塑造了19世纪西方人的中国观,它为19世纪的西方汉学家提供了基本的文献。"[①]

二是确定文学关系史料的可靠性,分析史料引用致误原因。史书有曲笔,有误记,不能尽信,必须加以鉴别,做到去伪存真,这需要在了解史料来源的基础上,从作者的写作目的、态度、资料依据诸方面,确定某一著作的真实性程度。而史料引用致误的几种主要原因是:①史料本身无误,由于没有正确理解原意造成错误。②史料本身无误,由于引用者推断不确而造成失误。③史料内容比较含蓄,由于引用者缺乏深入辨析而造成失误。④没有直接引用原书,造成以讹传讹。⑤因为版本不善造成史料的错误或脱漏。⑥史料本身就有错误。这数种情况,在中外文学关系研究的已有成果中,均不鲜见。

三是明确文学关系史料的价值。根据历史文献的内容及其真伪性,可以

---

① 张西平:《汉学（中国学）研究导论》,载朱政惠主编《海外中国学评论》第一辑,上海古籍出版社2006年版,第98—99页。

大体上断定该文献对于中外文学关系史研究的意义。同时区分文献史料的写作意图,关注当时的用途与后人作为史料来运用的异同。

四是对文学关系史料进行分析批评。只有分析作者的思路意图及其作品的观念内涵,才能更好地弄清楚史料的来源、可靠性和价值。对史料分析批评,是所有学科史料学的灵魂,是其根本任务。

五是说明文学关系史料的利用方法。讲清史料的利用方法是史料的重要任务,史料的利用方法包括:史料的搜集和收藏;史料的整理和出版;史料目录学和工具书;史料被利用的情况,如某项史料被中外文学关系史研究利用了,如何利用的,效果如何,某项开始引人注意,而某项尚无人问津。史料利用方法的研究,既是方法论的问题,也是向研究者提供史料的信息,以便利研究者更快更好地利用史料。

总之,尝试进行文学关系史料学的研究,可以参照相关学科的史料学著述,确立跨文化语境中的中外文学关系史料学研究的基本框架。一方面总体论述,比如可以梳理跨文化传播中的文学关系史料特点,归纳中外文学关系史料研究整理的成就,明确文学关系史料学研究的原则与意义,论证文学关系研究的文献史料价值,总结中外文学关系史研究的史料类型,探讨中外文学关系史料学的阐释策略。另一方面,分别查考各类文献中的文学交流史料,比如中外史书、中外交通史及古书抄本里的文学关系史料,总集、别集、丛书中的文学关系史料,域外汉籍、佛典道藏、海外汉学著述中的文学关系史料,传记、年谱、日记中的文学关系史料,报纸、刊物中的文学关系史料,工具书、索引、资料汇编中的文学关系史料,等等。另外,尚可对中外文学关系史研究的史料整理与检索,做些必要的基础性工作。

三、中外文学关系史料学研究之学科价值

如上所述,文献史料的搜集、鉴辨、理解与运用,是一切历史研究的基础性工作,也是中外文学关系研究首当其冲的学术工程。力求广泛而全面地占有史料,尽可能将史料放在它形成和演变的整个历史进程中动态地考察,分辨其主次源流,辨明其价值与真伪。将文学关系史料的甄别贯穿于关系史写

作的全过程之中,进而构建中外文学关系史料学的研究框架,这对本学科领域的学术进展,功莫大矣。

应该说,试图展现中外文学交流的原生态面貌,是本领域研究者的一个学术理想。因而,中外文学交流史料的"田野调查工作"实属必要,它对揭示文学交流原生态面貌是不可或缺的。本学科研究的深入拓展,离不开史料包括地域文献史料的重新发现和利用。

钱理群曾考察师陀的长篇小说《荒野》的生成问题:在编入《师陀全集》前,《荒野》始终存在于《万象》杂志中,只有了解了《荒野》是怎样,为什么以何种形态存在于《万象》杂志中之后,才会对这部作品有更为具体深入的理解。钱理群对《荒野》在《万象》杂志的特殊存在方式做了描述与研究,考察了处于《万象》杂志版面空间中的《荒野》与其前后左右文本及背景材料所发生的对话关系。这种对文本与杂志版面空间之间对话关系的研究,可以使我们进入更具体的历史原生态,全面把握文本的出现与时代政治、经济、文化间的关系,具体了解文本产生背后的故事。①

中外文学交流史研究也是如此。只有通过翻阅各种各样的包括书刊典籍图片在内的原始材料,才能对文学交流场有所感悟。这种感觉决定了从史料文献的搜集中,生发出关于文学交流观念的可能性及具体程度。正如有研究者所提示的那样:文学史研究从史料升华为史识的中间环节是"史感"。"史感"是在文学史史料的触摸中产生的生命感,这种感觉应该以历史感为基础,同时含有现实感甚至还会有未来感,史料正是因为在研究者的这多重感觉中获得了生命。史感与史料是一种互动关系,史料是史感的基础,史感赋予史料一生命。通过两者的有机互动,史料才能真正浸入研究者的主体世界,化为研究者精神主体的有机成分。② 这种"史感"的获得,是一个长期浸入史料之中,既艰辛又愉悦的过程。

同样,没有充足的史料文献依据,就无法从事具体的个案研究。而没有充足的个案研究,就无法推进中外文学关系史学科的学术进展。因而,文学

---

① 参见刘涛:《中国现代文学文献问题学术研讨会综述》,《中国现代文学研究丛刊》2005 年第 2 期。

② 同上。

关系史料的搜集及史料学研究对该学科领域的研究拓展与深化,具有战略意义。以严谨著称的卫茂平对此深有体会,他在《德语文学汉译史考辨:晚清和民国时期》一书的导言中说过:"我们的有些翻译文学史研究,同人文科学的不少课题一样,往往绕过原本不该绕过的个案,一路奔向终极目标,希求一网打尽。结果是,具体脉络尚不清楚,总体研究已告完成。内中空虚,自不待言。"①对一些具体课题研究的忽视,重要原因就是不愿做扎实、细致、艰辛的史料文献搜集工作。②

　　在涉及中国现代文学文献问题的一次学术研讨会上,河南大学教授刘增杰强调,文献是一切历史研究的根据,对相关文献占有、把握、理解的程度,往往直接决定着一篇论文或一部著作的学术质量,新的文献发掘与整理会改变现有文学史叙述,而文献的匮乏和讹误,是"五四"以来现代文学研究存在

---

①　卫茂平:《德语文学汉译史考辨:晚清和民国时期》,上海外语教育出版社2004年版,第1页。

②　与此相关的是,对现有材料的细读消化,更是切入论题,引发正确结论的重要步骤。比如,关于英国作家笛福对中国事物的评价,曾有学者这样指出:18世纪20年代末,英国作家笛福在他的《鲁滨孙漂流记》续篇中,假主人公到中国和西伯利亚冒险之经历,表达了他唯敬慕的两样中国事物:长城和瓷器。周珏良在《数百年来的中英文化交流》一文中也早说过:"对中国事物他(指笛福)加以肯定的,只有长城和瓷器。……他(指约翰逊博士)和笛福一样,认为中国最出色的就是长城和瓷器。"这里,约翰逊博士的看法反映的是欧洲主流见解,虽然他也对中国的不少方面持批评态度。不过,如果去读读笛福的小说,就会觉得这种说法是站不住脚的。因为笛福对中国的长城和瓷器,正如对中国文明的诸方面一样,同样是不敢恭维的,谈不上抱有什么敬慕之心。事实上,笛福在《鲁滨孙漂流记》续篇及《感想录》,还有《凝想录》、《魔鬼的政治史》等著作里,对全部中国文明的贬斥和鄙夷是一贯的,展示着他的思想和性情,当然自有其原因所在(如他的宗教信仰、爱国热情、商业兴趣、报章文体等)。林纾当年翻译到这些攻击中国文化的地方时说:"余译至此,愤极,欲碎裂其书,掷去笔砚矣。"(林译《鲁滨孙漂流记》,卷下,页五五,小字夹注)前辈学者如范存忠、钱锺书,特别是陈受颐对此有很好的分析。在小说中我们可以看到,笛福虽然承认中国长城"是一项十分伟大的工程",但"这道城墙只能抵御鞑靼人,除此之外就一无用处"。进而又说:"这能挡住我们配备了足够炮兵的军队吗? 或者说,我们配备了两连坑道兵的工兵? 他们能不能在十天以内弄垮这城墙,让我们的大部队开进去? 或者彻底把它炸飞了,弄得连痕迹也不留?"也就是说,在这上面可以看出中国人的愚蠢。因为在他看来,那座城墙攀山越岭,又有什么用处? 高山峻岭本来就攀不上、通不过的,而万一攀了上去,那也不是什么城墙所能抵御的。这就是笛福眼中的中国长城,难怪被他看做是一种"大而无当的建筑"。至于说到中国瓷器,在笛福小说里指的是一幢中国的瓷屋子,就是说在屋子周围涂上层灰泥,再上过釉,经火辣辣的阳光暴晒以后,看上去光亮洁白美观。对此,笛福说"这是中国的一件奇事,所以不妨承认他们在这方面胜人一筹",可是紧接着话音一转:"但我完全肯定他们的说法是言过其实的;因为他们对我说过一些他们制作陶器的情况,那是令人难以置信的,我也懒得再说了,反正一听就知道那不可能是真的。"而对相关的其他一些说法也"一笑置之",因为那是吹牛。总之,在笛福眼里,中国的一切没有一样让他满意,即便是对一直让欧洲人钦佩不已的长城和瓷器也是如此。

的重要问题之一。清华大学教授解志熙把文献问题与研究者的问题意识、研究视野联系起来,认为只有通过文献发掘和整理,研究者才能超越原有的理论框架,获得更开阔的视野和新的看法;同时,也只有把我们的研究建立在文献的基础上,我们的研究成果才会变得更为扎实和可靠。①

这些论说也同样适用于中外文学关系研究。应该说,问题意识是学术研究的出发点,也是阐释史料的基本策略。在文学关系史料基础上提炼中外文学交流的思想话题,激活史料的历史意义及潜在价值,是课题深入开展的必由之路。因而,文学关系史料学研究的目标是中外文学交流史叙事的重要基石,而关注文学交流史研究的问题点,是提升文学关系史料学价值的重要依据。

钱理群论及中国现代文学文献问题时说过:"实际上,我们今天把'中国现代文学的文献问题'作为一个学科发展的重大问题提出来,不仅是着眼于学科的基础建设,也不仅是对学术商业化所带来的学风的危机的一种抵抗与坚守,强调学术研究的科学性,重新提倡重视史料的'独立准备'的鲁迅学术传统,同时也是包含了一种新的研究思路,即把现代文学的文本还原到历史中,还原到书写、发表、传播、结集、出版、典藏、整理的不断变动的过程中,去把握文学产生与流通的历史性及其时代政治、思想、文化的复杂关系。"②

同样,跨文化语境中的文学关系史料学研究,作为中外文学关系史研究的基础学术工程,有助于我们清晰地还原文学交互影响的历史进程,也是建构科学的方法论与良好学术风气的重要保证。

---

① 参见刘涛:《中国现代文学文献问题学术研讨会综述》,《中国现代文学研究丛刊》2005 年第 2 期。

② 钱理群:《重视史料的"独立准备"》,《中国现代文学研究丛刊》2004 年第 3 期。

中外文学关系编年史研究的学术价值及现实意义①

一、为何要关注编年史的著述方式？

我在《中外文学关系研究的七个历史维度》②一文中,曾特别强调文学关系研究的史学特征,即用严谨的史学方法搜集整理材料,用学术史、思想史的眼光来解释这些材料,用历史哲学的方法来凸显这些材料的观念内涵。其中,我把编年史的史述方式看做是文学关系史著述的高级形态,其编写策略是在立足于文献史料基础,而力求达到史料学、学术史、思想史的三合一。

那么,中外文学关系为何要优先借鉴史学研究方法？

文学关系研究,在比较文学学科内部,属于影响研究范畴,因而不少著述在讨论相关交流现象时,多采用传播—影响研究方法。放送者、媒介者、接受者是必然关注的几个重要节点。也有些学者借鉴传播学方法,讨论文学交流问题。

美国著名政治学家、传播学家拉斯韦尔（Harold D. Lasswell, 1902–

---

① 原载《山东社会科学》2012 年第 1 期。
② 这七个历史维度：一是文献史料基础；二是史料的历史语境揭示；三是中西传统史学及西方新史学批评方法的借用；四是思想史的高度；五是学术史的评判；六是编年史的史述方式；七是历史哲学的启示。

1978）提出一个传播模式,这就是所谓的"拉斯韦尔公式":谁（who）——说什么（what）——通过什么管道（what channel）——对谁说（whom）——取得什么效果（what effect）。从传播要素上看,涉及传播者——讯息——媒介——接受者——效果等五要素。从分析研究对象看,涉及控制研究——内容分析——媒介分析——受众分析——效果分析等。此公式显示了早期传播模式的典型特征,或多或少想当然认为传播者具有某种打算影响接受者的意图,因此把传播主要看做一种劝服性过程。这一模式假定传播活动是单向的和有意图的,任何讯息总是有效果的,但这无疑助长了过高估计传播（特别是大众传播）效果的倾向。

在文学关系研究领域中,采用这种传播模式大致上能够勾勒文学交流的信息传输轨迹,但问题是处于历史语境中的文学交互关系远比这复杂得多。因而,这种传播学方法可以作为我们考虑具体问题的初始路径,进一步思考时要吸纳史学批评方法,以处理众多特殊而复杂的文学关系问题点,目的是使我们的研究对象充满生机,并提高这一研究过程的有效性。尤其是当前学术研究有些浮躁,基础不稳,急功近利,为创新而趋新的情势下,方法论更是不容忽视的现实话题。这也是中外文学关系研究发展到一定阶段,并且需要进一步向前推进的时候,不能不提出的问题。

中外文学关系研究,是文学史而不是文学批评课题。文学史研究更注重史学品格。史学品格最起码要求概念明晰,论证严密,单纯依赖灵感与才气显然不够。中外文学关系研究作为一个史学命题,要讨论特定时空下由历史、地理、民族、社会、经济等诸多因素促成的人文风貌（交流情境）,需要许多实证材料,不能想当然。文学关系史研究者,如果缺乏史学训练,而加之喜欢做各种新理论的引用与分析,容易失之于虚。

文学关系编年史乃文学交流史的有机组成部分,顾名思义就是文学关系的编年历史,它要展示不同时代立体交叉而又流动的文学交流图景。文学关系编年史,类似法国年鉴学派主张的"长时段"研究。长时段研究不同于注重危机、突变和偶然事件的短时段研究（专题探讨）,强调结构、群体无意识和缓慢的演进。研究一个时代的心态、经济结构或文学思潮,需要全史在胸,并有相对严整的可供操作和验证的理论设计。只有通过认真搜集与审慎处理各种文献史料,才能对现有理论框架质疑或修正,以期更符合关系史的实际状况,对目前文学关系研究的共同思路有所推进。学术前辈所确定的仪轨,奠定了各学科的研究基调。但这会使整个研究难以超越当事人的历史回忆,忘记了当事人的证言必须验证,容易偏听偏信。用某种理论解释文学关系史的复杂现象,本就有很大的局限;用这种理论眼光编撰文学关系史,那弊端就更大。

因而,文学关系史研究,必须大处着眼,突出其整合功能。借助于"编年史"框架,学术史与文学关系史、思想史才能够关联并相得益彰。

同时,注重历史学研究及著述方式,也有助于学科的可持续发展。因为,比较文学学科在严格意义上,很难说有什么自己独特的研究方法与理念,唯一需要的要有自觉吸收与包容消化其他学科领域研究观念与方法的能力。因此,比较文学学科要成长,必须充分关注其他学科领域的历史与现状。如文史(诗史)互证的方法,中国传统人文学科(古典文学)已比较成熟(体现在学术评价标准——专业标准上,为专业从业人员所自觉遵守,并通过研究生培养加以传承)。而比较文学学科正需要这样的观念启蒙。再如史料学、资料库的建构问题,哲学、历史、文学(中国古典、现代文学),已做得比较充分,比较文学学科刚刚起步或开始关注。当然,在资料的汲取方面,比较文学从业人员好比游牧民族。低端的,是当"虫子",四处慢慢采集;中端的是当"蝴蝶",飞来飞去多面采集花粉,在一定领域内,也能酿造自己的花蜜。但高端的应该创建自己领域的资料库(史料学),这与其说是一个基础工程,不如说是改变自身(学术)形象的必由之路。由游牧民族变成城市居民,有自己专业领域的生产、消费群体,学科才能有立锥之地。如果没有类似的学科建设的切实举措,所谓学派建构、与国际接轨等,不过是一个理想,同样也难以得到国内文学研究界同道的首肯。

文学研究的思路或路径一般有两种重要方式(以萝卜研究打一个比方):①历史(萝卜生长的植物学、土壤学分析);②哲学(萝卜的类型:形状、糖分、营养学分析)。理想的是两者兼顾,实现文史哲的三合一。但是,对一个学者的成长来说,应该是历史路径优先(史料的搜集、考辨,目录学与学术史知识的积累)。因为,先从历史角度进入,会养成一种客观、科学的视角，再转到哲学（文艺理论）层面，会带有批判式的眼光，去看一种理论的来龙去脉，对理论也不会太盲从。假如先从哲学（理论）层面切入，就形成了一种看问题的思维定势（只看到西瓜，丢了大量的芝麻，而这些芝麻的存在，恰恰是学术原动力的发端），不能再回到历史的考辨场面。于是随着思维的飞升、膨胀，痴人说梦（从业者所谓的"智性的操练"）。然而，当某段时期的学术生态受制于功利主义的诱惑时，研究主体对历史的关注就会大打折扣，姑且不论后现代主义思潮对历史的质疑与颠覆。拓展学术空间，靠资料与观念，而前者必须领先，否则会偏离历史，成为历史的负担。只有从史料走入历史现场，感知交流的心动与疑虑。

二、编年史类的著述，
是学术研究的基础建设工程

在一般人文学者眼里，没有人怀疑史料的重要性，但史料工作的学术地位不高，认为史料工作简单而费力、有用而不讨好，只不过是服务于具体的专题研究工作。这样，在片面强调理论创新、多快好省制造成果的学术生态中，史料建设之类的基础工程得不到应有的重视。学者刘福春在思考新诗史料工作为何很难吸引更多的人并形成一支专业队伍时，总结过三点原因：①史料工作细碎，需要积累，时间长，很难见成效；②成果出版困难，工作见效慢；③出版的史料成果学术地位不高或没有学术地位。但是，正如刘福春所提示的那样，"史料工作"自古就是"研究工作"的一部分，从汉代的朴学，到清代的乾嘉学派，目录、版本、训诂、考据、校注、辨伪、辑佚、考订等都是重要学问。史料工作应该有其独立的学科地位，有其研究范围、治学方法和独立的学术价值。有了一支专业队伍，以"发掘"与"求真"为特征的史料工作才有可能进入"研究"层次。没有翔实的史料占有，研究工作很难游刃有余。①

---

① 刘福春：《艰难的建设》（史料卷导言），载谢冕等《百年中国新诗史略》（《中国新诗总系》导言集），北京大学出版社 2010 年版，第 398—399 页。

编年史类的著述,是学术研究的基础建设工程,也是我国人文学科前辈学者治学的优良传统。它既是学科发展到一定阶段的产物,也是学科进一步可持续拓展的重要基础。因为它能使大量原本纷繁复杂的中外文学与文化交流史料,经过系统的整理编排,呈现清晰可辨的脉络,为研究者深入探讨某一时段的文学与文化交流问题搭建一方宽阔的时空平台。

任何学术研究的结构,如同建筑工程,可分为基础实施和上层结构两个方面。基础设施是各类专题研究赖以进行的基本条件,具有相对的、长期稳定的特点。对这一研究领域而言,文学与文化关系基本史料的搜集、鉴辨、审查、理解和运用,就是中外文学关系研究的基础工程。我国比较文学学者的优秀学术研究成果均是建立在资料实证基础之上的。因此,文学关系史料的编年研究,是其他专题性研究所无法替代的。

文献史料的发现与整理,不仅是重要的基础研究工作,而且也意味着学术创新的孕育与发动,其学术价值不容低估。独立的文献准备是独到的学术创见的基础,充分掌握并严肃运用文献,是每一个文学关系研究者必须具备的基本素养。

顾炎武有所谓"取铜于山"之说。西哲笛卡尔亦说:"拼凑而成、出于众手的作品,往往没有一手制成的那么完美。我们可以看到,由一位建筑师一手建成的房屋,总是要比七手八脚利用原来作为别用的旧墙设法修补而成的房屋来得整齐漂亮。"[1] "单靠加工别人的作品是很难做出十分完美的东西的。"[2] 钱锺书也说过:"对经典第一手的认识比博览博士论文来得实惠",要有 "第一手认识"[3],就是要直接面对作品原著与原始材料,发现真正属于自己的东西。

原始性是决定史料真实性的重要因素,而史料的真实性又是决定它的史学文献价值的首要因素。弄清史料的真实性(是否原件)与它的内容的真实性(历史事件)之间的重大关系。其中具有决定性意义的因素在于它们

---

① 〔法〕笛卡尔:《谈谈方法》,王太庆译,商务印书馆 2005 年版,第 11 页。

② 同上书,第 12 页。

③ 1981 年 10 月 24 日信,见牟晓朋、范旭仑编《记钱锺书先生》,大连出版社 1995 年版,第105 页。

是否为原始资料或曰原典性材料,而成为我们叙述那些历史活动的最可靠的凭据。原始资料之所以值得重视,就在于它在史料的原始性以及反映的主体事实方面有较高的可靠性。而编年史著述的史学意义最高的标准就是保持历史的真实,这些都需要原始资料的支撑。

我在《中外文学关系的史料学研究及其学科价值》①一文中,提及史料搜集的必要性及路径,其中特别提到有些新资料并非刚刚挖出来的,而是在新的思路、新的问题视域下,这些资料就会从边缘的、不受重视的角落,变成重要的、中心的资料。读常见书,挖掘常见材料里的潜在史料价值,不失为一种研究方略。其实,史料之有无价值和价值大小,主要看人们的需要和远见卓识。同样一件史料,放在不同的研究者手中,得出的结论和获得的研究成果也不完全相同。这说明史料文献的独立准备不仅要有一种"废寝辍食,锐意穷搜"(鲁迅《〈中国小说旧闻钞〉再版序言》)的精神与意志,还要有文学关系史的史识眼光。

因而,要想构建文学关系史的框架脉络,尽可能大量阅读初始文献史料(包括中古、近代、现代的史料),这是无论如何绕不过去的一个步骤。就外国文学在中国的接受而言,举凡外国作品在中国翻译的初版本、译本序跋、出版广告、据作品改编的电影海报,近现代报刊刊载的重要评论文章,作家的旅行日记、信函、交游录、自传等均在搜集汇总之列。

正因为编年史是一个基础性的重大学术工程,文献的广泛调查和准确使用是做好编纂工作的首要前提。也就是说,在进行了文献资料的独立准备后,随之而来的工作就是对这些材料所处的历史语境进行综合考察,目的是展开史料辨析,发掘史料的具体内涵。因此,历史语境里的史料辨析在编年史编撰中是很重要的一环。只有了解历史语境,才能在丰富多样而性质复杂的历史文本中,准确地分辨出真正属于文学关系史的那些资料,把它们遴选出来,经过加工写入交流史著述之中,以全面、深刻地反映文学关系史曲折起伏的演变过程,而不至于因为某种批评观念的过分介入,而在材料的发掘选择上留有遗憾。

---

① 原载《跨文化对话》第二十九辑,三联书店 2012 年版。另收入吴光主编《比较文学研究》(《中华文化研究集刊》第八辑),上海古籍出版社 2009 年版。

德国史学大师兰克（Leopold von Ranke，1795—1886）开创了一种语言文字的批评方法，从语言文字方面着手，追寻史料形成的来源，批评史料可信的程度，这是极富科学精神的史学方法，从而迎来19世纪西方史学黄金时代的到来。科学的治史方法成为一时风尚，史学家自信能搜集到所有的史料，自信能解决历史上所有的问题，这种乐观心态背后体现的是一种求真欲望。兰克也特别关注文献的辨伪问题。他通过细心研究前人的历史著作，认为乐于引用权威的作品其实都是不可信的，真正负责任的研究必须利用原始档案和文献。兰克在其成名作《拉丁和条顿民族史》的序言中写作了他最著名的一句话："历史指定给本书的任务是：评判过去，教导现在，以利于未来。"在利用文献的过程中，兰克发展出一整套史料批判的方法，即采用"外证"与"内证"相结合的方法。"外证"法即通过史料表现的形式，如语法、体例等是否合乎史料生成年代的规范来确定史料的真伪，通过不同著作、不同版本的互相校勘，使史料真伪毕现；"内证"法是通过对那些不同人所著内容相同的史料进行参照分析，结合对撰述人的身世、性格、心理等各方面的考察，确定史料的可信度。兰克史学思想的核心"如实直书"信念及其随之而来的一整套史料批判方法，标举的是一种客观主义观念，对中国产生深刻影响。傅斯年（"史料即史学"，与兰克史学"形似"）、陈寅恪（与兰克史学"神似"）等即是代表。

陈寅恪对运用史料的原则和方法有其深刻的理性认识，可资借鉴：

一是解释应用史料必须重视历史背景。古代遗留下来的材料是片段分散的，必须放在当时历史语境中，进行综合连贯研究。这样做又必须防止穿凿附会，把现代人的思想和处境强加到古人身上，注重历史材料的"时代性"特质。

二是官修和私家著述，详辨慎取，不可片面误信。私家著述易流于诬妄，官修之书，其病多在讳饰。

三是史料真伪的相对性。陈寅恪说："以中国今日之考据学，已足辨别古书之真伪。然真伪者，不过相对问题，而最要在能审定伪材料之时代及作者，而利用之。盖伪材料亦有时与真材料同一可贵。如某种伪材料，若迳认为其所依托之时代及作者之真产物，固不可也。但能考出其作伪时代及作者，即据以说明此时代及作者之思想,则变一真材料矣。"①

傅斯年也主张透过文学、宗教、学术、艺术以及语言的具体接触史,看这些文化大链条究竟如何环环相扣的,从而揭示史料的历史语境。这方面可以借鉴比较历史学和语言学的方法,以推动学术的进步。

史料由语言所示。而对历史上语义的流变要格外留心,对古、今、新、旧各义的区分及通、专、泛、特各种指称的辨别要特别注意,并加以辨析。发掘潜藏在各语言现象背后的历史、文化、宗教、哲学、政治与文学等深刻的内容。要具备疑古、求实精神,重视辨别史料的真伪。

一般而言,对历史语境的揭示越清晰,史料所包蕴的内涵就越具体、越丰硕。因而,对文献史料的搜集、鉴辨、理解与运用,是中外文学关系研究首当其冲的基础学术工程。力求广泛而全面地占有史料,尽可能将史料放在它形成和演变的整个历史进程中动态地考察,分辨其主次源流,辨明其价值与真伪。将文学关系史料的甄别贯穿于关系编年史写作的全过程之中。

与此相关的问题是,历史语境不仅是文学关系事件发生的时空条件,也包括当时人对这些文学交往现象的解释与评判。这就是说,中外文学关系史,不仅是所谓客观的历史,也是一个在不断地进行自我读解、自我建构的一个观念的历史、解释的历史。

蒙田说过:"更需要做的是对解释作出解释,而不是对事物作出解释。"对于中外文学关系史来讲,其研究对象并不仅仅是历代留下来的文学关系现象材料,也应包括这些现象在当时所产生的观念背景。这种观念体现出特定时代特定区域对文学关系、文化交流的诸种看法(即解释),与文学关系史一样,也是双边或多边文学关系考察的对象。

在历史学视野里,从"事件"到"历史",就是要经过当事人与当时人的"记忆"这一环。历史事件是史学研究的基本客体,史学家也把从零散事件中总结规律作为研究的主要目标。如果说"事件"一词包含了历史学家对研究对象客观性的肯定与探索。那么"记忆"一词则向读者传达了强烈的主观意识。关于一个事件的历史记忆,在不同时代呈现出截然不同的价值

---

① 陈寅恪:《冯友兰〈中国哲学史〉上册审查报告》,载陈寅恪《金明馆丛稿二编》,上海古籍出版社 1986 年版,第 248 页。

取向。承载历史记忆的文本,历史地传递着这一变迁的轨迹与深植其中的意义、价值。文本的叙事离不开起赖以产生的时代与文化。作为一个历史事实,经由书写而形成文本,而文本与语境的结合又引发历史的重构。以文本形式出现的事件,已不再是一个单纯的历史事件,它更多地表现为一个被叙述的符号,成为历史文化表征。在此过程中,逐渐由"事件"走向"历史"。

与此相似,在编年史的叙述框架里,由"史料"到"编年史",中间也存在一个"历史观"问题。也就是说,文学关系编年史并非简单地堆积一个一个的文学交流史事件,也不是如会计一笔一笔登记下来的流水账那样。流水账要求笔笔如实,但是仅仅如实记录还不够,把它们联系起来加以估量,算清它们的来龙去脉,才能看出这一总账的意义。因此,文学关系编年史的著述,心中离不开历史总账的宏大背景,就是说著述者心中有一个乐观的前提,即人类的文化思想只有在打破封闭并不断交流中,才能不断发展、进步与提高,永无止境。这样一种历史观是支撑学术探究的动力。

更进一步讲,文学交流观和文学关系史观是决定文学关系史范型的核心因素。而决定这些观念的最基本的出发点,那就是对文学交流本质和特性的认识。文学交流的特质之一是一体化的趋向:互通有无、求同存异、互动认知,虽说文学(文化)关系背后是国家民族关系的考量。其间不排除意识形态的制约(20世纪尤重),但是国家民族利益的考量会排在前列,这就决定了文学(文化)关系研究离不开许许多多特定的历史语境,因为,国家利益在不同历史时期是变动不居的。在这一点上,任何理论观念(含意识形态)的先入之见,都会有违文学关系的历史本相。后现代主义思潮认为,历史(遗产、资料、史料)也是人为的再造。著名历史学者杜维运在其《史学方法论》增写版自序里,称后现代主义的这些荒谬之论、过激之说,是"由于后现代主义者不知史学方法"所致:"不知自文献错综复杂以重建过去的史学方法,自然要宣布历史死亡了;不知史学家精确的叙事与解释的史学方法,自然认为历史与虚构的文学作品无异了;不知设身处地地理解历史的史学方法,自然认为史学家无法进入历史之中了。"[①]

---

① 　杜维运:《史学方法论》,北京大学出版社 2006 年版,第 3 页。

当然历史发展并非直线向前,往往会以进两步退一步的步伐前进。历史上出现的那些交流事件及其观念,如果只是作为一个一个的成绩,那就是死了的东西,把它们读来读去只是与死人打交道。借助于黑格尔提出的辩证法思想,要把它们联系起来变成活的东西。只有这样的交流历史,才能有益于今天的鲜活的文学交流图景,因为今后的文学交流时空也是已往关系史的必然发展。

三、编年史著述的传统与创新

古代世界各国的史书,大体采用三种体例:以年代为中心的历史编年体,以人物为中心的历史传记体,以事件为中心的历史叙述体。公元前 6 世纪,古希腊就出现了一些充满神话色彩的城市编年史。为西方传统史学确立了一种范型的修昔底德(Thucydides,约前 460—前 396),非常注意搜集史料,尤其重视第一手原始资料。他那种注重第一手资料、强调辨伪的历史批判方法为 19 世纪德国史学大师兰克所青睐,并被"客观主义"史学家们奉为圭臬。

塔西陀在其《编年史》中运用连续时间的观念来解释罗马帝国从共和到帝制的转变。欧洲教会史学中第一位重要的编年史家朱理亚·阿非利加那(Julius Africanus,约 180—250)著有《编年史》(Chronographia)。他首次比较明晰地运用线性的时间解释框架。线性时间框架的最终形成使历史学家从此能给每一个人物与事件一个较准确的时空位置,使读者培养一种清晰的时间概念,从而按照线性时间逻辑思考事件之间的联系。他的努力应该说使历史学向精确性迈出的一大步。

15 世纪结束以前,(英国)中世纪寺院编年史消失,取而代之的是城市编年史的兴起。编年史作为一种保留史料的形式非常有效,但它仍然是一种写作者缺乏思考力和组织能力的原始历史叙述形式。编年史的存在说明:中世纪关于历史连续性的思想已经沉入了人们的潜意识。

中国史书编年的体裁,两千年前就有《竹书纪年》、《春秋》、《左传》等,到了北宋司马光编《资治通鉴》进一步推陈出新,使此体臻于极致。南宋朱嘉又加以创新,以尝试编年纲目体,这样既年代清晰,又重点突出。

编年体是中外古代史书的一种著述体例。当代学者在从事文学史(文学交流史)专题的编撰时,很少关注此种著述形式。而采用纪传体及纪事本末体的著述方法,开展一个个专题研究工作,如某作品、某思潮在异域的流传为线索。后两种著述体例,其好处便于以文学关系史的基本元素——作家作品或交流事件为中心,集中探析,钩玄提要,也便于在阐释和评价作家作品及交流事件的过程中,表达研究者的观点和看法,凸显研究者的个人史识。它们的不便之处,是研究者疏于在各种文学交流现象之间建立整体的历史联系,因而难以形成清晰的交流史线索,也不便于凸显由这些相互关联的文学关系史实所昭示的文学交流发生和发展的规律性。同时由于看不清整体的历史联系,在专题著述时容易出现"以论带史"或"以论代史",理论观念(特别是身份政治学)先行,如归化与异化解释翻译问题;后殖民主义解释文学中的异域题材及异国形象问题。这样文学交流史实只不过是这些观念的注脚。

就文学关系编年史而言,尽管相关的著述屈指可数,但并非一片空白。相关专题研究著述及学位论文所附录的"作家交往大事年表"、"作品译介与传播编年概要"、"著作汉译目录"、"作品英译系年"、"文学交流大事记",都为文学关系编年史的著述提供了资料基础与信息来源。而某些报纸期刊的目录汇编、相关文学关系史料汇编、文学交流书目汇辑以及某些文学年鉴等,也为编年史的写作提供不少帮助。相关学科(如哲学、历史学、中国文学)的编年史著述,在史料搜集及考订方法、编年体例及具体内容设置等方面,都为我们从事文学关系编年史研究提供很多有益的学术经验。对研究者而言,如果从以上这些编年资料里获得了新的学术话题,他就有可能逐渐意识到此类著述的优势,并会尝试一些专题性(某时段、某课题)文学编年史的写作工作,同时又会进一步深化原有的一些专题论著写作水平。这样,编年史作为古已有之的史学著述方式,加上已有的文学编年资料的整理及专题研究的深入,文学关系编年史的写作时机逐渐成熟。

传统的编年史著述,是一种以纪年为主体的历史记录方式。特点是以时间为经、以事件为纬来记载历史事件。有利于读者按照事件发展的先后顺序了解历史事件,便于了解历史事件间的互相联系;但是不便于集中描写人物、事件,一个人物、事件分散在不同的年代,读者不易了解其全貌。

那么,如何在充分发挥编年史长处的同时,尽量弥补其短处。有以下四点考虑:

其一,以编年为主体,结合纪传体(交流史上的重要人物)、纪事本末体(一个文学交流事件的始末概述),后两者均可采用页下注的形式出现。

欧洲传统的史书著述体裁有"纪年"(annual)、"编年史"(chronicle)、"史纪"(historia)等三种,它们之间的界线并不太严格。纪年(年鉴)是一种言简意赅地记述重要事件的体裁,它的价值在于记录事件及其发生时间以确保其原始性、准确性和可靠性。编年史侧重对历史的追溯和整理,它经常来自"纪年",关注的不仅仅是数据和资料,还有事件与事件之间的联系。这样,年序常常因为部类章节的格局而被打破。当然,年序依然是最基本的间架,却时而被"夹叙夹议"或大块文章所冲散。史纪是一种重视不同事件之相互关系、讲究语言修饰的纪事。与编年史注重时序相比,史纪注重叙说。从上述三种体式的具体运用来看,它们明显没有中国传统纪传体、编年体那么"泾渭分明",西方现当代编年体史书对传统的继承亦即诸种史传体式的融通很常见。①

其二,借鉴法国年鉴学派关于长时段、中时段、短时段的时段理念,通过时间段的设置,以揭示文学交流历程的时代特征、阶段性特征和年度热点事件的特点。具体以年月为基本的编年单位(短时段),如干年度构成一个交流的阶段(中时段),若干阶段构成一个交流的时代(长时段)。在这些时段的划分及解说中,体现文学交流史的史识。

其三,文学交流史一般会以作家与作品的流播为关注的重点。作品的译介、传播及影响等,往往得到足够重视,而作家的本国与异域交游及其所思所言,通常关注不够。而作家(汉学家)的思想及交游,可以帮助我们更深入地理解文学交流的主体立场与观念形成的文化氛围,因而与此相关的文学交流信息要受到特别关注。也就是说,通过关注各时段重要的文学思潮、批评

---

① 方维规:《编年史刍议——简论十八卷本〈中国文学编年史〉的体例创新》,《社会科学论坛》(学术评论卷)2007年第6期。

观念、文化政策、文艺活动、文化经典的撰写、出版和评论，用编年的方式将中外文学交流进程及与之密切相关的中外思想文化交流的变迁一并展现在读者面前。因为时代观念的影响是无孔不入的，而对时代风习的反感焦虑，就是一种观念的撞击。这样，与某个时代的一般知识、人文信仰相关联，文学交流史上那些无法找到具体史料、暂时无法确认的影响关系，就可以在这种大时段的氛围场域里获得解释，在文学交流史、关系史的描述中，显得特别重要。这就能充分发挥编年史著述的学术价值与现实意义。

其四，是编年的文学关系"史"，还是文学关系（史）的编年？前者在著述时会突出"史"的意义。在"编年"基础上作进一步的理论阐释，用"文学交流史"的观念统摄具体的编年史料。后者在编写时就会注重史料的考订和编年，编著者不希望"史"评来影响甚至约束读者的思考空间，完全是以丰富翔实的第一手资料按年月（日）编排而成，这样做或许叫做"文学关系史长编"更合适。我们觉得，在此基础上，引进学术史、思想史的语境，并对相关编年信息条目之间建立可资考证的关联，简要提示解释某些问题，这些"点睛之笔"或许能为读者提示进一步的思路空间。

四、编年史著述的价值与意义

其一，还原文学关系历史时空的面貌。

鲁迅先生讲到文学研究要"知人论世"时说："分类有益于揣摩文章，编年有利于明白时势"，并拿古人年谱，近世人时有新作的事，证明大家已经省悟这个道理。（《且介亭杂文·序言》）明白时势，就是希望能够最大限度地还原文学交互历史的场景，这是编年史著述体例的长处。试图展现中外文学交流的原生态面貌，是本领域研究者的一个学术理想。因而，中外文学关系史料的"田野调查工作"实属必要，它对揭示文学交流原生态面貌是不可或缺的。

文学交流史是在特定的地域空间和一定的时段氛围中展开的。在文学交流研究领域内，专题探讨的时空意识一般会选取某些问题的着眼点（如作家或汉学家、重要文本的译介传播、作品里的异域题材）为坐标，对文学交流历程的把握注重大体判断。其优势在于对时空背景及文化传统的描述能够言简意赅,有利于突出自己的观点,也便于初学者的理解与接受。

与专题研究相比,编年史在展现文学交流历程的复杂性、多元性方面获得了极大的自由。专题史的写作,往往在材料的选择与阐释中丢弃了好多"例外",因而不容易看出思想史意义上的交流轨迹。采用编年体著述,更能展开具体而丰富多彩的历史流程。可以发现在同时代里的不同信息相向而视,历史的张力得以显现,历史的空间得以还原。将一个交流事实放在历史时段中看,它的起因、内涵及与周边社会文化的内在联系,才能辨别及合理解释。正如陈世骧《法国唯在主义运动的哲学背景》所说:"一株奇异生物的长成,不但表现自己本身的形色,而同时映射着一个特殊的季节,和一片变性的土壤。它放送的气息,代表着四周的氛围。"① 受到跨文化交流洗礼过的文学事实,即如这样一株奇异的生物,蕴藏于其中的多重气息,置于编年史语境中才能昭然若揭。

陈冲在《文学自由谈》2010 年第 6 期载文强调文学作品的生活质感:一个文学作品要被称为好作品,生活质感不是终极标准,而是入门的门槛。为什么一些曾经被经典的散文,今天会大大贬值? 首先因为它们的生活质感很差。为什么那些以"今儿个真高兴"冒充"反映当前农村现实生活"的垃圾会被人嗤之以鼻? 首先就因为它们的生活质感很低俗。为什么那些先锋作品总人人觉得像一棵棵无根之本? 首先就因为它们太依靠从西方横移过来的哲学理念,而生活质感却不过关。

对学术研究而言,历史感就是一种质感,离开了历史语境的梳理、分析与体晤,任何宏大理论的演绎与套用,只能让人抓不住那些活生生的质朴感,最终会失去学术的生命力。

要想构建中外文学关系史的框架脉络,只有通过翻阅各种各样的包括书刊典籍图片在内的原始材料,才能对文学交流场有所感悟。这种感觉决定了从史料文献的搜集中,生发出关于文学交流观念的可能性及具体程度。文学史研究从史料升华为史识的中间环节是"史感"。"史感"是在文学史史料

---

① 陈世骧:《陈世骧文存》,辽宁教育出版社 1998 年版,第 104 页。

的触摸中产生的生命感,这种感觉应该以历史感为基础,同时含有现实感甚至还会有未来感,文献史料正是因为在研究者的这多重感觉中获得了生命。

其二,从学科发展史来看,文学关系编年史是在对传统的文学交流史写作(特别是以某种文化批评观念为导向的交流史著述)进行反思的基础上进行的。在中国古代文学研究领域,傅璇琮主持编撰的《唐五代文学编年史》体现了学界对于文学史的反思与探索,他"觉得文学编年史将对整体研究起一种流动关照和综合思考的作用。这也是对于长时期以来文学史著作体例所感到的一种不足"①。同样,文学关系编年史能够在一定程度上弥补某些文学交流著述因观念先行而带来的缺憾,在时空交汇点上,呈现出多姿多彩的文学交流图景,而且,伴随着立体交叉的排比、罗列,一些被隐藏的文学交流史实、现象得以显露。对文学关系研究领域而言,编年史著述因其丰富而开放的史料储藏,有助于填补学术空白和提升中外文学关系史研究的层次,有可能为中外文学关系史学科的成长开拓新的研究领域,催生新的研究课题。

也就是说,从这些文学关系史料及重要文化现象的编年中,我们会发现许许多多以往较少关注的"为什么",这就能引发一个个新的富有生命力的研究课题,因为它有历史质感的支撑。编年史著述的出现,会尝试改变以往某些文学交流专题著述简单的叙述模式(尤其是以某种理论预设为叙述模式),突出"历史"在文学交流研究中的地位,促使文学交流史研究的沉潜深入,真正揭示出对现实及未来有启示意味的文学发展规律来。在文学关系史料实证的基础上,进一步展示时空背景下文化生态的变化、人文思想的波荡以及文人集团的社会心态等。进而从史料的搜寻考据,进入对交流史演进的文化史批评层面。

编年史的体例虽然也有它自身的局限,但它的好处就在于迫使学者重新回到第一手资料中去,通过对文学史的原始资料的发掘、整理、钩沉、辑佚,占有尽可能详尽、完备同时又尽可能准确、翔实的文学史料,在此基础上,通过对这些文学史料的甄别和选择、比照和胪列,构造一个"用事实说话"的文

---

① 　傅璇琮:《唐五代文学编年史·自序》,辽海出版社 1998 年版。

学史的逻辑和秩序。这种文学史的逻辑和秩序,不是靠观点来"黏合"史料,而是靠史实之间的联系建立起来的,史家的观点和评价,就隐含在这些史实及其所建立的关系之中。

其三,学术性与工具性相结合,既保证了所有的编年内容都有据可查,又有助于准确地把中外文学交流史发展进程,将编年史视作文学交流史研究的一种视角和方法,发挥其在多国文学关系研究方面的优势,其多重功能将给中外文学交流史研究者提供诸多便利。

编年史类著述在资料取舍方面,严格按照传统史料学、文献学的选材标准处理。编录内容包括:①中外双方早期文化交往史实;②中国文学在外国的流播与评价,外国文学在中国文化语境里的译介和重要评论;③外国文学笔下的中国题材及其形象塑造,中国文学背景中的外国形象构造;④文学交流的重要媒介,如中外作家之间的交游、互访,重要学术期刊、出版机构、学术团体、学术活动、教学研究机构、图书版权交易等有助于中外文学关系互动交流的平台。

同时,编年史著述并非简单的资料汇编,而是力求进入交流史的历史现场,将编年史、学术史、思想史与史料学等结合起来,拓展学术空间,使之更有引用价值及参考意义,诸如在①确定文学关系史料的来源,弄清楚历史文献的材料依据和作者写作的具体情况;②确定文学关系史料的可靠性;③明确文学关系史料文献的价值;④说明文学关系史料的利用方法等方面,对读者有所帮助。

其四,梳理相关史料并编年呈现,数百年来中外文学双向交流的行行足迹历历在目,这既为今后进一步认知与接受外国文学资源提供往日的经验与教训,也为中国文化(中国文学)走出去的国家战略,提供切实的历史图景和可行的路径,因而有良好的社会效应。也可以说,史料编年的目的即如孔子所言"温故而知新",或曰史学传统所谓的"鉴往知来,品评得失"。黑格尔对历史的看法,就贯穿着对现在认知的目的。他说过:"这些历史的东西虽然存在,却是在过去存在的,如果它们和现代生活已经没有什么关联,它们就不是属于我们的,尽管我们对它们很熟悉;我们对于过去事物之所以发生兴趣,并不只是因为它们在一度存在过。历史的事物只有在属于我们自己的民族时,或是只有在我们可以把现在看作过去事件的结果,而所表现的人物或事迹在这些过去事件的联锁中,形成主要的一环时,只有在这种情况之下,历史的事物才是属于我们的。单是同属一个地区和一个民族这种简单的关系还不够使它们属于我们的,我们自己的民族的过去事物必须和我们现代的情况、生活和存在密切相关,它们才算是属于我们的。"① 可以说,求真辨伪,以史为鉴,是任何学术研究的重要目标。

其五,以编年史的眼光和方法来研究具体的问题,是一种值得推广的研究思路。一些专题性文学交流史论文,如果建立在资料搜集编年的基础上,就能够看清文学影响与接受的具体脉络,并能获得了与以往不同的见解。笔者当年所撰写的关于英国作家布莱克、华兹华斯、狄更斯在中国传播与接受的系列论文,都是在资料编年的基础上完成的。也就是说,我们提倡编年史著述的学术意义,更多的是提示大家注意在讨论具体的交流史课题时,不能忽视课题资料搜集整理的"编年史"思路。

---

① ［德］黑格尔:《美学》第一卷,朱光潜译,商务印书馆 1991 年版,第 346 页。

中外文学关系研究的学科属性、现状及展望 ①

一、学科属性——中外文学关系研究的重要学术话题

从文学关系史角度研究中外文学,具有真正的国际学术视野;从中外文学关系史层面切入中国文学研究,又创建了比较文学研究的中国特色。关于中外文学之间相互关系的探讨是我国比较文学学科发展的重要支撑领域,也是本学科取得最多实绩的研究领域。从国际学术史上来看,各国发展比较文学最先完成的工作之一,都是清理本国文学与外国文学的相互关系,研究本国作家与外国作家的交互影响。本领域的学术研究史表明,以下三个重要学术话题决定了该学科研究的基本属性。

其一,文献史料。

从比较文学学科的传统研究范式来看,中外文学关系研究属于"影响研究"范畴,非常关注"事实材料"的获取与阐释。就其学科领域的本质属性来说,它又属于史学范畴。而文献史料的搜集、鉴辨、理解与运用,是一切历

① 本文原为笔者在福建省社会科学界第二届学术年会分会场"海峡两岸文学现状与展望论坛"上的大会专题发言,刊于《世界文学评论》2007 年第 1 期。

史研究的基础性工作。力求广泛而全面地占有史料,尽可能将史料放在它形成和演变的整个历史进程中动态地考察,分辨其主次源流,辩明其价值与真伪,是中外文学关系研究永远的起点和基础。早在20世纪中国比较文学举步之时和复兴之初,前辈学者季羡林、钱锺书等就卓有识见地强调"清理"中外文学关系的重要性和必要性,把它提到创立比较文学研究的中国特色和拥有比较文学研究"话语权"的高度。真正从事中外文学关系研究的学者们坚信:没有史料的调查,就没有发言权;没有史料的支撑,构不成学术的大厦。

因此,文学关系研究离不开文献史料的搜集考据功夫。设若文献材料有误,势必会影响整个研究基础与历史描述。严谨的治学者均将文献资料的搜罗、编年,当做第一等的大事。许多研究思路和设想就出之于那些看似零零星星的材料中。提倡史料先行,是必要的,也是可行的。同时,文献史料的发现与整理,不仅是重要的基础研究工作,而且也意味着学术创新的孕育与发动,其学术价值不容低估。独立的文献准备是独到的学术创见的基础,充分掌握并严肃运用文献,是每一个文学关系研究者必须具备的基本素养。

其二,问题域。

中外文学关系研究,缺少史料固然不行,仅有史料又十分不够。在此,"问题意识"是必不可少的。况且,问题往往是研究的先导与指南针,否则就陷入史料汪洋难见天日。能否在原典文献史料研究基础上,形成由一个个问题构成的有研究价值的不同专题,则成为考量文学关系研究者成熟与否的试金石。在文学关系研究的"问题域"中进而思考中外文学交往史的整体"史述"框架,展现文学交流的历史经验与历史规律,揭示出可资后人借鉴、发展本民族文学的重要路径,又构成中外文学关系研究的基本目标。

其三,阐释立场。

文献史料的丰富、问题域的确证、研究领域的拓展、观念思考的深入,最终都要受研究者阐释立场的制约。中外文学关系研究,理论上讲当然应该是双向的、互动的。但如要追寻这种双向交流的精神实质,不可避免地要带有某种主体评价与判断。对中国学者来说,就是展现着中国问题意识的中国文化立场。"中外文学"提出问题的出发点与归宿都指向中国文学。这样看来,中外文学关系研究的理论关注点,在于回答中国文学的世界性与现代性问题。也就是,中国文学（文化）在漫长的东西方交流史上如何滋养、启迪外国文学的;外国文学如何激活、构建中国文学的世界性与现代性的。这是我们思考中外文学交往史的重要前提,尤其是要考虑处于中外文学交流进程中的中国文学是如何显示其世界性,构建其现代性的。

二、现状：研究实践、理论探索

考察数百年来的中外文学与文化关系史,其研究对象包括:①中外双方早期文学、文化交往史实;②中国文学（文化）在外国的流播与评价,外国文学在中国文化语境里的译介与重要评论;③外国作家笔下的中国题材及其中国形象的塑造,中国作家眼里的外国印象及其对外国作家的题咏;④中外作家之间的交往,外国作家在中国（中国作家在外国）的生活工作、游历冒险,等等多方面的内容均进入了我们的研究视野。

我国学者在系统梳理中国文学与外国文学双向交流的历程方面做了大量工作,出版了一批有分量的著述,学术基础丰厚。特别是前辈学者那些开拓性的建树大多集中于中外文学与文化关系研究领域内,如陈受颐、范存忠、钱锺书、方重等之于中英文学关系、梁宗岱之于中法文学关系、陈铨之于中德文学关系、季羡林之于中印文学关系、戈宝权之于中俄文学关系的研究等。

比较文学在中国复苏、拓展的二十年来,尤其是近几年来,该领域研究在理论探索与研究实践方面取得了坚实的成果,在学术研究的深入、研究方法的反思、研究范式的变革方面,对中国比较文学学科发展有重要推动作用。仅就国别文学关系研究而论,比如,严绍璗、王晓平等的中日文学关系研究,李明滨、陈建华、汪介之、吴泽霖等的中俄文学关系研究,赵毅衡等的中美文学关系研究,杨武能、卫茂平等的中德文学关系研究,钱林森、孟华等的中法文学关系研究,赵国华、郁龙余等的中印文学关系,韦旭升、李岩等的中韩文学关系研究,我本人做了一点点中英文学关系研究,在相关研究领域都取得了令人瞩目的成就。

北京师范大学教授王向远所著《中国比较文学研究二十年》①,是国内

---

① 王向远:《中国比较文学研究二十年》,江西教育出版社 2003 年版。

第一部中国当代比较文学学术史性质的著作。全书 18 章,其中 10 章内容总结评述的是中外文学关系研究,可以说这些研究成果集中地体现了中国比较文学的特色和成就,作为比较文学在中国复兴与发展的一个重要标志,以显著、厚重的篇幅载入了中国学术史史册。

以下仅就几套带有原创性的有影响的丛书而论:

其一,20 世纪 80 年代中期,时任深圳大学中文系主任与比较文学研究所所长的乐黛云主编《比较文学丛书》,其中湖南文艺出版社刊行的《中印文学关系源流》(郁龙余编选,1987 年出版)、《东方比较文学论文集》(卢蔚秋编选,1987 年出版)、《中日古代文学关系史稿》(严绍璗著,1987 年出版)、《近代中日文学交流史稿》(王晓平著,1987 年出版)等,至今仍是有分量的中外文学关系著述,并且开了当代学人集中研究中外文学与文化关系的先河。

其二,20 世纪 90 年代初,北京大学与南京大学合作的《中国文学在国外丛书》(10 卷集,乐黛云主编、钱林森副主编,花城出版社刊行)。当时计划包括中国文学在法国、俄苏、日本、朝鲜、美国、英国、德国、越南、东南亚、东欧国家等卷。① 各卷均具有开拓性,真正的填补学术研究空白,至今依然有很大价值,不断被学者援引。

其三,21 世纪初大型跨文化丛书《外国作家与中国文化》(10 卷集,钱林森主编,宁夏人民出版社刊行)。② 此为"十五"国家重点图书,包括法国卷、日本卷、德国卷、美国卷、俄罗斯卷、英国卷、南北欧卷、阿拉伯卷、印度卷、

---

① 这套《中国文学在国外丛书》在 90 年代初期由花城出版社先后刊行了《中国文学在朝鲜》(韦旭升著)、《中国文学在法国》(钱林森著)、《中国文学在日本》(严绍璗、王晓平著)、《中国文学在俄苏》(李明滨著)、《中国文学在英国》(张弘著)等几种,后来陆续刊行了《中国文学在东南亚》(饶芃子主编,暨南大学出版社 1999 年版)、《中国文学在德国》(曹卫东著,花城出版社 2002 年版)、《中国·文学·美国——美国小说戏剧中的中国形象》(宋伟杰著,花城出版社 2003 年版)等。

② 钱林森主编:《外国作家与中国文化丛书》,包括:《光自东方来:法国作家与中国文化》(钱林森著)、《雾外的远音:英国作家与中国文化》(葛桂录著)、《异域的召唤:德国作家与中国文化》(卫茂平、马佳欣、郑霞著)、《悠远的回响:俄罗斯作家与中国文化》(汪介之、陈建华著)、《跨越太平洋的雨虹:美国作家与中国文化》(张弘等著)、《梅红樱粉:日本作家与中国文化》(王晓平著)、《神奇的想象:南北欧作家与中国文化》(王宁、葛桂录等著)、《丝路驿花:阿拉伯波斯作家与中国文化》(孟昭毅著)、《梵典与华章:印度作家与中国文化》(郁龙余等著)、《半岛唐风:朝韩作家与中国文化》(刘顺利著)。

朝韩卷等十种,为近年来在中外文学与文化关系研究领域规模大、高水准的丛书类著述,在中外文学与文化关系双向阐释方面,是一个新的飞跃,称得上是中外文学与文化交流史上的一个里程碑,因为它有助于把握中外文化相互碰撞与交融的精神实质,提供了源源不断的可资借鉴的人类文化资源。2002年8月在中国比较文学学会第七届年会上,该丛书先期推出的6卷(日本卷、德国卷、俄罗斯卷、英国卷、美国卷、阿拉伯卷)获得了与会国内外专家、同行的广泛兴趣与好评,如时任国际比较文学协会主席的日本东京大学教授川本皓嗣,称其"不仅是中国比较文学学者的重大收获,也是亚洲比较文学全体同仁的骄傲"。这6卷获得第18届北方十五省市自治区哲学社会科学优秀图书奖。该套丛书(10卷)参加第36届英国伦敦国际书展(2006年3月),受到关注与好评。

其四,严绍璗主编的《北京大学比较文学学术文库》,由北京大学出版社于2004年陆续出版。[①] 文库中数种属于中外文学与文化关系研究领域。这是近数十年来以北京大学学者为主体的中国比较文学研究的学术集成。它将关于"比较文学"的学术认识从其功能价值与社会作用引向了对学术内奥的研讨,而且把传统的"传播研究"、"影响研究"和"平行研究"融为一体,推进了文本实证与理论阐发相互贯通的多层次的原创性思维,显示了以中国文化为教养的世界多元文化精神、文化观念和方法论特征。这套学术文库的刊行,具有重要学术示范性意义,有利于形成具有"中国话语"特征的"中国比较文学学术",因而代表了中国比较文学研究的国家级水平。

其五,乐黛云主编《跨文化沟通个案研究丛书》15种(北京文津出版社2005年版)。这套丛书从学术史的角度出发,对沟通中西文化,于中国文化发展卓有贡献的中国学术名家(如宗白华、钱锺书、朱光潜、傅雷、林语堂、冯至、梁实秋、梁宗岱、王国维、闻一多、陈铨、吴宓、刘若愚、卞之琳、穆旦)进行深入的个案研究,在古今中西文化交汇的坐标上,完整地阐述他们的生活、理

---

①　这套学术文库于2004年8月推出的《比较文学与中国——乐黛云海外讲演录》(英文版)、《比较文学视野中的日本文化——严绍璗海外讲演录》(日本版)、《他者的镜像——中国与法兰西——孟华海外讲演录》(法文版),用三种文字出版,显示了在当今"话语霸权"控制国际学术的总体态势中,我国比较文学学者以自己具有"民族个性"的学术已经成为有能力参与国际学术同行学术的主流对话,并赢得国际学术界的认定和尊敬。

想、事业、成就及其中外学术发展的贡献,目的在于阐明新文化在中国生成的独特路径,通过实例对延续百年的中西、古今之争作出正确结论并预示今后的发展方向,以便中国文化真正能作为先进文化,在世界文化多元格局中占据应有的地位,在推动世界文明进步中起到应有的作用。

其六,国别文学文化关系丛书《人文日本》22 种（王晓平主编,宁夏人民出版社 2005 年版）。其中多种涉及中日文学与文化交流,显示出中日文学与文化关系研究的重要推进。① 本套新书,着眼于未来,着眼于和平、发展,既可显现中国和日本文化之间的差异,也能说明中日两国文化间交往的源远流长,对促进两国人民之间的沟通理解和世代友好,具有深远悠长的意义。

再就产生影响效应的研究方法来说:

中外文学关系研究的开发、深化和创新,离不开研究理论方法的提升与原理范式的研讨。某种新的研究理念和理论思路,有助于重新理解与发掘新的文学关系史料,而新的阐释角度和策略又能重构与凸显中外文学交流的历史图景,从而将中外文学关系的"清理"和研究向新的深度开掘。具体而言,在中外文学关系研究领域,出现了几种值得重视和总结的研究方法,这些方法对突破传统意义上的比较文学"影响研究"范式,具有重要意义:

第一,北京大学教授严绍璗对在双边或多边文学文化研究中"文学发生学"理论的自觉建构。重要理论文章有《文化的传递与不正确理解的形态》②、《"文化语境"与"变异体"以及文学的发生学》③ 等。严绍璗在前一篇文章中以 18 世纪中国儒学与欧亚文化关系为例,指出文化因在历史中流动,从而构成"文化的传递"。"历史"中流动着的"文化",事实上只是"描述的文化"而非"事实的文化"。儒学文化作为中国古代多元文化中的主体性形态之一,在几乎相同的历史时空,却作出完全相背的价值判断。中

---

① 　本套丛书中涉及中日文学与文化交流方面的著述如《唐土的种粒——日本传衍的敦煌故事》（王晓平著）、《远传的衣钵——日本传衍的敦煌佛教文学》（王晓平著）、《中国题材的日本谣曲》（张哲俊著）、《千年唐诗缘》（宋再新著）、《花鸟风月的绝唱——中国题材的日本汉诗》（严明著）、《日本近代汉文学》（高文汉著）等。

② 　严绍璗:《文化的传递与不正确理解的形态——18 世纪中国儒学与欧亚文化关系的解析》,《中国比较文学》1998 年第 4 期。

③ 　严绍璗:《"文化语境"与"变异体"以及文学的发生学》,《中国比较文学》2000 年第 3 期。

国的儒学文化在特定的时空中可能具有何种社会意义,并不取决于儒学本体的价值,而完全取决于两次"对话"中"中间桥梁"。一切所谓的"文化的对话",都是在"描述的文化"层面上进行的。文化对话就是把"事实的文化"以"不正确的理解的形式"使其演绎成为"描述的文化",接着便是把"描述的儒学"消融在另一种异质文化之中,它最后的形态,则是一种新文化的产生。在欧洲,儒学被分解为"理性精神"、"纯粹道德"等而最终被溶解于启蒙文化之中,原先的启蒙文化因为有了"描述的儒学"的融入,而获得了新的生命。在日本,儒学被分解为"名分论"、"忠为孝先论"、"理当神道论"等而最终被溶解在幕府意识形态之中;德川幕府的统治思想因此而获得了稳固的形态和坚实的内涵。在后一篇文章中,严先生提出了关于"文学文本"的发生相关联的三种文化语境,即"显现本民族文化沉积与文化特征的文化语境"、"显现与异民族文化相抗衡与相融合的文化语境"和"显现人类思维与认知的共性的文化语境",并指出文本的"变异"机制是文学的发生学的重要内容,而文本的"变异"过程和"变异体"的成立,就其形式与内容考察,都是在"不正确的理解"中实现的。这种建立在具体文学文本的解读基础上的学术研究体系,经历了从文学的"关系研究"到"变异体理论"再到"发生学研究"理念与方法的转换,极大提升了比较文学领域中的传统的"影响研究",使比较文学在研究趋向与研究结论方面,更接近于触摸到"文学"的本质实际,是对中国比较文学学科研究理论的重要贡献。

　　严先生还认为,比较文学的各个层面的研究,其实都是建立"文学关系"之中的。近三十年来,我国学者在"文学关系"层面上所做的研究极大地提升了我国学者在这一领域研究的水平,并且推进到了与国际学术界对话的层面。研究者们必须具有"民族平等"和"文化平等"的立场,并作为观察文化现象和阐述文化现象的意识形态的基点。"文学关系"的研究最能触动"民族关系"的神经。这一领域的研究应该以事实真相为基础,既充分展现中华文化向世界的传播,又能够实事求是地表述世界各个民族文化对中华文化和中华文明丰富多彩性的积极的影响,把"中外文学关系"正确地表述为中国和世界文化互动的历史性探讨。"文学关系"的研究,习惯上经常把它界定在"传播学"和"接受学"的层面上考量,三十年来比较文学的研究,特别是中国比较文学研究,事实上已经突破了这样一些层面而推进到了"发生学"、"形象学"、"符号学"、"阐释学"和"叙事学"等的层面中。在这些层面中推进的研究,或许能够更加接近文学关系的事实真相并呈现文学关系的内具生命力的场面。

与上述理论建构密切相关的是,严绍璗先生特别强调比较文学与比较文化研究中的"原典性的实证"问题。他在《比较文化研究中的"原典性的实证"的方法论问题》①中明确指出,根本上说,方法论问题,实际上是一个学术观念的问题,又是一个学术知识问题,也是一个研究者的学风问题。双边文化关系或多边文化关系研究的最基本的方法,应该是"原典性的实证研究",即在研究过程中依靠"实证"和"原典"来得出结论的"确证性"。严先生将"原典性的实证研究"概括为五个层次:①尊重学术研究史,要求至少应该在两个层面上重视学术史的成果,即充分掌握所设置"命题"内各项概念的学术史演进的轨迹;必须对设置命题的已有的前辈的研究成果,进行学术清理。②确证相互关系的材料的原典性,至少具有两层含义,一是指作为研究的材料,对研究的客体(对象)来说必须具有"原典性";一是指作为"研究的材料"必须是"本国"或"本民族"的材料,即作为论证中具有主体意义的材料必须是母语文本材料。③原典材料的确实性,指必须甄别原典材料中的哪些材料具有"确证性",即运用的材料在论证命题的逻辑推导中,具有无可辩驳的、无法推倒的实证性作用。④实证的二重性,即不仅注意到文献的确证性,也尽量关注运用文物参与实证的可能性。⑤研究者必须具备"健全的文化经验"和"良好的主体境遇",具备两种以上文化氛围的实际经验。"原典性的实证"方法论因其显示出内具的生命力,对我们从事中外文学关系研究具有战略意义。

第二,复旦大学教授陈思和对实证研究方法的质疑及其关于20世纪中国文学中世界性因素研究的理论尝试。主要理论文章有《20世纪中外文学

---

① 严绍璗:《比较文化研究中的"原典性的实证"的方法论问题》,载佟君、陈多友主编《中日比较文学比较文化研究》,中山大学出版社2004年版。

关系研究中的"世界性因素"的几点思考》① 等。陈思和提出该命题,源自于他对 20 世纪中国文学现代性的深入思考和中外文学关系及中国比较文学研究现状的深刻思考。早在 1993 年,《中国比较文学》围绕"中国比较文学前景展望"刊发了一组笔谈,陈思和提出了 20 世纪中国文学的"世界性因素"问题,从而主张跳出传统的影响研究框架去研究 20 世纪中外文学关系。② 几年后,《中国比较文学》组织的又一组笔谈中,他又进一步提到,一个由文本资料组合的大事年表至多只能揭示出外来文学影响的"线路图",却很难揭示出作家创作的真正"心路图"。当研究仅仅停留在外国作家、思潮、理论在中国的翻译、介绍和传播过程,自然是可以用数字和资料来说明,可一旦进入了中国作家的创作世界,就难以分辨哪些资料是外来影响哪些是独创。③ 而在《20 世纪中外文学关系研究中的"世界性因素"的几点思考》长文中,作者表明这一理论设想的提出,是针对了所谓"外来影响"考证的不可靠性和"中国现当代文学是在外国文学的影响下发展起来的"观念的虚拟性前提,因而对传统的影响研究方法和观念具有颠覆性。陈思和并不是一般地对"中外文学关系研究"中运用实证方法的行为提出非难,因为在传统中外文学关系研究课题里,由于彼此交流不发达,"影响—接受"线路比较狭隘,这样的蛛丝马迹通过资料发现和小心求证来获得,具有绝对意义。真正的影响研究大约只能是在国与国之间的文化交流非常贫乏的情况下才存在。所以,陈先生觉得法国学派的治学经验是在人类对世界的认识处于低级阶段的时期产生的,是传教士到殖民者时代的学问思路和方法,它所炫耀的博学和严密,都与那个时代的封闭狭隘、自以为是相联系,如今研究 20 世纪中外文学关系课题,应该认真清理这种研究方法。陈思和试图从中国文学主体发生的角度,辨析中国文学在现代化过程中如何面对西方文学的刺激,在外来文化、自身传统和现实境遇中作出创造性转化,推动中国文化和文学的现代进程,发掘中国文学中的世界性因素,借此挑战传统的"冲击—回应"

---

①　陈思和:《20 世纪中外文学关系研究中的"世界性因素"的几点思考》,《中国比较文学》2001 年第 1 期。

②　陈思和:《20 世纪中外文学关系研究的一点想法》,《中国比较文学》1993 年第 1 期。

③　陈思和:《随便谈谈》,《中国比较文学》1998 年第 1 期。

的中西文学关系模式。陈思和认为,中外文学间的关系不仅是指中外文学间的传播、影响、接受等事实联系,而且是中外文学之间平等的互为参照或对话关系,中外文学关系研究的最重要的任务,就是要确立和探讨中国文学在世界文学中的位置,阐明中国文学为世界文学所提供的独特价值。本命题的提出,是变革中外文学关系研究现状,确立新的研究范式的一种积极而有益的尝试。《中国比较文学》自 2000 年第 1 期起,开设"20 世纪中国文学中的世界性因素"专栏,引起中国现当代文学研究与比较文学研究者的广泛关注和兴趣,特别是吸引了后者的参与讨论。①《中国比较文学》编辑部在上海几次举办讨论会,对一些争鸣的焦点问题展开讨论。该命题对中外文学关系研究的观念和方法论,对于比较文学理论,有重要启发意义。

　　第三,南京大学教授钱林森主张,在中外文学关系研究中进行哲学审视,以及在跨文化对话中激活中外文化、文学精魂的尝试。主要研究路径陈述有《外国作家与中国文化丛书·主编前言》(宁夏人民出版社 2002—2005 年版)等。具体的思路有这么几方面:①依托于人类文明交流互补基点上的中外文化和文学关系课题,从根本上来说,是中外哲学观、价值观交流互补的问题,是某一种形式的哲学课题。从这个意义上看,研究中国文化对外国作家、外国文学的影响,说到底,就是研究中国思想、中国哲学精神对他们的影响,必须作哲学层面的审视。②考察两者接受和影响关系时,必须从原创性材料出发,不但要考察外国作家对中国文化精神的追寻,努力捕捉他们提取中国文化(思想)滋养,在其创造中到底呈现怎样的文学景观,还要审察作为这种文学景观"新构体"的外乡作品,又怎样反转过来向中国文学施于新的文化反馈。③类似的研究课题不仅涉及到两者在"事实上"接受和怎样接受对方影响的实证研究,还应当探讨两者之间如何在各自的创作中构想和重塑新的精神形象,这就涉及到互看、互识、误读、变形等一系列跨文化理论实践

---

①　随后刊发的《中国比较文学》2001 年第 2—4 期相继发表了孙景尧的《中西文学关系研究的"有效性"——兼论"影响研究"和"世界因素"》、冯文坤的《谈谈比较文学中的影响研究》、陈建华的《关于"20 世纪中国文学的世界性因素"命题的几点看法》、谢天振的《论文学的世界性因素和影响研究——关于"20 世纪中国文学的世界性因素"命题及相关讨论》、张光芒的《中国近现代启蒙思潮研究的现状与反思》、田全金的《超越实证 拯救关系》等文章,围绕 20 世纪中国文学的世界性问题,各抒己见,展开讨论。

和运用。④中外文学和文化关系研究课题,应当遵循"平等对话"的原则。对研究者来说,对话不只是具体操作的方法论,也是研究者一种坚定的立场和世界观,一种学术信仰,其研究实践既是研究者与研究对象跨时空跨文化的对话,也是研究者与潜在的读者共时性的对话,通过多层面、多向度的个案考察与双向互动的观照、对话,激活文化精魂,进一步提升和丰富影响研究的层次。

第四,厦门大学教授周宁在现代性语境中对来自西方的形象学理论的提升,以及对西方文学"乌托邦"中国形象的研究理念。主要理论阐述是长篇论文《西方的中国形象史研究:问题与领域》和《中国形象:西方的学说与传说》(8卷本)① 的"总序"。周宁认为,在知识社会学与观念史的意义上,研究西方的中国形象的历史,至少有三个层次上的问题值得注意:一是西方的中国形象是如何生成的。在理论上,它必须分析西方的中国形象作为一种有关"文化他者"的话语,是如何结构、生产与分配的;在历史中,它必须确立一个中国形象的起点,让西方文化中中国形象的话语建构过程,在制度与意义上都可以追溯到那个原点。二是中国形象的话语传统是如何延续的。它考察西方关于中国形象叙事的思维方式、意象传统、话语体制的内在一致性与延续性,揭示西方的中国形象在历史中所表现出的某种稳定的、共同的特征,趋向于套话或原型并形成一种文化程式的过程。三是中国形象是如何在西方文化体系中运作的。它不仅在西方现代性观念体系中诠释中国形象的意义,而且分析西方的中国形象作为一种权力话语,在西方文化中规训化、体制化,构成殖民主义、帝国主义、全球主义意识形态的必要成分,参与构筑世界现代化进程中西方中心主义的文化霸权。作为一个全新的领域,周宁在上述三个层次上,尝试提出并规划了西方的中国形象史研究课题中的基本前提、主要问题与学科领域。

另外,在关于中外文学关系史研究的理论方法论思考方面,尤其值得

---

① 《中国形象:西方的学说与传说》(8卷本),学苑出版社 2004 年版,包括《契丹传奇》、《大中华帝国》、《世纪中国潮》、《鸦片帝国》、《历史的沉船》、《孔教乌托邦》、《第二人类》、《龙的幻象》(上下)等,系统地梳理了自《马可·波罗游记》问世以来七个多世纪中,西方不同文本塑造的中国形象,并探讨这一形象传统的生成、演变过程及其不同的意义层面,代表着国内学者在本研究领域的最新最高成就。

注意的还有钱林森、周宁两位教授的一篇学术对话。这篇题为《走向学科自觉的中外文学关系史研究》①的学术对话,刊于《跨文化对话》第20辑（江苏人民出版社2007年版）,意图之一是为了给"中外文学交流史"丛书（18卷本、国家"十一五"重点图书、国家社科基金项目）的撰著提供理论思路,对反思中外文学关系研究的理论与方法,构建中外文学交流史的基本框架,具有重要的指导意义。文中指出了中外文学交流史的写作可分三个层次:一是掌握资料来源并收集尽量第一手的资料,从中发现一些最基本的"可研究的"问题。第二个层次是编年史式资料复述,其中没有逻辑的起点与终点。第三个层次是使文学交流史具有一种"思想的结构"。在史料研究基础上形成不同专题的文学交流史的"观念",并以此为尺度规划中外文学交流史的"问题域",并在"问题域"中思考文学交流史的整体的"叙事"框架。而中外文学交流史对"史"的最基本要求在于:①文学交流史必须有一种时间向度的研究观念,以该观念为尺度,或者说是编码原则,确定文学交流史的起点、主要问题、基本规律与某种预设性的方向与价值。②可能成为中外文学关系史的研究观念的,是中国文学的世界性与现代性问题。中国文学是何时、如何参与、接受或影响世界文学的,世界性因素是何时并如何塑造中国文学的。③中外文学交流史表现为中国文学在中外文学交流中实现世界性与现代性的过程。与此相关的是,中国文学的世界性与现代性问题,决定了中外文学交流史的意义。这样,所谓中外文学关系史的历史叙述,应该在三个层次上展开:①中国与不同国家、地区不同语种文学在历史中的交流,其中包括作家作品与思潮理论的译介、作家阅读与创作的"想象图书馆"、个人与团体的交游互访等具体活动等;②中外文学相互影响相互创造的双向过程,诸如中国文学接受外国文学并从与外国文学的交流中获得自我构建与自我确认基础;中国文学以民族文学与文学的民族个性贡献并参与不同国家地区语种文学创造等。③存在于中外文学不同国家地区语种文学之间的世界文学格局,提出"跨文学空间"的概念并将世界文学建立在这样一种关系概念上,而不是任何一种国家地区语种文

———————
① 这篇学术对话的删节稿又刊于《中国比较文学》2006年第4期、《中华读书报》2007年5月28日。

学的普世性霸权上。还有,中外文学关系研究包括两种范型,一种是肯定影响的积极意义的研究范型,它以启蒙主义与现代民族文学观念作为文学交流史叙事的价值原则,该视野内出现的问题,主要是一种文学传统内作家作品与社团思潮如何译介、传播到另一种文学传统,关注的是不同语种文学可交流性侧面,乐观地期待亲和理解、平等互惠的积极方面,甚至在潜意识中,将民族主义自豪感的确认寄寓在文学世界主义想象中。我们以往的中外文学关系史研究,大多是在这个范型内进行的。另一种范型关注影响的负面意义,解构影响中的"霸权"因素。这种范型以后现代主义或以后殖民主义观念为价值原则,关注不同文学传统的不可交流性、误读度与霸权侧面。怀疑双向与平等交流的乐观假设,比如特定文学传统之间一方对另一方影响越大,反向影响就越小,文学交流往往是动摇文学传统的霸权化过程;揭示不同语种文学接触交流中的"背叛性"因素与反双向性的等级结构,并试图解构其产生的社会文化机制。

总之,上述几种研究范式,以及关于中外文学关系研究的综合理论思考,加上几套丛书,还有一大批研究论著、论文等探索成果的出现,对推动中国比较文学学科深入发展,具有无可取代的意义和作用。如果我们能有所创新,那也是在所有这些成就基础上进行的。

三、展望：未来的学术研究趋向

尽管包括前辈学者和学界时贤在内的国内研究者在中外文学与文化关系研究方面取得了很好的成绩,为中国比较文学在国际比较文学界赢得了一席之地,但为有益于学科建设和学术研究的健康持续发展,我们觉得仍然可以在下面几个方面推进本领域的学术研究。

其一,文献资料的持续发掘、整理与中外文学关系史料学研究领域的确立。

关于中外文学双向交流文献资料的搜集整理与出版工作是文学关系史研究的基础工程,我国比较文学学者的优秀学术研究成果均是建立在资料实证基础之上的。比较文学研究界已经开始关注这方面的研究。比如 2004 年就出版了贾植芳、陈思和主编《中外文学关系史资料汇编（1898—1937）》①与葛桂录著《中英文学关系编年史》②带有很大实用价值的著述。如果所有国别文学关系史的研究均从史料搜集、资料编年开始，在此坚实基础上撰著国别文学交流史，则是一桩有重要意义的学术工程。只有先搞基础学术工程，才能正确地勾画出文学交流史历程行迹，使学术研究真正具有科学性、实证性。因此，追求原典性文献的实证研究仍是研究者不可懈怠的使命。

而在文献资料发掘整理基础上，进一步拓展文学关系史料学的研究领域，则是大势所趋。跨文化语境中的文学关系史料学研究，是文学交流史研究的基础学术工程，它有助于我们清晰地还原文学交互影响的历史进程，也是建构科学的方法论与良好学术风气的重要保证。文学关系史料学研究主要包括：①弄清史料文献的源流类型与内容价值；②掌握鉴辨整理的方法以确定史料真伪及价值大小；③提供检索利用的信息途径。同时关注文学交流史料的历史语境与评判标准，将史料学研究与学术史探讨及理论批评范式相结合，力求创造性地理解运用，发掘文学史料的潜在价值，揭示跨文化传播中的文学交流史料特点及其对现实的启迪意义。

从史料学的建树来说，哲学、历史学、中国古典文学与现代文学等学科走在了前头。比较文学学科应该大力借鉴这些学科领域的优秀成果与成功经验，融史料学与学术批评于一体，企求为中国比较文学学术史增添新的内容，树立一种新的标格。

其二，文学关系原理与方法的研究与推广。

在具体研究实践基础上提升出关于中外文学关系研究的理论范式，同样非常重要，这是学术研究领域深入拓展的强劲的推动力。上述几种研究路

---

① 贾植芳、陈思和主编：《中外文学关系史资料汇编（1898—1937）》（上、下册），广西师大出版社2004年版。本书是我国第一部反映晚清至抗战爆发这一时期中外文学关系史的资料全编。编者以十数年之漫长工夫，披览几乎全部存世文献，精选各方面代表论著，外则可观此时期中外文学关系之状貌，内则可探现代文艺与社会思潮之脉络与源流。视野之广泛，别择之精严，实则一部完整而生动的文学关系史。

② 葛桂录：《中英文学关系编年史》，上海三联书店2004年版。本书为国内第一部国别文学关系编年史，为研究者们全面深入研讨该领域课题，搭建了一方宽阔的时空平台。全书按照公元纪年先后顺序排列，编年时间自公元1218年成吉思汗西征引起欧洲诸国震撼始，至1967年梁实秋译《莎士比亚戏剧全集》出版止。

径、研究方法的出现,为今后数年更好的总结推广、修正提升做了良好的
铺垫。

当然,研究方法或理论范式的提出,与各种研究类型、研究对象的特征,
密不可分,其有效性与普适性需要得到研究实践的反复验证。因此,切实加
强中外文学关系原理与方法论的研讨,非常必要。而将现有研究方法与观念
推广,以期结出更多富有建设性的学术成果,也是未来数年研究者们的共同
目标。

其三,具体学术研究个案的深入考察。

立根于原典性材料的掌握,从文学与文化具体现象以及具体事实出发,
从个别课题切入,进行个案考察,佐之以相关的理论观照和文化透视,深入地
探讨许多实存的、丰富复杂的文学和文化现象所内涵的精神实质及其生成
轨迹,从而作出当有的评判,是未来几年中外文学关系研究者们应该遵循的
原则。只有善于通过每一个具体作家乃至一部部具体作品的过细研究,由
此作出的判断和结论,才能摒弃凌空蹈虚、大而无当的弊端,而使我们的思
考和探索确立在坚实可靠的科学基点上。因此,大力提倡对学术个案的细
致考察,充分吸收中外古典学术资源、现当代文化资源,是未来研究者们持
之以恒的工作目标。这方面比较文学研究界已经出现了一些值得一读的
论著,如孙乃修《屠格涅夫与中国》(学林出版社 1988 年版)、张铁夫主编
《普希金与中国》(岳麓书社 2000 年版)、刘介民《类同研究的再发现——
徐志摩在中西文化之间》(中国社会科学出版社 2003 年版)、董洪川《荒原
之风——T. S. 艾略特在中国》(北京大学出版社 2004 年版)等。

其四,在各语种、国别框架内,全面深入研究中外文学交流的历史进程及
其现实意义。

显然,在前辈学者开拓的基础上,在二十年来我国比较文学蓬勃发展的
情境下,对中外文学关系史的整体开发已历史地摆到了我们面前。而新世纪
文化转型期也为深入中外文学关系研究,提供了新的挑战,为中国比较文学
深度发展、分途掘进,提供了新的层面和新的契机。

在这种新的机遇中,国内及海外的中外文学与文化关系研究者,在南京
大学教授钱林森主持下,启动了《中外文学交流史丛书》(18 卷)的撰著工

作。本套丛书的意义就在于调动本学科研究者的共同智慧,对已有成果进行咀嚼和消化,对已有的研究范式、方法、理论和已有的探索、尝试进行重估和反思,进行过滤、选择,去伪存真,以期对中外文学关系史本身,进行深入研究和全方位的开发,创造出新的局面。

本套丛书预期用五年左右的时间研究写作,希望能在问题研究的深度上,代表着当今时代汉语学术界相关研究领域的最高水平。不仅要在史料的丰富、问题研究的深入上有所进步,还应该在研究的理论与方法上,有自觉而系统的反思,构建出中外文学交流史的基本框架。因此,如能顺利完成,将会成为中外文学关系史研究领域的航空母舰,涉及语种最多、国别最齐,包括英国卷、美国卷、法国卷、德国卷、意大利卷、古希腊希伯来卷、西班牙语卷、葡萄牙语卷、俄罗斯卷、东欧卷、北欧卷、阿拉伯卷、波斯卷、日本卷、印度卷、韩朝卷、东南亚卷、澳大利亚新西兰卷等。各卷作者均有丰富的学术积累,绝大多数是相关研究领域的前沿学者。①

其五,立足于区域文化视野里的中外文学关系研究。

在人文社科研究中,研究资料本身所具有的民族性、地方性往往直接反映了研究成果的原创性,如摩尔根的《古代社会》、费孝通的《江村经济》等均如此。当然,中外文学关系研究中的区域文化视野,与跨越东西方异质文化的视野密不可分,借此克服可能出现的静态、孤立的思维模式,加上学科之间的协作研究,使得跨文化语境里的区域性中外文学交流课题,能够在激活文学与文化交流的原生态方面,发挥一定的作用。从中拈出构成中华文学的区域性文化因子,以及外在于主流文学的特异文化因子,这种特异文化因子与中外文化交流语境的可能联系。这些预期设想将会成为刺激中外文学关系研究者深入探求的动力。比如,福建区域文化(闽文化)在近现代文学、文化交流中占据重要地位,一批对中国文化史、思想史、文学史产生重要影响的作家出生在福建,或在福建生活过。那么,地域文化因素对后来身处中外文学、文化交流伟大历史进程中的他们来说,有何影响(正面的与负面的),如何撞击与化解,等等,都会是研究者们乐于探讨的课题。

---

① 这套大型《中外文学交流史丛书》,系"十一五"国家重点图书,已获国家社科基金与"十二五"国家出版基金资助,将于2014年由山东教育出版社出版发行。

中英文学关系研究的历史进程及阐释策略①

对不同国家民族文学之间相互关系的探讨是典型的比较文学研究领域。从学术史上来看,各国发展比较文学最先完成的工作之一,都是清理本国文学与外国文学的相互关系,研究本国作家与外国作家的交互影响。我国学者在系统梳理中国文学与外国文学双向交流的历程方面,做了大量工作,出版了一批有分量的著作。但在这一研究领域仍有不少课题值得我们花大工夫去开拓研讨,中英文学与文化关系的研究也不例外。

考察数百年来的中英文学与文化关系史,诸如:①中英双方早期文化交往史实;②中国文学(文化)在英国的流播与评价,英国文学在中国文化语境里的译介与重要评论;③英国作家笔下的中国题材及其中国形象的塑造,中国作家眼里的英国印象及其对英伦作家的题咏;④中英作家之间的交往,英国作家在中国(中国作家在英国)的生活工作、游历冒险,等等多方面的内容均可进入我们的研究视野。前辈学者与学界时贤在这些专题研究方面取得了比较丰硕的成果。

---

① 原载《四川外语学院学报》2006年第4期;《新华文摘》2006年第22期。

一、学术前辈的开辟

中英文学与文化关系的研究领域是由我国一些学贯中西的前辈学者,如陈受颐、方重、范存忠、钱锺书等人开辟的。我们注意到,他们在国外著名学府攻读学位期间,大都不约而同地选择了中国文化在英国的影响或英国文学里的中国题材这样的研究课题。他们对 17、18 世纪英国文学里中国题材及中国形象的研究是我国早期比较文学研究的代表性作品,至今仍然是这一研究领域的经典之作。

陈受颐是我国最早研究中国文化在欧洲的传播与影响的著名学者之一。1928 年,他以《18 世纪英国文化中的中国影响》为学位论文而获得芝加哥大学的博士学位。回国后即在《岭南学报》发表一系列文章,如《十八世纪欧洲文学里的〈赵氏孤儿〉》(《岭南学报》一卷一期, 1929 年 12 月)、《鲁滨逊的中国文化观》(《岭南学报》一卷三期, 1930 年 6 月)、《〈好逑传〉之最早的欧译》(《岭南学报》一卷四期, 1930 年 9 月)、《十八世纪欧洲之中国园林》(《岭南学报》二卷一期, 1931 年 7 月)。后来又相继在《南开社会经济季刊》、《中国社会政治科学评论》、《天下月刊》等国内的英文刊物发表了多篇中英文学与文化关系方面的论文,如《但尼尔·笛福对中国的严厉批评》["Daniel Defoe, China's Severe Critic", *Nankai Social and Economic Quarterly*, 8(1935), pp.511-550.]、《约翰·韦伯:欧洲早期汉学史上被遗忘的一页》["John Webb: A forgotten Page in the Early History of Sinology in Europe", *The Chinese Social and Political Science Review*, 19(1935-36), pp.295-330.]、《18 世纪英国的中国园林》["The Chinese Garden in Eighteen Century England", *T'ien Hsia Monthly*, 2(1936), pp.321-339.]、《元杂剧〈赵氏孤儿〉对 18 世纪欧洲戏剧的影响》["The Chinese Orphan: A Yuan Play, Its Influence on European Drama of the Eighteen Century", *T'ien Hsia Monthly*, 4(1936), pp.89-115.]、《托马斯·珀西和他的中国研究》["Thomas Percy and His Chinese Studies", *The Chinese Social and Political Science Review*, 20(1936-37), pp.202-230.]、《哥尔斯密和他的中国人信札》

["Oliver Goldsmith and His Chinese Letters", *T'ien Hsia Monthly*, 8（1939），pp.34–52.］等。陈受颐作为中英（中欧）文学与文化关系研究的主要开创者之一，其对原始资料的详尽占有与细致解析，以及丰富的研究成果和严谨的治学风格均给我们留下了深刻印象，为后学者从事本领域的研究工作起了示范和标杆作用。

方重在斯坦福大学的博士论文是《十八世纪英国文学中的中国》（1931），后来该文的中文本在国立武汉大学的《文哲季刊》二卷一、二期上发表，并收入作者的《英国诗文研究集》（商务印书馆 1939 年版）之中。这是继陈受颐之后我国学者研究中国文化对英国文学影响的有相当分量的文章。材料丰富，考证详实，分析透辟，富有说服力，是这篇长文的主导特色。该文详细记录了英国人对契丹（Cathay）的热忱幻想以及当时英国作家对中国题材的取舍利用。方重把 18 世纪英国文学对中国材料的运用分为三个时期：1740 年以前为准备期，有斯蒂尔、艾狄生为积极的提倡者；1740 至 1770 年为全盛期，运用中国材料的有谋飞、哥尔斯密、沃波尔等人，其中哥尔斯密的《世界公民》最值得注意；1770 年以后中国热逐渐降温，但还有约翰·司各特把中国材料写进诗歌。他认为，与 19 世纪英国对中国的批评不同，这个时期人们对中国基本上是"尊崇的，爱慕的"。文章特别详述了《赵氏孤儿》在法国与英国的流传，以及哥尔斯密《世界公民》里的中国材料，体现了著者非常扎实的研究功力和以实证材料见长的影响研究特点。因此，方重的贡献在于第一次为我们勾画了 18 世纪英国作家借鉴中国题材的脉络，提供了一幅英国的中国观念图。

以博学睿智著称的钱锺书在中英文学与文化关系研究方面同样取得了令后学叹服的成绩。他从清华大学毕业后，作为庚款留学生，直接进入牛津大学。用了一年左右的时间，写出了一篇极见功力的长文《十七、十八世纪英国文学中的中国》，通过毕业考试，于 1937 年获得牛津大学的文学士（B. Litt.）学位。该文后来在《中国文献目录学季刊》（*Quarterly Bulletin of Chinese Bibliography*）1940 年第一卷和 1941 年第二卷上发表。这篇洋洋数万言的长篇英文论文，一如钱锺书所有著述，旁征博引，左右逢源，通过书信、游记、回忆录、翻译、哲学思想史著作，以及文学作品等无数的材料，最翔实系统地梳理论述了至 18 世纪末为止英国文学里涉及的中国题材,并对其中的传播媒介、文化误读以及英国看中国的视角趣味的演变等都作出深入的剖析,而成为我国比较文学影响研究的经典个案。关于这两个世纪里英国作家涉及中国题材的材料,均被钱锺书搜罗殆尽,为我们继续深入研讨这一课题,提供了最详尽的英文文献资料来源线索。通过钱锺书的详辨细审,我们得以获知中英文学交流史上的一个个闪光点:最早提到中国文学的英文著述是乔治·普登汉姆(George Puttenham, 1529—1591)的《英国诗歌艺术》(*The Arte of English Poesie*, 1589);第一篇有意讽刺模仿中国风格(诏书)的英文作品是斯蒂尔(Richard Steele, 1672—1729)刊于《旁观者》(*The Spectator*)第 545 期上的一封信,这封信是中国皇帝写给罗马教皇克莱门十一世的,建议中国与教会建立联盟;首部表现中国主题的英文作品是埃尔卡纳·塞特尔(Sir Elkanah Settle, 1648—1724)的《中国之征服》(*The Conquest of China*, 1674);哥尔斯密(Oliver Goldsmith, 1730—1774)的《世界公民》则是最了不起的中国故事;威尔金逊(James Wilkinson)与珀西(Thomas Percy)合译的《好逑传,或快乐的故事》(*Hau Kiou Choaan or, The Pleasing History*, 1761)是 18 世纪汉译英作品中最伟大的译作;英国比较研究中西文学的第一人是理查德·赫德(Richard Hurd);约翰·韦伯(John Webb, 1611—1672)是第一个强调中国的文化方面而不是对乱七八糟的伪劣中国古玩感兴趣的英国人,他在 1669 年出版的《论中华帝国之语言可能即为初始语言之历史论文》(*An Historical Essay Endeavoring a Probability that the Language of Empire of China is the Primitive Language*)是关于中国语言的第一篇论文;"牛津才子"托马斯·海德(Thomas Hyde, 1673—1703)是首位似乎真正懂点中文的英国人;安东尼·伍德(Anthony Wood)在其《自传》中所记的南京人沈福宗(Michel Shen Fo-Tsoung,米歇尔为其教名),是英文作品中所描绘的第一个真实的中国人;威廉·坦普尔爵士(Sir William Temple, 1628—1699)是第一个比较研究中西哲学与论述中国园林的英国人,等等。如果说以上这众多的"首先、第一、之最",展示的是著者博学的一面,那么以下这些结论提示的就是著者睿智的一面:"人们常说 18 世纪的英国有一股中国热。但是如果我们的考察没有错的话,对中国表现出高度崇拜的应该是 17 世纪的英国。""有的作者受 18 世纪英国生活中崇尚中国事物的风气所误导,以为 18 世纪英国文学中一定也弥漫着同样的狂热。事实上,18 世纪英国文学中表现出的对中国的态度与在生活中表现出来的正好相反。当英国生活中对中国的爱好增强时,英国文学中的亲华主义却减弱了。""18 世纪的英国文学对总的中国文化尤其是对盛行的中国风充满了恶评。它似乎是对它所来自的社会环境的一种矫正而不是反映。"然而"如果说 18 世纪的英国人不像他们的 17 世纪前辈那么欣赏中国人,也不像他们同时代的法国人那么了解中国人的话,他们却比前两者更懂得中国人"①。可见,钱锺书在全面考察 17、18 世纪英国文学里中国题材后得出的这些令人信服的结论,更值得我们关注,因为它们揭示出了这两个世纪里中英文学关系最本质的特征。

在这些前辈学者中,范存忠对中英文学与文化关系研究用力最多,成果也最丰富。早在 30 年代初期,他就开始研究 17、18 世纪,特别是启蒙运动时期的英国文学及中英文化关系问题,其研究成果很快为中外学术界所瞩目。1931 年在哈佛大学获得哲学博士学位,其博士论文题目为《中国文化在英国:从威廉・坦普尔到奥列佛・哥尔斯密斯》(*Chinese Culture in England from Sir William Temple to Oliver Goldsmith*)。其后在《金陵学报》一卷二期发表长篇论文《约翰生,高尔斯密与中国文化》(1931),以及其他文章,如《孔子与西洋文化》(《国风》第三期,1932)、《歌德与英国文学》(《歌德之认识》,宗白华编,1932)、《卡莱尔论英雄》(南京《文艺月刊》四卷一期,1933)、《一年来的英美传记文学》(南京《文艺月刊》八卷三期,1936)等。40 年代以后,他这方面的成果更是精彩纷呈。如《十七八世纪英国流行的中国戏》(《青年中国季刊》二卷二期,1940)和《十七八世纪英国流行的中国思想》上下篇(《中央大学文史哲季刊》一卷第一、二期,1941),论 17、18 世纪中国戏剧对欧洲的影响和诸子百家等所代表的中国思

---

① 冉利华:《钱锺书的〈17、18 世纪英国文学中的中国〉简介》,《国际汉学》第十一辑,大象出版社 2004 年版。同期刊载的尚有张隆溪的文章《〈17、18 世纪英国文学中的中国〉中译本序》、冉利华的另一篇文章《论 17、18 世纪英国对中国的接受》。钱锺书的这部英文论文曾由冉利华女士译成中文,后来由于种种原因未能出版。

想对欧洲的影响。另还发表有《鲍士韦尔的〈约翰逊传〉》(《时与潮文艺》一卷一期，1943)、《卡莱尔的〈英雄与英雄崇拜〉》(《时与潮文艺》二卷一期，1943)、《斯特莱奇的〈维多利亚女王传〉》(《时与潮文艺》二卷三期，1943)等精彩文章。1944年，范存忠应邀赴英国，在牛津大学讲学一年，提交论文多篇，系统地介绍了中国古代哲学、政治、经济、文化、艺术等对西方的影响。这些成果陆续在《中国文献目录学季刊》(*Quarterly Bulletin of Chinese Bibliography*)、《英国语言文学评论》(*The Review of English Studies*)等英文期刊以及《文史哲季刊》、《青年中国季刊》、《思想与时代》等刊物发表后，影响很大。如 "Dr. Johnson and Chinese Culture"(《约翰逊博士与中国文化》，1944)是他在伦敦中国学会的演讲词，该文在《中国文献目录学季刊》发表后，即由伦敦《泰晤士报》文学副刊以及《札记与问题》(*Notes and Queries*)介绍评论。以往的学者往往只谈到约翰逊鄙视中国的一面，范先生当时搜集了一点材料，足以说明约翰逊对中国文物也有他向往的一面。其他还有 "Percy and Du Halde"(《珀西与杜哈德》，载《英国语言文学评论》1945年10月号)、"Sir William Jone's Chinese Studies"(《威廉·琼斯爵士与中国文化》，载《英国语言文学评论》1946年10月号)、"Percy's Hau Kiou Chuaan"(《好逑传的英译本评论》，载《英国语言文学评论》1947年4月号)、"Chinese Fables and Anti-Walpole Journalism"(《中国的寓言与18世纪初期反对沃尔波的报章文学》，载《英国语言文学评论》1949年4月号)等文章，在英伦文学批评界引起很大反响。新中国成立后，范存忠继续在中英文学与文化关系领域辛勤耕耘，先后发表了《〈赵氏孤儿〉杂剧在启蒙时期的英国》(《文学研究》1957年第3期)和《中国的思想文物与哥尔斯密斯的〈世界公民〉》(《南京大学学报》1964年第1期)两篇重要文章。文章在前人研究的基础上补充了新的材料，提出了一些具体事例，并结合当时的历史条件和思想倾向，从历史唯物主义观点出发对所论及的问题做出完整而具体的综合性论述。新时期以后，范先生又相继发表 "Chinese Poetry and English Translations"(《谈汉诗英译问题》，载《外国语》1981年第5期)、《中国的人文主义与英国的启蒙运动》(《文学遗产》1981年第4期)、"The Beginnings of the Influence of Chinese Culture in England"(《中国文化影响英国之始》,载《外国语》1982 年第 6 期)、《中国园林和十八世纪英国的艺术风尚》(《中国比较文学》1985 年第 1 期)、《中国的思想文化与约翰逊博士》(《文学遗产》1986 年第 2 期)、《威廉·琼斯爵士与中国文化》(《南京大学学报》1989 年第 1 期)、《珀西的〈好逑传及其他〉》(《外国语》1989 年第 5 期)等多篇重要文章。

范存忠治学严谨,任何结论都是建立在对材料的具体分析的坚实基础上面。他后来在一篇文章里说道:"我认为在比较文学的研究中,历来谈两国文化的关系时,往往难于具体,是一个缺陷。因此,在上述这些论著中,探讨中英两国文化交流和互相影响的历史时,我力图作出明确而具体的阐述。"(《我的自述》,载 1981 年《文献》第七辑)我们读范先生的那些著述,常常发现他从不孤立地去观察问题,而是将研究对象置于历史语境之中,由表及里,探究了特定的文学文化现象发生的原因,彻底理清楚了错综复杂的文学关系,这使他的比较文学研究很有深度。范先生去世后,上海外语教育出版社于 1991 年出版了由范夫人林凤藻作序的范先生遗著《中国文化在启蒙时期的英国》。这本集大成的中英文学与文化关系研究的经典著作,详细探讨了英国古典作家乔叟、莎士比亚和弥尔顿笔下的中国,孔子学说对英法两国哲学家和作家的影响、元曲《赵氏孤儿》与英法戏剧家的关系等。还提到女王安妮、诗人蒲伯、作家约翰逊等人对中国名茶和古瓷的喜爱、坦普尔和钱伯斯对中国园林的推崇、小说家笛福对中国的偏见、哥尔斯密《世界公民》对中国文化的钟爱、珀西对《好逑传》的翻译以及威廉·琼斯翻译《诗经》,向英国人推荐中国文化等。内容极其丰富,涉及中国文化的方方面面,引证有关中外文资料三百多条,文字简洁生动,深受海内外学者的好评,充分体现了他"明确而具体"的研究风格。已故南京大学名誉校长匡亚明称该书为"研究中英两国文化交流的不朽之作"。因而本书一直是目前国内学者继续本课题研究的必备参考书。范先生通过该著针对中国哲学、文化、艺术对英国文艺思潮和文学创作产生的影响所做的发掘和论证,为比较文学影响研究作出了成功的范例,成为我国比较文学界一部划时代的学术著作。1995 年获得国家教委首届全国高校人文社会科学研究优秀成果一等奖。

此外,建国以前在中英文化与文化关系研究方面,还有一些重要论文,如张沅长《英国十六十七世纪文学中之"契丹人"》(《文哲季刊》第二卷第三期，1931)和《密尔顿之中国与契丹》(《文艺丛刊》第一卷第二期，1934)、潘家洵《十七世纪英国戏剧与中国旧戏》(《新中华》复刊号，1943年1月)、李兆强《十八世纪中英文学的接触》(《南风》第四卷第一期，1931年5月)、梅光迪《卡莱尔与中国》(《思想与时代》第四十六期，1947年6月)等，均以资料丰富，论述精辟见长，具有重要的参考价值。萧乾在20世纪40年代初期编有一本涉及中国题材的英文作品集《千弦之琴》(*A Harp with A Thousand Strings*. London: Pilot Press Ltd.，1944.)，在伦敦出版后颇受英国各界欢迎，到目前为止仍是这方面唯一的一部作品选集，值得重视。

毫无疑问，以上这些著述奠定了中英文学与文化关系研究的坚实基础，无论是文献发掘整理还是在文本分析探讨方面，都取得很高成就，许多方面是后来的研究者难以逾越的。特别是这些前辈学者的研究套路至今仍然是我们应当仿效的榜样。不过，我们也注意到，上述这些研究成果有一个共同点就是，其研究范围都设定在18世纪及其以前的中英文学与文化关系，至于19世纪以来中英文学与文化之间更为丰富的撞击交流的史实却涉及甚少，甚至尚未触及，这就为后学研究留有了拓展的广阔空间。

二、学界时贤的拓展

当代学人在这些学术前辈所开辟道路的基础上，将中英文学与文化关系研究继续推进。主要有以下几方面的收获：

第一，对中英作家交往及中英文学关系的生动描画。其中赵毅衡写了一系列关于中英文学交流的文章，后收入其散文集《西出阳关》(中国电影出版社1998年版)和《伦敦浪了起来》(人民文学出版社2002年版)之中。如《老舍：伦敦逼成的作家》、《邵洵美：中国最后一个唯美主义者》、《徐志摩：最适应西方生活的中国文人》、《朱利安与凌叔华》、《萧乾在战时英国》、《组织成的距离：卞之琳与英国文学家的交往》，以及《艾克顿：北京胡同里的贵族》、《毛姆与持枪华侨女侠》、《迪金森：英国新儒家》、《瑞恰慈：镜子两边的中国梦》、《燕卜荪：某种复杂意义》、《奥顿：走出战地的诗人》、

《轮回非幽途：韦利之死》等。这些文章均以轻松自如的散文笔调，对中英作家之间的交往，将生活游历在英国（或中国）的中国作家（或英国作家）的趣闻轶事，以及所引发的文化碰撞、困惑与交融，刻画得生动细致，惟妙惟肖，展示了中英文学交流的大量鲜活个案，可读性强，令人耳目一新。其他的文章如林以亮《毛姆与我的父亲》（台北《纯文学》第三卷第一期，1968 年）、萧乾《以悲剧结束的一段中英文学友谊：记福斯特》（《世界文学》1988 年第 3 期）、李振杰《老舍在伦敦》（《新文学史料》1990 年第 1 期）、赵友斌《曼斯菲尔德与徐志摩》（《四川师范学院学报》1995 年第 1 期）、徐鲁《徐志摩与曼斯菲尔德》（《名人》1995 年第 4 期）、童新《萧伯纳的中国之行》（《外交学院学报》1995 年第 1 期）等，均有较高的阅读价值。

　　第二，有关英国文学在中国的译介与研究是中英文学关系研究的一个重要领域。这方面著述很丰富，多以材料翔实、评价公允、史论结合见长。其中，孙致礼《1949—1966：我国英美文学翻译概论》（译林出版社 1996 年版）、王建开《五四以来我国英美文学作品译介史（1919—1949）》（上海外语教育出版社 2003 年版）等成果均为国家社科基金规划项目。其他如钱满素《英美文学在中国》（《世界图书》1981 年第 4 期）、杨国斌《英国诗歌翻译在中国》（《外语与翻译》1994 年第 2 期）、刘炳善《英国随笔翻译在中国》（《外语与翻译》1994 年第 2 期）、徐剑《初期英诗汉译述评》（《中国翻译》1995 年第 4 期）、朱徽《20 世纪初叶英诗在中国的传播与影响》（《外国语》1996 年第 3 期）、解志熙《英国唯美主义文学在现代中国的传播》（《外国文学评论》1998 年第 1 期）、屠国元、范思金《英国早期诗歌翻译在中国》（《外语与翻译》1998 年第 2 期）、张旭等《英国散文翻译在中国》（《外语与翻译》2000 年第 3 期）等文章，均为我们从总体上了解与把握英国文学在中国的传播与影响，提供了重要信息。

　　就具体的英国作家在中国的接受而言，莎士比亚无疑是个重镇。如戈宝权《莎士比亚的作品在中国》（《世界文学》1964 年第 5 期）和《莎学在中国》（《莎士比亚研究》1983 年创刊号），曹未风《莎士比亚在中国》（《文艺月报》1954 年第 4 期），赵铭彝《莎士比亚在中国舞台上》（《上海戏剧学院学报》1957 年第 6 期），王佐良《莎士比亚在中国的时辰》（《外国文学》1991 年第 2 期），曹树钧《二十世纪莎士比亚戏剧的奇葩：中国戏剧莎剧》（《戏曲艺术》1996 年第 1 期），王建开《艺术与宣传：莎剧译介与 20 世纪前半中国社会进程》（《中外文学》2005 年第 33 卷第 11 期），以及台北的李奭学《莎士比亚入华百年》（台湾《当代》第 39 期，1989 年 9 月）等，发表了有分量的著述。而孟宪强与李伟民在这方面的研究最为突出。孟宪强的《中国莎学简史》（东北师范大学出版社 1994 年版）和《中国莎学年鉴》（东北师范大学出版社 1995 年版）是这方面的重要著作；李伟民的系列论文，如《抗日战争时代莎士比亚在中国》（《新文学研究》1993 年第 3、4 期），《中国：莎士比亚情结——为纪念莎士比亚诞辰 430 周年而作》（《伊犁师范学院学报》1995 年第 1 期），《1993—1994 年中国莎学研究综述》（《国外文学》1996 年第 2 期），《中国莎士比亚及其戏剧研究综述》（《四川戏剧》1997 年第 4 期），《阶级、阶级斗争与莎学研究：莎士比亚在二十世纪五六十年代的中国》（《四川戏剧》2000 年第 3 期），《莎士比亚与清华大学：兼谈中国莎学研究中的"清华学派"》（《四川戏剧》2000 年第 5 期），《中国莎士比亚研究论文的统计与分析》（《浙江树人大学学报》2002 年第 5 期），《莎士比亚在中国政治环境中的变脸》（《国外文学》2004 年第 3 期），《莎士比亚传奇剧研究在中国》（《外语研究》2005 年第 3 期）等，这些论文连同他的论著《光荣与梦想：莎士比亚在中国》（香港天马图书有限公司 2002 年版）和《中国莎士比亚批评史》（中国戏剧出版社 2006 年版），将中国的莎学研究进一步推向深入作出了显著贡献。

其他如王列耀《王尔德及其作品在中国的译介情况概述》（《文教资料》1987 年第 3 期）和《王尔德在中国的评价与争论》（《文学研究参考》1987 年第 4 期）、杨金才《艾略特在中国》（《山东外语教学》1992 年第 1、2 期）、朱徽《T. S. 艾略特与中国》（《外国文学评论》1997 年第 1 期）、何宁《哈代与中国》（《外国文学评论》1999 年第 1 期）、苏文菁《华兹华斯在中国》（《中国比较文学》1999 年第 3 期）、王友贵《乔伊斯在中国：1922—1999》（《中国比较文学》2000 年第 2 期）、罗婷等《伍尔夫在中国文坛的接受与影响》（《湘潭大学学报》2002 年第 5 期）、李淑玲和吴格非《萨克雷及其小说在二十世纪中国的传播与接受》（《外语与翻译》2005 年第 2 期）等，均为这方面的重要成果。另外,关于英国文学(英国作家)在中国的接受影响课题,也成为不少比较文学与世界文学专业研究生的毕业论文选题。这些研究成果不容忽视,可惜许多未有机会公开发表。

第三,关于中国文学在英国译介与流播情况的探讨,也是中英文学关系研究的重要收获。张弘所著《中国文学在英国》(广州花城出版社1992年版)就是这方面的新成果。该书为乐黛云、钱林森主编《中国文学在国外丛书》之一种,叙述了近代随着中西交通的恢复发展及汉学的兴起,中国文学传入英国并得到翻译、评介与接受的情况。书中既勾勒了这一漫长、曲折、时有起伏的历史过程,说明了传播的各种媒介,介绍了贡献突出的著名学者,探讨了英国在译介中国文学方面不同于其他欧美国家的特点,分别评述了从古典诗歌、小说、剧本直到现当代文学在英国得到译介的各类成果,也注意分析文学接受过程中必然表现出来的阐释反差,探究了在此背后的趣味与传统的不同。书后附录"中国文学传入英国大事年表",以及中英文对照的参考书目,也有一定的参考价值。另外,黄鸣奋《英语世界中国古典文学之传播》(上海学林出版社1997年版)、王丽娜编著《中国古典小说戏曲名著在国外》(上海学林出版社1988年版)等著述也介绍了中国文学作品在英国的传播情况。还有廖峥《阿瑟·韦利与中国古典诗歌翻译》(《国际关系学院学报》2000年第4期)、王辉《理雅各与〈中国经典〉》(《中国翻译》2003年第2期)、程章灿《魏理的汉诗英译及其与庞德的关系》(《南京大学学报》2003年第3期)等文章具体研究了英国汉学家对中国经典、中国文学作品的译介等内容,可资参考。

第四,中国作家对英国文学的译介评论,英国文学对中国作家的影响与接受,也是研究者们乐于关注的课题。这方面的重要著述如李奭学《另一种浪漫主义——梁遇春与英法散文传统》(《中外文学》1989年第18卷第7期)、林奇《梁遇春与英国的Essay》(《福建师范大学学报》1989年第2期)、高旭东《鲁迅与英国文学》(陕西人民教育出版社1996年版)、辜也平《巴金与英国文学》(《巴金研究》1996年第2期)、袁荻涌《郭沫若与英国文学》(《郭沫若学刊》1991年第1期)和《苏曼殊与英国浪漫主义文学》(《昭通师专学报》1993年第2期)、许正林《新月诗派与维多利亚诗》(《中国现代文学研究丛刊》1993 年第 2 期)、刘久明《郁达夫与英国感伤主义文学》(《中国文学研究》2001 年第 2 期)、《浪漫主义的 "云游":徐志摩诗艺的英国文学背景》(《西南民族学院学报》2000 年第 4 期) 等。王锦厚所著《"五四"新文学与外国文学》(四川大学出版社 1996 年版) 之《"五四" 新文学与英国文学》一章,则全面系统地探讨了我国 "五四" 时期新文学产生发展与英国文学的关系。著者在具体分析英国文学对 "五四" 新文学的影响时,标出了三个值得注意的动向,即 "注意了选择"、"注意了研究" 和 "注意了模仿",特意提示 "几个值得纪念的纪念",更从 "文学观念的更新"、"体制的输入和试验"、"理论与艺术的探讨" 等几个方面做了详细分析,让我们初步明白了英国文学在哪些方面影响着中国的新诗人和中国的读者。这些论述均在大量史实中抓住了关键的问题,很能触发读者的进一步深思。还有一些研究者则从英国作家与中国现代文学关系的角度探讨英国文学对 20 世纪中国文学的影响,如汪文顶《英国随笔对中国现代散文的影响》(《文学评论》1987 年第 4 期)、王列耀《王尔德与中国现代文学》(《黑龙江教育学院学报》1988 年第 3 期)、周国珍《彭斯及其中国读者》(《中国比较文学》1991 年第 2 期)、赵文书《奥登与九叶诗人》(《外国文学评论》1992 年第 2 期)、杨金才《扬弃·再造:艾略特与中国现代诗坛》(《镇江师专学报》1992 年第 2 期)、赵玫《乔伊斯与中国小说创作》(《外国文学》1997 年第 5 期)、黄岚《梁遇春和英国小品文的影响》(《云南师范大学学报》2000 年第 5 期) 等均值得我们借鉴。

　　第五,关于英国文学家笔下的中国形象以及中国文人眼中的英国作家等课题的探讨,也出现了不少颇有分量的著述,如李奭学《傲慢与偏见——毛姆的中国印象记》(台北《中外文学》17 卷 12 期, 1989 年 5 月) 和《从启示之镜到滑稽之雄——中国文人眼中的萧伯纳》(台北《当代》第 37 期, 1989 年)、王列耀《五四前后中国人眼中的王尔德》(《云南师范大学学报》1987 年第 1 期)、周宁《鸦片帝国:浪漫主义时代的一种东方想象》(《外国文学研究》2003 年第 5 期)、倪正芳《浪漫地行走在想象的异邦——拜伦笔下的中国》(《中华读书报·国际文化》2003 年 11 月 5 日) 等。这里还需要指出的是,叶向阳博士以秋叶笔名,于 2003 年 10 月起在《中华读书报·国

际文化版》连载了关于英国早期游记里中国形象的系列文章。作者以英国
旅行者塑造的中国形象为基点,介绍了鸦片战争前英国一些重要的中国游
记。这些文章以勾勒"形象是什么样的"为主,进而针对作者中国形象塑造
的内在逻辑做了必要的分析。让我们不仅能够看到英国的中国观演变历程
的缩影,而且还可以体会到东西两大文明之间首次碰撞和适应的有趣现象。
可以说,叶向阳通过对这些原著文本的细致考察和深刻解读,为中英文学关
系研究进一步走向深入提供了成功的经验。

　　第六,关于中英文学与文化关系史的研究文章有:周珏良《数百年来的
中英文化交流》(周一良主编《中外文化交流史》,河南人民出版社1987年
版,第583—629页)、傅勇林《中英文学关系》(曹顺庆主编《世界比较文
学史》下编,北京师范大学出版社2000年版,第117—131页)、周小仪《英
国文学在中国的介绍、研究及影响》(《译林》2002年第4期)。其中,周珏
良的文章长达三万五千字,主要谈的是中英文学之间的交流历程。该文材料
丰富,论述详尽,是我国学者所写的第一篇梳理中英文学与文化关系的长篇
论文,至今仍具有重要参考价值。傅勇林的《中英文学关系》是为《世界比
较文学史》(曹顺庆主编)一书写的一节内容,基本勾勒了自乔叟以来中英
文学关系的发展变化轨迹,包括中英双方早期文学上的交互投射与衍用、中
期的文学接触及交互影响、近现代中学西渐、西学东渐中的中英文学关系,具
有重要参考价值。周小仪的文章则指出,英国文学的翻译介绍从来不是纯
粹的中性的学术研究,相反,它是社会改造运动、意识形态运动的有机组成
部分。周文将英国文学在中国的译介研究及影响分为四个阶段,并按西方现
代性与反现代性、殖民化与非殖民化等价值概念为标准分为两组。指出正是
在这种学科对象和学术兴趣的选择中可以看出英国文学研究与社会历史的
关系。该文对我们深入理解英国文学在中国的接受史颇有启发。另外,王向
远所著《中国比较文学研究二十年》(江西教育出版社2003年版)第七章
专门介绍了"中英文学关系研究"的状况。分中国文学在英国的传播与影
响、英国文学在中国的传播与影响两小节,重点评述范存忠、张弘对中国文学
在英国的传播研究,曹树钧、孙福良、孟宪强等对中国的莎士比亚接受史的研
究,也有一定的参考作用。

　　第七，笔者近几年来也一直希望在这一研究领域有所探索。已经出版《雾外的远音——英国作家与中国文化》（宁夏人民出版社 2002 年版）、《他者的眼光——中英文学关系论稿》（宁夏人民教育出版社 2003 年版）、《中英文学关系编年史》（上海三联书店 2004 年版）等著作。其中，《雾外的远音——英国作家与中国文化》是"十五"国家重点图书《跨文化丛书——外国作家与中国文化》（10 卷）之一种。全书在大量原创性材料的基础上，考察了中国文化对英国作家的多重影响。具体介绍与评述了自 1357 年以来数百年间英国作家对中国文化的想象、认知、理解，以及拒受两难的文化心态。通过英国作家与中国文化关系的疏理，展现了中英文学与文化交流的历程，在跨文化对话中，把握了中英文化相互碰撞与交融的精神实质。该书在前辈学者的基础上，将该课题研究向前推进了一步，成为目前国内学界有关这一课题研究涉及面最广，内容较丰富的一部学术著作。《他者的眼光——中英文学关系论稿》为国内第一部双向探讨中英文学关系的学术专著。上编展示了英国文学视域里的中国形象。下编讨论了英国作家在中国文化语境的接受问题。全书建立在大量第一手文献的基础上，视野开阔，论述精到，开拓了中英文学关系研究的学术领域。《中英文学关系编年史》为国内第一部国别文学关系编年史，对中英早期接触至 20 世纪中叶长达六百余年的文学与文化交流史，做了系统的资料整理，以年代先后加以编排，使大量纷乱繁杂的文学交流史实，有了一个清晰的线索，为研究者深入探讨这一时段的文学与文化交流问题搭建了一方宽阔的时空平台。

　　另外，笔者围绕中英文学与文化关系课题，已经发表了十数篇论文，如《威廉·布莱克在中国的接受》（《淮阴师范学院学报》1998 年第 2 期）、《华兹华斯及其作品在中国的译介与接受（1900—1949）》（《四川外语学院学报》2001 年第 2 期）、《建国以后华兹华斯在中国的接受》（《宁夏大学学报》1999 年第 1 期）、《道与真的追寻:〈老子〉与华兹华斯诗歌中的"复归婴孩"观念比较》（《南京大学学报》1999 年第 2 期）、《文学翻译中的文化传承:华兹华斯八首译诗论析》（《外语教学》1999 年第 4 期）、《华兹华斯在中国的接受史》（《淮阴师范学院学报》2000 年第 2 期）、《文学因缘:林纾眼中的狄更斯》（《淮阴师范学院学报》1999 年第 1 期）、《民国时期狄更斯在中国的接受》(《淮阴师范学院学报》1999 年第 4 期)、《20 世纪下半叶狄更斯在中国的接受》(《西北师范大学学报》社会科学版 1999 年 10 月专辑)、《狄更斯:打开老舍小说殿堂的第一把钥匙》(《宁夏大学学报》2001 年第 3 期)、《狄更斯及其小说在 20 世纪中国的传播与接受》(《苏东学刊》2000 年第 2 期)、《论王国维的西方文学家传记》(《贵州师范大学学报》2001 年第 4 期)、《奥斯卡·王尔德与中国文化》(《外国文学研究》2004 年第 4 期)、《英国文学里的中国形象及其文化阐释》(《中国比较文学教学与研究》2004 年卷)、《"黄祸"恐惧与萨克斯·罗默笔下的傅满楚形象》(《贵州师范大学学报》2005 年第 4 期)、《王尔德对道家思想的心仪与认同》(《国际汉学》第十二辑)、《一个吸食鸦片者的自白——德·昆西眼里的中国形象》(《宁夏大学学报》2005 年第 5 期)、《"中国不是中国":英国文学里的中国形象》(《福建师范大学学报》2005 年第 5 期)、《论哈罗德·阿克顿小说里的中国题材》(《外国文学研究》2006 年第 1 期)、《托马斯·柏克小说里的华人移民社会》(《贵州师范大学学报》2006 年第 2 期)、《欧洲中世纪一部最流行的非宗教类作品——〈曼德维尔游记〉的文本生成、版本流传及中国形象综论》(《福建师范大学学报》2006 年第 4 期)、《中英文学关系研究的历史进程及阐释策略》(《四川外语学院学报》2006 年第 4 期)、《"中国画屏"上的景象:论毛姆眼里的中国形象》(《盐城师范学院学报》2007 年第 1 期)等,希求将中英文学与文化关系研究全面推向深入。

三、几点认识

其一,以上关于中英文学与文化关系研究的著述不论探讨的是哪方面专题,均将文献资料置于重要位置,这是本领域课题研究最重要的基础。一般来说,在文史研究里面,非常讲究文献资料的提供。判定一部著述的学术意义,其中重要的一条就是看你是否给本领域、本学科提供了新资料、新文献?比较文学研究,特别是影响研究、中外文学与文化关系研究,当然离不开原始文献资料的搜集、鉴辨、理解与运用。因此,严谨的治学者均将文献资料的搜罗、辨别,当做第一等的大事情。许多研究思路与设想就出之于那些看似零零星星的材料中。比如,英国文学作品在中国翻译的初版本、序跋、出版广告、据作品改编的电影海报,近现代报刊杂志登载的评论文章,作家的旅行日记、信函等第一手文献资料,对梳理英国文学在中国的接受,具有举足轻重的作用。因而,立足于原典资料的悉心笆梳及由此而作的切实思考和探索,就成为本领域研究的前提。

这方面,前辈学者为我们作出了榜样。比如,范存忠的治学在充分重视原始文献资料方面,给我们做了一个无懈可击的榜样。他的所有论述都是建立于大量的中外文原典资料基础上有感而发的。我们知道,范先生知识渊博,学贯中西。早在少年时代就喜欢中国古典诗文。在东南大学期间更是广泛涉猎中英文史著述。留美期间潜心钻研英国古典文学。与此同时,他在出国前即已学习的英、法语更臻于纯熟,另外他还学习了德语、拉丁语以及与现代英语有关的古英语、古法语、古德语和哥特语等。正是这样的中外文文史功底,才让范先生的学术研究左右逢源,举重若轻,得出一个又一个令人信服的结论。范先生的中文遗著《中国文化在启蒙时期的英国》由上海外语教育出版社刊行后,范先生的遗孀林凤藻(当时在美国)曾希望外交学院教授吴景荣、国际关系学院教授曹惇译成英文,由商务印书馆刊行。由于范先生遗著中有大量引文出自英、法、德文原著的汉译。如要获取确切的原文,势必要从国外收藏最丰富的图书馆书刊中搜索,工程之巨大可想而知,因此不得不忍痛放弃了英译的意图。这样一种遗憾也从侧面说明范先生著述对原始资料的占有与利用何其丰富,其著也才何其厚重。前辈学者极端重视钩沉材料的过硬工夫和严谨求实的科学态度,后学务必借鉴。这对匡正当下学界弥漫着的某些浮泛学风,显然有着深刻的现实意义。

其二,中英文学关系研究这一学术领域,一般可以在两个层面,即文化交流史,以及哲学精神与人类心灵交流史层面上展开。一方面,中英文学关系(如中国文学在英国的流播;英国文学在中国的接受),通常被视为一种独特的文化交流,其独特性表现在,通过文学作品这种媒介,展示异域文化的精髓。因而研究者们试图从不同角度出发来研究这种文学关系,探讨通过文学而引发的中英文化接触、文化冲撞、文化关联的诸种交流类型。在另一层面上,中英文学关系命题,从深层次上,是中英哲学观、价值观交流互补的问题,是某一种形式的哲学课题。比如,研究中国文化(文学)对英国作家的影响,说到底就是研究中国思想、中国哲学精神,尤其是儒道文化精神对他们的浸染和影响。

在以上这两个层面的学术语境中,中英文学关系学术领域大致形成三类稳定的研究课题。即①文学文本的跨文化译介与传播研究:包括英国文学在中国的译介与研究;中国文学在英国的译介与传播;英国汉学家(理雅各、德庇时、翟理斯、亚瑟·韦利、戴维·霍克斯)对中国经典、中国文学作品的译介。②作家与异域文化及文学关系研究:包括英国作家与中国文化、文学关系研究;中国作家与英国文化、文学关系探讨。此类课题着重追寻作家对异域文学、文化的选择、取舍、评价、吸纳、消化、接受的轨迹和成果。③作家作品里的异域题材及异国形象研究:包括英国文学作品中的中国题材及中国形象;中国作家笔下的英国(英国人)形象。英国文学里的中国题材问题,所展现的是英国作家对中国的想象、认知,以及对自身欲望的体认、维护。英国作家中国题材创作背后体现的是中国形象问题。正是在这种对他者的想象与异域形象的描绘中,不断体悟和更新着自我欲望。

其三,总结中英文学关系研究著述,我们可以看到有四种阐释模式,从不同角度阐明中英两国文学、文化相遇的历史。这些模式有时并不依据因果关系来叙述史实,而是试图赋予这些史实以意义和价值。它们是研究者们看待历史事件的框架,决定着其对史实的不同阐释。不过,这些框架通过与历史事实之间的相互影响,又会得到调整与重构。这四种阐释模式为:①现代性(Modernity)视角,包括中国文化(文学)在英国文学(文化)近代化(尤其是启蒙时期)中所起的作用;探讨英国文学的引进对中国本土文学现代性的形成与拓展产生何种作用,以及在某些具体问题上,中英作家、思想家的同步思考及其对文学现代性问题的启示,等等。②他者(the Other)形象模式,特别适合于研究某国文学里的异域形象问题。比如就英国文学里的中国形象而言,我们可以看到,在英国作家笔下,中国有时是魅力无穷的东方乐土,有时是尚待开化的蛮荒之地,有时是世上唯一的文明之邦,有时又是毫无生机的停滞帝国。然而这些绝非事实的中国,而是描述的或想象构造的中国。中国对于英国作家的价值,是作为一个他者的价值,而不是自身存在的价值。

③译介学模式,即对跨文化译介中的误译、误释及其文化根源的探讨。误译无论是有意的(近代译介英国文学作品里较多,如哈葛德《迦茵小传》之译介就比较典型)与无意的(如吴宓等学衡派同仁以中国传统文化中的佳人形象译介华兹华斯《露西》组诗里的露西形象),均涉及到如叶维廉教授所说的"文化模子"问题。自身的文化模子影响着对异己文化的理解,在文学翻译中是常见的现象。这里又有两种情况:受制于本土文化模子;缺乏对他者文化模子的了解。④编年史模式,以线性时间为发展线索,展示中英文学(文化)双向交流的历史进程。此研究模式的基础是史料搜集和梳理工作,以及对这些史料的去伪存真,选择和分析。这方面可以借鉴西方传统史学理论,如德国史学大师兰克的客观主义史学理念。同时又有必要采用法国年鉴史学派等西方新史学的某些方法,如总体史、精神心态史的研究视野,还原产生文学交流现象的历史、社会、文化氛围。我们可以借鉴这些方法最大限度地逼近中英文学交流的现时性特征,将中英文学关系研究不断向前推进。

其四,中英文学与文化关系研究肇始于陈受颐在20世纪20年代末开始发表的相关著述。迄今为止国内研究者在本研究领域取得了令人瞩目的成绩,有些成果称得上是中外文学与文化关系研究与比较文学研究的经典著述,但为有益于学科建设和学术研究的健康持续发展,我们仍然需要在①文献资料的发掘整理、②文学关系原理与方法的研究及推广、③具体学术研究个案的深入考察等诸方面花大工夫,取得大收获。

文献史料的搜集、鉴辨、理解与运用,是一切历史研究的基础性工作。中英文学双向交流文献资料的寻觅整理工作是中英文学关系史研究的基础学术工程。它有助于我们清晰地还原文学交互影响的历史进程,也是建构科学的方法论与良好学术风气的重要保证。同时关注文学交流史料的历史语境与评判标准,将史料学研究与学术史探讨及理论批评范式相结合,力求创造性地理解运用,发掘文学史料的潜在价值,揭示跨文化传播中的文学交流史料特点及其对现实的启迪意义。有鉴于此,笔者所著《中英文学关系编年史》(上海三联书店2004年版)就是一种初步尝试。如果所有国别文学关系史的研究均从史料搜集、资料编年开始,在此坚实基础上撰著国别文学交流史,则是一桩有重要意义的学术工程。只有先搞基础学术工程,才能正确地勾画出文学交流史历程行迹,使学术研究真正具有科学性、实证性。因此,追求原典性文献的实证研究仍是研究者不可懈怠的使命。笔者在撰著《中英文学关系编年史》的过程中深有体会。一些新史料的挖掘可以改变现有文学交流史、译介史的论断。比如,关于《简·爱》的引进中国时间,学界基本上认可在30年代李霁野《简·爱自传》(1935—1936)和伍光建《孤女飘零记》(1935),而1925年7月上海大东书局出版文集《心弦》中就收有周瘦鹃译《重光记》(小说,嘉绿·白朗蝶女士作),包括四部分:怪笑声、情脉脉、疯妇人、爱之果。此系《简·爱》的故事节略本,也是这部小说名作引进中国之始。再如,1833年(道光十三年)12月,《东西洋考每月统记传》(中国境内创刊的第一种中文期刊)登《兰墩十咏》,为10首中文五言律句,最早用中文描写英国首都伦敦的古诗。这应是中国文人在文学作品中对英国的第一印象。再就英国作家在中国的接受而言,第一个值得重视的无疑是弥尔顿。理由至少有二:① 1837年(道光十七年)1月,《东西洋考每月统记传》刊文介绍英国大诗人弥尔顿,此应该是我国最早介绍英国作家之始。② 1854年(咸丰四年),英国伦敦会传教士麦都思创办于香港的中文月刊《遐迩贯珍》第九期上刊载英国诗人弥尔顿十四行诗《论失明》的汉译文,此为迄今所知最早的汉译英诗,译诗前简要回顾了弥尔顿的生平与创作以及他在英国文学中的崇高地位。这一史料的发现改变了由钱锺书在《汉译第一首英语诗〈人生颂〉及有关二三事》提出了汉译英诗的最早时间(1864年,英国汉学家和驻华公使威妥玛译朗费罗《人生颂》)。

中英文学关系研究的拓展、创新离不开理论方法的提升与原理范式的研讨。某种新的理论思路有助于重新理解与发掘很多文学关系史料,而新的阐释策略又能重构与凸显中英文学交流的历史图景。衡量一部文学关系研究著述的重要学术意义,不仅看它是否给本领域、本学科提供了哪些新资料、新文献? 还要看你是否给学科内外提供了新的理论范式、新的解读策略。真正有重要意义的学术成果,不仅增加了本学科的学术积淀,而且也应该给学科外提供新的思路、方法、范型。当然,研究方法或理论范式的提出,与各种研究类型、研究对象的特征密不可分,其有效性与普适性需要得到研究实践的反复验证。切实加强中外文学关系原理与方法论的研讨,推广成熟的研究范型,以期结出更多富有建设性的学术成果,是比较文学研究者共同努力的目标。

　　立根于原典性材料的掌握,从文学与文化具体现象以及具体事实出发,从个别课题切入,进行个案考察,佐之以相关的理论观照和文化透视,深入地探讨许多实存的、丰富复杂的文学和文化现象所内涵的精神实质及其生成轨迹,从而作出当有的评判,是中英文学关系研究者们应该遵循的原则。只有善于通过每一个具体作家乃至一部部具体作品的过细研究,由此作出的判断和结论,才能摒弃凌空蹈虚、大而无当的弊端,而使我们的思考和探索确立在坚实可靠的科学基点上。因此,大力提倡对学术个案的细致考察,充分吸收中外古典学术资源、现当代文化资源,是未来研究者们持之以恒的工作目标。

思想史语境里的他者形象研究

——关于比较文学形象学研究方法的反思①

跨文化语境中的比较文学形象学研究,特别是外国文学里的中国形象研究,不单纯是一个学术研究话题,它很容易产生显著的社会影响力,并显示出愈来愈强劲的生命力。因为,这与目前中国"国际形象"的宣示、中国文化走出去的国家战略、中国国家文化形象的建设,相互关联。中国的比较文学形象学研究,从"他者形象塑造"研究模式起步,发展到目前从跨文化传播角度,探讨西方现代性世界观念秩序里东方主义话语的研究策略,更进一步的研究思路或可体现为思想史语境的他者形象阐释路径。

一、形象学研究的传统阐释思路

形象问题,尽管复杂,但无处不在:远方的异国形象、近处的异地形象,大同小异。一旦自己的心理指向了异于本土(本地)文化的实存空间,形象的想象问题,便不期而遇。形象学的研究就有了某种现实需要。这其中必然会

---

① 本文是笔者于 2012 年 5 月 19 日在浙江大学外国语学院举办的"二十世纪外国文学中的中国形象学术研讨会"上的大会主题发言,收入本书有较大补充修订,并刊载于《福建师范大学学报》2014 年第 4 期。

特别关注"形象"的形成及其验证过程,这涉及到如何调整心态,以弥补与现实境遇造成的文化心理落差。

英国汉学家阿瑟·韦利、法国汉学家朱蒂特·戈蒂耶,从不肯到中国来实地走走、看看,怕破坏了他们心目中的唐宋诗词式的中国印象。毛姆来到了中国,但不很适应,因为他心目中的中国,在汉唐盛世,甚至是在《庄子·秋水篇》里,是一个画屏上的中国印象。①

我们一般人都会有一种游客心态与怀旧心理,带着一种文学想象去参观体验,多半又会失望。邢小利,一个来自大秦关中长安的北方人,在文字中书写着对文化江南的呼唤与无奈。作者写南京的夫子庙,说打眼看去,街道两房满眼都是现代化的商家,所售商品大多针对游客。又说秦淮河河畔不时传出老歌声,但男声唱的是腾格尔的《蒙古人》和《天堂》,女声唱的是韩红的《天路》。这让作者颇感困惑,因为在桨声灯影里的秦淮河,怎么听怎么不是味儿。在作者或一般文化游客心目中,是有如孔尚任,《桃花扇》,李香君,刘禹锡,《乌衣巷》,王谢家族,曹雪芹,《红楼梦》,江宁织造,朱自清,俞平伯,《桨声灯影里的秦淮河》,等等这些文学人物、文学作品以及与文学人物有关的物与事,塑造了南京的文化形象。作者感叹:与其说我们是冲着实地的夫子庙、秦淮河、李香君、乌衣巷来的,还不如说我们是奔着文学想象、文化想象中的夫子庙、秦淮河、李香君、乌衣巷来的。面对全球化、一体化把一切文化个性都化没了,而引发的巨大的文化心理落差,作者最后的旅行体验只能是:"夜泊秦淮,让我震惊,也让我感到哀伤。"② 想必热衷于传播与研究中国文学的阿瑟·韦利,如果踏足当时那个硝烟弥漫、满目疮痍的中国的话,同样会感到震惊与无奈,这是文化理想主义实践者的共同哀伤。③

---

① 参见葛桂录:《"中国画屏"上的景象——论毛姆眼里的中国形象》,《英美文学研究论丛》2007 年第 1 期,人大复印资料《外国文学研究》2008 年第 7 期全文转载。

② 邢小利:《夜泊秦淮的哀伤》,《中华读书报》2009 年 11 月 17 日。

③ 萧乾在伦敦与韦利初次见面时曾问及韦利是否到过中国的问题:"我问他在中国住过多久,他说根本没有过。我抑不住惊讶地说,多有趣的事呀! 他说这怕是他周身唯一有趣的事。"(萧乾:《伦敦日记》,《萧乾全集》第二卷,湖北人民出版社 2005 年版,第 219 页。)韦利一生翻译的中国经典大都是古代文学,现代文学几乎不涉及。在他心中,中国最伟大的时代就是盛唐,为此他发誓一生不踏足中国。他要为心目中的盛唐中国留一个美好的印象,生怕现代轰隆隆的机器声及战争的硝烟毁坏他心中的那片圣土。

讨论文学中的异域形象,可以置换成"文学"与"现实"的撞击与重塑问题:①文学——因之于文学作品(或历史地理著述)的异域形象描述而形成的先在印象;②现实——实地体验带来的心理落差以及由此带来的形象调整与文化反思,诸如会重新思考历史与现实的关系、东西方文化的关系、物质进步与精神退缩的关系等。但这其中并不全是作家们(形象制造者)不作边际(当然是出于自身目的)的文化想象。因此,比较文学领域内的形象学研究,其理论基点及其研究路径,值得反思。这就是:理论正确,还是事实正确。

关于形象学研究的基本理论,我们的看法往往是:"形象学关注作家在他们的作品中,如何理解、描述、阐释作为他者的异国异族,但它并不要求从史实和现实统计资料出发,求证这些形象像还是不像;它拒绝将形象看成是对文本之外的异国异族现实的原样复制,而认为它只是一个幻象,一个虚影。"①

笔者在《中国不是中国:英国文学里的中国形象》②一文中,谈及关于英国文化视域里的中国形象问题时,也遵循了这样的思路:英国文学里涉及中国题材的作品,所展现的其实是英国作家对中国的想象、认知,以及对自身欲望的体认、维护。中国题材创作背后体现的是中国形象问题。正是在这种对他者的想象与异域形象的描绘中,不断体悟和更新着自我欲望。因此,一种文化语境内异域形象的变化无不暗示本土文明的自我调整。这种异域形象一般同时包含三重意义:①关于异域的知识;②本土的文化心理;③本土与异域的关系。英国作家通过中国题材所展示的中国形象,也都包含着这三重意义。

首先,异域知识为作家创作异国题材作品提供了一个切入点,这种异域知识的来源可以是书本经验,也可以是亲身经历。不同时期里英国作家获取中国题材的途径不尽相同。但不管哪种途径,在对异域知识的取舍利用时均受自身的政治观点、宗教信仰和文化理想所制约。

其次,人们对任何一种文化的选择、认识和解释,常常同时又是自己观念和立场的展示,其中所凸显出的是本土的文化心理,而且任何关于他者的新信息都必须先在传统视野内重塑再造后才能被接受。这样看来,任何作家对

---

① 陈惇、刘象愚:《比较文学概论》,北京师范大学出版社2002年版,第220页。

② 葛桂录:《"中国不是中国":英国文学里的中国形象》,《福建师范大学学报》2005年第5期;《文学理论》(人大复印资料)2005年第12期全文转载。

异域文明的见解,都可以看作是自身欲望的展示和变形。

第三,至于本土与异域的关系,任何民族起初都会表现出一种自我中心意识。事实上,外国作家面向异国时并不要求任何相互的效果,甚至不要求任何反馈也不要求对方理解自己的感情。他们对异域他者的描述可以有两种截然不同的态度,即乌托邦式的文化幻象和意识形态式的负面认知。

也就是说,上述关于中国形象研究的基本论述思路是:西方的中国形象,据说是西方文化的他者想象。20世纪西方的中国形象,在人间乐园或人间地狱的两个极端之间摇摆,最终不是"反映"中国的现实,而是"表现"西方文化本身的欲望与恐惧。这就是我们处理中国形象问题的理论基点及其研究路径。

但是,我们看到,这种思路非常"后现代",不管从福柯的话语理论,还是文化的表征理论上看,无疑都"理论正确"。也就是说,如果你从这些理论出发,在后殖民主义文化批判背景上,研究西方的中国形象,必然会得出这些观点,或者,这些观点在理论前提上已经设定了。这样一种以某种理论观点针对作品文本或文学想象套用的研究路径,深受"本质主义"思维的影响。但是在"事实"的层面上,这些理论能否立住脚? 即便说西方的中国形象确有异想天开之处,那也不能轻易下"纯属虚构"(即"东方不是东方"或"中国不是中国")的结论。

二、后殖民批评方法之于形象学研究的反思

后殖民主义文化批判理论,关注的是文本的权力,于是,总挑西方文本中的虚构处批判。西方的中国观,真是那么荒诞无稽吗? 究竟有多少是想象虚构,多少是知识真理? 一般小说(虚构形象)与学术著作(汉学著作),是否应该区分,其间的互文性联系如何界定? 而且,想象是现实的延伸,现实是历史的影子……文化想象,并不缺少现实依据,如果回到历史语境考察的话。

或者进一步追问,我们为何要强调"他者"? 是理论旅行的结果,还是现实处境的需要? 抑或两者都有。为何要强调"后殖民批评路径"? 对中国

读者而言,"外国文学里的中国形象"研究所显示的启蒙意义,如何体现?是否更适合于中国的发展?都是值得认真反思的。

运用某种理论路径(如后殖民理论批评)研究各种文本里的"中国形象",所得出的结论大致相近。如何看待这些问题?这里涉及理论产生的语境与理论应用的语境之间的复杂关系。一种特定的方法思路,确实启发人的新思路,但一旦变成某种中心"主义"的理论出发点,即有可能产生偏误,主要表现为忽视现实历史语境以及异文化语境的丰富复杂性。观念先行带来的是思路偏颇与结论干涩,进而失去了理论方法的质感,尽管理论话语表述本身很能吸引人眼球。一种变成"主义"的批评体系,作为一种变异体,往往展示出某种侵占性,有如外来物种的入侵所造成生态平衡的破坏,它总想放之四海而皆准,因而无限夸大理论的价值空间。而复杂的事实往往会与这样的批评思路相左,于是为了维护理论的话语支撑,更要夸大宣传,离事实的本相愈来愈远。笛卡尔说得好:"我们发现,在大多数争论中间,并不是真理位于人们主张的两种意见的中间所在,不偏不倚,而是哪种意见越说得偏激就离真理越远。"①

但是,批判又是一种难得的策略,片面的深刻,与深刻的片面,对目前学术界、批评界、文化研究界,确实很重要。这对推动人们的思考与反省,力量远远大于讲求"事实论证"的表述,即像残雪文学观的意义,或如五四新文化运动的激进表述。不过,学理上的反思相对容易,现实中不易或不愿清醒,当前国际政治形势复杂多元,历史形成的文本中,出现的这些中西二元对立,更有可能拿来作为现实对抗的工具,就像后殖民主义(东方主义)思路那样。

其中,特别是从后殖民主义文化批判理论出发的形象学研究思路,因其激进的批判西方文化霸权的色彩,很能刺激我们的神经,所以更值得我们中国学者警惕。张隆溪说得好:"我之不满于'后学'者,也正在其貌似激进,实际上却起一种为现存文化和社会秩序辩护的保守作用,并且以中国和西方的对立代替了对自身文化和社会现实的批判。中国的'后学'往往否定知识分子文化批判的职责,甚至否定知识分子存在的价值。中国'后学'家们

---

① 笛卡尔:《谈谈方法》,王太庆译,商务印书馆 2005 年版,第 65 页。

常提到的如赛义德等激进的理论家,并未放弃知识分子文化批判的职责,倒是赛义德在中国的解释者们对他这部分思想往往避而不谈,讳莫如深。'后学'家们虽然常常引用赛义德的著作,以反对西方学者的'东方主义'为标榜,但他们将中国和西方对立起来的思想方法,却与他们批判的'东方主义'如出一辙。"①

这样,我们中国学者对外国作品里中国形象问题的讨论,出发点及目标如何,就很值得关注,因为这决定着我们研究者的"思想"附加,即我们研究此类课题的意义何在?

三、异域形象研究:立场、身份及三个着眼点

如何弥补理论自身预设的偏误?也就是要消解"本质主义",提倡"关系主义"。②总体心态是"内敛":其一,沉下去,关注史料文献,进入历史语境,理清文学现象的系谱学与发生学;其二,缩小范围:立论的基点主要是处理文学交流史的问题,而并非总要盯着文化政治、意识形态的话题。

更进一步讲,关于异域形象的问题,所持的"立场"最关键:①形象制造者的立场,包括中国形象的西方制造者、西方形象的中国制造者;②形象观看者的心态,特别是观看者就是国族形象/区域形象的一分子的时候,比如中国人如何看到西方作家笔下的中国形象?

"立场"问题,又都取决于自己的"身份"意识。而"身份"意识的有无与强烈程度,背后又有历史惯性、文化积淀、经济状况的支撑。

"身份"意识是否强烈,有两点特别明显:①自身处于强势(经济、国力),还是弱势?一般而言,处于弱势地位的人,身份意识越自觉越明显。

---

① 张隆溪:《走出封闭的文化圈》,北京:三联书店 2002 年版,第 17 页。

② 这里受到南帆的启发。南帆在《文学研究:本质主义,抑或关系主义》(《文艺研究》2007 年第 8 期)一文指出:"本质主义"典型症状就是思想僵硬,知识陈旧,形而上学猖獗。关系主义企图提供另一种视域。相对于固定的"本质",文学所置身的关系网络时常伸缩不定,这种变化恰恰暗示了历史的维度。历史的大部分内容即是不断变化的关系。"本质"通常被视为超历史的恒定结构,相对地说,关系只能是历史的产物。因此,关系主义强调进入某一个历史时期,而且沉浸在这个时代丰富的文化现象之中。

②是否发生了与异域文化的交流？包括走出国门后的交流；移民国外后的交流；在本土与外国人／文化的交流；得自书本知识的交流……

这种感觉与认识，在当代著名作家毕飞宇的讲演中也得到印证。① 毕飞宇说：

> 我对作家的身份一直比较木然，对中国作家的身份也一样。一个写作的人，没事的时候谁会去琢磨这个？但一个偶然的机会，与许多外国作家走在一起，有一个词大家重复特别多，就是"身份"，而讲这个词的作家有一个共同特征，大多来自亚、非、拉，即第三世界作家。一位非洲女作家用法语写作，但生活中，几乎不用法语，一直用她的本土语言。说起她的本土语言，肢体动作就非常夸张，载歌载舞的，说她的本土语言多么的美。但这种本土语言，覆盖面很有限，所以写作时只能放弃她的本土语言，用法语，否则她的书就没几个人去看。法语其实已经是她的生存技能，为了写作，活下去，不得不如此。到最后，在写作的过程中，她把她自己写成了"他者"。她的写作只是做了这样一件事：我不是你，我是你。他们格外在意"身份"，这是一种痛，代价巨大。

因此，我们首先要不断考证、追溯那些"现实"及"历史"，即外国作家关于中国知识的"事实"来源，对照作家塑造出来的中国形象，再来考察其中所蕴涵的"思想"附加。可以发现不同作家笔下中国形象所体现出来的思想附加值大相径庭。这就有可能跳出"形象学理论＋作品文本"的基本套路，因为援用这样的思路，其结论基本是一致的，因而失掉了学术研究自身的生命力。

我们对外国文学作品里中国题材的讨论，以及中国形象的理解接受，可以概括为三个立足点，它们决定着我们采取何种分析策略：

其一，以"传统中国"为参照物，会辨别形象的真实或虚构，以此解释"中国形象"的意义。

其二，以"现代中国"为着眼点，则重在解构"中国形象"的虚构色彩，

---

① 毕飞宇：《作家身份、普世价值与喇叭裤——在北京师范大学的演讲》，载张健主编《全球化时代的世界文学与中国》，中国社会科学出版社 2010 年版，第 72—74 页。

不论是乌托邦式中国形象,还是意识形态性的中国形象,都被质疑其合法性,即所谓"中国不是中国"。批判意识是其中的主导思路,这与中国经济的快速增长、大国崛起的情结、民族复兴意识的觉醒有关。国力的增强,促进了强盛文化力的需要,必先对历史遗产进行意识形态上的清算。但其客观效果不佳,中国形象的陈述与宣示,尚缺乏较理想的表述语言。

其三,以"未来中国"为切入点,建构中国文化的宏伟大厦。其前提是要推进对中国传统文化的反思,大力吸收普世价值(人文愿景、公民意识、科学理性、法制规则)的文化精髓,鲁迅所倡导的"拿来主义",永远不会过时,这样才会真正实现民族伟大复兴的"中国梦"。关于"中国形象"的学术研究,应该起一种"牛虻"的作用,即便是负面中国形象,同样会产生某种警示作用。

四、负面中国形象的理解策略

如何看待负面形象,或者是妖魔化的中国形象?这其中不排除有历史当下的实景写照,尽量客观分析与理解。有时倒是个反思自己、改变自己的好机遇。耳闻目睹的都是好听的话,但对国家民族来说,或许是一个灾难,因为听不到警醒的话。他者之镜,毕竟不是可有可无的。鲁迅即在《伪自由书·电的利弊》中如此参照:"外国用火药制造子弹御敌,中国却用它做爆竹敬神;外国用罗盘针航海,中国却用它看风水;外国用鸦片医病,中国却拿来当饭吃。同是一种东西,而中外用法之不同有如此。"①

我们对"中国形象"塑造的态度如何,特别是对负面中国形象的看法,取决于我们中国读者(研究者)的立场与心态(比如:国家力量的强弱、文化软实力的有无与强大与否、中国人形象素质如何)。其实,中国立场,并不是处处以中国之是非为是非的思路立场,而是借助于异域文化之镜,来发现自身弊端以图谋有机发展的变革心态。前者是保守的,或许其口号还是高举革命浪漫主义的、揭橥民族理想主义的,其实是把理想主义庸俗化了的教条主义,是丧失信仰的思想危机的表现,最低端的表现就是一种弃船心态;后者

① 鲁迅:《伪自由书·电的利弊》,《鲁迅全集》第五卷,人民文学出版社 2005 年版,第 18 页。

是改革的,尽管其言论表现为彻底的自我反思与解剖批判的,其实显示的是重建信仰的思想者的勇气与信心,是一种历史的乐观主义和现实主义心态。

从理想主义(传统)走向经验主义(现实),要经历一个思想危机的痛苦过程,如何面对跨文化语境下的中国负面形象,从学理和政治层面都能印证这一思想危机的纠结程度与自我蜕变的试金石。以冷静的科学态度重审中外文明史的轨迹,尝试从传统文化思想的某些禁锢中彻底解脱出来,需要的是广阔的国际视野与丰富的生存智慧,以及疾虚妄求真知的独立精神。

思想者顾准在题为《要确立科学与民主,必须彻底批判中国的传统思想》(1973年3月27日)的文章中,不断提醒与激发我们:

> 科学与民主,是舶来品。中国的传统思想,没有产生出科学与民主。如果探索一下中国文化的渊源与根据,也可以断定,中国产生不出科学与民主来。不仅如此,直到现在,中国的传统思想还是中国人身上的历史重担。……(中国)古代文物成为悠久文明的证据和夸耀,无论自觉还是不自觉,这种"读史",其意图在于仰仗我们祖先的光荣历史来窒息科学与民主。
>
> 中国思想是贫乏的。中国思想只有道德训条。中国没有逻辑学,没有哲学。……中国没有唯理主义。范文澜痛诋宗教,他不知道,与基督教伴生在一起的有唯理主义,这是宗教精神。固然窒息科学,也培育了科学。中国有不成系统的经验主义,一种知其然不知其所以然的技艺传统,这成不了"主义",只成了传统的因袭。中国有原始的辩证法,然而中国人太聪明,懒得穷根究底,所以发展不出什么有系统的辩证法来——何况,辩证法还必须需要有真正的宗教精神才发展得出来,黑格尔可以为证。也许没有宗教精神确也有好处,因为科学与民主更易被接受。然而,政治权威的平民化,却不比驱逐宗教精神更容易。①

作为具有高度学术责任感的跨文化、跨学科的形象学研究,在新的历史时期,应该将之与中国"国家形象"的自塑运动、国家文化发展战略联系起来,

---

① 顾准:《顾准文集》,贵州人民出版社1994年版,第348—353页。

这构成了我们的阐释立场。反思传统研究路径,尝试新的解读方法,通过大量史料的实学研究,着重从历史细节等微观角度,再现"中国形象"所走过的历程,是一件有价值的事情。这种研究路径离不开思想史语境的引入与解析。

五、思想史语境里的形象读解及其建构

从形象学理论方法（特别是后殖民批评理论）出发,研讨外国文学里的中国形象;还是从思想史角度切入,讨论中国题材及中国形象之再现或表现的历史语境,得出有益于当下中国"国家形象"呈示的启迪？这值得我们讨论分析。

笔者在一篇论文①中讨论过思想史语境阐释文学问题的路径及意义,其基本出发点是构想如何超过那种习以为常的"理论方法＋文本批评"的解读框架。其中特别提到:对文学研究来说,思想史语境能够帮助我们理解传统的文学价值观念,如何凸显在我们现在的精神生活中,以及我们思考这些价值观念的基本方式,并反思在不同时代、不同文化中,人们所作出的对文学经典的一系列选择。这种立足于思想史语境的理解,可以有助于我们从对这些文学价值观念的主导性解释的控制下解放出来,并对它们进行重新理解。同样,这样的思路可以用之于他者形象研究:①紧贴历史,追溯文本里异域形象产生的多层因子;②关注现实,揭示我们研究异域形象问题的当下语境;③撼动人的心灵,异域形象研究的深度表述与启迪价值。将他者形象问题置于思想史视野中,可进一步拓展异域形象阐释的学术思想空间,揭示他者形象产生传播过程中的思想意义。也就是说,从形象学研究的问题点出发,关注细节,见微知著,以跨学科、语境式的解读与分析,得出有益于当下人生与中国社会发展的借鉴意义。

其中,对他者形象的研究,必然会关注自我与他者的关系,其间涉及真与假（形象）的问题,其中都呈现出国族形象建构中的思想史价值。而且,形

---

①　葛桂录:《思想史语境中的文学经典阐释:问题、路径与窗口》,《福建师范大学学报》2012年第3期。

象建构者心理、思想观念的或"伪/假",倒反而能体现出思想史演进脉络的"真"来。我们在追溯外国作家关于中国形象塑造上的"伪/假"现象,重点是发掘建构者内在的心理"真相"。

这些历史或心理"真相"的揭示,即回归到事物本来面目的考量,就是学术研究的终极目标,即承担着启蒙职责。因为,启蒙就是捍卫记忆,揭示历史的真相,而不应该只是各种现代性理论、后现代主义文化理论旅行中的某种注脚。前文已述,即便是中国立场,也并非处处以中国是非为是非的思路立场,而是借助于异域优秀文化,来发现自身弊端的变革思路。

摒弃理论束缚,尊重历史常理。历史永远是正确的,因为历史有纠错的功能。文化交流有自身的规律,重要的是了解与认知中国传统文化,在吸收外来文化中,增强调适作用。中国文化向外走,大势所趋。效果如何,值得评估。如不推进国内的现代化进程,尤其是人的现代化,在西方人眼中,中国仍会是个不可理喻的"妖怪"。

那么,中国形象如何构建?中国既要加入世界市场体系,又要进入世界话语体系,争取更多的话语权和文化认同。经济增长本身并不能成为一种国际力量,国家的影响力离不开文化软实力的提升。中国文化软实力的构成更包括公民的文明素质、政府的法治形象、知识分子的人文追求,以及文化传统的繁殖力与适时性。这是国家形象的本质所在,是急迫而需长期努力的方向。诺贝尔文学奖作家,秘鲁的略萨在访华之后撰写文章《新鲜空气与苍蝇》:"我还是听到他们(中国的知识分子)当中的很多人抱怨年轻人,特别是受到高等教育的年轻人对公民生活和文化,以及哲学、艺术和宗教等问题很少或者根本没有兴趣。所有人似乎都热衷于获得很好的技术和专业培训,为他们进入跨国企业、获得高薪或管理职位打开大门。大部分人只关心赚钱,赚很多的钱,生活得更好。"(西班牙《国家报》2011年7月7日)中国模式不应只是经济发展的模式,还应当是精神价值模式,使富裕起来的中国人精神充实、崇尚道德、遵守法律,有民族自豪感。这有助于构建中国良好的国际形象。立足于这种身份自信基础之上的阐释立场,同样有助于客观理性地对待历史与现实中的他者形象问题,以揭橥其在思想史上的认知与启迪意义。

英国作家与中国文化

"中国不是中国"：英国文学里的中国形象①

一、关于英国文化视域里的中国形象问题

英国文学里涉及中国题材的作品,所展现的其实是英国作家对中国的想象、认知,以及对自身欲望的体认、维护。中国题材创作背后体现的是中国形象问题。正是在这种对他者的想象与异域形象的描绘中,不断体悟和更新着自我欲望。

我们知道,西方人心目中异域文化形象很少固定不变,总是在历史的进程中摇摆不定。就像英国当代著名汉学家雷蒙·道森所说的那样:"欧洲人对中国的观念在某些时期发生了天翻地覆的变化。有趣的是,这些变化与其说反映了中国社会的变迁,不如说更多地反映了欧洲知识史的进展。……中国更恰如其分的象征是变色龙,而不是龙。"② 也就是说,欧洲人将自我欲望投射到他者(中国)身上,变化的不是中国,而是对中国的欲望。

因此,一种文化语境内异域形象的变化无不暗示本土文明的自我调整。

---

① 原载《福建师范大学学报》2005 年第 5 期;《文学理论》(人大复印资料) 2005 年第 12 期全文转载。

② 〔英〕雷蒙·道森:《中国变色龙》,常绍民、明毅译,时事出版社、海南出版社 1999 年版,第16 页。

这种异域形象一般同时包含三重意义:①关于异域的知识;②本土的文化心理;③本土与异域的关系。英国作家通过中国题材所展示的中国形象,也都包含着这三重意义。

首先,异域知识为作家创作异国题材作品提供了一个契入点,这种异域知识的来源可以是书本经验,也可以是亲身经历。不同时期里英国作家获取中国题材的途径不尽相同。18世纪末以前的英国作家主要是通过来华耶稣会士和商人旅行家冒险者的著述,而这两类人由于各自经历和目的的不同,他们笔下那大相径庭的中国和中国人形象,也左右着英国作家的认识视野和异域想象;19世纪英国作家主要通过汉学家翻译的中国经典和众多的中国游记来了解和认识中国;而20世纪作家们则有条件直接借助于在中国旅行或居住的经验感知和体察中国。但不管哪种途径,在对异域知识的取舍利用时均受自身的政治观点、宗教信仰和文化理想所制约。

其次,人们对任何一种文化的选择、认识和解释,常常同时又是自己观念和立场的展示,其中所凸显出的是本土的文化心理,而且任何关于他者的新信息都必须先在传统视野内重塑再造后才能被接受。这样看来,任何作家对异域文明的见解,都可以看作是自身欲望的展示和变形。比如,当描述中国幅员广阔,物产众多,遍地财富,到处城郭时,他们也在展现自身的缺憾,并表达自己的某种期待欲望。英国散文始祖曼德维尔(Sir John Mandeville)对蛮子国和大汗王国的虚构传奇无不展示着中世纪晚期人们的想象欲望,他们需要有一个物质化的异域形象,以此作为超越自身基督教文化困境的某种启示。同样,当谈及中国荒芜颓败、野蛮愚昧时,也显示出自身的那份种族和文化优越感。可以说,英国作家看中国,总存在着一个认识视角问题,而他们的视角又受其文化追求、文化理想以及观念主张所决定。笛福(Daniel Defoe,1660—1731)对中国形象的刻意批评否定,并非无缘无故,是与他的政治经济主张合拍,也就是合乎他把异邦异族作为发展殖民贸易对象的理论。基于此点,他岂能容忍当时盛行欧洲的对中国文化的赞美之风,他在自己著作中用极端的言词抵抗那股热风,实属难免。与笛福殖民贸易主张导致的目空一切、民族自大相比,同是要让英国走向世界的威廉·坦普尔(Sir William Temple, 1628—1699),则有天下一家的全球意识。在此文化理想指导下,他对中国的看法与笛福截然不同。在《论英雄的道德》（*Of Heroic Virtue*，1657）一文中，大量评述与赞扬中国文化，并影响了伏尔泰、培尔等人的中国观。当然，不论他们对中国的态度是肯定还是否定，是赞扬还是贬斥，都是他们自己立场的展示，与中国的实际情况关系不大。中国只不过是他们表述见解的一个载体和契入点。

第三，至于本土与异域的关系，任何民族起初都会表现出一种自我中心意识。所谓"非我族类，其心必异"。夷狄禽兽的异域形象曾经帮助我们确立华夏中心主义的本土意识。同样，19 世纪西方中心主义的形成，也决定其视野里中国形象观念的变化。在文化交流中，这些都是一种单向度的对待他者的观念心态。事实上，外国作家面向异国时并不要求任何相互的效果，甚至不要求任何反馈，也不要求对方理解自己的感情。他们对异域他者的描述可以有两种截然不同的态度。一种是异国文化现实被一些作家视作是绝对优越于本土文化的。这样相应于异国文化的正面增值，就是对本土文化的贬低。在此情况下，这些作家就表现出一种对异国他者的向往甚至狂热，而呈现出某种乌托邦式的文化幻象。另一种则是与本土文化相比，异国文化现实被视为低下和负面的，因而对它怀有一种贬斥与憎恶之情。[①] 英国作家通过中国题材所展示出的对中国的看法大致上也有这两种情形。

二、英国作家视野里的中国形象

早期（14 至 16 世纪）英国文学里的中国形象多半是传奇与历史的结合，人们心目中的东方（中国）世界是一个神秘、奇幻、瑰丽的乐土。这方面英国散文始祖曼德维尔的《游记》（*The Travels of Sir John Mandeville*，1357）最为典型。[②] 这部《游记》写成后辗转传抄，有识之士莫不人手一编，其风

---

① 参见孟华主编：《比较文学形象学》，北京大学出版社 2001 年版，第 141—142 页。
② 参见拙著《雾外的远音——英国作家与中国文化》之"想象中的乌托邦——《曼德维尔游记》里的历史与传奇"一节内容，宁夏人民出版社 2002 年版。

靡程度不让《马可·波罗游记》。虽然此书中所述关于蒙古和契丹 ① 的知识,基本上从鄂多立克的游记 ② 脱胎出来,但欧洲文学里的中国赞歌实由此发轫。他对中国文化甚为景仰,以为大汗的政治、经济乃至礼貌诸方面,欧洲各国无可望其项背。可以说在地理大发现之前,马可·波罗写实的游记与曼德维尔虚构的游记,就是欧洲人拥有的世界知识百科全书。③ 曼德维尔把关于东方的诱人镜像吹嘘得眼花缭乱:那世间珍奇无所不有的蛮子国,那世界上最强大的大汗君王,以及他那布满黄金珍石、香飘四溢的雄伟宫殿,还有那遥远东方的基督国王长老约翰……④ 在这般神奇斑斓的幻景里,历史与传奇难以分辨,想象与欲望紧密相连,共同构造出人们心目中的乌托邦世界。这种关于中国的乌托邦形象在 19 世纪以后的英国文学里也不断被重复,柯勒律治的《忽必烈汗》是如此,希尔顿的《失去的地平线》更典型。

　　随着马可·波罗的《游记》⑤ 在欧洲到处传播,有关鞑靼大汗的故

---

　　① 　契丹,本是中国北部的一个民族,10 世纪初崛起后,创建了强大的辽王朝,英名远播,致使欧洲人以"契丹"(Cathay)来称呼中国北部,进而又以"契丹"称呼整个中国。中世纪晚期欧洲人对世俗欲望的热情,当然与古希腊罗马文化的复兴分不开,同样也有来自远东契丹的诱惑。在他们眼中,"契丹国幅员甚广,文化极高。世界上无一国,开化文明,人口繁盛,可与契丹比拟者"(拉施特《史记·契丹国传》)。

　　② 　鄂多立克是中世纪四大游历家之一,其著记中国情况甚详,有些记述为其他书所无。中译本为何高济所译,中华书局 2002 年版。

　　③ 　但人们拒绝相信马可·波罗的描述,朋友们在他临终时请求他收回他传播的所谓谎言,以拯救他的灵魂。人们把他当作取笑对象,吹牛者的代名词,却丝毫不怀疑曼德维尔那本虚拟游记的真实性。直到 17 世纪,珀切斯还宣称他是"最伟大的亚洲旅行家"。但他充其量是个乘上想象的翅膀、身在座椅上的旅行家。游记自然为面壁之作,人们对此也不是没有逐步察觉,关键是读者已经不在真伪问题上多费周折,倒宁愿不明就里地跟着作者到那些奇异的国度里遨游一番。

　　④ 　*The Travels of Sir John Mandeville; an Abridged version with Commentary*, by Norman Denny and Josephine Filmer-Sankey. London:William Collins Sons & Co.Ltd.,1973.

　　⑤ 　《马可·波罗游记》被称为"世界一大奇书"。此书极大地丰富了中世纪欧洲对东方世界的认识。书中那个契丹(Cathay)国力之强盛、人口之众多、物产之丰富、工商与交通之发达、建筑与技术之进步,简直就是欧人理想中的奇境乐土。1502 年《马可·波罗游记》葡萄牙文本出版时,出版者在前言里说:"向往东方的全部愿望都是来自想要前去中国,航向遥远的印度洋拨旺了对那片叫做中国(Syne Serica)的未知世界的向往。那就是要寻访契丹(Catayo)。"确实《游记》引起了许多航海家、探险家的注意,使之决意东游,寻找契丹。拉雷教授(Walter Raleigh)在《英国 16 世纪的航海业》一书中说:"探寻契丹确是冒险家这首长诗的主旨,是数百年航海业的意志、灵魂。……西班牙人已执有西行航线,经过马加伦海峡,葡萄牙人执有东行航线,经过好望角;于是英国人只剩下一条可走——向西行。"(转引自方重:《英国诗文研究集》,商务印书馆 1939 年版,第 1—2 页)

事① 也出现在"英国诗歌之父"乔叟（1340—1400）的《坎特伯雷故事集》（1387—1400）之中。其中《侍从的故事》（*The Squire's Tale*）里讲到了鞑靼国王康巴汗（Cambuscan）——所指有成吉思汗、忽必烈汗、拔都汗诸说。故事说他勇敢、贤明、富有、守信、遇事仁爱、公正、生性稳健，像大地的中心一般；又年轻、活泼、坚强、善战，如朝廷中任何一个武士。他有两个儿子，长子阿尔吉塞夫（Algarsyf），幼子康贝尔（Cambalo），又有一个最小的女儿加纳西（Canace）。有一天，来了一个武士，骑着一匹铜马，手中拿的是一面宽大的玻璃镜，大指上戴着一只金戒指，身旁挂着明剑。那武士带来的这四样法宝，件件神奇无比。人骑上那铜马能到任何地方去，玻璃镜能使你看到别人心里想些什么，戒指能使你懂得禽鸟的语言，那把明剑能使你医治任何创伤。后来，阿尔吉塞夫骑着那匹铜马，立了不少战功。加纳西因为有了玻璃镜、戒指和明剑，发现了一只已被雄鹰抛弃而不欲生的苍鹰，把它医治好、养育好……这样的东方故事亦让英国人惊异非凡，心驰神往。

17 至 18 世纪，来华耶稣会士各种报道风行欧洲，英人对中国的认识与看法，赞美与抨击并存，欣羡与鄙视相共。虽然他们借鉴的材料基本上都来自于这些耶稣会士的著述②，但由于各自的政治观点、宗教信仰和文化理想的差异，而呈现出两种不同的评判标准与价值取向，即文明之邦的中国形象与野蛮愚昧的中国形象。

耶稣会士的中国报道，展现在欧洲人面前的首先是一个令人向往的文明之邦，遂成为启蒙思想家们理想的天堂。受此种潮流影响，一些英国作家也

① 自从马可·波罗游记等著述发表以后，鞑靼王国一直吸引着西方，同时也让西方感到惧怕：尤其是这个民族长得很丑。曼德维尔在他那部充满想象的《游记》里说这个民族是"邪恶的民族和魔鬼之流"。因而在伊丽莎白时代戏剧中，鞑靼人成了长相和道德丑陋的象征。他们"野蛮、恶毒、残忍"，是"骗子、叛徒、不人道、大逆不道、蛮横无理、粗野、畜生一般"等，而且都是些盗贼。按照伊丽莎白时代戏剧的说法，行酷刑和吃人肉似乎是这些鞑靼人最喜爱的娱乐。参见［法］艾田蒲：《中国之欧洲》（下卷），许钧、钱林森译，河南人民出版社 1994 年版，第 100—103 页。

② 美国汉学家史景迁（Jonathan Spence）指出耶稣会士著述中的中国无一不是光明与黑暗并存的："他们对中国的伦理纲常以及官僚队伍的理想赞美不绝。这些官员熟读诗书，以科举出身，受命于一位至高无上的皇帝，去统治宁静的乡村，爱民如子；但对于诸如佛教煞有介事的过分的素食主义，道教故作玄虚的法术，随处可见的溺婴现象，以及娼妓及男子同性恋现象之普遍，他们也有记述。"参见［美］罗溥洛主编：《美国学者论中国文化》，包伟民、陈晓燕译，中国广播电视出版社 1994 年版，第 1—2 页。

把中国看做是文明、理性、丰饶的国度,并对之神往和钦佩。在他们心目中,富庶强盛的中国无疑是上帝创造的一个新世界。

瓦尔特·罗利曾说:"关于一切事物的知识最早都来自东方,世界的东部是最早有文明的,有诺亚本人做导师,乃至今天也是愈往东去愈文明,越往西走越野蛮。"(《世界史》,1614)这种来自东方的文明之光最早展现在英人面前是 1599 年。这一年英国地理学家哈克卢特(Richard Hakluyt,1552—1616)得到了一件"装在一只香木匣子里的无价之宝",那遥远神奇的东方中国一下子直接呈现在英国人面前:中国人注重文学高于一切,把"一生大部分时间都花在那上面",孩子幼年就"请老师教读书",仅凭漂亮的文章就可以考中做官。官员的升迁要靠他们的政绩,"而不管出身或血统",这就使得中国"国家太平"……哈克卢特这部被称为是英国人民和这个国家的"散文史诗"的《航海全书》①,问世后风靡一时,影响深远。有关中国的知识同样随着这部巨著一起流行。

在博学之士勃顿(Robert Burton,1577—1640)看来,世上所有政治、宗教、社会以及个人内心的种种矛盾都看做是或者概括为一种病,这就是"忧郁"(Melancholy)。他为诊治这些无处不在的流行病,开了不少"药方",其中就包括东方的中国文明。他认为繁荣富庶、文人当政、政治开明的中国正是医治欧洲忧郁症的灵丹妙药。②

另一位英国作家韦伯(John Webb,1611—1672)则以为中国人来自"上帝之城",并对中国的哲学、政府、孝道等大加赞美,特别是从中国发现了人类的初始语言(Primitive Language)。③ 在韦伯的书里,我们看到了 17 世

---

① 该书全称为《英吉利民族的重大航海、航行、交通和发现全书》(The Principal Navigations, Voyages, Traffiques, and Discoveries of the English Nation),参见拙著《雾外的远音——英国作家与中国文化》第 58—61 页。

② 勃顿著有《忧郁的解剖》(The Anatomy of Melancholy)。关于这部不朽之作涉及中国文明的情况,可参见拙著《雾外的远音——英国作家与中国文化》第 61—67 页。

③ 1669 年,韦伯在伦敦出版《论中华帝国之语言可能即为初始语言之历史论文》(An Historical Essay Endeavoring a Probability that the Language of the Empire of China is the Primitive Language),这是一本当时典型的关于初始语言的论著。书中推断:中华帝国的语言便是初始语言,是大洪水以前全世界通用的语言。

纪英国人对中国和中国文化最恰如其分的赞美和钦佩。①

在 17 世纪的英国，被尊为英国散文大师之一的威廉·坦普尔对东方中国更有"高山仰止"之意。这位有声望地位的爵士旅居海牙时大概读过马可·波罗、纽霍夫、卫匡国和基尔歇等人有关中国的著述，因而对中国有了一定程度的了解，也许受了这些作者的感染，此后便成了这一世纪称颂中国最起劲的英国人。在他看来，中国的一切，无论是政治道德、还是艺术文化，抑或哲学医学等，都足以而且应该成为英国的楷模。他崇敬中国的孔子，称孔子具有"突出的天才，浩博的学问，可敬的道德，优越的天性"，是"真的爱国者和爱人类者"，是"最有学问、最有智慧、最有道德的中国人"。② 他还特别推崇中国的学者政府，并别具慧眼地发现了中国园林的不对称之美，不自觉地缔造出后世风靡英伦的造园规则。③ 可以说英国人对中国的钦羡在他的身上亦臻于顶点，他甚至说中国的好处是"说之不尽"的，是"超越世界其他各国的"，而这些无不出自他那独有的、世界性的眼光。④

抛开乡土观念和民族偏见，做一个世界公民，更是 18 世纪英国作家哥尔斯密（Oliver Goldsmith，1730—1774）的理想。他将最初刊登在《公簿》（Public Ledger）报上的"中国人信札"，结集印行成一本厚厚的《世界公民》（Letters from a Citizen of the World，to His Friends in the East），成为 18 世纪利用中国材料的文学中最主要也是最有影响的作品。这部作品里涉及中国题材的地方不胜枚举，如果细加统计，可称得上是关于中国知识的百科全书。哥尔斯密在书中多方面称誉中国文明，并借那些中国的故事、寓言、圣人格言、哲理，去讽寓英国的政治、法律、宗教、道德、社会风尚，来对英国甚至欧洲

---

① 钱锺书说，韦伯的书代表着当时所能达到的对中国的最好认识，书中强调的是"中国文化的各方面，而不是津津乐道中国风气的大杂烩"，它注重的是"中国哲学、中国的政府制度和中国的语言，而不是中国的杂货和火炮"。参见钱锺书：《十七世纪英国文学里的中国》，《中国文献目录学季刊》1940 年 12 月号。

② *The Works of Sir William Temple*. Vol. Ⅲ. London: J. Rivington, 1814，p.334.

③ 威廉·坦普尔在《论伊壁鸠鲁花园》（*Upon the Gardens of Epicurus*，1685）一文附加的段落中专门描写和赞美了中国园林，并引用了一个词：Sharawadgi。关于此词的意义，历来众说纷纭。范存忠先生认为就是一种不讲规则，不讲对称的而又使人感到美丽的东西。参见范存忠：《中国文化在启蒙时期的英国》，上海外语教育出版社 1991 年版，第 18 页。

④ 参见拙著《雾外的远音——英国作家与中国文化》之"世界眼光的结晶——威廉·坦普尔对孔子学说与园林艺术的推崇"一节内容。

社会状况进行"有益而有趣"的评论,企求中国的思想文物能对英国社会起一种借鉴作用。18 世纪欧洲的不少作品采用的都是这样一种模式,即借"他者"(当然是理想化的)来对自身的社会状况等大发感慨与评论。这一传统在英国文学里延续到 19 世纪甚至 20 世纪。比如 19 世纪散文家兰陀(Walter Savage Landor,1775—1864)就假托中国皇帝与派往英伦视察的钦差庆蒂之间的对话,批评了英国社会现实的混乱与不协调。20 世纪的英国作家迪金森(Lowes Dickinson,1862—1932)则写了《约翰中国佬的来信》(*Letters From John Chinaman*,1901)和《一个中国官员的来信》(*Letters From a Chinese Official*,1903),重现了 18 世纪欧洲人心目中的那种乌托邦中国的图像,以此批评西方文明。

与以上那种乌托邦中国形象相比,17、18 世纪英国作家笔下的另一种中国形象则是批评否定性的。在他们看来,中国无异于一个野蛮、愚昧、异教的民族。威廉·沃顿(William Wotton,1666—1722)认为中国的典章学术徒具虚名,何其幼稚,中国人与未开化的野蛮人差不多;威廉·匿克尔斯(William Nichols,1655—1716)甚至伪造了一则荒诞不经的中国开天辟地的神话,攻击中国的宗教与道德;贝克莱(George Berkeley,1685—1753)也对中国哲学及中国文化持有怀疑态度,不相信中国的历史有那么久,中国科学有那么高明。①

颇有声誉的小说家笛福在《鲁滨逊飘流记续编》及第三编《感想录》等作品里,更是对中国文明进行肆无忌惮的讽刺与攻击。在他眼里,所谓中国的光辉灿烂、强大昌盛等耶稣会士颂扬中国的言论,丝毫不值一提;而中国人的自傲简直到了无以复加的程度,事实上中国人连美洲的生蕃野人都比不上;中国的宗教则是最野蛮的,中国人在一些怪物的偶像面前弯腰致敬,而那些偶像是人类所能制造的最下流、最可鄙、最难看、最使人看了恶心反胃的东西……从而成为当时欧洲对中国一片赞扬声里最刺耳的声音。笛福从未到过中国,为何对中国的评价如此毫不留情、如此极端,我们可以从他的宗教信

---

① 参见拙著《雾外的远音——英国作家与中国文化》第 115—123 页。

仰、爱国热情、商业兴趣和报章文体诸方面做些分析。①

　　当然，笛福等人的中国观与坦普尔、哥尔斯密等人一样，批评中国或赞美中国都是出于他们自己的文化理想，均是为了改良他们自己的政治和社会，这就难免出现以偏概全的状况：赞美者把中国的情况过于理想化，而批评者则抓住一点，否定其余。

　　如果说18世纪初的笛福对中国的严厉批评基本上是出于一种商业需要与文化偏见，那么，到了18世纪后半期和19世纪，这种否定性评价则成为主导性潮流。其中，1793年，这一年具有历史意义，法国进入大革命高潮，欧洲近代启蒙文化之自信亦随之达到高潮；同一年，英国马嘎尔尼爵士率领庞大使团满怀希望访华，因遭遇天朝封闭体制拒斥而失败。② 一年中发生的两件大事，构成欧洲人对中国文化顶礼膜拜态度的历史性转折。马嘎尔尼使团回国以后发表有关中国的报道、书籍在英国纷纷出版，影响遍及整个欧洲。③ 人们似乎恍然大悟，那由传教士和启蒙哲学家渲染的令人仰慕的"理想国"原来竟如此落后、野蛮、腐败，千百年来竟然毫无进步。

　　19世纪被称为中国文化的摒弃期。欧洲思想家越来越拿包括中国在内的东方国家看作是停滞不前、落后愚昧的，而且顽固抵制基督教和西方生活

---

　　① 　陈受颐在《鲁滨逊的中国文化观》（载《岭南学报》第一卷三期，1930年6月）一文里对这几点原因做了分析。拙著《雾外的远音》之"偏见比无知更可怕——笛福眼里的中国形象"一节，对此亦有详细的阐释。

　　② 　马嘎尔尼爵士率领的大英帝国使团1792年9月26日起航，一年以后，1793年9月17日，使团在热河觐见乾隆皇帝，1794年9月5日返回到英国。马嘎尔尼使团的中国之行很不令人愉快。400人的使团近一半丧命。其中一个使团成员这样描述他们的出使经历："我们的整个故事只有三句话：我们进入北京时像乞丐；在那里居留时像囚犯；离开时则像小偷。"使团的中国之行一无所成，中国拒绝了大英帝国的所有外交要求，并且在是否给中国皇帝叩头的礼仪问题上纠缠不休。就这样使团失望羞辱地回到英国。1797年，在马嘎尔尼的授意下，随行出使的斯当东编辑出版了《英使谒见乾隆纪实》。本书与使团随行人员对新闻媒体发表的各种报道、谈话，彻底打破了传教士苦心经营的中国神话。越来越多的欧洲人相信笛福的诅咒、安森的谩骂、孟德斯鸠一针见血的批评。欧洲人好像大梦初醒，批判贬低中国成为一种报复。有关这段历史可参看法国学者佩雷菲特的著述《停滞的帝国：两个帝国的撞击》（王国卿等译，三联书店1993年版）。

　　③ 　马嘎尔尼在日记里写道：中国的普通民众"像俄国人一样野蛮"，那里的精英也具有"野蛮人的一切……恶劣（除了血淋淋的残酷外），他们是欺诈的，是达到了不可思议的程度的多疑的撒谎者，他们背信弃义，贪得无厌，自私，怀恨和怯懦"；"我们必须把他们当作野蛮人。……他们是不应该同欧洲民族一样对待的民族。"参见［英］马歇尔：《十八世纪晚期的英国与中国》，载张芝联主编《中英通使二百周年学术讨论会论文集》，中国社会科学出版社1996年版，第24页。

方式传播的。尤其是经过两次鸦片战争和一系列不平等条约的签订,彻底改变了西方世界与中国相互作用的整个基础。一个被打败的民族不会受人尊重。所以,19世纪的中国渐渐被人视为劣等民族、牺牲品和臣民,可以获取利润的源泉,蔑视和可怜的对象。这些带有负面性的主导观念也自觉或不自觉地融进了英国作家对中国的认知想象和形象塑造之中。

　　总的来说,19世纪英国浪漫作家对东方中国的印象不佳。借助于鸦片、梦幻、想象力,柯勒律治在诗作残篇《忽必烈汗》里展示了神奇的东方异域风情。但在散文家德·昆西(Thomas De Quincey,1785—1859)那里,东方中国则是一场恐怖的噩梦。他说如果被迫离开英国住在中国,生活在中国的生活方式、礼节和景物之中,准会发疯。在他眼里,中国人非常低能,甚至就是原始的野蛮人。所以他不仅支持向中国贩运鸦片,而且主张靠军事力量去教训那些未开化的中国人。① 在浪漫诗人笔下,中国及中国人的形象同样是消极的。拜伦眼中的中国人是受到蔑视和嘲笑的。雪莱也把中国当作"未驯服"的"蛮族"看待。维多利亚女王登基后,英国很快走上了强盛与霸道之途,种族主义和种族优越论也逐渐在其国民中"深入人心",贬抑中国之风亦随之愈演愈烈。狄更斯就通过他笔下人物的口说"中国怎样可能有哲学呢?"桂冠诗人丁尼生在一行诗里也说"在欧洲住五十年也强似在中国过一世"。

　　当然,英国也有一些有识之士并非总是助长英帝国对中国的强盗行径。被视为英国浪漫主义时代的古典作家的兰陀(Walter Savage Landor,1775—1864),在鸦片战争期间组织的一次宴会上即曾大谈中国是世界上唯一的文明之邦。② 当时的文坛领袖卡莱尔(Thomas Carlyle,1795—1881)也谴责英政府在中国的所作所为,对中国文化颇感兴趣,中国皇帝在他心目中是

---

　　① 详细论述可参见拙著《雾外的远音》之"一个吸食鸦片者的自白——德·昆西笔下的梦魇中国"一节内容。

　　② 兰陀的主要散文作品《想象的对话》(Imaginary Conversation,1824—1829)中,有一篇是在中国皇帝与派到英国去的钦差庆蒂之间展开的,名为《中国皇帝与庆蒂之间想象的对话》(Imaginary Conversation between Emperor of China and Tsing Ti),能够让人们重温起往日那段乌托邦中国的美妙图景。

勤劳的伟人,中国的科举取士则为他的文人英雄论做了注脚。[①] 还有维多利亚时代的重要小说梅瑞狄斯（George Meredith, 1828—1909）从中国瓷盘上的柳景图案获得灵感启示,创作了其小说代表作《唯我主义者》（The Egoist, 1879）,将自己个人的巨大精神创痛和哲学研究变形为艺术,以警戒世人,评价时代,并以此说明人类整个文明发展过程中父权主义（男权中心主义）的本质。

19 世纪的唯美主义者试图在遥远的异国,在与西方文明迥异其趣的古老东方文明中找寻他们自己的艺术理想。王尔德（Oscar Wilde, 1854—1900）向往东方艺术,并从老庄学说中找到了思想共鸣。然而,这种美好的艺术理想在 19 世纪末兴起的"黄祸论"中,显得非常脆弱。这里,颇值得一提的是 1893 年,也就是马嘎尔尼出使中国一百周年之时,英国历史学家皮尔逊（Charles H. Pearson, 1830—1894）发表《民族生活与民族性：一个预测》（National Life and Character, A Forecast）一书,反复论述有色人种,特别是中国人的"可怕",由此促成了一种席卷西方世界的"黄祸"谬论的出笼。其间在英国甚至出现了一些描写中国人入侵英伦的小说。几位出生在澳大利亚的英国作家,如盖伊·布思比（Guy Boothby）和威廉·卡尔顿·道（William Carlton Dawe）、玛丽·冈特（Mary Gaunt）等,涉及中国题材创作时,均怀着极深的种族主义偏见,对中国和中国人的否定性描写为其主导倾向。而另一个英国作家萨克斯·罗默（Sax Rohmer, 1883—1959）以其 13 部傅满楚系列小说引人注目。他所塑造的阴险狡诈的"恶魔大天使"傅满楚博士是坏蛋中国佬的典型。傅满楚形象可以说是 20 世纪初英国对华恐惧的投射的产物,影响深远。这一人物还出现在影片、广播和电视节目中,在欧美世界可谓家喻户晓。

不过,在 19 世纪末 20 世纪初英布战争和义和团事件的历史氛围中,英国作家迪金森则通过其作品表示了岁西方文明的忧思和对中华文明的理想

---

① 　参见卡莱尔的《旧衣新裁》（Sartor Resartus）、《英雄与英雄崇拜》（On Heroes, Hero-worship and the Heroic in History）、《过去与现在》（Past and Present）等作品。卡莱尔的友人称他为"东方圣人",传记作者比之以孔子,对其推崇备至的梅光迪也将之成为"中国文化的一个西方知音"。见梅光迪：《卡莱尔与中国》,《思想与时代月刊》第 46 期, 1947 年。

信念,从而再现了 18 世纪启蒙作家关于中国的理想景观,同时也预示着 20 世纪的不少英国作家对中国(当然是文化的、历史的、美学的中国,而非现实的中国)的向往之情。

对东方中国的新一轮希望,以一战的爆发为标志逐渐得到证实。发生在 1914—1918 年惨绝人寰的第一次世界大战,以血淋淋的事实暴露了西方资本主义近代文明的弊病,给人们带来难以弥补的精神创伤,对欧洲人的自信心和优越感是一个沉重打击。这让一些对文明前途怀抱忧患意识的西方有识之士,在正视和反省自身文明缺陷的同时,将眼光情不自禁地投向东方和中国文明,希望在东方文化,尤其是中国哲学文化中找寻拯救欧洲文化危机的出路。自 1920 年代起,一些英国文学家、哲学思想家踏上中国土地,通过他们的眼睛看到了中国的现实,寻觅着他们理想中的中国印象。毛姆(William Somerset Maugham,1874—1965)来中国追寻着古典的荣光,昔日的绚烂,渴求着那暮色里消逝的东方神奇与奥秘。① 迪金森有两个文化理想,一个是希腊,另一个是中国,他来中国后更深感中国之可爱,觉得中国是人类理想的定居之所。比之于以往的欧洲作家,他对中国的赞美有过之而无不及。至于为何如此袒佑中国,他自己也说不清道不明,只感到自己的血管里似乎流着中国人的血,或则上辈子就是一个中国佬。② 怀抱终身中国梦想的新批评家瑞恰慈(I. A. Richards,1893—1980)前后有 6 次中国之行,足迹遍及大半个中国,因为中国永远是他心目中的理想国。剑桥诗人燕卜荪(William Empson,1906—1984)感到中国每一个地方都好,叫人留恋不已。奥顿(W. H. Auden,1907—1973)、依修伍德(Christopher Isherwood,1904—1986)结伴东来,亲赴中国抗日战场,写下了流芳百世的《战地行》(*Journey to a War*,1939),思考着人类文明史的进程。"中国文化迷"哈罗德·阿克顿(Sir Harold Acton,1904—1994)离开中国时觉得结束了"一生最美好的岁月"。另外,叶芝、卡内蒂(Elias Canetti)等在中国文化里获得了某些启示,乔伊斯作品里也有中国文化的

---

① 参见本书"'中国画屏'上的景象:毛姆眼里的中国形象"一节内容。

② E. M. Forster, *Goldsworthy Lowes Dickinson*, New York: Harcourt, Brace and Company, 1934. p.142.

"碎片"。詹姆斯·希尔顿（James Hilton，1900—1954）则第一次在小说《失去的地平线》（*Lost Horizon*）中描绘了东方群山之中一个和平、安宁之地——香格里拉（Shangri-la），为西方世界在中国"找到"了一个"世外桃源"……

三、"中国不是中国"：他者想象与文化利用

通过考察英国文学里呈示的中国形象，我们注意到，在英国作家笔下，中国有时是魅力无穷的东方乐土，有时是尚待开化的蛮荒之地，有时是世上唯一的文明之邦，有时又是毫无生机的停滞帝国……而这些绝非事实的中国，乃是描述的中国，或者是想象构造的中国。就像罗素（Bertrand Russell，1872—1970），满怀着对西方文明惨痛重创的哀伤，满怀着担心人类面临整体绝灭的忧患意识，满怀着寻找新的文明因素以拯救西方和人类文明的渴望，他所看到的和所描述的当然不完全是事实的中国。

众所周知，文化交流中总是存在着"事实的"（文化本体）与"描述的"（文化变异体）两种文化形态。可以说，中国题材在不同历史阶段，或相同历史阶段的不同作家那里，承担的两种价值不同的社会功能（肯定或否定，批评或赞扬），这均不是"事实的"文化的本体性价值，只能是"描述的"文化的价值。[①] 对英国作家而言，中国与其说是一个真实的国家，不如说是他们想象描述的一个神话，是激发他们写作和表达思想的灵感和素材。就像萨义德先行发表《东方主义》1995 年版后记时所用标题"东方不是东方"那样，英国文学里所展示的中国形象，我们可以同样套用一句"中国不是中国"。

在萨义德的著述中，东方主义者把"真实"的东方（East）改造成了一个推论的"东方"（Orient）。这里，前一个东方（East）是一个地理概念，后一个东方（Orient）是一个有着自身历史以及思维、意象和词汇传统的文化观念，是西方人的虚构，使西方得以用新奇和带有偏见的眼光去看东方。循

---

① 参见严绍璗：《文化的传递与不正确理解的形态》，《中国比较文学》1998 年第 4 期。

此而论,英国作家笔下的中国也并非地理空间存在意义上的中国,而是被东方化了的中国。

这其实是异质文化接受中的普遍现象。照萨义德的说法,任何一种文化的发展和维持,都有赖于另一种不同的、相竞争的"异己"(alter ego)的存在。自我的构成最终都是某种建构,即确立自己的对立面和"他者",每一个时代和社会都在再创造自身的"他者"。① 在英国作家眼里,中国也是"他者"。不管他们以何种途径来认识中国,从何种角度来观察中国,用何种心态来评价中国,都无一例外地把中国视为与自身相异的"他者",倾向于把中国想象为与西方不同的"文化构想物"。他们或把自己的文化梦想投射到中国,如毛姆、阿克顿;或借中国反思西方文明和人类命运,如罗素、奥顿;或把中国作为西方文化优越论的陪衬,如萨克斯·罗默、盖伊·布思比;或作为自己艺术构思的契入点,如柯勒律治、梅瑞狄斯;或将中国作为英国社会的一面镜子,如兰陀、迪金森……与之相联系的是,他们之所以一往情深地探询中国文明、渴慕东方智慧,恰恰反映了他们认识自我的深层需要和欲望诉求。就像有些评论者所言:"中国这样一种奇怪的启示者,似乎想接近他而不触及自身是不可能的,鲜有作家能在处理中国题材时不流露内心的幻觉;在这个意义上,谈论中国的人讲的其实都是自己。"② 可以说,英国人描述的中国人使我们更多地了解了英国人而不是中国人。

由此不难推论,英国作家对中国的兴趣并不为中国的历史现实所左右,中国对于英国作家的价值,是作为一个"他者"的价值,而不是自身存在的价值。被他者吸引,构成了文化交流的动力机制。英国汉学家李约瑟曾说,中国文明具有绝对的"异类"的不可抗拒的诱惑力,只有绝对的"异类"才使人产生最深的爱,伴随着想要了解她的强烈欲望。因而,无论英国作家对中国持有什么态度(或褒或贬,敬佩或谴责),始终是把中国放在"他者"或异类的位置上。我们看到 19 世纪的中国形象是停滞落后的(这当然并不完全是中国的真实),因为日渐强大的西方需要一个"他者"作为否定的对象,历史上的中国形象一直处于西方文化的对立面,尤其是在西方自我认同

---

① ［美］爱德华·萨义德:《东方学》,王宇根译,三联书店 1999 年版,第 426 页。

② 转引自孟华主编:《比较文学形象学》,北京大学出版社 2001 年版,第 262 页。

自我扩张时，中国形象就表现为其否定面。而在西方文化发展的彷徨时期，比如20世纪初，尤其是一战以后，也有不少英国作家和思想家对中国发生了兴趣，希望在东方中国找到人间乐园或拯救西方危机的良方，并发表了一系列关于中国的虚构故事（如希尔顿《失去的地平线》）和理论著作（如罗素《中国问题》），但中国依然没有融入英国人的思想意识之中。因为衰败中的西方精神很难说真的会在自己的危机中乞助中国儒道释的道德、超脱精神，深入反省西方精神传统的海德格尔就明确表示："我深信，现代技术世界在世界上什么地方出现，转变也只能从这个地方准备出来。我深信，这个转变不能通过接受禅宗佛教或其他东方世界观来发生。思想的转变需要求助于欧洲传统及其革新。"①

借助于他者，人们可以反观自身，回归自我。那些试图在中国寻找精神家园的英国作家，正是在中国这个"他者"身上，发现了一个拟想中的没有分裂的自我。德国汉学家顾彬说得好："西方人把视线移向东方的目的是想通过东方这个'异'来克服他们自身的异化"②，从而回到"本真"的状态，寻找一种温馨的"家园"，一种"前文化阶段"没有异化的人。

这就是作为"他者"的中国，作为文化利用对象的中国对英国作家、思想家的"有用"之处。当然，任凭自身文化所需对异域文明进行取舍、评价和改造，本是无可非议，其对异文化的误读、误释同样在所难免。相比之下，英国作家对现实的中国缺乏关注，中国题材作品里所展示的偏见与成见也无不影响着一般读者对中国的印象。德国汉学家卜松山说过，西方绝大多数人对中国所知甚少。谈到中国，人们会马上联想到"黄祸"、"蓝蚂蚁"、"天安门"等充满敌意或偏见的图景。西方对中国的无知，文化隔阂导致了对中国的妖魔化。③ 因而，文化交流的理想形态是建立在"事实的文化"基础上的，这样至少可以更直接地加深了解，消除偏见，真正地把陌生文化当作一面镜子，更客观地认识自己，看到自己的不足。所谓跨文化对话，就是不要以本

---

① ［德］海德格尔：《只还有一个上帝能救渡我们》，《外国哲学资料》第五辑，商务印书馆1980年版，第184页。

② ［德］顾彬：《关于"异"的研究》，曹卫东编译，北京大学出版社1997年版，第47页。

③ 参见刘慧儒：《"把陌生文化当作一面镜子"——访德国汉学家卜松山教授》，《哲学动态》2001年第5期。

位文化作为文化沟通的起始点和归宿,而是以平等的态度、开放的心理互相学习,提高对"他者"的敏感度。

英国作家对中国的认识好比一面历史的镜子,这面镜子里凸现的却是他们自己藏着的原形。因此,当我们再来试图借助这面镜子进行某种文化反省时,所持的态度更多应该是冷静清醒,充分认识到异域作家所采用的这样一种在他者想象中进行文化利用的叙述策略,避免落入那些光怪陆离的"中国形象"所预设的陷阱,以有益于中外文化之间真正平等的互动交流。

欧洲中世纪一部最流行的非宗教类作品

—— 《曼德维尔游记》的文本生成、版本流传及中国形象综论①

一、《游记》的价值与意义

本文在此向读者推介的是欧洲中世纪一部极富想象力的散文体虚构游记《曼德维尔游记》（*The Travels of Sir John Mandeville*，以下简称《游记》）。据载，1499 年列奥纳多·达·芬奇由佛罗伦萨迁往米兰时，其随身携带的40 本书中有一本就是《曼德维尔游记》。这是一部中世纪最流行的非宗教类作品，曾跻身于"世界畅销书"之列，且成为首部享受这等殊荣的欧洲作品。长久以来，此作对于西方文学的影响可谓广阔而深远。莎士比亚和班扬就是众多这样那样借鉴过此书的英国作家里的两位代表。比如，莎士比亚《奥赛罗》第一幕第三场 143—147 行写道："那些广大的岩窟、荒凉的沙漠/突兀的崖嶂、巍峨的峰岭，/还有彼此相食的野蛮部落/和肩下生头的化外

---

① 本文系笔者为《曼德维尔游记》（郭泽民、葛桂录译，上海书店出版社 2006 年初版，2010 年再版）所做的译者序，曾刊于《福建师范大学学报》2006 年第 4 期。

异民, / 都是我的谈话题目。"① 还有莎士比亚《无事生非》第二幕第一场里，培尼狄克在提及贝特丽丝时曾尖酸地说："我现在愿意到地球的那一边去，给您干无论哪一件您所能想得到的最琐细的差使：我愿意给您从亚洲最远的边界上拿一根牙签回来；我愿意给您到埃塞俄比亚去量一量护法王约翰的脚有多长；我愿意给您去从蒙古大可汗的脸上拔下一根胡须，或者到侏儒国里去办些无论什么事情；可是我不愿意跟这妖精谈三句话儿。"② 这些剧作片段表明莎士比亚蒙受着曼德维尔的恩惠。③

不过，几个世纪以来，人们对该《游记》价值的评判颇多差异。它曾被 15 世纪的航海家哥伦布（Christopher Columbus）引之为环球旅行可行性的证据，其作者既被 17 世纪著名的游记探险作品的编纂者塞缪尔·珀切斯（Samuel Purchas）④ 称为"世界上最伟大的亚洲旅行家"（the greatest Asian traveler that ever the world had），又被 18 世纪的文坛领袖约翰逊（Samuel Johnson）博士誉为"英国散文之父"（the father of English prose）；该书在 19

---

① 转引自：《莎士比亚全集》悲剧卷上卷，朱生豪译，译林出版社 1999 年版，第 401 页。

② 同上书，第 25 页。译文中的"护法王约翰"即通常所说的"祭司王约翰"或"约翰长老"。当时欧洲传说，亚洲东部，不能到达之处，有信奉基督教的国王，名"护法王约翰"，财富惊人。后来传说又演变为某一阿比西尼亚（埃塞俄比亚）国王名"护法王约翰"。

③ 班扬《天路历程》第一部描写基督徒经过一个叫"死阴谷"的山谷："里面一片漆黑；在那儿我们还看见从深坑里来的小鬼、妖怪和龙；我们还看见从山谷传出来的连连不绝的号哭声和叫嚷声，就像上了手铐脚镣的人们在极端痛苦中悲伤地坐在那儿发出来的声音一样；在山谷的上空笼罩着混乱得使人沮丧的云块；死亡也老是在那上面展开它的翅膀。总之，是个混乱到了极点的混沌，一切的一切都叫你毛骨悚然。"到天国去的路就在它中间穿过，地狱的入口也在山谷的中央。这里，班扬对"死阴谷"的描述亦得益于《曼德维尔游记》第八章"祭司王约翰的国土"里的"绝谷"篇："米斯陶拉克岛毗邻的皮森河（Pison）左岸不远处有一个令人不可思议的所在。于绵延近四英里的山中有一座山谷，有人称之为迷谷，有人称之为魔鬼谷，亦有人将其称为绝谷。不管白天黑夜，人们常听到谷中传出狂风呼号、雷雨交加的声响，种种纷扰嘈杂的动静，和类似锣鼓争鸣、号声嘹亮、仿佛举行盛大庆祝般的喧闹。谷中布满了妖魔鬼怪，长久以来一直如此，土人声称那是通往地狱的一个入口。谷中藏有大量金银财宝。很多异教徒，亦有很多基督徒不时深入谷中去寻宝，可得以生还之人却寥寥无几，因为不管是异教徒，还是基督徒，他们进去不久都被妖魔掐死了。"Mandeville, John. *The Travels of Sir John Mandeville; an abridged version with commentary.* London: William Collins Sons & Co.Ltd., 1973. p.77.

④ 塞缪尔·珀切斯（1577—1626），英国游记和探险作品的编纂者。曾在剑桥的圣约翰学院和牛津大学学习。毕业后先后在埃塞克斯、伦敦泰晤士河畔的教区任牧师，遇到许多航海者。他继英国地理学家哈克卢特之后从事百科全书式文集的编纂工作，编成《珀切斯游记》（*Purchas His Pilgrimage*），分为 4 卷，于 1625 年出版。当时的游记文学以激发英国人投身海外扩张和海外事业，因而珀切斯所编文集颇受欢迎，并成为与地理史及早期探险活动有关的重要问题的唯一资料来源。

世纪也曾被讥讽为"剽窃之作"（plagiarized text），20 世纪中后期，又重新被定位为"幻想文学"（Imaginative Literature）的代表作，该书英译本编注者的序言中即曾评价其价值"恰在于其精致的文笔，在于其展示了一幅中世纪人们的思想情趣、宗教信仰、神话传奇以及整个基督世界大胆驰骋想象之风习的如画长卷"①。

　　现在看来，《游记》依旧颇富生命力，其具有多方面的价值毫无疑义。作为游记文学，它展现给基督徒们以许多陌生世界的生动图画；作为地理资料，它使欧洲的探险者坚信环球旅行的可能性和必要性，与《马可·波罗行纪》一起首次真正激发了欧洲人对东方中国持久而浓厚的兴趣。可以说，在地理大发现之前，马可·波罗写实的游记与曼德维尔虚构的游记，就是欧洲人拥有的世界知识百科全书。但人们拒绝相信马可·波罗的描述，朋友们在他临终时请求他收回他传播的所谓谎言，以拯救他的灵魂。②人们把马可·波罗当作取笑对象，吹牛者的代名词，却丝毫不怀疑曼德维尔那本虚拟游记的真实性，真可谓假作真时真亦假。确实，曼德维尔把关于东方的诱人镜像吹嘘得眼花缭乱：那世间珍奇无所不有的蛮子国，那世界上最强大的大汗君王，以及他那布满黄金珍石、香飘四溢的雄伟宫殿，还有那遥远东方的基督国王约翰……在这般神奇斑斓的幻景里，历史与传奇难以分辨，想象与欲望紧密相连，共同构造出人们心目中的乌托邦世界。③

二、《游记》作者考辨

　　时至今日这本《游记》仍然活力未衰，不仅能供专家学者研究参考，而且也满足了各类读者的欣赏需求。不过，盛名之下，人们对它已是疑窦丛生：

---

　　①　Mandeville，John. *The Travels of Sir John Mandeville; an abridged version with commentary* . London: William Collins Sons & Co.Ltd., 1973. p.9.

　　②　马可·波罗的回答却是："我见过的东西，还没有说出一半呢。"他死后不久，威尼斯狂欢节上出现一类滑稽的小丑人物，尽说些疯狂的大话，让观众捧腹大笑，这就是当时人物心目中马可·波罗的形象。甚至到了今天，当英国的小学生想说某人说大话时，往往会讲这么一句："It's a Marco Polo."（这是个马可·波罗）。参见拙著《中英文学关系编年史》，上海三联书店 2004 年版，第 3—4 页。

　　③　关于《曼德维尔游记》里的东方想象，可参见拙著《雾外的远音——英国作家与中国文化》之"想象中的乌托邦——《曼德维尔游记》里的历史与传奇"一节内容，宁夏人民出版社 2002 年版。

作者究竟是谁？他旅行过哪些地方？它性质驳杂，到底是游记、地理书还是历史书？最初以何种语言问世？即便这一连串的问题都陆续得以揭晓，它仍旧云遮雾掩般，令人好奇之心欲罢不能。

《游记》作者的生平境遇在该书的不同文本中歧说纷纭，且多有矛盾之处。关于这方面的情况，我们在英文本的编注者《序言》中基本可了解其来龙去脉：

> 一个查阅百科全书或其他规范参考书籍的读者很可能会遇上这样的一则条目：《曼德维尔游记》，一本伪造的游记作品，其作者普遍认为是让·德布尔贡（Jean de Bourgogne），一位比利时医生，居住执业于列日（Liège）①，亦被称为"大胡子约翰"（John of the Beard）。哪怕仅仅就为这个条目，作者身份的问题也不容忽视。

> 由这样一个条目得出的结论，让人感到我们面对的是两个不同的人物。而导致众多声望素著的学者倾向于游记作者并非一位来自于英国圣奥尔本斯（St Albans）的爵士而是另一个截然不同之人这一观点的原因错综复杂，可绝非确凿无疑。它们或源于最初的法语、拉丁语和英语抄本间的差异与矛盾之处；或起于此版本或彼版本中的某些提示和隐晦暗示；或据于一些家谱和教堂纪录；而最主要的则是基于一位身份多少有点让人觉得可疑，名叫让·德乌特勒默斯（Jean d'Outremeuse）②的人物的证词。这是一名史学作家，据他称，比利时的让·德布尔贡临终前在病榻上曾向他吐露，其真实身份是约翰·曼德维尔爵士，"英国蒙特堡伯爵，坎迪岛和佩鲁塞堡的领主"（而这些头衔，据我们现在所知，约翰·曼德维尔一个也不享有）。③

---

① 列日，比利时东部省份，省会为列日。列日是瓦洛尼亚（比利时法语区）的文化中心，境内有许多古堡与隐修院，建有音乐厅、歌剧院以及多处出色的博物馆。

② 让·德乌特勒默斯（Jean d'Outremeuse），有历史著作两部。第一部《列日的伟绩》乃消闲之作，半诗半文，叙述其故乡之城的荒诞史。第二部《历史之镜》立意雄伟，声称系一部世界史，从宇宙洪荒写至14世纪。他并非严谨的历史学家，但他对过去事件的那种浪漫化描述，让人们可以获知中世纪人们的所思所想。在大量纯属虚构的故事之中，仍可发现关于作者所处时代，尤其关于当时文学的独特史料。

③ Mandeville, John. *The Travels of Sir John Mandeville; an Abridged Version with Commentary.* London: William Collins Sons & Co.Ltd., 1973. pp.9-10.

英文本编注者进一步从曼德维尔家族史入手,考证《游记》作者踪迹:

> 历史上,或确切地讲英国历史上第一个知名的曼德维尔系 1066 年随"征服者威廉一世"(William the Conqueror)① 来到英国的一位诺曼士绅。这一家在英国定居下来,繁衍生息,兴旺发达,不断于德汶(Devon)② 和全国各地,尤其是在伦敦毗邻处,广置家业。其间,家族中有一人晋升为埃塞克斯伯爵。他们借裙带姻亲,攀权附贵,跻身于政治之中。在 1312 年那场谋杀了国王宠臣皮尔斯·加韦斯顿(Piers Gaveston)③ 的贵族叛乱之后,于国王爱德华二世颁布赦免的共谋者名单中,曾列有一个名位甚是卑微的约翰·曼德维尔。这场叛乱虽得到了及时制止,但并未受到彻底镇压。结果十年后,爱德华国王不得不在约克郡的布里奇镇迎战其敌人并再度将之暂时击溃。叛乱的领导者有的战死,有的被处死,还有的亡命海外。此时正值 1322 年,也即约翰·曼德维尔于其自述中宣布出外漫游的那一年。
>
> 他很可能就是该家族中较年轻的一员,当为先前那份谋反名单里那位约翰·曼德维尔的子嗣或侄辈。作为一名曼德维尔家族的后裔,作为英国上流社会的一员,他操用法语想必至少与其英语一般流利。由于面临着国王的报复追杀,他完全有必要采用一个化名。④

由此,英文本编注者做了一个据称"与现有可信的依据相吻合的推测",以求证这样一本成于印刷时代之前作品之作者的行踪:

> 总而言之,约翰·曼德维尔爵士与让·德布尔贡完全可能是一个人,同

---

① 征服者威廉一世(约 1028—1087),法国诺曼底公爵,英格兰第一位诺曼人国王(1066—1087 在位),当时最伟大的军人和君主之一。8 岁时承袭父亲的公爵爵位。满 15 岁时封骑士,开始在所属公爵领地执政。1066 年向英格兰开战,取得胜利。本年圣诞节,在威斯敏斯特大教堂加冕为英格兰国王。

② 德汶(Devon),英格兰西南半岛的一个郡,首府埃克塞特,境内多史前遗迹。

③ 皮尔斯·加韦斯顿(Piers Gaveston,?—1312),英格兰爱德华二世宠臣。在爱德华一世的宫廷中陪伴太子游玩,身强体壮,有才能和野心,对太子影响极大。1307 被国王赶出英格兰。同年 7 月爱德华一世死,他回国后立即成为爱德华二世的首席顾问,封康沃尔伯爵。最后被反对他的贵族斩首。

④ Mandeville, John. *The Travels of Sir John Mandeville; an Abridged Version with Commentary*. London: William Collins Sons & Co.Ltd., 1973. p.10.

一个人。蓄有胡须的"让·德布尔贡"避居于相对偏僻的列日,在那里学医行医,并在医道上小有名气,甚至似乎还著有治疗黑死病的论文。当其继续远游时(假如他确曾进一步出游的话),自然还是沿用了其化名;而直到他这本书在其漫长一生的暮年问世之际,才重新披露了自己的真实身份。①

当代研究者们对此的争论,集中于他是"生活在英国的英国人",还是"生活在法国的法国人"? 两位研究欧洲中世纪游记的著名学者贝内特(J. W. Bennett)与西摩(M. C. Seymour)各执一词。贝内特认为游记作者是生活在英国的英国人。他说"证明该书源于英国的最明显的证据是该书的诺曼法语(Norman-French)的风格,那时期的法国人一致认为这种法语是粗俗的、野蛮的。该书的韵律和字序更具英国特色而不是法国特色"②。对于究竟谁是作者,贝内特提出了三种可能性,①确实有一位曼德维尔先生,他是一位学者也是一位旅行家,他写作了此书;②确实有一位名叫曼德维尔的旅行家,一位游记文学的学者以他为原型创作作品;③一位游记文学的学者凭空创造了曼德维尔这一形象和游记。③

西摩反驳了贝内特的观点。他总结出来了该书匿名作者的五个特征,勾画出了作者的形象:①他是一位法国人,他于1357年在一家大型的富藏同时代资料的图书馆里收集写作资料,这个图书馆很可能是位于法国北部或佛兰德斯的教会图书馆;②他是一位教会人员,对圣经知识非常了解;③他能够熟练地阅读拉丁文,但是缺少有关阿拉伯和希腊的知识;④他有渠道获得描写圣地和异国情调的书,相信环球旅行的可行性;⑤他从未去过他所描写的地方。据此,西摩认为真正的作者应是一个"生活在法国的法国人"④。

学者们的研究争论让我们渐辨渐明。一般认为,《游记》中的曼德维尔是英国散文始祖须约翰(John the Beard)的托名。约翰本人是博洽多闻的

---

① Mandeville, John. *The Travels of Sir John Mandeville; an Abridged Version with Commentary.* London: William Collins Sons & Co.Ltd., 1973. p.10.

② Bennett, Josephine Waters. *The Rediscovery of Sir John Mandeville.* New York: MLA, 1954. p.179.

③ Bennett, Josephine Waters. *The Rediscovery of Sir John Mandeville.* New York: MLA, 1954. p.182.

④ Seymour, M. C. *Sir John Mandeville.* Authors of the Middle Ages 1; English Writers of the Late Middle Ages. Brookfield, VT: Variorum, 1993. p.23.

学者、医生、语言学家及虔诚的基督徒,他对周遭的世界和人类事务怀有强烈的兴趣。从某些方面看,他是阔步于时代前面的人。当时基督教相信地球是平的,他则坚信是圆的。他想象力强健丰富,天性卓荦不凡,所著《游记》相传为英国世俗文学中最初的散文著作,因为"它首次或几乎是首次尝试将世俗的题材带入英语散文的领域"①。该书写成后辗转传抄,译本众多,有识之士莫不人手一编,其风靡程度丝毫不让《马可·波罗行纪》。虽然此书中所述关于蒙古和契丹的知识,基本上从鄂多立克的游记脱胎出来,但欧洲文学里的中国赞歌实由此发轫。

《游记》开头的第一人称开场白着实让人们真假难辨:

> 在下约翰·曼德维尔爵士（忝列其中,说来惭愧）,生于英国圣奥尔本斯。我于公元1322年②圣米迦勒（St Michael）③日出海云游,迄今久历海外,游览八方,足迹遍及众多乡野僻壤,采邑封地和岛屿岬角。先后漫游了土耳其、大小亚美尼亚、鞑靼地方、波斯、叙利亚、阿拉伯半岛和高低埃及;造访过亚马孙之地、小印度（Ind the less）及泛印度（Ind the more）的广大地区,并登临了印度四下里的许多其他大小岛屿。在这些

---

① Letts,Malcolm. "Introduction." *In Mandeville's Travels: Texts and Translations.* London: Hakluyt Society,1953. 2 vols. 1: xlv.

② 约翰·曼德维尔1322年离开时,正值英国社会矛盾重重之际。其时在位的国王软弱昏聩,与治下的贵族和诡计多端且野心勃勃的王后严重失和,结果注定了他五年后要被废黜并惨遭谋杀的噩运。此外,那也是黑死病肆虐、百年战争正酣的一个世纪,但所有这些劫难在曼德维尔的书中都只字未提。因为随着众商贾如波罗一家（先是伟大马可的父亲和叔叔,继而是他本人）和基督传教士们如鄂多立克、柏朗嘉宾等带回的对其时仍然陌生未知的东方的种种描述,当时一股惊叹与愕然的情绪渐渐席卷了整个西方世界,而曼德维尔的这部书恰是此种热潮的应运之作。此时,基督教徒的知识视野得到了大大的拓展,但与此同时,由波斯人、土耳其人和近中东的阿拉伯人所代表的一种威胁感也油然生起,而在那之外更为遥远的某个地方,隐隐然还潜藏着无数的蒙古人。于是乎出现了要求再次进行十字军东征以重夺圣地的喧嚣。在本书起初的章节里,当曼德维尔不妨说还行走在已知的天地里时,我们不时听到了这种呼声的回响。不过,当叙述深入至陌生世界后,这种回声也就销声匿迹了。参见英文本的编者注: Mandeville, John. *The Travels of Sir John Mandeville; an abridged version with commentary*. London: William Collins Sons & Co.Ltd.,1973,p.15.

③ 米迦勒,基督教《圣经》和伊斯兰教《古兰经》所载天使长之一。他像勇士执剑,或与龙搏斗,或作降龙状。米迦勒节（Michaelmas）,基督教节日,纪念天使长米迦勒。西方教会定在9月29日,东正教会定在11月8日。中世纪的欧洲,此节日非常隆重。其日期恰逢西欧许多地区秋收季节,不少民间传统都与它有关。英格兰人有在此节日食鹅肉的习俗,以保证来年生活富裕。爱尔兰人过此节时把戒指杂在馅中做饼,吃到这枚戒指者,即将有结婚之喜。

地方生活着各色不同的民众,他们形貌迥异,习俗法制相去殊远。下面且听我将这诸多地方和海岛的风情人物一五一十地道来。①

约翰·曼德维尔爵士如此这番自述,也难怪珀切斯会以马可·波罗之后"世界上最伟人的亚洲旅行家"的美誉相送。可是这位爵士充其量只是个乘上想象的翅膀、身在座椅上的旅行家。他在书中描述的许多事情和地方均系子虚乌有。比如他着墨不少的亚马孙之地和祭司王约翰的王国就纯属传说中的国度,其对后者活灵活现的描述全然是依托于一份伪造的文件。客观上讲,在曼德维尔的叙述中,事实与虚构并存,令人真假难辨。他确有可能到访过圣地,甚至兴许曾深入埃及和叙利亚境内,但没有任何证据可以表明他去过更远的地方,如印度、中国、东印度群岛,以及那千千万万座岛屿和热闹繁华的都市,而这一切都被他归属在界限模糊而令人迷惑的广阔的"印度"(Ind)和"契丹"(Cathay)地域之内。②

面对这样一部不少内容显然系面壁之作的游记,人们对此也不是没有逐步察觉,关键是读者已经不在真伪问题上多费周折,倒宁愿不明就里地跟着作者到那些奇异的国度里遨游一番。我们在绘制于一千三百年左右的一幅中世纪世界地图(the Mappa Mundi)中,可以看见当时人们对外部世界的想象图景,这就是曼德维尔心目中的世界,也是基督徒眼中的世界,也是人们普遍宁愿见到的世界,尽管其时马可·波罗和其他一些人正将知识视野拓展得日益宽广。对于基督世界之外存在的那个巨大的未知天地,他们是既神往而又惊惧,在教会的鼓动下,他们仍旧墨守着传统的宇宙观和那些古老的信念。但是,指出当时的人们蒙昧轻信,并不是说他们愚笨鲁钝。他们没有见到的,他们以想象弥补之。他们对那个未知的天地产生了各种幻象:妖魔鬼怪有之,圣贤明哲有之,种种能人异士亦有之,有权威显赫的君王,亦有骇人听闻的奇异生灵。在这丰富的遐想中他们也丰富了自己的生存。所以他们乐意听信曼德维尔的故事也就不足为奇了,而对这些故事曼德维尔本身自是深信

---

① Mandeville, John. *The Travels of Sir John Mandeville; an Abridged Version with Commentary* . London: William Collins Sons & Co.Ltd. , 1973. p.15.

② Mandeville, John. *The Travels of Sir John Mandeville; an Abridged Version with Commentary* . London: William Collins Sons & Co.Ltd. , 1973. p.11.

不疑的,因为它们也赋予了他快乐。①

曼德维尔把自己的杜撰想象强加于公众正是元亡明兴的时候。随着在华的欧洲人被逐出中国,远东的帷幕对欧洲人再度落下,曼德维尔游记遂成为此后两百年关于东方最重要和最具有权威性的经典。

三、《游记》的写作诸问题

关于该书的最初写作语言,学者们普遍认可为法语。因为在作者生活的那个时期,法语被广泛使用于英国受教育阶层中。起初,由于科顿(Cotton)英文版本里的一段话②,人们通常认为曼德维尔使用拉丁语、英语、法语三种语言进行了写作。直到19世纪80年代,尼科尔森(E. W. B. Nicholson)证明了该书最初用法文写作,而拉丁文和英文的版本系由佚名人士翻译而成。③ 之所以选用法语进行创作,是因为在英国,法语比拉丁语更易懂。为什么出现英语译本,则是由于14世纪下半叶以来法语在英国的统治地位日渐衰弱,英语开始被用于世俗题材的写作。

关于该书的写作时间,各抄本说法不一。1371年,作为最早版本的巴黎版《游记》中说,曼德维尔出发时间是1322年,返回时间是1357年。科顿版本中出发时间也是1322年,返回时间则为1356年。而在埃杰顿(Egerton)版本中,出发及返回时间都推迟了十年,分别为1332年、1366年。因此,根据三种主要版本的手稿,曼德维尔创作的时间可能是1357年、1356年、1366年。学者们经过反复考辨,希望能够窥其创作的准确时间,目前普遍得到认可的是在1357年。不过问题依然存在,既然书中的很多情节都是虚

---

① Mandeville, John. *The Travels of Sir John Mandeville; an Abridged Version with Commentary*. London: William Collins Sons & Co.Ltd., 1973. p.12.

② 指该书英文版里的一段开场白:"读者须知,本书撰于拉丁文,后译成法文,我今又由法文转译为英语,以便令国人同胞个个都能一阅。"(Mandeville, John. *The Travels of Sir John Mandeville; an Abridged Version with Commentary*. London: William Collins Sons & Co.Ltd., 1973. p.15.)但法文版则与此大相径庭。现知的最早英文版本面世于15世纪初,也即作者弃世至少30年之后。此外,由两种版本细加比较,可以充分看出该书起先应是一本法语之作,后有另外一人译成了英语。

③ Letts, Malcolm. *Sir John Mandeville: The Man and his Book*. London: Batchworth, 1949. p.22.

构的,我们又如何能相信这个归来的时间,并据此推断创作时间呢? 还有一个问题引起了人们的兴趣。鄂多立克的旅行时间是 1317—1330 年。如果 1322 年是曼德维尔出行时间的话,那他是在鄂多立克回来前离开的。曼德维尔是否想以此掩盖他援引别人资料的事实。埃杰顿版本中,出发时间改为 1332 年,或许是译者发现了作者的抄袭行为,以行程的变化暗示作者的剽窃举动呢? ①

关于《游记》的所属文类问题,长久以来,学术界颇多争议。大家普遍认可该书难以归属传统文类,但对其准确定位又众说纷纭。贝内特坚持认为它属于"美文学"(belles lettres)之列,"从该书中我们不但能够获取知识信息,而且能获得愉悦之情。该书不仅可与描写东方的著述放在一起,而且可与那些充满想象的作品、旅行浪漫故事及社会批评类的作品并行齐观。换句话说,从一开始,该书就在美文学之列"②。莱茨认为该书属于欧洲基督徒亚洲纪行。③ 当然还有不少学者认为该书属于有特殊风格的游记文学或属于混合型文类。

19 世纪下半叶,人们逐步认识到该书并非一次真实游历的纪录,尽管曼德维尔自己再三宣称它是一本原始述录。根据学者们的研究考辨,曼德维尔所讲故事的资料来源有以下几个方面:马可·波罗(Marco Polo)的《东方行纪》(*The Travels of Marco Polo*),博韦的文森特(Vincent of Beauvais)的《世界镜鉴》(*Speculum Majus*),柏朗嘉宾(John de Plano Carpini)的《蒙古行纪》(*History of the Mongols*),鄂多立克(Odoric of Pordenone)的《东游记》(*The Eastern Parts of the World described by Friar Odoric*),海敦亲王(Haiton the younger)的《东方史鉴》(*Fleur des Histoires d'Orient*),以及流传甚广而实系他人伪造的祭司王约翰的信(The Letter of Prester John)。其中像文森特那部大百科全书性质的《世界镜鉴》,就是他主要的常备物,该书收录了古代和中世纪许多有关地理学及自然史的学说。而柏朗嘉宾,尤其

---

① Koss, Nicholas. *The Best and Fairest Land: Images of China in Medieval Europe*. Taipei: Bookman Books, Ltd, 1999. p.153.

② Bennett, Josephine Waters. *The Rediscovery of Sir John Mandeville*. New York: MLA, 1954. p.84.

③ Letts, Malcolm. *Sir John Mandeville: The Man and his Book*. London: Batchworth, 1949. p.141.

是鄂多立克的东方游记更是他的重要参考读物。相比较而言,马可·波罗的东方游记并未被大量援引,或许马可·波罗的游记在此之前已得到了广泛传播,为避嫌,它不在该书作者的引用之列。

对于曼德维尔使用以上资料的评价问题,19世纪后期的人们觉得它应该属于剽窃范畴,最多只不过加入了作者自己的一些构思和改写。比如,对《游记》资料来源颇有研究的学者博韦斯肯(A. Bovenschen)和沃纳(G. F. Warner)就将《游记》定为抄袭之作,甚至连作者的身份、国籍也受到了质疑。对此,英文本编注者有如下不同的评价:

> 至于他借鉴其他作家的作品未致谢忱,这其实算不上什么了不起的事。在他那个年代,这实属屡见不鲜之举。此外也不必因为他伪托借口撰写自己的著述而过分苛求于他。他是一位作家,因此得用作家的标准去衡量他。他之所以动手写一部游记,是因为这个主题令他心醉神迷,同时他创作时采用了与自己最为相宜的手法,将他本人置身于其中,以他自己的目光去观察,用他自己的声音去表达。这与那些采取第一人称写作的小说家一样,丝毫谈不上在欺骗。他希望故事给人以真实可信感,因为他自己对笔下的记述是信以为真的,或希望相信是真的。
>
> 无疑,他信得过头了一点,而这是任何一个专注于地平线远方的灿烂辉煌,或专注于隐藏在黑暗里的妖魔鬼怪的人——总之是任何天生诗情奔放之人,都可能会做出的表现。他所遨游的世界,并非真实的历史和地理世界,而是存在于人们心灵和时代心灵中那充满神秘和令人遐想的天地。这个天地在他的笔下成就了一部生命洋溢、五彩缤纷且奇异迭出的著作,其生命力600年来一直长盛不衰。①

20世纪中后期,像以上这样对《游记》写作的同情性的理解态度,影响着人们的评价标准。人们重新认定该书为幻想文学(Imaginative Literature)的代表作。最先持此观点的贝内特就认为,《游记》不仅属于人们对未知世

① Mandeville, John. *The Travels of Sir John Mandeville; an abridged version with commentary* . London: William Collins Sons & Co.Ltd., 1973. p.13.

界探险的历史,更属于文学世界。正是在与英国文学经典的比较中,该书的
质量和影响得以充分的体现。① 于是,研究者们普遍认为如同乔叟、莎士比
亚等伟大作家的作品一样,《游记》的价值不在于它使用什么样的资料,而
在于作者是如何选择并运用这些资料的。作者运用娴熟的艺术技巧,用一条
迷人的叙事线索,汇聚那些千头万绪的资料,富有魅力,令人称奇。

　　确实,我们阅读这部游记时感受到,曼德维尔有一种将其他书里并非那
么神乎其神的记述,达到一种戏剧化效果的本领。如鄂多立克告诉人们大汗
宫廷的变戏法者如何让金杯盛满酒在空气中飞行,并使之自行到达赴宴者嘴
边时,曼德维尔认为这尚不足以激动人心,转而引入了能够把白昼变成黑夜、
把黑夜变成白昼的巫师,他们还能创造出娇媚可人的少女翩翩起舞、英武豪
侠的骑士厮杀比武:

　　　　接着上来的是变戏法的和施魔法的人,创造了许多奇迹。他们从天
　　而降,带来一片光明,好像太阳、月亮照着了每个人。然后是漆黑一片,
　　伸手不见五指。接着又是白昼,太阳令人愉快地照耀着。他们又带来世
　　界上最美丽的少女跳舞,其他少女端着金杯装满不同动物的鲜奶,恭敬
　　地递给领主和女宾人享用。骑士们手持长枪,跨马比武。他们先是一路
　　奔跑,然后猛烈互相攻击,粗暴地打断了对手的矛,碎片飘散大厅。然后
　　他们狩猎公鹿和雄猪,猎犬亦跑得不亦乐乎张大了嘴巴。还有许多其他
　　奇异的东西均出自他们的魔法,令人惊叹不已! 类似的游戏一直进行到
　　准备用餐为止。②

　　曼德维尔至少通晓四种语言,在汲取各方材料时常常旁绍远求、左右逢
源。加之平时留意收集那些道听途说的信息,各种传闻以及旅行者的故事
等,以备征选。更由于他有移花接木、添油加醋本领,种种信息一经他重新组
合,便变得头头是道、活灵活现,仿佛是他耳听目遇、亲身经历一样。所以,这
本书更像是各种历史、地理、旅行等知识的大杂烩,佐料当然是他自己个人的

---

① Bennett, Josephine Waters. *The Rediscovery of Sir John Mandeville.* New York: MLA, 1954. p.259.

② Mandeville, John. *The Travels of Sir John Mandeville; an abridged version with commentary.*
London: William Collins Sons & Co.Ltd., 1973. p.61.

想象力,并以假乱真地添加一些意在让读者相信他确实到过那里的次要细节。如《游记》里说他和同伴们及大汗军队共同作战有 15 个月之久,进攻蛮子王国,目的是想见识一下大汗富丽堂皇的宫殿。"我们想知道这一切是否像我们所听说的那样。事实上,我们发现它比传说中的更完美、更富有、更令人惊叹不已。如果不是我们亲眼所见,我们简直不敢相信这一切。虽然也许有人不相信我们,但我不得不告诉你,在我已经见识过那一切之后,不管有没有人愿意相信我,这一切都不会改变。"① 作者还自称该书是前往圣地朝圣的最好的导游书,其中的记述都以其本人亲身体验为基础,手稿曾于他返回罗马后,呈献给教皇,并得到教皇属下睿智而审慎的委员会的审查和校正:

> 承蒙教皇的特殊恩典,允准将我的书交由上述委员会审核和批准。委员会证实了我书中所言非虚,他们还向我出示了校对这本书所据的一部包容远为广博的典籍,它有上百章组成,《世界地图》(the Mappa Mundi)即是据此绘制而成。是而,我这本书(虽说许多人非亲见是什么也不肯相信的,认为作者一贯都不可靠)按上述的方式得到了教皇的确认和批准。②

连教皇也宣布说"其中所载的一切内容都正确无疑",这番自我肯定着实盛气凌人,起到了以假乱真的宣传效果。③

然而,即便《游记》确属一部托名之作,抑或"剽窃之作",其于读者的价值丝毫未减。因为,正如英文本编注者所说:

> 我们通篇见不着丝毫人品粗俗的痕迹,没有为恐怖而恐怖的肆意渲

---

　　① 　Mandeville, John. *The Travels of Sir John Mandeville; an abridged version with commentary* . London: William Collins Sons & Co.Ltd., 1973. p.58.

　　② 　Mandeville, John. *The Travels of Sir John Mandeville; an abridged version with commentary* . London: William Collins Sons & Co.Ltd., 1973. p.84.

　　③ 　然而,通晓一点中世纪历史常识的人会识别出曼德维尔所言皆虚,因为当时教皇并不在罗马。从 1309 至 1377 年间(大体等同于曼德维尔的生卒年代),教皇的教座设在阿维翁,一连几位教皇都栖居在那萧然冷清、富丽堂皇的教皇宫殿内。当然需要指出的还有,《游记》法文版和拉丁文版并没有这样的自述,唯独英文本才有。英语译者为何要插入这一段,值得我们思考。这样看来,恐怕就不能将这个谬误归咎于曼德维尔了。

染,也没有任何今天可划入色情范畴的只言片语。它是一本令人赏心悦目的作品,它洋溢着爱心和对生活的崇敬,对基督教无疑虔诚敬奉但对其他教派也宽容大度,对万事万物总是欣然地怀抱惊叹、欣赏之心,而不是匆匆地妄下评断,一句话,这是由一位情操高尚、人品可爱的作者所写的一部书。①

曼德维尔关于中国部分的叙述,尽管材料主要来源于鄂多立克,但是他们表现出来的风格完全不同。两部作品中,叙述者曼德维尔的仁慈、宽容与鄂多立克的刻板、正统形成了鲜明对照。一个充满热情和活力,另一个蹒跚而行;一个进行着奇异的精神漫游,另一个进行着艰难的肉体跋涉。鄂多立克组织作品材料似无选择,凡是他经历的以及能够回忆起来的都记录无遗;而曼德维尔则进行了文学的筛选和创造。两者在形式、物质和意图方面存在着较大差异。② 与鄂多立克显示的排外心态相比,曼德维尔更具包容性。展现在我们面前的游记主人公形象——曼德维尔,他诚实、谦恭、敬畏上帝;他眼界宽阔,幽默风趣并富有探索精神;他坦率、自省,引发读者的深思及自我审视:欧洲是否具有对真理、知识、宗教等的垄断权?

四、《游记》里的中国形象

研究中世纪欧洲中国形象的著名学者康士林（Nicholas Koss）③认为中世纪欧洲人关于中国形象的建构主要有三种模式。一是通过亲身游历构建中国形象,如鄂多立克;二是通过改写原有的欧洲文本建构中国形象,如曼德维尔;三是通过亚洲或中国人的叙述话语构建中国形象,如马可·波罗。④ 相

---

① Mandeville, John. *The Travels of Sir John Mandeville; an abridged version with commentary.* London: William Collins Sons & Co.Ltd., 1973. p.84.

② Bennett, Josephine Waters. *The Rediscovery of Sir John Mandeville.* New York: MLA, 1954. p.39.

③ 台湾辅仁大学教授康士林（Bro. Nicholas Koss）所著英文论著《中世纪欧洲的中国形象》（台北:书林出版有限公司1999年版）,通过几个有代表性的中世纪文本,详细探讨了中世纪欧洲中国形象的起源、传播及其实质。本文写作颇受该著启发,部分资料亦取自于该书,谨致谢忱。

④ Koss, Nicholas. *The Best and Fairest Land: Images of China in Medieval Europe.* Taipei: Bookman Books, Ltd, 1999. p.136.

比较而言,曼德维尔笔下的中国形象与鄂多立克眼中的中国形象就有较大的差别,两者的侧重点不同。鄂多立克作品中的中国形象侧重表现物质层面,如城市的宏大、人口的众多以及食物的充足。他在其作品中提到 10 个城市,均有整段描写。曼德维尔作品中仅列出了 6 个城市的名字,其中只有 3 个城市有较详细描写,而且描述的城市规模均比鄂多立克作品中的小很多。曼德维尔在鄂多立克文本的基础上做了不少改进,发挥了不少想象。其中特别注重于中国人的方方面面,如中国男人的胡须:

> 男人们的头发和胡子稀少但很长。而且,过了五十岁的男人几乎不长胡子了,一根在这儿,一根在那儿,就像豹子或猫的须。①

中国女人的裹脚:

> 其国中女子则时兴小脚。所以她们生下不久,就要将脚窄窄的裹住,使其无法长到天然的一半大。②

中国寺院里的美丽大花园及僧侣们的信念:

> 寺院里有一个美丽的大花园,园中有各种结满果实的树。园中的一座小山上还有许多不同种类的禽兽,诸如长臂猿、绢猴、狒狒和其他一些动物。每天,当这所寺院到了用膳的时间,施赈的僧人就会把食物放到园子里,并用手中拿着的钥匙敲打园门。不久,山上及分布在园内各处的三、四千头的动物就会装成穷人的样子跑出来,人们就用闪闪发亮的银制器皿把食物分发给它们。它们一吃完东西,那名僧人即刻用钥匙敲打园门。不一会儿,动物们四处散开,回到它们原来的地方去。僧侣说这些禽兽是显赫人物的灵魂化身而来的,因此他们遵照上帝的仁爱把肉分给他们。而其他凶恶的野兽是穷人和普通百姓的灵魂化身而来的。

---

① Mandeville, John. *The Travels of Sir John Mandeville; an abridged version with commentary.* London: William Collins Sons & Co.Ltd., 1973. p.52.

② Mandeville, John. *The Travels of Sir John Mandeville; an abridged version with commentary.* London: William Collins Sons & Co.Ltd., 1973. p.83.

他们如此坚信，没有人可以使他们摆脱这一信念。①

中国的矮人——侏儒：

那里的人身材矮小，仅三拃（Span）② 长。无论男人还是女人，个个彬彬有礼，性格温和。他们在半岁的时候结婚生子，最多能活六、七年。如果有人活到八岁，就被视为长寿老人。他们是开金采银，种棉养蚕的好手，经常和居住在一起的鸟类发生争斗，并且捕而食之。这个矮小民族并不在土地上耕耘，也不在葡萄园中劳作。原来他们有像我们这种身高的人替他们干活。矮人瞧不起正常身高的人，就像我们对巨人或侏儒的态度一样。那里有一座优美的城市，居住着众多的矮人。他们中会有比较高的人，但婚后产下的小孩依然是侏儒。虽然他们是侏儒，不过他们比其年龄理智，富有才智。③

还有中国富人的生活方式：

该国有一个家赀巨万的富翁，……过着极为尊贵奢靡的生活。每天，他得要50名漂亮的黄花少女时刻服侍他的起居，于夜间陪卧在身旁，并随心所欲地拥有她们。他就餐时，她们每每要五五成对地为他端上珍馐佳肴，一边奉上菜肴时还要一边歌唱。然后她们要将肴馔分成小块喂入其口中，须知他一向是十指不拈物，万事不动手的，只是一成不变地将双手搁置于面前的桌上。他蓄有长长的指甲，故什么也不能拿。该国崇尚留长指甲，任指甲长得愈长愈好。……我上面言及的那些少女于此财主用餐时总要唱着歌。当他不再享用第一道菜肴后，另一拨五五成对的少女会献上第二道美味，当然与前面的一样，她们也要曼声长歌而来。日复一日，她们都要一直这般服侍着，直到其用膳完毕。就这样他消磨

---

① Mandeville, John. *The Travels of Sir John Mandeville; an abridged version with commentary.* London: William Collins Sons & Co.Ltd., 1973. p.53.

② Span，指距，一拃，表示手掌张开时大拇指与小指之间的距离，合23厘米或9英吋。

③ Mandeville, John. *The Travels of Sir John Mandeville; an abridged version with commentary.* London: William Collins Sons & Co.Ltd., 1973. p.54.

着自己的日子，他的先人们正是这般终了一生的，而其后辈无须一寸战功，也同样会如此养尊处优地生活下去，简直就与猪舍里的猪猡被喂养得肥头肥脑的一模一样。①

曼德维尔对中国人的以上这些方面表现出了极大的兴趣。不过，《游记》的几个主要版本在中国形象的重塑方面并非如出一辙。在法文本《游记》中，曼德维尔刻意拉开了读者与中国的距离，这与鄂多立克的做法有别。鄂多立克的作品往往使用第一人称的叙述方法，还不断拿中国与欧洲比较，例如城市的大小、人口的众多、女人的美丽等，读者犹如伴随鄂多立克共同游历中国。曼德维尔的做法完全不同，他采用的是第三人称叙述方式，拉开了读者与中国的距离，同时较少将中国与欧洲做对比，只是说中国的女人是那个地区更加美丽的，中国的乳酪在那个地区更大、更便宜。曼德维尔显然拒绝接受鄂多立克试图传达给读者的信息——中国在许多地方是世界上最好的，他仍然想象西方的社会、文化是世界上最优秀的。

科顿英文版本的作者经常通过增加一些单词和短语，使得关于中国的描述更加确切。比如，曼德维尔描写中国是"best land and one the fairest"，科顿版本的作者增加了"in all the world"。关于侏儒的活动，该版本中不仅说他们在生产棉和丝，而且说他们在生产金和银。类似的例子很多。科顿版本在原有文本的基础上加入了他对中国的想象，强化了中国的魅力。关于富人生活的描写，在鄂多立克和法文版《游记》中都描写了其奢华与富有，只是程度略有不同。而在科顿版本中还写到了富人们的私生活，负责伺候富人的少女们要陪寝。这可能是出于翻译过程中的误读，法语"coher"有陪同打猎的意思，这里被理解成为陪寝。与法文版一样，科顿版本的作者也一样厌恶富人的生活方式以及女人裹脚的行为。

另外，科顿版本的作者很可能是一位僧侣，因为他非常关注宗教方面的问题，并对原有的《游记》版本中宗教叙述部分做了一些补足，对非基督教的宗教信仰也表现了一定程度的宽容与开放性。总体上说来，科顿版本的作

---

① Mandeville, John. *The Travels of Sir John Mandeville; an abridged version with commentary.* London: William Collins Sons & Co.Ltd., 1973. pp.83–84.

者仔细、忠实地传承了原版本的中国形象并做了细微的改进。

与科顿版本不同，埃杰顿英文版本对中国形象的建构，没有做什么积极的推进。其对中国形象的主要贡献是采用一种更好的文学的形式描述中国。比起科顿版本，埃杰顿版本的翻译更为灵活，更加赏心悦目。为了清晰表达，翻译者常常毫不犹豫地调整语序，其用词亦更加简洁。书中对中国富人生活的描写更为具体，还加了一些作者的评论，鄂多立克笔下对富人奢华生活的艳羡之情在此转为批判之意。总的说来，埃杰顿版本更多地试图从西方的价值观念出发评价中国的问题，这表现在宗教、轮回等问题的评价上。比起科顿版本，这里中国形象的异域化色彩更为明显。[①]

曼德维尔的《游记》之所以极富吸引力，其主要原因是书中对大汗和祭司王约翰等几章内容的描述。在他眼中，"大汗才是远方所有地方最伟大的帝王和至高无上的君主，他统治着契丹（Cathay）诸岛和许多其他海岛，以及印度（Ind）的大片土地，其疆土直逼祭司王约翰（Prester John）的地界，他拥有的领土真可谓广袤无边。其巨大的权威和显赫的尊贵举世无双，绝非苏丹王可以比拟。"[②] 曼德维尔不仅用奇迹，而且用过多的黄金和珍石润饰着前人对大汗宫殿的记述：

> 宫殿处处雄伟而华丽。宫殿的大厅有24根金柱，墙上均挂满名豹的红色毛皮。豹是最漂亮的野兽，气味宜人。有了那些毛皮的芳香，即能驱赶异味。那些毛皮如血一般鲜红，在阳光照耀下闪闪发亮，令人几乎不敢逼视。这些野兽由于其所具有的正直品性和芬芳气息，而受到人们的膜拜。他们把这些野兽的皮毛看得比金子还要珍贵。
>
> 宫殿的中央有一个专为大汗所设的大瓮，全是由金子、珍石和珍珠制成。在这个大瓮的四角各有一条金龙，大匹网状丝绸、黄金和大珍珠装饰其上。大瓮底部及周围布有多道水管，每条水管里都可流出香醇的御酒。
>
> 宫殿的厅堂布置豪华高贵，所有的装饰让人惊叹不已。首先，最上

---

① 以上几个《游记》版本里关于中国形象塑造的差异，可参见：Koss, Nicholas. *The Best and Fairest Land: Images of China in Medieval Europe.* Taipei: Bookman Books, Ltd, 1999. pp.171–185.

② Mandeville, John. *The Travels of Sir John Mandeville; an abridged version with commentary.* London: William Collins Sons & Co.Ltd., 1973. p.20.

头摆着高高的宝座,正好在宴席桌旁。这个宝座由宝石和珍珠做成,而登上宝座的台阶用各式宝石铺就,镶以金边。①

曼德维尔怀疑读者不会相信这样一种五彩缤纷的图景,所以就厚着脸皮说"我到过那儿",信不信由读者自己决断。同样他又将大汗的来历置于基督文化传统的背景里,再次满足着西方人的心理渴求:原来大洪水过后,诺亚(Noah)三个儿子中的一个"含"(Cham)占有了世上最好的一块地方——亚洲,因而最强大也最富有,加之又征服了一些民族,因此被尊为"汗"与"天下的君主"。

读罢《游记》中契丹大汗的故事,我们分明看到了基督传奇的影子。由此显示着传统文化对异文化强大的归化与认同功能。当两种文化展开最初的接触时,首先总会在自身文化传统视野内对异域文化进行简化、改造,这符合人们接受异文化的基本心态。于是,当中国形象进入欧洲文化视野内时,也便会遭到基督教神话的改造变形。因为,"在文化接受视野内,期望之中或欲望改造过的信息往往让人印象深刻,因为它已经过自身文化传统的组构、编码,变成信息准确,有说服力的东西了"②。曼德维尔正是在基督教义与骑士道视野内改造了契丹大汗的形象,同时展现着欧人集体记忆中的传统欲望。

在曼德维尔看来,契丹大汗作为一个伟大的君主,他可以随心所欲地挥霍、享乐,因为他并不是用金银作钱来花费,而是用纸钞当作金钱。纸钞流通全国,他用金银来建造他的宫殿。大汗用纸币而不用金银消费,实在让当时的欧洲人羡慕不已。③ 呈现在读者面前的大汗的大都城更是流光溢彩、珠动

---

　　①　Mandeville, John. *The Travels of Sir John Mandeville; an abridged version with commentary.* London: William Collins Sons & Co.Ltd., 1973. pp.56—57.

　　②　参见周宁:《跨文化的文本形象研究》,《江苏社会科学》1999 年第 1 期。

　　③　曼德维尔此说法大概来源于马可·波罗。后者在其东方行纪中记载了大汗用树皮所造之纸币通行全国的情形(见《马可·波罗行纪》,冯承钧译本,第 237—238 页)。马克思在《政治经济学批判》里谈到所谓"虚价货币"时说"因而,相对没有价值的东西,如纸,可以作为金货币的象征发生作用",而"在信用完全没有发展的国家,如中国,早就有了强制通用的纸币"。在其注释里,马克思还引用了曼德维尔爵士《航行与旅行》1705 年伦敦版第 105 页的内容说,"这个皇帝(中国皇帝)可以无限制地尽情挥霍。因为除了烙印的皮或纸以外,他不支出也不制造任何其他货币。当这些货币流通太久,开始破烂时,人们把它们交给御库,以旧币换新币。这些货币通行全国和全省……他们既不用金也不用银来制造货币",曼德维尔认为,"因此他可以不断地无限制地支出。"(《马克思恩格斯全集》第十三卷,人民出版社 1962 年版,第 107—108 页)

玉摇,叫人眼花缭乱,心驰神往。或许正是这童话王国般的幻境强烈地刺激着人们的神经,满足了他们心理上对权势、财富、珍宝的贪恋与企羡。所以,尽管曼德维尔的游记经不起明眼人的推敲琢磨,但时人仍视之如奇文,为之洛阳纸贵,其深层的人性期待欲望当是不言自明的。

曼德维尔还利用那些伪造的祭司王约翰写的信件(尽管他自己并不知晓),加上出自其他方面的材料(如马可·波罗的游记),共同建构起一幅神奇无比的令人神往的东方世界。就这样,曼德维尔在《游记》里重现着欧洲关于祭司王约翰的神奇传说,再次把人们的目光引向了遥远东方的那片神秘的乐土。而这一最为强大、最为圣洁的人间统治者,以及他的奢华、仁慈,他那为数众多的仆从,他那幸福的臣民以及他那繁忙的城市,必定会给西方许许多多暗淡无光的城市带来生气和斑驳的色彩,为世界上成千上万被战争喧嚣闹得头晕脑涨的人,带来新的勇气和希望。这或许正是《游记》具有诱人魅力、历久不衰的原因所在。

一种文化语境内异域形象的变化无不暗示本土文明的自我调整,其中展示的是他们对异国的想象、认知,以及对自身欲望的体认、维护。曼德维尔对蛮子国、大汗王国的虚构传奇,以及祭司王约翰的神奇传说,无不展示着中世纪晚期人们的想象欲望,他们需要有一个物质化的异域形象,以此作为超越自身基督教文化困境的某种启示。这当是我们观照《曼德维尔游记》时,所不应忽视的阅读策略。①

五、《游记》的版本流传

最后简要交代一下该书的版本情况。曼德维尔著成这部《游记》后,在欧洲中世纪迅速流行。到 1400 年前后,该书拥有了欧洲各主要语言的版本,1470 年前,已广为欧洲大多数阶层的读者所知晓,成了名噪一时的畅销书。

---

① 关于本土文化视域里的异域形象问题,笔者在拙著《他者的眼光:中英文学关系论稿》(宁夏人民教育出版社 2003 年版)附录二"西方文化视野中的中国形象及其误读阐释"以及拙文《"中国不是中国":英国文学里的中国形象》(《福建师范大学学报》2005 年第 5 期,人大报刊复印资料《文艺理论》2005 年第 12 期全文转载)里做了详细讨论。

据统计,现存的《游记》版本、手稿有三百余种之多,涉及到法语、英语、拉丁语、德语、荷兰语、丹麦语、捷克语、意大利语、西班牙语、爱尔兰语等众多语种。与《马可·波罗行纪》版本 77 种,《鄂多立克东游录》版本 76 种相比,曼德维尔的《游记》称得上是欧洲中世纪最流行的非宗教类作品。

　　研究者们将现存的《游记》版本分为两大类,一为源自英国的岛内版本,二为源自法国的大陆版本。其中源自法语的比较常见的英语译本有 3 个,分别是瑕疵(Defective)版本、科顿(Cotton)版本和埃杰顿(Egerton)版本。瑕疵版本为岛内版本的英语翻译,该译本缺少了第二帖(共 24 页),即关于埃及的很长的一段描写。这样一个节略本又有另两个名称,一叫"派森"本(the Pynson Version),因为其基于 15 世纪后期派森的印行本;一叫"公用"本(the Common Version),因为它在 16 至 17 世纪的英国广为刊行。科顿版本在瑕疵版本的基础上参照岛内版本进行了扩充,埃杰顿版本结合了瑕疵版本和一些皇家(Royal)版本(岛内版本的拉丁文翻译),并参照了岛内版本。埃杰顿版本的编译本似乎充分占有了法语资料,因为他并未重复瑕疵版本和科顿版本中的某些说法。莱茨认为这三个英语版本的排序应该是科顿版本、埃杰顿版本和瑕疵版本。他认为前两个版本的时间是 1410—1420 年。贝内特也认为科顿版本最早,但把时间提前到 1400 年前。西摩则认为瑕疵版本最先,该版本就在 1400 年后,而有些人证明了该版本出现在 14 世纪 90 年代。迈(May)甚至认为该版本出现的时间更早,在 14 世纪 80 年代早期,还曾经被乔叟阅读过。莫斯利认为最早的英语版本不可能早过 1377 年,因为其中插入了曼德维尔在罗马拜访教皇的情节。[1]

　　中文译本[2]所选择的英文本为源自于科顿版本的英文简编本。正如英文简编本的编注者在该书序言中所说,"对于那些有志于在废弃过时的英语中作长途跋涉的读者,不用费多大力气就可以得到其全本,不过由于当

---

[1]　关于《游记》中世纪英语版本的时间讨论,可参考:Koss, Nicholas. *The Best and Fairest Land: Images of China in Medieval Europe.* Taipei: Bookman Books，Ltd, 1999. pp.166–167.

[2]　《曼德维尔游记》中文译本由笔者与解放军理工大学郭泽民教授合译,上海书店出版社 2006 年版。

时的文风所致,全本显得冗长累赘,琐碎繁芜,重复啰嗦,且辞藻浮华。眼下的这个版本收纳了原著近三分之一的文字（我们认为也是最精致的部分），是专为那些怯于大量苦读死啃,而又愿意对曼德维尔有所了解的读者所备。"几个版本比较而言,我们觉得这个简编本既忠实传达了原书的整体风貌,更保存了曼德维尔的独特风格和神韵精髓。尽管英文本编者对全书做了很大减削且章节安排也进行了变更（原著共 34 章,现译本为 9 章）,所引段落却基本上未加改易,并未伤及原著文学风格,而且使《游记》更具可读性,值得选择此英文本向读者推荐译介。为让对该书产生兴趣的读者,进一步阅读和理解作品全本及其相关著述,我们参考康士林教授的著述,将《游记》几种通行的英文文本,以及几部重要的英文研究论著附录如下,以资检索参考。

中世纪英语译本:

The Travels of Sir John Mandeville: The version of the Cotton Manuscript in Modern Spelling. Edited by A. W. Pollard. 1900.

"The Egerton Text." In *Mandeville's Travels: Texts and Translations.* Vol. IV. Edited by Malcolm Letts. London: Hakluyt Society, 1953.

现代英语译本:

The Travels of Sir John Mandeville. Trans. by C. W. R. D. Moseley. London: Penguin, 1983. The Egerton text in modern English.

值得参考的研究论著:

Bennett, Josephine Waters. *The Rediscovery of Sir John Mandeville.* MLA Monographs Series 19. New York: MLA, 1954.

Higgins, Iain Macleod. *Writing East: The 'Travels' of Sir John Mandeville.* Philadelphia: U Of Pennsylvania P, 1997.

Howard, Donald R. "The World of Mandeville's Travels." *Yearbook of English Studies* 1（1971）, pp.1–17.

Koss, Nicholas. *The Best and Fairest Land: Images of China in Medieval Europe.* Taipei: Bookman Books, Ltd, 1999.

Letts, Malcolm. *Sir John Mandeville: The Man and his Book.* London:

Batchworth, 1949.

Moseley, C. W. R. D. "The Availability of *Mandeville's Travels* in England, 1356–1750." *Library* 30（1975）, pp.125–132.

Seymour, M. C. *Sir John Mandeville.* Authors of the Middle Ages 1; English Writers of the Late Middle Ages. Brookfield, VT: Variorum, 1993.

Thomas, J. D. "The Date of *Mandeville's Travels." Modern Language Notes* 72（1957）, pp.165–169.

奥斯卡·王尔德与中国文化①

一、老庄学说与唯美主义者的心灵诉求

正如儒家学说因 17、18 世纪耶稣会教士的传播得以登上欧陆,道、释两家也是靠他们的译介而进入西方文化圈。不过,儒道在近两百年的西行历程中,各自的境遇却冷热甚殊。如果说儒家学说经过耶稣会教士的倾慕推重、启蒙思想家的礼赞接纳,早已在西方思想界生根开花,成为当时构建知识、信念体系的重要思想资源的话;那么,道释两家则丝毫不受关注,与儒家学说所受到的隆遇相比,道家智慧在一段时间里仍处于未被"发现"的沉寂状态,其中的缘由是颇值深究的。

道家原典中,老子《道德经》最早被译成欧洲语言。1788 年译成拉丁文后尚未付梓印行的《道德经》,作为献给皇家学会的礼物送到伦敦,标志着中国道家思想的欧洲之旅由此肇始。译文将"道"译作"理",意为神的最高理性。法兰西学院的第一位汉学教授雷慕沙成为欧洲研究道家思想的发轫者。他选译了《道德经》(第 1、25、41 和 42 章)并加以评论,认为"道"的概念难以翻译,只有"逻各斯"(logos)庶几近之,包括绝对存在、理性和

① 原载《外国文学研究》2004 年第 4 期,并获得该年度《外国文学研究》优秀论文奖(FLS Prize)。其增订版以《王尔德对道家思想的心仪与认同》为题,刊于《国际汉学》第十二辑,大象出版社 2005 年版。

言词这三层意义。雷慕沙的学生和继任者儒莲于1842年完成《道德经》的第一个加注全译本。他遵从原中文注释,将"道"译作"路",更贴近中文本意。在道家思想的西行历程中,他的注释和翻译不失为一项出色的开拓之举。欧洲的学界精英正是通过这个译本初步结识了道家学说,并惊讶于它的玄远深邃。例如谢林,他在《神话哲学》(1857)中提及雷慕沙和儒莲并写道:"'道'不是以前人们所翻译的理性,道家学说亦不是理性学说,道是门,道家学说即是通往'有'的大门的学说,是关于'无'(即纯粹的能有)的学说,通过'无',一切有限的'有'变成现实的'有'……整部《道德经》交替使用不同的寓意深刻的表达方式,只是为了表现'无'的巨大的、不可抗拒的威力。"[①] 这段话表明道家思想的核心部分,如有无之辩,以及它那独特的哲学言说方式已经激起了西方学者的兴趣。

与这一学理性兴趣相伴出现的是老庄学说的大量翻译。从19世纪60年代到20世纪初出现了老子翻译热。英文译者有查尔姆斯、巴尔弗、理雅各、卡鲁斯和翟理斯,德文译者有普兰科纳、施特劳斯、科勒尔、格利尔和卫礼贤,法文译者有阿尔莱。最早的德语《庄子》译本也出现在该时期,接着翟理斯的英译《庄子》于1889年问世,1891年,理雅各的《庄子》及《道德经》英译稿一起发表在米勒主编的系列丛书《东方圣典》中,它们均为西方《庄子》接受史上最具影响力的译本。

尽管西方接受道家的第一个高潮姗姗来迟,然而却热烈得多。它那特有的社会批判色彩,一旦被施诸现实,它所掀起的强烈冲击是人们始料未及的。

19世纪后期,迅速发展的资本主义制度在极大地推动物质文明进步的同时,也在摧毁着许多传统观念的基础。根深蒂固的基督教世界观,以及建立在其上的道德观念与制度观念不断受到质疑。在一片惶惑疑虑的气氛中,许多知识分子深感严重的精神危机,对社会现状极端不满,于是纷纷寻找各种心灵出路。正是在这样的期待之下,人们试图从新的思想源泉中汲取力量以弥合社会变革带来的精神断裂。

对这一期待,王尔德(Oscar Wilde,1854—1900)在《英国的文艺复兴》

---

① 转引自〔德〕卜松山:《与中国作跨文化对话》,刘慧儒等译,中华书局2000年版,第76—77页。

（1882）一文中是这样描述的：

> 在这动荡和纷乱的时代，在这纷争和绝望的可怕时刻，只有美的无忧的殿堂，可以使人忘却，使人欢乐。我们不去往美的殿堂还能去往何方呢？只能到一部古代意大利异教经典称作 Cilla Divina（圣城）的地方去，在那里一个人至少可以暂时摆脱尘世的纷扰与恐怖，也可以暂时逃避世俗的选择。①

作为唯美主义者，他向艺术和古典文明倾吐了强烈的心灵诉求。古老的东方及其精美的艺术、东方式逃离尘嚣的处世哲学，便在这一诉求的召唤中顺理成章地进入他的知识视野，成为批判现实的有力武器。与东方哲人庄子的邂逅相逢并一见倾心，自然也成为情理之必然。

在唯美者眼中，艺术的纯美即是对丑陋现实的超越，心灵若流连于"美的殿堂"中，自然可以不染尘垢。所以王尔德的身着奇装异服，与中国花瓶、日本扇子、孔雀羽毛、向日葵、玉兰花为伍，亦无非刻意让美的氛围包裹自己以便与世俗隔绝。他用两个中国青瓷花瓶装饰房间，朝昔观赏，以至觉得自己越来越配不上它们的清雅了。因为这些精致器物本身的完美结构就象征着艺术世界———个以形式美统治生活的超现实领域。

中国瓷器的莹润幽美征服了王尔德，他看中国人的生活也无处不散发优雅的气息。1882 年，他应邀去美国巡回演讲，宣扬他的唯美主义理论，引起轰动。在其后所做的《美国印象》一文，他提到了中国人的生活：

> 旧金山是一座真正美丽的城市。聚居着中国劳工的唐人街是我见过的最富有艺术韵味的街区。这些古怪、忧郁的东方人，许多人会说他们下贱，他们肯定也很穷，但他们打定主意在他们身边不能有任何丑陋的东西。在那些苦工们晚上聚集在一起吃晚饭的中国餐馆里，我发现他们用和玫瑰花瓣一样纤巧的瓷杯喝茶，而那些俗丽的宾馆给我用的陶杯足有一英寸半厚。中国人的菜单拿上来的时候是写在宣纸上的，账目是

---

① ［英］王尔德：《英国的文艺复兴》，《王尔德全集》（第四卷·评论随笔卷），杨东霞、杨烈译，中国文学出版社 2000 年版，第 27 页。

用墨汁写出来的,漂亮得就像艺术家在扇面上蚀刻的小鸟一样。①

王尔德之所以偏偏对中国劳工所谓艺术化的生活兴趣盎然,因为他只注重艺术细节自身的独立性,也符合唯美主义原则。这种对东方国家的审美化、理想化是唯美主义"为艺术而艺术"以及"生活为艺术"理念的另一种表现。因为他们从东方艺术品看到的只是线条、色彩、结构、装饰性等纯形式美。王尔德对东方艺术的推崇也正是由于其装饰性和形式美,以及这种"装饰艺术"与当时现实主义艺术的对立。在《英国的文艺复兴》(1882)里,王尔德说:"我们现代骚动不宁的理性精神,是难以充分容纳艺术的审美因素,因而艺术的真正影响在我们许多人身上隐没了,只有少数人逃脱了灵魂的专制,领悟到思想不存在的最高时刻的奥秘。这就是东方艺术正在影响我们欧洲的原因,也是一切日本艺术品的魅力的根源,当西方世界把自己难以忍受的精神上的怀疑与其哀伤的精神悲剧加在艺术上时,东方总是保持着艺术最重要的形象条件。"②他认为东方艺术所代表的是一种"物质的美","一种绚丽多彩的表层"的美。这种风格与唯美主义所倡导的"纯美"、"形式美"以及"外在的品质"等审美理想正好是吻合的。③

唯美主义运动与东方文化有着千丝万缕的联系,不少著名的唯美主义作家、艺术家都把东方想象成"艺术乌托邦"。王尔德亦曾多次提到西方艺术的东方根源。在题为《一本迷人的书》(1888)的书评中,王尔德就反复提到:"我们必须承认,所有现存的欧洲装饰艺术,至少在浓烈因素这一点上,是与亚洲的装饰艺术直接相关的。我们无论在哪里发现欧洲人历史上的装饰艺术的复兴,我想象,差不多经常是由于东方的影响和与东方民族相接触所致的。""不管怎样,一种清新的东方影响,贯穿到荷兰,到葡萄牙到著名的大英德斯公司。……而德·梅顿农夫人在枫丹白露的房间的挂饰品则在圣·西尔刺绣,描绘了淡黄色的长寿花遍地的中国风景。""路易十五和路易十六时期许多漂亮的外套都是受惠于中国艺术家那考究的装饰针线活。……中国

①　[英]王尔德:《美国印象》,《王尔德全集》(第四卷·评论随笔卷),第35页。
②　[英]王尔德:《英国的文艺复兴》,《王尔德全集》(第四卷·评论随笔卷
③　参见周小仪:《消费文化与日本艺术在西方的传播》,《外国文学评论

和日本的丝绸长袍教给我们色彩调和的新奇迹、精心设计的新奥妙。"①

如果说以中国瓷器为代表的东方艺术契合了唯美主义对西方艺术传统的厌弃、对纯形式美的爱好,那么,当王尔德跨出艺术的疆域,涉足东方哲学发现庄子思想时,后者则为他反叛传统观念、抨击社会风尚援以武器。而这两者之间多少存在些微妙的关联,不妨这么说,正是古韵悠然的东方艺术为王尔德跻身西方庄学研究的堂奥启户开墉。

二、"无为"思想与王尔德的精神追寻

在 19 世纪后期,王尔德对庄子思想的吸纳是一件值得注意的事,它标志着庄子思想与西方知识阶层开始在精神深处进行对话。1889 年,汉学家翟理斯(H. A. Giles)翻译出版了他的著作《庄子:神秘主义者,道德家与社会改革家》(*Chuang Tzu: Mystic, Moralist, and Social Reformer*),并评论说:"庄子虽未能说服精于算计的中国人'无为而无不为',但却给后代一种因其奇异的文学美而永远占有首屈一指之地位的著作。"王尔德怀着极大的兴趣读完后,于 1890 年 2 月 8 日以《一位中国哲人》("A Chinese Sage")② 为题,在《言者》(*Speaker*)杂志第 1 卷第 6 期发表书评,评论翟理斯译《庄子》。在这篇评论中,王尔德的思想与庄子哲学产生共鸣,他的一些社会批评与文艺批评观念也借此得以成形。

在这篇评论文章里,王尔德把庄子放在西方哲学传统的坐标上,在与西哲的比照中,指认他们的相似点。作为异质文化的接受者,认同是对话的第一步,王尔德亦不例外。比如,他认为庄子像古希腊早期晦涩的思辨哲学家那样,信奉对立面的同一性;他也是柏拉图式的唯心主义者;他还是神秘主义者,认为生活的目标是消除自我意识,和成为一种更高的精神启示的无意识

---

① [英]王尔德:《一本迷人的书》,原载《妇女世界》,1888 年 11 月号。译文参见张介明译《王尔德读书随笔》(上海三联书店 2000 年版),第 296—301 页。

② [英]王尔德:《一个中国哲人》,谈瀛洲译,《王尔德全集》(第四卷·评论随笔卷),第 □□□□□□□所引出自该译本,不另注。张介明译《王尔德读书随笔》(上海三联书店 2000 □□□□□□□中国圣人孔子》,文中均将"Chuang Tzu"(庄子)译成"孔子",有误。

媒介等等,因而在王尔德看来,庄子身上集中了从赫拉克利特到黑格尔的几乎所有欧洲玄学或神秘主义的思想倾向。王尔德借助于翟理斯的译本对庄子哲学的这些比附与意会,应该说还是把握住了庄子思想的要脉,如其所蕴含的对立统一的辩证法思想,所独具的理想主义与神秘主义色彩。评述中也流露出对博大精深的庄子哲学的赞赏与钦佩。同样,我们也不应该忽视,王尔德对庄子哲学的解释,又显然是以其自身所处文化境遇为依托的,不少地方难以契合庄子哲学的本意。①

与诸多译介者不同,王尔德的独到之处是不停留于表面的认同,而是心契于庄子"无为"思想这一精髓,将之运用于社会批评与文学批评中,成为一种新的思想准的。

他"发现在博学的庄子的文字中,包含着一段时期以来我所读过的对现代生活的最尖锐的批评"。可能正是由于这一点才引起他的强烈兴趣。王尔德想象说:

> 庄子在耶稣诞生前四个世纪,他出生在黄河边,一片布满鲜花的土地上;这位了不起的哲人坐在玄想的飞龙上的图画,仍然可以在我国最受敬重的坐落在郊区的许多宅子里,在造型简洁的茶盘和令人愉悦的屏风上找到。拥有宅子的诚实纳税人和他的健康家庭无疑曾经嘲弄这位哲人穹隆般的前额,哂笑他脚下的风景的奇特透视法。要是他们真的知道他是谁的话,他们会发抖的。因为庄子一生都在宣传"无为"的伟大教导,指出所有有用之物的无用。

王尔德料定英国人不会接受庄子的"宣传",因为"一切有用之物的无用的教导,不但会威胁英国在商业上霸权,而且会给小店主阶层的许多殷实、严肃的成员脸上抹黑"。如果接受这位中国哲人的观念,那些受欢迎的传教士、

---

①　如《庄子杂篇·则阳》中提出的"安危相易,祸福相生,缓急相摩,聚散以成"的相对论观点,就被王尔德解释为"在他(庄子)身上没有一点感伤主义者的味道。他可怜富人甚于可怜穷人,如果说他还会可怜的话。对他来说富足和穷困一样可悲。在他身上没有一点现代人对失败的同情。他也没有建议我们基于道德的原因,总是把奖品发给那些在赛跑中落在最后面的人。他反对的是赛跑本身。"这样的解释评述已经偏离了庄子思想的内涵。

埃克塞特教堂的讲演者、客厅福音主义者们，还有政府和职业政治家就会遭到致命的打击。所以，"很清楚，庄子是个极危险的作家；在他死后两千年，他的著作译成英语出版，显然还为时过早，并且可能让不少勤奋和绝对可敬的人身受许多痛苦"。借庄子的态度，以挪揄的口吻调侃了英国社会种种奔竟营求之举，矛头直指 19 世纪末英国盛行的商业主义、功利主义以及虚伪的博爱主义。

庄子反对人为的营求，提出"自然无为"思想是有其时代背景的。战国时代"纷纷淆然"的社会现状，各政治人物的嚣嚣竞逐，弄得"天下瘁瘁焉人苦其性"。庄子洞察这祸乱的根源，认为凡事若能顺其自然，不强行妄为，社会自然便趋于安定。所以庄子的"自然无为"主张，是鉴于过度的人为（伪）所引起的。在庄子看来，举凡严刑峻法、仁义道德、功名利禄、知巧权变以及权谋术数，都必将扭曲自然的人性，扼杀自发的个性。"凫胫虽短，续之则忧，鹤胫虽长，断之则悲。故性长非所断，性短非所续。"（《庄子外篇·骈拇》）任何"钩绳规矩"的使用，都像"络马首，穿牛鼻"，均为"削其性者"。

"檻饰之患"（人为的羁勒），乃为造成苦痛与纷扰之源，凡不顺乎人性而强以制度者亦然。"乃至圣人，屈折礼乐以匡天下之形，悬岐仁义以慰天下之心，而民乃始岐岐好知，争归于利，不可止也，此亦圣人之过也。"（《庄子外篇·马蹄》）人类最不该被这些礼俗、法规和制度所拘囚。王尔德本人立身行事放达不羁，蔑视传统，无视道德伦理的检束。他高张唯美主义旗帜，彻底背弃维多利亚中期的生活和艺术方面的价值观，不断向现实社会发问。本着这样的心性，他惊喜地"发现"了庄子，旋即引为同道。于是唱出了和庄子一样的调子："它们（指人为）是不科学的，因为它们试图改变人类的天然环境；它们是不道德的，因为通过干扰个人，它们制造了最富侵略性的自私自利。它们是无知的，因为它试图推广教育；它们是自我表现毁灭的，因为它们制造混乱"，"随后出现了政府和慈善家这两种时代的瘟疫。前者试图强迫人们为善，结果破坏了人天生的善良。后者是一批过分积极、好管闲事的人。他们蠢到会有原则，不幸到根据它们来行动。他们最后都没有好结果。这说明普遍的无私和普遍的自私结果一样糟糕。这一切的结果使这个世界失去了平衡,从此步履蹒跚。"善意的矫造进取同样在戕伐人类纯朴自然的本性。

当王尔德将庄子笔下"甘其食,美其服,乐其俗,安其居,邻邑相望,鸡狗之音相闻,民至老死而不相往来"(《庄子外篇·胠箧》)的"至德之世"① 用来批判社会时,遂发出了对维多利亚时期乃至整个西方文明最尖刻的抨击:

> 那时没有竞争性的考试,没有令人厌烦的教育制度,没有传教士,没有给穷人办的便士餐。没有国教。没有慈善组织,没有关于我们时代对我们的邻居的义务的烦人训诫,完全没有关于任何题目的乏味说教。他(指庄子)告诉我们,在那些理想的日子,人们相爱却并未意识到慈善,或写信给报纸谈论它。他们是正直的,却从不出版论无私的著作。正因为所有人都对自己的知识缄口不言。所以世界逃脱了怀疑主义的诅咒;所有人都对自己的美德闭口不谈,所以没有去管别人的闲事。……人类的作为不留下任何记录,没有愚蠢的历史学家来使这些事迹成为后人的负担。

可以说,正是依循庄子对人类文明以及社会批判的思路,王尔德自己的价值判断才变得更加清晰坚定。

王尔德对庄子无为思想的理解和评述表现在以下几个方面:

首先,王尔德将老庄的无为思想与老子的观念联系起来,指出"'无为而无不为'的教训,是他(庄子)从他的伟大导师老子那里继承下来的。把行为化解为思想,把思想化解为抽象,是他调皮的玄学的目的"。

其次,王尔德揭示出庄子无为学说的多重内涵。其一,顺其自然,不加人为,做一个静观宇宙的"至人"。他指出"自然的秩序是休息、重复和安宁。厌倦与战争是建立在资本基础上的人为社会的结果"。而只有与自然和谐地生活的人才能得到智慧,因为"真正的智慧既不可能被学到也不可能被传授"。对外在的事物,"至人"顺其自然:"没有一样物质的东西能够损伤他;没有一样精神的东西能够使他感到痛苦。他的心智的平衡使他获得了世界

---

① 《庄子外篇·天地》:"至德之世,不尚贤,不使能,上如标枝,民如野鹿。端正而不知以为义,相爱而不知以为仁,实而不知以为忠,当而不知以为信,蠢动而相使不以为赐。是故行而无迹,事而无传。"

的帝国。他从来不是客观存在的奴隶。他在无为中休息,静观这个世界自然地为善。……他的心是'天地之鉴',永远处于宁静之中。"其二,强调人的自我修养与自我完善。王尔德说"被人告知有意识地为善是不道德的",借此表明自己对维多利亚后期英国盛行的说教陋习的不满。基于此,他自我修养和自我发展的理想看做是"庄子的生活模式的目的和哲学模式的基础。"并认为"在一个像我们这样的时代,多数人都急着教育教育自己的邻居,以致没有时间教育自己,他们也许真的需要一点这样的理想"。希望英国人"在喜欢自吹自擂的习惯上自制一点"。

第三,王尔德同样强调了庄子无为思想的现实意义。不过他的话满含讽意:"如果他(庄子)能复起于天上,并来访问我们的话,他可能会和巴勒弗尔① 谈谈他在爱尔兰的高压政治和勤勉的失败;他可能会嘲笑我们的某些慈善热情,并且对我们的许多有组织的救济活动摇头;地方教育委员会不会给他留下深刻的印象,我们对财富的追求也引不起他的钦佩,他对我们的理想可能会感到惊奇,并对我们已经实现的部分感到悲伤。"现代人的所作所为在庄子无为精神的映照下可悲可叹。正是借助于庄子无为哲学这一他山之石,王尔德对 19 世纪末盛行于英国社会的功利主义以及政府行为提出批评。在一篇谈社会主义的文章里,王尔德引用老庄学说,表明了"政府应该清静无为"的主张,展示了他反对权威和治理的观念。

王尔德说庄子的整个一生就是对站在讲台上说教的抗议,而他自己对英国社会的市侩哲学和虚伪道德更是深恶痛绝。因此他别出心裁地将"无为"思想运用到文艺批评上。用艺术之"美"同现实"丑"抗衡,反对艺术的功利目的,宣扬艺术不受道德约束。这些也都是对维多利亚时期各种道德说教的抗议,他说"一个艺术家是毫无道德同情的",这种"超道德"的艺术观既是唯美主义主张的自然延伸和具体化,更是本于他对庄子思想的深切感悟,是王尔德艺术哲学的重要组成部分。

王尔德的文艺评论中常常隐现着庄子的一些思想。比如他在《社会主义制度下人的灵魂》("The Soul of Man under Socialism",1891)里说:人恨

---

① 巴勒弗尔(Balfour,1848—1930),英国保守党政治家,1887 至 1891 年任爱尔兰事务大臣。

本不该受外部事物的奴役。外界的事物对他应该是无关紧要的。人们有时候会问,艺术家最适合在什么形式的统治下生活。对这个问题只有一个答案,最适合艺术家的统治形式就是根本没有统治。这显然是"自然无为"式的文艺观。

《作为艺术家的批评家》("The Critic as Artist", 1890)是王尔德一篇非常重要的批评文章。这篇长文有两部分内容,分别有两个副标题"略论无为而为的重要性"、"略论无所不谈的重要性"。在这篇长文里,王尔德通过吉尔伯特(Gilbert)与厄纳斯特(Ernest)两人的对话,表明"无为而为才是世界上最艰难而又最聪明的事,对热爱智慧的柏拉图而言,这是最高贵的事业形式。对热爱知识的亚里士多德而言,这也是最高贵的事业形式。对神圣事物的热爱把中世纪的圣徒和神秘主义者也引入这样的境界"。"我们活着,就是要无为而为。""行动是有限和相对的,而安逸地闲坐和观察的人们的想象和在孤独与梦境中行走的人们的想象才是无限的和绝对的。"[①]

这里王尔德提到了思想和艺术的最高境界问题。所谓"有为"即"有限","无为"即"无限",那么"无为"即"最高境界"。正如庄子所说:"道不可闻,闻而非也;道不可见,见而非也;道不可言,言而非也。"(《庄子外篇·知北游》)道是无限恍惚、无从捉摸之物,靠有限的理智与逻辑根本无从追攀,只有弃圣绝智,打通一切人为的壁障,宅心玄远,才能体道悟玄,精神活动臻于宏大而辟、深闳而肆的最高境界。其实,庄子悟"道",与其说意在陈述事理,毋宁说是表达一种心灵的境界。若从文学或美学的观点去体认则更能捕捉到它的真义。说到底,悟"道"乃属感受之内的事,而感受本质上也是一种情意活动。王尔德将庄子哲学意义上的终极追寻拿来审视文学,认为情意活动的最高境界就是"安逸地闲坐和观察的人们的想象"和"在孤独与梦境中行走的人们的想象"。这俨然如庄子所谓"涤除玄览"、"澄怀静观"一类的境界了。由此出发,他对文学受到道德之类人为刻意的干预大为不满。

王尔德指出所有的艺术创作都是完全主观的,作家无法超越自身,作品

---

① [英]王尔德:《王尔德全集》(第四卷·评论随笔卷),第431页。

中也不能排除创造者的存在,一部作品越显得客观,实际上就是越主观。按他的理解,这就是文学创作中的"无为而为"。他举莎士比亚为例来说明"无为而为"的重要性,说莎翁创作上"无为而为,所以他能够无所不成",或者说"因为他在戏剧中从未向我们诉说他自己,他的戏剧才把他向我们表现得一览无余,并向我们显示他的本性和禀赋"。①

　　文学创作要遵守"无为而为"原则②,反对各种律法限制的艺术批评家也应该标举这种无为精神。王尔德说具有这种精神的人,或者为这种精神支配的人,就会像兰陀③为我们描述的为蓝色水仙和紫色不凋花包围的那个可爱而忧郁的珀耳塞福涅一样,将得意地坐在"深沉不动的安静之中,令世俗之人感到怜悯,而令神感到愉悦"。这样的人展望这个世界,洞察其奥秘,通过接触神圣的事物,自己也变得神圣,因此他的生活也将是最完美的。④ 王尔德追求生活和艺术的完美,才有如此别样的艺术批评理想。坎坷多变的人生经历又让他清醒,不得不承认要做到这样的无为而为确实是世界上最难的一件事。但他这种对道家无为思想的心仪和认同让我们看到了一个唯美主义者的心灵诉求和精神追寻。

----

　　①　[英]王尔德:《王尔德全集》(第四卷·评论随笔卷),第440—441页。

　　②　王尔德的文学作品中,不少人物,如亨利勋爵(《道雷·格雷的画像》)、哥林子爵(《理想丈夫》),重无为而轻有为,贵静而不贵动,整日高谈阔论,荒度时光,终生无所作为。当然,王尔德借文学作品表达的无为观念具有明显的消极、颓废色彩。

　　③　兰陀（Walter Savage Landor，1775—1864）,英国浪漫主义诗人、散文家。其主要散文作品是《想象的对话》(*Imaginary Conversation*，1824—1829)。

　　④　[英]王尔德:《王尔德全集》(第四卷·评论随笔卷),第460页。

"中国画屏"上的景象：毛姆眼里的中国形象[①]

在英国作家中，毛姆（William Somerset Maugham，1874—1965）的作品最富于异国情调。他一生爱好旅行，屐痕处处，耳目所及，摇笔成文。但他从来不是个单纯的观光者，兴趣在于人和人的生活。凭其丰富想象力所构设的艺术世界，弥漫着旖旎的南洋风光，显现着浓郁的域外风情，同时也呈示着那种以欧人心态观照异国的文化视角。他来中国追寻的是古代的荣光，昔日的绚烂。因为他心目中的中国在汉唐盛世，甚至是在庄子的《秋水篇》里。透过他那画屏上的古典中国形象，我们也看到了西方文化优越感心理作用下的傲慢与偏见。

来华旅行之前，毛姆就在《人性的枷锁》（*Of Human Bondage*，1915）这部流传最广泛的小说里提到了一个中国人。这部作品以作者早年的生活经历为依据写成，因而也是一部叙写他成长的"教育小说"。

小说主人公菲利普（Philip Carey）是英国的一个留德学生，在柏林经历成长阶段，其中包括首度和中国人交往的经验。我们注意到，在海德堡大学，与毛姆住在同一公寓里的就有一个中国学生。菲利普初到德国时，寄宿在欧林教授夫人的家里。同时寄宿在此的有一个中国人宋先生。在菲利普的眼

---

① 原载《英美文学研究论丛》2007 年第 1 期，人大复印资料《外国文学研究》2008 年第 7 期全文转载。

中,宋先生"黄黄的脸上挂着开朗的微笑。他正在大学里研究西方社会的状况。他说起话来很快,口音也很怪,所以他讲的话,姑娘们并不句句都懂。这一来,她们就张扬大笑,而他自己也随和地跟着笑了,笑的时候,那双细梢杏眼差不多合成了一道缝"①。可见,菲利普对宋先生的初次印象并不坏,甚至还打破西方人优越感和宗教框框,认为像宋先生这样的大好人,不应该因为是异教徒就得下地狱。

但没过多久,菲利普发现宋先生和另一位寄居者法国小姐凯西莉在谈恋爱。这一下子改变了人们对宋先生的看法。同住一处的几位老太太开始把这事当作丑闻来谈论,于是闹得整个寄宿家庭心神不宁。在房东教授太太眼里,宋先生"黄皮肤、塌鼻梁,一对小小的猪眼睛,这才是使人惶恐不安的症结所在。想到那副尊容,就叫人恶心"。种族歧视和黄祸心态左右着人们对宋先生的评价。菲利普也觉得寄宿家庭的整个气氛令人恶心。"屋子里空气沉闷,压得人透不过气来,似乎大家被这对情人的兽欲搞得心神不宁;周围有一种东方人堕落的特有气氛;炷香袅袅,幽香阵阵,还有窃玉偷香的神秘味儿,似乎逼得人直喘粗气。"他自己弄不明白,究竟是什么奇怪的感情搞得他如此心慌意乱,他似乎觉得有什么东西在极其强烈地吸引他,而同时又引起他内心的反感和惶恐。

我们从菲利普的困惑,以及寄宿家庭的矛盾里,或可推测到毛姆早期对中西文化交流所持的不甚乐观的看法。正如他在小说里表达的结论——"生活是虚无的,现实无法改变的"——那种悲观论调一样,文化隔阂也是限制人们自由交往的精神枷锁。在毛姆眼中,异域文化是令人向往的(如开始时菲利普对宋先生的评价),但一旦异域文化侵入西方本土文化(宋先生竟然敢与法国小姐谈恋爱),威胁到西方文化的纯正,就是大逆不道、十恶不赦,就会遭到西方文化的抵制和攻击。西方种族主义文化心态昭然若揭。毛姆的高明之处在于,他认识到了如果西方文化泥古不变,一味排拒异域文化,就会如宋先生、凯西莉最后上演出一幕私奔戏那样,一筹莫展、一团混乱。

20世纪英国文学变化的重要特色之一,正是对异域文化(东方文化)

① 〔英〕毛姆:《人生的枷锁》,张柏然等译,上海译文出版社1997年版,第89页。下文引述小说内容皆出自于该译本,不另注。

有选择的接纳，毛姆也不例外。文化隔阂的破除在于相互了解，达到相互了解在于缩短交往距离。于是，毛姆写完《人性的枷锁》之后，开始了广泛的旅行，足迹所至遍及印度、缅甸、新加坡、马来亚、香港地区、中国内地以及南太平洋中的英属与法属岛屿，还到过俄国及南北美洲，在积累丰富的见闻和创作素材的同时，也近距离试图了解异域文化。

1919 年，毛姆与他的秘书赫克斯顿（Gerald Haxton）一起，启程东来，到中国体验生活，收集创作材料，前后游历了四个月。12 月底，他和赫克斯顿坐民船沿长江上溯一千五百英里，然后改走陆路。1920 年 1 月 3 日回上海，在给弗莱明的一封信里，他吹嘘自己凭两条腿走了四百英里路。这次游历，大大丰富了他的创作素材，从 1922 年起写了一系列涉及远东（中国）的作品：戏剧《苏伊士之东》（East of Suez，1922），散文集《在中国画屏上》（On the Chinese Screen，1922），长篇小说《彩色的面纱》（The Painted Veil，1925），中篇小说《信》（The Letter，1926），短篇集《阿金》（Ah King，1933）。这些作品所展现的异国情调，加之毛姆俊逸飘洒的文笔，精彩生动的故事描述，获得不少读者（观众）的青睐，构成毛姆"东方题材"作品的重要组成部分。

据说以北京为背景的《苏伊士之东》1922 年在伦敦最有名的王家剧院上演时，其场面之宏大，令伦敦观众惊叹。该剧头一场布景便是北京皇城根附近的一条热闹的大街，在伦敦唐人街找了四十多个华人做临时演员，有拉车挑水的苦力，有蒙古骆驼商队，有游方和尚，甚至有个国乐班子，这是配乐作曲家古森在索荷的华工中物色到的。如此多的华人上台演出，在英国是破天荒，为此，剧院还特地雇佣了几个广东话翻译。《苏》剧于 9 月上演，连演了 209 场，剧本本身并不太成功，但华人"龙套"特别令人满意，毛姆自己也说："任何看过此剧的人都不可能忘记中国人的精彩演出，尤其是第四场暗杀未遂，伤者抬过来时，那惊恐的姿势表情，声音压低的激动交谈，真有一种戏剧性的紧张气氛。"①

吉卜林（Rudyard Kipling）在《人生路险》（Life's Handicap，1891）里说过，一过"苏伊士运河以东"，那就是"圣恩不及"、而"兽性"大发的地

① 转引自赵毅衡：《毛姆与持枪华侨女侠》，见其所著《西出洋关》，中国电影出版社 1998 年版，第 53 页。

方。同样,毛姆《苏伊士之东》以殖民地为题材,将"具有高尚道德原则的白种人"与"残酷、狡猾、虚伪、容易犯罪的亚洲人"相对立,带有明显的"白人优越感"的倾向。这种文化优越论所造成的对其他民族文化的傲慢与偏见,也不自觉地渗透进了《在中国画屏上》。

《在中国画屏上》是反映毛姆中国题材创作的主要作品,也是他心目中的中国形象的集中展现。在这部作品里,毛姆并没有因为踏上中国土地,实地考察,增广见闻后,重新更为现实地认识中国,反而随着距离的缩短,看待文化问题的角度越发狭窄,基本持续了《人性的枷锁》对中国的看法。如作品题目标示的那样,这是一个画屏上的中国,就像济慈看到的希腊是古瓷上的希腊一样。原来,毛姆来中国最想寻觅的是昔日的荣光、古典的绚烂。他就是手持这样的滤色镜来看20世纪一二十年代的中国的。中国是神秘国度,百姓幽雅,风度翩翩,像宋先生一样。而全然不顾当时中国军阀割据,民不聊生,革命频起,新旧交替的现实。像欧洲人心目中的中国只是历史的、文化的中国,而非现实的中国一样,踏上中国国土的毛姆也隔着历史的薄纱看中国。我们首先来看看他慢慢打开的幕帷:

> 你进得城来,走上一条商店鳞次栉比的狭窄街道:许多木雕铺面都有它们精美的格状结构,金碧辉煌。那些精刻细镂的雕花,呈现出一种特有的衰落的豪华。于是你会想到那些发暗的龛橱里,都是出售各式各样的神秘莫测的东方的稀奇物品。这时,一匹毛色光鲜的骡子,踏着沉重的步伐,拉来一辆北京轿车(The Peking cart),向着茫茫暮色中走去,静静地走去。于是你猜想,坐在里面的是什么人呢? 一位博学通儒,正要外出访友,"共同伤感时乎不再的唐风宋采";或是一个歌妓,"穿着花团锦簇的刺绣缎褂,青可鉴人的头发上簪着一块翠玉",正要外出赴宴,和那些风流蕴藉的公子哥儿们,优雅地应对。北京轿车终于在越来越浓的暮色中消逝了:那车上似乎满载着东方的神奇与奥秘。(《幕启》,*The Rising of the Curtain*)①

---

① W. S. Maugham, *On a Chinese Screen*, London: Heinemann, 1922, pp.2–3. 中译文采用自《在中国屏风上》(陈寿赓译,湖南人民出版社 1987 年版),依原文略有改动。下同,不另注。

在当时满目疮痍的中国土地上,最让毛姆感兴趣的正是那暮色里消逝的东方神奇与奥秘,也就是用那种衰落的豪华寄予着自己的怀古忧思。其实,通读全书,我们可以看到,从历史帷幕里走出来的不是别人,而是他(毛姆)。而且一手捧线装书,一手持放大镜,正在六朝的清谈中左顾右盼,在柳永杜牧的水榭楼台上缅怀苏杭。他心目中理想的中国形象正是这古典中国,是汉宫魏阙,是唐风宋采,是一种凭借其自身文化优越感抒发出的异国情调。①

毛姆来中国时,那场声势浩大的"五四"运动刚过后不久。我们虽然没有看到他对此有什么直接评价,但那位清癯、文雅、忧郁的内阁部长的一段话,可以想见毛姆此时的所思所想:

> 他用一种忧郁的中国方式和我谈话。一种文化,最古老的世界知名的文化被粗暴地扫荡着,从欧美留学回来的学生们,正把这种自古以来一代接一代建立起来的东西无情地践踏掉,而他们却拿不出东西来替代。他们不爱他们的国家,既不对它信仰,也不尊敬。一座一座的庙宇,被信士们和僧侣们糟蹋,让它们衰败以致坍塌,到现在它们的美除了在人们的记忆里什么也没有了。(《内阁部长》, The Cabinet Minister)②

毛姆与这位"内阁部长"一样,基本上为中国古文化之现代命运感到"忧心"和"惋惜"。因而,尽管他发现内阁部长是一个恶棍,一个压榨的能手,中国之衰败到如此悲伤的危险地步,肯定有他的一分。"但是当他抓起一只天青色的小小花瓶在他手上时,他的手指似乎用一种着魔的温情扣住它,他的忧郁的双眼爱抚地瞅着它,而他的双唇微微地张开,好像要抽出一声贪欲的叹息。"③毛姆的心情有点类似"内阁部长"注视花瓶时那种抑郁不安的感觉。他们都只看到历史的美好、眼前的衰败,却对未来展望视若无睹。我们可以不怀疑毛姆对中国传统文明的真诚喜好,但也无法忽视其中夹

---

① 参见李奭学:《傲慢与偏见——毛姆的中国印象记》,载《中外文学》1989 年第 17 卷第 12 期,后收入其文集《中西文学因缘》,台北:联经出版事业公司 1991 年版。本节内容写作受此文启发很大,特此说明。

② W. S. Maugham, *On a Chinese Screen*, London: Heinemann, 1922, p.14.

③ W. S. Maugham, *On a Chinese Screen*, London: Heinemann, 1922, p.16.

杂着的那种居高临下的文化心态。这种文化态度也适用于中国的苦力（the Coolie），毛姆将之称为"负重的兽"（The Beast of Burden）。

来华西人在对中国人的观感中每每提到中国苦力，多数还带有怜悯与同情之心。在毛姆眼中，那不堪重负的中国苦力构成的却是一幅非常有趣的图景："当你第一次看见苦力挑着担子在路上走，触到你的眼帘是逗人爱的目的物。……你看那一个跟着一个一溜上路的苦力，每人肩上一条扁担，两头各挂着一大捆东西，他们造成一种令人惬意的图景。看着在稻田水里面反射的他们匆匆忙忙的倒影，是非常有趣的。"面对这些牺牲一样的苦力，毛姆是空怀一肚子无用的怜悯与同情，这让他感到沉重的压抑。他进而联系到所有的中国人。因为中国人"由于为颠连困苦的人生所烦扰，同时人生如白驹过隙，一个人不可能掌握自己的命运，这难道不是可怜的事实？无休止的劳动，然后没有日子去享受果实。精疲力竭，突然饮恨而亡，一切茫然不知所措，这不恰好就是悲哀的所在吗？"①毛姆觉得如是展现了中国的神秘。

这种对中国人"终身役役，莫知所归"的见识，大概来自于毛姆对老庄思想的体悟，同时也得益于早年在海德堡大学期间对叔本华悲观哲学的熏陶。确实，毛姆喜欢读《庄子》，这甚至已经成为他的中国渊源的标签，只不过他看重的不是南华真人出世的逍遥游，而是等同于近现代主流思想的"个人主义"。在《雨》（Rain）一篇里毛姆就这样说道：

> 我拿起翟理斯教授的关于庄子的书。因为庄子是位个人主义者，僵硬的儒家学者对他皱眉，那个时候他们把中国可悲的衰微归咎于个人主义。他的书是很好的读物，尤其下雨天最为适宜。读他的书常常不需费很大的劲，即可达到思想的交流，你自己的思想也随着他遨游起来。②

道家强调个人的内在自由，顺乎自我个性。从这点来看，在中国哲学中，道家与个人主义最为相近。然而，道家的思想和态度又与西方现代个人主义完全不同。因为他们唯一的反叛方式不是隐居高山名川，就是逍遥于醇酒诗

---

① W. S. Maugham, *On a Chinese Screen*, London: Heinemann, 1922, pp.67–69.

② W. S. Maugham, *On a Chinese Screen*, London: Heinemann, 1922, p.95.

画。道家的齐物论，将世界万物等量齐观，这就有可能否定个性。可以说，中国思想家中从来没有像穆勒那样，提出要给个人保留一方领地，连政府也不得干预。因而旨在使个人权利合法化的个人主义从来在中国没有发展的机会。[①]毛姆将庄子轻松地解读为一个"个人主义者"，显然是一种文化误读。不过这种误读也用不着奇怪，关键是经过庄子思想的洗礼（当然是毛姆所理解的），苦力再不是那样美好而有趣的印象了：这时候，"一群苦力戴着大草木帽正对着你走来，……雨把他们的蓝衣服打湿粘贴在身上，瘦削而褴褛。路上铺的破了的石块都是使人滑跤的，你带着劳累挑拣着泥泞的路"。

　　现实与历史在毛姆那里是永远的矛盾。历史的辉煌渐已逝去，只残留着一点点痕迹依稀可辨。毛姆笔下的那个汉学家"只借助印刷的纸张去认识真实。莲花的悲剧性华美只有供奉在李白诗篇中，才能感动他，而端庄的中国女孩的笑声，也只有在化为完美又精雕细琢的绝句时，才会激动他，引起他的兴趣"[②]。而毛姆自己同样是拿着放大镜来中国寻觅古风远韵，结果还真是让他找到了一个，就是辜鸿铭。与后者形成对照的是戏剧改造者、新派学者宋春舫。

　　宋春舫是中国现代话剧的先驱者。我们知道，废除旧戏曲（包括文明戏），以西欧戏剧为榜样创建新戏剧，是五四新文化运动中戏剧改革的基本主张。钱玄同说"如其要中国有真戏，这真戏自然是西洋派的戏，决不是那脸谱派的戏，要不把那扮不像人的人，说不像话的话全数扫除，尽情推翻，真戏怎样能推行呢？"[③]在胡适看来，中国戏曲中乐曲的一部分，以及脸谱、嗓子、台步、武把子等，都是早该废除的"遗形物"。只有把旧戏中这些"遗形物"淘汰干净，中国才会有纯粹进步的戏剧出世，这才是中国戏剧革命的希望。[④]可是，"那脸谱派的戏"、旧戏中的这些"遗形物"，正是西方人所热衷的。在这种情形下，宋春舫就中国戏剧改革求教于西方的戏剧家毛姆，其结局也就可想而知了。

---

①　钱满素：《爱默生与中国》，三联书店 1996 年版，第 216 页。

②　W. S. Maugham, *On a Chinese Screen*, London: Heinemann, 1922, p.215.

③　钱玄同：《随想录十八》，《新青年》第五卷第一号，1918 年。

④　胡适：《文学进化观念与戏剧改良》，《新青年》第五卷第四号，1918 年。

　　林以亮在《毛姆与我的父亲》一文里说得更清楚:"毛姆心目中的中国戏是京戏,所谓象征手法和思想性是他认为京戏中所特有而为当时欧洲舞台剧所缺少的。毛姆自己写惯了写实的舞台剧,当然对中国京戏那种表面上简单而又经过提炼的手法羡慕万分。可是我父亲,同他那一时代的参加五四运动的知识分子一样,总希望文学能对时代发生一点作用,对改良社会有所贡献。"① 而这并不是毛姆所关注的问题,所以难怪他对宋春舫所代表的少年中国缺乏同情,对于"五四"前后崛起的新文学运动颇表怀疑。

　　《戏剧学者》(A Student of the Drama)② 里的宋春舫"原来是一位年轻人,个儿矮小,有一双小巧、文雅的手,一只比你看见过的一般中国人大的鼻子,戴着一副金边眼镜。虽然这天天气暖和,他还穿着一套厚花呢西装。他似乎有一点点拘谨。虽说他的嗓子并没有倒,他说话用一种高亢的假声,由于这些尖声的音调,使我不能凭声音弄清和他的谈话里有些什么不真实的感情"。先入为主的偏见如此之深,期待着毛姆对中国戏剧改革贡献良策,声援新文化运动,何其难矣! 果然,谈及戏剧问题,宋一心要更新中国戏剧的模式,"他要求戏剧须要使人激动,要剧本优良,布景完美,分幕恰当,情节突兀,戏剧性强烈"。而毛姆认为"中国戏剧具有它的精心设计的象征手法,是我们经常大声疾呼寻求的戏剧理想"。言下之意,不解宋何以一味崇外,而不求诸己,以至贻笑大方。宋对社会问题大有兴趣,期求毛姆指点一二。而毛姆呢,有意回避社会问题,说"这是我的不幸,我不那么有兴趣。于是我尽我的灵巧把谈话引到中国哲学上去,在这方面随意谈了一些东西。我提了庄子。教授哑巴了"。毛姆自愿放弃讨论戏剧,而宋却是有备而来,对戏剧技巧大感兴趣,并求教于毛姆技巧的秘密。毛姆说写剧本是个水到渠成的事情,哪里需要什么技巧,"假如你能够写,那就像从山上滚落一筒圆木那么容易"③。当宋离开之前毛姆问他如何看待戏剧文学的将来时,"他叹气,摇头,

------

① 林以亮:《毛姆与我的父亲》,《纯文学》1968 年第 3 卷第 1 期。转引自李奭学:《中西文学因缘》,台北:联经出版事业公司 1991 年版,第 229—230 页。

② W. S. Maugham, *On a Chinese Screen*, London: Heinemann , 1922, pp.178–182.

③ 后来,毛姆还说过,"艺术家只是在题材不大使他感兴趣的时候才对写作技巧关注起来;当他满脑子想的是题材时,就没有多大功夫去考虑写作的艺术性问题了"(《总结》, *The Summing Up*, 1938)。

举起文雅的双手，成了个泄气的化身"。

作为一个新派作家，对西方作家表示敬重似可理解。不料宋春舫过分拘谨，竟不敢与咄咄逼人的毛姆辩置一词，如此在毛姆笔下成了一个漫画人物，像个怯场的小学生，一败涂地。

毛姆眼里的新派人物像个小丑，滑稽可笑，笔调亦尖酸刻薄，讽刺连连。然而碰到了那个文化守成者、"旧派"人物辜鸿铭，他那种倨恭心理也好像有点"泄气"了。在他眼里，辜像个巨人，口吐珠玑，顾盼自雄，而自己则有如慕道信徒，洗耳恭听，笔调亦谦恭有加，敬仰频频。

《哲学家》(*The Philosopher*) 就是毛姆这种心态的展示。他说要去看这位有名望的哲学家是自己这次艰巨旅行中的有刺激的愿望之一。在他看来，辜是中国儒家学说的大权威，虽过着退隐生活，但仍为探讨学问和传授儒家学说而开门讲学。

尽管毛姆自以为拜望辜鸿铭有如晋见伟人，却也不得不秉客观之笔，细写初进辜府所见的破败与萧条，亦可见辜氏代表的旧传统（也是为毛姆所心仪的）之缩瑟局促：

> 我走过拥挤的市街，又走过冷僻的街道，直到最后来到一条寂静、空荡荡的街上。……我走过一个破旧失修的庭院，到达一间狭长低矮的房间，里面稀疏摆着一张美式折叠书桌，两三张黑木椅和中国小几。……地板上没铺地毯。那是一间空洞寒冷，令人感到不舒服的房间。[①]

毛姆就在这"令人感到不舒服的房间"里耐心倾听辜氏针对西方文化歧视的那种愤激"发泄"：

> 就说你们，你晓得你们正在做什么？是什么理由你们认为自己比我们高出一筹？难道你们在艺术上或者学术上能胜过我们吗？难道我们思想家的造诣不如你们的深吗？难道我们的文化不及你们博大真纯、艰深缜密、精益求精吗？不对吗，当你们还在穴居野处身上披着兽皮的时候，我们已是开化的民族了。你们知道我们在尝试做一个世界史上独

---

① W. S. Maugham, *On a Chinese Screen*, London: Heinemann, 1922, pp.138–139.

一无二的实验吗？我们在寻求不用武力而用智慧治理这个大国。若干世纪来我们一直追求着。那么为什么白种人看不起黄种人？要我告诉你吗？因为他发明了机枪。那就是你们的优越性。我们是无防御的人群，而你们就能够把我们置于死地。你们已经把我们哲学家的梦砸得粉碎，说是世界能够由法律和命令的力量来治理。你们已经将你们丑陋的发明强加于我们，同时现在你们已经又要把你们的秘密教会我们的年轻人。你们不知道我们有机械学的天才吗？你们不知道在这世界上有四万万最讲实效的最勤劳的人民吗？你们想到这需要我们有较长的时间去学习吗？当黄种人能够把枪炮做得和白种人的一样好，射得一样准，那你们的优越性又在哪里？你们诉之于枪炮，也要受到枪炮的审判。①

鸦片战争以降，以英国为首的西方列强在对中国实行军事侵略、政治控制、经济文化渗透的同时，也极大地滋长了对于中国的文化优越感，以及建立在这种优越感之上的侵略合理意识与安适感。这种优越感又被一些传教士、汉学家、商人游客等关于中国的充满偏见的著作所强化，变得更加根深蒂固。辜鸿铭在此以中国文化的优越性迎击西方人的优越感，一句"你们诉之于枪炮，也要受到枪炮的审判"，就足以让自视甚高的毛姆哑口无言。毛姆的复古偏见遮蔽了他所没看出的辜氏的矛盾，不了解因应适变是文化融合的常态。如此一遇到"偏见"比他深，"辩才"高过他的辜鸿铭，焉能不俯首称臣？可以说，毛姆和他所代表的观点，完全忽视了世界潮流的趋向和中国本身对现代化的迫切要求。仅就此点而论，他和部分"中学为体，西学为用"的中国人士是相同的。宋春舫在傲慢下矮化了，辜鸿铭又在偏见下升华了。两者都是毛姆心态的展示，也都是隔岸观火的西方心灵的牺牲品。②

这种出于文化优越感心态的傲慢与偏见，也同样呈现于作家笔下那些在华英人的观念里。毛姆在中国游历期间，遇到各色各样的中国人，但其注意力却一直集中在一些在华的各种身份的英国人身上。他们当中有那些已在中国工作二十年，知道如何与当地人打交道的海关人员；有那些大公司的年

---

①　W. S. Maugham, *On a Chinese Screen*, London: Heinemann, 1922, pp.146–147.

②　参见李奭学：《中西文学因缘》，台北：联经出版事业公司 1991 年版，第 235 页。

轻职员，他们每天上英国俱乐部看看伦敦报纸；有那些读罗素，承认社会主义思想，却斥责街头人力车夫的人；有那些心里憎恶中国人，一辈子在华以改造这个国家为己任的牧师；有那些沾沾自喜的皇室代表团成员；还有那些想为伦敦客厅复制一些北京庙宇里的艺术品的妇女。

《在中国画屏上》展示了这众多在华英人的速写，其中洋商、政客、教士三类人物，更是把西方文化对待中国的方式一展无遗。他们尽管性格不一，职业不同，但有一条是相同的，那就是在内心深处憎恨与鄙视中国人。这些西方民族自大与文化优越论的典型代表，其所思所想暴露在毛姆锐利的目光下。我们注意到，毛姆在描述他们时很少插话与评判，自己的态度往往在沉默中显现，有时还不免对其同胞的言行附和几句，以示同道。

先看传教士。毛姆所见的在华传教士，多数有一共同特征：一面虚心奉主，一面倨傲待人。即如毛姆所言："他们可能是圣徒，但他们不常常是绅士。"《恐惧》（Fear）里的温格罗夫是一位来中国已有十七年的"绅士"。他经常说起中国人的善良天性，孝敬父母、疼爱孩子，有崇高的品德。如他妻子所说，他"不喜欢听一个字反对中国人，他简直就是爱他们"。然而圣人心中也有魔鬼：

> 这时有人敲门了，接着走进来一个年轻的女人。她是个穿着长裙子，没有包脚的本地基督徒，同时在她的脸上立刻现出一种畏缩的绷着脸的不高兴的颜色。她向温格罗夫太太说了些什么。我恰好瞥了一眼温格罗夫先生的脸。当他看见她时那脸上不自觉地流露一种极其鲜目的厌恶的表情，好像是有某种使他恶心的气味把他的脸弄歪扭了。但这立刻消失了，他的嘴唇骤然扭变为一种愉快的笑。但是这种努力太大了，于是他仅只现出一种歪曲的怪相。①

温格罗夫向毛姆介绍她是一个教员，有非常好的品德，因而非常宝贵，对她寄予了无限的信任。这戏剧性的变化让毛姆看到了"真相"：凡是温格罗夫的意志上所爱的，他灵魂上都厌恶。这位传教士言不由衷地赞美中国人，

---

① W. S. Maugham, *On a Chinese Screen*, London: Heinemann, 1922, p.42.

但在骨子里却嫌恶和憎恨中国人。当被问起："假如中国人不接受基督教,你相信上帝会判处他们以永恒的惩罚吗?"温格罗夫的回答十分肯定。也许正是由于这种信念,他尽管感情和灵魂上厌恶中国人,但理智和意志上还是愿意呆在中国,因为"他们很需要帮助,所以要离开他们很困难"。毛姆于此传达了"白种人负担"的讯息,温格罗夫先生这位"圣人"和"绅士"的灵魂也昭然若揭。

伴随西方船坚炮利而来的基督传教士的"宽厚仁慈"有目共睹,而支撑他们的不仅有上帝的召唤,更有白种优越论的心理基础。这后种心态也表现在那些在华的洋商洋客身上,毛姆对他们亦多加顾盼。

《亨德逊》(*Henderson*)① 里的主人公就是一家信誉卓著的外资银行的经理。他刚来上海时,拒绝乘用黄包车。因为"那违反了他的观念,那个和他自己一样的同属人类的车夫,要拉他从这里到那里到处转,这有损对他的人身尊重"。这位心胸"仁慈"不下温格罗夫先生的银行经理,还借口走路可以锻炼身体,口渴可以喝啤酒,为自己如此的"高尚"作风找理由。然而,这位经理的道德理想终究抵不住现实的诱惑。因为"上海非常热,有时他又很忙碌,所以他不时被迫要使用这退化堕落的交通工具。这使他觉得不舒服,但那东西的确方便。现在他变得经常乘坐起来了。但是他常常想这两根车杆中的这个伙计是一个人和一个兄弟"。

亨德逊的转变,实则仍有心理上的文化优越感支持。未为现实所屈时,优越感或可保持距离,以"仁民爱物"的面貌伪装,就像菲利普初不认为异教徒宋先生应入地狱一样。然而若涉及自身利益,羊皮下的虎皮就显露出来,就像宋凯恋情一旦曝光,东方尊严在西方瞬成猥亵一样。②

三年后的一天上午,亨德逊和毛姆一起乘黄包车从一家商店到另一家商店,黄包车夫热得汗流浃背,每一两分钟就用破烂的汗巾在额头上揩着。当亨德逊想起他非得要现在就去俱乐部买刚到上海的罗素的一本新书怕赶不到时,他要车夫停下来,打回转。毛姆说:"你想是不是午饭以后再去?那两个家伙汗流浃背得像猪一样了。"

---

① W. S. Maugham, *On a Chinese Screen*, London: Heinemann, 1922, pp.56–59.
② 参见李奭学:《中西文学因缘》,台北:联经出版事业公司 1991 年版,第 223 页。

亨德逊的回答:"这是他们的好运道,你不必对中国人有任何关心。你明白,我们之所以在这里就是因为他们惧怕我们。我们是统治的民族。"最后当亨德逊正准备评述罗素《自由之路》(Roads to Freedom)的某些观念时,那个黄包车夫拉过了应该转弯的地方。"在街角上拐弯,你这该死的蠢货!"亨德逊气急败坏,为了强调这一点,还在那车夫的屁股上狠狠地踢了一脚。

与亨德逊的先恭后傲比起来,另一个英国洋行大班丝毫不掩饰他对中国人的憎恶和鄙视。《大班》(The Taipan)① 里就有这号人的速写。"他是这儿社会上最突出的人物,什么都是他说了算。甚至领事都要注意站在他那正确的一边。虽说他在中国这么久,他并不懂得中国人,在他的有生之年,从没想到须要学习这种该死的语言,他用英语问两个苦力他们在掘谁的坟。他们不懂他的话,他们用中国语回答他,而他骂他们为无知的蠢家伙。"

那恐怖的敞开的坟走进了大班的梦里。他憎恶那些袭进他鼻孔的气味,憎恶这里的人民。那些无数的穿着蓝衣的苦力和商人们、地方官吏的圆滑的笑和不可思议的穿着他们的黑长袍。他们似乎都用恐吓压迫着他。他恨中国这个国家,当初他为什么要到这里来? 他现在是惊慌失措了。他一定要回去。要死也要死在英国。他不能忍受埋葬在所有这些有着斜眼睛,和露齿而笑的脸的黄色人中间……如此等等,毛姆写尽了白种人的傲慢与偏见。

毛姆笔下的西方在华政客,更是集白种优越与傲慢无能于一身。《领事》(The Consul)② 里英国领事彼特(Pete)的官场经验可谓资深,在领馆工作了二十多年,只是一直处于极端愤慨的情况之下。洋商们住在中国三十五年,没有学会在街上问路的话,彼特说因为他们学的是中文。他不屈不挠地尽全力查禁鸦片买卖,但是他是全城唯一不知道他的雇员们把鸦片藏在领事馆的人,而一种忙碌的鸦片交易就在那院子的后门里公开进行。他比绝大多数同事们精通中国文史,更为了解百姓,"但是从他的广泛的阅读中,所学到的不是宽容而是自负"。这种自负与传教士、银行经理大班们的优越感没有什么两样。

而他的一次接待,却让这种自负心理受到很大刺激。那天他接待了一

_____

① 　W. S. Maugham, *On a Chinese Screen*, London: Heinemann, 1922, pp.183–194.

② 　W. S. Maugham, *On a Chinese Screen*, London: Heinemann, 1922, pp.104–111.

个自称为余太太的女人。这是一个嫁给了中国人的英国女人。领事先生理所当然地没对她表示同情。因为一个白种女人要嫁给一个中国佬这本来就使他不可思议而充满愤慨。他的话官气十足,不容置疑:"你必须立刻返回英国","你必须从此永远不回那里去了","我坚持你要离开那个人,他不是你的丈夫"。

有如宋先生与法国小姐的恋情,一旦危及到西方文明的纯正,奋起抵制是意料之中事,否则怎能体现出自身的优越感,又怎能让人尊敬。作为副税务司的范宁(Fanning)让人尊敬的法子很简单,就是首先让你惧怕。因为他有一种恶霸作风,无事生非,鲁莽唐突。他没有一次对中国人说话不是提高嗓子到粗声大气的命令声调。虽然他说得一口流利的中国话,但是当某个下人做了什么不如他意的事情时,他总是用英语骂得他狗血淋头。然而,他的粗暴寻衅只不过是隐盖一种胆怯而痛苦的企图,那就是去慑服那些将和他打交道而尚未被他吓翻的人。以至于他妻子当有客人来了,总会说:"这些中国人都怕我丈夫,但是,自然他们尊敬他。他们如果试图在他面前玩什么鬼把戏,那是没有好下场的。"他会皱着眉头回答:"所以,我晓得应该怎样对付他们,我在这个国家二十多年了。"(《范宁夫妇》,*The Fannings*)①

如何对付中国人(或对待中国文化),这是在华英人的主要功课。"宽厚仁慈"也好,"鲁莽粗暴"也罢,都免不了要露出他们骨子里的那种文化优越感。我们借助于毛姆那小说家的慧眼看到了这一切。当然,毛姆不只是个旁观者。作为一个文化纯粹论者,他喜爱古韵之中国,冷淡新文化运动之中国,漠视 20 世纪现实之中国。当我们掀起遮在毛姆中国形象上的那块彩色面纱,源自于西方优越论的自负心理也就展现无遗了。确实,无论如何,毛姆都难以逃过那傲慢与偏见的文化心态,而其他西方作家与思想家又何尝不是。

---

① W. S. Maugham, *On a Chinese Screen*, London: Heinemann, 1922, pp.114–118.

论哈罗德·阿克顿小说里的中国题材①

一、痴迷中国文化的哈罗德·阿克顿

出生于意大利佛罗伦萨的哈罗德·阿克顿爵士（Sir Harold Acton，1904—1994）是英国艺术史家、作家、诗人，曾受业于伊顿、牛津等名校。1932 年起他游历欧美、中国、日本等地。早年在牛津、巴黎、佛罗伦萨研究西方艺术，暮年于佛罗伦萨郊外一处祖传宫殿颐养天年。著有诗集《水族馆》（*Aquarium*，1923）、《混乱无序》（*This Chaos*，1930）等，小说《牡丹与马驹》（*Peonies and Ponies*，1941）、《一报还一报及其他故事集》（*Tit for Tat and Other Tales*，1972）以及历史研究《最后的美第琪》（*The Last Medici*，1932）、《那不勒斯的波旁朝人》（*The Bourbons of Naples*，1956）。另外尚有两部自传，《一个爱美者的回忆》（*Memoirs of an Aesthete*，1948）与《回忆续录》（*More Memoirs*，1970）。

通晓西方艺术史的阿克顿素以"爱美者"（aesthete）自居。而 19 世纪后期，"爱美者"一词开始代指对美的东西有特殊敏感并渴望追求美的人，他们的出现具有深长的文化意蕴，那就是用"美"来净化被物质追求侵染的精神世界，让它重新变得鲜活丰盈起来。阿克顿是 20 世纪的"爱美者"，

① 该文曾刊于《外国文学研究》2006 年第 1 期；《外国文学研究》（人大复印资料）2006 年第 6 期全文转载。

《一个爱美者的回忆》足以表明,他对"美"的追寻成为他生活乃至生命中不可舍弃的部分,这就是感悟自然之美,撷取东西方艺术之美,崇尚充满灵性的诗意人生。

对东方文化,特别是中国文化,阿克顿有一种发自内心的痴迷。1932年,精致的日本艺术带给他一种异乎寻常的美,遂离欧赴日,踏上寻访东方之美的旅途。然而,当时日本国内已经弥漫着军国主义的嚣张气焰,他无法欣赏那儿的历史文物,决定转往中国。这一决定让他从此与中国结下不解之缘。像很多人一样,阿克顿起初是通过汉学家的著作来了解中国文化的。他早就熟读过阿瑟·韦利译的白居易,翟理斯译的庄子,理雅各译的儒家经典。据曾经在伦敦拜访过他的萧乾在1940年1月6日的日记里说:"四点钟,一到阿克顿家,他就陪我去拜访英国著名汉学家、《诗经》、《道德经》、《四书》、唐诗以及《红楼梦》的英译者阿瑟·魏礼先生。"① 可见阿克顿对韦利的敬仰之情。而七年的在华经历让他对中国有了更多、更直接的认识。

20世纪二三十年代,不少英国作家、批评家来华讲学,阿克顿在北大教授英国文学。他教的是"有修养"的教授们认为是歪门邪道的作家作品,如艾略特的《荒原》和劳伦斯的《查特莱夫人的情人》,还鼓励学生写艾略特的论文,这是第一次有人在中国认真宣讲欧美现代派文学 ②;另一方面又把中

---

① 萧乾在后来的回忆文章中谈到了他与阿克顿的这段友谊:"四十年代在英国,我们常围炉一道回忆北平。那时他也应征入了伍:穿着一身灰色的空军军服,却满脑子的梅兰芳、刘宝全、天桥、厂甸和大栅栏。他并不驾驶飞机,英国空军看中的是他所精通的法语和意大利语。珍珠港事变前,他一直还在缴纳北平那所四合院的租金,我们这座古城真有股难以抗拒的魅力。"阿克顿晚年在遗嘱里把他家祖传的佛罗伦萨古宅捐赠给美国纽约大学,其中一个条件就是纽约大学要邀请萧乾夫妇去该校小住一阵。1985年秋,纽约大学校长趁来北京开会的机会,邀请萧乾吃饭,带来阿克顿回忆录的第二卷,其中有一段谈到了阿克顿与萧乾的友谊。参见萧乾:《封箱之前》,《心的解读》,中共中央党校出版社2002年版,第17—18页。

② 据阿克顿自传《一个爱美者的回忆》,他是第一个在中国大学的英语文学课上讲解艾略特的《荒原》,并说当时用艾略特这样的"激进派"诗作教材,在北京西方人圈子中引起许多非议。他也详细描写了与北大诗人们的交往:"给我印象最深的是卞之琳,他刚出版了第一本诗集《三秋集》;他读的第一首是《友与烟》……这首诗的空灵气氛,当时使我非常着迷,现在依然使我非常着迷。""卞之琳刚从北大毕业,但是样子像个十八岁少年。外貌单薄瘦弱,眼镜使他显得格外谦逊,谈到诗也会脸红。我的反应热情,他反而不知所措。"正是在卞之琳的鼓励下,他与陈世骧决定合译一本《中国现代诗选》。参见赵毅衡:《伦敦浪了起来》,人民文学出版社2002年版,第129—130页。

国文学和文化介绍到西方,阿克顿后来就与他人合作翻译出版了戏曲、小说、现代诗歌等方面的中国文学艺术著作,这些均大大促进了中西文化的交流与融合。

阿克顿与北平文化人之间亲密交往,梁宗岱、袁家骅、朱光潜、温源宁和张歆海等均与之过从甚密,同时又在学生中结识了一批青年诗人。从 1932 到 1939 年,阿克顿在北平住了七年。七年的中国生活,使他的亲友发现他"谈话像中国人,走路像中国人,眼角也开始向上飘"。康有为的女公子康同璧为阿克顿作一幅罗汉打坐图。画上题诗赞:

> 学冠西东,世号诗翁。神来运乃,上逼骚风。
>
> 亦耶亦佛,妙能汇通。是相非相,即心自通。
>
> 五百添一,以待于公。

阿克顿在其回忆录说不好意思引用这样的赞词,唯有"亦耶亦佛,妙能汇通",或可当之。

欧战爆发后,阿克顿离开北平,奉召应征入伍,参加英国皇家空军。因他会讲意大利语,实际上当了翻译参谋。离开中国,使阿克顿结束了"一生最美好的岁月"。二战后阿克顿移居意大利。潜心从事那不勒斯波旁王族的研究工作。他伤心地看到"这一番轮回中已回不到北京"。去国之思,黍离之悲,使他找到陈世骧共同翻译《桃花扇》,以排遣"怀乡"病。他们的翻译直到 70 年代陈世骧作古后,才由汉学家白之(Cyril Birch)整理出版。

1984 年夏天,80 岁的阿克顿爵士又成了新闻人物。既有英国王室玛格蕾特公主亲自设宴为他祝寿,更有他遍及世界各地的朋友们,其中有诗人、作家、汉学家、历史学家、文学批评家等等,他们送给阿克顿一件罕见的厚礼:一本装帧优雅的书:"牛津、中国、意大利:纪念哈罗德·阿克顿爵士八十寿辰文集。"英国桂冠诗人约翰·贝杰曼(John Betjeman)为文集题写了热情洋溢的献诗(只可惜贝杰曼本人却在阿克顿寿辰之前去世)。一批英国文化界名人著文为寿。其中,汉学家劳伦斯·西克曼(Lawrence Sickman)写了阿克顿在北京的生活;另一位汉学家白之介绍了他作为第一个中国现代文学翻译者的贡献。①

阿克顿作为第一个中国现代文学翻译者,指的是他曾与陈世骧合作翻译了中国现代诗的第一本英译《中国现代诗选》(*Mondern Chinese Poetry*)②,1936 年由伦敦出版,是最早把中国新诗介绍给西洋读者的书。陈世骧(1912—1971)幼承家学,后入北京大学主修英国文学,1932 年获文学士学位。陈世骧和阿克顿合作编译的这本诗选可以说是两人在北大交往的缩影。当时陈世骧还是北京大学西方语文系三年级学生,阿克顿是他的老师,本来对他并没有什么特别的印象。1933 年,日本不断侵扰北平,后北大被迫停课,学生纷纷向老师告辞到乡下避难,就在众多学生的信函中,阿克顿读到了陈世骧写给他的一封情文并茂的散文诗,当即为陈世骧的文学及英语素养而动容。当情势稍定,北大复课,阿克顿随即邀请陈世骧回校。据说两人重聚当时恰巧是阿克顿的生日,学生们送了一个达摩瓷像给阿克顿。饭后大家在院子里,陈世骧更为阿克顿吹了一曲笛子,令阿克顿想起英国浪漫诗人华兹华斯《刈割女郎》内一段哀怨缠绵的歌声。阿克顿后来更强调,正是借着陈世骧,他才进入中国现代文学的殿堂,同时因为陈世骧,他才继续留下在北大任教。

阿克顿不谙中文,由此可知,这本两人合译的诗选,应该是大部分由陈世骧做初步工作,包括人选、诗作以及初步的翻译。从阿克顿的回忆录里的记述,我们更可以在讨论卞之琳《墙头草》一诗时,看出整个程序是由陈世骧首先作出字译或者音译(literal translation),进一步完成初稿,再由阿克顿润色定稿。

这本《中国现代诗选》共选译了 15 位中国现代诗人的新诗作品,其中陈梦家 7 首,周作人 4 首,冯废名 4 首,何其芳 10 首,徐志摩 10 首,郭沫若 3 首,李广田 4 首,林庚 19 首,卞之琳 14 首,邵洵美 2 首,沈从文 1 首,孙大雨 1 首,戴望舒 10 首,闻一多 5 首,俞平伯 2 首。诗选最后是这些诗人的小传。其中一些译诗在出版前已经在芝加哥的《诗刊》、上海的《天下月刊》以及《北平年鉴》上刊发。在《诗选》的扉页上,阿克顿对这些刊物的编者,尤其是

---

①　参见赵毅衡《艾克顿:北京胡同里的贵族》一文,见其所著《西出洋关》,中国电影出版社 1998 年版,第 47—51 页。

②　Harold Acton & Ch'en Sh'ih Hsiang, *Modern Chinese Poetry*, London: Duckworth, 1936.

《诗刊》主编哈丽特·蒙罗（Harrier Monroe，1860—1936）表示感谢。

阿克顿虽与北平大学中留学欧美的中国学者不乏交往，但他对中国古典文化有自己的偏好，这从他对中国新诗的审视中可见一斑。这本译诗选及其《导言》体现了阿克顿本人的文学观和嗜好，即对古典文化传承的重视。选录篇什最多的诗人是林赓，而对那些过于欧化的新诗，尤其郭沫若等人的作品评价不佳。废名在《谈新诗》中说："在新诗当中，林赓的分量或者比任何人更重些，因为他完全与西洋文学不相干，而在新诗里很自然的，同时也是突然的，来一份晚唐的美丽了。……真正的中国新文学，并不一定要受西洋文学的影响的。林朱二君的诗便算是证明。"① 当然，林赓的新诗创作是不是"完全与西洋文学不相干"，后来不少评论者对此颇有异议。但废名的这种评价并非空言，林赓的新诗的确充满浓郁的古典气息。诗中的意象大致沿袭古典诗词中夜、雨、荒野、秋风、落叶、孤鹰、凄雁等经典语词。当然，这些传统的意象经过了诗人的思想映照，被赋予了强烈的主观情绪和崭新的时代精神。

今天看来，阿克顿的眼光与当时中国新文学的努力方向相去甚远。当新诗人义无反顾地切断与传统的血脉渊源时，阿克顿却以域外学者的身份，确立审视中国新文学的另一种眼光，强调传统对新诗建设的重大意义。对此，我们姑且暂不评判。不过，若联系阿克顿小说《牡丹与马驹》中主人公菲利浦对中国古代诗人的景仰，即可更进一步印证阿克顿本人的态度。大而言之，阿克顿对中国古典文化的心仪、古典艺术之美的痴迷正由此清晰透出。

二、"精神的现代病"和东方救助中的爱与憾

小说《牡丹与马驹》以20世纪二三十年代抗日战争前后的北京为背景，描写当时许多在京欧洲人形形色色的生活，以及他们来到东方古都的不同感受。他们或抱着种族自大的民族偏见无视身边的一切；或不知疲倦地组织舞会沙龙，趁机向有贵族头衔的游客兜售中国古董而从中渔利；或倦怠西方艺术、鄙弃西方文明，希望在搜寻东方秘密中发现出路。小说也写到了一味崇

---

① 废名：《论新诗及其他》，辽宁教育出版社1998年版，第171页。

拜西方的中国学者、新旧夹缝中的青年知识分子,以及底层京剧伶人的生活等。作者从不同角度表现了东西方文化碰撞下的人心世态。

主人公菲利浦·费劳尔(Philip Flower),一位孤独的爱美者,试图用中国文化救治一战以来为有识之士所焦虑的西方现代危机,所谓"精神的现代病"。他在中国的精神探索历程,多少有点作者自己的影子。某种意义上说,阿克顿以小说家之言,形象地反映了二三十年代东西方文化在更深层碰撞中,迸发出的重大思想命题。

首先,关于东方(主要指中国)文明救助西方危机。这一理想经罗素等西方思想家,梁启超、梁漱溟为首的"东方文化派",以及辜鸿铭等人的激扬鼓吹,在 20 世纪初的知识界荡起一片波澜。小说一开头便以主人公菲利浦对中国彻底的皈依切入这一时代话题:

> 菲利浦一直自忖北京这座城市对他意味着什么。欧战后,他返回北京,但又因一次偶然的西山之行,还有北戴河的染病在身而离开它。他发现自己竟那样强烈地想念北京,就像宠物依恋它的女主人……他深深感到自己正尽最大可能远离战后政治,还有笼罩欧洲的紧张激烈,很大程度上这紧张激烈就出自可疑的欧洲文明轨道之内。他在古都北京呼吸到一种宁静的气息,任何事物都让他沉浸在超自然的、泛神论的幻想与惊喜之中。①

他就像西方文明的逆子,又仿佛是中国文明流落在欧陆的弃儿,怀着一份倦游归乡的挚诚,把北京当作安身立命的归宿,栖息灵魂的家园。

他说:"是中国治好我的病,战争让我的生活变成沙漠,而北京让我的沙漠重现生机,就像那牡丹盛开。"他患上的正是那一代西方有识之士共患的心病——所谓"精神的现代病"。的确,1914—1918 年惨绝人寰的第一次世界大战,以血淋淋的事实暴露了西方资本主义近代文明的弊病,给人们带来难以弥补的精神创伤,对欧洲人的自信心和优越感是一个沉重打击。这让一些对文明前途怀抱忧患意识的西方人,在正视和反省自身文明缺陷的同

---

① Harold Acton, *Peonies and Ponies*, Oxford University Press, 1941, pp.1–2.

时,将眼光情不自禁地投向东方和中国文明,希望在东方文化,尤其是中国哲学文化中找寻拯救欧洲文化危机的出路。德国人施本格勒著《西方的没落》一书,就公开宣告西方文明已经走到尽头,必将为一种新的文明所取代,为了走出困境,欧洲应该把视线转移到东方。罗素(Bertrand Russell,1872—1970)是20世纪声誉卓著、影响深远的哲学家、思想家和文化巨人,他就是带着对西方文明"破产没落"的哀痛、甚至是对西方文明行将在战火中彻底毁灭的恐惧,朝圣般东来中国,企求能从古老的中国文明里寻求新的希望,呼吁用东方文明救助西方之弊端。

对西方文明满怀悲怆意绪的菲利浦,又何尝不是揣着类似的朝圣心情走进了北京?

> 他像做苦力一样,拼命阅读中国的经典著作,有时把冷毛巾放在前额上,好让自己头脑清醒,一读就是到深夜。他总希望能在中国人那难以捉摸的精神中发现新的光亮,在这块自我放逐的土地上找到人生的新航向。他渴望在中国的土地上与中国人相识,并被他们接受。若能被中国家庭收留,那就是再好不过的事情。他想象自己能在清明或中秋前举办祭孔仪式,那是他崇敬的美德。①

失望于西方世界的.他像无家可归的精神孤儿,苦心孤诣地渴望在中国得到抚慰与庇护,那么,中国也就成了他逃避欧洲、逃避现实的世外桃园。

其次,如果说阿克顿笔下菲利浦的中国寻梦,契合了罗素等西方哲人改造欧洲的思想,从而使他的形象具有深刻的文化意蕴;那么,身为"爱美者"的独特气质,又使他不愿正视中国正在发生的一切变化,而是一厢情愿地借着一种怀旧的情绪,对中国的历史和传统发出一种"但恨不为古人",或"但恨今人不古"的感慨。如果说思想家罗素的中国观既是历史的、文化的,又是现实的,他站在关注人类命运的高处,对中国传统文化的利弊以及中国的现状均有深切的思考与敏锐的洞察;那么,"爱美者"菲利浦所追寻的只是古典中国——哲学、艺术、文学中的中国,与现实中国几乎毫不相干。他们的

---

① Harold Acton, *Peonies and Ponies*, Oxford University Press, 1941, p.79.

立场都是西方的,但他们的视界及关注的终极点并不一致。

对菲利浦而言,古典中国被想象成医治现代病的灵丹妙药。唯其如此,被现代中国人视为历史遗产的"古典",在菲利浦眼里就有了"现实"救治的意义和价值,而这一切都是从他自己——一个现代西方人的角度出发的。所以追寻古典,就如同追寻精神家园般性命攸关。小说中表现他对古典中国的痴迷已经到了顶礼膜拜、甚至令人发笑的程度。比如在欧洲人的沙龙里,他被叫作满族崇拜狂,他的一切东西,甚至佣人和狗都要有满族家谱。他顽固地拒绝叫北京为北平。他不明白为什么现代中国人对传统文化弃如敝屣,竟要到国外去接受西式教育,倒把他对中国的热爱看成讨人嫌的偏激。其实这个人物的宁肯"抱残守缺"、拒不接受中国正在发生着的现代蜕变,在当时西方乃是一种十分普遍的倾向,即把中国当作"文物博物院"。

小说中写了以马斯科特（Mascot）夫人为代表的西方游客。他们纯粹为满足猎奇心理而来华,在北京四处游逛搜寻古董,兴致勃勃地看处决犯人。还把中式布置的住所称为"风俗"沙龙,来客都穿上满族的衣服,戴着长长的指甲套以此为乐。正像小说中一位西方游客所说:"从社会学意义上讲,古典的一切都没有消失,只是名字换了罢了,难道我们不是在鞑靼国?"[①] 20 世纪的中国竟然仍是历史烟尘下的鞑靼国!

作者借菲利浦对他们的不以为然,对当时那些见解浅薄、浮光掠影的北京过客表示厌恶。但在骨子里,菲利浦与他们实相去无几,尽管他更高雅渊懿、更有文化底蕴。在他眼里,来自西方的各种事物就像病菌一样侵蚀北京的肌体,"唉,北京已经死亡了;死于来自西方的各种病菌。唯一让他感到安慰的是,他已在西山的一角为自己买了块墓地"[②]。

对这一倾向,罗素的分析可谓发人深思。他认为喜欢文学艺术的人很容易将中国误解为像意大利和希腊一样,是一个文物博物院。在中国的欧洲人除了感兴趣的动机之外,还非常地保守,因为他喜欢每一样特别的,与欧洲大不相同的东西。他们把中国看成一个可欣赏的国家而不是可生活的国家。

---

① Harold Acton, *Peonies and Ponies,* Oxford University Press, 1941, p.229.

② Harold Acton, *Peonies and Ponies*, Oxford University Press, 1941, p.81.

他们更看重中国的过去,而不为中国的将来考虑。①罗素的这番话可谓相当精确地概括了一般西方人(不仅仅是喜欢文学艺术的人)看待中国的典型心态。对这种心态,赵元任不满地称之为"博物院的中国"观。

赵元任曾做过罗素的翻译,他指出许多外国人到了中国,见不得中国有任何进步或改变,他们恨不得中国人至今过的还是明末清初的生活。他对这种怀有博物院心理的人是非常气愤的;"你一年到头在自来水、电灯、钢琴的环境里过舒服了,偶尔到点别致的地方,听点别致的声音,当然是有趣。可是我们中国的人得要在中国过人生常态的日子,我们不能全国人一生一世穿着人种学博物馆的服装,专预备着你们来参观。中国不是旧金山的'中国市',不是红印度人的保留园"②。小说中的中国青年冯崇汉也指责说:"你们只对这些毫无意义的历史细节感兴趣,而这早就应该被我们抛弃。"因为中国此刻最需要的恰恰是如何摆脱历史的束缚,尽快加入现代化的行列。

所以说,尽管菲利浦与那些北京过客不同,他在中国不是为了肤浅地搜奇掘异,而是寻找心灵的寄托,也更具有向东方文明表达精神诉求的意味。唯其如此,他骨子里的"博物院"心态则更深刻彻底,这在他对古典诗歌与京剧艺术的嗜好上体现的最突出。

作为中国旧文学的精粹,古典诗歌在新诗崛起后不再风光依旧,这是时代选择、并赋予新诗以历史责任的结果。而把古典当作家园的菲利浦,向中国青年提起古代的《诗经》、屈原、陶渊明、杜甫、李白、李清照时,侃侃而谈如数家珍。联系阿克顿本人对中国现代新诗的审美口味,不难看出其中有作者自己的体会。而菲利浦对京剧的喜爱,及对北京伶人生活的描写恐怕大体来自阿克顿自己的经验。他与美国的中国戏剧专家阿灵顿(L. C. Arlington)合作,把流行京剧三十三折译成英文,集为《中国名剧》③一书,于1937年在中国出版,收有从春秋列国一直到现代的京剧折子戏:"长坂坡"、"击鼓骂曹"、"捉放曹"、"状元谱"、"群英会"、"法门寺"、"汾河湾"、"蝴蝶梦"、"尼姑思凡"、"宝莲灯"、"碧玉簪"、"打城隍"、"貂蝉"、"天河配"、"翠

---

①　[英]罗素:《中国问题》,秦悦译,学林出版社1996年版,第169页。

②　赵元任:《新诗歌集序》,见《新诗歌集》,台北:商务印书馆1960年版,第15页。

③　Harold Acton & Lewis Charles Arlington, *Famous Chinese Plays*, Peiping: Henri Vetch, 1937.

屏山"、"玉堂春"等。这一工程非常困难,但阿克顿是个京剧迷,研究过梅
兰芳《霸王别姬》的舞蹈艺术,观赏过北昆武生侯永奎的《武松打虎》,并
与程砚秋、李少春等人均有交往。美国女诗人、《诗刊》主编哈丽特·蒙罗
第二次来华访问时,阿克顿请她看京戏,锣钹齐鸣,胡琴尖细,蒙罗无法忍受,
手捂耳朵仓惶逃走。阿克顿对此解释说:西方人肉食者鄙,因此需要宁静;中
国人素食品多,因此喜爱热闹。"而我吃了几年中国饭菜后,响锣紧鼓对我的
神经是甜蜜的安慰。在阴霾的日子,只有这种音乐才能恢复心灵的安宁。西
方音乐在我听来已像葬礼曲。"① 这段趣事竟被阿克顿写进小说。

和菲利浦一样,女艺术家埃尔韦拉(Elvira)用十年时间尝试各种主义,
从达达主义到超现实主义,但让她气恼失望的是,这些丝毫不能满足她的趋
异心理。于是离开巴黎来到中国,怀着幻想去"揭开另一个未经探索的现
实"。实际上,她宣称的"西方必须面对东方"只是纸上谈兵而已,行动上
则不自觉地流露出西方现代文化优越感。比如,她认为中国的李博士用英
语写哲学是了不起的进步。她无法欣赏京剧,一听中国音乐,"浑身起鸡皮
疙瘩,好像听电钻打孔。天晓得我费了多大力气去欣赏它,我想它对我来说
不值一提"② 。她想走进中国人之中,但她首先想到的是为"智力欠缺又怀种
族偏见的地道中国人办一个沙龙",但这个天真的野心最终受挫,那"优良
的中国人"用怀疑的目光打量她,他们无法理解她想干什么。这一切让她不
安,觉得自己仍置身于中国文化之外。说到底,她是以西方的眼光居高临下地
看中国,所以在菲利浦看来,她终究割不断与西方的联系,"而那正欺骗她那
虚弱的盔甲"。在埃尔韦拉的身上,我们似乎看到哈丽特·蒙罗的一些影子。

古老的京剧给了菲利浦别样的艺术感受,陌生而又热闹的戏园,身段柔
美的男伶,"霸王别姬"那动人的音乐与悲剧力量,这一切都让他兴奋感动。
他结识了17岁的男伶——扮演杨贵妃的孤儿杨宝琴(Yang Pao-Ch'in),毫
不犹豫地想收为养子。他说:"我从看到他的第一眼起就喜欢他,我要为他做
一切,不要问我为什么,我自己也不知道。我想因为他是中国鲜活的象征,而

---

① 转引自赵毅衡:《西出洋关》,中国电影出版社 1998 年版,第 48—49 页。

② Harold Acton, *Peonies and Ponies,* Oxford University Press, 1941, p.28.

我爱中国。"① 其实,他所爱的只是舞台上、扮演"杨贵妃"的杨宝琴,当身着西装的男孩站在他面前时,他竟惊讶的半天说不出话来。这正表明,安慰救助菲利浦的只是那古典的、艺术的中国,现实中国的任何变化都令他难以接受。

也许,菲利浦与众不同的执著,就在于似乎义无反顾地彻底抛弃了西方文明,怀着可贵的真诚与平等的态度、发自内心地投身于北京人的生活中,他渴望别人把他看成中国人,他想和他们一样过着寻常的家庭生活,感受伦理亲情,沐浴在古典艺术的柔美月色中。然而,这究竟只是一厢情愿的幻想而已,步入 20 世纪的中国,正艰难地从古典迈向现代,他已经无法眷顾这位来自异域的寻梦人。

再次,如果说酷爱诗歌和京剧代表着菲利浦对古典艺术的追寻,那么从孔子的信徒,到道家思想的追随者,再变为遁世的佛教徒,菲利浦的哲学思考行踪几乎浓缩了整个西方世界对东方哲学的接受利用史。

小说中埃尔韦拉善意地责怪菲利浦说:"作为一个自认的孔子崇拜者,你太高尚了。"生活严谨端正,既重道德操持又不乏温厚的人伦情怀,加之对孔子思想的信从,菲利浦的确表现出儒者的襟怀风范。不过,"爱美者"的特殊气质使他与老庄道家思想更为心通神契。在这方面,阿克顿鉴于自己的艺术理想,他笔下的菲利浦更多是从审美层面上去认同道家人与自然的和谐关系。

菲利浦把金鱼看作大自然的精灵,"我得向金鱼们致敬……多么华美的生灵!我真嫉妒它们的洁净、清新,它们那宁静的生活与娴雅的交谈"。在他看来,金鱼比叫嚣的思想家教给我们的要多得多,"比如,幽雅的举止,当仪容庄重成为消逝的艺术,我们可以从金鱼身上学到。孔子说'君子坦荡荡,小人长戚戚'。金鱼教会我们如何保持平静和冲淡。它们那超逸的游动提醒我们,它们比人类更悠闲而诚实。"他的话立刻遭到中国青年实用态度的讥讽,他激动地反驳说:"任何实用之物都无法使生活美丽起来,太实际会让人的眼界变得狭隘……。而美必须靠细致培养才行,唉,即使在璀璨的东方,生活的色彩也暗淡了,我觉得西方应对此负责。在金鱼消失之前我要紧紧拥有它们,失去它们将是巨大的不幸。"②

---

① Harold Acton, *Peonies and Ponies*, Oxford University Press, 1941, p.121.

② Harold Acton, *Peonies and Ponies*, Oxford University Press, 1941, pp.70, 76.

这里,人对金鱼的赏爱与拥有实际是比喻人与自然的亲和关系,以及能够感悟天地自然之生命的诗化之心。失去即意味人与大地的隔绝,将再也无法体验物我交融中那元气氤氲、充满灵性的纯朴境界,在物质、金钱、技术至上的世界里,在重实用、重功利的支配下,人类迷失了自我,异化为它物。菲利浦与其说是紧紧抓住了"金鱼",毋宁说他试图通过爱"美"之心的培养、宁静守一的追求来葆有一颗生意葱茏的天地之心,以此顽强地抗拒强加在人性上的种种异化。

先秦道家对社会文明智慧的断然拒斥,对天地自然的一往情深,所谓"弃圣绝智"、"独与天地精神往来",通过泯去后天经过世俗熏染的"伪我",以求返归一个"真我"。这种祈求人类天性自我的复归,重新找回人与自然的和谐,原本就有鲜明的心灵救赎意义。而西方进入工业时代以后,人与自然日益疏离成为"精神的现代病"之一,道家思想的特性恰好迎合了自尼采、斯宾格勒以来对西方文明批判的潮流,与怀着"精神的现代病"的西方哲人的救治渴求产生契合,造成了20世纪一二十年代发生在西方艺术家、文学家圈内的道家热,即所谓"欧道"主义的一时兴盛,根源就在于道家思想可以用来填补"上帝缺席"后现代西方世界的精神空场。

正如德国汉学家卜松山概括的那样:"自尼采和施本格勒以来,对西方文明的批判已经成了现代西方意识的基本组成部分。对文明的批判在新近时期表现为生态保护的一个重点,这是卢梭'回归自然'口号的现代翻版。这里,道家人与自然一体的观念便闯入了西方敞开的大门。对西方很多人来说,'现代的困扰',已蔓延到现代生活世界的其他领域,比如技术和经济效益挂帅把现代人束缚于'目的理性'思维的刚硬外壳,所以,道家文明批判的观点可以对今天厌倦文明的欧美人发挥影响。"① 而这也正是菲利浦这一文学形象所体现的道家思想对现代西方的启蒙意义。

小说结尾写到由于日本入侵,在京的欧洲人纷纷离去,菲利浦仍留在家中,超然而悲观地面对现实。他觉得世事纷乱,好像回到孔子时代。他自己就像孔子一样渴望安定。但头顶上日本人的狂轰滥炸令他根本平静不了。

---

① ［德］卜松山:《与中国作跨文化对话》,刘慧儒等译,中华书局2000年版,第88页。

就是这样,他也不完全责怪日本人,他认为是他们在效尤西方,是欧洲人制造毁灭性的武器。他决定不管发生什么,都留下来。在他的心底,真希望满族人再回来,北京重新成为强大帝国主义的首都。① 这样的想法出自一个"满族"狂的头脑并不足怪,倒更说明菲利浦对中国历史一厢情愿的美化粉饰,因而对现实中国的前途出路问题完全失去了现实判断力。

作者为困惑中的菲利浦安排了精神上的引路人童先生。他在菲利浦家避难,以微笑、忍耐与和善来面对突然降临的灾难和北京的沦陷,对天崩地坼的时代骤变持有疏远超逸的姿态。菲利浦从那微笑里看到了一种来自古典文明的、与世无争而处惊不变的从容。在它的背后菲利浦发现了令他欣羡不已的随缘哲学,以及更深闳神圣的宁静。这正是他渴慕已久的宁静。在童先生"四大皆空即可解脱"、"儒道佛三教合一,互不排斥,它们包含了整个人类学说"的开导下,菲利浦全身心地研究佛教经典,最后他成为一位吃斋念佛的遁世者。小说的最后一章题名"走向涅槃",意味深长地暗示菲利浦经过人生的喧嚣、焦虑之后,最终在东方找到了一条归于寂静的精神出路。

小说中与菲利浦理想落空这条线索平行的,是中国年轻知识女性杜怡（Tu Yi）的悲剧。杜怡曾在巴黎接受西方文化的熏陶,在巴黎的三年,她完全忘记原先在国内的种种管束。她已经不是传统意义的闺秀,作为有思想、有追求的新女性,她有一颗强烈的爱国心,她说"当我在法国时心里只想祖国,它在我心中至高无上,就盼望着回来","当时国内正发生巨大变化,知识分子正致力于唤醒民众,传播新思想","我也受杜威思想鼓舞,觉得再呆在外国简直是浪费时间,归国后可以大有作为,所以就回来了"。② 回家后,她不得不面对尖锐的现实:旧礼教的陈规陋习、父母的意志和婚姻包办等,都要她屈从。她公开反抗,逃出家庭,在北京的大学里教书,过着自食其力的生活。她从容地出入马斯科特夫人的舞会和埃尔韦拉的沙龙,因为那是她曾十分熟悉的生活。小说中提到,当杜怡把埃尔韦拉介绍给不会说外国话的女友时,埃尔韦拉说,直到那刻才意识到她是中国人。杜怡第一次拜访男友冯崇汉（Fêng Chung-han）的母亲,冯老太太看到她竟然当着男人的面揉脚趾,

---

① Harold Acton, *Peonies and Ponies*, Oxford University Press, 1941, pp.303–304.

② Acton, Harold. *Peonies and Ponies*. p.179.

大为震惊,缠着小脚的她觉得不可思议,认为杜怡"太没规矩了"。可见,杜怡的行为举止已经相当西化了。不过她很快就将巴黎的习俗抹得一点不存。虽然仍有地道的巴黎口音,却已换上中国的衣衫,"又高又硬的领子、长裙及踝,两颊与双唇胭脂也变得俗艳了",她还让埃尔韦拉叫她杜怡,而不是爱丽丝。她在西方受教育,骨子里几经被西方文化所熏染,同时又深受中国传统的束缚,这种文化冲突中的两难境地,时常令她困惑得无所适从。对待自己的婚姻,她既不甘心接受父母之命,所受的西方熏染又使她与激进爱国的男友产生分歧,尤其是男友对西方人的厌恶更使她觉得两人之间有无法逾越的鸿沟。当埃尔韦拉责怪她说"总不能把自己像个包裹一样丢给一个完全陌生的人吧",应该争取自由,到巴黎去。而她却无望地说"我有什么办法,我毕竟是中国人啊"、"我只能把巴黎从我的记忆中抹去,回到从前的生活"。[①]埃尔韦拉愤激地说北京就像坟墓,最优秀的知识分子在里面要么腐烂,要么变成化石。有的人生活在沉闷阴郁的传统里原地踏步,而不肯抱残守缺者又都热衷于摹仿西方,真是难以理喻的中国! 她的抱怨与同情更让杜怡绝望,最后她在埃尔韦拉花园里上吊自杀了。

阿克顿通过杜怡的不幸结局,意在指出当时中国知识分子处在新旧交替之际,对传统的依赖与惰性,以及反抗旧礼教时的软弱性与不彻底。对杜怡来说,她并非不知自由与幸福的可贵,经济的独立,所受的教育完全可以让她找到自己的归宿。但她放弃了,正当鲁迅《伤逝》中的子君、以及新思想感召下的无数子君们为个人的自由与幸福与旧礼教决裂时,杜怡却依然成了旧礼教的牺牲品。

与杜怡形成对照的是李博士与冯崇汉,他们都属于当时中国知识阶层中的革新人物。不同的是前者主张中国的出路在于完全西化,他对马斯科特夫人们说"我们古老的文化已经死去,就让它死吧,赶快让更有活力的文化来取代它"、"我们生活在中国的文艺复兴时代,中国正在进步"、"我们热爱崇敬你们的威尔斯、罗素、利维斯,我们被他们的著作深深打动,由衷激赏"[②];而冯崇汉虽然在大学的文化促进会中,致力于宣传新思想,希望科学与创造精神能推动中国进步,摆脱现实困境。像杜怡一样也迫于母命,为娶

---

① Acton, Harold. *Peonies and Ponies.* pp.24–25.

② Acton, Harold. *Peonies and Ponies.* p.19.

妻之事而苦恼。他虽然爱杜怡,但自小接受的排外教育,使他无法接受杜怡的洋派作风,最后两人之间终因思想观念上的隔阂而分道扬镳。

总的说来,无论是菲利浦的理想落空,还是杜怡的自杀悲剧,抑或小说里形形色色人物的命运,都植根于中西文化碰撞、冲突,难以调和的历史背景。痴迷于中国文化的阿克顿正是通过其写实之笔,呈现了他自己也不愿看到的事实,即企求以东方文明以拯救西方自我只能是一种虚幻和梦想。

三、东方救助与西方的文化利用

应该说,《牡丹与马驹》中以西方学者菲利浦在中国的精神探索历程,作为一个鲜活的思想个例,它形象地呈现了东方文明拯救西方危机这一时代命题的诸多内涵。不过,阿克顿别具深意的是,还借菲利浦中国寻梦之路上的爱与憾,引发我们进一步思考这样两个连带的问题:他的精神出路到底有怎样的现实可能性? 这恐怕是连作者自己也无法规避的问题。关于这些,阿克顿已经在客观的描写中相当明显地透露出些许消息来。而且,更重要的是,我们对菲利浦在中国的精神探索历程又该如何作出自己的评判?

东方救助是西方文明危机下的一种精神诉求,它先天带有的理想化色彩,就决定它对文化与文明的反思批判比提供实际可行的策略更有意义。菲利浦一旦走出古典中国的包裹,现实便立刻让他的理想化作泡影。如小说中写他与养子杨宝琴一起前往天桥营救杨的师傅安先生,围观的看客潮水一般涌向那儿,他们看到不少猎奇的外国人也夹在看热闹的人流中,其中就有马斯科特夫人。菲利浦被震惊了,他深感困惑——"他们也叫人? "他心中的幻想破灭了。他一直以为在所有种族中,中国人本性最善良、最文明,而他们竟是这样麻木而冷漠,人性在哪儿? 他从欧洲战场上幸存下来,始终坚信能在哪儿找到人性,他以为在中国找到了,而此刻,他的眼里一片黑暗,耳中一片轰鸣。对发生的一切似乎都失去知觉,观众走了,士兵离去了,那些议论、兴奋、紧张也都消散了,周围重又变得灰暗、死寂。[1]菲利浦在中国寻觅完美

---

[1]　Harold Acton, *Peonies and Ponies*, Oxford University Press, 1941, pp.168–169.

人性的理想也就此破灭了。

面对无法抵挡的西化潮流,菲利浦想把养子杨宝琴培养成传统中国人的用心也无可挽回地付诸东流。他说中国戏曲艺术的家在北京,而男孩对这毫无兴趣,只对欧洲的图片看得津津有味。他绞尽脑汁向杨灌输中国的历史与传统,讲北京城的由来,从忽必烈汗的壮丽都城到1928年民国政府改名北平。他带杨四处探访北京一带的古迹,想以此阻止杨对西方的沉醉,但只有美国才是孩子心中的乐土,帝国大厦的图片就张贴在房间里。还不顾义父的反对,一心想学英语而非中文,整天总穿菲利浦的那件诺福克茄克衫,恳求把他带到外国去。这些让本已对西方文明失望的菲利浦,又陷入意想不到的尴尬境地。阿克顿安排这两处情节显然不尽为小说家的虚构,恐怕更应来自他对现实的敏锐观察与深切反思。

另外,东方救助始终都是西方意识下的文化利用,这与东方文化自身在本土的现代价值并无多少关系。菲利浦说:"我只是半个外国人,心是中国的。"[①]不可否认,像菲利浦这样的有识之士确实是出于强烈的危机感和精神诉求,虔诚地把目光投向中国。但更应看到,他们的立场、视点和期待视野始终都是西方的,他们的心不可能是中国的! 他们推崇中国古代文化主要是出于自我警示、自我调整和自我完善,因而他们汲取中国文化作为思想资源,主要是借用他者之长,实际上是为陷入深刻的"现代性危机"之中的西方社会寻找一条可能的出路,他们发掘出中国古典文化的现代价值,实际上是为西方人所认同、适用于西方"现在"需求的西方价值。[②]正像菲利浦拒绝把北京叫北平,不相信中国人的抗日信心,竟从心底盼望满清帝国重新回来等等,这都均出于他对古典中国的"需求",至于中国的"现在"及其"需求",则既非他们考虑的重心,亦非考察的重点。他在中国文化中所认定的那些价值,比如道释的超越现实、遗落世事,追求宁静解脱等,也就理所当然是西方"精神的现代病"所需要的良方,显然不是国难当头、山河破裂之际,中国所亟需的拯世之策。也就是说,我们不可以把西方人在后工业时代所遇到的问题当成自己的现实问题,而这正是我们不可移易的坚定立场。

---

①　Harold Acton, *Peonies and Ponies*, Oxford University Press, 1941, p.98.

②　参见［德］卜松山:《与中国作跨文化对话》,刘慧儒等译,中华书局2000年版,第231页。

I. A. 瑞恰慈与中西文化交流①

　　瑞恰慈（I. A. Richards，1893—1979）是英国现代文论家、诗人、教育家。早年在剑桥大学攻读心理学，自 1922 年起，在剑桥大学教授英语文学，开始创造性地运用新的教学方法和批评立场。他在《文学批评原理》（*Principles of Literary Criticism*，1924），提出了把语义学和心理学引入文学理论的主张，认为诗歌的作用在于把人的各种复杂情感因素综合起来。《实用批评》（*Practical Criticism: A Study of Literary Judgment*，1929）一书则总结了他的诗歌教学实验方法，为新批评派的文本中心细读批评方法提供了依据。瑞恰慈对中国哲学十分倾心，其《美学基础》（*The Foundations of Aesthetics*，1922）就试图以儒家中庸哲学为指归；后来更有《孟子论心》（*Mencius on the Mind: Experiments in Multiple Definition*，1932）探讨诗歌文本的多义性问题。30 年代起，长期致力于推广他与奥格顿（C. K. Ogden）创立的"基本英语"（Basic English）运动，并把中国当作最理想的试点基地。他先后 6 次来华，在华时间共计四年半，从 20 世纪 20 年代末至 70 年代末，时间跨度上持续了半个多世纪，足迹遍及大半个中国，不愧为沟通中西文化交流的使者。与大多数欧美思想家、文学家、汉学家不尽相同，对瑞恰慈而言，中国不仅仅是个想象中的神秘国度，一个只适合于哲学冥想与浪

---

　　①　原载《福建师范大学学报》2009 年第 2 期。

漫遐思的遥远的乌托邦存在,如他自己所言,中国经历是"塑造我生命的事物之一"①。他的得意弟子燕卜逊也说瑞恰慈"辉煌的一生"的重要组成部分与中国密切相关。这也包括他生命的最后时刻。1979年,86岁高龄的瑞恰慈,不顾医生警告,最后一次来到中国。访华期间,他病倒了,飞回英国不久去世。毫无疑问,瑞恰慈对中国的感情是真挚的②,中国永远是他心目中的理想国。

一、怀抱终身中国梦想的新批评家

人们一般把瑞恰慈称为"新批评派"的开山鼻祖。美国文学批评家兰塞姆(J. C. Ransom,1888—1974)在《新批评》(1941)中开宗明义地说:"讨论新批评,瑞恰慈先生首当其冲。新批评几乎就是从他开始的。"他对现代文学批评的贡献可以用一句话来概括:如何读诗。他认定一首诗是一个自我圆满的世界,读者应该唤醒他的全部情操与意识,以与诗之内涵相对应;一首诗是许多复杂的行动相结合并趋于平衡的结构,读者细读时,诗的结构进入平衡状态,瑞恰慈称为之"交感状态"(synaesthesia)。

瑞恰慈认为文学的主要功能是使人开化。但是到了19世纪末,"文明"已经被定义为与物质生产和政治行动相对立的东西。伟大的诗歌的功能是把沉思的状态输入给读者,以此来推动并保持文明。瑞恰慈认为,诗可以通过组织人们各种冲动的情感来"拯救"人,塑造出较好的公民。他与柏拉图不同,后者之所以要把诗歌驱逐出理想国,是因为它搅起激情,而瑞恰慈之期

---

① [英]瑞恰慈:《我基本上是个发明家》,《哈佛大学杂志》第76卷(1973年9月),第52页。转引自童庆生《普遍主义的低潮:I. A. 理查兹及其基本英语》一文,载《社会·艺术·对话:人文新视野》第二辑,百花文艺出版社2004年版,第276页。

② 比如,他关注着中国的未来发展。在为李安宅《意义学》一书所写的序言中,瑞恰慈说:"中国人将来对于西洋思想其他方面的进展,不管采取到怎样程度或利用到怎样程度,……反正有一点是不容怀疑的:即最少,西洋的科学这一方面为中国所必需。中国若没有西洋的科学,便不会支配自己将来的命运,而被科学更发达的国家所支配。中国若打算自由地作自己觉得上算的事,科学便是使中国获得这样自由的途径,而且是唯一的途径。……因为科学是一种思想的途径,能将事物与讨论事物所用的工具——即字眼加以思考。"([英]瑞恰慈:《〈意义学〉:吕嘉慈教授弁言译文》,李安宅译,见徐葆耕编《瑞恰慈:科学与诗》,清华大学出版社2003年版,第69—70页。)

望诗歌起到拯救人类的作用,就是因为它使激情得到控制,获得平衡。他说,诗歌能够拯救我们,它是一种完全可能克服混乱的手段。

诗歌能够控制混乱的世界这种看法,成为 20 世纪批评理论的重要原则。这种看法植根于一个信念:认为诗歌必须与世界脱离,才能拯救世界。诗歌被看作成具有某种能净化和升华情感,并通过一个互相抵消的过程起到综合这些情感的作用。这样,诗便成为秩序和平衡的所在,而这正是人类努力想要达到的和谐状况。

瑞恰慈敏锐地感受到现代生活越来越错综复杂,现代人的情感和欲望愈来愈凌乱无序,现代人要过一种和谐的生活愈来愈困难。他借鉴现代心理学成果,对人性和谐的理想进行了深刻富有说服力的阐释。他指出,在"传统底力量日渐微弱;一些道德的权威不像以前有信仰为其后盾,它们的制裁力量都逐渐衰颓"的现代社会里,"我们需要一些东西以代替从前的秩序。但不是需要一种新的武力之平衡,或一种新的征服底力量,我们需要的是一种'国际联盟'来公正地整理我们的冲动,即是,一种依据着调解原则的新的秩序,决不是依据着奋力的压抑原则的"①。此即"冲动平衡"(有的译为"综感")的价值理想和审美理想。瑞恰慈主张在调解原则的基础上,在不伤害、压抑人类任何有价值的经验与冲动的前提下,求得各种冲动和经验的平衡与和谐,即人性的和谐。②他希望,"相互干扰、相互冲突、相互独立、相互排斥的冲动,在诗人身上结合成了一种稳定的平衡状态"。这也体现了新人文主义的人性理想,只不过是对其做了现代心理学的阐述。瑞恰慈在"各种经验、冲动的协调"的价值意识的基础上,批评文学中浪漫感伤的倾向,激化了人性中对立的一面,破坏了人性的统一。

美国著名文学批评家韦勒克说过,瑞恰慈相信人类的基本统一,相信从柏拉图到现时代的传统的连续性,相信最不相容的文明——中国文学与英国文明的交汇,相信古往今来诗歌的医疗效果和文明力量。③

---

① 〔英〕瑞恰慈:《科学与诗》,曹葆华译,见徐葆耕编《瑞恰慈:科学与诗》,清华大学出版社 2003 年版,第 24 页。

② 瑞恰慈曾援引中国古代的中庸观念,阐述自己的"冲动平衡"观念。

③ 〔美〕韦勒克:《现代文学批评史》第五卷,章安祺、杨恒达译,中国人民大学出版社 1991 年版,第 338 页。

　　确实,瑞恰慈对人类文明通过沟通、交流、理解,达到人类心灵的和谐状态,持有乐观态度。1929 年 9 月 16 日上午清华大学开学典礼上,瑞恰慈在其所做的讲演中,给人文学者指出了一条试图谋求"国际谅解"和建设一个"世界文化"的神圣使命:"世界文化正在开始着互相接触。文化的沟通,是一个交通的问题,不过心灵的交通而已! 世界各国,不相自由地来往者已有一百多年了! 我们未曾开始研究最好的方法,去增进相互的谅解,但一部分,这也许就是因为那种公认为应该在'谅解'的田园内,好好地栽培起来的大学的学者和批评者,不曾充分地互相接触的缘故⋯⋯"他偕夫人来中国清华大学讲学,正是为谋得东西方文化之间"相互的谅解"所做的现实努力。在这篇演讲词的结尾,瑞恰慈显示了这种谦恭而真诚的心态:"未坐前,我同我的妻子表示着十分的诚意,感谢你们那种很热烈的欢迎,这种欢迎,在这样高爽的秋天气色之下,在这样美丽的中国情景之中,使我们得到一种特异的感觉,仿佛二个渺小的人物,蓦然不值得地被欢迎入天国一样。"[①]

　　在瑞恰慈眼里,中国是美丽的,似天国一般。这让我们想到了另一个剑桥人文学者迪金森(Lowes Dickinson,1862—1932)。迪金森有两个文化理想,一个是希腊,另一个则是中国。如果说远古的希腊让他明白了英国政治和社会混乱的事实,那么,异教的东方中国则使他体会到了正义、秩序、谦恭、非暴力的理想境界。比之于以往的欧洲作家,迪金森对中国的赞美有过之而无不及。至于为何如此袒佑中国,他自己也说不清道不明,只感到自己的血管里似乎流着中国人的血,或则上辈子就是一个中国佬。[②]而瑞恰慈首次接触中国文化,正是从读迪金森的著作开始的。他曾说迪金森的《现代论集》对他来说是"一种《圣经》"。应该说,瑞恰慈接受了迪金森对中国的美好印象,为他的中国观打下了一个不可磨灭的精神底色。

　　正是出于对包括中国古代文化思想在内的东方文化的神往,瑞恰慈在其许多著作中,都留下了东方文化思想的影响痕迹。除了迪金森著述里的东方

---

　　① 齐家莹:《瑞恰慈在清华》,见徐葆耕编《瑞恰慈:科学与诗》,清华大学出版社 2003 年版,第 124—125 页。

　　② 关于迪金森对中国文化的理想信念,可参见拙著《雾外的远音——英国作家与中国文化》,宁夏人民出版社 2002 年版,第 307—323 页。

文化资源,1920年代执教剑桥时,瑞恰慈还认识了来自中国山东的留学生初大告。[①] 初大告当时在剑桥做研究生,瑞恰慈便开始研究中国哲学。

与迪金森踏上中国土地后,不断强化着心目中的美好印象相似,1927年,瑞恰慈访问北京时参观了清华大学,给他留下了深刻印象。通过这次访问,他对中国文化与中英关系感到了莫大的兴趣,并由此产生了到中国任教的愿望。1929年初,清华校长罗家伦向他发出了来校任教的邀请。[②] 瑞恰慈对此邀请极为重视,在回信中称"将极其愉快地期待着这次访问","自从1927年我访问北京以来,我对中英关系感到极大兴趣,而且我非常高兴得到这么令人羡慕的机会,来为校际合作和国际间的了解做出自己的贡献"[③]。在瑞恰慈六次来华中,最长的一次是在1929—1931年,他以客座教授的身份来清华大学、北京大学、燕京大学教学,讲授"西洋小说"、"文学批评"、"现代西洋文学"等课程。其中"文学批评"作为一门重要课程,为三年级必修课。通过这些课程教学,瑞恰慈实践着中西文化相互谅解与沟通的良好愿望,尤其是他的语义学批评,把语义分析和心理学方法引进文学批评,对中国现代文学批评产生了重要影响。

赵毅衡在《瑞恰慈:镜子两边的中国梦》一文中,对瑞恰慈的"中国梦"情结做了生动描述。他指出,"对二十世纪文学批评起了最大影响的英国理论家,应当说非瑞恰慈莫属。瑞恰慈是英美形式文论的第一个推动者,他在二三十年代写的七本美学与文艺哲学著作在文学理论中引入了两门学科:语义学与心理学。前一门学科后来成为新批评的理论基础,后一门

---

① 初大告(1898—1987)从小读过四书五经,嗜作诗词,奠下了古典文学的基础。1918年考取北京高等师范英语系,后升入该系英国研究科,继由学校派往英国留学,在剑桥大学师从多位著名教授研究英国语言文学。1937年,连续发表《中华隽词》、《老子道德经》与《中国故事选编》等三书的英译,名震伦敦文坛,成为中书英译的名家之一。英国刊物称其译文极其优美,是英国著名译家韦利的"一位强有力的竞争者"。他以新诗体与最常用的英语词汇译介《道德经》,并以意译为主,又没有背离原旨,做到了深入浅出,颇受英国读者欢迎。

② 1929年2月25日《国立清华大学校刊》登载了有关消息:"瑞恰慈先生(I.A.Richards)对于文学批评,极富研究,任英国剑桥大学英文系主任有年,著有 Principles of Literary Criticism, Meaning of Meaning 等书,近与罗校长函言,拟于1929—1930年间,请假来华一行,且愿来校任课。并闻偕夫人同行,其夫人亦可来校担任功课云。"

③ 齐家莹:《瑞恰慈在清华》,见徐葆耕编《瑞恰慈:科学与诗》,清华大学出版社2003年版,第123页。

却受到形式文论的激烈反对,但是这二门学科,却在瑞恰慈的终身中国梦想中结合起来"①。

二、包容诗与儒家的中庸之道

袁可嘉《谈戏剧主义——四论新诗现代化》一文,论及戏剧主义理论产生的因素时,这样分析到:从现代心理学的眼光看,人生本身是戏剧的。各种不同的刺激引起各种不同的反应,既有不同,就必有冲突矛盾,而如何协调这些矛盾冲突的冲动(刺激＋反应)就成为人生的根本任务。现代心理学还认为,人生价值的高低完全由它调协不同质量的冲动的能力而决定。冲动调协后的状态谓之态度(Attitude),实即一种心神状态(State of Mind)。人生价值的高低即决定于调和冲动的能力,那些能调和最大量,最优秀的冲动的心神状态就是人生最可贵的境界了,而艺术或诗的创造都具有这种功能。②

当然,柯勒律治早就认为艺术或诗的想象力,有着综合不同因素的能力,能将相反的不和谐的因素加以平衡调和。瑞恰慈也有类似的"诗想象"的说法。在《文学批评原理·想象力》里,他就引用了柯勒律治关于"想象力"的论述:"那种综合的和魔术般的力量,我们把想象这个名称专门用来特指它……显现于对立的或不协和的品质的平衡或调和……"诗人具有整理经验的过人能力,通常相互干扰而且是冲突的、独立的、相斥的那些冲动,在诗人的心里相济为用而进入一种稳定的平稳状态。③ 在瑞恰慈看来,"对立冲动的均衡状态,我们猜测这是最有价值的审美反应的根本基础,比起经验中可能成为比较确定的情感来,更大程度上发挥了我们的个性作用"④。

瑞恰慈非常关注"对立冲动的均衡状态"这样一种心神状态,在多部著述中做了分析阐释。比如,在他与查·凯·奥格顿(C. K. Ogden)、詹姆斯·伍德(James Wood)三人合著的《美学基础》一书中,分析了历来十多

① 赵毅衡:《瑞恰慈:镜子两边的中国梦》,载《中华读书报》2000年1月26日第15版。
② 袁可嘉:《论新诗现代化》,三联书店1988年版,第31—32页。
③ [英]瑞恰慈:《文学批评原理》,杨自伍译,百花洲文艺出版社1997年版,第220—221页。
④ 同上书,第228页。

家关于美的定义,指出这些定义都不能令人满意。他们吸收了立普斯、谷鲁斯和浮农·李(Vernon Lee, 1856—1935)等人的移情说,列举了"美"的十六种意义①,而所着重的确是"心理学观点"的"美",认为美的经验是由按照独特方式组织起来的冲动构成的,进而指出,在冲动获得平稳状态时,人们体验到美。②所以,他们认为真正的美是一种"综感"(synaesthesis),因为一切美都具有把不同质的,甚至冲突的因素融合成一体的品质,是一种对抗冲动的美感经验。在此基础上,瑞恰慈于1924年在《文学批评原理》一书中,提出了"包容诗"(poetry of the inclusion)与"排他诗"(poetry of the exclusion)的概念。③他说:"有两种组织冲动的办法——不是排除,就是包容;不是综合,就是压灭。"面对互相冲突的经验,有不少诗歌采用的是"排他"的方式,只写一种经验,因此是单式的平行发展的。而真正杰出的作品,其中必然包容对立经验的平衡,因为那才是最有价值的审美反应的基础。而满足于有限经验的诗只能是"排他诗",价值也较低。

在《文学批评原理》第15章"态度"里,瑞恰慈推而广之,进一步申说:"绝大多数的行为表现在各种各样行动之间的调和,这些行动会满足不同的冲动,它们组织起来产生了那种调和;意识上这种感受的丰富和兴趣的程度则取决于卷入的冲动的多样性。任何熟悉的活动,一旦置于不同的条件下,结果那些促成活动的冲动便由于新的条件而不得不调节自身以便适应新出现的冲动流,都可能在意识方面呈现出增强了的丰富性和充实性。这个普遍性的事实对于文学艺术来说具有重大意义,尤其是对诗歌、绘画、雕塑等表现型或模仿型艺术。"④

在现代的评论家看来,唯情的19世纪的浪漫诗和唯理的18世纪的假古典诗都是"排斥的诗",即是只能容纳一种单纯的,往往也是极端的,人生态

---

① C. K. Ogden, I. A. Richards, and James Wood, *The Foundations of Aesthetics*(New York; International Publishers, 1929), pp.20-21.

② [英]瑞恰慈:《文学批评原理》译者前言(杨自伍),百花洲文艺出版社1997年版,第3页。

③ 韦勒克指出,排斥的诗与包容的诗,是来自桑塔亚那《美感》中的术语。在瑞恰慈那里,"排斥"指对一种特定情绪或一定情感的限制,"包容"则涉及复杂的诗,允许情感之间有"异质"、"竞争与冲突"。见其所著《现代文学批评史》(第五卷),章安祺等译,中国人民大学出版社1991年版,第334页。

④ [英]瑞恰慈:《文学批评原理》,杨自伍译,百花洲文艺出版社1997年版,第97—98页。

度的诗,结果一则感伤,一则说教,诗品都不算高。他们认为只有莎翁的悲剧、多恩的玄学诗及艾略特以来的现代诗才称得上是"包容的诗"。因为它们都包含冲突、矛盾,而像悲剧一样地终止于更高的调和。它们都有从矛盾求统一的辩证性格。① 循着这样的思路,现代批评家才对诗歌特性有如此的表述:"诗即是不同张力得到和谐后所最终呈现的模式。"这也正是瑞恰慈心目中的"包容诗"特征。

瑞恰慈的"包容诗"观念被新批评派看作是"张力"(tension)论的基础。"张力"本是一个物理学概念,后由阿伦·退特借用于文学批评,使之成为"新批评"理论中常见的一个描述性和评价性术语。"张力"表示字面意义和隐喻意义的同时共存,既要有明晰的概念意义,又要有丰富的联想意义,两者互相补充。诗是一个统一体,优秀诗歌的整体性在于抽象和具体、普遍概念和特定意象的有机结合。"张力"是诗的完整统一所在,统一的根源在于作品能够顺利地解决抽象与具象的冲突、字面意义与深层含义的冲突、一般与特殊的冲突。后来"张力"的应用有所延伸,指这类诗歌有一种介于严肃和讽刺之间的均衡,或相互抗衡趋势的某种调和,或新批评派所喜爱采用的,体现一首好诗的组合程式的任何一种"矛盾中的稳定"的模式。

瑞恰慈所说的"包容诗",与儒学的中庸之道有关。在《美学基础》(1922)的头尾部分,瑞恰慈都引用了《中庸》章句。② 卷首引朱熹题解"不偏之谓之中,不易之谓之庸,中者天下之正道,庸者天下之定理"(朱熹《中庸章句》引程子曰)。他认为"平衡"(中)和"和谐"(庸)是艺术作品所取得的最高品质。他所说的"包容诗"或"综合诗",实为中和诗。他认为好诗总是各方面平衡的结果,对立的平衡是最有价值的审美反应的基础,比单一的经验更有审美价值;"排他诗"写欢乐则缺乏忧郁、写悲伤缺乏滑稽、写理想缺乏绝望。可见瑞恰慈想建立一种以中国儒家思想为基础的文学观念,即"中和"的文学观。

---

① 袁可嘉:《论新诗现代化》,三联书店 1988 年版,第 35—36 页。

② 在《美学基础》一书的开端,还印上了两个大大的汉字"中庸"(Chung Yung),对这两个汉字有如此解释:"Chung is denoted Equilibrium; Yung is the fixed principle regulating every thing under heaven." 见 The Foundations of Aesthetics(New York; International Publishers,1929),p.13.

"中和"是中国传统文化的一种审美形态,它的灵魂是儒家哲学。在儒家看来,尽心、尽性,就是要深入到心性之本源中去。心性之本源是生命根源之地,儒家把它理解为一汪清泉,澄明而活泼。中和之美的音乐和诗歌(雅颂之声)可以对已经鼓荡起来的"情"进行疏导和澄汰,而将真正的心性之源挖掘和导引出来,是生命如泉之奔涌。做到了这一点,在儒家看来,中和之美就不仅会使人快乐,而且会成为整个人格向下深掘,向上超越。正如《中庸》所说:"喜怒哀乐之未发,谓之中;发而皆中节,谓之和。中也者,天下之大本也;和也者,天下之达道也。致中和,天地位焉,万物育焉。"(《礼记·中庸第三十一》)

当然,所谓中庸之道,并不是指"不偏不倚、无过无不及",更不是指折中主义、调和主义。而这些恰是中庸所深恶痛绝的东西(例如"乡愿",就可能具有或可能带来这些问题,所以被斥之为"德之贼")。

中庸所标志的平衡是一种动态的平衡。我们知道,孔儒的原则是仁和礼,而中庸就是实现这些原则的准则和方法。所谓"中"有中正、中和两层意思,所谓"庸"就是用、常。因而中庸也就是把中和与中正当作常道加以运用。

中庸就是避免极端。无论从中庸偏向了它两翼上的那一端,损失都是一样的。但中庸的获得不是靠着消除"极"的存在,而恰恰是通过对"极"的价值的尊重与兼容。两者间的张力是走上中庸之途的必要条件。

要避免走上极端的一个重要手段是在一个事物的两个极端之间找到一种张力。只有在两极共存的情况下,我们才能找到张力,找到中庸之道。中庸在中国漫长历史里作为一种理想高扬着,却从未实现过,就是因为中庸的提出者及其传人从来没有理解中庸所依赖的两极间必要的张力。而瑞恰慈却受其影响与启发,构建了自己的诗学批评准则。

三、孟子论心与诗歌的多义性

瑞恰慈与奥格登(C. K. Ogden)合著的《意义之意义》(1924),主要是研究文学作品的意义(meaning)如何才能把握。该书重点探讨语言与思想的关系问题①,尝试用语词、思想、事物三者的相互关系来推求文本的意义和文本意义的意义。瑞恰慈认为应该从语言入手来把握作品的意义。他把语言的功能分为四种,即意思（sense）,指说话者或作者试图传达的外延的"物";感情（feeling）,讲话者或者作者对意思所持的态度;语气（tone）,讲话者和作者对观众的态度;意向（intention）讲话者或作者有意无意地通过所说、所写、所感与对观众之态度所产生的影响,及其想要取得的效果。

文学作品的意义的关键在于语言与思想的关系。语词本身是无所谓意义的,词语只有在运用中才具有意义,这与维特根斯坦的著名论断"意义即用法"一脉相承。而当语词与思想相联系而具有意义时,便涉及到语词、思想与所指客体之关系。语词与思想之间是因果关系。

瑞恰慈曾在1930年《清华学报》六卷一期"文哲专号"发表《〈意义底意义〉底意义》一文。文中说,自己关注点在心理学与文艺批评这两个层次上,探讨文字所有的模棱含糊的"意义",而"研究'意义'实是研究彼此藉以互相了解的工具"。所以他们所做工作的很大一部分便是分析"意义"的各种意义。瑞恰慈所做的努力,是引用人们对于"意义"共同研究的成果,加之偶然发现的大批新的证据,证明文字的不可靠性。他说,一切比较文学的工作,更明显需要"意义"的研究,特别是要翻译的时候。而对于汉文与英文的比较研究,必会推进"意义"的理论,对于心理学也有很重要的贡献,而且可以减除不正确的片面翻译所有的极大危险。一个要紧的字倘若翻译得不适当,会在思想界发生恶劣影响,以致累代学者努力拔除都不易成功。在该文中,瑞恰慈指出,这类比较研究,至少需要三人合作,一个能公平地指出中国思想细微处、中国哲学系统含义模棱处的中国学者;一位详知英汉两种语言典实的翻译者;一位凡遇讨论过程中所有语言情境都要加以分析、汇通与类别的"意义"学者。②这种合作关系比较典型地体现在《孟子论心》（1932）一书的著述之中。

---

①　在该书第一章中,瑞恰慈援引《老子·五十六章》中的"知者不言,言者不知",并大加赞赏,认为语言对思想的作用早已为中国的智者所重视。

②　瑞恰慈的《〈意义底意义〉底意义》一文,后由李安宅译成中文,作为附录之一收入李安宅著《意义学》（商务印书馆1934年版）一书中,又可见徐葆耕编:《瑞恰慈:科学与诗》,清华大学出版社2003年版,第72—76页。

　　瑞恰慈学过汉语,只能识别一个个汉字,不能认知其背后的关系。他自己也很清楚,他不是一个够格的汉学家,这样的汉语知识不足以研究《孟子》。为了弥补这种缺憾,他约请四名中国专家如黄子通、李安宅等人,一道研究《孟子》文本。实际上,对他来说,这项工作主要不是要为西方读者提供另一种儒家经典文本,而是通过《孟子》中所透露出的文本含义的多样性,反映语言译介交流的困难及其预期展望。同时又表明这种跨文化交流的困难是可以克服的,迄无联系的形形色色的文化可以融入一个和谐的知识实体。

　　《孟子论心》有个副标题名为"多义性实验"。所谓"多义",也即"含混、歧义、复义、朦胧"等意思,指看起来只有一种意义且确定的话语却蕴蓄着多种且不确定的意义,读者阅读本文时可能感到其中含蕴着多重意义,有多种"读法",令读者回味无穷。瑞恰慈就对诗歌语言与科学语言做了区分,并在《修辞哲学》中反复论述了文学语言的多义性与复杂性。科学语言诉诸科学性,与规定性、单一性相联系,排斥歧义;文学语言则模糊、含混、有弹性与伸缩性或柔韧性,还必须微妙才能传达意蕴。文学语言的柔韧性与微妙性构成了作品语言的多义性。

　　在该书前言中,瑞恰慈表示对胡适在《中国哲学史》中宣称的"中国传统哲学只有历史意义,无益于现代"大惑不解。他说他自己的理解正相反,他认为,西方的清晰逻辑,正需要"语法范畴不明"的中国思想方式加以平衡。在这篇前言里,他还说:"要讨论对中国思想日益增进的了解会给西方带来什么影响,注意到下面这一点是十分有趣的:像埃蒂安·吉尔森(M. Etienne Gilson)这样一位很难被视为无知或粗心的作家居然在其《圣托马斯·阿奎那哲学》英文序言中认为托马斯主义哲学'接受并囊括了人类的全部传统'。这是我们大家共同的思维方式,对我们来说西方世界仍然代表着整个世界,或这一世界的关键部分;但一个无偏袒的观察者也许会意识到,这样一种偏狭的地方主义是危险的。难以确保它不会给我们西方带来灾难。"[①] 这里,瑞恰慈意在提倡根除西方界定系统中所存在的争强好胜的心

---

　　① 萨义德在《东方学》一书引用了这段话,称可以将其中的"中国的"轻而易举地替换为"东方的",以进一步申说他的东方主义观点。见《东方学》,王宇根译,三联书店 1999 年版,第 325 页。

理,而提倡一种他所说的"多义性界定"(Multiple Definition),一种真正的多元论。

清华大学教授翟孟生(R. D. Jameson)评价《孟子论心》时曾说:"他给我们的贡献,与其说是分析了孟子自己底心理或者孟子所冥想的心理,都不如说是解除了西洋人底困难,不致再受西方逻辑与科学所自产生的语言习惯的束缚,以致不了解语言习惯不同的心理——那就是因为语言习惯底不同而使用一种好像文不对题的逻辑结构的心理。在一种意义之下,吕氏系以孟子为例,表演他自己对于语言分析,翻译,解释,以及并列界说(multiple definition)等所有的见解。"① 在这篇评述文字中,翟孟生还说,西方的汉学所有的方法与目的,是两种东西的私生子——是古老的东方与轻浮的西方两种传统的语言学所有的结果。

《孟子论心》只有薄薄的 131 页。瑞恰慈在其他学者的帮助下,考察了《孟子》的中心章句,比较每一章句的所有解释,探讨其论辩结构,并加以解剖。著者在序言中说:"比较研究底价值,举例来说,不一定是在我们对于孟子底思想有了什么意见,乃在我们比较了孟子与旁人以后,对于思想本身能有什么发见。"其所做在于采用西方的逻辑工具,有意识地比较分析中国的思想。

《孟子论心》共四章。第一章主要借助于汉字原文、罗马字拼音、英文直译,初步分析《孟子》本文。第二章"《孟子》论辩诸式",用西方逻辑底观点,将《孟子》的论辩加以考察与分析。著者认为,孟子的论辩,在诸多地方,辩论停止处好像西洋分析的逻辑正要起始处。通过词意及思想的对比,探清了西方之自然主义与中国之人本主义的区别,以及这种区别对于中西交流的影响。第三章"孟子对于心的见解"。着重分析了孟子眼中的性、志、气、心,等诸义。著者指出,中西思想的差异,是中西心理的不同,还是心底本身的不同,或则是使用心的目的与方法的不同呢? 解释这个问题,多义性释义是最理想的方法。第四章"走向一种比较研究的技术",著者区别了字词所指的事物(sense)、对于事物的情感(feeling)、对于读者的态度(tone),

① [英]翟孟生:《以中国为例评〈孟子论心〉》,李安宅译,原载《意义学》(李安宅著,上海商务印书馆 1934 年版)一书,又见徐葆耕编《瑞恰慈:科学与诗》,第 77—84 页。

与字眼所希冀的目的（intention）等四种意义。此处标明本书在解释问题上有其重要贡献。著者总结到,我们有了《意义的意义》来分析事物,思想,与字眼的关系,有了《孟子论心》来在远离西方的一种哲理上试验前书的理论,而且加以表证,又有"基本英语"以其一种用法制造分析的技术,以使字眼所有的意义都析成片段,找出它们的组成分子,都是这种革命的一些步骤。这些步骤,都足以推翻愚昧、偏见、自眩等有利可图的现状,且足以推翻以商业化、帝国主义,无谓的恐惧与顽固等为特点的上海洋人心理,（the Shanghai Mind）,以及不加深思的排外心理与我们谁都容易犯的当代想法——即以为只有我们的生活,才是唯一可能的好生活。彼此了解,了解自己,成为文化交流的不二法则。① 可见,瑞恰慈连同他的合作者,翻译评述《孟子》的目的正是要消除沟通的障碍,促进迥然不同的文化间有意义、多样化的智识的交流。也可以说,通过语言意义的多重性分析,试图确认不同语言之间的可通约性原则。

四、"基本英语"与他的中国之行

瑞恰慈在为李安宅《意义学》所写的序言中提到,研究思想、字眼与事物之间的关系所有的常识,《意义的意义》即为一例;这种常识所结的第一次果实,即是"基本英语"。瑞恰慈写此篇序言用的就是基本英语这样一种简单国际语——能够在一月以内学会的国际语。瑞恰慈指出它是一种方法,能将日常英文所有的思想析成片段,使我们更清楚自己所说的是什么? 让瑞恰慈感兴趣的是,"它是否也能将中文所有的思想析成片段? 而且中文的思想片段与英文的思想片段种类是否相同?"②

所谓"基本英语",是一种简化英语的试验,以 850 个词汇为基础建立一种国际性辅助性语言。它的缘起可以追溯到瑞恰慈与奥格登合作《意义的意义》一书写作时候。当撰写该书"定义"一章时,同样的词语不断出现。

---

① 以上可进一步参见翟孟生的评论文章,见徐葆耕编《瑞恰慈:科学与诗》,清华大学出版社 2003 年版,第 77—84 页。

② 徐葆耕编:《瑞恰慈:科学与诗》,清华大学出版社 2003 年版,第 71 页。

这给他们一个启示:通过不到一千个词汇,可以言说所有的事情。他给"基本英语"所下的定义是:"将单词限于八百五十个,语法规则减至清楚陈述思想所必需的最少数目而使之简单化的英语。"他说尽管其结构简单,只有包括十八个动词在内的850个单词,但其表达力却"无限广阔",而且"它目前即可交付商务、贸易、产业、科学和医学著作,通常的生活艺术,以及所有人们感兴趣的知识、信仰、意见和新闻的交流作用"①。

在这种意念支持下,瑞恰慈于1930年代初成为奥格登发起的"基本英语"运动的主要推动者。瑞恰慈借助系列的"图解语言课本"配合幻灯、影片、录像片和录音机来教授语言,试图将语言学与心理学结合成一种社会实践。这一运动除了扫盲并普及成人教育外②,更重要的意图是进一步精简英语中残存的变格变位,创造一种简单易学的世界通用语。他们认为当时正得到不少支持的"人造"世界语(Esperanto),由于没有使用此语言的文化族群的依托,所以很难成功,而基本英语可以避免这些遗憾。于是,一种乌托邦式的幻想油然而生。瑞恰慈对基本英语信念如此坚定,以至于他后来全然放弃了让他获得巨大声誉的文学批评,而从事基础语言教育工作。

基本英语迅速得到了美国洛克菲勒基金会的大力支持。基金会为他提供了三年的基金,以便培训人员,准备教材,试图在25个国家设点推广。瑞恰慈认为,基本英语如果没有一个政府支持的"全国运动"试点,很难迅速取得实效。中国,世界上人口最多的国家,其语言与欧洲的字母语言大相径庭,还有什么比基本英语在这样的国度取得成功更能说明它的普遍性和有效性呢?大概是出于如此考虑,瑞恰慈几乎单枪匹马地在中国发起了基本英语运动。

---

① 〔英〕瑞恰慈:《基本英语》,原载《财富》杂志1941年6月,第89页。转引自童庆生《普遍主义的低潮:I. A. 理查兹及其基本英语》一文,载《社会·艺术·对话:人文新视野》第二辑,百花文艺出版社2004年版,第280页。童庆生的这篇文章详细地介绍了基本英语在中国的历程,尤其是从语言与现代性、基本英语的政治学等角度,评述了瑞恰慈及其基本英语运动的实质,展示了在跨文化的语言实践中所蕴含的诸如复杂性问题。笔者思考本部分内容的过程中,深受童文启发,谨表谢忱!

② 第一次世界大战期间,一些中国旅欧知识分子曾在华工中进行扫盲运动,用几百汉字让华工粗通文墨,读报写信,这亦启发了瑞恰慈构想"基本语"的思路。参见赵毅衡《瑞恰慈:镜子两边的中国梦》一文,载《中华读书报》2000年1月26日第15版。赵文对瑞恰慈在中国开展的基本英语运动亦有详细的描述。

1936年4月,瑞恰慈雄心勃勃地来到中国,致力于基本英语的普及工作。除了1937年初回英国向剑桥大学请长假,瑞恰慈夫妇这次几乎在中国居留了整整三年。在华期间,瑞恰慈显示出了惊人的组织才能和沟通技巧,这使得他的工作得到了包括教育部长王世杰在内的中国政府官员,以及胡适、赵元任、叶公超等在内的学者、教授的支持与鼓励。在他的鼓动下,中国教育部下属的中学英语教学委员会制定了中学基本英语教学的具体计划,并提出了实施这些计划的实际方案。后因抗战爆发,此事终究搁浅。

选择中国作为基本英语的试点地,展示了瑞恰慈自己对中国的深厚感情,同时经他对现代汉语的考察,认识到语言的更新并未完全切断文化传统。这样的认识鼓舞着他的意志,而开始不久就掀起的高潮更让他激动万分。瑞恰慈在1937年夏天写道:"一切如愿太完美,看来总得出点错。"这种预想随着"七七事变"的爆发,基本英语运动所依靠的中国语言学教授们随校南迁,而得以验证。瑞恰慈并未就此罢休,一路追寻。他从海路辗转到香港,坐长途汽车北上至长沙。随着战局的持续恶化,又沿桂林、南宁内撤,最后到达昆明。这中间虽也得到张治中、白崇禧和龙云等地方军政大员的支持,还有由省教育厅主持的大规模演讲训练,但战时的气氛,不断销蚀着此前的乌托邦理想。1938年春,瑞恰慈再度北上至天津,以天津地区的耶稣会师范学校为基地,重新开始基本英语的教学工作。不过昔日支持者兴趣的锐减,使得此项工作在中国湮没速度之快,正如它在战前的辉煌一样令人惊异。1950年,随着中国内战的结束,政局稳定,瑞恰慈看到了希望,再度来到北京,试图重整旗鼓。不久朝鲜战争爆发,梦想又一次落空。不过这依然未能改变他对基本英语的信仰。1973年,瑞恰慈曾作过一番预言:"大约在未来十年,它将成为一种需要,尤其与中国有关,因为目前中国最严重短缺的就是会讲哪怕是中级英语的人。"① 为促成事情的进展,他在1974年将《看图学英语》(一、二册)共四万七千九百本运到了北京。② 但中方更感兴趣的是他的语言研

---

① [英]瑞恰慈:《我基本上是个发明家》,载《哈佛大学杂志》第76卷,1973年9月。转引自童庆生《普遍主义的低潮:I.A.理查兹及其基本英语》一文,载《社会·艺术·对话:人文新视野》第二辑,百花文艺出版社2004年版,第283页。

② 笔者于1983年9月进江苏的一所大学读书时,还随各种教材一起领到过《看图学英语》(一、二册),但英语课上并未使用。

究,而非他孜孜以求的基本英语。

瑞恰慈对中国基本英语运动的信心,依然不减当年。促使他最后一次访华的契机,源于他在剑桥突然接到北大校长周培源代表"前同事们,前学生们"寄来的礼物。欣喜如狂的他,不顾重病在身,决定重返中国。1979年5月,已经86岁高龄的他,到达中国,这个他心目中永远的理想地。不顾一路劳顿,马不停蹄地到桂林、杭州、上海、济南诸大学周游演说,畅谈他对基本英语的理想。6月初,终于病倒于青岛,送到北京协和医院时已经昏迷。7月中旬,中国政府决定派医生护士护送他回到英国剑桥,但是瑞恰慈一直未能清醒过来,直到9月停止呼吸。

20世纪30年代,中国内忧外患,民生凋敝,贫弱不堪,西方人大都认为中国"国不成国",但是瑞恰慈认为中国充满希望。"中国人富于人性,反对暴力,奉公守法,勤俭努力。他们的社会给全世界一个启示:在艰难困苦条件下,人类也能和平地生活在一个地球上。"① 瑞恰慈对中国的热情不减,与他旨在消除人类交流的误解的使命感有关。而交流中的误解,在他看来,直接导致了野蛮战争与人类灾难性的自戕。不过,瑞恰慈对中国这种持久的兴趣,确实由他认为基本英语乃世界通用语的看法所维持,而中国正是他实现这种梦想的最理想的国家。

基本英语运动为何会在中国流产? 包括瑞恰慈自己在内的学者大多认为是由于中国抗战的爆发。童庆生在《普遍主义的低潮:I. A. 理查兹及其基本英语》一文中,指出了基本英语的普遍性,同"五四"时期知识分子对中国现代性身份的追求,有着根源性的矛盾。基本英语不能执行完整传播西方知识(中国自我改造时很需要、很希望获得这些知识)的任务,正是基本英语的这种天然局限性,困扰着它在中国的推广,因而其失败是必然的。童文的分析深刻地揭示了问题的实质,可谓一语中的。

据中国社会语言学家陈原回忆,早在1933年,中国报刊上就刊载了抵制基本英语的文章。因为整个基本英语事业听起来的帝国主义性质,让当时具

---

① 转引自赵毅衡:《瑞恰慈:镜子两边的中国梦》一文,载《中华读书报》2000年1月26日第15版。

有强烈民族情感的某些中国知识分子难以接受。[①] 童庆生在文中分析说："伯特兰·罗素（Bertrand Russell）早在 1920 年代所说的'中国问题'，归根结底是中国的现代性问题。中国语言、尤其是书写体系的现代化，是'五四'运动以便其后岁月所发生的思想论争的组成部分，也是极其重要的组成部分。然而，它作为那时整个新文化运动之突出论点的重要意义，并没有得到应有的关注，特别是它对塑造中国人现代意识的巨大影响也被忽视了。语言改革在某种程度上已是理查兹所谓的'中国文艺复兴'的前沿阵地。从那种意义上说，寻求现代化的中国首先就是在寻求一种崭新的民族语言。"[②] 于是，当时语言改革的激进派（如钱玄同）主张，彻底废除汉语，采取字母式世界语言作为中国的混合语。更为极端的汉字批评者甚至认为：汉字是世纪之交导致中国社会全面瘫痪的主要的罪恶之源。

瑞恰慈对中国语言改革中这种激进主义的态度比较暧昧。在他看来，中国思想界泛滥的生吞西方思想的做法显示了一种"实用主义"，这与以追寻真理为关注焦点的人文传统相抵触。他为解决此问题所开的药方是：通过某种西方语言形式（更直接的就是基本英语），获得关于西方观念、态度等方面的知识。因为他以为某种知识体系只能借助于它首先于其中形成的语言才能有效地认知。而基本英语可以减少一个中国人在其体验英语原典时所遇到的令人畏惧的语言障碍，并能提供进入思想的坦途。与此同时，基本英语还能提供最省力的方法，确保西方知识的纯正，防止它们输入中国时遭到歪曲。童庆生文章分析表明，瑞恰慈在此是基于具体可行的语言体系的普遍主义："基本英语不仅是他普遍主义的表达和证明，而且是普遍主义借以书写、理解和实践的媒介。"[③] 而这恰恰与中国当时的实用主义心态难相合辙。一个华人合作者曾于 1939 年 4 月 2 日致函瑞恰慈，告知他注意基本英语和一般英语间的鸿沟："对我们而言，在中国忽视这个问题将是不明智的，因为这个国家现在或将来都不会有人（像我这样可怜的疯子除外）对基本英语

---

① 基本英语中的"基本"（Basic）一词，由五个英语单词的首字母构成：British（英国的）、American（美国的）、Scientific（科学的）、International（国际的）、Commercial（商业的）。

② 童庆生：《普遍主义的低潮：I. A. 理查兹及其基本英语》，载《社会·艺术·对话：人文新视野》第二辑，百花文艺出版社 2004 年版，第 284—285 页。

③ 同上书，第 289 页。

本身感兴趣,除非它作为开始尝试掌握英语时的良好体系提供给大家。"① 这样一种来自中国人的劝告,似乎已经预示着理想主义的基本英语运动,终究无法在秉承现实原则的 20 世纪中国取得些许成效,只不过是瑞恰慈为此投入的大量心血与不屈的理想信念,让人感动与回味。

五、瑞恰慈与中国现代文学批评

瑞恰慈在华讲学期间(1929—1931),他的文学批评思想就在中国得到译介与评述。比如,1929 年,华严书店就刊行了由伊人翻译的《科学与诗》。民国二十一年五月(1932 年 5 月),燕京大学文学院国文学系高庆赐(学号28055)通过了其学士毕业论文《吕嘉慈底文学批评》(郭绍虞、周学章教授评阅)的答辩。该文论述了瑞恰慈文学批评在心理学、逻辑上的根据,具体分析了瑞恰慈文学批评的价值论、传达论、实用性等。这篇论文应该是最早专门而系统地评述瑞恰慈文学批评思想的一篇文章。从这篇学士论文的参考书目可见,作者对瑞恰慈的著述比较熟悉,主要包括:《文学批评原理》(伦敦 Kegan Paul,1925 年版)②,《意义的意义》(伦敦 Kegan Paul,1924 年版)③,《美学基础》(Allen & WnWin,1922 年版)④,《实用批评》(伦敦 Kegan Paul,1929 年版)⑤,《科学与诗》(伦敦 Kegan Paul,1926 年版)⑥,《心理的意义》(伦敦 Kegan Paul,1926 年版)等。在该论文的序言中,作者说:"吕嘉慈是哲学文学心理学兼通的学者,而在各方面又都有创见,都有发明。……在文学上,吕嘉慈先生建立了一个文学批评的基础。这新基础的建立便是根据他

---

① 此信原件存于瑞恰慈文档,藏于哈佛大学霍顿图书馆。转引自童庆生文,《社会·艺术·对话:人文新视野》第二辑,百花文艺出版社 2004 年版,第 290 页。

② 关于此书内容的中文介绍文字,有黄子通《吕嘉慈教授的哲学》(天津《大公报·现代思潮》第四期);李安宅《论艺术批评》两篇(《北晨评论》一卷十期、十二期、二十五期,以及《北晨学园》一三四——三六号);西滢《一个文学批评的新基础》(《武大文哲季刊》一卷一期书评)。

③ 关于此书的中文介绍文字,主要有李安宅的一组文章:《什么是意义》(载《大公报·现代思潮》)、《语言与思想》(载《现代思潮》第四、五期)、《语言的魔力》(载《社会问题》一卷四期)。

④ 李安宅《论艺术批评》一文即取材于此书,亦即对此书之介绍。

⑤ 此著有张沅长的介绍文字,见《文哲季刊》二卷一期书评栏。

⑥ 此书有郭沫若的译本,见《沫若文选》。

心理学上的创见。……吕嘉慈的学说,在中国并没有多少人介绍,尤其是对于他的文学批评,更没有系统的介绍过。……在中国介绍吕氏学说最多的,据我知道,要算是燕京大学的黄子通教授和李安宅先生。黄、李诸文,都是根据吕氏的哲学和文学批评而作的。"①

与此同时,即 1932 年 5 月,燕京大学外国文学系吴世昌(Wu Shih Chang,学号 28126)的学位论文 "Richard s' Theory of Literary Criticism"② 也剖析了瑞恰慈的文学批评理论。这篇英文学士论文后来以中文本《吕恰慈的批评学说述评》为题,刊于《中山文化教育馆季刊》1936 年 6 月号。文章结合中国古典诗词,从价值论、读诗的心理分析、艺术的传达诸方面综述了瑞恰慈的学说。文中也表明瑞恰慈是一位"以心理学作基础的文学批评理论家。……他的批评学说还没有好好地介绍过来,尤其是关于批评原理的这一部分"③。

1934 年 3 月,李安宅《意义学》④ 一书,由商务印书馆刊行。这是我国首部公开出版的研究瑞恰慈批评理论的专著,对国内文学批评实践产生了有益的效果。而瑞恰慈的重要著述《科学与诗》、《诗的经验》、《诗中的四种意义》、《实用批评》等,则由曹葆华翻译成中文由商务印书馆于 1937 年刊行,对人们了解瑞恰慈的批评观念大有助益。叶公超、朱光潜、钱锺书等均曾受过瑞恰慈批评理论方法的影响与启发。叶公超《爱略特的诗》(原载 1934 年 4 月《清华学报》九卷二期)评述的是涉及 T. S. 爱略特的 3 本著述。其

---

　　① 高天赐这篇序言写于 1932 年 2 月 24 日。文中还说因为吕嘉慈的理论非常新颖,所用的名词又有别于普通流行的用法,故文章读起来很难懂,所以,他这篇学士论文的写作多得益于黄、李二先生的几篇介绍文字。

　　② 这篇英文学士论文包括六章: The Clearance of Fallacy in Criticism; On Value of Art; A Psychological Sketch; The Application of Richards' Theory to Literary Criticism; Of the Communication of Art; Truth, Belief and Poetry.

　　③ 吴世昌的其他文章,如《诗与语音》(《文学季刊》一卷一期, 1934 年 1 月)等,其思路出发点受到了瑞恰慈文学批评心理学说的启发。比如,他认为读诗的心理历程即可分为瑞恰慈所提到的六步:视管的感觉,白纸上的黑字(visual sensation);由视觉连带引起的"相关幻象"(Tied imagery);比较自由的幻象(images relatively free);所想到的各种事物(references);情感(emotions);意志的态度(attitudes)。

　　④ 该著系李安宅编译瑞恰慈著述并结合自己对中国古典思想的研究心得而成,内容以心理学为基础,着重讨论语言和思想的关系。

中所用的精细分析法,有瑞恰慈批评方法的明显影响。在为曹葆华译《科学与诗》写的序中,叶公超说:"瑞恰慈(I. A. Richards)在当下批评里的重要多半在他能看到许多细微问题,而不在他对于这些问题所提出的解决方法。本来文学里的问题,尤其是最扼要的,往往是不能有解决的,事实上也没有解决的需要,即便有解决的可能,各个人的方法也难得一致。"叶公超还希望译者继续翻译瑞恰慈的著作,"因为我相信国内现在最缺乏的,不是浪漫主义,不是写实主义,不是象征主义,而是这种分析文学作品的理论"①。可见,对文本细读分析方法的关注,正是作为文学批评家的叶公超所重视的,这从他的不少文章里都可看到这种影响的痕迹。

　　1983 年,朱光潜在接受香港中文大学校刊编辑的访问时说:留英期间,在文学批评方面他"还受过瑞恰慈的影响"。1936 年 1 月,朱光潜在天津《益世报·读书周刊》介绍的三十部"美学的最低限度的必读书籍"中,列举了瑞恰慈的 3 种著作:《美学基础》、《文学批评原理》、《柯勒律治论想象》。他也在《文艺心理学》中,批评克罗奇忽视"传达和价值",而这个批评角度,明显取自瑞恰慈的文学批评原理。可以说,瑞恰慈对文学的价值意识的细致阐述,某种程度上解决了朱光潜文艺观内部文学与道德的矛盾。朱自清也在《语文学常谈》②中介绍了"意义学"一词,指出:"'意义学'这个名字是李安宅先生新创的,他用来表示英国人瑞恰慈和奥格登一派的学说。他们说语言文字是多义的。"朱自清还明确指出瑞恰慈正是研究现代诗而悟到了多义的作用。瑞恰慈表明语言文字的四层意义,即字面文义、情感、口气、用意。而他"从现代诗下手,是因为现代诗号称难懂,而难懂的缘故就因为一般读者不能辨别这四层意义,不明白语言文字是多义的"。而在《诗多义举例》③中,朱自清对四首中国古诗的细读式分析,深得瑞恰慈批评思想的影响,以及瑞恰慈的弟子燕卜逊《多义七式》(*Seven Types of Ambiguity*)一书批评方法的启发。

──────────

①　陈子善编:《叶公超批评文集》,珠海出版社 1998 年版,第 146、148 页。

②　朱自清:《语文学常谈》,原载北平 1946 年《新生报》。收入《朱自清全集》第三卷(江苏教育出版社),又可见徐葆耕编《瑞恰慈:科学与诗》,清华大学出版社 2003 年版,第 92—94 页。

③　朱自清:《诗多义举例》,原载 1935 年 6 月《中学生》杂志。收入《朱自清全集》第八卷(江苏教育出版社),又可见徐葆耕编《瑞恰慈:科学与诗》,清华大学出版社 2003 年版,第 95—110 页。

　　钱锺书对瑞恰慈著作的最早引用,见于《美的生理学》(*The Physiology of Beauty*, By Arthur Sewell, 1931)的一篇书评之中。[①] 他在《论不隔》一文中,借用了瑞恰慈的"传达"理论,阐释王国维的"不隔"论,认为王国维的"不隔"在艺术观上,"接近瑞恰慈(Richards)派而跟科罗采(Croce)派绝然相反的"。这就将王国维《人间词话》中的"不隔"说,与"伟大的美学绪论组织在一起,为它衬上了背景,把它放进了系统,使它发生了新关系,增添了新意义"[②]。在《论俗气》[③]一文中,钱锺书又两次运用瑞恰慈的理论,其中一处说:"批评家对于他们认为'感伤主义'的作品,同声说'俗',因为'感伤主义是对于一些事物过量的反应'(a response is sentimental if it is too great for the occasion)——这是瑞恰慈(I. A. Richards)先生的话,跟我们的理论不是一拍就合么?'"

　　萧乾在其毕业论文《书评研究》中,对于文学批评者的素质、文学批评的标准、文学方法的论述,同样深受瑞恰慈《文学批评原理》的影响。1937年4月,萧乾在主编上海《大公报·文艺副刊》时,办了两个专刊《作者论书评》和《书评家论书评》,大力倡导书评写作,并引发了一场探讨文学批评方法的热潮。其中叶公超《从印象到评价》[④]、常风《关于评价》[⑤],对印象式批评方法和判断式的批评方法的关系,进行了非常精辟独到的理论辨析。二者均是以瑞恰慈《文学批评原理》为蓝本的。尤其是常风的《关于评价》一文,特别注意评价问题在整个文学批评进行中的重要性及其传达和欣赏的关系,明显可见瑞恰慈文学批评观念的影子。在中国现代文学批评家中,常风非常出色地把瑞恰慈的文学批评原理运用于中国现代文学批评实践。在其《弃馀集》(1944年6月北平新民印书馆初版)所收的作品评论中,可见

---

　　①　这篇书评原载《新月》月刊四卷五期,1932年12月1日。钱锺书在书评中说:"瑞恰慈先生的《文学批评原理》确是在英美批评界中一本破天荒的书。它至少教我们知道,假使文学批评要有准确性的话,那末,决不是吟啸于书斋之中,一昧'泛览乎诗书之典籍'可以了事的。我们在钻研故纸之余,对于日新又新的科学——尤其是心理学和生物学,应当有所藉重。换句话讲,文学批评家以后宜少在图书馆里埋头,而多在实验室中动手。"

　　②　钱锺书:《论不隔》,原载《学文月刊》一卷三期,1934年7月。

　　③　钱锺书:《论俗气》,载《大公报》1933年11月4日。

　　④　原载《学文》一卷二期,1934年6月。

　　⑤　原载常风的文艺评论集《窥天集》,上海正中书局1948年5月初版。

其对瑞恰慈"文学是最广泛的经验组织成的完美篇章"这一观点的深刻理解:一方面倡导作家们从自我狭小的经验中走出来,努力扩大文学经验的范围;另一方面,又常敏锐地指出作家们在组织自己的经验时所存在的缺陷。循着瑞恰慈的文学批评原理,常风的这些书评,褒贬得当,有助于我们理解这些作品的艺术价值和确定它们在文学史上的位置。其中在为萧乾《书评研究》所写的评述文字中,常风提到"瑞恰慈教授的批评学说能以在今日占一优越的地位,他之所以成为著名的批评学者完全是因为他能比其他的学者追踪一个比较根本的问题,不让他的心灵尽在那神秘玄虚空洞的条规中游荡"。同样,常风自己的文学批评之所以独具慧眼,一针见血,也是因为他抓住了那"一个比较根本的问题"。另外,散文家李广田曾借鉴瑞恰慈《实用批评——文学批评的一种研究》第四章《伤感与禁忌》的观点,写出了《论伤感》一文,批判诗坛上的感伤主义倾向。

当然,袁可嘉更是瑞恰慈文学批评原理的最大受益者。自 1946 年起,他在天津《大公报·星期文艺》、《文学杂志》、《益世报·文学周刊》、《诗创造》等报刊杂志发表了十余万字的系列文章,讨论新诗现代化的问题,其中都能看出瑞恰慈的影子:他对文坛上情绪感伤和政治感伤的批评,以及他综合各种文学批评方法的努力,都是建立在瑞恰慈"最大量意识状态"以及"各种经验冲突的组织调和"这一理论基点之上的。比如,《新诗现代化——新传统的寻求》[①]一文,袁可嘉在概括瑞恰慈的批评观念的基础上表明"艺术作品的意义与作用全在它对人生经验的推广加深,及最大可能量意识活动的获致,而不在对舍此以外的任何虚幻的(如艺术为艺术的学说)或具体的(如以艺术为政争工具的说法)目的的服役,因此在心理分析的科学事实之下,一切来自不同方向但同样属于限制艺术活动的企图都立地粉碎"。由此强调了文学艺术本体独立的基本原则,呼吁"艺术与宗教、道德、科学、政治都重新建立平行的密切联系",进而提出了新诗现代化的方向是"现实、象征、玄学的新的综合传统",这样的新诗"不仅使我们有情绪上的感染震动,更刺激思想活力"。袁可嘉的其他诸多文章,特别是《谈戏剧主义——

---

① 原载 1947 年 3 月 30 日天津《大公报·星期文艺》。

四论新诗现代化》、《诗与民主——五论新诗现代化》、《对于诗的迷信》、《诗与意义》、《我的文学观》、《综合与混合——真假艺术底分野》等，多是在充分吸取了瑞恰慈诗学批评养料的基础上，构建其批评观念的，展示出中国现代诗歌理论的变革特征。

　　韦勒克说过，瑞恰慈是个热衷于一个中心思想——语言批评的专家，他把语言批评应用于许多论题，并由此写成了《基本英语》、《如何阅读》，《孟子论心》等论著。[①] 不管怎么说，瑞恰慈作为一个典范的实践批评家，其批评理念及操作方法，对中国现代文学批评实践体系的建构，提供了切实的帮助，直到今天，特别是在具体的文本批评实践中，仍然（而且更为必要）值得我们吸纳。这是瑞恰慈对中西文化交流的又一重要贡献。

---

　　①　［美］韦勒克：《现代文学批评史》（第五卷），章安祺等译，中国人民大学出版社 1991 年版，第 339 页。

Shanghai、毒品与帝国认知网络：带有防火墙功能的西方之中国叙事①

一、Shanghai、毒品、中国城：诱惑与恐惧

（一）Shanghai：神秘而恐怖的东方都市

Shanghai，我们在此标示的首先是"动词"的含义，其中隐含的又是作为"地域名词"的两个主要文化意象。

在俚语中，Shanghai② 可作为动词用，表示：①用麻醉剂或烈性酒使（男子）失去知觉后，而被绑架当水手，如 be Shanghaied onto a foreign ship，即表示"被劫持到外国船上当水手"；②用武力或武力威胁强行拘留，诱骗或强迫某人做某事，如 Shanghai sb. into doing sth.。

与之相关连的名词"Shanghai"，展示的意象亦有两个：①神秘（美国水手跑进酒吧间——诱惑）；②恐惧（大街小巷被人抓住，服毒迷昏或绑架到船上——不安全感）。

"Shanghai"（上海）的这两种文化意象正好展示出西方世界（尤其是

---

① 原载《福建师范大学学报》2010 年第 3 期，人大复印资料《外国文学研究》2010 年第 9 期全文转载。该文获得福建省第九届哲学社科优秀成果二等奖（2011 年）。

② 与此相关的有一个名词：Shanghaier，即源出于 19 世纪时使用强迫手段裹挟水手远航东方尤指上海。

殖民帝国时期）对东方中国的认知印象:既向往（神秘的东方,诱惑无处不在）,又恐慌（无理性、罪恶的、阴暗的东方）。此乃萨义德东方主义式的"东方",西方殖民文化语境中的东方（Orient）。

美籍华人学者李欧梵认为,在 20 世纪上半叶,上海存在着两个世界:洋人的租界,这是西方人的上海;中国人的弄堂世界,这是产生现代中国文学的文化环境,所谓"亭子间文学",楼顶最闷热、最逼窄的地方,往往是穷作家的居所。

在西方人眼里,这样的弄堂世界,就是欧美世界或好莱坞电影里的Chinatown（中国城）——神秘莫测、诱惑不断、毒品遍布、绑架不绝,总之罪恶丛生、糟糕异常。西方殖民者相信,上海的这两个世界不可沟通,租界是租界,弄堂是弄堂。上海的公园即曾挂了"华人与狗不得入内"的牌子,此带有极端殖民主义色彩的牌子在 1928 年被打了下来,至今我们仍然可以在一些影视剧里看到当时的情景。外国人的生活活动范围仅限于对他们来说安全的租界 ①;而身处弄堂世界里的文化人、知识分子,倒是想光顾法租界的咖啡馆,英租界的书店、电影院。

上海是一个神秘而恐怖的东方都市,这是不少西方作家笔下的上海形象。在此,我们试以两位作家为例,一个是对上海不甚了解的法国作家马尔罗,一个是童年时代生长在上海的英国作家巴拉德。

法国作家、政治活动家安德烈·马尔罗的长篇小说《人类的境遇》（1933）,出版后在读者群中产生过轰动的震撼力,获得过当年度的法国龚古尔文学大奖,被评论界称为"二十世纪的经典著作"。这部小说的故事背景发生在上海。

所谓"人类的境遇",就是人在地狱中的境遇或命运,这个地狱就在"中

---

① 英国作家迪金森（Lowes Dickinson, 1862—1932）曾这样描述过在华西人的生活状态:"他住在这个国家,却对它的宗教、政治、生活方式及传统习俗一无所知,丝毫不在意,除非与他有切身的关系。如果可以的话,他将永远不会离开租界。他本人总是往返于家、办公室、俱乐部和赛马场之间;而他的思想则只专注于他的生意和体育。关于所有的、很一般的话题,他的观点都是拐弯抹角得来的。这些观点无不带有英国人的陈腐的偏见,要不就是不假思索地从国外的英国人那儿套来的。它们被不断地传送着,从一个人到另一个人,直到人尽皆知。你只需花上一个小时的时间,就能把目前一个大洲里外国人所有的想法一览无遗。"转引自梅光迪:《西方在觉醒吗？》,罗岗、陈春艳编《梅光迪文录》,辽宁教育出版社 2001 年版,第 212 页。

国上海"。小说故事发生在 20 世纪 20 年代的上海,一小撮革命党正在进行谋杀,遭到政府的无情镇压。上海的景象是世上最黑暗的,是一座地狱:天空总是阴云密布,贫困、肮脏、混乱、疯狂、恐怖、仇恨、令人毛骨悚然的大屠杀,一只只乌黑的笼子里装着砍下来的头颅,头发上还滴着雨水。我们找不到材料证明马尔罗到过 1927 年的上海。① 他表现的是在他自己所能想到的这个世界上最可怕的地方,即如 17 世纪法国哲学家帕斯卡尔所描述的那样:"一大群人戴着锁链,他们每个人都被判处了死刑。每天,其中一些人眼看着另外一些人被处死,留下来的人从他们同类的命运,看到了自己的命运,痛苦而绝望地互相对视着……这就是人类命运的图景。"②

　　马尔罗在《人类的境遇》中,无论是关于地理参照还是小说人物描写,其所使用的中国的真实材料是比较贫乏的。正如一个研究马尔罗的法国学者克里斯蒂昂·莫尔威斯凯所说的那样,马尔罗在小说中创造出来的是一个人造中国,他通过一些贫乏且陈旧的异国情调的符号,"创造了中国景象的一个概貌、范型","中国街巷的声音背景也是由一些尤其老套的符号立体构成的,……清脆的骨牌声,街巷上极有特色的木屐木鞋声,汽车喇叭、鞭炮、锣鼓、钹、二胡或笛声构成的喧嚣——还有'永垂不朽的蚊虫'的或调节风扇的嗡嗡声,这些作为必需的声音,构成了马尔罗对中国夜晚的描写中的景象和伪真实"。同样,马尔罗在关于中国人的品性描写方面,也基本上遵循了西方关于中国"风土人情"的那套陈词滥调,以至于可以通过这本小说,编一部真正的关于中国的"成见大词典"。③ 把马尔罗介绍给我们的中国学者更清晰地指出:"必须承认,马尔罗写中国革命的小说几乎没有写出一个

---

　　① 　根据相关传记材料,马尔罗在写作《人类的境遇》期间在中国逗留的时间极短。他在印度支那居住期间曾于 1925 年 4 月到香港去了几天;后来在其环球旅途中,于 1931 年 9 月在上海和广州待了几天。正是在这第二次到达中国期间,马尔罗产生了写作这部小说的构思及小说的题目。参见克里斯蒂昂·莫尔威斯凯:《马尔罗〈人类境遇〉中的"中国式"和中国性》,载钱林森、克里斯蒂昂·莫尔威斯凯主编《20 世纪法国作家与中国》,南京大学出版社 2001 年版,第 157 页。

　　② 　马尔罗在哲学思想上受帕斯卡尔、尼采、施本格勒等人的影响,认为人是世界上唯一预先知道自己将要死亡的动物,人要根据各自的生活态度和境遇做出反应,这种反应就是不断地"行动",从而证实自己的存在和价值。马尔罗自己就是一个不断地行动的人。

　　③ 　［法］克里斯蒂昂·莫尔威斯凯:《马尔罗〈人类境遇〉中的"中国式"和中国性》,载钱林森、克里斯蒂昂·莫尔威斯凯主编《20 世纪法国作家与中国》,第 151—153 页。

真实的革命者,也没有写出一个真正的中国人民的形象,他笔下的中国革命者和中国人民的形象与实际生活相距实在很远。"①

马尔罗如此展示他的人造中国场景,一方面固然是因为他缺乏对中国的直观深入的认识,更重要的是他在这部小说中最想构建的不是关于1927年中国真实场景的重现(无论是从历史维度还是从地理层面上),而是一种关于人类悲剧处境的气氛。因此,《人类的境遇》中的中国上海具有相当的讽喻意义。②

在马尔罗笔下,死亡具有无比崇高的色彩,其作品里的所有人物几乎都会意识到生存的荒诞性。他在《人类的境遇》中思考的正是人类即将面临死亡的恐怖"境遇",那些革命者们无不将对荒诞命运的抗争看作是一种生命的意义。而20世纪20年代发生在上海的中国革命,对于马尔罗来说,是人对抗生存荒诞性的最好例证。因而将地狱的地点选择在东方中国上海,上海则成为他想象的一个恐怖区域,并借此展示他关于人类生存荒诞性的思考,这样,所有中国的革命,只不过是供他思考人类在地狱中境遇的一个题材。就像有的研究者所指出的那样:"我们不妨说,马尔罗写的是中国,意识的坐标却在西方,他将中国生活的病态拟为整个文明病症的象征,也可以说,他是在借中国的酒杯浇西方的块垒。至于他何以选中了其实他并无实际了解的中国,而不'就近取譬',写他熟悉的印度支那,那应该到他对'雄浑有力的文学'的向往中去找答案。也许在他看来波澜壮阔的中国大革命更能使他的作品具有史诗的气魄,那是一台堂皇的道具,华丽的布景,他所醉心的实际与想象中的个人冒险在此与对人类命运的关怀有效地结合到一起,从而被赋予了不寻常的意义。"③根据后殖民批评理论,中国上海只不过是马尔罗心目中的一个他者形象。这样一个他者是西方的对立面,甚至构成了西方的

---

① 柳鸣久:《马尔罗研究》(编选者序),漓江出版社1984年版,第18页。

② 然而,法国读者相信1927年的中国只可能像马尔罗在这部小说中所写的那样。在他们眼中,马尔罗是中国革命的知情人。马尔罗在《人类的境遇》中对上海的描述,看上去更像是西贡,后者是他所更了解的区域。

③ 余斌:《马尔罗在中国的命运》,载钱林森、克里斯蒂昂·莫尔威斯凯主编《20世纪法国作家与中国》,第167—168页。

异端。① 对类似问题,周宁为我们提供了一个解读思路,他在分析西方的中国形象时说:"各种文本都重复同一话语,或者说,同一种中国形象。因此,重要的不是研究不同文本的表现,而是研究不同表现之间同一的内在结构及其历史语境,将文本的符号学分析与对文本产生的文化历史语境的话语分析结合起来。西方不同历史语境下产生的中国形象,是西方文化构筑的'他者'。在这个前提下理解中国形象,就可以摆脱反映论或符号论的误区。西方的中国形象是西方文化—历史结构的生成物,它无所谓有关中国事实的客观的描述,因此也无所谓误读或歪曲。西方的中国形象是西方创造与交流中国的意义的表现系统,是西方人在西方文化中赋予中国的意义并体验这种意义的文化方式。"② 马尔罗《人类的境遇》里中国题材的展示亦可作如是观。

与马尔罗想象性的上海经验不同,巴拉德(James Graham Ballard)的童年时代是在中国上海度过的,他对现实中国有着清晰的感知。③ 他以其在上海生活的童年记忆写成自传小说《太阳帝国》(Empire of the sun,1984),获英国文学之最高奖项布克奖提名,被誉为"英国描写战争最好的小说",最终为他赢得了广泛的声誉。小说以一个住在上海英租界的英国男孩的视角,讲述了抗日战争时期,男孩吉姆和他的父母失散并流落街头,后又被关入日军拘留营,历经磨难的故事,反映了人类在战争中对自由的追求和渴望。

对巴拉德来说,他曾经生活过的东方大都市上海,在他心目中是神秘而充满诱惑力的。"上海这个荒淫无耻、魅力十足的城市比世界上的其他任何城市都令人兴奋刺激。"它能吸引包容一切,即便是战争,也"总是给上海带来活力"。当然,《太阳帝国》中对上海的描述,主要不是一幅幅乌托邦

---

① 对此,澳大利亚史学家杰弗里·布雷尼谈及历史上澳大利亚对中国人的态度时,曾指出:"即便没有中国人,澳大利亚人也会把他们发明出来。每个社会都需要替罪羊,需要打击的对象。澳大利亚的英国人几乎把中国人作为衡量他们自己的标准,衡量之下,他们觉得自己还挺不错。"转引自欧阳昱:《表现他者——澳大利亚小说中的中国人(1888—1988)》,新华出版社2000年版,第5页。

② 周宁:《鸦片帝国》,《中国形象:西方的学说与传说》之四,学苑出版社2004年版,第89—90页。

③ 1930年在中国上海出生的英国作家巴拉德是当时英国驻上海外交官之子,1942—1945年间被日军拘禁在龙华,后于1946年才回到英国。他的自传性短篇故事《死亡时代》(The Dead Time,1977),自传性小说《太阳帝国》及其续篇自传体故事集《妇女的仁慈》(The Kindness of Women,1991)均以其少年时代中国上海的生活及战时经历为素材。

（Utopia）式的虚构空间,更多的是地狱般的恐慌,展示出西方人心目中如福柯所说的那种异托邦（Hetero-topia）场景。

马尔罗《人类的境遇》也是异托邦想象模式的极致表现,书中所描绘的 20 年代中国上海,因贫困肮脏、疯狂仇恨,俨然呈现一片片人间地狱场景。巴拉德笔下的上海描述,其异托邦思维模式异常突出。这座三四十年代东方都市繁华景象背后的丑陋,一如《人类的境遇》所描述的地狱场景,令人战栗厌恶、心生恐怖:满街游荡的酒吧女郎,沿街而坐的要饭叫花子,露出的伤口和畸形的肢体惨不忍睹;夜总会、赌场一字排开,地痞匪徒充塞其间,流氓阿飞当街斗殴,影院门口站着两百多个穿中世纪服装的驼背;背着大小包裹难民的涌入,无数的苦力、人力车夫,愈发使街道拥挤不堪,还有乡下女人发出的阵阵汗臭,街上为非作歹的巡捕;以及外滩悬首示众的血淋淋的人头,站台现场上演的国民党密探的砍头示众,鲜血四溅,恐怖非常。

黄埔江边的情景同样恐怖。穷得无钱埋葬亲人的中国人,在棺材上堆上纸花,从送葬码头丢到江中任其漂流。这些棺材连带尸体落潮时被带走,涨潮时又漂回到江边。肿胀的尸体和聚积在码头油污斑斑木桩周围的纸花,及丢弃的垃圾一起形成了一个无比恐怖的"水上花园"。

战时的上海愈发恐怖,投掷的炸弹毁屋人亡。街头死尸遍地,断臂残腿隐现于废墟之中。江上船只的残骸夹杂着漂浮的死尸。上海周围乡下的场景同样令人触目惊心,俨然一场无尽的噩梦。中国士兵的尸体横躺路边或漂浮在运河里,战壕里成百上千死去的士兵挨个坐着。战场外荒地中遍布隆起的坟堆,腐烂的棺材横埂在路旁,发黄的骷髅任凭雨水冲刷。干涸的稻田一片沉寂,乡下人的逃难使上海近郊的村落杳无人烟。而俘虏营因微薄的口粮竟吸引了中国叫花子盘踞门口,甚至有些人铤而走险爬入营房。国民党军队攻打共产党盘踞的村庄时炮弹横飞,尸体像劈柴一样堆积。苍蝇蚊子群飞臭气熏天,死人的血液流入运河滋润稻田。这是一个异常恐怖的世界,上海成了"一颗承担着中国死亡脉搏的丑陋心脏"①。

美国汉学家史景迁指出贯穿于巴拉德作品中的中国形象是:"混乱不

---

① 　J. G. Ballard, *The Kindness of Women*, 1991, p.328.

堪的生活,饥荒,骚乱和死亡。"小说的中心意象"非常凄惨",而且"小说是以儿童死亡的意象开始和结尾的,描写的是父母把装着他们孩子的小棺材抛到江浪中。吉姆原先在远距离外看到的这一意象,后来突然变成了对他自身生命的威胁。"① 所以史景迁认为巴拉德属于那类对中国甚感悲观的作家。

巴拉德在《太阳帝国》中对中国人思想和性格的描述基本上遵循西方人对中国形象的固有成见,据此也可以编一本关于中国的"成见大词典"。他对并无多少了解的中国人思想和性格大发议论,重复着典型的东方主义话语。作者对三四十年代上海场景的描写有其真实处,但着重渲染可怕时代的恐怖场景,正反映了作者看待中国时的异托邦思维模式。这种认识中国的观念程式不时迎合着西方人关于上海的主导意象:神秘而恐怖。

(二)中华帝国:毒品——鸦片

被称为帝国主义诗人的英国人吉卜林说过:"东就是东,西就是西,二者永远不相交。"萨义德《东方学》等表明:西方的东方主义者把"真实"的东方(East——地理概念)改造成了一个推论的"东方"(Orient——文化概念,是西方人的虚构,使西方得以用新奇和带有偏见的眼光去看东方)。

这样用新奇和偏见的眼光看东方的极端时代,是在 19 世纪。就在这个世纪里,东、西方的差异完全成了优劣等级。在西方人的观念中,东方是理性光芒照射不到的黑暗大地,似乎所有的愚昧与苦难都是为了等待西方殖民者的最后到来,西方殖民者想象自己是上帝一样的拯救者,"上帝说,要有光,于是就有了光"。西方带来了理性与文明,照亮了匍匐在黑暗大地上的无数可怜的扭曲的面孔,以及他们在历史深处拖长了的身影。西方对东方的文化偏见中,包含着强烈的文化傲慢。②

正如有学者所分析的那样:"19 世纪代表东方本质的,是中华帝国,而中华帝国的核心象征便是鸦片。鸦片凝聚着所有的东方特性、道德堕落与感官

---

① [美]史景迁:《文化类同与文化利用:世界文化总体对话中的中国形象》,廖世奇、彭小樵译,北京大学出版社 1990 年版,第 127—128 页。

② 参见周宁:《鸦片帝国》,学苑出版社 2004 年版,第 123—124 页。

诱惑、邪恶而残酷、神秘而怪异的体验,令人向往又令人恐惧,可能给人天堂般的幸福感,也可能成为死神的使者引你堕入地狱。"①在英国著名的浪漫主义散文家德·昆西(1785—1859)的忏悔录《一个英国鸦片吸食者的自白》中,描述同时让他幸福也使他痛苦的鸦片吸食经历时,他也是在描述他对东方与中国的认识和想象。吸食鸦片给德·昆西带来的痛苦,有时是由一些稀奇古怪和可怕的噩梦构成的,噩梦的来源则是东方和东方人(一个马来人)。在德·昆西眼里,中国是一个无生命力的国度,中国人是非常低能的民族,甚至就是原始的野蛮人。他声称"我宁愿同疯子或野兽生活在一起",也不愿在中国生活。所以,他不仅支持向中国贩运鸦片,而且主张依靠军事力量去教训那些"未开化"的中国人。这是一个对中国和中国人极具成见和偏见的英国作家,他关于中国问题的著述正是忠实地展现英帝国殖民心态的自白书。德·昆西的儿子霍拉蒂奥参加侵华英军,1842年8月27日死于中国。②

　　可以说19世纪,在西方有关中国人的种种恶习中,对他们印象尤深的是中国人嗜吸鸦片成瘾。那些描写中国城的作品中,都会刻意描写一个狭小、昏暗、窒息的房间内,许多中国人或蹲或躺,神志恍惚吸食鸦片的场景。

　　狄更斯的《艾德温·德鲁德之谜》和儒勒·凡尔纳的《环球八十天》里的中国人,都被描写成吸毒成瘾,完全被毒品搞昏头的人。在狄更斯的这最后一部未完成的小说中,满面烟容、大烟鬼似的老板娘,"跟那个中国人出奇地相像,不论脸颊、眼睛和鬓角的形状,还是皮肤的颜色,两人完全相似。而那个中国人身子抽动着,似乎正在跟那多神教中的一个鬼神搏斗,他的鼻息也响得可怕。"狄更斯甚至把这些嗜吸鸦片的中国人当成是中国国民的真正典型。马克·吐温在其自传体小说《苦行记》中,也描写了弗吉尼亚中国城鸦片馆的所见所闻。"晚上十点钟,是中国人很得意的时候。在每一座低矮窄小肮脏的棚屋里,飘散着淡淡的佛灯燃烧的气味,那微弱、摇曳不定的牛脂烛光照出一些黑影,两三个皮肤姜黄、拖着长辫子的流浪汉,蜷缩在一张短短的小床上,一动不动地抽着大烟。他们无神的眼神,由于无比舒适、非常惬

---

① 周宁:《鸦片帝国》,学苑出版社2004年版,第99页。
② 参见拙文《一个吸食鸦片者的自白——德·昆西眼里的中国形象》,《宁夏大学学报》2005年第5期。

意而朝向里面……他（约翰·中国佬）大约连抽了二十多口，然后翻过身去做梦……也许在他的幻觉中，他离开了这个碌碌世界，告别了他的洗衣活计，到天堂去享用有滋有味的老鼠和燕窝宴去了。"① 因而，在西方人看来，中国城首要的罪恶就是吸食鸦片。

（三）中国城与中国城小说

在那些怀有种族偏见的西方人眼里，毒品虽然就是东方中国，但毕竟离自己遥远，充其量不过是一种臆想里的恐怖。可是，与自己同处一个城市的华人群体，他们倒是危险的。中国城（Chinatown）是毒品的集散地、罪恶的滋生处，危害着（殖民）帝国的安全，冲击着白人世界（文明世界）的道德底线与秩序规范。于是西方作家（尤其是英、美、澳作家）通过变幻莫测又千篇一律的中国叙事——尤其是"中国城小说"，呈现着这样的恐惧与不安。同时通过这种虚幻的中国叙事，更是有意识维护着西方殖民帝国的认知网络，任何一种危害帝国安全的因素，都被想象夸大在各式各样的中国叙事之中，通过文本及影视艺术、舞台剧，不断提醒、刺激、强化着帝国居民（白人）的神经，形成坚固的防火墙，阻挡来自异域的危及帝国认知网络安全的"病毒"。时至今日，这堵防火墙（尽管是想象性的）依然存在，不时在政治、经济、军事、外交等领域，制造障碍，制造跨文化交往的恐慌与不安，即所谓"中国威胁论"。

一般所谓"中国城"小说，多描写犯罪与历险故事，作品中总会出现一些中国恶棍，试图绑架侮辱白人妇女、诱惑白人男性，甚至征服全世界。最后，白人英雄出现，化险为夷，消灭了中国歹徒。恐怖解除，世界重见光明。此类作品都带有明显的种族主义偏见。尤其以美国的"中国城"小说最突出。正如美国学者哈罗德·伊萨克斯在《美国的中国形象》中说：

拥挤的、蜂窝状的中国城（唐人街）本身，也很快在流行杂志上成为神秘、罪恶和犯罪的黑窝。任何罪恶加到中国恶棍头上都不为过，他

---

① ［美］马克·吐温：《苦行记》，刘文哲、张明林译，西南师范大学出版社1996年版，第278—279页。

们在黑暗的胡同里,通过隐蔽的小径潜随他们的牺牲品,他们拿着他们的鸦片烟管四处闲逛,走私毒品、奴隶、妓女,或其他中国人,或在帮会争斗中互相砍杀。①

居住在英国伦敦的中国人集中在莱姆豪斯(Limehouse)。莱姆豪斯是英格兰伦敦东区陶尔哈姆莱茨自治市邻近的一个地区。位于泰晤士河北岸,以水手旅店、教堂和酒店众多为地方特色,散布着不少华人餐馆。那儿也是伦敦最大的华人聚居地,流动性也最大,就像纽约和旧金山的中国城。因此,莱姆豪斯后来成了"中国人"的代名词。这里至今仍然保留着诸如北京、南京、广州、明街之类的街名。在第二次世界大战中,这里的华人区曾遭受毁灭性的轰炸,破坏严重,但莱姆豪斯依然能在英国人心中勾起生动的形象,并始终在新闻记者和小说家笔下以一种奇异的构思方式存在着,如关于鸦片馆和点煤气的神话等。

有一位伦敦的中学校长罗宾逊小姐,就曾两次指控莱姆豪斯地区的中国佬勾引英国未成年少女,激起了不少人的公愤。"莱姆豪斯的引诱"成了华人区罪恶的代名词。一名曾在莱姆豪斯里当过三年警察的侦探被派往那里展开调查,事后他认为,"中国佬要是与一位英国姑娘亲近上的话,就不会引诱她卖淫,只会娶她,待她好"。1920 年,一位《新闻晚报》的记者经过调查也下结论说,做华人的妻子是一种好逸恶劳的生活,许多白人姑娘正是因此被引诱到中国城去的,因为伦敦东区的妇女没有一个像"中国佬张三的妻子或管家"那么悠闲的,丈夫甚至亲自下厨房。当时嫁给华人的大多数是那些工人阶级出身的、来自外省的、"声名狼藉的"英国姑娘,出身较好的妇女宁愿自己的丈夫是白人。由此可见,当时普遍存在着一种认为中国人属于劣等人的看法。②

一般人认为是伦敦东区的华人提供了鸦片或其他毒品。同样,一些人也把白人在"中国城"里闲逛看成是东方的罪恶把白人给迷住了。毒品的魔力也波及到伦敦演艺界,由此大英帝国臣民笼罩于一片毒品恐惧之中。

---

① 〔美〕哈罗德·伊萨克斯(H. R. Isaacs):《美国的中国形象》,于殿利、陆日宇译,时事出版社 1999 年版,第 156 页。

② 参见〔英〕潘琳:《炎黄子孙——华人移民史》,陈定平、陈广鳌译,上海三联书店 1992 年版,第 98—99 页。

1918—1922 年发生了一系列大肆渲染的毒品恐慌案。几个夜总会舞女和合唱团成员的死亡,均与毒品有关。据当时的小报报道,这些死亡都是白人女性在受了黑人和黄种人的诱惑之后服用毒品和纵欲的结果。这些小报还宣称,这些事件绝非偶然,而是一个大阴谋的一部分。这个阴谋在羞辱白人女性并进一步瓦解大英帝国权力中心的道德和现实统治。在这一时间中,一个狡诈的“中国人”一手操纵了鸦片和可卡因的走私组织。他被冠以“卓越的张”的称号。他在 1924 年被捕,以私藏毒品罪遭送回中国,但张并未就此消失。据说他在船只到达中国之前跳海逃亡,并在欧洲其他地方重操旧业。人们认为张应对数十年来全欧的毒品死亡负责。有一位作家如此描述张:“张具有一种诡异的令人毛骨悚然的力量(有人说是催眠术),这种力量能使妇女吸可卡因。他这样做很可能是因为黄种人想败坏白人女性。”一些作家,如我们在下文要论及的萨克斯·罗默,创造了一些像“卓越的张”一样狡诈的中国罪犯傅满楚。他们不只是在英国阴谋经营毒品,而且还将上流社会的贵族女士、女演员和那些柔弱的男性诱骗到邪恶的毒品世界中。① 欧美作家通过不断书写觉醒的亚洲对于白人男子、白人女子气质的种种威胁,延续及强化着这一焦虑。而这种带有历史与现实感的焦虑,正是试图维护帝国认知网络安全运行的心理渴求。

二、帝国认知网络的建构与运行

(一)西方殖民帝国关于中国认知网络的建构与维护

在西方殖民帝国对中国的认知网络上,中国往往被看作是一个沉溺于鸦片梦幻中的最具有东方性的非现实的国度,野蛮而残酷,堕落又愚昧,诱人且恐怖。这就是关于中国的一般知识,也是一种话语权力结构,构成了帝国殖民体系的认识论基础。

---

①　参见［美］何伟亚:《档案帝国与污染恐怖:从鸦片战争到傅满楚》(*The Archive State and the Fear of Pollution: From the Opium Wars to Fu-Manchu*),何鲤译,载李陀、陈燕谷主编《视界》第一辑,河北教育出版社 2000 年版,第 87—88 页。笔者写作本章内容,受到该文启发,谨致谢忱。

　　大英帝国的战略家们（由传教士、驻华商务、教育和外交机构所交织而成的网络）企图创造一整套与虚构作品（如中国城故事）一致的特定事实，并依靠对于整体知识的幻觉（假作真时真亦假）来维系它们。而来自中国的真实的知识混杂其中，会引发对网络信息质量的质疑，其结果是污染甚或颠覆大英帝国的认知网络，最终可能使帝国殖民体系难于幸免。于是，制止这种"污染"（展示出的也是对文化、种族混杂的焦虑与隐忧），对维系帝国认知网络的统一性（健康运转）至为重要。整个 19 世纪中后期，就在大英帝国将中国操控于股掌之中时，种族混杂（华人移民大量增加）、中国复仇①，以及俄国在东亚的大战略（与大英帝国争夺亚洲），都像鬼魂般威胁侵扰着英国的在华利益，并为流行小说中"卓越的张"和傅满楚等"东方幽灵"式的噩梦提供了想象的基础。②

　　与之相连的另一问题是帝国认知网络的空间分布。为了使帝国殖民意识更广泛地传播，让所有阶层的人都"了如指掌"，调动各种媒介手段实属必要。于是，公共图书馆、博物馆、新期刊、附有插图的报纸与儿童读物、电影胶片、戏剧舞台等，传播着以帝国意识为主题的小说，也包括中国城小说。

　　1907 年，英国作家尼姆（L. E. Neame）发表《英殖民地面临的亚洲危险》（*The Asiatic Danger in the Colonies*）一书，这是一本讨论亚洲人可能侵吞整个英国殖民地的专著。③他在书里忧心忡忡地预言："任何国家一旦把大门对着东方敞开，一旦大批接受亚洲人，其所承受的包袱只会越来越沉重。"这样一种对东方亚洲人的忧心与恐慌在当时以"黄祸"恐惧最为典型。

---

　　①　根据种族中心主义的"投射"理论，一个民族会利用"妄想狂的投射"方式，把本民族不能接受的欲望归罪于其他民族或他者。中国人就是这样一种遭人仇视，被视为不可接受的他者。在他们的臆想中，中国人在中国曾受到西方人的虐待，因此要以恐怖行为对白人实行报复。傅满楚就是如影子一样尾随西方人的报复典型。这种对中国人毫无根据的恐惧心理直到新千年，还不断在"中国威胁论"里得到呈现。

　　②　参见［美］何伟亚：《档案帝国与污染恐怖：从鸦片战争到傅满楚》，载李陀、陈燕谷主编《视界》第一辑，河北教育出版社 2000 年版，第 100—102 页。

　　③　19 世纪八九十年代的澳大利亚文坛，也曾出现过一批以中国人侵略澳大利亚为主题的"侵略小说"，如《黄种还是白种？公元 1908 年的种族大战》（1888）、《黄潮》（1895）等。这些小说既是"东方主义"思维观念的产物，也表现了澳大利亚政治话语中的恐外症或恐华症。参见欧阳昱：《表现他者——澳大利亚小说中的中国人（1888—1988）》，新华出版社 2000 年版，第 41—43 页。

在一些欧洲思想家看来,皮肤的颜色与智力和道德水准有关系,"肤色愈深,智力愈差"。康德就认为东方人不具有道德和审美能力,而与之同时代的历史学家奥格斯特·施罗泽则明确认为,中国人是世界上最笨的民族。这样一种带有种族偏见的理论当时在欧洲很有市场。在他们眼中,中国的愚昧落后、道德低劣,要依靠欧洲文明才能获得教化与救助,但是另一方面又担心随着欧洲技术的秘密传授给中国人,在他们掌握了同样的武器装备之后,在与白人的战争中,黄种人残忍、冷漠,对死亡无动于衷的性格就具有绝对的优越性,于是来自"黄祸"的恐惧与日俱增。

"黄祸"恐惧与种族主义偏见紧密相连。这种对中国人的种族主义偏见比较典型地呈现在英澳作家,如盖伊·布思比(Guy Boothby,1867—1905)、威廉·卡尔顿·道(William Carlton Dawe)、玛丽·冈特(Mary Gaunt,1861—1942)等人的笔下。①

这几位作家笔下的中国题材作品具有明显的种族主义偏见,东方主义特征比比皆是。那些身处中国土地上的英国人或西方人均无所不能,而中国人则是些难以同化的他者或异类,凡是投合西方文化标准道德规范的、肯与西方合作的就受到颂扬,否则就是不能接受的异类。

盖伊·布思比的"尼科拉医生"(Doctor Nikola)系列小说中,那位梦想在中国能找到传说中长生不老药的英国医生尼科拉,他在中国的冒险经历就出于西方人典型的东方主义想象。这些人物往往被赋予超人的能力,不时有英雄壮举。因为中国到处充满险恶,外国人在中国旅行有如冒险,这样掩人耳目的办法就是假扮成中国人。小说里就说"尼科拉化装得天衣无缝,除非有超人的聪明才智,否则别想识破他。他在所有的细节上都像一个真正的天朝人。他讲中国话的口音听不出半点瑕疵,他的穿着跟地位很高的中国佬毫无二致,就连最爱挑刺的人从他装扮的行为举止上也找不出丝

---

① 这几位作家虽出生在澳大利亚,但后来均移居伦敦,在英国度过了文学生涯里的绝大部分时间。而且他们都以英国为主要市场而写作,对这一时期英国人中国观的形成有不可忽视的影响,他们作品中表现出的种族主义和帝国主义思想,也与英帝国对中国的统治思想一致。澳大利亚籍华人学者欧阳昱在其所著《表现他者》一书里将这三位作家做了详细介绍。本部分对他们的讨论,受欧阳著作启发颇多,采用的资料也多转引自该书,特此致谢。

毫差错。"① 书里两位英国主角就是凭着这种超人的假扮能力冒充汉口大主教和他的弟子,一直安然无恙地来到西藏的一家寺庙,最后诡计被人戳穿而逃跑。超人的伪装能力其实说明了以种族主义为基础,企图以强权凌驾于中国和中国人之上的帝国主义和东方主义欲望,这也是 19 世纪欧洲表现东方的游记中的一个典型现象。而英国主角的语言能力当然是虚构出来的,也与西方人长期以来对汉语的轻视与无知有关系。

卡尔顿·道《北京密谋》(*Plotters of Peking*,1907)写一个叫爱德华·克兰敦的英国人如何在中国为光绪皇帝作"皇帝监察人",专门对付那些密谋策划反对清政府的人。克兰敦所负有的象征意义的使命是按照英国方式使中国西化,使中国"得到新生","成为一个伟大的国家,令东方震慑,西方尊敬"。主人公在从搭救皇帝,到一次次逃脱中国人对他的谋杀企图,深入中国黑社会,活捉黑社会头领,到帮助政府平定外国人的暴乱等,均是无所不能。就是说,中国人是低劣民族,需要西方的治疗和解救,对于中国的芸芸众生,英国人魔力无边,可以任意操纵摆布。②

与高大无比的英国人形象相比,中国人在这些作家笔下就被丑化成道德败坏、品质低劣的异类,必欲征服而后快。

中国人在布思比的尼科拉医生系列小说里是以邪恶的面目出现的。他们总是千方百计地阻挠英国医生的寻药之行。其中有个"中国恶棍"是"一个面目狰狞,缺了半边耳朵的蒙古人"。肆意丑化中国人并不是布思比的创造。其实 17 世纪德国哲学家赫尔德就对中国怀有一种想当然的歧视,认为中国人属于蒙古部落人种(Mongolian),极其丑陋——小眼睛,塌鼻子,平额头,胡须稀疏,大耳朵,大腹便便等。布思比在小说里也通过英国医生的口说:"这是我所见过的最丑陋的蒙古族人。他的眼睛斜角得厉害,鼻子有一部分不见了。这种脸只有在噩梦中才可能见到,尽管我这个职业的人习惯了各种恐怖的景象,但我得承认,我看见他时差点呕吐了。"③ 这里,丑陋的中国

---

① Guy Boothby, *Doctor Nikola*, London, 1896, p.68. 转引自欧阳昱《表现他者》第 48—49 页。

② 相关详细阐述参见欧阳昱《表现他者》第 53—56 页。

③ Guy Boothby, *Doctor Nikola's Experiment*, London, 1899, p.55. 转引自欧阳昱《表现他者》第 50 页。

人与英国人的高大形象强烈对照。

与布思比一样,卡尔顿·道作品里的中国和中国人均以"丑"著称。他以为丑陋是"蒙古族的共同遗产",广州是一座"臭气熏天的城市,到处是脏兮兮的人","大街上活跃着川流不息的丑陋、肮脏的中国佬",形成了一道"绵延不绝的丑陋的队列"。《北京密谋》里说:"大街上的中国人是一道由污垢和丑陋汇合的可怜的洪流……那是深度的污垢,是最不可妥协的丑陋。"①《满大人》(*The Mandarin*,1899)里广东的一个道台,不仅经常给英国人制造各种各样的麻烦,而且荒淫无耻,对英国少女心怀鬼胎。而他的形象则就被描写成有两道缝似的丑陋眼睛,而那保养良好、差不多是丰满的面容使他具有一种确切无疑的女性气质,这与他坚固的鼻子和讨人厌的眼睛形成了一种奇怪而令人不快的对照。他贪婪、冷酷、好色,还对外国人仇恨。短篇小说《苦力》(*Coolies*)里一个带头闹事的中国领袖被表现成"一头独眼猪",最后被征服而"受到法律的极端制裁"。船上的其他中国苦力则一律是"人类的垃圾,而且比垃圾还要糟糕"。这种视中国人为丑类的描写当然得自于大英帝国主义和殖民主义的种族优越感。

玛丽·冈特也不断在作品里肆意揭露鞭挞中国人的"暴行"。她笔下的中国人一般都被边缘化处理成一群以骚扰外国传教士为目的而杀人放火的暴民。短篇小说《白狼》里所出现的中国人是一群把外国传教士团团包围起来、大喊"杀死洋鬼子,杀死洋鬼子"的中国暴徒,他们面目"残忍、狰狞、愤懑不平、可怖"。《无所谓的女人》里中国人是一股由"狂喊乱叫的恶魔"组成的邪恶势力,他们唱着"野蛮的"战歌,以极其残忍的手段把传教士的眼睛剜出,以惩罚其从事传教活动。作者以中国为背景的短篇小说基本上都是以这种凄惨、残酷而黑暗的格调为背景,以强调炽热的排外情绪,证实她对中国的一个看法,中国是"一片血与火和异教的国土"。而"这一大伙臭气熏天、糊里糊涂、专抽大烟的中国佬对任何人都没有一点用处"。长篇小说《荒野之风》(*A Wind from the Wilderness*,1919)里,作者也写了一个不同于一般人的"长得凶神恶煞的中国佬"形象。这是一个欧亚混血儿,

---

①　William Carlton Dawe, *Plotters of Peking*, London, 1907, p.86. 转引自欧阳昱《表现他者》第 53 页。

是一个好色成性、冷酷无情的兽性人物。他骗取了英国女性丝苔娜的爱情，并与之结婚，但这桩婚事遭到了同行所有人的反对，大家一致认为不能下嫁"这种人！一个中国佬！一头野兽！一个魔鬼！"他可是"一条毒蛇"。果然丝苔娜很快就感到了幻灭，愤怒地说："本来我厌恶所有的中国人，除了凌以外。但当我意识到他怎样恶意地欺骗了我，我对他的仇恨和恐惧超过了所有的中国人……"[①] 中国佬不仅淫荡好色，而且心狠手辣。他曾当场砍掉一个女乞丐的手，将一个外国传教士剜眼割鼻活埋。

以上以消极方式处理中国人形象的做法反映出不少作家持有很深的种族主义偏见。他们在这种文化帝国主义心态下，将中国和中国人边缘化降低到一种劣等地位，同时也是为了衬托英国人或西方人的"英雄"形象。如玛丽·冈特《白狼》中被围困的一对英国恋人就是因为"野蛮的人群"在四周喊杀而在冬天齐腰深的水里走到一起，产生了深挚的爱情。当时相关小说的一般模式，即把中国视为英国的殖民地，中国人为任人宰割的殖民羔羊，凡与英殖民主义对抗的就是反动落后，而与之合作就是开明人士。而那些关于远东（中国）题材的故事往往充斥着诱拐、绑架、谋杀、鸦片走私等犯罪活动，笔下的中国男人均道德堕落、丑陋不堪、邪恶无比，女人则充满着性的诱惑力，但同时又充满着危险，隐藏着杀机，令白人冒险者难以满足欲望、生命受到威胁。

这种故事模式得以风行，也是为了投合英国民众的阅读期待。比如，玛丽·冈特在中国旅行过，她所看到的并不都是中国人恶劣的一面。不过丑化中国人，贬低有色人种为时尚所趋，而她的写作目标是瞄准英国市场。把中国人写得很糟糕，会迎合一些读者的兴趣，借此赚钱恐怕不难，她自己对此并不讳言："我写作就是为了挣钱。"正因有此大众心理为基础，黄祸恐怖与种族偏见得以充斥每一个角落，甚至形成某种文化心理积淀，在不同时期都会听到它的回声。

---

① 　Mary Gaunt, *A Wind from the Wilderness*, London: Laurie, 1919, p.229. 有关玛丽·冈特的论述可参见欧阳昱《表现他者》第 111—115 页。

（二）萨克斯·罗默笔下的恶魔式中国佬形象 [①]

玛丽·冈特为投合英国民众的阅读期待而塑造丑恶中国人的写作策略，与英美作家萨克斯·罗默创造傅满楚这样一个恶魔式中国佬形象相似。

傅满楚形象之所以被塑造成"黄祸"的化身，因为他符合当时通行的中国观以及对中国人的普遍看法，但是这一形象并不能代表罗默自己关于中国人的真正看法。在 1938 年的一次采访中，罗默吐露了自己真实的想法。他反驳布勒·哈特创造的阿新形象 [②]。他说："我完全不同意布勒·哈特的结论……中国人是个诚实的民族，这就是西方人认为他神秘的原因……作为一个民族，中国人拥有平衡、和谐，这正是我们日渐失去的东西。" [③] 采访中罗默还谈到了另一个神秘、高贵的中国人 Fong Wah，也许他才是傅满楚的真正原型。Fong Wah 在唐人街开餐馆和杂货铺，受到周围中国人的尊重和爱戴。很多年以后罗默才知道他也是一名堂会的官员。Fong Wah 待罗默非常友善，他经常向罗默讲述自己早年的生活。Fong Wah 的宠物——獴，也立刻让我们联想到了傅满楚的獴，它们都是神秘而诡异的，瞪着圆圆的眼睛，匍匐在主人的身旁。在 Fong Wah 身上笼罩着一种神秘色彩，某天，他送给罗默一把精致的匕首后，突然消失了……

罗默心目中的中国人是诚信的、友善的，而傅满楚形象的主调却是邪恶与恐惧。如果说这仅仅是罗默的艺术想象，那么这样的傅满楚形象为什么会在西方社会受到广泛的认可？一个人的想象只能写成一本书，大众共同的想象才能使一本书变成畅销书。因而，傅满楚是迎合大众想象的创作结果，是那个特定的文化背景、历史际遇使得中国人形象被如此的妖魔化、丑恶化。

20 世纪初，傅满楚这样一个在西方世界家喻户晓、广为人知的恶魔典型的出现，预示着中国人作为"黄祸"的形象，已经在西方的文学想象中逐渐

---

① 本部分对萨克斯·罗默笔下傅满楚形象的阐释，我的研究生刘艳参与了这一问题的讨论，并提供了详尽而有力度的解读文字。

② 阿新是 19 世纪下半叶一个非常著名的中国人形象。1870 年，美国作家布勒·哈特创作了这个狡猾、贪财的中国人形象。

③ "Pipe Dreams: The Birth of Fu Manchu", *The Manchester Empire News*, Sunday January 30, 1938.

固定下来。如果说义和团是本土中国人代表的"黄祸"，那傅满楚则是西方中国移民代表的"黄祸"。可以说后者是西方文学中对中国人形象最大也是最坏的"贡献"。这些傅满楚式的野蛮的中国佬，在西方人看来，丑陋肮脏、阴险狡猾、麻木残忍："他们中大多是些恶棍罪犯，他们迫不得已离开中国，又没有在西方世界谋生的本领，就只好依靠他们随身带来的犯罪的本事。"可见这是中国"黄祸"威胁西方文明的象征。

1911年，英国通俗小说作家阿瑟·沃德（Arthur Henry Ward，1883—1959）以萨克斯·罗默（Sax Rohmer）笔名受命写一部惊险小说，描写中国人在莱姆豪斯罪恶底层社会的情形，于是虚构了一个最有能耐的"中国佬"恶棍，并以《狡诈的傅满楚博士》（1913）之名出版，构成傅满楚系列小说的起点。罗默后来说，那是一个雾沉沉的黑夜，他在莱姆豪斯公路上偶然遇见一个衣着讲究、异常高大的华人，当时这个华人正一头钻进一辆豪华轿车。他就从这个华人身上产生了灵感。而对毒品（鸦片）的恐惧则成了普通民众阅读中国城犯罪故事的心理基础，同时也制约着作家对华人形象的创造。在随后的45年间，罗默陆续写了其他12部关于傅满楚等中国罪犯的长篇小说。写于美国的最后一部《傅满楚皇帝》，傅满楚已经从一个自私自利的恶棍转变成一个坚定的反共分子。

罗默在第一部小说《狡诈的傅满楚博士》里把傅满楚描述为亚洲对西方构成威胁的代表人物：

> 你可以想象一个人，瘦高、干瘦，双肩高耸，像猫一样地不声不响，行踪诡秘，长着莎士比亚式的额头，撒旦式的面孔，头发奇短的脑壳，还有真正猫绿色的细长而夺人魂魄的眼睛。如果你愿意，那么赋予他所有东方血统残酷的狡猾，集聚成一种大智，再给予他一个富有的国家的所有财富。想象那样一个邪恶可怕的生灵，于是对傅满洲博士——那个黄祸的化身，你心中就有了一个形象。①

① Sax Rhomer, *The Return of Dr. Fu Manchu, from Four Complete Classics by Sax Rohmer*, Castle, 1983, p.94.

　　罗默在这段描述中赋予了傅满楚智力超人、法力无边的特征。他将东方所有"邪恶"的智慧全部集中在傅满楚一人身上，并让他随心所欲地调动一个国家的所有财富。而且，傅满楚的长相也可谓东西合璧：西方莎士比亚的额头，象征着才能超群者的智慧；想象中撒旦的面孔，暗指邪恶狰狞而又法力无穷；猫一样的细长眼，这是西方人对东方人外貌特征的典型想象，见出傅满楚这个人物本身所被赋予的丰富的隐喻含义。对于西方人来说，这种既带有本土特征，又具有异国情调的形象，是黄祸观念具体化的一幅心像，迎合了19世纪末至20世纪最初20年风行一时的排华之风。

　　在罗默笔下，傅满楚首先是一个残忍、狡诈的恶魔。他领导着东方民族的秘密组织，杀人、绑票、贩毒、吸毒、赌博、斗殴无恶不作，意在"打破世界均衡"，"梦想建立全世界的黄色帝国"，他们是来自东方的梦魇，来自地狱的恶魔，"黄色的威胁笼罩在伦敦的上空，笼罩在大英帝国的上空，笼罩在文明世界的上空"。①

　　为了实现他的"邪恶目标"，即征服白人世界，建立黄色帝国，傅满楚绝不放过任何一个敌手。任何阻碍这一伟大进程的人都会被毫不留情地除去。大英帝国派驻远东的殖民官、著名的旅行家、熟悉远东的牧师甚至是美国总统，"如果一个人掌握了对傅满楚不利的资讯，只有奇迹可以帮助其逃脱死亡的命运"②。他杀害泄密者，谋害对抗者，祸及无辜者，凡是对抗、妨碍傅满楚计划的人都会落得凄惨的下场。皮特里认为傅满楚的残忍完全来自他的民族和种族。"在傅满楚的民族，直到现在，人们还是会把成百上千的不想要的女婴随手扔到枯井里。傅满楚正是这个冷漠、残忍的民族刺激下的犯罪天才。"③

　　傅满楚既是危险邪恶的，也是法力无边的。他的强大更来自于那不可思议的天才。在罗默笔下，傅满楚可谓一个前所未有的、全知全能的天才，而且已经成功地入侵大英帝国的中心伦敦，使得英国人很少有安全感。尽管史密

---

　　①　Sax Rohmer, *The Hand of Fu Manchu, from Four Complete Classics by Sax Rohmer*, Castle, 1983, p.1、p.9、p.40.

　　②　*The Return of Dr. Fu Manchu, from Four Complete Classics by Sax Rohmer*, Castle, 1983, p.135.

　　③　*The Return of Dr. Fu Manchu, from Four Complete Classics by Sax Rohmer*, Castle, 1983, p.174.

斯、皮特里痛恨他、仇视他，立志消灭他，但根本无计可施。他们无奈地承认傅满洲是"撒旦式的天才"、"恶魔天使长"。① 傅满楚"拥有三个天才的大脑，是已知世界的最邪恶的、最可怕的存在……他熟练地掌握一切大学可以教授的所有科学与技能，同时又熟知所有大学无从知晓的科学与技能"②，傅满楚的武器库里品种繁多，威力无穷。不仅有蝎子、蜘蛛、毒蛇等颇具东方色彩的武器，更有西方生物学、病理学、化学等最新发展而衍生的高科技武器。两者结合使他具有超自然的能力，成为那片神秘土地——中国所产生的最不可捉摸的人物。傅满楚有各式各样的实验室，并在其中进行大量的科学试验，研制毒品和新的杀人机器。

　　在伦敦，他刺杀任何对他起疑的人，并将那个时代最伟大的科学家绑架回他的"总部"，然后设法取得他们的知识。他采用先进科学方法从事毁灭活动，专门采用白人所不齿的"阴毒"手段，如以扎亚吻、绿色氯气、毒品、毒针等手段杀人。除了神秘的催眠术外，傅满楚还有许多神秘而恐怖的杀人手段。如"湿婆的召唤"（The Call of Siva）、"沉默之花"（The Flower of Silence）、"金石榴的毒刺"（The Golden Pomegranates）、"扎亚的吻"（The Zayat Kiss）、"燃烧的手掌"（The Fiery Hand）……对于傅满楚来说，谋杀不仅仅只是为了达成目的，谋杀手段本身也经过了精心的选择和筹划。每一次行动看上去都是神秘莫测，无迹可寻。这使得伦敦变为古怪可怖的异域，他通过其黑暗而神秘的能力将他的打击对象诱入可怖的幻境，而人们似乎对此无能为力。他在谋杀列昂纳尔勋爵时，仿佛是"东方的一股气息——向西方伸出一只手来"。这象征着傅满楚所体现的阴险狡诈、难以捉摸的力量。博古通今的傅满楚还能将自己的身体变形，他那硕大无比的头颅和翡翠绿的眼睛便是他变异的标志。他操控着鸦片和其他对大脑有影响的药品并用它们来增强他已经不同凡响的脑力，他突变的大脑不仅能破解自然中的秘密，更被用来制造和他自己一样可怕的怪物。他要先同化俄国和大英帝国的亚非

---

① *The Return of Dr. Fu Manchu, from Four Complete Classics by Sax Rohmer*, Castle, 1983, p.93，p.103.

② *The Insidious Dr. Fu Manchu*, New York: Mcbride, Nast, 1913, Chapter Ⅱ, p.9.

领地,最终创建"全球性的黄色帝国"①。

傅满楚身上蕴含着某种神秘恐怖的力量。他的眼睛最使人费解、恐惧。那仿佛不是人类的眼睛,就像是一个邪恶、永恒的精灵。狭长、微斜的眼睛覆盖着一层类似鸟类的薄膜(这使得他在黑暗中也能够看清一切)。白天好似白内障患者,混浊不清;夜晚却像猫头鹰一样熠熠生辉,射出祖母绿似的阴冷的光芒。傅满楚的魔力就凝聚在这双眼睛中。它仿佛可以轻而易举地窥视人类的心灵,催眠、控制任何人。在《神秘的傅满楚博士》中,他绑架并催眠了一位著名的科学家,轻而易举地让他泄漏了军舰制造的核心资料。在《傅满楚的手》中,他催眠了皮特里,使他产生幻觉,误把史密斯当作傅满楚并开枪射击。在《傅满楚总统》中,他又故技重施,催眠了美国总统候选人的保镖赫曼·克罗塞特(Herman Grosset)。

在西方的文化想象中,中国是最遥远的东方,也是最神秘的东方。那儿有难以计数的财富,又隐藏着不为人知的威胁。从浪漫主义文学开始,西方人就开始勾勒一个怪诞、奇异、阴森恐怖的东方。傅满楚来自古老中国最神秘的地方——思藩(Si- Fan)②,自然弥漫着最神秘的气息。伴随傅满楚出现的是阴森的场景,若有若无的黄雾,浓郁神秘的东方气息。他如幽灵似的无所不在,从伦敦到加勒比海,从纽约到缅甸,他的足迹遍布世界,但很少有人能够觅其行踪,窥其真容。在伦敦、纽约,他隐匿在中国城里。那是一个黑暗、幽闭的世界,是在西方文明、法制管辖外的另一个独立的世界。傅满楚就藏匿在这样神秘、黑暗的中国城里,这儿没有西方世界的力量和秩序,有的只是华人的统治以及衍生其中的各种神秘、邪恶而见不得人的勾当。赌博、抽鸦片、绑架、杀人,这就是神秘、恐怖的东方的缩影。在这儿傅满楚策划、发动所有的袭击。

因此,傅满楚成了笼罩在西方社会的不散的阴云。傅满楚及其领导的庞大的犯罪组织对整个白人种族和文明世界带来了巨大威胁。他们身上都带有不可更改的东方性。他们相貌丑陋,衣饰古怪,匿藏、滋长于阴森、杂乱,见

① 参见[美]何伟亚:《档案帝国与污染恐怖:从鸦片战争到傅满楚》,载《视界》第一辑,河北教育出版社 2000 年版,第 104 页。

② 思藩即西藏,也有人称之为香格里拉,是西方社会了解得最少、最神秘的地方。

不得光的黑暗角落,过着腐朽、堕落的生活。男人们沉迷堕落,流连于地下赌馆、酒馆、鸦片馆。女人们妖冶、放荡,既让人向往,又使人恐惧。傅满楚神秘、恐怖,狡猾而又残忍,是来自神秘东方的最大威胁。犯罪集团的其他成员力大无穷、野蛮残忍,带着先天的嗜血性,残忍的执行谋杀、绑架等犯罪行为。

与傅满楚对抗的是大英帝国驻缅甸的殖民官、著名的侦探奈兰德·史密斯。他瘦高、坚毅,有着古铜色的肌肤与铁一样冷峻的目光,在他身上有着强烈的种族优越感和责任感。一出场他就庄严地宣称:有一股邪恶的力量,有一个巨大的阴谋正在酝酿:"我千里迢迢从缅甸赶回伦敦,绝不仅仅是为了大英帝国的利益,而是为了整个白色种族的利益。我相信我们种族能否生存将在很大程度上取决于我这次的行动能否成功。"①

对于史密斯来说,与傅满楚的对抗从来不是简单的中英对抗,而是以中国人为代表的东方世界和整个西方世界的对抗,较量的结果将直接影响种族和文明的存亡。在系列小说中,傅满楚渗透到西方社会的心脏地带,阴谋策划一次次的袭击,他的计划一次比一次周全,手段一次比一次诡异,但总在最后关头被史密斯粉碎。罗默既提醒着西方社会来自东方的威胁,又坚信"高人一等"的西方社会一定能够战胜"黄祸",取得最终的胜利。

罗默表现出了明显的种族歧视以及对亚洲的敌意。他通过傅满楚小说里的人物,直接表示对华人的蔑视。傅满楚及其助手作为亚洲人的代表,种族低下,行为狡诈;正面人物如皮特里,不仅公开称华人为"中国佬",而且不断提醒读者,"这些黄种游牧部落使白人陷于困窘失措境地,也许这正是我们失败的代价"。

而且,在罗默笔下,傅满楚不只是"黄祸的化身",他还体现了为数众多的黄种人、黑人,以及棕色皮肤人蜂拥入西方后,对整个白人种族和文明世界所带来的威胁。这一形象比较复杂。正如上文所分析的那样,他颓废堕落、鸦片成瘾、狡诈残忍、老于世故、傲慢、对自己和他人的痛苦也无动于衷;同时,又聪明、勤劳、有教养、风度翩翩、言而有信、超然离群。但是,傅满楚又和传统的中国统治阶级以及一般的"中国人"不一样。他是一个聪明的科学

---

① Sax Rohmer, *The Insidious Dr. Fu Manchu*, NewYork: Mcbride, Nast, 1913, Chapter I, p.2.

家,通晓现代西方科技,又掌握着隐秘的东方知识,这两者结合使他有着超自然的能力,"是那片神秘土地——中国——所产生的最不可捉摸的人物"。正是这种东西方的组合使傅满楚比欧洲人幻想中的东方野蛮人入侵更可怕,也比廉价的华工在欧美的泛滥更有威胁力,因为这种东西方知识的融合蕴涵着极大能量,它使推翻西方、破坏帝国结构乃至全球白人统治成为可能。

(三)西方殖民帝国认知网络的运行:形象的传播与再创作

萨克斯·罗默创造的傅满楚形象,典型地展现出西方关于东方中国的那种神秘而恐怖的心理状态,而这一形象的多元化传播也体现出西方殖民心态下关于中国的认知网络的运行轨迹。

傅满楚形象的独特性吸引大众媒体的广泛参与,印刷媒介、电子媒介等均加入了傅满楚形象的传播与再创作,范围之广、形式之多样,持续时间之长都是令人惊讶的。傅满楚系列作品问世之初主要以报纸、杂志连载的方式在西方世界进行广泛传播,《柯立叶》(*Collier*)、《侦探故事》(*Detective Story*)、《新杂志》(*The New Magazine*)等三十余种杂志相继刊载了傅满楚系列故事。一部傅满楚小说往往被分为几十个故事,每周一期,持续刊载半年到一年。在那个年代,不接触傅满楚系列作品几乎是不可能的。借助大众媒体的广泛参与,傅满楚形象从一个文学形象变成了一个媒体形象,更加的无所不在。广播、电影、电视等新的传播方式出现以后,傅满楚的形象更加形象、生动,栩栩如生地出现在西方观众眼前。

广播剧呈现给听众的是听觉幻想,尤其是当人的有声语言与自然界的一切音响和音乐组合在一起时,其感染力就更加惊人。同样题材和内容,人们读小说时可能平心静气,置身事外;而一旦付诸于声情并茂的广播剧,就会产生出神入化的效果。傅满楚广播剧的制作和播出单位都是世界著名的媒体集团,听众遍及全国甚至欧美。傅满楚广播剧多安排在晚上黄金时段播出,且多次重播,收听人群非常庞大,傅满楚形象产生的广泛影响可想而知。

傅满楚形象最早出现在荧屏上是 1923 年,那还是默片时代。英国 Stoll 电影公司拍摄了首部傅满楚系列电影《傅满楚博士的秘密》,一年后, Stoll 公司又摄制了《傅满楚博士的秘密 Ⅱ 》,均非常轰动。当时伦敦的每一个地铁站都张贴着巨大的傅满楚电影海报。在大笨钟的上空，天气阴霾，乌云密布，隐约中透出一个中国人的脸。绿色的眼睛闪闪发光，露出不怀好意、阴森森的笑。电影剧照还被印成了系列卡片，广泛派发。此后，好莱坞电影公司相继出品的傅满楚系列作品使得傅满楚成了家喻户晓的中国恶魔形象。1929 年，美国派拉蒙电影公司（Paramount Pictures）拍摄了首部有声的傅满楚系列电影《神秘的傅满楚博士》，随后两年间又相继出品了《傅满楚博士的归来》（1930）、《龙的女儿》（1931）。傅满楚成了侦探电影中最为著名的角色。1930 年，在派拉蒙电影公司影展上，电影公司还特意设计了一个短剧，由两位著名的侦探福尔摩斯侦探和费洛·范斯（Philo Vance）侦探联手对付傅满楚。①

　　20 世纪三四十年代，梅高美电影公司（MGM）先后拍摄了《傅满楚的面具》、《傅满楚的鼓》和《傅满楚的反攻》等三部电影。由于好莱坞的"世界电影工厂"的广泛影响力，傅满楚系列电影在英、法、德、意、西等主要西方国家公映，造成了非常大的影响。1942 年由于国民党政府的正式抗议，好莱坞暂停傅满楚系列电影的拍摄。但傅满楚形象已经深入人心，无法抹灭。

　　新中国建立后，伴随着"红色威胁论"②的兴起，西方社会又掀起了新一轮拍摄傅满楚系列作品的热潮。1949 年，英国广播公司（BBC）率先制作了两部电视短剧——"红桃皇后"和"恐怖的咳嗽"（取材自《傅满楚博士的归来》）。1952 年 Herles 公司拍摄了《扎亚的吻》（选自《神秘的傅满楚博士》）。1955—1956 年，好莱坞电视公司拍摄了一系列十三集的傅满楚电视短剧，在美国全国播放，仅 1956 年间就在纽约重播三次。1965—1969 年，英国 Harry Alan Towers 电影公司连续推出了五部电影《傅满楚的脸》、《傅满楚的新娘》、《傅满楚的报复》、《傅满楚的血》和《傅满楚的城堡》。关于

---

　　①　费洛·范斯（Philo Vance），活跃于 20 世纪 20—30 年代，是当时最受欢迎的推理小说人物。许多专家学者论及美国推理文学黄金时期的兴起之议题时，必定会追溯至 1926 年的《The Benson Murder Case》。这本由范斯出马破奇案的作品，销售成绩之好让人诧异，据说该书还帮助出版商 Scribners 渡过经济大萧条的难关，免于负债的窘况。

　　②　"红色威胁"是 20 世纪下半叶，西方社会对社会主义中国的主观臆想。受到传统中国形象以及冷战思想的影响，西方社会总是担心中国会发动对其的毁灭性打击。

傅满楚题材的电影一直持续到了 20 世纪 80 年代。1980 年最后一部《傅满楚的奸计》中，家喻户晓的傅满楚才被电影安排"死去"。但傅满楚形象始终深藏在西方人的心里。当 1999 年土生土长于美国的华裔科学家李文和被指控为间谍时，一家美国报纸所用的标题就叫做"傅满楚复活"。

傅满楚形象自诞生以来，至少在几十部影视作品中出现，在欧美世界反复公映，受众面非常广。电影、电视以其声、光、电合一的独特魅力，形象再现了那个身穿长袍、面似骷髅、目光如炬的傅满楚形象。在阴森的气氛里，在恐怖的音乐中，傅满楚一次次地伸出了留着长指甲的枯爪，一次次将观众拉入死一般幻境。在恐惧、挣扎、反抗之间，观众经历了一场生与死、善与恶的搏斗。在与傅满楚的较量中，深切地感受到致命的威胁以及危机过后的酣畅淋漓，在幻想的世界里成就了白种人的英雄史诗。傅满楚恶魔形象是如此的深入人心。2000 年，西班牙导演亚历斯·艾格列斯还曾计划开拍千禧版本的《傅满楚》电影，最终因为种种原因未能成型。广播、电影、电视等媒体的广泛参与，扩大了傅满楚形象的受众面。借助新媒体形式特有的生动性、形象性，更加渲染、强化了观众业已形成的傅满楚形象。傅满楚形象成为了一个标志性的形象。

总之，经过一系列广播系列剧和好莱坞影片等多媒体的传播，傅满楚很快变成了一个在西方家喻户晓的名字，并把一整套关于中国人的严刑、无情、狡诈和凶恶的陈腐框框传遍了大半个世界。几乎对它无知的英美儿童也从关于傅满楚的电影和故事中获得了关于华人品性的概念。拿好莱坞制片宣传材料中的话来讲，傅满楚"手指的每一次挑动都具有威胁，眉毛的每一次挑动都预示着凶兆，每一刹那的斜眼都阴含着恐怖"[①]。在傅满楚系列电影的宣传海报上，也总是傅满楚的人像高高矗立，白人男女主角被傅满楚的巨影吓得缩成一团。傅满楚令西方世界憎恨不已而又防不胜防。他如此邪恶，以至于不得不定期地被杀死；而又具有如此神秘的异乎寻常的能力，以至于他总是奇迹般地得以在下一集的时候活灵活现地出现。在西方人看来，傅满楚代表的"黄祸"，似乎是一种永远无法彻底消灭的罪恶。

---

　　① ［美］哈罗德·伊萨克斯（H. R. Isaacs）：《美国的中国形象》，于殿利、陆日宇译，时事出版社 1999 年版，第 157 页。

在欧美世界妇孺皆知的傅满楚形象，甚至也波及到日常生活的方方面面。比如，以傅满楚形象为原型的茶壶、笔筒、火柴、糖果种类繁多，一种罕见的兰科植物因为垂着类似傅满楚胡须的枝条而被命名为傅满楚兰，在美国、加拿大、澳大利亚、苏格兰等国甚至还有傅满楚主题餐厅、傅满楚研究会。傅满楚形象极大地影响着西方世界的中国观。傅满楚这个精心打造的脸谱化形象，成为好莱坞刻画东方恶人的原型人物。这个"中国恶魔"的隐秘、诡诈，他活动的帮会特征，以及作恶手段的离奇古怪，都被好莱坞反复利用、修改、加工。直到今天，任何力图妖魔化中国的好莱坞电影，都不断地回到"傅满楚博士"这个原型人物，鲜有偏离和创造。

傅满楚系列的广为流传也催生了大量的模拟创作。任何力图妖魔化中国的作品，都不断地在"傅满楚博士"这个原型人物身上寻求创作灵感。时间之长、范围之广都是颇为惊人的。最早的模仿作品是 1914 年纽约未来电影公司制作的一部名为《神秘的吴春福》（*The Mysterious Wu Chun Foo*）的四节默片电影。尽管作者从未公开承认模仿、抄袭，但是傅满楚形象的影响清晰可辨。影片的主人公吴春福是一个神秘的中国商人，与傅满楚一样，他也有个智慧、坚毅的西方对手——侦探李斯特爵士（Lord Lister）以及他的朋友查理斯·布兰德（Charles Brand）。吴春福绑架了许多美国人，把他们关押在地窖中，迫使他们从事繁重的劳作。一次偶然的机会，李斯特和布兰德发现了失踪者写在钞票上的求救信息。他们顺藤摸瓜找到了吴的巢穴。与《神秘的傅满楚博士》一样，吴春福也有一位美丽的女儿，她钟情于布兰德，在她的帮助下，李斯特成功地解救了所有被囚禁的人。此后还有大量的模仿之作。如《蓝眼睛的满楚》（*The Blue-Eyed Manchu*，*New York: Shores*，1917）、《黄蜘蛛》（*The Yellow Spider*，*Grossep and Dunlap*，1920）、《骷髅脸》（*Skull Face*，*by Robert .E. Howard*，1929）、《生命巫师》（*The Wizard of Life*，*by Jack Williamson*，1934）等。这些作品中都有一位恶魔式的中国人，他们都有傅满楚某一或某些方面的主要特征。他们或者是出身名门，受过高等教育，精通各种语言和各类高科技；或是有着傅满楚标志式的长袍、高额、绿眼、枯爪；或者是掌控着庞大、邪恶的国际犯罪集团，热衷于绑架、勒索、暗杀，以颠覆西方社会，重建黄色帝国为目的。

三、知识与权力：维护帝国秩序的防火墙

（一）知识与权力

萨克斯·罗默臆想中塑造的傅满楚形象，在西方世界家喻户晓，从传播学角度讲，极好地承担着传播西方殖民帝国意识的作用。这样一种关于中国的叙事，包括文本与影像资料，是一种关于中国的知识，背后隐含的是一种关于中国的话语权力。

20 世纪法国大哲学家、思想家福柯通过阐释权力与知识的关系消解了知识或真理的"客观性"、"纯洁性"。在"五月风暴"之后，他开始关注知识的话语与社会的机制尤其是权力运作之间的关系，揭示了权力与话语的不可分离。权力产生知识，知识展示权力。他指出："权力和知识是直接相互连带的；不相应地建构一种知识领域就不可能有权力关系，不同时预设和建构权力关系就不会有任何知识。"可见，知识从来与权力密不可分，任何权力关系都与特定的知识相关，而任何知识都在创造一种权力关系。这样看来，西方之中国叙事的东方主义话语，首先确定了中国作为西方的对立面"他者"的形象。而构筑文化他者的真正意义是把握与控制他者，这个把握包括知识上的理解和解释，以及权力意义上的控制与征服。①

可以说西方文化正是在自我确认的过程中，凭借其二元对立的思维模式，构筑了中国这一他者形象。照萨义德的说法，任何一种文化的发展和维持，都有赖于另一种不同的、相竞争的"异己"（alter ego）的存在。自我的构成最终都是某种建构，即确立自己的对立面和"他者"，每一个时代和社会都在再创造自身的"他者"。② 对于西方来说，中国正是永恒的他者。无论西方文化感到得意或是失意，需要自我批判或自我确认的时候，中国形象这一"他者"都会自然浮现出来，帮助西方文化找到自我。西方的中国形象是西方文化的表述，自身构成或创造着意义，无所谓客观的知识，无所谓真实

---

① 参见周宁：《鸦片帝国》，学苑出版社 2004 年版，第 111 页。

② ［美］爱德华·萨义德：《东方学》，王宇根译，三联书店 1999 年版，第 426 页。

或虚构。西方的中国形象，真正的意义不是认识或再现中国的现实，而是构筑一种西方文化必要的、关于中国的形象。在中国形象的延续和变化中，我们看到的不是现实中国的变化，而是西方的文化精神与中西力量关系的变化。

东西文化相互认识、交流对话的过程中，外向型的西方强势文化对于内向型的东方弱势文化总是充当探险家、探宝者的探求角色。中世纪寻找圣杯的传奇故事伴随着近代殖民化历史的展开，而兑现为寻找财富与新知的现实冲动。西方知识分子眼中的东方异族也只有随着文化误读的节奏效应，而在乌托邦化与妖魔化之间往复运动：文化期待心理的投射作用，总是把文化他者加以美化、理想化；而真实的接触和霸权话语中的偏见，又总是将乌托邦化的他者打翻在地，使之呈现丑陋的妖怪面目。

回顾西方人表述中国的历史，总的来说可以分为两个阶段。早期多为赞美、倾慕的态度，18 世纪中后期，随着欧洲启蒙运动的高潮，西方现代性的确立，西方世界的中国形象发生了根本改变。启蒙大叙事构筑了一系列建立在二元对立基础上的范畴，诸如，西方与东方、自由与专制、进步与停滞、文明与野蛮。首先是孟德斯鸠和黑格尔两位文化巨人推动了贬斥中国的浪潮。[①]鸦片战争以后，越来越多的西方人在枪炮的庇护下以主人的姿态来到中国，越来越多的游记、信件、教科书、研究著作、文学作品、纪实作品和档案新闻报道，以自己的方式参加了中国形象的话语构建，不断地论证、强化中国这一他者形象。在西方与东方、西方与中国之间划定了一条想象的界限。西方文明、理智、进步，东方野蛮、迷信并停滞；西方人优越、文明而善良，中国人低劣、野蛮而邪恶。19 世纪中期，西方的中国形象基本成型。它主要表现为两个层面的混合存在。中国既是"黄"的代表，一种让人鄙夷、唾弃，反证西方优越性的异己存在；又是"祸"的代表，一种压迫、威胁西方秩序，使人恐惧

---

① 孟德斯鸠认为：中国是专制国家，只有暴政的恐怖与被奴役的胆怯、愚昧与沮丧，中国从皇帝到百姓，都没有品德。参见孟德斯鸠：《论法的精神》，张雁深译，商务印书馆 1994 年版，第 316 页。黑格尔则从自由精神的角度，谈到了中国人的奴性，认为普通中国人没有自卑，没有自重，而自卑的意识一旦占统治地位，就会转化为堕落。"中国人的道德败坏与这种堕落有关。他们以只要有一点儿可能就欺骗而闻名……"参见［德］黑格尔：《历史的哲学》，王造时译，上海书店出版社 1999 年版，第 136 页。

的客观存在。

　　这种丑陋、狡猾、残忍、爱报复的"中国形象原型",不断重复出现在不同时期不同作者的不同文本里,诗人、哲学家、传教士、商人,他们有着不同的知识与经验背景,有不同的动机与方法,但他们表现的中国人形象却有着惊人的相似性。特定的中国人形象并不是某个文本的发明,而是该时代社会文化内在结构的产物,体现并维护着那个时代的权力关系。任何个别表述都受制于这个整体,这是所谓的话语的非主体化力量,任何一个人,哪怕再有想象力、个性与独特的思考都无法摆脱这种话语的控制,只能作为一个侧面重新安排已有素材,参与既定话语的生产。① 中国人形象已经变成一种话语,除非你不涉及它,只要你参与表述,就一定得在既定的话语体制和策略下进行。

　　比较历史话语中的中国人形象与萨克斯·罗默笔下的傅满楚形象,我们就可以理解作为话语的中国形象的强大规训力。正如罗默在书中一再提醒我们的:傅满楚的狡猾是整个东方民族狡猾的总和,傅满楚的残忍来自其惯于杀害女婴的民族,傅满楚的嗜食鸦片来自其奇怪的民族性。作者一再地暗示我们,傅满楚形象、傅满楚集团中的中国人形象并不仅仅是其个人的独特创造,而是承袭了由来已久的"中国形象"原形。在傅满楚的长袍、秃脑袋、长指甲、猪辫子中我们清楚地看到以叶名琛为代表的满大人的影子,在唐人街的赌场里我们立刻可以找到鸦片瘾君子、赌徒以及形形色色卑鄙下流的中国人,在傅满楚的犯罪计划里,我们又可以深切地感受到中国人的狡猾与残忍。总之,罗默笔下的傅满楚形象是对已有的"中国形象原型"的继承,即使有些许的调整,也只能在傅满楚性格的某些侧面加入个人的理解,罗默无力颠覆传统的中国人形象。

（二）西方帝国秩序：东、西方二元对立的文化价值观

　　上文亦已涉及,西方文化传统的东西方二元对立的世界观念秩序,也是一种帝国秩序。在文化内涵上,西方意味着理性、健康、民主、自由、进步、繁

---

　　① ［美］爱德华·萨义德:《东方学》,王宇根译,三联书店1999年版。相关观点见"绪论"与"第一章"。

荣；东方则表现为非理性、病态的堕落与专制暴政、贫困与混乱。然而，与欧洲大陆比较靠近的土耳其、埃及，东与西的界限变得模糊，似乎有重合的可能，这一点令西方人困惑、讨厌，也令西方人担忧。1844 年，英国著名作家，《名利场》的作者萨克雷到地中海地区旅行，感觉非常失望。他发现土耳其苏丹看上去竟像是一个法国青年，而土耳其到处都是一片混乱、衰败的景象。1850 年，英国旅行家伯顿到埃及，发现这些法老的奴隶的子孙们，也开始坐在椅子上，用刀叉吃饭，谈论欧洲政治，实在让人无法忍受！欧洲人希望东方就应该像他们想象中（也即认知系统）的东方一样，埃及就是金字塔与法老，土耳其就是苏丹与苏丹的后宫、浴室，波斯就是宫廷阴谋与舞女，印度就是吃树叶的苦行僧，崇拜怪神的撒谎者，中国就是抽鸦片、留辫子、缠小脚的国度。① 如果现实中的东方与他们想象中的不一样，或者竟然有些类似西方，他们就会感到失望甚至恼怒。因为这些东方现实世界的"真实"，有可能像病毒一样侵入帝国的认知网络系统，瓦解甚至颠覆西方帝国的既有观念秩序（东、西二元对立秩序）。

（三）防火墙：构建与拆除

因此，西方的中国叙事，既展示西方的东方主义文化观，同时也在制造或维护着西方的中国认知，这是一道维护帝国秩序正常运转的防火墙，维护着西方的帝国心态与观念视角。任何试图冲击西方帝国秩序的外来知识档案（来自东方的真实的知识信息），均被其规避、解码、重新编码，以增强帝国认知网络系统的免疫力。免疫力之强，西方殖民帝国时代的中国叙事"功莫大矣"。然而，在全球一体化的国际文化语境中，这道"防火墙"成了阻碍东西方跨文化交往的障碍之"墙"。这堵"墙"能否拆除，拆除到什么程度，以近年来的国际形势、外交关系，以及文化交流情形观之，希望能给予一个令人满意的答复与预测。2006 年 3 月 7 日，英国广播公司国际广播电台（BBC国际台）曾公布一项在全球 22 个国家进行的民意调查，显示在各国民众心目中，中国的国家形象良好。中国明显赢得了世界的尊重，因为它有杰出的

---

① 参见周宁：《鸦片帝国》，学苑出版社 2004 年版，第 138—139 页。

经济成就,而且世界上绝大多数人都希望中国能继续保持这种经济成功的势头。其中,对中国看法最消极的国家是日本,最不希望看到中国军力增长的国家也是日本。从受访者年龄层次上看,年轻的受访者更倾向于对中国发展持积极态度,从受访者受教育程度上看,越是受过高等教育的人越积极看待中国的经济发展,而受较少教育的人则对中国发展持负面看法。2007年,美国《时代》周刊也公布了一项全球最新民意调查,亦表明中国已经成为全球最受敬重的前五个国家之一。在26个受调查国家中,中国获得的正面评价率为42%,负面评价率为32%。对中国评价最高的国家,主要分布在非洲国家和部分中东国家。对中国持负面评价的国家,主要集中在欧洲和美国。在9个接受调查的欧洲国家中,有6个国家认为中国形象负面。

一个国家形象的塑造,其本身也是一种以文化为内容的政治信息的传播,文化信息背后隐含的是意识形态和核心的价值观。过多负面的国家形象,也说明那堵"防火墙"仍在不断发挥作用。在这方面,通过持续开展的中外文学与文化交流,希望能够最大限度地消解这堵阻碍东西方正常交往的"防火墙",以实现人类平等、自由、进步的良好愿望。

英国作家在中国：
译介及影响

文学因缘：王国维与英国文学 ①

在近代中外文学交流史上，有一批文献值得我们充分关注，这就是王国维于 20 世纪初在其主编的《教育世界》杂志上为我们介绍的几位欧洲作家的传记材料。正是这批传记材料，让中国读者最先而且比较集中地了解和认识了欧洲的几位文学大师，进而为 20 世纪中欧文学交流史写下了精彩的第一页。这批重要文献包括以下几篇文学传记：

《德国文豪格代希尔列尔合传》，载 1904 年 3 月《教育世界》甲辰第 2 期（总 70 号）"传记"栏；

《格代之家庭》，载 1904 年 8—9 月《教育世界》甲辰第 12、14 期（总 80、82 号）"余录"栏；

《脱尔斯泰传》，载 1907 年 2—3 月《教育世界》丁未第 1、2 期（总 143、144 号）"传记"栏；

《戏曲大家海别尔》，载 1907 年 3—4 月《教育世界》丁未第 3、5、6 期（总 145、147、148 号）"传记"栏；

《英国小说家斯提逢孙传》，载 1907 年 5 月《教育世界》丁未第 7、8 期（总 149、150 号）"传记"栏；

《莎士比传》，载 1907 年 10 月《教育世界》丁未第 17 期（总 159 号）

①　原载澳门《中西文化研究》2009 年第 2 期。

"传记"栏；

《倍根小传》，载 1907 年 10 月《教育世界》丁未第 18 期（总 160 号）"传记"栏；

《英国大诗人白衣龙小传》，载 1907 年 11 月《教育世界》丁未第 20 期（总 162 号）"传记"栏。

以上这些关于西方文学家的传记材料具有重要的历史文献价值和开拓性的学术价值。它涉及四位英国作家，即莎士比（现通译为莎士比亚，下同）、倍根（培根）、白衣龙（拜伦）和斯提逢孙（斯蒂文森）；三位德国作家，即格代（歌德）、希尔列尔（席勒）和海别尔（黑贝尔）；一位俄国作家，即脱尔斯泰（列夫·托尔斯泰）。这些西方文学家传记因刊载时多未署名，故以往的王国维研究者多未涉及。后经谭佛雏详尽考定，确定这批材料无疑为王国维前期有关诗学的佚文（包括撰述、节译与综编）。[1] 陈鸿祥《王国维年谱》[2] 从译名的使用、文章的风格、论述的观点判断这批材料系王国维根据国外有关文学史、文学评论编译而成。笔者遵从此说，着重把王国维的这批西方作家传记材料，放在早期中外文学交流史上，确立其文献价值和学术意义，并简述与其美学思想形成之关系。限于篇幅，本节仅讨论王国维关于英国文学家的介绍文字。[3]

一、"英国近代小说家中之最有特色者"斯蒂文森

在王国维 1907 年介绍斯蒂文森（Robert Louis Stevenson，1850—1894）之前，中国读者只有通过 1904 年佚名翻译的《金银岛》得以对这英国著名小说家有些了解。《金银岛》（又名《宝岛》）是斯蒂文森的第一部长篇小说，最初在杂志上连载，1883 年出了单行本。小说情节奇异，悬念跌出，扣

---

① 谭佛雏校辑：《王国维哲学美学论文辑佚》，华东师范大学出版社 1993 年版，第 1—27 页。

② 陈鸿祥：《王国维年谱》，齐鲁书社 1991 年版。

③ 王氏关于歌德、席勒、黑贝尔、列夫·托尔斯泰以及在其他著述中涉及古罗马作家阿普列尤斯、法国作家卢梭的介绍内容，可参看拙著《跨文化语境中的中外文学关系研究》（上海三联书店 2008 年版）里的相关分析（第 115—136 页）。

人心弦,开创了以探宝为题材的先河,反响极大。这部小说翻译成中文后同样在我国读者中传诵一时。其后,也就是1908年,林纾、曾宗巩合译了斯蒂文森的另一部著名作品《新天方夜谈》(商务印书馆)。王国维的这篇《英国小说家斯提逢孙传》以相当大的篇幅介绍,即便在今天看来也极其详细到位。因而他为我们最早全面认知斯蒂文森,立有首创之功。

此传一开头就是一段美文,像一组电影镜头,引出了传主"斯提逢孙":

> 过南洋极端之萨摩阿岛,有阿皮阿山,赫然高耸。登其顶,则远望太平洋之浩渺,水天一色之际,遥闻海潮之乐音;近而有椰子之深林,掩蔽天日,中藏一墓,华表尚新。呜呼! 是为谁? 是非罗巴脱·路易·斯提逢孙之永眠地耶?

出生于爱丁堡的斯蒂文森自幼身体羸弱,曾到意大利和德国等地疗养,并长期在法、美居住。最后定居于萨摩亚岛,因患脑溢血去世后即葬于该岛一座山丘上。斯氏一生从事过散文、游记、随笔、评论、小说、诗歌等多种写作活动,尤以冒险小说著称,但直到20世纪50年代才被推崇为具有独创性的作家,并确立其在文学史上的地位。

王国维早在1907年就在这篇传记中给予了斯蒂文森以极高的评价。传文中首先指出斯蒂文森是"英国近代小说家中之最有特色者也",说其"生而羸弱,病而濒死者屡","然每感物激情,耽艺术而厌俗事,慕古人之称雄于文坛,窃自期许"。又讲他"常多疾苦,无以自遣,乃从事漫游",而且"每观事物,全用哲学者之眼,而以滑稽流出之,如山间之涌出清泉,毫无不自然之处也"。

传文中不断提及小说斯蒂文森生活创作的诸多优长,如最得意描述少年恋情:"斯氏最注重之人生为少年时代,描写少年时爱情之真直,乃其最得意笔也。"有一股乐观积极的心态:"彼身体虽弱,然不健全之感情,于其诸作中,毫不现之。虽其书草于病床呻吟之间,然能快活有生气,笔无滞痕,娱生喜世之趣,到处见之,宁非一大奇耶? 盖彼为一种之乐天家,不独爱人生,且亦知处之之道,故其作品皆表出秀美,成一种之幻想福音,有娱人生之趣味焉。"作品中鲜明的浪漫式自由之风格:"斯氏之作小说时,有一定主义,其为彼之生命者,自由是也。彼之作品,形式极非一律,其描写之现象甚多,其构想极奔放,而置道德于度外,随其想象,而一无拘束。① 故其所述,无非出海、说怪、行山、入岛、涉野、语仙、见鬼、逢蛮人而已。剑光闪处,必带血腥,美人来时,多成罪恶,或探宝于绝海之涯,或发见魔窟于五都之市,皆离其现实,而使之乘空想之云而去者也。而空想所至,不免荒唐不稽,遂置道德于度外矣。"王国维对此怀着一种欣赏态度,因为"小说家之爱自由者往往如此,盖不如此则易落恒蹊也"。

传文中介绍了斯蒂文森的诸多重要作品,称"Treasure Islands(即《金银岛》)为其得名之第一著作,青年之读物恐无出其右者",又说《黑箭》(The Black Arrow)"实其平生第一杰作也"。其后着重评论了斯蒂文森的文学创作特色:

> 斯氏行文,极奇拔,极巧妙,极清新,诚独创之才,不许他人模效者也。彼最重文体,不轻下笔,篇中无一朦胧之句,下笔必雄浑华丽,字字生动,读之未有不击节者。所尤难者,彼能不籍女性之事物以为点染。自来作家惟恐其书之枯燥无味,必籍言情之事实,绮靡之文句,以挑拨读者之热情。斯氏不然,其文之动人也,全由其文章自然势力使然,可谓尽脱恒蹊矣。
>
> 其每作一书,想象甚高,着眼极锐,尤善变化无复笔,其自言曰:"欲读者称快不绝,不勉试以种种之变化,不可得也。"故其所作,无不各有新性质。人方把卷时,皆作规则思想,及接读之,乃生例外,且例外之中更有例外,令人应接不遑焉。如结茅于山巅,开轩四望,则有海有峰,有花有木,忽朝忽夜,忽雨忽岚。又如观影灯之戏,忽火忽水,忽人忽屋,忽化而为风,忽消而为烟,令见者茫然自失。
>
> 世之作者,有专饰文字而理想平凡者,斯氏异是。文字之鲜艳华美,虽其天才之要素,然只足鼓舞人之优美感情而已,其价值不全在此。盖彼更能观察人生之全面,于人世悲忧之情,体贴最至。其一度下笔,能深入人间之胸奥,故其文字不独外形之美,且能穷人生真相,以唤起读者之同情,正如深夜中蜡炬之光,可照彻目前之万象也。

---

① 即如所谓"阅世愈浅,则性情愈真"的"主观之诗人"。

以上文字从三个方面论及斯氏创作特色：①行文上的奇拔、巧妙、清新、雄浑和动人；②运思方面的"想象甚高，着眼极锐，尤善变化无复笔"；③创作意图及效果方面，则能"观察人生之全面"，体贴"人世悲忧之情"，"深入人间之胸奥"，"以唤起读者之同情"。

在文学史上，斯蒂文森被称为英国新浪漫主义作家。新浪漫主义产生于19世纪80年代，由于人们对于困扰他们的现实普遍产生不满和厌倦，读者也不满于反映平凡生活的老套小说，而把兴趣转向新奇浪漫的故事。于是，以斯氏为首的一批作家，开始采用浪漫传奇和哥特小说形式，创造出一批受读者欢迎的新浪漫作品。这些小说不仅文笔优美，故事动人，而且充满朝气，启发了读者的想象，使他们逃开平庸的日常生活，进入陌生而美妙的幻想天地。而斯蒂文森的创作中集中了两种很少同时并存于一个作家身上的素质，即既是一个追求艺术形式美的文学家，又是一个会讲故事的小说家，因而成为这一文学流派最重要的作家，奠定了他在文学史上的杰出地位。同样，王国维在这篇传文中也颇为精到地总结了斯蒂文森在文学史上的重要地位：

> 要之，斯氏实十九世纪罗曼派之骁将，近代自然派之所以隆盛者，皆彼之功也。氏虽传斯科特（即司各特）之脉，然较彼仍有更上一步者，……其性格之描写，为所享近代写实派影响之心理分析之笔……而在诸家之中，独放异彩者，则斯提逢孙是也。其文学性质，虽不敢曰推倒一世，然自为新罗曼派之第一人，其笔致之雄浑，思想之变幻，近世作者中实罕其匹。呜呼！谓非一代之奇才耶！

这里，传文由近代欧洲文学流派之嬗递发展，来论述斯氏"新罗曼派"的特色，曰"笔致之雄浑，思想之变幻"，也颇可与《人间词话》的有关论说参照比析。

二、"描写客观之自然与客观之人间"的莎士比亚

介绍引进莎士比亚并不始于王国维。1840年，林则徐派人将英国人慕瑞所著《世界地理大全》（*The Encyclopaedia of Geography*，1834年初版于

伦敦），译成《四洲志》，这是近代中国最早介绍世界史地的著述之一。该书第十三节谈及英国的情况时，就讲到沙士比阿（即莎士比亚）等"工诗文、富著述"。后来，莎士比亚的名字就伴随着外国来华传教士的介绍而逐渐为中国读者所知。清咸丰六年（1856），上海墨海书院刻印了英国传教士慕维廉所译《大英国志》，其中讲到伊丽莎白女王时代的英国文化盛况时也提到了儒林中"所著诗文，美善俱尽"的"舌克斯毕"（即莎士比亚）等"知名士"。光绪八年（1882）北通州公理会刻印的美国牧师谢卫楼所著《万国通鉴》中也提到"英国骚客沙斯皮耳者（即莎士比亚），善作戏文，哀乐阁不尽致，自候美尔（现通译荷马）之后，无人几及也"①。其他一些英国传教士编译的著作，以及清末中国驻外使节或旅外人士，如郭嵩焘、曾纪泽、张德彝、戴鸿池和康有为等，也都在有关著述中提到过莎士比亚。1904 年出版的《大陆报》（The Continent）第十号在"史传"栏刊载《英国大戏曲家希哀苦皮阿传》。同年，商务印书馆出版了林纾翻译的英国兰姆姐弟的《英国诗人吟边燕语》，该书序中说"莎氏之诗，直抗吾国之杜甫，乃立义遣词，往往托象于神怪"②。不过，以上这些关于莎士比亚的内容均极其简略，只有到了王国维笔下，莎士比亚就能较全面地为中国读者所了解和认识。

王国维在《莎士比传》中详细交代了莎士比亚的婚姻家庭、伦敦岁月、创作过程等基本情况，并高度评价其"学识之博大"，"性情之温厚闲雅"，"不独为诸人所尊敬，且为诸人所深爱"，还征引约翰逊的话来评价莎士比亚："彼才既跌宕，又思想深微，想象浓郁，词藻温文，更助以敏妙之笔，于是其文遂如长江大河，一泻千里，不可抑制。盖彼之机才，实彼之性命，若稍加以抑制，与夺其性命无异。若以其所长补其所短，亦复充足而有余也。"

在介绍莎士比亚的创作情况方面，该传记载亦详。文中将莎氏创作分为四个时期，介绍其第一期"所作多主翻案改作，纯以轻妙胜"。因为传主"尚未谙世故"，"故与实际隔膜，偏于理想，而不甚自然"。而进入第二时期后，

① 戈宝权：《莎士比亚在中国》，《莎士比亚研究》（创刊号），浙江人民出版社 1983 年版，第332 页。
② 陈平原、夏晓红编：《二十世纪中国小说理论资料》（第一卷），北京大学出版社 1997 年版，第 139 页。

因"渐谙世故，知人情，其想象亦届实际"，所以本时期"专作史剧，依其经验之结果，故不自理想界而自实际界，得许多剧诗之材料"。剧作风格则"大抵雄浑劲拔"。第三时期，"莎氏因自身之经验，人生之不幸，盖莎氏是时既失其儿，复丧其父，于是将胸中所郁，尽泄诸文字中，始离人生表面，而一探人生之究竟。故是时之作，均沉痛悲激"。而至第四时期，作者"经此波澜后，大有所悟，其胸襟更阔大而沉着。于是一面与世相接，一面超然世外，即自理想之光明，知世间哀欢之无别，又立于理想界之绝顶，以静观人海之荣辱波澜"。所以，本时期的作品"足觇作者之人生观"："诸作均诲人以养成坚忍不拔之精神，以保持心之平和，见人之过误则宽容之，恕宥之；于己之过误，则严责之，悔改之，更向圆满之境界中而精进不息。"因"含有一种不可思议之魔力"，而"左右人世"。

传文中的这些解说，基本上展示了莎剧创作各时期之重要特征，且精炼到位，对中国读者全面把握莎剧创作特质大有助益。传文中还列出了莎士比亚所有剧诗（史剧、喜剧、悲剧）和叙事、抒情诗的英文篇名、年代，其中部分篇名按此前出版（1904 年商务版）的林纾、魏易合译的《英国诗人吟边燕语》里的中文译名标注。这同样让 20 世纪初的中国读者对莎氏作品先有了一个必要的概要了解，尽管此时尚无一篇莎剧的正式中文译本。

在列出莎氏全部作品篇名之后，传文中又提到了莎士比亚的"四大悲剧"：《鬼诏》（即《哈姆莱特》）、《黑督》（即《奥瑟罗》）、《蛊征》（即《麦克白》）、《女变》（即《李尔王》），指出"盖惟此四篇实不足以窥此大诗人之蕴奥"，表明认识莎士比亚，只有通过深入全面地阅读莎氏作品，才能真正体会其艺术魅力：

> 盖莎氏之文字，愈嘴嚼，则其味愈深，愈觉其幽微玄妙。又加拉儿氏 ① 曰："人十岁而嗜莎士比，至七十岁而其趣味犹不衰"。盖莎士比文

---

① 即卡莱尔（Thomas Carlyle，1795—1881）。其第一部著作《席勒传》，更视歌德为圣人。他说"在歌德眼里就像莎士比亚眼里一样"，"现实界的自然之物即为超自然之物"，莎翁《哈姆莱特》等名剧，与歌德《浮士德》里的人物，都是"作者赐给我们的""一切玄妙奥秘的揭示，人世物相的本来面目"。（韦勒克：《近代文学批评史》第三卷，上海译文出版社 1997 年版，第 120 页）这些论说，与王国维小传所说莎翁"以超绝之思，无我之笔"，"描写客观之自然与客观之人间"，相近。作为歌德的崇拜者，王国维从卡莱尔那里找到了认识莎翁的镜子。

字,犹如江海,愈求之,愈觉深广。故凡自彼壮年所作之短歌集,以求其
真意者,或据一二口碑以求莎氏之为人,或据一己之见以解释其著作,皆
失败也。当知莎氏与彼主观的诗人不同,其所著作,皆描写客观之自然
与客观之人间,以超绝之思,无我之笔,而写世界之一切事物者也。① 所
作虽仅三十余篇,然而世界中所有之离合悲欢,恐怖烦恼,以及种种性格
等,殆无不包诸其中。故莎士比者,可谓为"第二之自然"、"第二之造
物"也。

这段文字既指出了读莎翁文字"犹如江海,愈求之,愈觉深广",那种常读常
新,愈读愈深的感觉;也涉及到如何正确赏鉴大诗人的作品问题;更提出要
把"描写客观之自然与客观之人间"的莎士比亚,与那些"主观的诗人"区
别开来,因而实开《人间词话》区分"主观之诗人"与"客观之诗人"之先
河,构成王氏美学思想的重要内容。

"第二之自然"、"第二之造物",亦即歌德所谓"拿一种第二自然奉还
给自然","显得既是自然,又是超自然"(歌德《〈希腊神庙的门楼〉发刊
词》)。康德也曾言及"第二自然"之艺术表达方式。他说:"想象力(作为
创造性的认识功能)有很强大的力量,去根据现实自然所提供的材料,创造
出仿佛是一种第二自然。"此"第二自然"的创造,既"要根据类比规律,却
也要根据植根于理性中的更高原则"(康德《判断力批判》)。以此形成"超
越自然"的审美意象。此亦即王国维后来所谓既"合乎自然"又"邻于理
想"的"意境"(境界)。与"第二自然"说法相关的是"第二形式"说。
王国维在《古雅之在美学上之位置》(1907)中首次区分"第一形式"与
"第二形式",并宣称"一切之美皆形式之美也"。"而一切形式之美又不可
无他形式以表之,惟经过此第二形式,斯美者愈增其美。""自然但经过第一
形式,而艺术则必就自然中固有之某形式,或所自创造之新形式,而以第二形

---

① 王国维:《人间嗜好之研究》(原刊《教育世界》第146号,丁未二月下旬,即1907年4月):
"若夫最高尚之嗜好,如文学、美术,亦不外势力之欲之发表。……若夫真正之大诗人,则又以人类之
感情为其一己之感情。彼其势力充实不可以已,遂不以发表自己之感情为满足,更进而欲发表人类
全体之感情。彼之著作,实为人类全体之喉舌,而读者于此得闻其悲欢啼笑之声,遂觉自己之势力亦
为之发扬而不能自已。"

式表出之。""虽第一形式之本不美者，得由其第二形式之美（雅）而得一种独立之价值。"（《静安文集续编》）这里，"第二形式"与康德所谓"第二自然"的表达方式相当。①

在王国维看来，像莎士比亚之类的"客观之诗人"能"以超绝之思，无我之笔，而写世界之一切事物"，便可创造"第二之自然"、"第二之造物"。这里，王国维所谓的"无我"，即叔本华的"纯粹无欲之我"。对"无我之境"的追求缘起于王国维美学思想发生的最初阶段，与之相对应的"有我之境"则出现于《人间词话》之中。《人间词话》手定稿第三则有云："有有我之境，有无我之境。……有我之境，以我观物，物皆著我之色彩。无我之境，以物观物，故不知何者为我，何者为物。（此即主观诗与客观诗所由分也）。古人为词，写有我之境者为多，然未始不能写无我之境，此在豪杰之士能自树立耳。"后来，在定稿时王国维删除了"此即主观诗与客观诗所由分也"一句。可以看到，起初王国维相信"有我之境"、"无我之境"这对概念，与另一对概念"主观诗"、"客观诗"之间，可能存在着某种内在的本质联系，所以在手定稿中加以类比。定稿时删除了后一对概念，或许对两对概念间的联系有所疑虑。②

在《人间词话》中，"有我之境"、"无我之境"，亦与另一对概念"造境"（理想派）、"写境"（写实派）关系密切。这后一对概念之间的关系亦难以分割。《人间词话》手定稿第二则即云："有造境，有写境，此理想与写实二派所由分，然二者颇难分别，因大诗人所造之境必合于自然，所写之境必邻于理想故也。"《人间词话》第五则亦强调"理想"与"自然"的相互制约关系："自然中之物，互相关系，互相限制。然其写之于文学及美术中也，必遗其关系、限制之处。故虽写实家，亦理想家也。又虽如何虚构之境，其材料必求之于自然，而其构造，亦必从自然之法则。故虽理想家，亦写实家也。"

在王国维眼中，作为"大诗人"的莎士比亚，其一生的创作即印证了"造境"与"写境"之融合特征。前引小传中莎翁创作四时期表现出来的艺术历程，正好说明了"理想与写实二派"之"颇难分别"的关系。

---

①　参见佛雏：《王国维诗学研究》，北京大学出版社 1999 年版，第 99—117 页。

②　同上。

三、"语语皆格言"的培根

英国散文大家培根（Francis Bacon，1561—1626）的名字最早为中国人所知晓，大约也是始于 1856 年英国传教士慕维廉译的《大英国志》。其中说"儒林中如锡的尼、斯本色、拉勒、舌克斯毕、倍根、呼格等，皆知名士。"此后较早介绍培根的中国人是王韬。早在 19 世纪 70 年代，他就写了《英人倍根》一文。文中写道："其为学也，不敢以古之言为尽善，而务在自有所发明。其立言也，不欲取法于古人，而务极乎一己所独创……盖明泰昌元年，倍根初著格物穷理新法，前此无有人言之者，其言务在实事求是，心考物以合理，不造理以合物。"（王韬《瓮牖余谈》卷二）这篇短文准确地介绍了培根的生平事迹，说明了他的哲学的重要特征，一是归纳逻辑为基础的唯物主义，一是反对偶像崇拜，不为古人和古来籍载所囿。文章还具体说明了培根的思想对各个学科发展所起的重大作用和在社会上的广泛影响。传教士办的《万国公报》则从 1878 年起一连九期连载了慕维廉所撰《格物新法》，介绍了培根的科学理论产生的时代背景、主要内容与时代价值，着重介绍了培根代表作《格致新法》一书（今译《新工具》）。[①]

王国维在 1907 年刊载的《倍根小传》，也无疑是我国最早比较详细介绍英国这位科学哲学与散文大家的文字材料。这篇文字介绍了传主的出生、家庭、求学、入政界、罢官乡居、潜心著述及实验科学等，颇为简明扼要。比如，传文中介绍培根"惟以性好奢华，享用多逾分，故负债山积，进退维谷。幸受知于权门爱萨克伯"。培根所受于伯爵甚多。"后伯有异志，为倍根所觉，力谏不从，遂绝交。……时爱萨克伯国事犯事件起，女皇震怒，倍根虽为之斡旋无效，终处死刑。至宣告伯悖逆之文，亦成自倍根手，盖倍根受女皇之命而作者也。"爱萨克伯，即伊丽莎白女王的宠臣埃塞克斯伯爵。此传对培根的言行稍有袒护。论及培根之为人，其思想与人格比较复杂。诗人蒲伯称之为人类"最智慧，最聪敏，但最卑鄙的一个"。他曾为埃塞克斯伯爵的亲信。十年

---

① 　参见楼宇烈、张西平主编：《中外哲学交流史》，湖南教育出版社 1998 年版，第 418 页。

后伯爵失宠,最终走上断头台,据说培根对他的叛卖起了助纣为虐之效。

《倍根小传》也介绍了培根的巨著《学风革新论》(即《伟大的复兴》)共六篇,其中第二篇《新机关论》(即《新工具》)阐述尤详,特别对该篇所倡导的归纳法研究方法的实质有所评析:

> 倍根因始定归纳论法,乃倡导学风革新,故大博盛誉,且得若干实利。实则彼之说,太偏于实用,彼盖纯以厚生利用为诸学问之目的者也。彼之言曰:"知识者,实力也",是一语最能表其所持之意见。彼之意盖以为知自然(即造化)之理,即得利用之力者也。

传文进而指出:

> 倍根非大思想家也,乃大应用家也,大修辞家也。彼之论说,殆皆以绝妙之词,表白极大之常识者也。至其学识之博大精核,虽一代之巨子亦不能与之争。

培根虽被称为"大应用家",提倡实用价值的科学,但非常崇敬拉丁古文学,而对近代英语,以为"是等近世语,早晚必随书籍以共亡"。所以每写完一本书,"必译之为拉丁文,盖恐英语亡后,其书亦随之湮没也"。可惜他寄以希望的拉丁文著述,除了《新工具》外,后世人关注无多。

培根作为散文家在文学史上的成就主要在一本《随笔》,对此《倍根小传》亦有标示。不仅如此,小传还将之与我国的随笔做比较,来突出培根散文的独特风格,可谓开中外散文比较之先河:

> 要之,倍根之所以为后世俗人所重,皆由于彼之"Essays"之故,是书总计五十八篇,极有文章家之真价值,义即"随笔"是也。然与近世所谓之 Essays(论文)迥异其趣,与我国所谓随笔,亦迥不相同。盖我国所谓随笔,乃随笔书之,无所谓秩序者也。是篇则字字精炼,语语圆熟,条理整然不紊,在在可称之为散文之诗。至其词藻之美,比喻之巧,无一字之冗,极简净之致,犹其次也。故有人曰:"倍根语语皆格言也,敷衍彼一句,即可成为一大篇。"是语诚然。倍根之文,可代表当时秾丽散文之极

致,虽以彼之冷静圆熟,犹不免有几分美文之病,是可见当时诗的时世影响之大矣。

此段文字论及培根散文风格:"字字精炼,语语圆熟,条理整然不紊","词藻之美,比喻之巧,无一字之冗,极简净之致","语语皆格言"均为精到之论。

众所周知,培根是一个语言大师,他在文学史上以其清晰、准确又有雄辩力量的散文为新文风提供了范例。他在《新工具》中"市场偶像"一节就是谈语言不精确之弊,而且认为这个问题最为"麻烦"。

《学术的推进》(王国维译为《学问发达论》)中也多次论及语言问题,其中讲道:"人们猎取的与其说是内容,不如说是词藻,与其说是有分量的内容,有价值的问题,有道理的立论,有生命力的发明或深刻的见解,不如说是精美的文辞,完整干净的文句,委婉跌宕的章法,以修辞比喻来变化或美饰其文章。"①

同样我们也知道,随笔这一形式并不始于培根。它在欧洲文学中的创造人是法国的蒙田。蒙田每篇随笔都很长,培根则不同,几乎每篇均集中紧凑,言简意赅,甚至写得像一连串的名言警句,内容上也不尚空谈,对社会和人情世故体会颇深,形诸文字时,又以其科学头脑使随笔一律布局谨严,议论脉络清楚可寻,既闪耀着智慧,又间带些诗情画意。② 以上这些关于培根散文的特质,我们现在可从任何一本文学史著述轻易获知,然而在 20 世纪初,王国维即在《倍根小传》中明确简练地提出,其先导意义不容忽视。

四、"主观之诗人"拜伦

据现有资料,梁启超是译介拜伦给中国读者的第一人。1902 年,梁启超在其创办的《新小说》第 2 号上,首次刊出英国拜伦(Lord Byron)的照片,称为"大文豪",并予以简要介绍。后又在其小说《新中国未来记》(《新小说》杂志连载)中译了拜伦《渣阿亚》(Giaour,即《异教徒》)片断和长

---

① 王佐良、何其莘:《英国文艺复兴时期文学史》,外语教学与研究出版社 1995 年版,第 420 页。
② 同上书,第 428—431 页。

诗《哀希腊》中的两节。继梁启超以后，拜伦后一首诗又有马君武（《哀希腊歌》）、苏曼殊（《哀希腊》）、胡适（《哀希腊歌》）等多种译本。此外，苏曼殊在1906年翻译、1909年出版了国内第一部拜伦诗选，并在诗选的《自序》中描述了拜伦背井离乡的忧愤和帮助希腊独立的义举。当时拜伦的诗特别引人注目，是与中国近代民族危亡的社会现实有关系。梁启超就通过笔下人物黄克强之口说道："摆伦最爱自由主义，兼以文学的精神，和希腊好像有夙缘一般。后来因为帮助希腊独立，竟自从军而死，真可称文界里头一位大豪杰。他这诗歌正是用来激励希腊人而作，但我们今日听来，倒好像有几分是为中国说法哩。"（《新中国未来记》第四回）这以后，鲁迅在1907年写下了著名的《摩罗诗力说》，对"立意在反抗，指归在动作"、"不克厥敌，战则不已"的摩罗诗派的领袖人物拜伦有比较系统的介绍与评述。同年，王国维在11月出版的《教育世界》杂志一六二号上发表《英国大诗人白衣龙小传》，则对拜伦的生平及创作特征做了比较详细的介绍和评价，而成为当时引进介绍拜伦的先驱者之一。

王国维在这篇小传中首先交代了传主的幼年生活、家庭状况、初恋交游、欧陆漫游、客死希腊的整个生命历程。如叙述其母"执拗多感，爱憎无常，激之则若发狂，尝寸裂己之衣履"。拜伦"即育诸其母之手者，故其闲雅端丽之姿，与不羁多感之性，亦略似其母。又其母子间亦常不相能。其母盛怒时，不论何物，凡在手侧者，皆取以掷子。子愤极，每以小刀自拟其喉。故每当争论后，母子互相疑惧，均私走药肆中，问有来购毒药者否。其幼时之景况，盖如此也。"又叙传主"自幼性即亢傲，不肯居人下。故在小学中，一意读书，且好交游，不惜为友劳苦伤财。其后彼游意大利时，每岁用费四千镑，其中一千镑，专为友人费去。"通过这些早年生活细节，有助于凸显传主的独特个性。

这篇小传对传主的文学创作也有简要介绍。如称《查哀尔特·哈罗德漫游记》（即《恰尔德·哈洛尔德游记》）"为其一生中最鸿大之著作"，"罗哈德漫游中之主人，盖隐然一白衣龙之小影也"。也提到拜伦《东方叙事诗》、《曼夫雷特》《唐璜》（文中译为《丹鸠恩》）等重要诗篇。传中还说拜伦"素不喜诗歌，轻视美文，诋毁文士，即于其己之所作亦然"，而看重"作诗以外之本领"，继而引出助希腊独立并病死他乡的结局。

王国维在小传中对拜伦的秉性为人、言谈举止、性格性情、情欲情感及创作特性等，还有一段精彩评论，特别值得关注：

> 白衣龙之为人，实一纯粹之抒情诗人，即所谓"主观之诗人"是也。其胸襟甚狭，无忍耐力自制力，每有所愤，辄将其所郁之于心者泄之于诗。故阿恼德①评之曰："白氏之诗非如他人之诗，先生种子于腹中，而渐渐成长，乃非成一全体而发生者也。故于此点尚缺美术家之资格。彼又素乏自制之能力，其诗皆为免胸中之苦痛而作者，故其郁勃之气，悲激之情，能栩栩于诗歌中。"此评实能得白衣龙之真像。盖白衣龙非文弱诗人，而热血男子也，既不慊于世，于是厌世怨世，继之以詈世；既詈世矣，世复报复之，于是愈激愈怒，愈怒愈激，以一身与世界战。夫强于情者，为主观诗人之常态，但若是之甚者，白衣龙一人而已。盖白衣龙处此之时，欲笑不能，乃化为哭，欲哭不得，乃变为怒，愈怒愈溢，愈溢愈甚，此白衣龙强情过甚之所致也。实则其情为无智之情，其智复不足以统属其情而已耳。格代之言曰："彼愚殊甚，其反省力适如婴儿。"盖谓其无分别力也。彼与世之冲突非理想与实在之冲突，乃己意与世习之冲突。又其嗜好亦甚杂复。少年时喜圣书，不喜可信之《新约》，而爱怪诞之《旧约》。其多情不过为情欲之情，毫无高尚之审美情及宗教情。然其热诚则不可诬，故其言虽如狂如痫，实则皆自其心肺中流露出者也。又阿恼德之言曰："白衣龙无技术家连缀事件发展性格之伎俩，惟能将其身历目睹者笔之于书耳。"是则极言其无创作力，惟能敷衍其见闻而已。观诸白衣龙自己之言则益信，其言曰："予若无经验为基础，则何物亦不能作。"故彼之著作中之人物，无论何人，皆同一性格，不能出其阅历之范围者也。

该段评论为我们勾画了大诗人拜伦作为"主观之诗人"的鲜明形象："胸襟甚狭，无忍耐力自制力"。此类"纯粹之抒情诗人"，"每有所愤，辄将其所

---

① 阿诺德（Matthew Arnold，1822—1888）是 19 世纪后期英国最重要的文学批评家。他赞同歌德所说"拜伦一旦思考就成了孩童"。他尊拜伦为"第二的大诗人"，是继莎士比亚之后英国诗歌中"最大的自然力量，最大的原生能力"（［美］韦勒克：《近代文学批评史》第四卷，上海译文出版社 1997 年版，第 208 页）。

郁之于心者泄之于诗"，故而"其诗皆为免胸中之苦痛而作者"。同样正因如此，诗人自身的"郁勃之气，悲激之情"，能栩栩如生地展示在诗作之中。此类诗人又具备一种特立独行的个性和热血男子的炽热情感，他们"不慊于世，……以一身与世界战"。同时也因为此类诗人"强情过甚"，而"其情为无智之情"，所以他们的心态类乎孩童，即如歌德所言"其反省力适如婴儿"。然而，正是这种特点造就了其诗作具有某种强烈的冲击力。王国维对此颇多欣赏："然其热诚则不可诬，故其言虽如狂如痴，实则皆自其心肺中流露出者也。"相对于"不可不多阅世"的"客观之诗人"来说，像拜伦这样的主观诗人并不以阅历丰富见长，所以"彼之著作中之人物，无论何人，皆同一性格，不能出其阅历之范围者也"。传中特别注意到了拜伦一生中对立互补的两个侧面：一方面独尊个性，情绪易于昂扬亢奋；另方面又情感脆弱感伤而细腻。其实，这又何尝不是浪漫主义者常见的两个侧面。当然，王国维传文中的这些评价并非无懈可击，重要的是王氏通过拜伦阐述了其关于"主观之诗人"的美学思想。

《人间词话》第十七则云："客观之诗人，不可不多阅世。阅世愈深，则材料愈丰富，愈变化，《水浒传》、《红楼梦》之作者是也。主观之诗人，不必多阅世。阅世愈浅，则性情愈真，李后主是也。"《人间词话》中唯一被明确指出其为"主观之诗人"的是后主李煜，其"阅历愈少而性情愈真"。性情真莫如赤子。第十六则有云："词人者，不失其赤子之心者也。故生于深宫之中，长于妇人之手，是后主为人君所短处，亦即为词人所长处。"第十八则亦云："尼采谓'一切文学，余爱以血书者。'后主之词，真所谓血书者也。"可见作为"主观之诗人"的李煜，是王国维最为"倾倒喜爱"的词人之一。

王国维对所谓"赤子之心"的理解，接近于作为"纯粹之抒情诗人"的浪漫大诗人拜伦的情感特征。如上所述，此类诗人特点在强于感情，弱于理智。"其反省力适如婴儿"，但其诗歌"皆自其心肺中流露出"。王国维在其著作中明确称之为"主观诗人"的也只有拜伦和李煜二人。对"主观诗人"的强调，也促使王国维关注并提出了以主观感情的表现为特征的"有我之境"说。

五、"生百政治家，不如生一大文学家"

无法断定王国维是否有意为之，上述均刊于 1907 年《教育世界》的英国著名作家传记，在选择上恰好包括了诗人、散文家、戏剧家、小说家等四种文学家类型。这种对英国文学的关注早在 1904 年王国维接编《教育世界》后，即开辟"小说"专栏，以"家庭教育小说"为名，连载长篇作品《姊妹花》①。此小说为 18 世纪英国感伤主义作家奥立维·哥尔德斯密斯（1728—1774）的《威克菲尔德的牧师》，描写主人公穷牧师普里姆罗斯自述其家庭被乡村地主欺压的种种悲惨遭遇，有浓郁的感伤情怀的描写。连载前有一段编者的话："是书为英国哥德斯密所著。原名《威克特之僧正》（*The Vicar of Wakefield*），一千七百六十六年出版。文人词客，争相宝贵。今日本学校，多假为课习英语之用，其身价可想见。惟译本视原书章节略有变易，文字陋劣，不足传达真相，阅者谅焉。"②

在刊载小说最后一节的《教育世界》上，还附录了《葛德斯密事略》，其中有从哥尔德斯密斯的为人秉性说到行文风格："葛德斯密之为人，志薄而行弱。尝厌尘世束缚之苦，而悲戚不已。静则思动，动则思静，故萨嘉烈（按即萨克雷）评之曰：葛德斯密，惟悬想明日，追悼往日，而忘却今日者也。其性质若此，故其为文也，哀怨悱恻，流丽优雅，能为当日后世所爱抚。"又"以毕世穷愁，阅历深透，故于世态人情之微，能发挥无遗。"而这部家庭教育小说《姊妹花》即"可谓善描人生之真相者矣"。

王国维在此欣赏小说要关注人情世态，揭示人生的真相，这与梁启超"小说改良社会"的文学观是相呼应的。确实因受梁启超鼓吹"小说界革命"的影响，王国维在其主编的《教育世界》上不断加强对西方小说的译介。后来，又通过《教育世界》"传记"栏译介了欧美诸领域代表人物传记，

---

　　①　连载于《教育世界》第六十九—八十九号，甲辰正月上旬至十一月上旬（1904 年 2 月—12 月）。

　　②　据相关学者考察，此小说系"编者"（王国维）将日译"陋劣"的小说转译成中文，是因为原著文字"流丽优雅"，日本学校多为英语课本范文；作者"毕世穷愁"，"阅历深透"，"善描写人生真真相"。参见陈鸿祥：《王国维传》，人民出版社 2004 年版，第 195 页。

而尤使他倾心仰慕的，则是那些"足以代表全国民之精神"的西方大文学家，如古希腊的荷马、意大利的但丁，英国的莎士比亚、德国的歌德等。写于1904年的《教育偶感》，当中有一段话说得非常明白：

> 今之混混然输入我中国者，非泰西物质的文明乎？政治家与教育家坎然自知其不彼若，毅然法之，法之诚是也。然回顾我国精神界则奚若？试问我国之大文学家有足以代表全国民之精神，如希腊之鄂谟尔、英之狭斯丕尔、德之格代者乎？吾人所不能答也。其所以不能答者，殆无其人欤？抑有之而吾人不能举其人以实之欤？二者必居一焉。由前之说，则我国之文学不如泰西；由后之说，则我国之重文学不如泰西。前说我所不知。至后说，则事实较然，无可讳也。

在王国维眼里，虽然无法肯定"我国之文学不如泰西"，但"我国之重文学不如泰西"是不争的事实，而大文学家"足以代表全国民之精神"。因此，在同一则"偶感"中王国维进一步申言：

> 生百政治家，不如生一大文学家。何则？政治家与国民以物质上之利益，而文学家与以精神上之利益。夫精神之于物质，二者孰重？且物质上之利益，一时的也；精神上之利益，永久的也。前人政治上所经营者，后人得一旦而坏之；至古今之大著述，苟其著述一日存，则其遗泽且及于千百世而未沫，故希腊之有鄂谟尔也，意大利之有唐旦也，英吉利之有狭斯丕尔也，德意志之有格代也，皆其国人人之所尸而祝之，社而稷之者，而政治家无与焉。何则？彼等诚与国民以精神上之慰藉，而国民之所恃以为生命者。若政治家之遗泽，决不能如此广且远也。①

王国维认为，政治是短暂的，物质上的利益是一时的，唯有精神上的利益才是永久的。那些流传千百世的文学经典及其作家，在西方那样被传颂，被崇拜，而我们却对此视而不见，漠然置之，还谈得上什么教育！在《教育世

---

① 《教育偶感》四则之四，《遗书》第五册，原刊《教育世界》第八十一号，甲辰七月上旬（1904 年 8 月）。

界》"改章"之初推出的第一篇文学家传记《德国文豪格代希尔列尔合传》开头即大声疾呼:"呜呼!活国民之思潮、新邦家之命运者,其文学乎!"结尾面对这两位"与星月争光"的德国作家,心生感慨:"胡为乎,文豪不诞生于我东邦!"

无独有偶,东渡日本的鲁迅,亦主张"别求新声于异邦"。1907 年在所著《摩罗诗力说》的结尾也慨叹:"今索诸中国,为精神界之战士者安在?"1913年写成的《儗播布美术意见书》中,亦称美术(文学艺术)为"国魂之现象","若精神递变,美术辄从之以转移。此诸品物,长留人世,故虽武功文教,与时间同其灰灭,而赖有美术为之保存,俾在方来,有所考见"。①

《三十自序之二》中,王国维坦陈在 1906 年前后思想发生困惑时说自己"疲于哲学有日矣"。标明这是"此二三年中最大之烦闷,而近日之嗜好所以由哲学而移于文学,而欲于其中求直接之慰藉者也"②。

王国维曾极力争取包括文学艺术在内的"纯粹美术"的独立地位与不朽价值。他甚至将文艺尤其是诗歌提到与哲学同等的高度,指出两者"所欲解释者皆宇宙人生上根本之问题,不过其解释之方法,一直观的,一思考的,一顿悟的,一合理的耳。"(《奏定经学科大学文学科大学章程书后》,见《静安文集续编》)因此,文学艺术作为"国魂之现象",能给"国民以精神上之慰藉",国民则"恃以为生命"。正是自觉地认识到了文学有"如此广且远"的生命力,西方文学家身上所体现出的那种精神力量与文学启示,王国维才大量绍介包括英国作家在内的西方文学家,因为他们可做中国精神界的良师益友。

---

① 鲁迅:《鲁迅全集》第八卷《集外集拾遗补编》,人民文学出版社 2005 年版,第 52 页。
② 王国维:《王国维遗书·静安文集续编》第三册,上海古籍书店 1983 年版,第 611 页。

威廉·华兹华斯在 20 世纪中国的接受史

一、抒情歌谣的力量：
华兹华斯在中国的接受史（上）①

　　1798 年,在伦敦出版了一本只收有 23 首诗的薄薄的诗集,然而这本当时并不起眼的诗集却揭开了英国文学史上崭新的一页,代表着英国诗歌新纪元的诞生。这就是华兹华斯与柯勒律治合著的《抒情歌谣集》(*Lyrical Ballads*)。从此,英国文学史上浪漫派诗歌运动便正式开始了。1800 年,华兹华斯为诗集再版而写的序言也成为英国浪漫主义诗歌运动的宣言。华兹华斯的诗论诗作给英国诗歌带来了全新的诗风:新的语言与韵律、新的理论与美学观点,影响很大,他在文学史上也一直盛名不衰。在这本划时代的诗集问世一百多年以后,华兹华斯走进了中国,恰好赶上了中国文学史上同样划时代的新文学运动。中国现当代作家、翻译家、研究者在不同时期,从不同角度,以及不同程度上翻译介绍和接受了华兹华斯的诗歌美学主张及其诗歌艺术作品。

---

① 本部分内容曾以《华兹华斯及其作品在中国的译介与接受（1900—1949）》为题,刊于《四川外语学院学报》2001 年第 2 期。

（一）华氏诗歌和诗论的最初引进

威廉·华兹华斯（1770—1850）是 19 世纪英国浪漫主义大诗人,他的诗论诗作曾给英国诗歌带来了全新的诗风,影响极大。进入 20 世纪,华兹华斯也带着那股清新的诗风和独特的诗歌主张走进了中国。据现有资料,华兹华斯的名字最早为我国读者所知,是在 1900 年。该年《清议报》第三十七册刊载了梁启超题为《慧观》的文章。文中谈及"观滴水而知大海,观一指而知全身"的"善观者"时,即举华兹华斯为例:"无名之野花,田夫刈之,牧童蹈之,而窝儿哲窝士（即华兹华斯——引注）于此中见造化之微妙焉。"并高度评价这些善观者"不以其所已知蔽其所未知,而常以其已知推其所未知。是之谓慧观"①。

华兹华斯的诗歌最早进入中国是在 1914 年,这一年 3 月出版的《东吴》杂志一卷二期上发表了陆志韦翻译的华氏两首诗《贫儿行》和《苏格兰南古墓》。其中,《贫儿行》译文采用的是我国七言歌行体形式,明显受到白居易《琵琶行》行文风格的影响,反映的是一种同情下层人民的人道主义思想。《苏格兰南古墓》的译文采用五言古诗形式,其行文意蕴也颇受我国一些吊古伤怀之诗文的影响。因此,陆志韦把华兹华斯的诗歌介绍到中国来时,从选择到翻译,从内容到形式都自觉或不自觉地受到了中国古诗文化传统的深刻影响。

中国新文学作家正式接受华兹华斯,最先是从他的诗歌主张的引进开始的。新诗革命的倡导者胡适就引证华兹华斯来说明他的文学革命的理论主张。1919 年他在《谈新诗》一文中说:"英国华次活（Wordsworth）等人所提倡的文学改革,是诗的语言文字的解放。……这一次中国文学的革命运动,也是先要求语言文字和文体的解放。"② 而胡适在《文学改良刍议》中所倡导的"八事"内容也与华兹华斯的诗歌主张多有某些暗合之处。

对华氏诗论比较详细介绍的是田汉。1919 年他在《诗人与劳动问题》③

---

① 梁启超:《慧观》,《饮冰室自由书》之一则,载《清议报》第三十七册,1900 年 3 月 1 日。
② 胡适:《谈新诗》,《中国新文学大系·建设理论集》,上海良友图书公司 1935 年版,第 295 页。
③ 田汉:《诗人与劳动问题》,《少年中国》一卷八期,1919 年 12 月。

长文中谈及诗歌的性质与定义时说,华兹华斯"他那关于抒情诗有名的学说……也算把诗歌上情绪的性质和价值充分的说明了。他说诗歌是由感情惹入人心中间的诚实。是知识的最初又是他的最后。又是知识的活动与精神。又华氏在他处明说诗歌的定义地方曾说明诗歌发达的理由。据他说诗歌是起于心归平静的时候,情绪发动而为热烈的感情。最初的情绪平静的考虑直到消灭打止,而空想的情绪代之以生。"由此,田汉认为诗的目的纯粹在有情绪。文中还把华氏称为第一流的诗人,是"十九世纪英国罗曼主义文学的第一登场人"。总之,田汉该文已提及到了华氏诗学理论中的几个关键词,如情绪(情感)、自然、空想(想象),并对华氏关于诗的定义和崇高地位以及诗人的杰出地位等都有所介绍。这些诗学主张与华氏诗作一起对五四新文学,特别是对创造社和新月派同仁的文学思想及其创作实践,都产生了不小的影响。

(二)创造社与华兹华斯

创造社是浪漫主义流派的代表。尽管创造社并未鼓吹过浪漫主义,但前期创造社主要作家郭沫若、郁达夫等人富有浪漫主义艺术情调的创作,都非常重视情感自我表现的因素,对大自然也奉示出由衷的向往和赞美,这其中与他们对华兹华斯的借鉴接受是分不开的。

我们知道,郁达夫对英国作家是比较冷淡的,很少能赢得他的赞扬,但华兹华斯却成为了他的知音。华兹华斯描写体悟大自然的诗作让郁达夫加增了他原来得自于卢梭的对自然的信任与神往,况且华氏诗中那种感伤的韵味也正合于自己的忧郁情怀。这样华兹华斯就带着他那忧郁的牧歌第一次进入中国小说家的作品中。郁达夫小说《沉沦》开头就写主人公手捧一本华兹华斯诗集,在乡间官道上缓缓独步,而那满目的乡村景致、入耳的鸡鸣犬吠,竟能让他眼里涌出两行清泪来,就是因为自然之美印证了他孤冷可怜的情怀,诱发了他伤感悲哀的情绪。小说中作者还让主人公放声读诵并翻译华兹华斯《孤寂的高原刈稻者》中的两节诗。华氏这首名作是他诗歌主张的实践,是一幅清雅的素描,一首恬静的牧歌。我们仿佛看到了高原田野里农家姑娘孤独的身影,听到她忧郁的歌声。而这正是《沉沦》主人公内心世界的写照,只不过这种忧郁孤独的境况一直伴随着他走向了生命的尽头。因为自然之美和华氏自然诗篇并不能疗救小说主人公的情感创伤,也不能安抚他那痛苦的心灵。所以《沉沦》主人公虽手捧华氏诗集,但无法进入作品的诗心,也就不能真正理解和接受华兹华斯和大自然的魅力,以平息他那孤独忧郁的心绪。

华兹华斯也是郭沫若所倾心的西方浪漫诗人之一。郭沫若曾说:"我自己对于诗的直感,总觉的以'自然流露'的为上乘,若是出以'矫揉造作',只不过是些园艺盆栽,只好供诸富贵人赏玩了。"① 这段话很容易让我们联想到华兹华斯那句有关诗的著名定义。华兹华斯所主张的关于诗与散文语言没有本质区别的观点,也在郭沫若言论中有所体现。② 同时,郭沫若借鉴华氏这种力求打破诗歌传统形式的束缚以便更自由抒发胸中情感的诗学主张,也正与"五四"新文学打破旧诗格律,创造新诗形态的历史要求合拍。另外,郭沫若还引证华氏诗作阐明自己对某些问题的看法。比如1922年1月他在谈及儿童文学的特点时,就举华氏诗篇《童年回忆中不朽性之暗示》为例证,说明"儿童文学不是些鬼画桃符的妖怪文学"③。我们知道,郭沫若浪漫主义美学观点的哲学基础是德国古典美学。而经过柯勒律治的中介作用,这也成了英国浪漫主义美学思想的基础。华兹华斯当然也受到了德国古典哲学的影响,可以说这就成为郭沫若接受华兹华斯的一个契合点。上述华氏诗作对孩童的称颂就与德国浪漫主义诗人歌德"对于小儿的尊崇"④ 相一致,而郭沫若对后者更为倾心,受他的影响也更大。

(三)新月派与华兹华斯

华兹华斯重情感和想象力的诗学主张在新月派诗人闻一多那里也得到了回应。受其影响,闻一多对诗歌典型化方面的一个主张就是要注重想象、强调激情。华兹华斯说过,所有的好诗都是强烈情感的自然流露,但这种强烈的情感并不是当场写下,而是经过"冷静的追忆"才入诗的。闻一多在

---

① 《三叶集》,亚东图书馆1920年初版,第45页。
② 同上书,第46页。
③ 郭沫若:《儿童文学之管见》,《文艺论集》(下卷),光华书局1925年版。
④ 郭沫若:《〈少年维特之烦恼〉小引》,《创造季刊》一卷一期。

《评本学年〈周刊〉里的新诗》、《给左明先生》等文中也曾说过类似的话。华兹华斯非常强调想象力,闻一多对此也颇有同感。他曾认为重视"幻象"是"天经地义的真理",并说幻象在中国文学里素来似乎很薄弱,新诗里尤其缺乏这种质素,所以读起来总是淡而寡味。可以说正是华兹华斯的诗论帮助闻一多确立了中国新诗创作要特别重视情感和想象的理论主张。

　　如果说闻一多主要是在诗歌创作主张方面表达了对华兹华斯的认同,那么新月派的另一重要诗人徐志摩则在体悟大自然魅力方面与华氏相通,因而在创作实践等多方面承受了华兹华斯的影响,同时他也是较早翻译华氏诗作的著名诗人。1922 年 1 月 31 日徐志摩翻译了华氏一首重要抒情诗作《葛露水》(*Lucy Gray or Solitude*),并在《晨报副刊》上撰文认为"宛茨宛士是我们最大诗人之一"[1],又在《征译诗启》中说:"华茨华士见了地上的一颗小花,止不住惊讶与赞美的热泪;我们看了这样纯粹的艺术的结晶,能不一般的惊讶与赞美?"[2] 他还把华氏诗作称为"不朽的歌"(《话》),把华氏隐居的 Grasmere 湖当作自己神往的境界(《夜》),而把"爱"看作赖以生存的第一大支柱的人道爱的理想,又显然是受到华氏名言"We live by love, Admiration and Hope"的影响。[3] 而这一切又是与他的游学经历分不开的。徐志摩负笈英伦,来到恬静柔美的伦敦康河河畔。那充满田园情趣的环境,让他的性灵得到了纯美的陶冶,促进了他自我意识的觉醒。正是在大自然中寻求自我的存在与生命的和谐这一点上,让徐志摩与华氏的精神息息相通。在《康桥再会罢》一诗中他曾表达过非常相信华氏对于大自然有"大力回容、镇驯矫饰之功"这种魅力的看法。华氏写自然之美以及自然与人生和谐的诗篇特别多,徐志摩的很多诗篇同样如此,其中《云游》在构思上就与华氏名诗《黄水仙》极为相似。与华氏描绘大自然实质上是在表现自己的精神世界相同,徐志摩也一直试图通过自然图景揭示出自己的人生哲学。在欧洲文化氛围陶冶中成长起来的徐志摩,一开始就对华氏诗歌产生了无限缱绻之情。在他所欣赏和接受的西方诗人中,华兹华斯占着一个突出的位置,成

---

① 　徐志摩:《天下本无事》,载 1923 年 6 月 10 日《晨报副刊》。

② 　徐志摩:《征译诗启》,载《小说月报》十五卷三号,1924 年 3 月。

③ 　徐志摩在《汤麦司哈代的诗》一文中曾引用过这句名言,见《东方杂志》二十一卷二号。

为他心路历程中的一个知音。

与闻一多徐志摩在多方面认同华兹华斯相比,梁实秋对华氏某些看法颇有微词。他在《现代中国文学之浪漫的趋势》长文中就明确反对华氏"孩子乃成人之父"的著名观点,这当然与他强调理性、秩序、节制的古典主义文学观是一致的。他曾说过:"在理性指导下的人生是健康的、常态的、普遍的,在这种状态下所表现出的人性亦是最标准的;在这标准之下所创作出来的文学才是有永久价值的文学。"① 因此,梁实秋所持观点的前提就是理性。而华兹华斯在个人情感危机和法国大革命失败后时代普遍存在的理想危机的双重压力下,不得不对理性产生怀疑,在反思中试图寻求人类真正的自由与归宿,最终放弃了社会能在理性的基础上靠政治活动得以改造的幻想,完全转向过去——童年,企求在童年的回忆中找到欢欣、自由与新生的希望,进而认为童年到老死是至真至善逐渐销蚀的过程,所以成人应恢复孩童本真的天性。"孩子乃成人之父",实则是要把全部希望寄托于过去,把这种精神的复归作为自己安身立命之所,也作为拯救现实的唯一出路,以此形成华氏的人生追求与社会理想。当然,这种排斥理性的人生追求与社会理想则与梁实秋讲求理性的古典主义理想大相径庭,因而也难怪梁实秋要对华氏这些观点大加贬斥了。

(四)学衡派与华兹华斯

作为"五四"新文学运动的反对者,学衡派也对华兹华斯表现了很大的兴趣,不过其认同和接受的旨趣则与创造社、新月派同仁有所差异。

《学衡》杂志第七期曾刊有华兹华斯肖像。第九期上吴宓所写的一篇《诗学总论》中引用过华兹华斯的诗作和诗学主张。后来吴宓曾在清华园根据希腊神话传说中海伦的故事,仿华兹华斯《雷奥德迈娅》(Laodamla)而作《海伦曲》一首长达112句。② 在《余生随笔》中吴宓也曾提及华兹华斯与我国田园诗人陶渊明的类似之处,而为吴宓所欣赏的近代诗人黄遵宪的《人

---

① 梁实秋:《文学的纪律》,新月书店 1928 年版。

② 《吴宓诗集·卷十三·故都集下》,中华书局有限公司 1935 年版。此前该诗曾载《学衡》第七十八期, 1933 年 5 月。

境庐诗草自序》,也被他拿来与华兹华斯《抒情歌谣集再版序言》相提并论。

更有甚者,《学衡》杂志第三十九期新增的"译诗"栏中,发表了华兹华斯《露西》组诗第二首的八篇译文,并标题为《威至威斯佳人处僻地诗》(*She Dwelt Among the Untrodden Ways*)[1],这恐怕是绝无仅有的译介现象。在"编者识"中还非常精到地介绍了华氏诗歌的风格:"威至威斯之诗。以清淡质朴胜。叙生人真挚之情。写自然幽美之态。是其所长。高旷之胸襟。冲和之天趣。而以简洁明显之词句出之。盖有类乎吾国之陶渊明王右丞白香山三家之诗也。"接着便提供了贺麟、张荫麟、陈铨、顾谦吉、杨葆昌、杨昌龄、张敷荣、董承显等八人翻译这同一首诗的译文。

在此我们暂不列出这八篇非常有意思的译文。[2]只想说明的是,八篇译文题目各异,更未必尽合华氏原作诗意,但都是采用五言古诗的语言形式来译华氏这首名诗。我们知道,自觉维护文言之优美雅致的特色是学衡派之一贯主张,即便译诗也是如此。这八篇译诗还毫无例外地将华氏笔下那个孤栖幽独、芳华凋零的女郎露西,与中国诗歌传统中极具比兴寄托意蕴的失偶"佳人"形象加以迭合。译诗还融进了原诗所没有的诸如空谷、僻地、兰、菊、草木等中国诗歌常用意象,使得这些译诗无论在意蕴内涵,还是抒情格调上都更接近于汉魏古诗的风调。在译诗中我们会感受到曹植《杂诗·南国有佳人》、李白《古风·美人出南国》、杜甫《佳人》等诗的韵味,其中顾谦吉译诗中竟有三句直接出自杜甫《佳人》诗。因此,八首译诗的作者都是自觉或不自觉地从中国诗歌传统文化的角度,对华氏诗中那个幽凄而逝的露西进行了再创造,使她成为我们传统眼光所熟知所期待的这一个"佳人"形象。这种译介过程中的创造性误读现象很值得我们分析研究。从中可以看出,学衡派同仁接受华氏,更多地是看到华氏诗歌与中国古诗有相似的意象联系,并借助于华氏诗歌的译介,凸现了中国古诗文化传统的价值,也客观上起到为古代文化传统进行辩护的目的,以实践《学衡》"昌明国粹、融化新知"的办刊宗旨。

---

① 见《学衡》第三十九期,1925 年 1 月。
② 这八篇译文及其详细分析可参见本文第三部分的内容。

（五）三、四十年代对华兹华斯的介绍与研究

经过"五四"新文学运动，我国的新诗创作取得很大成绩，但也存在着不少问题。1934年朱光潜在《人间世》第十五期诗专辑上发表的《诗的主观与客观》一文，就是针对当时诗坛存在的某些问题有感而发的。朱光潜在文中就接受了华氏诗论的重要内容，详细分析了为何有了情趣而又不能流露于诗的原因，认为感受情趣而能在沉静中回味，就是诗人的特殊本领，并引用华氏诗学主张来告诫当时中国的青年诗人应从主观经验中跳出来看自己，而不要赤裸裸地表现出心中的情趣。《人间世》杂志第十九期"新年特大号"上还发表了钟作猷的《华茨华斯故乡游记》一文。作者在文中把华氏故乡的风、云、景、情带回到了中国。该期还刊有华氏照片6幅，也首次让中国读者对华氏生活背景有了一些直观感性的认识。

我们要想真正理解华氏诗歌，离不开他诗中的宗教信仰问题。1941年朱维之《基督教与文学》一书分析了华氏思想中"孩子乃成人之父"的重要观点，认为小孩的天真、自然、活力、深邃，足以暗示不朽，而人们之所以崇拜自然，是因为大自然显露了上帝的神秘。书中还从基督教福音书的角度看待华氏田园诗的精神及其对下层人民的同情。[1] 这样，朱维之就为我们勾画了一个标举"自然宗教"思想的华兹华斯的形象。同样，对华兹华斯诗作结构的理解与把握，也是我们深刻接受诗人的一个重要方面。1947年袁可嘉在《诗与意义》[2] 一文中就举华氏诗作为例，说明即便那些以崇尚自然，采用朴素的人民语言相标榜的诗歌也存在着丰富复杂的立体结构组织，又指出华氏那一套关于大自然的抽象思想观念，是被情绪地表现出来的，而不是观念的诗化。这样，该文第一次让我们注意到了华氏诗歌的深层结构问题及其哲理表现的方式，对深刻剖析华氏诗艺颇有助益。

民国时期在华兹华斯生平经历、思想观念与创作概况等方面的介绍方面，也出现了不少著述。其中最早比较详细介绍华兹华斯的是郑振铎在《小

---

① 　朱维之：《基督教与文学》，青年协会书局1941年版，第239页。

② 　袁可嘉：《诗与意义》，《文学杂志》二卷六期，1947年。

说月报》上刊登的一篇谈论 19 世纪英国诗歌的文章。① 另外还有《英国文学史》（林惠元译，上海北新书局 1930 年版）、《英国文学史纲》（金东雷著，上海商务印书馆 1937 年版）、《西洋文学讲座》（英国文学部分，曾虚白著，世界书局 1935 年版）、《欧洲近代文艺思潮》（吕天石著，上海商务印书馆 1933 年版）等，都对华兹华斯做了比较多的介绍。1939 年，上海商务印书馆出版了丹麦文学史家勃兰兑斯《十九世纪文学之主潮》（第四册英国的自然主义）的中译本，可以帮助我们全面深刻地理解与接受华兹华斯的思想、理论和创作。还有值得指出的是，这一时期出现了研究华兹华斯诗作的第一本著作，即李祁写的《华茨华斯及其序曲》。本书对华兹华斯及其长诗《序曲》做了比较详尽的介绍分析评价，其中包括《华茨华斯的自然诗》、《作〈序曲〉的经过》、《序曲》、《华茨华斯的故乡》四部分内容。作者在该书第四部分《华茨华斯的故乡》里交代了自己 1934 年春读华氏的诗歌，想以华氏诗作为牛津大学的论文题目，于是去华氏家乡度假的缘由，并阐明了华氏故乡山水与其诗歌创作的必然联系："我望着那一幅山水，如同受了一下打击，同时我也忽然了解了华氏的诗。我对于华氏的诗如同他的性格，曾有觉得不懂的地方，或是怀疑的地方。这时，面对着他的家乡的山水，我似乎一切都懂了，彻底的明了他的诗是一定如此，不能是别样的缘故。这样的山水，自然产生华氏那样的诗人和那样的诗。"② 该书还特别提到华氏对自然山水的那份敬畏之心。"因此，他对于自然的态度，不仅是敬爱的，而且是感激莫名的。由于这许多情绪的交织，再由于那一点神秘的畏惧作为一点根源，所以华氏的诗内，常常有些句子非但不能翻译，就连英国人也不能以英文来理解。欣赏及了解这些词句的程度，全要凭藉读者体会他的身世，他的故乡山水的特色，再融以想象的理解力，才能有所领悟。"③ 李祁在牛津的导师戴璧霞女士（Miss. Helen Darbishire）是专门研究弥尔顿与华兹华斯的专家。

　　华兹华斯的一些名作也陆续被译成中文，不少刊物发表了华氏的译诗，不少作品多次选入各种诗歌选本之中，还出版了华兹华斯的诗集，如张则之、

---

①　郑振铎：《文学大纲·19 世纪的英国诗歌》，《小说月报》十七卷五号，1926 年。

②　李祈：《华茨华斯及其序曲》，上海商务印书馆 1947 年版，第 81 页。

③　同上书，第 85 页。

李香谷合译的《沃兹沃斯诗集》(北平建设图书馆 1932 年版)和《沃兹沃斯名诗三篇》(上海商务印书馆 1936 年版)。这两本译诗集都是英汉对照本,并附有作者传略与译者自序跋语等内容。这些译诗为当时的中国读者提供了阅读欣赏和理解接受华兹华斯诗歌的条件。

综上所述,我们从民国时期华兹华斯在中国的接受情况可以看出,通过不少诗人、作家和译者、学者的共同努力,在对华兹华斯的引进介绍、消化接受方面有不少收获,也有一些不足。首先,就华兹华斯生平与创作的全面介绍和研究而言,取得一些成绩,但多直接或间接取自外国的相关著作材料,表明我们的华兹华斯研究尚处于翻译介绍的时期。其次,在作品译介方面,我们翻译介绍了华兹华斯的一些诗歌作品,散见于各种报刊、文章和诗歌选本之中,尽管其中不乏名作,有的诗篇还出现多种译文,但华氏绝大多数诗歌都未得到译介,因而很大程度上制约了一般读者对华兹华斯的全面认识和理解。再次,对我国新文学创作观念与实践影响最大的是华兹华斯的诗歌理论主张,尤其是对诗歌语言、诗体形式创新的主张,以及重视情感与想象力的观念,都对我国新诗创作产生了很大影响。最后,在对华兹华斯的选择、认识与批评之中也凸现出接受者群体和个人的观念主张及其期待视野,因而使得民国时期华兹华斯的中国之旅呈现出比较丰富的色彩,为我们在 20 世纪下半叶进一步接受这位浪漫主义大诗人起了良好的铺垫作用。

二、从消极反动到第一流的大诗人:
华兹华斯在中国的接受史(下)[①]

1949 年 10 月,共和国的诞生,标志着我国进入了一个崭新的历史时期。不过,这并没有给华兹华斯在中国的传播与接受带来新的机遇。相反,人们似乎完全忽视了建国前他对中国新文学发展的贡献,而且把他作为一个批判的对象,纳入到读者的认识视野之中,由此他的声誉也随之降到了迄今为止

---

① 本部分内容曾以《建国以后华兹华斯在中国的接受》为题,刊于《宁夏大学学报》1999 年第 1 期。

的最低点。当然这是由特定的历史时代造成的。

新中国成立以后，我国的外国文学研究受苏联一些学术观点和研究方法的影响颇大，比较注重作品的现实性和人民性，同时也片面强调政治标准，强调作家的政治态度和作家的政治意义、社会意义和历史意义。因此，像华兹华斯这样的诗人就被划为政治上反动的消极浪漫主义诗人，其艺术成就被全部抹杀，在很长一段时间出现了介绍与研究的空白点。

1949 年《文艺报》一卷四期发表了卞之琳的文章《开讲英国诗想到的一些体验》，可以看作是建国以后我国学术界对华兹华斯评价的开端。该文对包括华兹华斯在内的英国浪漫诗人颇有微词，原因正在于他们走的是一条脱离现实的道路。很显然，在工业革命之后的英国，在两个世纪之交替的复杂斗争的形势面前，华兹华斯没有像拜伦、雪莱那样参与斗争，发挥诗人的战斗作用，而是隐遁湖区，将注目的中心投向宗法制的生活及道德情感，政治上也由激进转向保守，并在晚年宣扬宗教思想。如果从这样一种政治革命的层面去看华兹华斯，将他划为消极逃避现实斗争的一派，也是可以理解的，同时这也是建国以前主张为人生派的文学研究会难以接受他的重要原因。可是，当时我们犯了一种机械片面形而上学的错误，其源头则在苏联学术界。

1956 年中山大学编的《文史译丛》创刊号上刊载了译自《苏联大百科全书》的《英国文学概要》，其中对英国浪漫主义文学的评价反映了苏联学术界的基本观点，也构成了我国学术界相当长时期内评价浪漫主义诗人的指导思想。文中认为英国浪漫主义有两种对立的倾向，属于反动的浪漫主义流派的有诗人华兹华斯、柯勒律治、骚塞，他们起初都推崇法国革命，但不久就拿逃避社会斗争的反动思想，拿追求个人道德完美的理想来和革命对立起来，而根据他们的意见，艺术和宗教是追求个人道德完美的主要工具。①

苏联学术界的这些观点对我们的影响是明显的。《诗刊》1958 年 6 月号发表晴空的文章《我们需要浪漫主义》，矛头显然指向华兹华斯等诗人，认为他们站在与历史的发展相抗衡的立场上，迷恋过去的生活，发出悲哀的叹息，而这是一种消极的反动的浪漫主义。1961 年，范存忠在一篇文章中谈及

---

① 《英国文学概要》，载中山大学编《文史译丛》1956 年创刊号。

浪漫主义运动时,也认为像华兹华斯这样的诗人背弃了启蒙运动的理性主义理想与现实主义艺术手法,在那暴风雨袭击的年代,却在平静的乡村生活、落后的生产关系中找到安身之处,代表的是消极的或反动的浪漫主义。① 因此,独尊现实主义,或革命现实主义和革命浪漫主义相结合,批驳与18世纪启蒙时期现实主义相排斥的消极浪漫主义,成为这一时期学术界对包括华兹华斯在内的"湖畔派"诗人评论的基本原则。

1978年11月全国外国文学研究工作规划会议在广州召开,会上杨周翰先生的发言标志着"文革"结束后我国外国文学研究已开始进行实事求是的拨乱反正工作。杨先生的发言还特别提到了华兹华斯,认为对他要予以一分为二的评价。② 在具体研究实践方面,我们不能忘记两位学术界前辈王佐良先生和赵瑞蕻先生的文章。王佐良的长文《英国浪漫主义诗歌的兴起》③对华兹华斯的诗歌艺术成就做了细致深刻的高度评价,直到今天仍是一篇极有分量的著述。文中把华兹华斯称为英国诗史上的第一流大诗人,并在对其诗歌名篇的艺术分析中,让我们接受了一个活生生的华兹华斯形象。1981年赵瑞蕻的文章《读华兹华斯名作花鸟诗各一首》④,也是"文革"结束不久后,在学术界、文艺界批判极左思潮和文化专制主义的过程中,较早重新评价华兹华斯的一次尝试。赵先生文中还特别把华氏关于自然的诗篇与我国古典诗歌,如李商隐和王维的诗句做了比较,探索异同,总结规律。用比较文学的观点和方法研究华氏,赵先生此文可以说是开风气之先。

然而,以上两位学界前辈对华氏的高度评价,并没有及时得到其他研究者的积极响应,其中的原因是多方面的,而一个重要因素就是,在华氏诗作尚未大量译介的情况下,一般研究者和读者对华氏的认识仍基本受当时我国出版的外国文学教材和教参内容所限。这些教材教参都把华兹华斯看作一个消极浪漫主义诗人,并成为那些积极浪漫主义诗人斗争的对象,因为他"用

---

① 范存忠:《论拜伦和雪莱创作中现实主义和浪漫主义相结合的问题》,《文学评论》1962年第1期。

② 杨周翰:《关于提高外国文学史编写质量的几个问题》,《外国文学研究集刊》第二辑,中国社会科学出版社1980年版。

③ 王佐良的文章载《外国文学研究集刊》第二辑。

④ 赵瑞蕻的文章载《南京大学学报》1981年第4期。

自己的诗作把读者引向神秘的世界,鼓吹宿命论,脱离实际,逃避斗争"①。这种在当时几乎成了定论的评价无疑左右了 80 年代初期一些研究者的观念。比如,曹国臣的文章《略论华兹华斯》(《外国文学研究》1982 年第 1 期)和王森龙的文章《谈谈华兹华斯及其〈抒情歌谣集〉序言》(《上海师院学报》1983 年第 2 期)虽未像以往那样全盘否定华兹华斯,但其基本观点仍是传统的、保守的,仍按积极和消极之分,并以现实主义与社会斗争为准绳,甚至批评王佐良先生对华兹华斯诗艺的正确看法。

不过,1984 年刘彪的论文《华兹华斯简论》(《徐州师院学报》1984 年第 1 期)则开始对华兹华斯做比较客观、切合实际的介绍。首先文中没有再给华氏戴上一顶"消极"的帽子,也没有那种任意贬低华氏的武断评价,而是通过其思想发展过程及当时历史社会状况做了比较合乎实际的分析评价,进而指出华氏作为英国浪漫主义诗歌开创者和 19 世纪杰出诗人之一当之无愧。同一年在《外国文学研究》杂志第 4 期上发表了林晨的论文《华兹华斯与〈抒情歌谣集〉》以及茅于美的文章《英国桂冠诗人》也对华兹华斯及其诗歌理论、创作实践做了客观正确地评价。这一时期的评论文章还有:王忠祥的《谈谈湖畔派诗人》(《中文自修》1985 年第 7 期)、汪剑鸣的《谈谈关于华兹华斯的评价问题》(《吉首大学学报》1983 年第 1 期)、王捷的《英国"湖畔派"诗人和华兹华斯》(《运城师专学报》1985 年第 1 期)、傅修延的《关于华兹华斯几种评价的思考》(《上饶师专学报》1985 年第 2 期)、刘庆璋的《评华兹华斯的诗歌理论》(《西北师院学报》1985 年第 2 期)等文章都不同程度上对澄清以往学术界在华氏评价过程中的"左"的倾向、机械唯物主义态度,让我们重新理解欣赏华氏诗论和创作,做了不少正本清源的努力。

在华氏诗作翻译方面,80 年代出版的各种外国抒情诗选集中都收入了华氏的不少优美诗篇,比较集中的是两本诗集。一是顾子欣翻译的《英国湖畔三诗人选集》(湖南人民出版社 1986 年版),其中译了华氏诗作 75 篇,王佐良先生的序言更对华氏诗歌艺术成就做了很高评价;一是黄杲炘翻译的

---

① 《欧洲近代文学思潮简编》,安徽人民出版社 1980 年版,第 137 页。

《华兹华斯抒情诗选》（上海译文出版社 1986 年版），收入译诗 140 首，译者的前言同样高度评价了华兹华斯的艺术成就。

在 80 年代纠正左倾偏向与全面介绍的基础上，90 年代华兹华斯的译介和研究进入一个新的阶段。1991 年出版了谢耀文译的《华兹华斯抒情诗选》（译林出版社），收入华氏诗作 232 首。另外杨德豫译的《湖畔诗魂》（人民文学出版社 1990 年版）以及其他很多抒情诗选集中都收了华氏不少诗作。这一时期研究华兹华斯作品的文章都有一定的深度，而且也主要集中在华氏自然诗歌的探讨上，由此凸现出诗人的哲学思想，人生观、自然观等。

段孝洁的论文《从华兹华斯的诗歌创作看其哲学思想》（《南京师大学报》1993 年第 1 期）展示了华氏诗作背后的以"明智的消极"为核心的哲学思想，并追溯其复杂的历史社会根源和文化背景；章燕的论文《自然颂歌中的不和谐音》（《外国文学评论》1993 年第 2 期）指出华氏在回归自然的同时，内心深处却感受到万物以及整个世界的困惑，并为此始终焦灼不安，心灵承受着如基督教徒那种忍辱负重的精神重压，使其诗中那美丽的自然景象不时透露出一种不和谐的色调；王捷的论文《华兹华斯自然诗创作溯源》（《上海师大学报》1995 年第 3 期）和孙靖的论文《华兹华斯对自然的诗意建构》（《齐齐哈尔师院学报》1995 年第 6 期）也都是很有些深度的分析文章。另外严忠志的文章《论华兹华斯的诗歌创作观》（《四川外语学院学报》1996 年第 2 期）则对华氏诗歌创作理论做了深刻全面地思考分析；聂珍钊的论文《华兹华斯论想象和幻想》（《外国文学研究》1997 年第 4 期）也指出华氏正是借了想象和幻想的力量，才使自己丰富的感情实现艺术升华，变成伟大的诗。以上这些研究文章代表了 90 年代我们理解和接受华兹华斯的程度和水平。

我们需要指出的是，新时期以来华兹华斯诗歌之所以能够较快地为我国读者接受，还与他的诗歌类似于我国古代田园诗有关系。80 年代以来把华兹华斯与我国古代诗人（尤其是田园诗人）相比较并找到其相同相异点，就成为华氏研究中的重要内容。其中把华兹华斯与陶渊明进行比较研究的文章有十篇之多。在这些文章中，有两篇写得很有深度，这就是曹辉东的《物化与移情——试论陶渊明与华兹华斯》（《南大学报》1987 年第 1 期）和兰菲的《华兹华斯与陶渊明》(《东西方文化评论》第三辑,北大出版社 1991年版)。曹辉东的文章标志着我国研究者在对华兹华斯与陶渊明表面相似性认识的基础上,开始试图从中西文化背景角度去深入探讨两位诗人内在的相异之处。文章认为华氏诗中贯穿着诗人的哲学沉思,常作形而上抽象意义的追求,字里行间充满哲理的玄思,这与陶渊明代表的中国山水诗"欲辩已忘言"的审美特征与艺术风格完全不同;欧洲浪漫诗人注意自我感情的流露,强调自我意识和知性的探求,在对外物的"移情"中达到的只是"有我之境",而以陶渊明为首的中国山水田园诗却以"空灵"为最高审美原则,努力达到的是非个性的"无我之境"。兰菲的这篇很有理论深度和论述力度的论文不可多得,作者首先指出华氏自然观与审美观和陶渊明的美学观有极为相近的一面,接着通过"退隐田园与回归自然"、"自然之道与宇宙精神"、"天人合一与主体移转"、"哲学诗人及其艺术境界"四个方面做了深刻的比较分析。在文章"结语"中,作者总结认为,两位诗人都在寻求精神家园的过程中获得了人生的意义,并在多方面表现了二者的异中之同和同中之异。如在自然哲学观方面,陶受道家和玄学影响,所达境界是存在人世之中又超越人世和自然而与本体相通,去体验那自然之道,宇宙之心;而华氏从自然中看到了宇宙精神,看到了上帝的呈现,与其代表的西方文化精神一脉相承。在人与自然的关系上,陶注意物我双向交流,通过"虚静"去体认生生不息的宇宙之"道",而在华氏那里,自然成为人观赏和神思的对象,可给客体染上主体的情思与色彩。另外二人审美境界的鲜明差异也使得陶可一直在田园中辛劳与怡乐逍遥,但华氏却终将从田园返身走向尘世,因为他必须拯救自己和他人。文章如此的精辟分析真可以让一般读者豁然开朗,扫除了对华氏全面深刻接受过程中的一些关键性的难题。

除多篇探讨华兹华斯与陶渊明异同关系的文章之外,还有些研究者初步比较分析了李商隐与华兹华斯、王维与华兹华斯、以及华兹华斯自然诗哲学思想与中国老庄道家思想的相似联系,等等。不少文章在比较分析时广泛而深刻地涉及到了中西文化传统的诸多差异,从而让我国读者接受华兹华斯时有了一个比较明确的坐标参照系。

当然,对华兹华斯这样一个伟大诗人,我们要想真正理解他的意义,还需要研究者们多方面的不懈努力,而真正接受这个与异域文化传统联系着的诗人的思想,则更不容易。这其中一个重要的沟通方法就是寻求他与中国诗人、哲人的异同联系。新时期以来我们在华兹华斯与陶渊明两位著名诗人的沟通上取得了可喜的成绩,而华氏与我国道家思想的沟通比较也是一个特别重要的方面,它对我们从另一个更深的角度去理解把握华氏创作思想帮助很大,甚至对未来人类文化建设也有重要启示意义。最后,我们会充满信心地看到:华兹华斯的歌吟将永远被人们传诵,因为那不仅是自然之歌,更是灵魂之歌;华兹华斯是属于世界的,属于人类未来的。

三、文学翻译中的文化传承:
以《学衡》杂志载华兹华斯译诗为例①

正如当代翻译理论所指出的那样,文学移译中,译者的中介参与具有特殊的意义。他固然可以复制出忠实于原作的译本,同时他还可以出于自己的主观意愿,故意表现出对原作的背离,使译作具有独立于原作之外的精神气质与文化品格,此即所谓的"创造性叛逆"。② 最突出的表现是译者自觉地按照本国文化的精神来诠释原作的文化精神,使译语文化"吞并"原作文化,将外来文化归化为本国文化,这样的创造性叛逆,已超出单纯的文学译介范畴,而表现出译者在认识异域文化的同时,又进行者本民族文化传统的"自我重构"。虽然它的方式是"移花接木",但译者承传文化传统的自觉意识,对本民族文化建设的作用是不可忽视的。

(一)

在中国现代翻译史上,尤能体现出这一文化"自我重构"精神的,当

---

① 本部分内容曾以《文学翻译中的文化传承:华兹华斯八首译诗论析》为题,刊于《外语教学》1999 年第 4 期。

② 参见谢天振:《文学翻译:一种跨文化的创造性叛逆》,见《比较文学新开拓》,重庆大学出版社 1996 年版。

推《学衡》诸公。而实际上,这一精神又是与新文化运动中《学衡》同仁所秉持的文化理念有着密切关系。可以说,外国文学译介对新文化建设者们的世界眼光与现代意识有不可忽视的催生作用。从 20 世纪初梁启超倡导"诗界革命",率先在诗歌领域引进西方诗歌的思想价值,以引发国民的革命精神到新文化运动中全面倡导"欧化国语的文学",再从文学翻译自觉向西方文学靠拢,进而促成文学创作的模仿与欧化,这期间一个突出的趋势是认同外国文化,忽视本民族文化传统的重构,因此文学翻译多为外国文化精神所吞没。这样的一边倒是与新文化主流的文化选择相一致的。

　　当然,民族传统的回应并非不存在,尽管在欧化的巨大声势中显得不够和谐,但它始终作为一股潜流对欧化起到一定的制衡作用。文学翻译中对"中国化"风格的探求即是如此。在白话兴起之前,译诗几乎运用了中国古典诗歌的所有样式:骚体、古风体、五七言体、词及散曲等,这些译诗力图借旧格律装新材料,使外来文学就范于本民族的表达方式,以不失文化回应的姿态。不仅如此,某些译作已出现了文化归化的倾向。如最早翻译 19 世纪英国诗人华兹华斯诗歌的陆志伟,就译出了华氏的《贫儿行》及《苏格兰南古墓》,发表在 1914 年的《东吴》杂志上。其中《贫儿行》译文采用了我国传统七言歌行体的形式,明显受到白居易《琵琶行》的启发,甚至译作中某些句子亦化用白诗原句,所反映的主题也颇有中国古典诗歌的人文思想色彩。《苏格兰南古墓》译文采用的是我国传统五言古诗形式,其行文之间也展现出中国传统吊古伤怀诗的意蕴,带有了某些中国情调。因此从陆氏的译作不难看出借助归化之力,本国的文学传统可以在译作中再生。这对二十年代在"欧化国语的文学"大力倡导之时,仍固执地以文言翻译西方诗歌,藉此昌明国粹的《学衡》诸公来说,无疑是实践意义上的先导,但二者又有认识上的差异。前者更多地出于传统的无形驱使,"知其然"地利用现成的文学传统,而后者则清醒地"知其所以然"地发扬传统,是处于东西方文化碰撞中立足民族文化"自我重构"的自觉要求,它与《学衡》诸公在新文化运动中,坚持"昌明国粹,融化新知"的国际视野及确立文化主体性的民族眼光是一致的。因此,他们的译介实践尤带有文化建构的动机,我们不妨撷取

《学衡》首增"译诗"栏时所刊登的华兹华斯一诗的八首译作,见微知著,以明就里。

（二）

为与"昌明国粹,融化新知"的办刊宗旨作桴鼓之应,吴宓主持《学衡》时,于1925年首次刊登出一组译诗。原诗为华兹华斯《露西组诗》第二首,译者为贺麟、张荫麟、陈铨等。"编者识"曾云"原诗以首句为题,正合吾国旧例,诸君所译,题各不同,亦自然之势,今因贺麟君之译先列,故以贺麟君首句用作本篇之总题。"题为《威至威斯佳人处僻地诗》。为便于分析,兹将华氏原诗及八首译作抄录如下 [①]:

> She dwelt among the untrodden ways
>
> Beside the springs of Dove,
>
> A maid whom there were none to praise
>
> And very few of love.
>
> A violet by a mossy stone
>
> Half—hidden from the eye!
>
> Fair as a star, when only one
>
> Is shining in the sky.
>
> She lived unknown, and few could know
>
> When Lucy ceased to be;
>
> But she is in her grave, and, oh
>
> The difference to me!

1. 佳人处僻地（贺麟译）

佳人处僻地,地在鹄泉旁。称颂乏知己,爱慰少情郎。罗兰傍苔石,半露半蟉藏。

晶明如紫微,独灿天一方。罗敷生无闻,辞世曷凄凉。谒冢吊芳魂,

---

① 载《学衡》三十九期,1925年3月。

彼我隔渺茫。

2. 彼姝宅幽僻（张荫麟译）

彼姝宅幽僻，径荒无人迹。旁迤德佛泉，泉水流不息。落落无称誉，亦鲜相爱忆。

紫罗依苔石，艳姿半潜匿。皎洁若明星，独照长空碧。索居世相遗，长逝罕知时。

丽质眠孤坟，嗟我有殊悲。

3. 佳人在空谷（陈铨译）

佳人在空谷，空谷旁灵泉。幽芳徒自赏，春梦更谁怜。苔石紫罗兰，俗眼浑不识。

美丽如明星，孤星照天际。绝色无人知，莫知其终极。黄土掩佳人，郁陶思往昔。

4. 绝代有佳人 幽居在空谷（顾谦吉译）

有美性幽独，自傍鸳溪宿。不为世俗怜，几人问寒燠。譬如石边菊，莓苔隐游目。

亦若灿烂星，天半自孤煜。芬芳世不知，零落依草木。彼美已长眠，我心亦倾覆。

5. 女郎陋巷中（杨葆昌译）

女郎陋巷中，幽居邻清泉。不曾逢人誉，更少得人怜。一朵紫罗兰，半为苔石掩。

艳丽拟明星，太空独闪闪。露西生无闻，露西死孰知。今已入泉下，嗟哉与我歧。

6. 兰生幽谷中（杨昌龄译）

兰生幽谷中，傍有爱神泉。零落无所依，孤影少人怜。紫罗傍苔石，欲掩已外延。

忽如迢遥星，照耀黄昏天。悲彼芬芳姿，湮没百草丛。花亡人归墓，缥缈不相逢。

7. 德佛江之源（张敷荣译）

德佛江之源，江滨尽荒路。彼女居其间，无人相爱慕。娇艳紫罗兰，苔石半掩护。

皎皎如孤星,光华独流露。露西生无闻,垂亡少眷顾。彼今在墓中,
对予殊异趣。

8. 美人居幽境（黄承显译）

美人居幽境,侧傍鸽之泉。孤高绝颂誉,并少人爱怜。有如紫罗兰,
半露苔石边。

清美一粒星,独明向中天。露西昔在无人识,罕有知其谢尘缘。而
今彼已眠青冢,噫噫与我相殊悬。

尽管编者将顾谦吉以下译诗视为"偏于意译",而实际上八首中除张敷
荣译诗近于原作之意,其余七首皆经译者再度诠释。他们不仅以中国传统的
五言体（黄承显译诗五、七言并用）作为传译原诗的语言形式,而且将华氏
笔下孤栖幽独的女郎露西与中国传统诗歌中极富古典比兴意味的"佳人"
形象加以迭合,使译本无论文本形式还是意蕴内涵上都与原诗拉开了距离。

首先,译作舍弃原诗本文的语言形式,将它转换成汉语古诗的语句形式,
如原诗"A violet by a mossy stone / Half-hidden from the eye！/Fair as a star,
when only one / Is shining in the sky",英语表达追求精确,主语、介词等都不可
缺少,而汉语古诗则可以省略。以张荫麟所译为例,"紫罗依苔石,艳姿半潜
匿",以汉语动词"依"换去英语介词"by",同时将原句观看者的"眼睛"
（from the eye）隐去,让物（紫罗兰）作为"半潜匿"的主动者,这样就变名
词性的原句为汉语的主谓句,变原句知性的静态陈述为汉语的感性动态描
写,使花依苔石的摇曳之姿更具视觉的生动联想。再如后二句,张译为"皎
洁若明星,独照长空碧"。原文主语当为上句的"A violet"（紫罗兰）,而译
句主语省去,按照汉语古诗的阅读习惯来理解,这两句既可指人,又可指花,
这样言简意丰意蕴益浓,可以给人更多的美感联想。同样,原诗参差错落的
篇章结构也被转换成句式齐整、韵调谐稳的五言体,充分展示中国传统诗歌
的形式美感。而这些并非原诗所有,而是它脱胎于另一语言格局中所焕发的
新风采。是译者秉承本国文学的审美经验,以汉语诗歌的语言（思维）模式
来归化原诗语言（思维）模式的结果。

而且,因为文学文本不同于一般文本,它的语句、语篇诸形式所透出的气息,往往造就出一种超乎语言表达以上的艺术特征,亦是构成作品意义的有机成分。[1] 所以八首译作对原诗文本形式的归化,也直接影响着译本中国化气蕴与品格的生成。

（三）

与形式层面相比,译者对原诗的文化归化更值得深究。我们知道,《露西组诗》为华兹华斯游历德国所作,借赞美与哀悼"露西"以抒写诗人的幻灭感。对此,《学衡》"编者识"中已有阐明:"(组诗)均叙女郎露西 Lucy 之美而伤其死",露西"实子虚乌有","盖威至威斯理想之所寄托,初非欲传其人,亦非悼亡自叙也。"很显然,"露西"乃是人生理想的幻化,"她"的无人赏爱、"她"的美丽可人,"她"的香消玉殒,令"我"感到别样的况味,形象地隐指诗人孤芳自赏式的理想及其幻灭。这种借文学女性形象表现某种情感寄托,可以说是中外文学中共有的现象。中国古典诗歌中"香草美人"传统即是如此。我们可以追溯到屈原的楚辞,"惟草木之零落兮,恐美人之迟暮"[2]、"惟佳人之独怀兮,折芳椒以自赴"[3],屈原率先以一己之生命情怀与淑世激情,建立"佳人不偶"与"士不遇"的同构关系,使佳人形象成为士人介入社会与政治的特定话语。表现他们极高洁的理想和极热烈的感情,在怨怼与自恋中,调适着入世的怀想和被世弃的幽怨。于是,男女之情、孤处避世、叹群俗之汶汶等都成为他们特定的话语方式。借此,他们既可寄托对理想之境的执迷,又形象地树立了一套人文价值系统。遂使最具中国古典悲剧气质的"佳人"形象从审美层面进入了传统人文思想的建构中,具有了特殊的文化功能。而且它通过后人的继承[4],造就了我们阅读者的"能力模式"。当诗人表现女性风华绝色而无人赏爱,我们必会联想到一种握玉怀瑾而时乖命蹇的人生境遇;而她们"芳心空自持"的冷寂,也自然让我们

---

① 参见葛中俊:《翻译文学:目的语文学的次范畴》,《中国比较文学》1997 年第 3 期。

② 屈原:《离骚》。

③ 屈原:《悲回风》。

④ 曹植《杂诗·南国有佳人》、李白《古风·美人出南国》等皆远祧屈子。

感到衷情难通的苦闷与自恋孤高的无奈。同样,当译者以这样的"能力模式"去诠释重现原作时,原作就被本国传统的强势归化了。《学衡》所载的华兹华斯《露西》之二的八首译作,无论是以"佳人"指代"露西",还是在原作的基调上渲染怨世与自恋,都是译者这种"能力模式"的结果,也即文化归化的结果。这就使译作具有了独立于原诗的、在中国文化语境中生成的文学精神与文化品格。译者不是接近了我们与外国文化的距离,倒是让我们又亲近了自己的文化传统。这样的译介,实际上已超出了一般的文学翻译活动,而把译作纳入了民族文学之中,成为一种目的语文学而非源语文学。①

这也是译诗中出现许多我们熟悉而原作没有的传统意象的缘由。以陈铨所译"佳人在空谷"为例,此诗若不说明是译作,我们很难看出其原来面目。原因即在于,陈铨除了保持原诗中一些意象,又借助于上述的"能力模式"对原诗中的意象进行了内涵上的转换,或干脆植入中国传统诗歌中"香草美人"意象及特定的语汇。例如,同样也是虚拟的女性,"露西"的内涵与"佳人"的内涵是相差甚远的;原诗中"She dwelt the untrodden ways"中"无人践踏的路"与译诗中"佳人在空谷"的"空谷"相比,虽然都是指女性幽栖之处,但后者更为我们熟悉,更容易激发我们的审美经验。如杜甫《佳人》诗云:"绝代有佳人,幽居在空谷。自云良家子,零落依草木。"(杜诗虽描写战乱中为夫所逐之弃妇,但沿用"香草美人"的传统意象,故而后人以为有比兴寄托,表"放臣之感"。)陈铨则将杜诗首二句并为"佳人在空谷",顾谦吉译作中"绝代有佳人、幽居在空谷"及"零落依草木"皆直接借取杜诗原句。再如陈铨译诗中增加的"俗眼"、"幽芳"、"春梦"等,这些原诗没有的意象,在译诗中渲染出了浓郁的中国情调。所以这些作为译语,它们所唤起的美感与联想,早已超出了原诗语符传递出的信息,而作为文学意象,它们积淀着民族文化精神,译者借它们传达原诗之意时,即已在驱遣着一连串的文化符号,启动着丰厚的文化底蕴,进行着传统的价值重构。

由此可以得出这样的结论:《学衡》所载这几首译诗的中国化趋向,充分说明文学翻译中对外来文学的文化归化,同样可以传承传统文化。当然,这

---

① 参见葛中俊:《翻译文学:目的语文学的次范畴》,《中国比较文学》1997年第3期。

还要取决于译者,作为由原作本文到译作文本的重构者,他们对民族文化所赋予的"能力模式"是予以发挥,还是有所遏止? 究其所由,重要的不在于他们的个人偏好,而在于他们所持据的文化理念。

（四）

作为新文化主流的反对者,《学衡》诸公是以明确的文化归化意识介入现代翻译文学的。依主持《学衡》的吴宓所言:"翻译之业,实谓以新材料入旧格律之绝好练习地也","近年吾国人译西洋文学书籍,诗文、小说、戏曲等不少,然多用恶劣之白话文及英语标点等,读之者殊觉茫然而生厌恶之心。盖彼多就英籍原文,一字一字度为中文,其句法字面,仍是英文","故今欲改良翻译,固在培养学识,尤须革去新兴之恶习惯,除戏曲小说等其相当之文体为白话外,均须改用文言"。不仅如此,他还指出"欲求译文有精彩,须先觅本国文章之与原文意趣格律相似者,反复熟读,至能背诵其若干段,然后下笔翻译"①。此数语可谓《学衡》杂志的翻译总纲。其首增"译诗"栏时,即借陈铨等人的译作实践了他们的译介宗旨。

作为战国策派代表的陈铨,在文化观念上与学衡派一样同持民族主义立场,他的译介主张与吴宓的观点颇有相通之处。陈铨对中德文学关系素有研究,通过对德译汉诗的全面考察,他认为"顶有趣味"的是"自由的改译",对这些已不是中国的,"乃是德国的抒情诗",陈铨看到的不只是"新的格调、新的内容",而是译诗中"所表现的整个的情绪,就完全变更了"。② 比如,同样是表现人与自然的关系,中国原诗所表现的是静观自然、消除自我,而德国译者则凭籍自然,表现自我,这是双方文化传统中的自然观差异使然。"整个情绪的变更"正是德译者将中国文化归化为德国文化的结果。吴宓所谓先觅本国意趣相类者熟记于心,然后翻译,其结果不正是自觉借传统的"能力模式"去"吞没"原作的"情绪",进行文化归化吗? 所以吴陈二人为代表的所谓"现代文化的保守主义"者,他们不是将文学翻译作为移植西来思

① 吴宓:《论今日文学改造之正法》,《学衡》第十五期,1923 年 3 月。

② 陈铨:《中德文学关系》"中国抒情诗与近代德国作家"一节,辽宁教育出版社 1997 年版,第 112—126 页。

想之具,亦非促成民族文学对外来文学的一时模仿,而是超越了政治或功利的目的,落在借融化新知、昌明本国文化传统,确立民族主体性的长远理想上。正如陈铨论译介德国文学时所言:"不是用德国的精神来熔铸中国的材料,乃是用中国的精神来熔铸德国的材料。"① 这不仅是眼光逼仄的国粹派们办不到的,甚至也是提倡全面欧化的文化激进派们所望尘莫及的。

学衡派的译介理想与他们的文化理念息息相关。他们"以欧西文化之眼光,将吾国旧学重新估值",所借重的"欧西眼光",不同于激进派们所持据的近现代西方思想,而是"博采东西,并览古今",更倾向于古希腊、罗马、印度文化思想,以探究传统中最有普遍性与永恒性的人文价值。这一文化理念源于欧文·白璧德新人文主义思想的影响。白氏对西方近代文化弊端的洞察,以及融汇人类传统文化精髓建立新人文思想体系的博大视界,为亲炙白氏思想的吴宓及其他《学衡》同仁,纠正新文化运动在对现代的追求中一味西化、否定传统的偏蔽之举,强调文化的连续性与传统的有效价值,提供了新式的学理依据。然而在以现代为价值取向的时代氛围中,学衡派对新文化建设的方向性批评,尤其是重构传统文化、确立民族主体性的意见,并未受到新文化主流的接纳,反而受到多方斥难。② 这就好比"佳人"空有丽质而为众人所弃。其实"佳人"形象中与现代文化精神无法相融的古典人文内涵,与《学衡》诸公不合时宜的文化选择及在其时的文化处境多少有些相仿之处,似乎译者们对"露西"形象归化时,也融入他们自己的情绪,莫非"佳人"就预示了他们与新文化主流抗衡,而在此后的几十年间一直被边缘化的命运? 直到今天,我们才得以去发掘他们那些精审的思想及其当代意义。

应该说,学衡派同仁在纠新文化运动之偏时,未使没有令人误解而生畏之处。比如他们在文学翻译中借文化归化而追认传统中最普遍的人文价值,极易与现代意义的文学精神相悖。而用文言译诗,"总期以吾国文字,表西来之思想,既达且雅,以见文字之效用……固无须更张其一定之文法,摧残

---

① 陈铨:《中德文学关系》"中国抒情诗与近代德国作家"一节,辽宁教育出版社1997年版,第2页。

② 如鲁迅在《估〈学衡〉》一文中写道:"夫所谓《学衡》者,据我看来,实不过聚在'聚宝之门'左近的几个假古董所放的假毫光;虽然自称为'衡',而本身的称星尚且未曾订好,更何论他所衡的轻重的是非。"见《鲁迅全集》第一卷,人民文学出版社1982年版,第377页。

其优美之形质也"[①],则更易让人以复古派目之。其实,《学衡》诸公并非不容白话,而是反对尽弃文言。因为一国的语言,乃是"民族特性与生命之所寄",文言不破灭,传统文化才得以托命。[②] 他们并非要为现代人的思想表达平添文字障碍,而是看重文言所支撑的文化传统,因为文言作为传统文化的象征,在新文化人的抨击中渐于消顿,正被"欧化的国语"所取代[③],保存文言,无疑保住传统的血脉,现代与传统的连续方才有所维系。所以在白话兴起,译界如胡适,刘半农诸人皆不复用文言时,学衡派遂与时好相逆,大倡其文言,以昌明国粹。

事实证明,如果提倡新文化运动者能从这些方向性批评中有所汲取,就不至于出现过分流俗化的倾向。当今天的译者提出介绍外国文化的目的不是为介绍而介绍,应该借归化之途提高本国文化时[④],不由使我们想起当年吴宓等人早已提出这样的主张。虽然时隔数年,但我们进行民族文化"自我重构"的任务却是一样的无可回避,回顾《学衡》所载的这八首译诗,也许能给我们一些启示。

---

① 见《学衡》杂志简章,《学衡》第一期,1922 年 1 月。

② 为推进现代文言文学,吴宓主编《学衡》杂志十一年、《大公报·文学副刊》六年期间,旧体诗词为此二刊的重要内容。

③ 胡适在《五年八月四日答任叔永书》说:"文言决不足为吾国将来文学之利器。"他提出中国文学的革命运动,是语言文字文体的大解放。之后的新文化运动者纷纷将目光投向他们认为适于表达冲决一切禁锢的西洋语言文字,如傅斯年就主张"宜用西洋文的款式、文法、词法"以造成"超于现在的国语,欧化的国语"。

④ 参见许渊冲:《诗词·翻译·文化》,《北京大学学报》1990 年第 5 期。

查尔斯·狄更斯:一个圣诞老人的中国之行

　　在英国文学史上,有谁能够像查尔斯·狄更斯(Charles Dickens,1812—1870)那样,生前拥有最广泛的读者,每部小说都引起轰动,笔下人物的命运如此牵动着每一个善良人的心?同样,有谁能像他那样如此准确地表现出他的民族?又有谁像他这样对自己的国家产生如此重大的影响?于是,狄更斯便成了自己时代"家喻户晓的经典",而且是"几乎神话化了的民族意识"。在人民心目中,他简直是一位"圣诞老人"。因为他以其仁慈、博爱、宽容、善良的道德理想,在资本主义工业化时代给那些贫困饥饿的人们以安慰和信心,让人们在冷酷的社会氛围中感到过温暖和希望,又没有忘记对那些为富不仁者、作恶犯法者以无情的嘲讽和控诉。人们真诚地喜欢他就像由衷地期盼圣诞老人一样。难怪在他逝世时,伦敦一位蔬菜水果摊贩的女儿,一个天真无邪的小姑娘,会睁大眼睛问:"狄更斯先生死啦?那么圣诞老人也会死吗?"当然,这样深受人们喜爱的"圣诞老人"不仅不会离去,而且会把他的礼物送给全世界。1907年在林纾的介绍下他终于带着他的"礼物"来到了中国,如今他的中国之旅已有百年的历程。我们将试图考察一下,狄更斯那些带到中国来的"圣诞礼物",我们中国读者是如何接受的,又产生了什么样的影响?

一、文学因缘:林纾眼中的狄更斯①

在 20 世纪上半叶,每一个喜欢狄更斯作品的中国读者首先要感谢林纾,因为就是他最早把狄更斯领到了中国。作为中国近代著名文学家和翻译家,大规模介绍西方文学到中国的第一人,林纾之真正认识西方文学的妙处,也是在接触狄更斯之后,因而在其所有译作中,最重视的也正是狄更斯的小说。林纾从 1907 年 1909 年间共翻译了狄更斯的五部小说:《滑稽外史》(*Nicholas Nickleby*,1839)、《孝女耐儿传》(*The Old Curiosity*,1841)、《块肉余生述》(*David Copperfield*,1850)、《贼史》(*Oliver Twist*,1838)、《冰雪因缘》(*Dombey and Son*,1848)。② 这几部译作被公认为林纾所有翻译作品中译得比较理想的小说。中国读者正是通过他的译品,才最早认识了英国这位久负盛名的伟大小说家。

人所共知,林纾是一个不懂外文的翻译家,他在对狄更斯作品的译介中,误意、漏译、删改、增补的地方很多。尽管如此,他却能够从基本内容和整体风格上把握原作的特点,特别是狄更斯小说中那漫画式的夸张和满含揶揄的幽默,能被他心领神会并出色地再现出来。对此,郑振铎曾举林纾所译《孝女耐儿传》中那段描写高利贷者奎尔普的邻妇和丈母娘鼓动奎尔普太太反抗丈夫暴君般压制的文字后,说:"我们虽然不能把他的译文与原文一个字一个字地对读而觉得一字不差,然而,如果一口气读了原文,再去读译文,则作者情调却可觉得丝毫未易;且有时连最难表达于译文的'幽默',在林先生的译文中也能表达出;有时,他对于原文中很巧妙的用字也能照样的译出。"③侗生在《小说丛话》中也说:"余近见《块肉余生述》一书,原著固佳,译著亦妙。书中大卫求婚一节,译者能曲传原文神味,毫厘不失。余于新小说中,观叹止矣。"④ 不仅如此,林纾碰到他心目中认为是狄更斯原作的弱笔、败笔

---

① 本部分内容曾刊于《淮阴师范学院学报》1999 年第 1 期。
② 这些小说现在分别通译为《尼可拉斯·尼古尔贝》、《老古玩店》、《大卫·科波菲尔》、《奥列佛·退斯特》、《董贝父子》。
③ 郑振铎:《林琴南先生》,见钱锺书等著《林纾的翻译》,商务印书馆 1981 年版,第 15 页。
④ 侗生:《小说丛话》,《小说月报》第二年第三期,1911 年。

之处时还能对其适当改造、加工和润色。阿瑟·韦利（Arthur Waley）评论说:"狄更斯……所有过度的经营、过分的夸张和不自禁的饶舌,（在林译里）都消失了。幽默仍在,不过被简洁的文体改变了。狄更斯由于过度繁冗所损坏的每一地方,林纾从容地、适当地补救过来。"① 钱锺书也曾举《滑稽外史》中两段译文为例,指出林纾"往往是捐助自己的'谐谑',为迭更斯的幽默加油加酱"。"林纾认为原文美中不足,这里补充一下,那里润饰一下,因而语言更具体,情景更活泼,整个描述笔酣墨饱。"② 这样的添改从翻译角度看尽管有"讹"的一面,但另一方面也可以看出林纾对狄更斯作品译介的感情投入之多、用心体会之深。

我们从林纾为狄更斯译作而写的序跋中更可以清晰地看出,他对狄更斯小说的特点及其作用的理解是相当准确的,并且自觉或不自觉地以中国传统文学作品为理解的参照系。正是在这种比较中林纾发现了中西文学之间在文学观念、创作方法、结构技巧等方面存在着诸多差异;更为难得的是,他真诚地赞赏以狄更斯小说为代表的西方近代文学的许多优点,批评中国传统文学的一些不足;特别是这些序跋中所提出的现实主义小说理论,对"五四"时期小说理论和小说创作的现代化起过很大作用;还有在序跋中表现出的对狄更斯作品溢于言表的称许,也说明了狄更斯在林纾心目中的崇高地位。

首先,林纾从狄更斯作品中体会到小说的功用应该是揭露社会弊病,促进社会改良。在《贼史·序》中他说:"迭更司极力抉摘下等社会之积弊,作为小说,俾政府知而改之。……顾英之能强,能改革而从善也。吾华从而改之,亦正易易。所恨无迭更司其人,如有能举社会中积弊著为小说,用告当事,或庶几也。呜呼! 李伯元已矣。今日健者,惟孟朴及老残二君。果能出其绪余,效吴道子之写地狱变相,社会之受益,宁有穷耶?"③

这里,林纾从文学与政治现实的密切关系出发,明确把小说视为改良社会的工具,认为社会的丑恶和政治的腐败可以改良,不必从根本上改革社会制度。这与梁启超"小说改良社会"的文学观是相呼应的。在《块肉余生

---

① 转引自曾锦漳:《林译小说研究》,载香港《新亚学报》八卷一期, 1967 年 2 月。

② 钱锺书:《林纾的翻译》,商务印书馆 1981 年版,第 25—26 页。

③ 林纾:《贼史·序》,见《贼史》,商务印书馆 1908 年版。

述·序》中林纾也说:"英伦半开化时民间弊俗,亦皎然揭诸眉睫之下。使吾中国人观之,但实力加以教育,则社会亦足改良,不必心醉西风,谓欧人尽胜于亚,似皆生知良能之彦,则鄙人之译是书,为不负矣。"① 由是观之,林纾译书的目的是很明确的。在《译林·序》中,林纾更明确地将著译同开启民智、维新改良结合。他说:"吾谓欲开民智,必立学堂,学堂功缓,不如立会演说,演说又不易举,终之唯有译书。"② 这种对小说与民智密切关系的看法也是当时知识阶层的一种共识。严复、夏曾佑在《本馆附印说部缘起》中就说:"且闻欧、美、东瀛,其开化之时,往往得小说之助。"所以译小说的宗旨则"在乎使民开化,自以为亦愚公之一畚,精卫之一石也"③。

上文所引《贼史·序》中,林纾还把狄更斯这样的暴露社会积弊的小说家和中国的谴责小说家联系起来,由此也可看出林纾对狄更斯作品确有某些本质的认识。他真诚而急切地希望中国也能出现像狄更斯一样的揭发社会弊端,使政府和读者知而改之的小说家,认为李宝嘉、刘鹗、曾朴就属于这类作家;又在《红礁画桨录·译余剩语》中极力称赞过《孽海花》、《文明小史》、《官场现形记》等谴责小说作品。这些都表明林纾自觉地从"救国"、"改良"的角度,充分肯定了小说的社会作用和时代使命,从而对当时及其后的文坛产生了不小的影响。

其次,林纾从狄更斯的小说创作中也看到了我国传统文学作品与西方近代小说的明显差异,认为小说的笔触应从传统的达官显贵、英雄豪杰、才子美人中,伸入下层社会的普通人中间去。这里也并不像梁启超那样要求小说只写政治,而是把小说的描写对象扩大到与政治未必直接有关的那些领域;也不像梁启超那样,把小说单纯地作为政治传声筒,而意识到小说是对社会人生的写照,尤其是对下等社会的写照,以使读者认识生活,受到启迪。

在《孝女耐儿传·序》中林纾把狄更斯小说的人物和题材与中国文学作品的人物、题材做了比较,并高度评价了狄更斯"扫荡名士美人之局,专为下等社会写照"的优点。他说:"中国说部,登峰造极者无若《石头记》。叙

---

① 林纾:《块肉余生述》前编序,见《块肉余生述》前编,商务印书馆 1908 年版。
② 林纾:《译林》序,《译林》第一期,1901 年。
③ 几道、别士:《本馆附印说部缘起》,《国闻报》1897 年 10 月 16 日至 11 月 18 日。

人间富贵,感人情盛衰,用笔缜密,著色繁丽,制局精严,观止矣。其间点染以清客,间杂以村姬,牵缀以小人,收束以败子,亦可谓善于体物;终竟雅多俗寡,人意不专属于是。若迭更司者,则扫荡名士、美人之局,专为下等社会写照。"并说:"余尝谓古文中序事,惟序家常平淡之事为最难著笔。""今迭更司则专意为家常之言,而又专写下等社会之事,用意著笔为尤难。"同时批评司马氏《史记》:"以史公之书,亦不专为家常之事发也。"① 应该说,林纾确实较为准确地把握了狄更斯小说的人物和题材特征。从这个角度出发,他对《红楼梦》《史记》的批评也是有道理的。同时,他对狄更斯的倾心折服也溢于言表。在《孝女耐儿传·序》中认为天下文章叙悲叙战以及宣述男女之情都比较容易,但"从未有刻画市井卑污龌龊之事,至于二三十万言之多,不重复,不支厉,如张明镜于空际,收纳五虫万怪,物物皆涵涤清光而出,见者如凭栏之观鱼鳖虾蟹焉;则迭更司者盖以至清之灵府,叙至浊之社会,令我增无数阅历,生无穷感喟矣"②。林纾在此高度评价了狄更斯能以深刻而犀利的笔触揭示社会现实的阴暗面,而激起读者对小说中丑恶现实的愤慨和痛心。

　　这种对狄更斯小说描写艺术的称誉也见于《块肉余生述·序》中。其中说:"若是书特叙家常至琐至屑无奇之事迹,自不善操笔者为之,且恹恹生人睡魔,而迭更司乃能化腐朽为奇,撮作整,收五虫万怪,融汇之以精神;真特笔也! 史班叙妇人琐事,已绵细可味矣,顾无长篇可以寻绎。其长篇可以寻绎者,惟一《石头记》,然炫语富贵,叙述故家,纬之以男女之艳情,而易动目。若迭更司此书,种种描摹下等社会,虽可哕可鄙之事,一运以佳妙之笔,皆足供人喷饭。"③ 另在《块肉余生述·续编识》中又说:"此书不难在叙事,难在叙家常之事;不难在叙家常之事,难在俗中有雅,拙而能韵,令人挹之不尽。"④ 林纾在此指出《块肉余生述》的长处就在描写下等社会中普通人的生活,并以细腻而生动的笔触、真实而形象的描写著称。同时,《块肉余生述》也是林纾翻译最认真的一部小说,他自己就说过:"近年译书四十余种,

---

① 林纾:《孝女耐儿传》序,见《孝女耐儿传》,商务印书馆 1907 年版。
② 同上。
③ 林纾:《块肉余生述》前编序,见《块肉余生述》前编,商务印书馆 1908 年版。
④ 林纾:《块肉余生述》续编识语,见《块肉余生述》后编,商务印书馆 1908 年版。

此为第一。"①

　　林纾对狄更斯小说创作特点的总结和倡导,对我国传统的现实主义创作方法的革新具有启发意义,这也正是我国传统文学创作方法在外国文学影响下,在近代特定历史条件下即将开始革命的信号。现实主义是我国源远流长的文学史上创作方法的主流,但唐以前基本只停留在要求文学作品反映时空,察补得失。明清两代也一般停留在反映世情,即摹写悲欢离合、炎凉世态的要求上。而林纾则要求作家在揭举社会积弊的同时,把笔触伸入到下等社会"家常平淡之事"中,必然会扩大和加深现实主义的深度和广度,使文学更接近社会、人生和民众,也更能发挥文学的社会功能。恩格斯也把狄更斯等人的小说在人物与题材上的特点誉为小说性质上的革命,说:"近十年来,在小说的性质方面发生了一个彻底的革命,先前在这类著作中充当主人公的是国王和王子,现在却是穷人和受轻视的阶级了。而构成小说内容的,则是这些人的生活和命运、欢乐和痛苦。……查尔斯·狄更斯就属于这一派——无疑地是时代的旗帜。"②

　　再次,林纾从狄更斯创作中还发现生活阅历对作家写好小说非常重要。他在译《滑稽外史》时,曾产生疑问,即狄更斯为何能于下等社会之人品刻画无复遗漏,笔舌所及情罪皆真呢? 后来他阅读相关材料,才知狄更斯出身贫贱,也是伤心之人,故对社会底层人物生活特别熟悉,因此作品中的善恶之人亦是生活中所有。林纾甚至认为,《滑稽外史》中的老而夫(现通译拉尔夫)或许就是狄更斯的亲属,只因凌蔑既深便将他写进书里,以报复对自己的虐待,而赤里伯尔兄弟(现通译奇里布尔兄弟)则为世间不多见之好善者,很有可能有恩于狄更斯之人,写其或为报恩。所以,称此书是阅历有得之作。林纾非常痛恨老而夫,称其心如蛇蝎,行如虎狼,或曰冷血动物。说老而夫并不考虑其所聚财产将归谁,只知离人之妻,孤人之子。这就像火车轮船整日看人别离而机器自转,其轧轧之声并不因人的伤离哭别而稍停,又好像杀人的刽子手,无论忠奸一落其手唯有断头,一点儿也不动心。老而夫虽不以司杀为职,也不是无知的机器,但其作用却与它们相同。狄更斯作品中这

---

①　林纾:《块肉余生述》续编识语,见《块肉余生述》后编,商务印书馆 1908 年版。
②　恩格斯:《大陆上的运动》,《马克思恩格斯全集》第一卷,人民出版社 1995 年版,第 594 页。

样一类毫不见人情的冷酷之人还让林纾想到他动员两富豪办学而遭拒绝的往事,并令他气愤不已。①

因此,林纾说:"不过世有其人,则书中即有其事。犹之画师虚构一人状貌印证诸天下之人,必有一人与像相符者。故语言所能状之处,均人情所或有之处。"同时,林纾还认为小说创作可以社会生活真实素材为基础进行合理的想象和虚构,使之醒人耳目。他写短篇小说《庄豫》就是如此。自谓"生平不喜作妄语,乃一为小说,则妄语辄出。实则英之迭更与法之仲马皆然,宁独怪我?"所谓"妄语",即想象与虚构之言。林纾此处论及了小说创作的一般特点。在《洪嫣篁》篇后,林纾还说:"余少更患难,于人情洞之了了,又心折迭更先生之文思,故所撰小说,亦附人情而生。或得新近之人言,或忆诸童时之旧闻,每于月夕灯前,坐而索之,得即命笔,不期成篇。即或臆造,然终不远于人情,较诸《齐谐》志怪,或少胜乎?"这里也表明林纾的文学创作也受到了狄更斯的不少影响。

最后,林纾对狄更斯小说的艺术手法,如人物性格描写、结构布局安排等,也给予很高的评价,并认为狄更斯小说等西方文学作品可与我国《左传》《汉书》《史记》和韩愈之文等媲美。

关于人物性格描写。我国古代小说虽也有以性格描写见长的不少作品,但更多则属于以故事情节曲折离奇取胜的所谓情节小说。林纾从狄更斯小说看到应以写人、写人物性格为主。《冰雪因缘·自序》说:"此书情节无多,寥寥百余语可括东贝家事,而迭更斯先生叙致二十五万余言,谈诙间出,声泪俱下!言小人,则曲尽其毒螫;叙孝女则直揭其天性;至描写东贝之骄,层出不穷,恐吴道子之画'地狱变相'不能复过。"②此处之意就是说,应该像狄更斯那样在人物性格安排上下功夫,不必过多注意故事情节的复杂曲折,这实际上为我国小说创作提出了一条更符合小说艺术特点的发展道路。

关于结构布局安排。林纾很注意叙事作品的结构方法。他以中国古文义法去看西方小说,如评价《黑奴吁天录》说:"是书开场、伏脉、接笋、结穴,

---

① 林纾:《滑稽外史》评语,见《滑稽外史》,商务印书馆 1907 年版。

② 林纾:《冰雪因缘》序,见《冰雪因缘》,商务印书馆 1909 年版。

处处均得古文家义法。可知中西文法,有不同而同者。"① 在谈到哈葛德《洪罕女郎传》时也说:"哈氏文章,亦恒有伏线处,用法颇同于《史记》。予颇自恨不知西文,恃朋友口述,而于西人文章妙处,尤不能曲绘其状。"② 但"哈氏之书……笔墨结构去迭更(司)固远"(《三千年艳尸记·跋》)。也就是说,林纾认为哈葛德的作品远不如狄更斯。

林纾对狄更斯《块肉余生述》的小说结构安排颇为欣赏,认为此书"思力至此,臻绝顶矣"。并说:"古所谓锁骨观音者,以骨节钩联,皮肤腐化后,揭而举之,则全具锵然,无一屑落者;方之是书,则固赫然其为锁骨也。"又说:"迭更司他著,每到山穷水尽,辄发奇思,如孤峰突起,见者眩目;终不如此书伏脉至细,一语必寓微旨,一事必种远因。手写是间,而全局应有之人,逐处涌现,随地关合;虽偶尔一见,观者几复忘怀,而闲闲著笔间,已近拾即是,读之令人斗然记忆。循编逐节以索,又一一有是人之行踪,得是事之来源。综言之,如善奕之著子,偶然一下,不知后来咸得其用,此所以成为国手也。"③《块肉余生述·续编识》亦称此书"前后关锁,起伏照应,涓滴不漏。"④ 林纾在此指出,《块肉余生述》在小说结构上属于"锁骨观音式",即小说情节环环相扣,主干与枝节相连,而又突出主线,成为贯串全书的动脉。这种结构方式显然与《儒林外史》式的结构不同。《儒林外史》的结构诚如鲁迅先生在《中国小说史略》中说:"全书无主干,仅驱使各种人物,行列而来,事与其来俱起,亦与其去俱讫,虽云长篇,颇同短制。"此种结构方式在近代"谴责小说"中比较普遍,如《官场现行记》《文明小史》《负曝闲谈》即为代表。从长篇结构艺术的角度看,这些小说的结构方式有待改进。林纾正是针对近代"谴责小说"结构普遍松散的特点,而大力推崇狄更斯小说的结构艺术,颇见用心。

《冰雪因缘·序》中林纾亦曾比较其所译司各德与大仲马之文绵褫或疏阔,"读者无复余味",而"独迭更司先生,临文如善奕之著子,闲闲一置,殆千旋万绕,一至旧著之地,则此著实先敌人,盖于未胚胎之前,已伏线矣。惟

---

① 林纾:《黑奴吁天录》例言,见《黑奴吁天录》,武林魏氏 1901 年藏版。
② 林纾:《洪罕女郎传》跋语,见《洪罕女郎传》,商务印书馆 1906 年版。
③ 林纾:《块肉余生述》前编序,见《块肉余生述》前编,商务印书馆 1908 年版。
④ 林纾:《块肉余生述》续编识语,见《块肉余生述》后编,商务印书馆 1908 年版。

其伏线之微,故虽一小物一小子,译者亦无敢弃掷而删节之,防后来之笔,旋绕到此,无复以应。……呜呼!文字至此,真足以赏心而怡神矣!"① 而且还与我国《左传》《史记》比较,称"左氏之文,在重复中能不自复;司氏之文,在鸿篇巨制中,往往潜用抽换埋伏之笔而人不觉。迭更氏亦然。虽细碎芜蔓,若不可收拾,忽而井井胪列,将全章作一大收束,醒人眼目。有时随伏随醒,力所不能兼顾者,则空中传响,回光返照,手写是间,目注彼处。"② 并且"左、马、班、韩能写庄容不能描蠢状,迭更司盖于此四子外,别开生面矣。"③

林纾还认为《冰雪因缘》高于《块肉余生述》,就在于作者能在不易写生处出写生妙手,有更丰富的想象力。他自己也常为书中人物所感动。比如董贝之女芙洛伦丝最能让他感动。当译至董贝父女重聚时的情景,林纾抑制不住自己的感情,不觉在译文中夹入"畏庐书至此,哭三次矣!"

林纾翻译的狄更斯小说,不仅感动了他自己,也感动了林译小说的读者们;不仅为他本人特别喜欢,也为我国现代作家爱不释手。

我国现代许多著名作家均受过林译小说的重要启示,并在幼年、少年、青年时代都曾有过喜爱林译小说的阶段,当然,林译狄更斯小说更是他们的渴求之物。比如,冰心从 11 岁起就迷上林译小说,只要手里有点钱,便托人去买林译小说来看,后来进中学和大学,能读小说原文,甚至也觉得《大卫·考伯菲尔》还不如林译《块肉余生述》那么生动有趣。④ 她在《童年杂忆》一文中也说过:"(少时)我还看了许多商务印书馆出版的'说部丛书',其中就有英国名作家狄更斯的《块肉余生述》,也就是《大卫·考伯菲尔》,我很喜欢这本书!译者林琴南老先生,也说他译书的时候,被原作的情文所感动而'笑啼间作'。我记得当我反复读这本书的时候,当可怜的大卫,离开虐待他的店主出走,去投奔他的姨婆,旅途中饥寒交迫的时候,我一边流泪,一边拿我手里母亲给我当点心吃的小面包,一块一块地往嘴里塞,以证明并体会我自己是幸福的。有时被母亲看见了,就说:'你这孩子真奇怪,有书看,

① 林纾:《冰雪因缘》序,见《冰雪因缘》,商务印书馆 1909 年版。
② 同上。
③ 林纾:《滑稽外史》评语,见《滑稽外史》,商务印书馆 1907 年版。
④ 冰心:《我与外国文学》,《外国文学评论》1981 年第 3 期。

有东西吃,你还哭!'"①

或许冰心的母亲没读过或不喜欢读狄更斯小说,因此也就难以理解一个小孩子为其感动而流泪的心理。而张天翼的母亲则是眼泪直流着,给自己的孩子说林译《孝女耐儿传》的。张天翼在《我的幼年生活》一文中回忆了这段难忘的情景,并说读了许多林译小说如《滑稽外史》等以后,就在其影响之下写了些滑稽小说。②艾芜也在读了林译《贼史》后,感到与先前读的两军陷阵、义侠杀人的中国旧小说不同,而为其中的人物遭遇"悄悄堕泪了,且感着如此流泪是快畅的"③。辛笛同样回忆说,他少年时在父亲书房中东翻西检,找到了商务印书馆出的林译小说,顿然发现在四书五经之外,还另有一番天地。而林译《贼史》《块肉余生述》都让他感动不已,并促使他在30年代后期下决心研究这位19世纪的英国现实主义大师。④宗璞也说过她8岁读的第一本外国小说即是《块肉余生述》,并成为她的一个特殊朋友,后来更深为作品中的人道主义精神所感动。人道主义精神是西方优秀文学中最根本的东西,源于普遍的同情心,大悲大悯,若无这同情心,只斤斤于一部分人的利益,当然也感动不了广大读者。⑤确实,狄更斯作品为我国读者所深深感动而流泪的正是这样一种人道主义精神,并成为后来我们能够普遍接受狄更斯的一个重要原因。

钱锺书先生曾说过翻译在文化交流里所起的是一种"媒"和"诱"的作用,"它是个居间者或联络员,介绍大家去认识外国作品,引诱大家去爱好外国作品,仿佛做媒似的,使国与国之间缔结了'文学因缘'"⑥。林纾所翻译的狄更斯小说正是中英文学之间的一种"文学因缘"。他对狄更斯小说艺术的深切体会及其高度评价,展现了在他心目中具有很高地位的狄更斯形象,这与他翻译的五部狄更斯作品一起,对我国新文学作家产生了不可忽视的影响。

---

① 冰心:《童年杂忆》,见《冰心论创作》,上海文艺出版社1982年版,第8页。

② 张天翼:《我的幼年生活》,《文学杂志》第二期,1933年。

③ 艾芜:《墨水瓶挂在颈子上写作的》,见郑振铎、傅东华主编《我与文学》,生活书店1934年版。

④ 辛笛:《我和外国文学》,《中国比较文学》总第3期。

⑤ 宗璞:《独特性作家的魅力》,《外国文学评论》1990年第1期。

⑥ 钱锺书:《林纾的翻译》,商务印书馆1981年版,第25—26页。

二、"善状社会之情态的迭更司"：
狄更斯在中国（上）①

（一）

20 世纪上半叶每一个喜欢狄更斯作品的中国读者首先应该感谢林纾，因为正是通过他翻译的狄更斯五部小说及其对狄更斯小说艺术的深刻体会和高度评价，我们才最早认识和接受了这位久负盛名的英国小说家，从而缔结了中英文学之间的一段文学因缘。林译之后，狄更斯的其他作品陆续得到译介。在长篇小说方面，薛一谔、陈家麟翻译了《亚媚女士别传》（上下卷，即《小杜丽》）；魏易翻译了《二城故事》（即《双城记》）；常觉、小蝶翻译了《旅行笑史》（上下卷，即《匹克威克先生外传》的节译本）②。狄更斯的中短篇小说也有一些翻译介绍，有的作品还有多种译本。如狄更斯《圣诞故事集》中的一个中篇故事《圣诞欢歌》（A Christmas Carol）先后就有三个文言体译本、两个白话体译本和一个仿作改写本。其中，竞生的译本题作《悭人梦》刊于 1914 年《小说时报》二十一期；孙毓修的译本题作《耶稣诞日赋》刊于 1915 年《小说月报》五卷十号。孙毓修在介绍这篇故事时有一段简要说明："英人迭更司 Charles Dickens 之小说，善状社会之情态，读之如禹鼎象物，如秦镜照胆。长篇大卷一气呵成，魄力之大，古今殆无其匹。……而迭更司第一篇有名之杰作，乃始于说鬼。寥寥短章也。秋坟隐语，豆棚闲话，其有忧谗畏讥之心乎。"③ 这里讲的始于说鬼的杰作就是指译者翻译的这篇小说。另外，有关狄更斯的这个中篇故事，1919 年上海东阜兄弟图书馆也出版了闻野鹤题为《鬼史》的译本，1928 年上海商务馆出版了谢颂羔题为《三灵》的译本，1945 年重庆文化生活出版社出版了方敬题作《圣诞欢歌》的

---

① 本部分内容曾以《"善状社会之情态的迭更司"：民国时期狄更斯在中国的接受》为题，刊于《淮阴师范学院学报》1999 年第 4 期。

② 《亚媚女士别传》（上、下卷），商务印书馆 1910 年版；《二城故事》载 1913 至 1914 年《庸言》杂志一卷十三号至二卷一、二号合刊；《旅行笑史》（上、下卷），上海中华书局 1918 年版。

③ 载《小说月报》五卷十号，1915 年。

译本。而根据狄更斯这个故事改写的一篇仿作则是天津人一鹃刊载于《礼拜六》杂志上的《一个侮辱圣诞节的人》(上、下)①。为大家竞相翻译或仿作的这个中篇小说,通过一个年迈而吝啬的商人从极端蔑视圣诞节日到虔诚信奉圣诞精神,从冷酷无情到最终变得温柔慷慨这样一个过程,充分体现了狄更斯相信人与人之间必须保存更多信任和爱的伟大思想,反映了大家的共同心声;加之这篇小说是通过三个幽灵去展开情节的,构思奇特,因而深受读者喜爱。

狄更斯的中篇小说《生活的斗争》(*The Battle of Life*)也是《圣诞故事集》中的一篇。这篇小说出现了周瘦鹃题为《至情》的文言体译本②,以及陈原题为《人生的战斗》的白话体译本③。狄更斯的短篇小说《星》也有烟桥、佩玉的译本④和周瘦鹃的译本⑤。周瘦鹃译文前有一则作者小传,也比较早地向我国读者介绍了狄更斯的婚姻家庭、生活经历及其创作概况等;而且,他所介绍的狄更斯作品篇名突破了林纾的译名方法,首次采用后来比较通行的音译法。另外,周瘦鹃还翻译了狄更斯的其他小说,如《幻影》⑥、《前尘》⑦等。

20年代以前也出现了一些有关狄更斯的介绍和评论文章。《小说月报》第二年第四期上就刊登一篇为纪念狄更斯百年诞辰而发行精美肖像情况的介绍文字。文中称狄更斯小说的读者以千万计,但由于当时版权未完备,盗印者殆尽,如此贫及后嗣,于是有见悯者想趁1912年狄更斯百年诞辰之机,印制小说家的精美肖像,并与狄更斯小说配套发售,如此可筹集百万镑,得以让其子孙后代摆脱贫贱的窘况⑧。孙毓修在《小说月报》四卷三号上著文则首先称狄更斯"非独著于一国,抑亦闻于世界"。并高度评价狄更斯小说所

---

① 载1922年12月23日《礼拜六》一九三期。
② 载1916年6月《小说大观》第六集。
③ 该译本由1945年9月重庆国际文化服务社出版。1947年2月再版时,则改题为《爱情的故事》。
④ 载1918年7月5日《妇女杂志》四卷七号。
⑤ 载《欧美名家短篇小说丛刻》(上卷),上海中华书局1917年版。
⑥ 载《瘦鹃短篇小说》(下册),上海中华书局1918年版。
⑦ 载《紫罗兰集》(上册),上海大东书局1922年版。
⑧ 《迭更司百周之纪念品》,1911年《小说月报》第二年第四期。

产生的社会作用:"百年以前,英国政治之不公,风俗之醒醒为欧洲最。帝王之力不能整,宗教之力不能挽,转恃绘影绘声之小说,使读者人人自愧,相戒毋作此小说中之主人翁。政治风俗渐渐向善,国富兵强,称为雄邦。是则迭更司 Charles Dickens 之所为也。"文中还特别介绍了狄更斯描写人物的特长,称"迭更司每一摇笔,则一时社会上之人物之魂魄自奔赴腕下,如符逯之役使鬼物焉。尝有画师,写迭更司著书之画。于其背面,作云烟蓊蔚之状,中有种种之男女,老者少者,俊者丑者,容则醉饱者饥寒者,冠则大冠者小冠者,衣则新者旧者,其忧则各忧其所忧,喜其所喜,得意于其所得意,失望于其所失望,是皆迭更司小说中之主人也,是即世界众生之行乐图。无古无今,悉为此老写尽矣,呜呼!"① 此处引文可见,孙毓修对狄更斯小说艺术魅力的赞赏溢于言表,也表明 20 世纪初期我们对狄更斯小说的认识接受着重体现在其作品鲜明的社会功能和精湛的人物描写艺术这两个方面。

(二)

20 年代也有不少对狄更斯作品的翻译介绍文字。1922 年 4 月的《学衡》杂志第四期上刊有狄更斯的画像。1926 年《小说世界》十三卷十四期到十四卷二十五期连载了伍光建翻译的狄更斯名著《劳苦世界》(现通译为《艰难时世》),并作为世界文学名著丛书之一种,出版了单行本。该书译者序概括了这部小说的特色及其重要价值:"迭更司所著劳苦世界(Hard Times)。篇幅较短。而用意独深。惨淡经营。煞费心力。部署结构。无不先有成竹在胸。非如其他著作。落笔挥毫。任其所之。并不先谋布局者可比。此作尊重德性。有功于世道人心不浅。……凡迭更司所著小说。微言深思无不尽荟于此书中。堪为倾倒。则此书之价值可知。欧战以后。其价值尤为有增无减也。"② 另外, 1928 年 10 月魏易自译自刊了狄更斯的另一部名著《双城故事》。沈步洲等译注的英汉合注本《二城故事》也得到出版 ③。

本时期对狄更斯的评价介绍也出现不少著述。谢六逸在《小说月报》

---

① 孙毓修:《欧美小说丛谈》(司各德、迭更斯二家之批评),《小说月报》四卷三号,1913 年。

② 伍光建译:《劳苦世界》(译者序),上海商务印书馆 1926 年版。

③ 沈步洲等译注:《二城故事》,上海中华书局 1929 年版。

十三卷六号上的一篇文章就比较全面地介绍了狄更斯的创作情况。文中称狄更斯是继司各特之后描写社会贫困的最有势力的英伦第一小说家；并说狄更斯作品有写实之风："表现在他的著作里的轻笑、悲哀、同情等，都是类人的气质，他的描写，无论是人物或景色，是极精细的，富有机智的"；又说狄更斯是一个理想家，是一个社会改良家，而正是这种倾向，使其作品流布极广 [1]。《语丝》杂志刊载了德国批评家梅林格的《论迭更斯》一文。该文介绍了狄更斯这样一位最受德国人喜爱的大小说家，其具有旺盛创造力并确信民主主义、富于同情心的一面 [2]。

　　周瘦鹃翻译了狄更斯的一些小说，这在上文已经提及。同时他还多次向我们介绍了有关狄更斯的一些趣闻轶事。如他在《爱修饰的文学家》[3] 一文中就说狄更斯很讲究，爱穿华服，有一次请一位画师为他照相，打扮得像一个花花公子哥儿。这大概是狄更斯成名之后的一个生活侧面。而在《说觚》中谈到小说之能感动人时，周瘦鹃又特举以"木强无情"闻名的另一个大小说家萨克雷阅读狄作而为之动容的故事为例："英国狄根司氏《孝女耐儿传》(The Old Curiosity Shop)一书。为性情之作。从来读其书者往往为之雪涕。山格莱氏者 W. M. Thackcray 亦英国名小说家。所著《虚荣》(即《名利场》——引者注)一书。传诵全欧。一日薄暮。与女友造访。不俟通报。径入书房。见山方伏案啜泣。一时莫审其故。踟蹰不敢进。居倾之。山忽仰顾。泪如雨下。悲声谓女友曰。小耐儿死矣。女友愕然曰。小耐儿谁也。山曰然。死者小耐儿也。吾读未竟。而小耐儿竟死矣。语次。指案头所摊书。女友趋视之。见狄根司之孝女耐儿传也。山夙以木强无情闻。而乃感动若是。是以小说动人之一证也。"同时，周瘦鹃在该文中还以狄更斯小说艺术创作特点为例说明做小说本非难事，"但须留意社会中一切物状。一切琐事。略为点染。少加穿插。更以生动之笔描写之。则一篇脱稿。未始不成名作。是故穷乡僻壤均可入小说。野叟村婆均可作小说中人物。惟在吾人之善于掇拾。善于安排耳。狄根司之所以以长篇小说名者。即以善写社

①　谢六逸：《西洋小说发达史》，《小说月报》十三卷六号，1922 年。

②　画室译：《论迭更斯》，《语丝》五卷十四期，1929 年。

③　周瘦鹃：《爱修饰的文学家》，《紫兰花片》第四集，上海大东书局 1923 年版。

会物状故。……于是嬉笑怒骂。皆成文章。而读者之喜怒哀乐。遂亦授之于书而不自觉矣。"并指出狄更斯这种小说取材的方法特点对自己创作产生的诸多影响等①。

韩侍桁在《十九前半世纪英国的小说》一文中也认为狄更斯在英国文学中最与众不同。他有两种伟大的才干。他有一种力量能够给死物加进人工的生气;他还有一种力量能够像伟大的画家一般地捕捉与描绘人物的特形。文中特别强调狄更斯有一种讽刺家的才干,能够在刹那间观察出来某些奇异,而能生动地夸大地描画出来。同时正因为如此,他并不能像平常人一般地观察一般地感觉,所以我们可以称他为惊人的讽刺家,而不能说他是一位最高贵的人性的伟大的画家。②

(三)

与 20 年代相比,30 年代出现了翻译介绍的狄更斯高潮。1930 年上海北新书局印行的林惠元译《英国文学史》中比较详细地介绍了狄更斯的生活经历、创作风格、重大功绩及其人道主义小说的显著影响等基本情况,书中称狄更斯作为英国文学史上最伟大和最独创的作家,用小说来唤醒人们提倡合于人道的对社会弊端的改革,因而他是文学中改革运动的领袖。1931 年上海广学会翻译出版了美国清洁理女士所著的《迭更司著作中的男孩》一书。1933 年吕天石《欧洲近代文艺思潮》一书论及狄更斯时,也明确揭示出其作品中表现个人反抗社会的小说主题③。1934 年《国闻周报》上发表一篇题为《英国文坛新发现不列颠博物院秘档记——小说名家狄更斯夫人之泪史》的译述文章,则非常及时地向中国读者介绍了狄更斯的情感经历、家庭生活中的不圆满状态以及在小说作品中的诸多表现,让人们得以知晓这位英国文坛巨子鲜为人知的活生生的另一面。④ 1935 年《中学生》杂志五十五号上刊登的一篇朱自清写的《文人宅》(伦敦杂记之四),则带着我们参观了伦

---

① 　周瘦鹃:《说觚》,《小说丛谈》,大东书局 1926 年 10 月印行。
② 　韩侍桁:《十九前半世纪英国的小说》,《西洋文艺论集》,北新书局 1929 年版。
③ 　吕天石:《欧洲近代文艺思潮》,上海商务印书馆 1933 年版。
④ 　兆述译述:《英国文坛新发现不列颠博物院秘档记》,《国闻周报》十一卷二十六期,1934 年。

敦的狄更斯故居。1936 年《文学》杂志六卷四号、六号上也载文介绍了英美国家纪念狄更斯成名作《匹克威克先生外传》发表百年的盛况。另外还有不少著作对狄更斯及其小说艺术做了详细介绍，如 1935 年出版的《西洋文学讲座》（英国文学部分，曾虚白著）、1936 年出版的中译本《英国小说发展史》（Wilbur L. Cross 原著）、1937 年出版的《英国文学史纲》（金东雷著）等。这些书籍也为我们全面了解和接受狄更斯作品提供了很大帮助。

　　1937 年是狄更斯诞辰一百二十五周年纪念。这一年《译文》新三卷一期为此刊发了"迭更斯特辑"，翻译介绍了三篇文章。第一篇是苏联批评家写的纪念文章《迭更司论——为人道而战的现实主义大师》。文章指出，狄更斯作为一个人道情感的提倡者，其小说描述了小人物的境遇，同时其作品也体现出了明显的思想矛盾性："他要想除去资本主义制度所产生的社会罪恶，但并不去触动这制度本身，因此产生了他那拥护明确的缓和办法的创作活动，因此产生了他那希冀劳资妥协和贫富妥协的倾向。这产生了他那些和解的'圣诞故事'，这些和解的倾向反映着作为一个中等阶层的人道主义者的迭更斯的性格。"[1] 作者认为此种和解的倾向正是狄更斯思想意识中的消极面。通过这篇译文，我们可以看出当时苏联学术界对包括狄更斯在内的西方人道主义作家的总体评价标准，进而也为建国以后我国学术界评论这些具有人道主义思想的西方作家奠定了一个基调。《译文》新三卷一期发表的另一篇文章是克夫翻译的《年青的迭更司》一文，文章则向我们展示了狄更斯童年的苦难经历、青年的创业过程以及创作方面的独特才能。另外，该期《译文》还刊登了许天虹翻译的法国传记大师莫洛亚写的《迭更司与小说的艺术》。《译文》新三卷三、四两期又连续译介了莫洛亚的《迭更司的生平及其作品》（上、下）。后来 1941 年的《现代文艺》二卷六期上也继续译介了莫洛亚的《迭更司的哲学》。以上四部分正是莫洛亚传记名作《狄更斯评传》一书的全部内容。后来又由重庆文化生活出版社出版了这本书的单行本（1943 年版）。莫洛亚虽是法国人，但对狄更斯的理解似乎比大多数英国批评家还要深刻，而且有许多见解异常新颖，启人心智。因此，译介莫洛亚

---

① 　许天虹译：《迭更司论——为人道而战的现实主义大师》，《译文》新三卷一期，1937 年。

这部评传对我国读者全面深刻细致地认识狄更斯是功不可没的。

《译文》新三卷三期上还发表了美国女作家赛珍珠的文章《我对迭更司所负的债》。文中非常动情地追述了她在中国乡村中那种寂寞孤独的童年生活,终于在狄更斯那里找到了她的童年伙伴——即狄更斯笔下描写的儿童。由此作者清醒地认识到:"我对迭更司所体验到的感觉从不曾在一个活的人那里体验过,他要我张开眼睛看人,教导我爱一切的人,善的与恶的、富的与穷的,老年人与小孩子。他教我恨虚伪与好听的话,他使我相信,在外表的严厉中时常隐藏着良善。良善与诚恳高出于世上的一切。他教我痛恨吝啬,现在才认为,他在其性格上是天真的,感情作用的与孩子气的。"可见狄更斯给予赛珍珠的影响与帮助如此之大,正如她本人所说:"他的一生的创作成了我自己的一部分。"①

另外,《译文》新三卷一期配合出版"迭更司特辑",还刊发了有关狄更斯不同时期的肖像、生活、写作及住宅等方面的图片 10 幅。总之,《译文》杂志刊发的多篇译文及多幅图片为我们比较集中地了解狄更斯发挥了良好作用,也为 30 年代我国介绍狄更斯画上了一个完满的句号。

（四）

40 年代在狄更斯作品的翻译方面出现了新的高潮,而对狄更斯的评论和介绍文章虽不多见,但颇见新的角度。比如,朱维之就是从宗教的角度去接受和理解狄更斯及其作品的。他在《基督教与文学》一书中称狄更斯是一个人道主义的作家,笔下常流露着基督教的思想和感情,其许多作品的基础是建筑在《新约·福音书》之上的。比如,《双城记》写了几个品格非常高超的人物,他们都体现了以爱为核心的基督精神;《老古玩店》也明显地表现了人类天性中伟大的爱;而《艰难时世》所表现出的根本思想就是用基督教的道德去纠正 19 世纪的物质主义或事实主义 ②。林海则从比较的角度去分析评价狄更斯及其小说的创作特点。通过比较狄更斯与萨克雷的小说创作

---

① 赛珍珠:《我对迭更司所负的债》,《译文》新三卷三期, 1937 年。
② 朱维之:《基督教与文学》,青年协会书局 1941 年版,第 284—285 页。

后，林海形象地指出："迭更斯像一个宗教家，背着一面人道主义的大旗，站在十字街头说法，想以苦口婆心来挽回世道人心。萨克莱则俨然一个鲁克理细阿（Lucretius）派的哲学家，专门坐在十八层楼上的沙发里，俯着拖泥带水、蝇营狗苟的人群，顺便发出几声感慨，或来个会心的微笑。""迭更斯首先以全力来描写低层阶级的悲惨生活，把人们的注意力，从骑士制度的迷梦中，唤醒到活生生的现实世界里来，这是他的不朽之功。同样的，当封建制度方始崩溃而上层阶级的生活仍很神秘之际，萨克莱首先把贵族腐烂丑恶的面目毫不留情地暴露出来，使人们对它不复存在着可笑的幻想，这也是一种不朽之功。二人致力的方向相反，而彼此却有异曲同工之妙。"但作者认为："细想一下，坐十八层楼冷眼静观的萨克莱，要比站十字街头闭眼瞎说的迭更斯可靠一点。"[①] 其他评论文章还有如蒋天佐是从翻译的角度论及了狄更斯小说语言运用方面灵活之极；丰富之极的特点[②]；何家槐译的一篇文章则通过一个少年酷爱狄更斯小说的生动情形，充分展示了狄更斯作品不朽的艺术魅力[③]；林海在另文中也介绍了包括狄更斯式人道主义在内的有关狄更斯及其作品的详细内容[④]。

　　这一时期翻译出版的狄更斯作品颇为丰富。除以前各种译本不断得到再版外，还有不少是初版的译作。如邹绿芷翻译了《黄昏的故事》（收入6个短篇，重庆自强出版社 1944 年版）和《炉边蟋蟀》（上海通惠印书馆 1947 年版）；《大卫·科波菲尔》有许天虹译本（重庆文化生活出版社 1945 年版）和董秋斯译本（上海骆驼书店 1947 年版）；《奥列佛·退斯特》有蒋天佐译本（上海骆驼书店 1948 年版）；《双城记》有海上室主译本（上海合众书店 1940 年版）、许天虹译本（重庆文化生活出版社 1946 年版）和罗稷南译本（上海骆驼书店 1947 年版）；《匹克威克外传》有许天虹译本（上饶战地图书出版社 1945 年版）和蒋天佐译本（上海骆驼书店 1948 年版）等。这些译本多数附有译者序或译后记之类的内容，比较详尽而深刻地介绍分析

---

① 林海：《〈浮华世界〉及其作者》，《时与文》三卷三期，1948 年 4 月。
② 蒋天佐：《〈匹克威克外传〉译后杂记》，《人世间》四期，1947 年。
③ 何家槐译：《我是怎样开始认识狄更斯的》，《文艺春秋》四卷四期，1947 年。
④ 林海：《大卫·高柏菲尔自述及其作者》，《时与文》一卷二十四期，1946 年。

了小说家及其作品,这对指导读者理解认识和把握接受狄更斯大有助益。

（五）

总之,民国时期我们引进介绍狄更斯及其作品的基本情况如上所述。从中可以看出,在林纾翻译狄氏小说五种并产生很大影响之后,又有一批翻译者陆续介绍了狄更斯的许多种长篇、中短篇小说,而且其中的小说名作都出现了好几个中译本,并不断重印出版,获得人们普遍的喜爱。在认识和理解狄更斯及其作品方面,有不少作家、学者译介了欧美、俄苏批评家的好多介绍评论文章,同时也有他们自己的独特研究成果问世。这些著述大大促进了普通读者对狄更斯不平凡经历、创作风格及其重要贡献的了解和把握。

不过,我们当然也不应忽视的是,作为英国文学中的一个有代表性的大作家,狄更斯在这一时期中国的接受和影响,无论在广泛性上还是在深刻性上,都比不上俄罗斯作家,如屠格涅夫、陀思妥耶夫斯基、列夫·托尔斯泰等。众所周知,俄罗斯文学曾引起中国新文学先驱者们的巨大兴趣和热烈向往之情,其原因是由于中俄两国在国情上具有的相似性,而促成中俄两国在文学上的亲密关系的深刻的共鸣,这是任何其他欧洲国家的文学所无法比拟的。叶圣陶就说过:"就我的新文学说,特别是与俄国文学有缘。……我国新文学运动开头的时候,正与政治运动社会运动相配合,在声气应求的情形下,特别亲近俄国文学。"① 正是社会现实需要和文学本身的要求,使得中国作家群体对于俄国文学产生出这种喜爱和亲切感。相比较而言,包括狄更斯在内的其他欧洲作家在中国新文学作家心目中的地位要稍逊一些。而且狄更斯现实主义小说中那种理想主义的成分、浪漫主义的气息、人道主义的基调,也难以被主张为社会为人生的新文学家们普遍接受。更有在民族文化心理方面,中国作家接受狄更斯小说所展现的英吉利民族心理和文化生活时,也多少存在着某些心理隔膜。沈雁冰就说过:"英国文学家如迭更司（Charles Dickens）未尝不会描写下流社会的苦况,但我们看了,显然觉得这是上流人

---

① 叶圣陶:《零星的说些》,载《文艺复兴》三卷三期, 1947 年 5 月。

代下流人写的，其故在缺乏真挚浓厚的感情。俄国文学家便不然了，他们描写到下流社会人的苦况，便令读者肃然如见此辈可怜虫，耳听得他们压在最下层的悲声透上来，即如屠尔格涅甫、托尔斯泰那样出身高贵的人，我们看了他们的著作，如同亲听污泥里人说的话一般，决不信是上流人代说的。"① 当然，狄更斯的小说决非如沈雁冰所说的"缺乏真挚浓厚的感情"，在其作品众多人物身上都投进了小说家自己的强烈的爱憎情感。狄更斯本人也来自社会下层，即便在不断勤勉数年并获成功后，也仍保持着善良本色，时刻关注着社会的病患。中国新文学家对狄更斯作品的如此感觉，应该是出于精神气质、文化心理、情感内蕴等方面的差异性，而导致内在心理上的疏远所致。因此，狄更斯在本时期就无法达到全面而深刻自觉接受的程度，其中唯有在老舍的小说中可以看到狄更斯的明显影响，相关内容参见本章第四部分《狄更斯：打开老舍小说殿堂的第一把钥匙》，此处略而不论。

三、"为人道而战的社会批判者"：
狄更斯在中国（下）②

（一）

1949 年 10 月 1 日中华人民共和国成立，从此增强了以中国和苏联为代表的社会主义阵营和以英美为代表的帝国主义阵营之间的对抗性。这种国际政治斗争形势也影响到了狄更斯在中国的接受特点。加之 50 年代初期美国侵占朝鲜，我国人民兴起了抗美援朝、保家卫国声势浩大的爱国运动。文艺界也积极响应。《文艺报》三卷二期上由中华全国文艺界联合会发布《关于文艺界展开抗美援朝宣传工作的号召》，称美帝是中华人民共和国最危险的敌人，号召大家用文艺的有力武器来在中国人民中普遍建立起仇视美国、

①　沈雁冰：《俄国近代文学杂谭》（上），《小说月报》十一卷一号，1920 年 1 月。

②　本部分内容曾以《20 世纪下半叶狄更斯在中国的接受》为题，刊于《西北师范大学学报》1999 年社会科学专辑。

鄙视美国和蔑视美国的正确态度。① 这样,狄更斯作品中涉及美国问题的内容便得到充分重视,理所当然地拿来当作揭露美国的好材料。

新中国成立以后涉及狄更斯的第一篇文章就是题为《狄更司笔下的美国》的译文。文中谈及狄更斯 1842 年美国之行及其《游美札记》,认为狄更斯的美国见闻激起了他的愤怒和责难,《游美札记》则是控告美国社会组织与一切生活方式的起诉书,暴露了美国奴隶主的原形。同时文章也指出,狄更斯该书在今天仍未失去真实性,它所暴露的社会和国家制度,也属于这个世纪的美国,它目前正在幻想把整个人民变成服服帖帖的奴隶。② 蒋天佐在 1951 年写的《匹克威克外传》译后记中也强调,书中对资本主义社会的批判有深刻的高度典型性,直到现在读来仍饶有意义。其中第 13 章关于竞选的描写,不仅是当时美国资产阶级政党丑恶面目的真实写照,而且是今天英美资本主义国家政治生活某一侧面的缩影。

我国对狄更斯的研究评价受到苏联学术观点的很大影响。苏联学术界在接受狄更斯时,特别强调其作品中的批判暴露性内容、民主主义和人道主义思想的两面性,以及现实主义的创作方法,并且鲜明地反对英美批评界对狄更斯的认识评价。1956 年《文史译丛》创刊号上刊载两篇译自苏联的文章,可以清晰地看出苏联学术界对狄更斯是如何评价的。《英国文学概要》一文谈及狄更斯时说,他是 19 世纪英国最伟大的现实主义者,他用深刻的现实主义手法描写了英国文学中前所未有的资本主义现实生活的现象;作者的民主主义最明显地表现在他对英国资产阶级的假"慈悲"和道德上的丑恶以及对自吹自擂的美国式"民主"的讽刺揭露上;狄更斯的软弱方面是他旨在调和资本主义世界阶级矛盾的劝善倾向,这反映出小资产阶级民主立场的两面性,以及它在公开的阶级斗争面前的恐惧心理③。另一篇是苏联学者伊瓦雪娃写的《关于狄更斯作品的评价问题》。该文更强调艺术家狄更斯的力量渊源于他的现实主义和对他那时代现实的认识,他的典型概括帮助我们

---

① 载《文艺报》三卷二期, 1950 年 11 月 10 日。
② 载《文艺报》二卷四期, 1950 年 5 月 10 日。另外,《翻译》月刊四卷三期（1951 年 3 月 1 日）也刊登了一篇译自苏联的文章《狄根斯的美国丑恶暴露》。
③ 《英国文学概要》,中山大学编《文史译丛》1956 年创刊号。

认清资本主义美国的真正本质，认识它的假民主主义的腐化，它的梦想统治世界的事业家们可憎的自高自大，及他们假慈悲政策的实质；而狄更斯的局限性在于，他一生都没有接受革命路线，而且谴责起来反对压迫的人民的代表。伊瓦雪娃还说英国反动的批评家完全丧尽民族自尊心，完全不懂得爱护自己民族的伟大艺术，对其伟大遗产闭口不谈，或故意贬低歪曲，压抑其暴露性作品的意义，贬低他创造形象的批判意义，并对批判现实主义的方法问题避而不谈，而把他称为浪漫主义作家。因此作者认为，西方资产阶级批评家无法揭示出狄更斯现实主义的真实内容及意义，只有用马克思列宁主义方法及 19 世纪俄国革命民主主义批评家的著作武装起来的苏联文艺学，才能给狄更斯创作以科学的评价。① 受苏联学术界这种研究思路的影响，我国学者评价狄更斯的出发点及基本内容也大致如此。

比如，全增嘏 1954 年写了《谈狄更斯》一文，其写作目的就是批驳英美批评家对狄更斯作品的弃绝态度。针对英美批评界认为狄更斯作品结构散漫、人物夸张、嘲笑露骨、感伤过分的看法，该文结合作品一一加以辩驳。同时针对英美国家认为狄更斯作品仅可当作消遣性的闲书来读而抹煞其作品思想性很强的特点，文章也通过具体作品做了维护性的阐述。文章最后也指出："在今日之下来读狄更斯有重大意义。今天英美等国资本主义虽是在作垂死的挣扎，但仍然是很猖狂的。和资本主义做斗争，狄更斯仍然是我们的同盟军，仍然是一个坚强的战斗力量。"② 作为新中国成立以后我国学者第一篇比较全面介绍评价狄更斯作品的文章，可以说也代表了当时我们认识和接受狄更斯的层面和程度。紧接着以后的几年间，学术界读书界都非常重视对狄更斯的介绍与研究，特别是在 1957 年和 1962 年发表了大量文章，形成了两次高潮。

1957 年我国大量介绍狄更斯，是由几部根据狄更斯小说改编的电影《匹克威克外传》《孤星血泪》《雾都孤儿》等在中国上演所引起的。为满足观众对狄更斯及其作品了解的浓厚兴趣，学者们在《人民日报》《解放日报》《北京日报》《中国电影》《大众电影》等多种报刊上纷纷撰文介绍狄更斯及

---

① 伊瓦雪娃：《关于狄更斯作品的评价问题》，《文史译丛》1956 年创刊号。
② 全增嘏：《谈狄更斯》，《复旦学报》1955 年第 2 期。

其相关作品。尽管这些介绍都是一般知识性、鉴赏性的,但却为我国普通读者认识狄更斯提供了一次难得的机会。值得一提的是这一年发表在《南大学报》上华林一写的《谈谈狄更斯的"劳苦世界"》①。该文分析了狄更斯的重要作品《艰难时世》,认为整部作品攻击的是整个社会制度和资产阶级思想潮流,从而激发读者对整个资本主义社会制度的痛恨,而狄更斯的软弱性在于他不可能指出工人群众解放的正确道路。该文所采用的社会政治历史批评方法,也是我国相当长的时期内人们评价西方作家的一种基本研究模式。

1962 年是狄更斯诞辰 150 周年纪念,这更成为我国学者集中介绍评价狄更斯的一个契机,各种报刊杂志发表了大批文章,其中包括一些重要研究论文,由此也便形成建国后十七年中介绍和研究狄更斯的真正高潮。

首先值得介绍的是南京大学陈嘉、范存忠、姚永彩三位先生写的文章。陈嘉的论文《论狄更斯的〈双城记〉》也是针对英美资产阶级文学史家和批评家在《双城记》理解与估价上的种种不正确、甚至故意歪曲的说法而写的。认为应首先肯定《双城记》的进步意义,尤其应肯定该小说对法国大革命的看法上进步的一面,小说除突出表现作者对革命的正义性和必然性的认识外,还反映了狄更斯对人民群众在斗争中巨大作用的看法,以此驳斥了不少资产阶级文艺批评家企图贬低狄更斯而说他诋毁法国大革命的谬论。当然,文章也指出由于狄更斯的阶级局限性和人道主义思想,他在《双城记》中便会对法国革命的历史过程才采取一系列不正确、甚至根本错误的态度,但他并未因此否定法国革命的正义性与必然性,这正是我们推崇这部小说的重要原因。② 范存忠的论文《狄更斯与美国问题》则综述了狄更斯作品对 19 世纪中叶美国情况的反映以及对若干美国社会问题的认识情况,认为对美国社会尽情刻画和揭露,他提供的材料在不少方面比传统历史家所贡献的更真实典型,有很大的进步意义。当然文中也指出狄更斯作为资产阶级激进主义者与人道主义者,对社会问题认识上的一些局限性。③ 姚永彩的论文《从〈艰难时世〉看狄更斯》在指出狄更斯揭露社会罪恶同情贫苦人民的痛

---

① 华林一:《谈谈狄更斯的"劳苦世界"》,《南京大学学报》1957 年第 1 期。
② 陈嘉:《论狄更斯的〈双城记〉》,《江海学刊》1962 年第 2 期。
③ 范存忠:《狄更斯与美国问题》,《文学评论》1962 年第 3 期。

苦不幸的同时，也强调他由于阶级局限，不了解消灭社会罪恶，使贫苦人民获得幸福的真正有效办法即革命斗争。而他那种以情感与友爱作为改造社会现实的药方的做法，还会引导人们脱离正确的斗争道路。文中也指出狄更斯人道主义思想有害的一面，即以抽象的爱反对无产阶级革命运动，力图以阶级调和代替阶级斗争。① 本时期全面分析狄更斯创作的一篇带有总结性的文章是杨耀民写的长达三万字的论文《狄更斯的创作历程与思想特征》。该文回顾了狄更斯三十多年创作生活，指出狄更斯对资本主义社会的现实主义揭露又被唯心主义的道德冲淡，由此形成他思想和作品中的一系列深刻矛盾，这些矛盾现象又有其统一的思想和阶级基础。他的立场是民主主义的小资产阶级的立场，他的指导思想是人道主义。②

　　以上的一些评论文章都是侧重于思想内容分析的，而且又倾向于社会政治层面的探讨，由此得到的结论就显得大同小异。王佐良在 1962 年《光明日报》上发表的《狄更斯的特点及其他》③，则是当时唯一的一篇侧重于狄更斯小说艺术分析的文章。该文篇幅不长，却紧紧抓住狄更斯的创作特点，指出在其小说艺术里，真实的细节与诗样的气氛的混合，具体情节与深远的社会意义的混合，幽默、风趣与悲剧性的基本人生处境的混合，正是这一切使狄更斯的作品丰富厚实，而且充满了戏剧性。人们常批评的狄更斯小说的"感伤化"倾向，在王佐良看来，其最大害处在于一种小资产阶级的感情泛滥，使他不能看得更清楚，不能在他本身条件的许可下，对于他所处的社会的本质认识得更深入，而这一认识的深入原是会导致他的艺术登达更高的峰巅的。同样的道理，新中国成立以后十七年间在狄更斯评论方面占统治地位的社会政治批评模式，尽管取得一定成绩，但其最大局限是阻碍了我们对狄更斯思想和创作的本质认识的深入，而这一认识的深入也原是会导致我国狄更斯研究水平达到一个更高峰的。

　　总而言之，回顾一下新中国成立以后十七年期间狄更斯在我国的接受情况，可以看出：

---

① 姚永彩：《从〈艰难时世〉看狄更斯》，《南京大学学报》1962 年第 4 期。
② 杨耀民：《狄更斯的创作历程与思想特征》，《文学评论》1962 年第 6 期。
③ 王佐良：《狄更斯的特点及其他》，《光明日报》1962 年 12 月 20 日。

第一,对狄更斯的认识和评价受前苏联学术界的影响很大。在思想观点与研究方法论上都以马克思主义和社会历史批评方法,去分析狄更斯作品的思想内容,特别强调的是其作品对资本主义社会的批判性、暴露性,对下层人民的人道主义同情,以及现实主义创作方法的运用等等;同时也无不指出狄更斯的阶级局限性、宣扬阶级调和论、人道主义思想的两重性等内容,这由当时的政治气候与理论导向使然。

第二,对狄更斯研究的一个重要出发点是反驳英美文学史家和文学批评家的相关评价,认为以此可以捍卫狄更斯在文学史上的杰出地位。而介绍与评价狄更斯的另一个重要出发点是古为今用,借此来认识看待现今英美资本主义国家的社会丑恶现实,着重看待的是狄更斯小说的认识价值和文献价值,对其审美价值多加忽视甚至排斥。其原因与当时中苏社会主义阵营与英美资本主义阵营相对抗的国际政治形势有关,也使得对狄更斯的评价和接受就成为反英抗美活动的一个重要方面,起到了一种武器的作用,因此这一段时期的研究打上了鲜明的历史时代烙印。

(二)

“文化大革命”以后,伴随着文学界批判“四人帮”歪曲资产阶级古典文学,还历史以本来面目的行动,学术界对作为批判现实主义杰出代表的狄更斯的介绍与研究也出现新的高潮。1978 年《外国文学研究》创刊号发表了王忠祥的文章《论狄更斯的〈双城记〉》,其基本观念批驳了“文化大革命”中对狄更斯等批判现实主义作家的歪曲,而回归了“文化大革命”以前我国学术界对狄更斯的基本评价。指出狄更斯作为一个资产阶级人道主义者,由于阶级和时代的局限,根本没有认识到下层人民对剥削阶级统治者的愤恨与报复是不可避免的,革命中的流血与残酷性也是不可避免的,只有通过人民暴力革命,才能解放人民自己。《双城记》实际上提供的关于阶级斗争的图画与尖锐的社会问题,比起它的主观唯心主义说教要重要得多,这是作者民主思想和现实主义积极作用的结果。[①] 赵萝蕤发表在《读书》1979

---

① 王忠祥:《论狄更斯的〈双城记〉》,《外国文学研究》1978 年创刊号。

年第 2 期上的《批判的现实主义杰出作家狄更斯》一文,也基本承续了"文化大革命"前对狄更斯的总体评价,并为新时期以后比较长的一段时期内我国学术界评论狄更斯奠定了基调。文章认为"批判的"和"现实主义的"两个艺术特点构成其作品的精华,有巨大的感染力和认识价值,但由于阶级局限性,所以推动现实主义创作方法的主要动力只能是追求个人幸福的人道主义和改良主义,而不可能是彻底的革命。因而小资产阶级的人道主义思想,既是作者的力量,也是他的弱点。[①]

进入 80 年代,介绍和研究狄更斯的文章极多,并出现新的研究趋向,具体表现在以下几个方面。

关于狄更斯作品中的人道主义思想,涉及到的有关评论文章相当多。比如周中兴的文章认为狄更斯作为"穷人的诗人",其人道主义思想表现在同情受压迫剥削的下层人民和抨击批判资产阶级社会弊病,但这种人道主义思想具有民主性和保守性的两重性特点。[②]易漱泉的文章也指出,狄更斯的人道主义是建立在唯心主义的人性论基础之上的,他看到了人压迫人的不合理现象,看到了社会的矛盾,但又害怕暴力革命,于是主观主义地幻想用基督教的人类之爱和容忍妥协来解决阶级矛盾。他的人道主义思想的消极方面损害了他的作品,削弱了他的创作的现实主义力量。[③]由此可见,这时期谈及作品人道主义思想的文章都论及其两重性,而又特别指出了其消极意义。当然,对狄更斯作品人道主义思想的这种评价也有其局限性,而且有的文章评论中的"左"的倾向还很明显,这表明我们对狄更斯小说创作中的这种主导思想还应该尽量客观而深入地认识理解。

狄更斯在人物塑造上的卓越成就是人所共知的。这一时期就出现一些文章专门论及他作品中的人物形象问题。如任明耀探讨了狄更斯作品中别具一格的"怪人画像",并从性格方面将他们分为怪而不傻、怪而善良、怪而恶毒、怪而仁爱、怪而可怜等五种类型[④];郭珊宝则认为狄更斯人道主义的一

① 赵萝蕤:《批判的现实主义杰出作家狄更斯》,《读书》1979 年第 2 期。
② 周中兴:《浅谈狄更斯作品中的人道主义思想》,《徐州师院学报》1983 年第 2 期。
③ 易漱泉:《从〈双城记〉看狄更斯的人道主义思想》,《湖南师大学报》1985 年第 2 期。
④ 任明耀:《狄更斯作品中的"怪人"形象》,《外国文学研究》1981 年第 4 期。

个突出特征,即注意塑造儿童形象,关心儿童命运,其作品真切地描写了他们在精神与肉体双重折磨下的孤独心情,以及聊以自慰的梦的自由王国 ①。其他还有文章谈及了狄更斯笔下的劳动人民形象、女性形象和扁平人物形象等问题。

关于狄更斯作品艺术特色方面的内容得到重视,这方面的文章也很多。如潘耀泉的文章首先比较早的对此做了总体论述。② 李肇星则以《游美札记》为例,阐述了狄更斯描写景物的几个特点。③ 以往的评论家对狄更斯的夸张手法颇有微辞,认为这种漫画式描写倾向破坏了小说的真实性。郭珊宝在文章中则认为,狄更斯擅长的这种童心式的夸张,不仅使人有对 19 世纪伦敦惨不忍睹现状的切肤之痛,而且还从外部世界的夸张变形中打开了他那些不擅长自我描绘的人物的内心,使人能够接近、理解他们的心态。这种夸张是导致狄更斯笔下的形象充满生机、富有活力和人性深度的重要手段。④ 王力的文章更从狄更斯对欧洲传统小说叙述方式的创新角度,并与中国古典小说比较,指出了狄更斯小说叙述者的特点。文章还从美学角度对狄更斯小说视点做了详尽分析,并从狄更斯小说视点处理的得与失之中,总结出了一系列艺术美学原则的要求,很有启发意义。⑤

更值得我们加以注意的是,这时期评价狄更斯的作品,有些文章突破了传统定论,展示了更符合狄更斯小说创作实际情况的新的认识。比如,《圣诞欢歌》作为一部充满人道主义思想的优秀作品,以往大多数评论都认为它提倡的是调和阶级矛盾的思想,而受到一致的批评否定。这种沿袭"阶级论"的过于简单的评论,到 80 年代初期受到挑战。郭珊宝在其文章中就认为这部作品更重要的价值在于对人的性格的两重性的探索,是对人怎样丧失人性和怎样复归人性的探索。透过作品仿佛神秘荒诞的幻想的表现形式,可见作家多么严肃地正视生活现实和着重研究人的性格特征的两重性的艺术精神。狄更斯的深刻之处在于看到了资本主义社会的罪恶不仅在于阶级压

① 郭珊宝:《狄更斯的儿童形象初探》,《外国文学研究》1982 年第 1 期。
② 潘耀泉:《狄更斯创作的艺术特色》,《外国文学研究》1980 年第 2 期。
③ 李肇星:《狄更斯描写景物的几个特点——读〈游美札记〉》,《外国文学研究》1982 年第 1 期。
④ 郭珊宝:《狄更斯小说的夸张》,《外国文学研究》1987 年第 4 期。
⑤ 王力:《狄更斯小说的视点与小说叙述观念的衍化》,《天津社会科学》1986 年第 3 期。

迫与造成贫富对立,更在于摧残人性、摧残一切人的人性,而一切人性的沦丧,正是资本主义制度的主要弊端和更深重的创伤。一切人性的复归正是社会急需解决的主要问题。作为一个人道主义作家,狄更斯的同情不仅倾注在受苦受难的劳动人民身上,而且倾注于一切被迫丧失人性的人身上。①

与《圣诞欢歌》在以往得到的普遍否定性批评相比,狄更斯的另一部作品《游美札记》获得的则是一致的肯定性评论。人们只看到狄更斯在作品中对美国社会生活和制度各方面,特别是奴隶制的暴露批评的一面,而这与作品本身叙述的实际情况也有较大出入。张玲在为《游美札记》中译本所写的序言中就明确指出,狄更斯在作品中对美国一般社会生活各方面的报道瑕瑜皆录,褒贬并存,做到了真实客观。狄更斯访美时值资本主义发展初期,显得朝气蓬勃、蒸蒸日上,狄更斯笔下对当时美国社会某些进步方面所做的肯定,符合历史真实。而以往有些评论家只根据本人研究这部作品当时的国际形势和国际关系需要,对书中所反映的狄更斯的对美国的看法加以不确切的诠释,诸如把狄更斯对美国某些监狱管理制度的批评夸大为反映"监狱制度的惨无人道",把狄更斯对于当时美国国民性和社会风尚以及日常生活的一般介绍或略试品评解释为强烈的贬斥和指责,也有的又由于肯定和赞美当时美国社会的某些长处和优点,而不分青红皂白地认为这是狄更斯思想局限性的表现,等等②。张玲的这些看法对我们重新客观评价狄更斯作品应该是有启发意义的。

朱虹在1982年到1984年的《名作欣赏》杂志上发表了有关狄更斯小说的一组赏析文章,涉及到狄更斯的绝大多数作品,具体介绍了每一部作品的情节故事及其突出特点,其中不乏精彩的评价。这些文章后来汇集出版了单行本《狄更斯小说欣赏》(山西人民出版社1985年版)。《名作欣赏》杂志还从1984年第4期起连载了朱延生翻译的莫洛亚所著《狄更斯评传》一书的内容,这些内容也汇以单行本由山西人民出版社于1984年11月出版。另外本时期出版的有关狄更斯的著述还有:罗经国所编《狄更斯评论

---

① 郭珊宝:《圣诞节的史克罗奇的两重性——读狄更斯〈圣诞欢歌〉札记》,《求是学刊》1982年第5期。

② 张玲:《游美札记》序言,见张谷若译《游美札记》,上海译文出版社1982年版。

集》（上海译文出版社 1981 年版）、张玲所著《英国伟大的小说家——狄更斯》（北京出版社 1983 年版）、伊瓦肖娃的《狄更斯评传》（广东人民出版社 1983 年版）、赫·皮尔逊的《狄更斯传》（浙江文艺出版社 1985 年版）等。这些著作大大促进了狄更斯及其作品在中国的广泛普及和深入研究的进程，为狄更斯在中国的接受创造了良好的条件。

进入 90 年代后，也出版了不少有关狄更斯的传记，如埃德加·约翰逊的《狄更斯——他的悲剧与胜利》（天津人民出版社 1992 年版）和杰克逊的《查尔斯·狄更斯——一个激进人物的进程》（上海译文出版社 1993 年版）得到翻译介绍。我国学者撰写的传记，如谢天振的《深插底层的笔触——狄更斯传》（上海世界图书出版公司 1994 年版）和薛鸿时的《浪漫的现实主义——狄更斯传》（社科文献出版社 1996 年版），也得到出版发行。有关狄更斯的评论文章尽管在数量上远逊于 80 年代，但在研究深度和广度上均有很大提高。不少文章尝试用新的研究方法，从新的阐释视角深刻剖析了狄更斯作品的丰富内涵，得出了许多比较精辟的见解。比如，申家仁的文章就从精神分析批评的角度来解读《大卫·科波菲尔》，指出狄更斯成名后讳莫如深而又萦绕于怀的是他辛酸的童年经历，这促使其构思和写作《大卫·科波菲尔》。创作时，狄更斯以"我"为叙述主体倾注郁积的情愫，化合回忆与虚构，熔铸自我与非我，并不自觉地发挥潜意识和性心理的作用，成功进行自我的舒泄与补偿，用不到两年时间完成这部巨篇。① 张聪慧的文章论述的也是《大卫·科波菲尔》。他从叙事学角度谈论了这部作品的双重叙述机制，认为小说家对叙述方式的选择，往往意味着一种叙述格局的确立，这关系到作者与读者之间的对话方式的形成。狄更斯在这部小说中对已有的两种叙述模式，即"笛福式"和"菲尔丁式"，进行了改造与重建，形成了比较完善的叙述机制，由此也充分显示了作者的创作才能。② 蒋承勇、郑达华的论文则从原型批评的角度出发，探析了狄更斯小说深层隐含着的童话模式，指出

---

① 申家仁：《〈大卫·科波菲尔〉：自我的解脱与补偿》，《佛山大学佛山师专学报》1990 年第 1 期。

② 张聪慧：《重塑与改造——浅析〈大卫·科波菲尔〉的双重叙述机制》，《河北师院学报》1996 年第 2 期。

狄更斯崇尚儿童是与自身的童年经历、《圣经》传统、以及 19 世纪初英国浪漫主义的影响分不开。儿童的纯真与善良、基督教精神和人道主义,构成狄更斯从精神意识到情感心理的三个层面和渊源关系,这既使狄更斯永久地依恋着自身的童年生活,又使其深层精神——心理上成了永远长不大的"精神侏儒",其意识深处那种"剪不断、理还乱"的"儿童情结",使其创作心理原型带上了儿童心理特征。他所描写的小说世界,是经由他那带有儿童心理特征的主体心理原型过滤和变形了的 19 世纪英国社会风貌。[①] 以上这些文章都是我国学术界将狄更斯研究引向深入的标志。

最后,我们特别要提到的是赵炎秋的专著《狄更斯长篇小说研究》(社科文献出版社 1996 年版)。这是我国学术界对狄更斯长篇小说研究的集大成著作,代表了到目前为止我国研究狄更斯作品的一流水平。作者采用宏观与微观相结合的办法,把狄更斯 15 部长篇小说看作有机的整体,从思想、人物、艺术三个角度进行系统分析,其研究深入到了狄更斯小说的各个方面,显示出整体性和系统性的特征,为我国更进一步深入认识和接受狄更斯小说艺术作品打下了坚实基础。

综上所述,建国以来狄更斯在中国的传播和接受,无论是作品译介,还是评论研究都取得很大成绩。狄更斯所有的小说都被翻译成中文,其中不少作品作为世界古典文学名著不断被重译、重印、重版,也赢得了广大读者的喜爱;有关狄更斯的介绍评论文章极多,在英国作家中,除了莎士比亚以外,无人能与之相比;狄更斯的各种传记、研究论著,包括翻译的和撰著的也有多部;并且,狄更斯也一直作为我国外国文学课教学的传统作家而得到充分重视。以上这些都为狄更斯在中国的广泛接受提供了不可多得的条件。

同时也应该看到,新中国成立以来相当长一段时期,尤其是 90 年代以前,我国学者评论狄更斯时受前苏联学术观点的影响很大,主要是把他作为一个"为人道而战的社会批判者"看待的,所以就把狄更斯定位为"批判现实主义的伟大代表"。与之相联系的是论及狄更斯作品中的人道主义思想,也在肯定其揭示社会罪恶,同情关心弱者的同时,多强调指出其调和阶级矛盾,缺

---

① 蒋承勇、郑达华:《狄更斯的心理原型与小说的童话模式》,《杭州师院学报》1995 年第 1 期。

乏斗争精神,相信善必能战胜恶的所谓"消极"的一面。其实,就狄更斯小说创作方法而言,它与按生活原貌摹仿生活的"完全逼真"的写法存在很大差别,因此它离开一般意义上的"现实主义"创作特点也很远。英国文学评论家乔治·吉辛(George Gissing,1857—1903)将狄更斯的创作方法称为"浪漫的现实主义",正是看到了其独到之处。狄更斯那天生具有的浪漫气质,那抑制不住的瑰丽想象,不时形成一股强劲的冲击力,总想突破对客观事物的忠实临摹。只要与他同时代的另一现实主义小说家萨克雷的创作相比,就能明显看到狄更斯的创作方法是一种独特的带有浓郁浪漫主义色彩的现实主义。

另外,狄更斯的全部作品都渗透着一种人道主义精神,即使对有些作恶多端的人,也让他们最后受到感化、良心发现、弃恶从善,这也就是一种"圣诞精神"。他始终抱着明确的道德意图去创作,毫不犹豫地攻击社会罪恶以及由此造成的人性沦丧,并确信大多数人都是善的,时刻站在他们一边,给他们以温暖、安慰、信心和希望。由此我们对狄更斯作品人道主义思想的所谓"消极"面也应该给以积极的评价。90年代以后我国学者的有关论著中已经注意到了以上论题,从而为我们认识和接受真正的狄更斯迈出了一大步。

四、狄更斯:打开老舍小说殿堂的第一把钥匙①

(一)

在中国现代作家中,通过林译小说喜欢并接受狄更斯作品的人并不在少数,不过在创作实践、创作倾向和审美风格等方面明显受到狄更斯小说影响的唯有老舍一人。在北京师范学校学习期间,老舍接触过林译小说,或许还读过林译狄更斯小说,因为他在《景物的描写》一文中就曾提到永远忘不了《块肉余生述》中 Ham(汉姆)下海救人那段描写。② 然而,老舍真

---

① 本部分内容曾刊于《宁夏大学学报》2001年第3期,《高校文科学报文摘》2001年第4期;《新华文摘》2001年第8期转摘。

② 《景物的描写》,《老舍文集》第十五卷,人民文学出版社1990年版,第239页。

正喜欢狄更斯作品并不自觉地接受其影响还是在他赴英任教之后。这次出国的经历对老舍文学创作的意义是巨大的，因为他似乎不经意地在英国小说中找到了他的第一个文学老师——狄更斯。老舍后来多次说过类似这样的话："二十七岁，我到英国去。设若我始终在国内，我不会成了个小说家，虽然是第一百二十等的小说家。到了英国，我就拼命的念小说，拿它作学习英文的课本。念了一些，我的手痒痒了。离开家乡自然时常想家，也自然想起过去几年的生活经验，为什么不写写呢？"① 于是就写了《老张的哲学》。老舍当初写这部处女作时，究竟如何写，心里是无数的，但有一点却是明确的，那就是决计不取中国小说的形式，正好因为刚刚读了狄更斯的《尼古拉斯·尼可尔贝》和《匹克威克外传》等作品，这便以它们为临摹的范本了。② 老舍自己说得很明白："在我年轻的时候，我极喜欢英国大小说家狄更斯的作品，爱不释手。我初习写作，也有些效仿他。他的伟大究竟在哪里？我不知道。我只学来些耍字眼儿，故意逗笑等等'窍门'，扬扬得意。"③

老舍如此喜欢狄更斯并不是偶然的。在英国文学中碰上这个与他在经历、秉性、才情上十分相似的现实主义大师，只能说是老舍的幸运。可以说在狄更斯身上，老舍看到了自己，找到了自己。否则，在英国期间，为何老舍读了其他外国作品如《哈姆莱特》《浮士德》《伊利亚特》，均无所获，甚至不能终篇，而狄更斯的小说竟能激起他最初的文学创作冲动？我们知道，狄更斯的小说之所以能够赢得人们普遍的喜爱，其中有两个因素不能忽视，这就是他作品中的幽默风格和人道主义思想。这两点也得到了老舍的首肯和接受。他在《什么是幽默？》一文中谈及被称为幽默作家的狄更斯等英国小说家时说："他们的作品和别的伟大作品一样地憎恶虚伪、狡诈等等恶德，同情弱者、被压迫者和受苦的人。但是，他们的爱与憎都是用幽默的笔墨写出来的——这就是说，他们写的招笑，有风趣。"④

① 《我的创作经验》，《老舍文集》第十五卷，人民文学出版社 1990 年版，第 291 页。
② 《我怎样写〈老张的哲学〉》，《老舍文集》第十五卷，人民文学出版社 1990 年版，第 165 页。
③ 《谈读书》，《老舍文集》第十六卷，人民文学出版社 1991 年版，第 140 页。
④ 《什么是幽默》，《老舍文集》第十六卷，人民文学出版社 1991 年版，第 382 页。

由此可见,首先是狄更斯的幽默触发了老舍的"天赋的幽默之感"①,使他觉得写小说一定是很好玩的事。所以难怪他从狄更斯那里学来耍字眼儿、故意逗笑等所谓"窍门"的幽默笔法而扬扬得意。老舍与狄更斯一样都有那种说话风趣、善于模仿、乐观开朗的幽默性格,这样相近的性情决定了他对狄更斯的偏好。其次,狄更斯作品中对19世纪英国伦敦市民社会的描写和揭露,也很容易能够唤起这位来自异国的青年对故乡的回忆及表现的欲望。他说过:"每每在读小说的时候使我忘了读的是什么,而呆呆地忆及自己的过去。"②还有,狄更斯作品中人道主义式的爱与憎也投合了老舍的性格。老舍说过,他自幼是个穷人,性格上又深受宁肯挨饿不求人、对别人又很义气的母亲的影响。"穷,使我好骂世;刚强,使我容易以个人的感情与主张去判断别人;义气,使我对别人有点同情心。"因而,他"笑骂,而又不赶尽杀绝"。③"失了讽刺,而得到幽默。"因为幽默中有同情。不论对坏人的恨,还是对好人的爱,老舍都有这种人道主义式的同情心。所以,正是以上这些原因,才使老舍一下子喜欢上狄更斯,并对其作品进行了单向性的摹仿。其中,特别是《尼古拉斯·尼可尔贝》的情节构思、人物塑造、艺术手法在《老张的哲学》中留下多处痕迹。这方面国内学者多有论述,此处不再赘述。不过,我们更应该看到,《老张的哲学》作为老舍的处女作也并没有完全照搬狄更斯的人物塑造模式和故事结局方式。他并未如狄更斯那样让恶棍们最终在挫折面前良心发现和受到严厉惩罚,相反,让老张这个无赖、恶棍、高利贷者、市侩继续作恶,居然升任某省教育厅长;也没有让经过百般挫折的李静、王德,如狄更斯笔下玛德琳、尼古拉斯那样最终幸福地喜结良缘,而是让李静抑郁而死。这些结局的不同处理,表明了老舍对苦难现实有一种清醒而严峻的认识。④同时这也为老舍对狄更斯的接受从最初的摹仿到逐渐扬弃,并形成自己的创作风格奠定了基础。

---

① 《写与读》,《老舍文集》第十五卷,人民文学出版社1990年版,第545页。

② 《我怎样写〈老张的哲学〉》,《老舍文集》第十五卷,人民文学出版社1990年版,第165页。

③ 同上书,第166页。

④ 老舍后来在《写与读》一文中曾说,他"要看真的社会和人生","在我的作品里,我可是永远不会浪漫"。见《老舍文集》第十五卷,第545页。

（二）

在《老张的哲学》之后，老舍写了很多作品，但已不是如《老张的哲学》对《尼古拉斯·尼可尔贝》那样的"横向移植"，而是将狄更斯的某些创作特点转化为老舍的创作倾向、审美机制和艺术表现形式，这至少表现在以下四个方面。

首先，在小说题材的选择上所受狄更斯的影响。狄更斯小说创作在取材上的重要特点早已被林纾看出，这就是善于描写下等社会中普通人的生活，通过广阔的社会画面，描写各种小人物的悲惨遭遇和被扭曲的灵魂。其作品展现了伦敦社会生活图景，特别是普通市民生活图景，那些孤儿、平民、职员、工人，都是狄更斯描写与同情的重点。这方面后来被老舍接受。他在《怎样写小说》中说，小说是人类对自己的关心，是人类社会的自觉，是人类经验的记录。写小说应先选取简单平凡的故事题材，故事的惊奇是一种炫弄，往往使人专注于故事本身的刺激性，而忽略了故事与人生有关系。假若我们能在一件平凡的故事中，看出它特有的意义，则必具有很大的感动力，能引起普遍的同情心。[①] 正是基于这样的认识，老舍在其作品中，广泛地描写了北平下层社会中各色人等的生活状况，如人力车夫、小职员、孤儿、穷教师、穷学生、穷艺人、小商人、妓女等。从这些极其平凡的小人物的悲剧故事中充分展现出作者的人道主义同情心。

其次，在人物形象塑造上所受狄更斯的影响。狄更斯与老舍都特别重视人物的塑造，把人物置于统领一切的地位。老舍在《怎样写小说》中说过，写一篇小说，可以不写风景，可以少写对话，"可是人物是必不可缺少的，没有人便没有事，也就没有了小说。创造人物是小说家的第一项任务"。并说狄更斯到今天还有很多的读者，还被推崇为伟大的作家，并不是因为他的故事复杂，而是他创造出了许多的不朽人物形象。[②] 确实，狄更斯在三十多年的创作生涯中，创造了近两千名个性鲜明、生机勃勃的人物形象，其中有很多不朽的人物。人们在日常生活中常把乐善好施、爱憎分明的人称为匹克威

---

① 《怎样写小说》，《老舍文集》第十五卷，人民文学出版社 1990 年版，第 450—452 页。
② 《怎样写小说》，《老舍文集》第十五卷，人民文学出版社 1990 年版，第 450—451 页。

克,把儿童教唆犯唤作非勤,把吝啬的商人叫做斯克罗奇,把骗子手叫做金格尔,伪君子叫卑克史涅夫,野心家叫希普,妄自尊大的小官僚叫班布尔,这众多人物名字收进了普通英语词典,成为全人类共同的精神财富。

　　狄更斯创造了如此众多的人物形象,而哪些是他笔下的理想人物呢? 伊瓦肖娃在《狄更斯评传》中曾说,狄更斯笔下的理想人物实际上并非是他同情的小人物,而是那些堪称有道德风范的英国中产阶级的代表。同样,老舍笔下的理想人物,也是如孙守备、李景纯、曹先生等这些颇具古风的退休官吏和崇尚博爱的小知识分子。在人物类型的塑造方面,佛斯特提出过区分“扁平人物”和“浑圆人物”的理论,并说“狄更斯笔下的人物几乎都属于扁平型。几乎任何一个都可以用一句话描绘殆尽,但是却又不失人性深度的”。①佛斯特的人物类型区分理论和对狄更斯作品人物的评价后来有不少学者提出异议,不过佛斯特也确实指出了狄更斯人物塑造上的一个突出特点。老舍作品中也同样出现了这类人物形象,如《离婚》中河东狮吼式的邱太太、“苦闷的象征”邱先生,《牛天赐传》中糊涂商人牛老者、官派十足的老板娘牛老太太,《四世同堂》中以当洋奴为荣的丁约翰、温文尔雅的落魄贵族小文夫妇,等等。在狄更斯和老舍看来,这些所谓的“扁平人物”更能获得一种喜剧性的艺术效果,遂派定人物充当一两种品质的化身与代表,在任何情势与环境下都表现同一特征。另外,利用人物语言展示人物性格,常让人物用外表庄严的口气叙述琐屑荒唐的小事,并让愚呆的听众们若有其事,借用人物言行举止的习惯突出人物性格特征,等等,都是狄更斯与老舍塑造人物惯用的手法。甚至在小说人物名字的挑选上也都注重赋予强烈的讽刺意味。如《马丁·朱述尔维特》中那个一本正经、道貌岸然、言必引经据典、教忠教孝的伪君子卑克史涅夫给自己两个女儿取名为“慈善”和“慈悲”。老舍短篇小说《善人》则移用了这一细节,并不善良的汪太太被称为善人,她给受尽自己虐待的两个使女取名为“自由”与“博爱”。其他再如,毫无道德可言的老张取名张名德,毫无贞操观念的六姑娘取名杨名贞等,都是从人物取名上来构成名不副实的反讽效果。

---

　　①　[英]E. M. 佛斯特:《小说面面观》,苏炳文译,花城出版社1984年版,第58页。

再次，在作品创作倾向上所受狄更斯的影响。狄更斯作为一个典型的人道主义者，对损人利己、为富不仁的资产者充满仇恨，对被侮辱被损害的下层人民充满同情。但他主张用非暴力的手段完善社会体制，以发扬人类天性中的善心去战胜社会中的罪恶。特别是在《圣诞故事集》中竭力提倡情感教育，寄希望于剥削者良心发现，改恶从善，并怀着对未来、对人类的乐观看法。这样一种温情主义的人生态度正好为老舍提供了一种人道主义理想范式。老舍尽管在作品中也抨击人性罪恶和社会不公，但在态度上一般都带有温情主义色彩。老舍对社会尖锐矛盾的解决，其方式与狄更斯相同，即通过一个侠客的自我牺牲或仁义之举来解决。老舍作品中的一些人物，也和狄更斯笔下的人物一样，总有一种强有力的善的力量，创造着一个个的奇迹。在这种力量面前，灾难获得消除，恶人或落得应有的下场，或受感化而痛改前非。如《老张的哲学》中更是出现了德高望重的孙守备把被卖身的姑娘李静、被捆绑的青年王德突然救下的转机；《赵子曰》中使赵子曰等一群糊涂虫幡然悔悟的正是李景纯的"自我牺牲"这个道德最高完善的力量。

狄更斯痛恨一切主义，更反对通过人民革命来解决社会矛盾，他为之欢呼的"革命"，是最有秩序的瑞典式的"宪法改革"，绝不是"暴民们"的雅各宾专政。年青的老舍对仁爱、善的力量顶礼膜拜，而对流行一时的政治主张和主义颇不以为然。他心目中的"革命"正是英国式的"几百万工人一起罢工，会没放一枪，没死一个人"的"光荣革命"。① 再看看老舍笔下的所谓"革命者"形象，一类是像李景纯（《赵子曰》）、白李（《黑白李》）、新爸（《月牙儿》）、钱默吟（《四世同堂》）这样的道德高尚、人品正直的所谓"好人"，这些与狄更斯笔下经常出现的那些善良仗义、道德高尚之辈同属一类；另一类则是《离婚》中张天真、马克同那样的公子哥儿，《骆驼祥子》中阮明那样的恶棍投机家，这些形象也与《巴纳比·拉奇》中那些暴乱的领导者和参加者极为相似。② 当然，随着国内革命风潮的裹挟和老舍认识社会的深

---

① 《二马》，《老舍文集》第一卷，人民文学出版社1980年版，第555页。

② 狄更斯在《巴拉比·拉奇》中所描写的戈登暴乱的领导人是一些并无真正宗教信仰的野心家、阴谋家、骗子手，在他们煽动下积极参加暴乱的，则是以有权杀人为乐的刽子手和野心勃勃的小人物、私生子以及头脑简单的弱智人等等。

化,他并没有在借鉴狄更斯这种政治理想、人生观念的基础上停滞不前,后来的作品中反帝反封建的总趋向越来越明显。

最后,在幽默风趣的审美取向方面所受狄更斯的影响。小说是最适宜于表现幽默的。鲜明的幽默风格正是狄更斯小说最重要的审美特色,是其小说不朽魅力的一个重要源泉。幽默之引人发笑是基于人类天性的,而笑既有益于身体,也有益于精神。为此,老舍把狄更斯称为人类的恩人,并说狄更斯死时,能使伦敦威斯特敏斯特教堂三日不能关上门,足以证明人们怎样爱戴他。老舍甚至说:"以招笑为写作的动机决不是卑贱的。因笑而成就的伟业比流血革命胜强多少倍,狄更斯的影响于十九世纪的社会改革是最经济的最有价值的。"并说只有自由国家的人民才会产生狄更斯这样的人,因为笑是有时候能发生危险的。在自由的国家社会里,人民会笑,会欣赏幽默,才会笑别人也笑自己,才会用幽默的态度接受幽默。① 老舍在这里非常明确地谈及了小说幽默不可忽视的影响,可以看出他对幽默的体悟之深。

老舍之所以自觉不自觉地借鉴狄更斯作品中的幽默风格,首先源之于他本人就有的幽默天性。他在写过几部幽默风格的小说后,也曾执意不再用幽默来写小说,立志写"正经"一点的小说,但怎耐天性难违。他后来谈及《大明湖》的创作时说:"此书中没有一句幽默的话,而文字极其平淡无奇,念着很容易使人打盹儿。我是个爽快的人,当说起笑话来,我的想象便能充分的活动,随笔所至自自然然的就有趣味。教我哭丧着脸讲严重的问题与事件,我的心沉下去,我的话也不来了!"② 所以《大明湖》为失败之作。另一部《猫城记》也是失败之作。在这部作品中,老舍同样也是"故意的禁止幽默"。在总结失败经验时,老舍说:"经过这两次的失败,我才明白一条狗很难变成一条猫。我有时候很想努力改过,偶尔也能努力写出篇郑重、有点模样的东西。但是这种东西总缺少自然的情趣,像描眉擦粉的小脚娘"。③ 这迫使他在写作《离婚》时首先决定"返归幽默"。

同时,老舍之所以选取幽默笔调做小说,还因为与讽刺相比,幽默趣意中

① 《滑稽小说》,《老舍文集》第十五卷,人民文学出版社 1990 年版,第 287 页。
② 《我怎样写〈大明湖〉》,《老舍文集》第十五卷,人民文学出版社 1990 年版,第 186 页。
③ 《我怎样写〈猫城记〉》,《老舍文集》第十五卷,人民文学出版社 1990 年版,第 189 页。

带着一种温和的格调,渗透着"时代的真挚同情",而这正与老舍早期的创作倾向、政治理想和人生观念合拍。因此,老舍所师承的是一种寓同情于幽默的风格特色。他说过:"我失了讽刺,而得到幽默。据说,幽默中是有同情的。我恨坏人,可是坏人也有好处;我爱好人,而好人也有缺点"。① 因而他主张"笑骂,而又不赶尽杀绝"。在《谈幽默》中也说:"和颜悦色,心宽气朗,才是幽默","笑里带着同情,而幽默乃通于深奥",并引用萨克雷的话说:"幽默的写家是要唤醒与指导你的爱心,怜悯,善意——你的恨恶不实在,假装,作伪——你的同情与弱者,穷者,被压迫者,不快乐者"。② 我们从老舍小说中透过充满谐趣的字里行间,很容易发觉这种对浮沉在社会底层的被侮辱被损害者的爱心、怜悯和同情。③

老舍对小人物寄予人道主义同情的同时,也与狄更斯一样,以幽默为武器,批判市民社会的种种恶习。狄更斯在不少作品中嘲讽过古老的英国传统,特别是批评了那种以岛国自大、虚伪道德著称的市民习气。老舍也在一些作品中对中国市民阶层身上的因循守旧、懒散挥霍、奴颜婢膝、软弱麻木等国民性弱点,以幽默风趣的笔调凸现出来。另外,出于对喜剧人物和喜剧性格的偏爱,老舍也和狄更斯相同,其作品中都有一个由喜剧性的怪诞人物主宰着的荒诞滑稽的世界,也都重视幽默的技巧,运用夸张的手法,突出人物性格,展现社会现实。

（三）

从以上四个方面可以看出,老舍在多方面受惠于狄更斯。可以说如果没有碰到狄更斯这样的文学导师,老舍恐怕只能在小说殿堂外徘徊。但是,当他从狄更斯那里获得打开小说殿堂的第一把钥匙后,也并未由此把狄更斯奉若神明,把什么都搬到自己的文学作品中来,而是带着自己的经验和见识,去汲取和分析,甚至去批评和扬弃。他在《文学概论讲义》中就曾从写实主义

---

① 《我怎样写〈老张的哲学〉》,《老舍文集》第十五卷,人民文学出版社 1990 年版,第 166 页。
② 《谈幽默》,《老舍文集》第十五卷,人民文学出版社 1990 年版,第 230—235 页。
③ 论者多把老舍笔下的这种幽默称为"含泪的笑",殊不知老舍本人对此早有批评与讽刺,指出正是"装蒜"的一种表现。见《我怎样写〈离婚〉》一文,《老舍文集》第十五卷,第 193 页。

必须深刻观察和如实描写这一好处,以及抛开幻想、直观社会这一好处出发,指出"英国的写家虽然有意于此,但终不免浪漫的气习,像迭更斯那样的天才与经验,终不免用想象破坏了真实"①。在《写与读》中也说他读了英国的威尔斯、康拉德、梅瑞狄斯和法国的福楼拜、莫泊桑等作家的作品后,"喜欢近代小说的写实的态度,与尖刻的笔调"。并说读了些俄国的作品,"觉得俄国的小说是世界伟大文艺中的'最'伟大的。我的才力不够去学它们的,可是有它们在心中,我就能因自惭才短的希望自己别太低级,勿甘自弃"②。另外,在《文学概论讲义》中还从"自然主义作品的结局是由自然给决定的,是不可幸免的"这一要求出发,指出狄更斯的作品有与自然主义相合之处,但"往往以自己的感情而把故事的结局的悲惨或喜悦改变了,这在自然主义者看是不真实的"③。当然,老舍从写实主义和自然主义角度,针对狄更斯作品提出的批评是可以理解的,不过另一方面也表明老舍在当时并未能真正全面理解狄更斯的创作风格。比如为老舍所批评的浪漫气习和想象特征,正构成狄更斯小说艺术的重要特色,也是构成其作品魅力的重要因素。

在以上的内容中我们曾提到,当初引起老舍极大兴趣和创作冲动的是狄更斯作品中的幽默特征,但后来老舍对这点也做了反思。他在《谈读书》中曾说从狄更斯那儿学得些耍字眼,故意逗笑的"窍门",但"后来,读了些狄更斯研究之类的著作,我才晓得原来我所摹拟的正是那个大作家的短处。……假若他能够控制自己,减少些弯子逗笑耳,他会更伟大!"④老舍自己曾多次检讨自己对幽默的失去控制。在《我怎样写〈老张的哲学〉》中针对有人觉得这本小说幽默得有些过火,以至于讨厌,老舍对这一点是承认的。对"想象多,事实少"的《赵子曰》中的幽默,他后来说"真正的幽默确不是这样"⑤。在谈及《牛天赐传》写作时说:"死啃幽默总会有失去幽默的时候;到了幽默论斤卖的地步,讨厌是必不可免的。……艺术作品最忌用不正

---

① 《文学概论讲义》,《老舍文集》第十五卷,人民文学出版社 1990 年版,第 108—109 页。
② 《写与读》,《老舍文集》第十五卷,人民文学出版社 1990 年版,第 545—546 页。
③ 《文学概论讲义》,《老舍文集》第十五卷,人民文学出版社 1990 年版,第 114 页。
④ 《谈读书》,《老舍文集》第十六卷,人民文学出版社 1991 年版,第 140 页。
⑤ 《我怎样写〈赵子曰〉》,《老舍文集》第十五卷,人民文学出版社 1990 年版,第 171 页。

当的手段取得效果,故意招笑与无病呻吟的罪过原是一样的。"① 在谈到最使他满意的作品《骆驼祥子》时,老舍列举了几点让他满意的地方,其中一点就说:"在这故事刚一开头的时候,我就决定抛开幽默而正正经经的去写。在往常,每逢遇到可以幽默一下的机会,我就必抓住它不放手。有时候,事情本没什么可笑之处,我也要运用俏皮的言语,勉强的使它带上点幽默味道。……《祥子》里没有这个毛病,即便它还未能完全排除幽默,可是他的幽默是出自事实本身的可笑,而不是由文字里硬挤出来的。这一决定,使我的作风略有改变,教我知道了只要材料丰富,心中有话可说,就不必一定非要幽默十足才好。"②

从老舍对幽默的认识和作品中幽默手法的运用过程可以看出,他逐步对幽默的控制,以达到幽默的升华,这些与《老张的哲学》及其所摹仿借鉴的狄更斯作品当然有所不同。其实,狄更斯作品中的幽默风格也有一个发展过程。早期小说中的幽默很浓,晚期作品有所削弱;早期是一种开心的微笑,晚期小说则往往与辛辣的讽刺联系在一起。而这些又都与作家认识社会的不断深化有密切关系。总之,不管怎么说,没有狄更斯,就没有文学家老舍。老舍为狄更斯作品的中国之行刻上了深深的印记,写下了重重的一笔。

---

① 《我怎样写〈牛天赐传〉》,《老舍文集》第十五卷,人民文学出版社 1990 年版,第 202—203 页。

② 《我怎样写〈骆驼祥子〉》,《老舍文集》第十五卷,人民文学出版社 1990 年版,第 207 页。

经典重读、比较及
再释经典的路径

人，究竟有多大能耐？

——重读《老人与海》①

一、伟大的可悲者，人

"人是一根能思想的苇草"，帕斯卡尔（1623—1662）这句话道尽了人类的生存状态是一出出悲喜剧——悲剧（一根苇草）、喜剧（能思想）。作为一个虔诚的基督教徒，帕斯卡尔知晓人的渺小，有如一根苇草。在《思想录》②第六章"哲学家"里，他说过：人不过是大自然里最软弱的东西——苇草，要毁灭它很容易，"一团蒸汽、一滴水就足以弄死他了"。同时帕斯卡尔又是一位数学家、物理学家，明白知识与思想的力量。他又说：人知道自己会死，在知识论上就获得了把握宇宙的能力，这种不可逆性就决定了"人类仍然会比弄死自己的东西更高贵"。因而，帕斯卡尔指出：人高贵的力量来自思想，人所有的尊严在于思想的力量，人境界的高低也在于此。它是提升自己的唯一动能，缺少了它，人类会沦落到动物的状态。思想就是人的理性，来自对知识的追求。知识就是力量。对英雄般力量的崇拜，又表现为对知识的渴求，对无限的向往。有限（人、个体）与无限（宇宙、自然），这力量

---

① 本文系笔者的学术演讲，曾刊于《汉语言文学研究》2012 年第 2 期。

② 本文所引《思想录》文本内容参照了何兆武译本（商务印书馆 1985 年版），不再一一标注。

的平衡点究竟在哪里？不同的历史时代，不同的文化视域，关注的重心是不一样的。

在生命之树与知识之树的人世乐园中，人类始祖夏娃和亚当，首先尝试的还是知识之树上的那颗果子。由此，人变成了能思想的动物，能"知道宇宙给予他的优势"——"宇宙通过空间包围和吞并我，就跟一粒原子一样；但我通过思想综合整个世界"（《思想录》）——这是人类面对生存的宣言，是桑提亚哥那句名言（"一个人可以被毁灭，但不能给打败"）的哲学表述。

帕斯卡尔在《思想录》里对人所做的深刻分析推动了思想的解放：人是可以研究的，不能盲目地当作神的仆役。海明威（1899—1961）在《老人与海》①（ *The Old Man and the Sea*，1952）中对重压之下优雅风度的张扬促进了思想的复苏：人是应该爬起来的，不能被自己所犯的错误打倒。原来，他们都是在寻找人的本质。这是大写的"人"，是一种观念，是对芸芸众生（作为复数的人）的鼓励，但却抽离了鲜活个体不尽相同的欲望诉求与心理承受力。重压之下的优雅风度并非是永远的灵丹妙药，人会不断追问，又会不断迷惑，即如帕斯卡尔的苦恼："我不清楚谁把我送到世间，也不清楚这个世界是什么，我自己是什么。对一切事物，我是在可怕的无知之中。……我所晓得的东西是我不久要死去。但是，我所最不清楚的是这个不能避免的死。"（《思想录》）——生命就是一个矛盾的产物：有限（人；不久要死去）与无限（宇宙：最不清楚死后的世界）的矛盾。

遗憾的是，这种矛盾是处于哲学形态上的，是形而上的、最高级的，不能根本化解，理想的方式是认知、顺应。但是，人类因其智慧之果的威力，总想尽力提升人的分量，将力量的天平偏向人。然而，那形而上的矛盾（有限与无限）又总如达摩克利斯之剑般高悬着。

人类的中心主义、乐观主义构成了历史的主旋律，这是思想的力量，也是人类的一切尊严。如帕斯卡尔所说，思想形成人的伟大："我很容易就能想象出一个没有手、脚、头的人。但我无法想象没有思想的人。否则，他一定是一

---

① 本文所引《老人与海》文本内容为吴劳译本（上海译文出版社 2001 年版），不再一一标注。

块石头或一头野兽。"海明威（通过桑提亚哥）鼓励我们："人不是为失败而生的。"那么，为"什么"而生呢？帕斯卡尔在三百年前说得如此有力："人显然是为了思想而生的。"因为这是人全部的尊严和全部的优异，并且人全部的义务就是要像他所应该的那样去思想。有了思想，人就会变成多面体，就成为一个自由的人。凭借力量（莽夫也有力量），人可以成为一个硬汉，但不能成为一个英雄——有思想的硬汉。三百年后的海明威是否读过《思想录》，不得而知。但他们之间的精神关联可以理解：确认了人的伟大崇高——因为人知道自己是可悲的，可悲的事情在于知道自己是可悲的，但是，知道自己可悲也是伟大的。

伟大的可悲者，人。

作为虔诚的基督教徒（《思想录》本是一篇篇护教之作），帕斯卡尔懂得，在上帝（大自然）面前，人的渺小性不可忽视。他这样感叹：最让我惊讶的事情，是看到全世界的人竟然并不为自己的弱点而惊讶。"人是怎样的一个怪物啊！多么奇异的东西！这是什么样的一头怪兽，什么样的一种混乱，什么样的一种矛盾，什么样的惊人事件啊！一切事物的判官，是大地上多么弱智的一条虫。人啊，你想通过天生的理智了解自己真正的状况，那你会变成什么呢？因此，傲慢的人啊。你应该明白自己是什么样的一个矛盾。低下你的头吧，软弱无力的理性；别再出声，愚蠢的天性。"（《思想录》第七章"道德与教理"）

海明威对桑提亚哥知其不可为而为之的"硬汉"行为，也有所反思。"老者思安，少者思怀，人之情也。"[①] 老者桑提亚哥不断梦想着少者（男孩、幼狮）的青春、激情与力量。他是一个强者？还是一个智者？或者一个弱者？是一个有思想的硬汉吗？称得上是一个英雄吗？子曰："四十而不惑，五十而知天命，六十而耳顺，七十而从心所欲，不踰矩。"[②] 六十岁，听别人的言语，便可以判真假，明是非；七十岁，便可以随心所欲，任何念头不越出规矩——在孔子那里既是儒教礼乐之道，也有顺应自然、时世之意。

---

① 袁枚：《小仓山房文集》卷二十二，沈云龙主编《近代中国史料丛刊续集》第七十八辑，《小仓山房文集》影印本，台湾文海出版社 1974 年版。

② 《论语·为政第二》，杨伯峻译注《论语译注》，中华书局 1980 年版，第 12 页。

孤独的老人,远海诱捕大鱼,这一行为本身,就有点儿"踰矩"了,也就无法"从心所欲"。一种念头(要做一个"不同寻常的老头儿"),即"强者"之心愿,不断强迫着老人的行为方式,而本身又反衬着老人"弱者"的现实。在此,海明威秉持革命英雄主义的浪漫写法,尽管表面上是冷静的书写,为我们竖立了一座不太坚固(有悖"人之情也")的英雄丰碑。即如愚公移山,愚公也该是一个"硬汉",乐观、勤奋、毅力,一项都不缺。在中国革命重要的转折关头,经由毛泽东在党的七大会议闭幕词里的高调宣示,这一英雄形象,家喻户晓,深入人心,成为改天换地的民族精神偶像。然而,愚公孰"愚",孰"智",或"非愚非智"?新中国成立以后,人定胜天的豪情壮志(多么像"人不是为失败而生的"那种豪言壮语啊!)、敢叫日月换新天的奇志梦想,与天斗,与地斗,其乐无穷。曾几何时,激励过多少人,如今又会引起我们对那段激情燃烧岁月的多少反思。再到后来的"与人斗,其乐无穷",更成为中华民族的一场噩梦。两次大战的惨烈,对人类文明的践踏,人类内心深处魔鬼的释放,带来的是一场场噩梦。二战之后遍布西方世界的悲观主义风气,西方文明危机的热议,何尝不是在做深刻的反思与忏悔。而在此时,海明威主要因《老人与海》而获诺贝尔文学奖,一方面固然是提升了西方人的信心,"赞扬失败之中的道德凯旋"(颁奖词);另一方面其实也是遮蔽了人类来自自然物种本身的某些弱点(过分自大、自负的弱点),即如几百年前帕斯卡尔所惊讶的那样,如今人们反思更多的是,科技文明发展进步以来,人类对大自然所犯的罪过,以及对大自然报复人类的震惊。

但这并不是海明威的错(小说中已有较深刻的反思),而是我们读者的视而不见,是我们对英雄的浪漫情怀以及对英雄末路的焦虑,支撑着我们对老人桑提亚哥的理解接受。《老人与海》就像一部博大精深的交响乐,其中的张力对位关系展示着海明威作为强者的人文关怀与理性思考,以及对弱者要成为强者的深沉忧虑。而我们只不过把它当做单音音乐(Monophonic Music)来欣赏,只看到一条单一的旋律线,伴奏音乐可以是打击乐器,张扬喧闹,难怪我们每每欣赏于小说里打不败的乐观情怀,因为这更能诱发我们想象的空间热度。

二、赋格曲式结构里的生死之道

流淌在我们血液中的伟大文学经典，其对我们心灵的震撼必定有如音乐神曲般的安详，是暴风雨过后的追忆，是历经地狱、炼狱而进入天堂的空明。上帝的，归上帝；人的，归人；自然的，归自然——世界重归和谐，宇宙生生不息。

海明威并非有意模仿音乐对位法，而是文学与音乐经典本质上是相通的，它们的凝结点就是人的命运。如此看来，《老人与海》也是人的命运交响曲，内置有复杂的音乐结构，比如赋格曲。

赋格曲是复调乐曲的一种形式，它建立在模仿的对位基础上，近代音乐之父约翰·塞巴斯蒂安·巴赫（1685—1750）使赋格曲达到相当完美的境地。巴赫的赋格曲式音乐在结构上的非凡严谨和一致性，它们的内在和谐，都是超人类的，其中蕴含的无与伦比的秩序和均衡之美都具有宇宙本体才有的终极意义。

在德语中，Bach（巴赫）的本意是"小溪"，但贝多芬说过："巴赫不是小溪，而是大海。"写大海的海明威，正可与之相提并论。Bach，还有一个意思，是"过独身生活"，以大海为生的老人桑提亚哥也是这样一个孤独的渔夫。更主要的是，《老人与海》与巴赫的那些力作一样，体现出的是恢宏、庄严与力度，足以震颤与净化人的灵魂。

"赋格"为拉丁文"fuga"（"飞翔"之意）的译音，音乐的主题由一个声部向另一个声部的"飞翔"。英文译名"fugue"有"遁走"、"追逐"之意。中译名"赋格"，赋予一个格式，即是用模仿技法将一个主题写成多个声部交织的复调音乐作品。

《老人与海》中，先由老人声部陈述一个主题（Subject），然后第二个声部（孩子）开始模仿，做出答题（Answer），此时第一个声部（老人）又开始出现对题（Countersubject）。随之，第三声部（大海）、第四声部（大鱼）、第五声部（鲨鱼）依次进入，形成主题的各个发展阶段。最后，主题（失败而不言败）再现，尾声宁静而鲜活（老人正梦见狮子）。这就是小说整体的音乐结构。

有人说：一个作曲家做不出赋格曲就难以成大器，因为在各种音乐题材中，赋格曲是最精细、最复杂、密度最大、对技术要求最高的一种。诺贝尔文学奖颁奖词说海明威这部《老人与海》"精通现代叙事艺术"，也是说他的艺术风格达到了极致。美国著名的艺术评论家伯纳德·贝瑞逊也说这部短小但并不渺小的杰作是一首田园乐曲，大海就是大海，不是拜伦式的，不是麦尔维尔式的，好比出自荷马的手笔；行文像荷马史诗一样平静，令人佩服。不错，如果说自由驰骋的奏鸣曲好比一部情节曲折、高潮迭起的小说，赋格曲则像一篇散发无尽魅力的优美散文，平静而不平淡。《老人与海》就是这样一部兼有奏鸣曲风格的三段式（呈示部、展开部、再现部）的二重赋格曲杰作，述说着人究竟有多大能耐的命运主题。

让我们立足于这样的音乐结构，依据故事文本的叙述顺序重读《老人与海》。

1. 呈示部

（1）"老人"主题（第一声部）出现——呈现主题：由 defeat 和 undefeated（失败而不言败）两个主题因素形成二重对位的关系。

失败（defeat）：主调主题——老人独自在小船上钓鱼，84 天没有逮住一条。男孩马诺林的父母说老人准是十足地倒了血霉。男孩离开老人上另一条船，第一个礼拜就捕到了三条好鱼。"孩子看见老人每天回来时船总是空的，感到很难受。"老人的船"帆上用面粉袋片打了些补丁，收拢后看来像是一面标志着永远失败的旗子。"（The sail was patched with flour sacks and, furled, it looked like the flag of permanent defeat. ）

不言败（undefeated）：属调主题——"他身上的一切都显得古老，除了那双眼睛，它们像海水一般蓝，显得喜洋洋而不服输。"（Everything about him was old except his eyes and they were the same color as the sea and were cheerful and undefeated. ）

（2）"老人"声部与"孩子"（第二声部）对话——在属调（孩子）上模仿主题（答题），与原主题声部（老人）形成对题。老人：有点儿怀疑自己（失败了，运气不好）；孩子：鼓励老人（没有失败，以前也出现过，后来就捕获了大鱼）。这其实是老人与自己的过去对话。

老人不同意男孩跟自己出海打鱼:"你遇上了一条交好运的船。"——承认自己失败。

"不过你该记得,你有一回八十七天钓不到一条鱼,跟着有三个礼拜,我们每天都逮住了大鱼。""好渔夫很多,还有些很了不起的。不过顶呱呱的只有你。"——男孩的鼓励:不言败。

2. 展开部

（3）与"大海"声部对话——展开部之一:老人与自己的现实（处境）对话（平静是主旋律）。

"海洋是仁慈并十分美丽的。""他每想到海洋,老是称她为 la mar,这是人们对海洋抱着好感时用西班牙语对她的称呼。""他从容地划着,对他说来并不吃力,……海面是平坦无浪的。"

老人想:"说不定今天就转运。每一天都是一个新的日子。"也就是说,抛开往日的"不走运"（失败）,相信一个新的开始,希望走运（不言败）——展开主题。

这里,展开部开始时,在主题（"失败而不言败"）的平行调上进入,以与呈示部中的主题形成调式色彩的对比。

（4）与"大鱼"声部一而再地对话（第一高潮）——展开部之二:老人与大马林鱼的对话。

"吃了吧,这样可以让钓钩的尖端扎进你的心脏,把你弄死,他想。轻松愉快地浮上来吧,让我把鱼叉刺进你的身子。得了。你准备好了?""大鱼一刻不停地游着,鱼和船在平静的水面上慢慢地行进。""我正被一条鱼拖着走,成了一根系纤绳的短柱啦。"

这种"对话",是力量与耐力的对决:"我拿它一点没办法,它也拿我一点没办法。只要它老是这样干下去,双方都一点没办法。""它选择的是待在黑暗的深水里,远远地避开一切圈套、罗网和诡计。我选择的是赶到谁也没到过的地方去找它。到世界上没人去过的地方。现在我跟它给拴在一起了,从中午起就是如此。而且我和它都没有谁来帮忙。"

"但愿孩子在就好了,可以帮我一手。""谁也不该上了年纪独个儿待着。"老人一旦感到大鱼的力量或自己的力不从心,就想到孩子。希望得到孩子的帮助,打破势均力敌的力量平衡,同时也是呼唤自己青年时代的力量。

就在这生死对决的当儿,老人对大鱼的态度却发生了奇异而又智慧的转变:"我巴望也能喂那条大鱼,它是我的兄弟。""这条鱼也是我的朋友,我从没有见过或听说过这样的鱼。""凭它的举止风度和它的高度尊严来看,谁也不配吃它。"这是"失败"主题在更深层次上的推进。

与此同时展开的是另一种心理空间:"可是我不得不把它弄死,感谢天主它们没有我们这些要杀它们的人聪明,尽管它们比我们高尚,更有能耐。""我要让它知道人有多少能耐,人能忍受多少磨难。"杀死自己所爱与尊敬的兄弟,是罪过,只是为了证实人之伟大且能思想?

有如柯勒律治《古舟子咏》讲述的那个罪与罚的故事,老人杀死兄弟(大鱼)的罪过,所预知的惩罚在桑提亚哥心里其实是很清晰的:"如果有鲨鱼来,愿上帝怜悯它和我吧。"对自己所犯过失的忏悔回荡在老人心头:"我是个疲乏的老头儿。可是我杀死了这条鱼,它是我的兄弟。""我不过靠了诡计才比它强的,可它对我并无恶意。""我从没见过比你更庞大、更美丽、更沉着或更崇高的东西,老弟。来,把我害死吧。我不在乎谁害死谁。"老水手恩将仇报,射杀信天翁,是出于人的非理性,最终靠爱的启示(水蛇的出现)而得以救赎;老人孤身出远海,杀死大马林鱼,则是出于人的理性,那靠什么样的启示才能得救呢?

以上老人与大马林鱼的对话,由力量与耐力的对决到以兄弟相称,由对立到统一。老人与大鱼之间是一种矛盾关系,但并非敌我二元对立的矛盾,而是互为依存的张力所在。在此层面上,海明威的反思非常深刻。人的对立物(大马林鱼)原来是自我的另一面(我的兄弟),它对我无恶意,而我只是靠诡计杀死了它。人靠狡黠杀死了自己的另一半,搬起石头砸到了自己的脚,聪明反被聪明误。人,你是智慧的,还是愚蠢的? 这一次对话(人与大鱼),人表面上是占上风,但内心深处是悲哀怜悯的。不言败的结果,恰恰导致了自己与大自然那种兄弟般和谐相处状态的丧失,人渐渐失去了自己的高贵理性而趋于无理性。

(5)与"鲨鱼"声部的几次对话(第二高潮)——展开部之三:老人与

鲨鱼的对话。

如果说老人与大马林鱼的对决是自己跟另外一个自我的相遇、相撞、相知、相识，那么接下来，老人与鲨鱼的对决则是敌我矛盾，是以自我之力跟外在之恶的抗衡。这一次对话，人表面上未占上风，是失败的，但内心深处是充实的，即所谓精神胜利。

第一条毫无畏惧而坚决为所欲为的鲨鱼，很大的灰鲭鲨来了。老人准备好鱼叉，系紧绳子，头脑清醒，充满决心。但老人并不抱多少希望，理由是光景太好了（即此前捕获了大马林鱼），不可能持久的。"失败"的主题再次显现，抑或是对自己所犯过失的清晰认知？

面对鲨鱼的逼近，老人想到的是："这简直等于是一场梦"，因为他没法阻止它来袭击自己。在他用鱼叉扎鲨鱼时，尽管"并不抱着希望，但是带着决心和满腔的恶意"。当被绑在船舷上的大马林鱼受到鲨鱼袭击的时候，老人感到的是就像自己挨到袭击一样。

这是有如希腊古典悲剧主人公所遭受的报应。亚里士多德认为：悲剧主人公"之所以陷于厄运，不是由于他为非作恶，而是由于他犯了错误"。老人就犯了一个致命的错误，那就是他后来常说的"我出海太远了"。因为出海远，才能钓上大鱼。因为鱼过分大，才被它拖上三天，杀死后无法放在小船中，只能把它绑在一边船舷上，长途归程中被鲨鱼嗅到血腥味，有充分的时间和空间向死鱼袭击，导致马林鱼只剩一副鱼骨。老人杀死了大鱼，把它绑在船边时，看来他是胜利了，但他知道要有报应："光景太好了，不可能持久的，他想。但愿这是一场梦，我根本没有钓到这条鱼，正独自躺在床上铺的旧报纸上。"

在自言自语地说出那句为人们耳熟能详的经典名言——"人不是为失败而生的，一个人可以被毁灭，但不能给打败。"（这是"不言败"主题的典范话语）——之后，紧接着的却是这样的"失败"焦虑："不过我很痛心，把这鱼给杀了。现在倒霉的时刻要来了，可我连鱼叉也没有。"难怪老人此前预测："如果有鲨鱼来，愿上帝怜悯它（大鱼）和我吧。"鲨鱼是复仇之神，老人先制造了悲剧，而这正是得救的开始。因而这一轮与鲨鱼的对话，失败的是人，胜利的是精神——基督精神。当老人看到第二条鲨鱼露面时，"'Ay'，他嚷了一声,这个声音是没法表达出来的,或许就像人在觉得钉子穿过他的双手钉进木头里的时候,不自主地发出的喊声吧。"海明威在此以耶稣受难复活与桑提亚哥的失败与成功联系,象征人在经受磨难后将获得精神上的再生,一种对所作所为的不断反思与追问:"但愿这是一场梦,我压根儿没有钓到它。我为这件事感到真抱歉,鱼啊。""我原不该出海这么远的,鱼啊,对你我都不好。我很抱歉,鱼啊。""我很抱歉,我出海太远了。我把你我都毁了。"对大马林鱼而言,老人可谓带着恶意赶赴远海侵犯。老人与大马林鱼的遭遇,可比之人与耶稣的相遇,结果是前者杀死了后者。大马林鱼的肉被吞噬,好比耶稣牺牲自己,拯救众生,让人们从杀戮行为中反思并得以救赎。

事实上,老人同时也具有耶稣门徒的身份。桑提亚哥(Santiago),这个名字是圣雅各(James)在西班牙语中的拼法。圣雅各原是个渔夫,是耶稣在加利利海滨最早收的四门徒之一。在钓鱼过程中,老人一再吃生鱼肉,可视之为基督的身体、与神同在。早期基督教曾受到罗马教皇的残酷迫害和镇压,处于地下活动的教徒曾以"鱼"作为象征与标志。希腊文中,基督的头衔是"耶稣基督、上帝之子、救世主",这几个词的首字母就合成希腊文的"鱼"字,所以"鱼"成为基督教的象征符号。

"他明白他如今终于给打垮了,没法补救了。"此处"失败"的主题又一次呈现,何尝不是精神的复苏呢。不错,一个人可以被毁灭,但不能给打败。耶稣可以被毁灭(被钉死在十字架上),但不能给打败(三天后复活而成基督)。大鱼可以被毁灭(被老人杀死),但也不能给打败——它复苏成了老人的另一半,并促使老人跳出自我不断反思。

(6)再次与"大海"声部对话(渐归平静)——回应展开部之一,形成一个循环体。

与群鲨决战之后,重归平静。我们特别注意到,大海本身并没有为难老人,始终如平静的港湾,接纳受伤而归的老人。大海,犹如广阔无边的上帝之爱。海上斗鲨,或许正是上帝对人的考验。人虽然犯罪(老人杀大鱼,犹如杀死自己高贵的兄弟),但上帝并未放弃人(与鲨鱼斗而失利,是上帝对人的惩罚),人最终得救,承认自己失败,人的精神反而复活了。由此推想,假如人一贯不服输,继续我行我素,命运是否就是循环的?海明威最后的自杀结局,或许就是现实版的老人命运。

所以,在鲨鱼吃光了大鱼后,老人反而觉得船"航行得很轻松,他什么念头都没有,什么感觉也没有。他此刻超脱了这一切,只顾尽可能出色而明智地把小船驶回他家乡的港口。……小船这时驶起来多么轻松,多么出色。""你给打垮了,倒感到舒坦了。我从来不知道竟会这么舒坦。"这是被鲨鱼打败之后的轻松感,是一种回家的感觉,一种回归心灵之乡的体悟,并在此崭新的层面上,回应了"一个人可以被毁灭,但不能给打败"的主题意蕴。

港湾里静悄悄的,老人疲乏至极。他回头一望,"看清它赤露的脊骨像一条白线,看清那带着突出的长嘴的黑糊糊的脑袋,而在这头尾之间却什么也没有。"——劳而无获,"失败"的主调主题重现。

3. 再现部——再现主题（主调及属调主题）

（7）再次与"孩子"对话。

"早上,孩子朝门内张望时,他正熟睡着。……孩子看见老人在喘气,跟着看见老人的那双手,就哭起来了。他悄没声儿地走出来,去拿点咖啡,一路上边走边哭。"——孩子的哭,再现了"失败"的主题。

有人量死鱼残骸的长度:"它从鼻子到尾巴有十八英尺长。"露台饭店老板的赞叹:"多大的鱼呀,从来没有过这样的鱼。"——这是有分量的失败。

老人醒来跟男孩马诺林说:"它们把我打垮了,它们确实把我打垮了。"——失败。

男孩的安慰:"它没有把你打垮。那条鱼可没有。""现在我们又可以一起钓鱼了。"——不言败。

老人:"不。我运气不好。我再不会交好运了。"——失败。

小男孩:"去它的好运,我会带来好运的。""我要把什么都安排好。……你得赶快好起来,因为我还有好多事要学,你可以把什么都教给我。"——不言败。

老人的精神吸引着男孩,或者说男孩（老人的青年时代）让老人振作,找回力量与希望。就像老人经常说的那样:"每一天都是一个新的日子。"而那过去的大希望（捕获到大鱼）与大失望（捕获到之后的得而复失）、荣誉与耻辱,都将翻过新的一页。"那条大鱼的长长的脊骨,它如今不过是垃圾了,只等潮水来把它带走。"

大战已经过去,新的日子开始了,仿佛又恢复了往日的平静。"新"在哪里? 是不断重复往日生活的"新",还是经过基督精神洗礼之后的"新"? 生命有限,宇宙无限,再强大的生命,不过是沧海之一粟、宇宙之微尘。所以在整个故事中,大海始终是平静的,宇宙始终是自由的。是非成败转头空,江山依旧在,几度夕阳红。

(8)终曲,呈示部完整再现(平静)——再现部(主题:失败而不言败)。

小说最后一段话展现出这样的画面:"在大路另一头老人的窝棚里,他又睡着了。他依旧脸朝下躺着,孩子坐在他身边,守着他。老人正梦见狮子。"联系到小说前文里写老人睡觉的姿态——"他脸朝下躺在报纸上,手心朝上,两只胳膊伸得挺直的。"这是耶稣受难的姿势——再看最后现实中的老人:依旧脸朝下躺着,同样的孤独、受难、"失败";不过,孩子还在(对老人敬佩而怜悯),狮梦还在,希望还在,又似乎并"不言败"。法国哲学家加斯东·巴什拉说:"在梦想中我们才是自由的人。"是啊,老人正梦见狮子,他是自由的。现实里的失败,或许要通过梦想中的自由与希望来补偿。白发渔樵江渚上,惯看秋月春风,古今多少事,都付笑谈中。与现实拉开了距离,"失败"的经历,可以转化为"不言败"的审美体验。

以上结合三段式的二重赋格曲式音乐结构来看这个故事,可以得出初步的结论:小说里主调主题(失败、死亡)、属调主题(不言败、生命)的交替对位呈现,言说着的是关于生与死的永恒话题:如何对待失败的人生? 如何面对劳而无功? 如何应对生活中的得而复失? 怎样面对自己的生命? 人的灵魂的尊严能否成为生命伦理的底线? 或则面对浩瀚宇宙不断思索:人的能耐究竟有多大?

三、死神的哭声

海明威家族有四代精神病史,有"自杀俱乐部"之称。海明威一生都在和自杀的冲动斗争,直至生命的最后,一直追求轰轰烈烈的生。即便死,也是张扬震撼的。

老人的孤独成就他的人生，有如尼采笔下超人的影子。尼采就被称为"孤独之狼"（lonely wolf），他说："孤独像条鲸鱼，吞噬着我。""我仍要重归于孤独，独于晴朗的天空，孤临开阔的海洋，周身绕以午后的太阳。"①

而死亡是与孤独同行的。由此可以看出老人桑提亚哥的诗性特征。有人说："几乎没有一个诗人不觉得自己是孤独的，孤独的生活，孤独的精神世界，越是精神强大的诗人和情感丰富的诗人越是如此，孤独成为他们艺术创作的酵素，在他们看来只有孤独里才蕴藏着丰富的诗趣，因而他们的作品可以说是反抗孤独的凄寂而产生出来的。诗人越是反抗孤独，孤独却犹如一只巨掌越是牢牢地攫住诗人的心灵，而孤独与死亡是同行的。"②

海明威笔下有着一些孜孜不倦追求自杀的人物。"他们并不是生活中的弱者，并不存在失业、贫困、种族歧视、社会不公正等可能造成心理伤害，导致自杀的理由，他们产生自杀念头的原因并不是在于缺少生命力，恰恰相反，他们是具有强大生命力的人，他们不乏艰苦卓绝、孜孜不倦、勇敢无畏的精神。问题是他们总是感到死神和他们紧紧相随，他们觉得自己孑然一身，孤立无援，如临悬崖，岌岌可危，朝不保夕，只要内心稍一松弛或有外力稍稍一推，就会跌入深渊，他们的命运最可能的方式就是自杀。"③ 海明威的死亡意识贯穿他所有的创作之中。④ 他描写过各种各样的死亡——屠杀、误杀、自杀、谋杀、战争中的死亡、狩猎中的死亡、产床上的死亡、不明原因的死亡，甚至根本没有发生的死亡，为我们展现了人类的悲剧命运——面对无所不在的死亡，人类是多么地渺小、羸弱和无助。海明威笔下的主人公虽然都是硬汉形象，但几乎都是以死告终。即便是桑提亚哥，他的死其实也是暗示了的。海明威有

---

① 陈鼓应：《悲剧哲学家尼采》，三联书店 1987 年版，第 68—69 页。

② 冒键：《最后的神话：诗人自杀之谜》，宁夏人民出版社 2005 年版，第 87 页。

③ 同上书，第 115—116 页。

④ 斯图尔特·凯利《失落的书》提到海明威时说："如果能有'最多事故奖'，得主一定是海明威，而且一定比他获得'普利策奖'和'诺贝尔奖'更加实至名归。他在数次车祸中数次骨折，从一次飞机失事中死里逃生，与炭疽难舍难分，被若干子弹插身而过（有时是确被击中），划伤了自己的眼球，饱受肾病和肝病困扰，把天窗砸到自己身上，并且遭受了数不清的打、刮、撞、摔和虚脱。"（[英]斯图尔特·凯利：《失落的书》，卢崴、汪梅子译，北京：三联书店 2008 年版，第 387 页。）因而海明威的格言是："忍耐至上"（il faut [d'abord] durer）。犹太经典《塔木德》里说："有耐心的人能钓到大鱼。""什么是失败！"一位犹太拉比说："不是别的，失败只是走上较高地位的第一台阶。"

着强烈的死亡欲,死亡是他的理想。他一生都在生的本能和死的本能之间、生的渴望和死的欲望之间进行激烈搏杀,多次想到自杀和扬言自杀而最终自杀。他生前最欣赏尼采的一句话:"一个人应该在恰当的时候死去⋯⋯一个人只有勇敢地去死才能使自己的生命完美。"[1]

《乞力马扎罗的雪》描写濒临死亡的主人公对一切都感到厌倦,甚至对"死"也感到厌倦了。他从头到尾都觉得死神在跟随着他。"他忽然想起他快死了。这个念头像一种突如其来的冲击;不是流水或者疾风那样的冲击;而是一股无影无踪的臭气的冲击,令人奇怪的是,那只鬣狗却沿着这股无影无踪的臭气的边缘轻轻地溜过来了。"——这多像循着大鱼的血腥味而几次三番追来的鲨鱼,犹如死神一样。读罢《老人与海》,我们切身感到海明威对大鱼(兄弟、同甘共苦的朋友,但自己"不由自主"地杀了朋友,要受到惩罚,即复仇神的追逐)和"鲨鱼"(死神)的写法与感觉是完全不一样的。

鬣狗是专吃腐尸的,鲨鱼也是吃腐肉的。鲨鱼是海洋中有名的杀手,游泳速度很快,捕获猎物又准又狠,嗅觉相当灵敏,特别是能很快闻到血液的味道。会嗅着血腥味从很远的地方赶来。性情凶残,嗅觉灵敏,速度快。《乞力马扎罗的雪》里那无影无踪的臭气显然是死亡的气息。终于,主人公感觉到死神找上门来,甚至闻到它的呼吸。他告诉别人死神不是什么镰刀和骷髅,很可能是两个从容骑着自行车的警察或者是一只鸟儿,或者像有一只大鼻子的鬣狗一样。他觉得死神已挨到他的身上,而它已不再具有任何形状了,它只是占有空间。死神从有形到无形纠缠着主人公,使之无法逃脱。鬣狗就是死神,它的哭声就是一种召唤。"正是这个当儿,鬣狗在夜里停止了呜咽,开始发出一种奇怪的几乎像人的哭声。"就是这种哭声吵醒了主人公哈里的妻子。

我们都被告知老人桑提亚哥是一个硬汉,又说这个形象带有作家鲜明的自传性特征。确实,海明威称得上是一个硬汉,但这样的硬汉在一战中身心受到了极大摧残。战争的残酷使他在身体、心理、精神、感情诸方面都受到极重的创伤。饱尝人世间辛酸的海明威深刻认识到世界是一个大的斗牛场或

---

[1]　Jeffrey Meyers, *Hemingway: A Biography.* Hong Kong: Macmillan London Limited, 1986. 参阅冒键:《最后的神话:诗人自杀之谜》,宁夏人民出版社 2005 年版,第 116 页。

拳击场，残酷、罪恶，充满暴力与死亡。每个人在此生活都既空虚又毫无意义。人生在世总是要孤军奋战，注定要失败。后期，海明威面临头部剧痛、思维和说话迟钝、记忆力下降和耳鸣造成的听觉失灵。白天潇洒面世，夜晚倍感孤独和绝望。既要与社会和自然搏斗，又要和他自己一个人的孤独世界搏杀，而这似乎是更残酷和更激烈的厮杀。

作为渔夫，桑提亚哥捕不到鱼，无异于失去了存在的价值，等于死亡。死神是那样的冷酷，即使是身材魁梧的拳击手也不得不躺在床上万般无奈地等待它的到来（《杀人者》）。《乞力马扎罗的雪》里的死神，像一条呼呼喘气的鬣狗，发出令人窒息的声音，把全部的重量都压在哈里的胸口上。在海明威眼里，死亡的意象是丑恶的，代表了一种强大的力量，但这种力量却时刻遭到海明威内心深处硬汉气概的强烈反抗。《死于午后》里海明威告诉我们：他的"最大乐趣之一就是感受到死亡的控制下产生的对死的对抗"。海明威敢于直面人生必然的结局，寻求对付死亡（失败）的药方。在作品中经历一次次生与死的拥抱，在对死神的不断摆弄中，寻求心理精神上对死亡的超越。正因为如此，我们才能在阅读作品的过程中，与主人公一起穿越一个个生死场，经历一次次在现实中也许难以面对的厄运和困境，从而获取面对死亡或失败的精神力量与勇气，这就使其小说具有了古希腊悲剧的性质。《丧钟为谁而鸣》主人公罗伯特·乔丹"用勃勃的生命丈量了从天堂到地狱，从地狱到天堂的路程，热烈而不动声色地恭候着死神"。这是对死亡的庄严勇敢而富有风度的品尝。

海明威晚年对他的传记作家库尔特·辛格（Kurt Singer）说："我父亲是自杀的。我年轻的时候，还认为他是个懦夫，但是后来我也学会了正视死亡。死自有一种美，一种安静，一种不会使我惧怕的变形。我不但看到过死亡，而且我读到过自己的讣告，这样的人为数不多。……一个人有生就有死。但是只要你活着，就要以最好的方式活下去，充分地享受生活。"①

海明威一生多次遭受大难而不死，两次到非洲狩猎因飞机失事而被宣告死亡，亲自读过关于他死亡的讣告。一个不畏惧死亡的人，对失败会是一种

① ［美］库尔特·辛格：《海明威传》，周国珍译，浙江文艺出版社1983年版，第7页。

乐观的态度,所以老人桑提亚哥在失败后会很坦然,毕竟自己的小船未损坏,至少可以回家。悲怆的死亡意识所激起的巨大生命激情,使海明威和他笔下的人物始终都要向自己和世界证明自己旺盛的生命力,以此来对抗死神无时不在的胁迫,即使遍体鳞伤,也要在命运吞没之前展示一种不屈不挠的英雄气概。他最后把自己最喜欢的双筒猎枪插进嘴里,向人们证明:死亡并不能征服他,只是借助他的力量才达到了目的。在大多数人的眼里,海明威张扬了这样一种人生经验:即使是失败,也是像狮子一样的失败。面对死神的哭声,人的能耐究竟有多大? 海明威的经历与他所讲述的故事都值得我们再次深思,并以此纪念这个有思想的硬汉逝世 50 周年。

边缘对中心的解构：弗吉尼亚·伍尔夫《到灯塔去》新论[①]

英国现代意识流小说大师弗吉尼亚·伍尔夫（Virginia Woolf，1882—1941）有过这样一种梦想：建立一个"弃儿的社会"，在那里，被以男性为中心的知识领域排除在外的妇女，不仅有她们自己的房间，而且享有自己的制度。这种梦想确实充满着某种诱惑和背叛，表现出对父权制二元对立思维的彻底批判。因为"父权制的价值观往往潜伏着男/女对立，男性是主动者和胜利者，而女性等同于被动者与死亡"[②]。强调女性个人的作用进而消除权威和解构父权制所认可的意义的普遍性，正是后来的女权主义者为突破自己的传统命运而采用的重要文化策略。伍尔夫也以其代表作《到灯塔去》提供了一个很好的例证。

然而，几乎每一个讨论伍尔夫这部名作的人都以拉姆齐夫人为中心视角。认为拉姆齐夫人那种温柔慈爱的性格及其人格力量是消解矛盾与困惑、创造和谐气氛的灵丹妙药，即便在夫人死后也是如此。由此可见，拉姆齐夫人这一形象在小说中占据着"中心"的位置，是其他所有人物精神上的灯

① 原载《当代外国文学》1997 年第 2 期，人大复印报刊资料《外国文学研究》1997 年第 7 期全文转载。

② 张京媛主编：《当代女性主义文学批评》，北京大学出版社 1992 年版，第 3 页。

塔,人们总是自觉或不自觉地接受她的主宰,处于"边缘"地位的所有其他人之中又以女画家莉丽·布里斯科最为典型。我们选取作为边缘人典型的莉丽作为阐释的主要视角,通过重新解读这部小说经典,寻找伍尔夫在争取"自己的房间"过程中显示出的心灵轨迹。

批评家们一致认为这部小说的自传成分很明显,这从作者的日记中得到了证实。读完小说,我们首先感到莉丽创作那幅油画的过程与伍尔夫创作《到灯塔去》的历程是有许多契合之处的。比如莉丽完成绘画作品时是44岁,而伍尔夫写完小说也确实是44岁,这当然并非巧合。因此,小说中莉丽与拉姆齐夫人的关系,在很大程度上影射着伍尔夫与她的父亲莱斯利·斯蒂芬之间的关系,而大多数评论家仅仅看到拉姆齐夫人是作者早丧的母亲的化身而已。①

作者在其日记中曾说父亲和母亲的幽灵构成了小说的中心。这在作家写于父亲生日那天(11月28日)的日记中也得到了证实:

> 今天是父亲的生日。如果他不死,他应该是96岁了。……但上帝大发慈悲,没有让他活到那么老,他的寿命会将我的生命都给毁了。如果他长寿,那会发生什么情况呢?我什么也写不成,书也出不了——真是不可想象。我本来每天思念着他和母亲,但写作《灯塔》使人释怀。现在他有时也在我的脑海里出现,但形象却不同了。我相信这是真的,即我在思想上被他俩缠住不放是有害的,而把他们写出来则是必要的措施。②

小说中为何要等到拉姆齐夫人死后,才使灯塔之行成为可能?才让拉姆齐先生等人得到精神上的解放?更使莉丽有条件完成她的画?这是因为拉姆齐夫人之死带来了别人的新生。如此"中心"的自行消解,既造成了其他边缘人的精神困惑,更为边缘人最终获得自我创造了必要条件。因此,我们觉得小说中莉丽这一形象在很大程度上就是弗吉尼亚·伍尔夫的化身。她体现了小说家本人那艰难的心路历程,以及对理想信念的不懈追求。可以说,莉丽这一形象是深刻理解弗吉尼亚·伍尔夫不平凡一生的一把钥匙。

---

① 侯维瑞:《现代英国小说史》,上海外语教育出版社1985年版,第298页。
② 瞿世镜编:《伍尔夫研究》,上海文艺出版社1988年版,第420页。

　　关于拉姆齐夫人这一形象,国外许多研究者都认为这是一个十足的女权主义者形象。我们认为伍尔夫塑造拉姆齐夫人这一形象,更多地赋予她一种男权中心主义者的立场,正像法国女性主义者所认为的,是象征秩序的父亲形象。而作为伍尔夫化身的莉丽本质上才是一个女权主义者形象,尽管是一个处于边缘地位的、不彻底的女权主义者。不过正是要求在象征秩序中获得自己平等的权利,占有自己合法的位置,才能显示出边缘人的存在意义。

　　仔细阅读作品就很明白:画家莉丽对拉姆齐夫人的态度,无论在夫人生前,抑或死后都没有其他人表现出的那种虔诚与心醉神迷的感觉。假如我们从莉丽的视野中去观察与评价拉姆齐夫人,可以发现其内心深层意识中,作为边缘人,她是力求处处抗拒着占据中心的拉姆齐夫人的影响的。由此形成的矛盾张力场,时刻左右着莉丽的意识流动,尤其是通过那张油画十多年的创作过程,明显地预示着她那艰难的心路历程,也就是不断试图构筑自己的精神家园的痛苦历程。其中对于拉姆齐夫人的诱惑力和排斥力的此起彼伏般的呈现就是一条明显的心灵矛盾的轨迹。

　　如果再以拉姆齐夫人的眼光去看莉丽,她无疑是执着的、孤僻的,是一个中性人。在拉姆齐夫人眼里,莉丽“有一种冷淡、超脱、无求于人的处世态度”①。可是这恰恰成为莉丽独立精神的表征,其实这也反映了弗吉尼亚·伍尔夫本人的女权主义信念,即认为只有个人的自我才能成为万物的中心。小说中随处可发现莉丽为了维护自己的独立精神而对抗（在夫人生前）和超越（在夫人死后）拉姆齐夫人之诱惑力的做法。作为一个处于边缘地位又独具慧心的旁观者,莉丽内心深处有一种破坏偶像崇拜的强烈意识。这种内在的反抗意识,也就是自我意识正是在拉姆齐夫人的中心话语威逼之下产生的。但作为边缘人,这觉醒了的自我又由于找不到自己的中心话语而无法完成那幅画的创作。因而,莉丽在开始时是无法抗拒为夫人所首肯的那句话的:“女人可不会绘画,女人也不能写作。”故而认为自己的能力不足,多少有点儿渺小可怜。这种因惧怕创造力不足而产生的焦虑使她找不到自己的精神家园。尽管如此,“她还得尽力控制住自己强烈的冲动,别去拜倒在拉姆

---

　　①　瞿世镜译:《到灯塔去》,上海译文出版社 1988 年版,第 310 页。以下引用该书只在文中括号里注明页码。

齐夫人脚下。"（第 222 页）

在拉姆齐夫人旺盛的创造力与精神活力的映照下,莉丽感到自己是越发精神贫乏,因此她痛苦,并试图摆脱"那些魔鬼"。这种艰难处境表明:作为边缘人,保持自我精神与反抗意识是自身得以存在的重要前提,问题在于,这里自我的"我"不能作为主格（I）,只是宾格（me）,过分依赖了拉姆齐夫人的中心话语,实乃无可奈何之事。这种"失语"状态正是莉丽在构建主格的"我"的过程中痛苦与焦虑不安的根源。正如伍尔夫本人在思想上被父母缠住不放时,"把他们写出来则是必要的措施"一样,莉丽也一直在试图回忆拉姆齐夫人的形象,直到最后才"大功告成",终于画出了在她心头萦绕多年的幻景。这是一种痛苦的解脱方式。

由此可见,在一种"失语"状态支配之下的对中心话语的解构,其道路的选择只能是向原中心靠拢,并消失在其中。这是一种不彻底的解构或反叛。不过在向原中心靠拢的过程中也会出现新的超越。因而,也与伍尔夫创作这部小说时已故的父亲在脑海里出现的"形象却不同了"一样,拉姆齐夫人死后在莉丽脑海中的形象也确实与夫人生前不同。这里有某种意念情感体验的现实距离感,正如莉丽自己所想的那样:"距离的作用多么巨大:我们对别人的感觉,就取决于我们距离的远近。"（第 405 页）

与拉姆齐夫人意欲在生活中追求一种和谐氛围一样,莉丽也想在绘画领域中实现自我的人生启示价值。认为随着岁月流逝,唯有文字和绘画可以长存,这正是莉丽不为妇女无法写作和绘画的流俗所缚,而执着于绘画艺术的深层心理动机。可以说,绘画代表着莉丽自我价值的载体,同时也是她与混乱现实抗争的物质手段,又是她内心苦闷的精神避难所。"她痛恨把绘画当作儿戏。一支画笔,是这个处处是斗争、毁灭和骚乱的世界上唯一可以信赖的东西。"（第 362 页）

莉丽一生都在构思这幅油画的布局形式,总在思考如何处理物体间的关系。她的画代表了小说为调解对于现实的对立看法而作出的努力。这种努力开始阶段表现为试图对自信心的确立。因为那种自卑心理阻碍着她的创造力的发挥,即无法把心中所思付诸实践。此种自卑情结的产生与拉姆齐夫人的权力情结紧密相连,构成两种对立因素。缠绕于莉丽心中的苦痛在于:她既想摆脱拉姆齐夫人的诱惑力以保持自己的独立精神,又不自觉地承受着夫人美的诱惑力的影响。这是一种对拉姆齐夫人既敬且畏的矛盾心态。由此引发的内心冲突,直到拉姆齐夫人死后好久尚一直存在于莉丽脑海中,以致只有到拉姆齐先生试图把莉丽作为夫人的替代物要求施与同情时,才得以松动,稍有解脱。

作为一个老处女,莉丽极力希望免受拉姆齐夫人推行的有关婚姻的普遍法则的制约,反对夫人所认为的"简单而肯定的事实",即"一位不结婚的妇女错过了人生最美好的部分"(第254页),也就是温室与婚姻是妇女反抗生活压力的不可避免的形式。在众人皆对拉姆齐夫人心醉神迷的心态背景下,唯独莉丽认为"拉姆齐夫人也有她盛气凌人之处"(第251页),"她是任性的,她是专横的"(第254页),当莉丽"想到拉姆齐夫人带着毫不动摇的冷静态度,硬要自作主张地把她完全无法理解的命运强加于她,她几乎歇斯底里地大笑起来","难道这不是美丽的谎言,为了把一个人的全部理解力在寻求真理的途中,绊羁在金色的网兜里?"(第255页)这些想法很难说不是作为旁观者的独具慧心!俗话说,灯塔之下是黑暗。如果大家把拉姆齐夫人看作是一座灯塔的话,那么她这种利他主义的弊端,只有与之保留距离才能有所感知,画家莉丽就有这样的自觉意识。

在小说第一部分末的晚餐聚会一节中,莉丽的这种独立精神有更明显的体现。当夫人对另一个宾客威廉·班克斯表示关心时,莉丽有一大段心理独白:"她(指拉姆齐夫人)为什么怜悯他(指班克斯)?……莉丽想到,这是拉姆齐夫人的错误估计,这错误估计似乎是出于本能,出于她本人的某种需要而不是别人的需要。其实他一点儿也不可怜。他有她的工作。她的那幅画顿时在她心中浮现出来,她想,对,我要把那棵树移过去一点儿,就放在中间,那么我就不至于再留下那片讨厌的空白。我就该这么办。这就是一直令我困惑的难题"(第290页)。

这里尤其值得注意的是,在莉丽眼中,拉姆齐夫人那出于母亲本能的利他主义举动是有其伪装于其中的自私自利动机的。小说中莉丽总是在破除这种利他主义神话的存在必然性。而且事实的发展也恰好为莉丽在心理上超越拉姆齐夫人提供了证据。正是这种特殊心境,也就是在与夫人内心冲突中自己占据优势地位的情况下,"那幅画顿时在她的心目中浮现出来"。如果说前面她曾试图将树枝的线条延伸以填补空隙的话,此处即是将整棵树(就是她自己)都移到中间的空白处,因而自我的独立精神暂居主导地位。然而,遗憾的是直到最后她也没有确定对自我的真正把握,而是又重新退回到自己那封闭的小天地中去了。

这时再次展示出莉丽自我幻觉的破灭。而在对自我幻觉的追认中,又被迫以夫人为参照系重新建立自我中心。也就是说,拉姆齐夫人(他者)的中心规范通过莉丽建构精神家园的过程,而无意识地移位为莉丽自己的中心规范,"他者"无意识渗进"我性"之中。所以,不可否认,拉姆齐夫人之死,即现实中心的自然消解,是处于边缘位置的莉丽想象力与创造力得以恢复的前提,也就为莉丽在心理上替代和超越拉姆齐夫人创造了条件。

正是那位总要别人施与同情的拉姆齐先生激活了莉丽的精神创造力。毫无疑问,拉姆齐先生试图把莉丽当作亡妻的精神替代品。这种要求对莉丽的个性而言,一开始确实有些突兀,不过终究还是让她的同情心油然而生了。面对拉姆齐先生一行的远航,莉丽"立即就发觉,现在没人要求她同情,那同情心却烦扰着她,需要得有表达的机会",拉姆齐先生"已经对她一无所求,她觉得被冷漠了"(第366页)。这种突如其来的心境与十年前的莉丽可谓判若两人,反而与拉姆齐夫人趋近了,这至少让莉丽心理上觉得逐渐取代了拉姆齐夫人,这是她自我超越的重要转折点。

可是,莉丽自己与拉姆齐夫人之间心理上的矛盾张力依然存在,因而"她有一种奇特的被分裂的感觉,似乎她的一部分被吸引出来,……而她的另一部分,仍倔强而稳固地钉在这片草地上"(第369页)。可喜的进步正在于"画布上终于抹上了第一道色彩",尽管她觉得"抹在画布上的一根线条,就意味着她承担了无数的风险"。如此"这样轻柔地、迅捷地画画停停,在画布上抹下了一道道棕色的、流动的、神经质的线条,它们一落到画布上,就围住了一块空间"(第370页)。

其中线条的棕色很容易使我们想到拉姆齐夫人,因为夫人始终在织着那棕色的袜子,而流动的线条又可以说隐喻莉丽那"流动不居的生活",线条的神经质也是莉丽不稳定的自我精神的表征,那么由这样一些线条所围成的"空间"也就无法忽视了。"还有比这一块空间更加不可轻视的东西吗?"

（第370页）这是莉丽强劲的宿敌。在莉丽心中,这一空间关系到整幅画面的平衡,它是自己生存的根基,也是克制宿敌的有力屏障。所以莉丽心中的油画模式应该是这样的:"这画的外表,应该美丽而光彩,轻盈而纤细,一种色彩和另一种色彩互相融合,宛若蝴蝶翅膀上的颜色;然而,在这外表之下应该是用钢筋钳合起来的扎实结构。它是如此轻盈,你的呼吸就能把它吹皱;它又是如此扎实,一队马匹也不能把它踩散"（第384页）。

此处明显体现出伍尔夫的创造性想象力理论,即头脑中的男女两性是进行创造性活动不可缺少的因素。"蝴蝶的翅膀象征着富于创造力的女性意志所塑造的世界之美,而钢筋则是男性意志所具有的理论才智强加在川流不息的大自然之上的结构。"[①] 那油画四周红绿紫等色彩斑驳的图案又象征着生活的复杂多变,其间的空白是莉丽一直想填满的,也就隐喻着在努力寻找生活的精神支柱。

我们更应该明白,这里绘画空间的"空白"是意味深长的。首先它表现为父权制强加给妇女的空白和被动的品质,因而象征着由拉姆齐夫人为代表的现实世界,这一现实所体现的习惯势力压抑着莉丽的精神创造力,因为他们极力主张妇女既不能绘画,也不能写作。

其次,"空白"也是一种抵抗行为,通过对中心的解构以拯救边缘人或妇女可悲的命运,意味着一种自我表现,她通过不去书写人们希望她书写的东西而宣告了自己的独立存在。因而在莉丽看来,她的构画历程也在企图调解现实对立物间的冲突,在这方面,拉姆齐夫人固然是一个启示,但夫人缺少的正是一种作为生命根基的男性意志,因而也就成为她所力求超越拉姆齐夫人的地方。

再次,这没有填满的"空白"也表明,妇女的创造这一文化形式又被体验为一种痛苦的创伤,由此就消除了女性艺术家和她的艺术品之间的距离。英国另一位女性作家乔治·艾略特作品中的许多女性角色在重建自我的过程中,由于自我毁灭性的自恋而丧失了创造力。莉丽也正是从痛苦的自恋式的自我封闭中解放出来后,才逐渐恢复其创造力的。

因此,这里的"空白"实质意味着对中心的解构,对权威的颠覆。伍尔夫

---

① 瞿世镜编:《伍尔夫研究》,上海文艺出版社1988年版,第420页。

在《自己的房间》一文中,曾大声疾呼要打碎由父权思维系统极力推荐的那面失真的镜子。这面镜子就是妇女的文化命运。而镜子的视点至关重要,因为它担负着维持生命的责任,也即如莉丽努力寻找的生活的精神支柱一样。

如前文指出的那样,处于"失语"状态中的莉丽一方面在内心深处一再呼唤拉姆齐夫人的重现,另一方面又感到这对她的绘画构图会造成某种威胁。因而,此时在莉丽的思想中充满着想象中的拉姆齐夫人的幽灵,后者的必然出现支配了她所有的回忆。这种回忆既是兴奋,又是恐惧的。表明自恋式的自我封闭与屈从式的丧失自我,都无法建构新的自我规范。难怪莉丽"不断地欲求,却一无所得"(第416页)。

拉姆齐先生同样也给莉丽造成了精神负担,直到最后等他们一行登上岸到达灯塔后方才让她松了口气,顿觉如释重负,她终于给了他"那天早晨他离开之时她想要给予他的东西"(第422页)。如此,当我们思考莉丽为何要等拉姆齐先生一行登上灯塔后才能最终完成她的油画这一问题时,就比较容易理解了。也就是说,灯塔(代表拉姆齐夫人)对莉丽而言往日是可望而不可即的,所以她无法把灯塔与她自己在艺术上的无益尝试分割开来。而拉姆齐先生一行登上灯塔,也就是在潜意识中最终促使自己战胜与替代了拉姆齐夫人,故而也就解脱了自己因未能给拉姆齐先生施与同情而带来的苦闷。思想中排除了矛盾之后,所有的能力就会汇合成一种创作激情,"带着一种突如其来的强烈冲动,好像在一刹那间她看清了眼前的景象,她在画布的中央添上了一笔"(第423页)。

这最后一笔不仅概括了拉姆齐先生从想象到实现这个行动的过程,而且更是莉丽自己最终战胜焦虑,由边缘走向中心的可贵尝试。这种成功的尝试耗费了她的全部心血,所以她既感到"疲惫不堪",更感到无比欣慰:"我终于画出了在我心头萦回多年的幻景"(第423页)。

由是观之,阐释视角的变换让我们弄清了这样的事实:这部小说的重要意义并非仅仅在于塑造了拉姆齐夫人这样一位其他人精神上的"灯塔"形象,更在于通过莉丽等边缘人形象不断颠覆与解构以拉姆齐夫人为中心的话语霸权,由此确立了边缘人的合理价值,最终在权威话语的废墟上空响起了边缘人的声音。

道与真的追寻:《老子》与华兹华斯诗歌中的"复归婴儿"观念比较①

初生的婴儿,无瑕的童年,他们生俱的纯净、不染世情,这生命的佳境,赢得了多少古今诗人的礼赞;而那浑朴中潜藏的生机与力量,不也同样唤起过众多哲人的思绪? 我国道家文化的开山祖师老子早在两千多年以前,就提出了"复归婴儿"的观念。他从"道"本源出发,视婴儿赤子为人类生存的最高人格理想。生活于 19 世纪的英国浪漫诗人华兹华斯也赫然提出"孩子乃成人之父",认为一个人从童年到衰老、死亡,是至真至善逐渐销蚀的过程,所以,成年人应该恢复孩童那样一种本真的天性。面对这样一种相似的精神追求,我们看到的是一种真诚的"追根"意识、一种执著的"归家"心态。是啊,我们现代人还能找回失去的乐园吗?

一

让我们先进入老子的"婴儿"境界。

老子观念中的"道"是一个具有形而上性质的思辨哲学命题。它是宇

---

①　原载《南京大学学报》1999 年第 2 期;《外国文学研究》(人大复印资料) 1999 年第 8 期全文转载。

宙万物的本源,是"天下母";它先于万物,高于一切,又在万物之中;它"独立不改,周行不殆",本身就是无始无终。自在自为的圆满状态,是"一"、"全"的浑沌整体。老子所以把"婴儿"作为最高的人格境地,就是因为他认为"婴儿"是最合于"道"的人,本身就是最完美的人;"婴儿"状态就是"道"的生动呈现。同时,婴儿不仅是老子心目中最高的人格理想,而且更具有深邃的哲理喻义。老子在《道德经》中提到婴儿赤子的地方共有五处。我们可以从两个方面来理解老子的这种"复归婴儿"观念。

其一,老子强调"弱者,道之用"(《道德经》40章,下引只注章节数),至为柔弱的婴孩,至为强大。老子从自然现象的观察中概括出一条朴素的规律:"物壮则老"、"木强则折,兵强则不胜"(76章),所以他的处世哲学就是"强大处下,柔弱处上"(76章),强调的是柔弱胜刚强,壮大成长则不符合"道"无为法则,"不道早已"(55章),"有为"者必先衰。譬之人事,就像草木萌动之时最富苗壮之势一样。因而,婴儿虽然筋骨柔弱,毫无自卫能力,但却精力弥满,最终必能战胜成人,所以老子说"专气至柔,能婴儿乎?"(13章)也即所谓"舍德之厚,比于赤子。……骨弱筋柔而握固"(55章)。

其二,"婴儿不用智而合自然之智"(28章)。老子说:"为天下溪,常德不离,复归于婴儿"(28章),"我独泊兮,其未兆,如婴儿之未孩。……我独异于人,而贵食母"(20章)。他认为有情感、有意志、有欲望、有好恶,都会伤害身心;只有无智无欲,任其自然,才能不伤本性。比如成年人心存善恶信伪,逐物役智,则机巧百端,损心害性,如此的趋利求物,必求之弥远,失之愈多。而婴儿浑沌无知,于善无所喜,于恶无所疾,舍德归厚,就像"溪不求物而物自归之"(28章)。婴儿虽不用智但合自然之智,无智就是"大智",无巧就是"大巧",这样的无为任真,自在自得,也就最合于"道"无为而无所不为的自足状态。因此,老子说"圣人在天下,歙歙为天下浑其心,圣人皆孩之"(49章)。故圣人治天下,就是要"复归于婴儿",返本归始。

这样一种返本归始的观点正是贯穿《道德经》全书的一个中心主题。在老子看来,道的运行具有循环回归的特性。他把万物归根看作生命的重复发生,并提出了一个带有终极意义的命题:"夫物芸芸,各复归其根"(16章)。

这就是说,作为社会,要回到"小国寡民"的原始时期,无知无欲;作为人,要"复归于婴儿",回到鸿蒙未开的无意识状态,这样才能近于"道"。因此,"复归于婴儿",也即"复归于道"、"复归于无极"、"复归于朴",都是对生命本源的追溯,代表着强烈的返始归根意识。当然,与中国儒家思想中强调"隆礼"以约束人的外在行为,"为学"以培养人的道德修养,使人成为有理性的社会化的人相比,老子的"复归于婴儿"观念无疑是背道而驰的。

同样,19世纪的英国浪漫诗人华兹华斯也提出了一个让世人颇为惊异的观念。他在短诗《每当我看见天上的彩虹》和长诗《不朽的征兆》中都写下了这样意义非凡的诗句:

> The Child is father of the Man;
> And I could wish my days to be
> Bound each to each by natural piety.

这几句诗的大意是:孩子乃成人之父,希望我的岁月里,贯穿着对天性的虔诚。"孩子乃成人之父",是指成年人应以孩童为师,让天性永存。

我们知道,贯穿华兹华斯漫长一生,给予其诗歌创作灵感的也正是那对自然敏感的童心。自然与童心是华兹华斯诗意理想构成中的两个不可或缺而且互相联系着的要素。对人类而言,自然是文明之前人的童年状态;对个体来说,童年又是他未受社会侵蚀前的自然纯真的状态。因此,在文明社会中保持对自然的虔诚,长大以后保留着一颗童心,则成为实现完美人性的必要条件。正因为如此,诗人才会不遗余力地到处去寻觅杜鹃鸟的踪迹,想方设法去聆听那神奇的叫声,"直到召回金色的童年"(《致杜鹃》);在与自然的交流中也才会找到一点未泯的童心,窥见到一种永恒的契机(《我像一朵云孤独地漫游》);还通过回忆儿时与妹妹一起追扑蝴蝶的生动景象,在那充满童心的纯真和欢乐中,把我们带入童年时代(《致蝴蝶》)。华兹华斯在其他一些重要的诗作中都这样引入了对童年的回忆与礼赞。这在他带有自传性质的长诗《序曲》中有更深刻的展示。诗人在作品中衷心感谢大自然在他童年时代为他孕育了纯净的灵魂,认为在儿童时代的早期印象中,如果谁不与人类所创造的那些粗鄙庸俗的东西联系在一起,而是同崇高不朽的自然联系在一起,谁就能获得永久的幸福。值得注意的是,诗人始终把童心与大自然和上帝联系在一起。在基督教观念中,上帝创造了一切,包括人和自然。诗人因为爱上帝,故而也爱他创造的大自然,进而推溯到只有童年时期才能与大自然最接近,于是童真中包蕴着不朽的信息。这与老子"复归婴儿"观念的提出是不同的。老子所赞美的婴儿既无需仰仗神性的荣光,也不必有大自然的孕育,因为它本身就最合于"道",也就是最完美的人。华兹华斯对童稚与婴孩怀着一种神圣的崇拜之心,注意的是其背后蕴藏的伟大而永恒的灵性。

在另一首长诗《不朽的征兆》中,诗人直接将不朽的上帝与不朽的童真相提并论。诗人甚至对一个六岁的孩童竭力礼赞,说孩童从未接触过庄严的思想,而本性的神圣却不因此而逊色。外表柔弱,心灵却伟大。因为诗人相信"生前的存在",即人出世前是处于幸福之中,出世则注定要远离幸福;而婴儿刚刚来自天堂,童年离开天堂亦不远,所以他们处在那生命之始天赐的幸福之中,依旧保有天赐的禀赋,是优秀的哲人,能悟透上帝那永恒而深奥的圣书。因而童真里有不朽的征兆,只有孩子看见"幸福的天堂",那"上帝的荣光"降临在摇篮边,成年人只能看着它消失,"化成了平常日子的黯淡白光"。诗人祈愿孩子能够童心永驻,不必如成年人那样背起尘世与习俗的重负,去同天赐的幸福交战,甚至要拒绝成长,不必"追求那带来不可避免的枷锁的岁月之流"。

华兹华斯在诗意和哲理的诠解中对孩童的崇拜达到如此无以复加的地步,甚至连他的诗友,同样讴歌童心的柯勒律治都感到不免过分。不仅如此,华兹华斯还对孩童的无知单纯加以赞扬。我们知道。西方文化中一直有崇拜智慧的传统,对儿童也主张把他们放在育儿室里灌输成人设立的书本知识与道德教义。华兹华斯偏偏对天性未凿的童稚倍加赞赏,实际上与19世纪浪漫思潮主张人应摆脱文明的束缚而返归自然的风尚是一致的。由此,在他众多歌咏自然的诗篇中,最受尊崇的是那些可以作为宇宙伟大的和声中一个音符,并与自然融为一体的人,这就是婴孩。

所以,在华兹华斯看来,成人要找回幸福,必须追溯童年。这是与西方18世纪以来崇尚有知识有理性的社会化的人截然不同的观念,倒是与老子心目中的理想人格十分接近。"孩子乃成人之父",这看似有悖常理的命题,实质包蕴着深邃的精神追求和价值取向,表现了被社会异化的人类对属于人的那种最纯洁、最美好的灵性的呼唤。因之,诗人对童年的回忆,对本真的追寻,实质上是想寻找失落的自我,寻找逝去的天堂,渴慕永生和无限,体察欢欣与自由。

二

老子和华兹华斯都把婴孩作为人生的最佳状态和最高的人格理想,前者旨在体"道",后者意在寻"真",并都表现出力求摆脱人的社会性,返归于人生初始时期的"归根"心态。尽管老子的思想在启蒙运动时代就已传入欧洲,华兹华斯也学习过东方语言,接触过东方文化,诗中甚至有着东方的抽象概念,但我们无法找出直接的资料说明华兹华斯受过老子思想的影响,况且二人相似观念所产生的历史语境及文化意蕴存在着许多差异性。

在中国传统哲学中,最主要的是一种人生哲学,一种有关人的"教养的知识"的道德哲学。代表这种伦理道德观念的儒家学说,强调用理性作为实践的引导,来规范和塑造情感、欲望和意志,以达到个体的道德完善与拯救世界的目的,展示出的是对人的自信。自我意识的觉醒当然是人类由蒙昧迈向文明的第一步,然而,它同时又是,正如恩格斯所说,又是"一种堕落,一种离开古代氏族社会的纯朴道德高峰的堕落",贪婪、物欲、自私、掠夺成了"文明时代唯一的、决定意义的目的"。① 在老子看来,人类愈是凭其理性进入所谓文明时代,就愈会堕落,丧失本性,必须回返到原始状态,复归于婴儿,恢复溟蒙太古的黄金时代。这当然是一种无法实现的幻想,不过这种思想中包涵着对堕落世界的抗议以及对纯朴人性的向往,无疑又是有一定积极意义的。

文明进步与人类命运的冲突发展到了华兹华斯所处的科学时代,呈现出了新的内容。科学作为一种主宰的力量几乎等同于万能的上帝。人们把科

---

① ［德］恩格斯:《家庭、私有制和国家的起源》,《马克思恩格斯选集》第四卷,人民出版社1995年版,第94页。

学技术变成了驾驭自然,征服无限的手段。但科学作为一种异己的力量,又无时不在与人对抗着。一方面,随着科技对人类霸权意识的诱发和扩增,人类早已改变了与大自然的本初和谐的关系。不断征服自然,把世界"人类化",同时也就注定远离了自然,最终失去了与大地的亲和感,变得"无根可溯"。另一方面,科技又极其有效地改变了我们的生活条件,同时也正因为如此,人类愈来愈依赖于这种异己的力量,甚至于把知识、科学、权力意志凌驾于人之上,把人作为理性的动物或社会的动物,完全忽视了对人自身存在意义的探寻。正如宗白华谈论歌德及《浮士德》的意义时所说:"近代人失去了希腊文化中人与宇宙的谐和,又失去了基督教对上帝虔诚的信仰。人类精神上获得了解放,得着了自由;但也同时失所依傍,彷徨摸索,苦闷追求,欲在生活本身的努力中寻得人生的意义与价值。"① 对自我的遗忘及文明对生命本原的压抑所造成的人的虚无感,这正是近代人所面临的困境。因此,近代以来,欧洲文化中反思文明、追问存在的拯救意识逐渐成为一种普遍的思潮。华兹华斯的目的也在于以一种理想主义的方式来寻求人与自然、人与社会、人与上帝的和谐关系,重新确立人生的永恒价值。

由此我们可以看到,老子和华兹华斯在人类文明进程的历史阶段上,从至高无上的"理性"或凌驾一切的"科学"之下,恢复人的本初天性,并都不约而同地把目光转向了婴孩,试图从一种理想主义的角度设置与既定价值体系截然相反的人格追求。从表面上看,似乎是一种消极倒退,但在文化意义上,他们正是因为看到了各自时代自我与人性被压抑的现状,用一种"反常"的方式来张扬自我与灵性,以便于寻求一种摆脱困境的途径。

另一方面,我们也应该看到,老子与华兹华斯"复归婴孩"观念也有着各自不同的文化背景。在老子生活的春秋末世,传统的礼乐刑政失掉了原有的效力,再也无法维系动荡的社会局面。面对如此纷争不已、错综复杂的现实,儒家和墨家主张礼治尚贤,恢复理想化的尧舜之治,法家则主张健全法制,稳定社会格局。老子却对这些承袭传统价值观的救世良方深为不满,认为那些传统的价值标准不但无须维持,而且它本身就是违反"自然",是造

---

① 宗白华:《歌德之人生启示》,《艺境》,北京大学出版社 1987 年版,第 36—37 页。

成社会混乱的根源所在,即所谓"大道废,有仁义;慧智出,有大伪;六亲不和,有孝慈;国家昏乱,有忠臣"(18章)。因此要"绝圣弃智"、"绝仁弃义"。一切的是非、美丑、善恶、尊卑等人为的设定,以及社会发展、文明进步都是对"道"的损伤,都将离"道"日远,而"其出弥远,其知弥少"(47章)。可以说,老子正是在这样对传统价值观念全面否定的前提下,将由来已久的"天道观"净化提升,来构建复归婴儿这样一种全新的价值体系,为混乱的社会寻求出路。

与老子这个古代东方哲人不同,华兹华斯处在西方文化传统中,他的复归孩童观念的提出,有着个人生活体验、宗教神学信仰以及政治革命教训等多方面更为复杂的影响。作为一个生性敏感的儿童,孩提时代的华兹华斯就有领略过大自然的神秘与崇高、感受到与大自然契合的体验。这些早年的记忆一直珍藏在诗人的心底,不仅激发了他文学创作的灵感,也引导他在成人后的人生困惑中找到了安顿心灵的出路。虽然诗人痛感童年那样一种人与自然的完全契合的境界已不可追回,仍希望用"心灵的眼睛"看到那个不可见到的世界,夺回那个失去的天堂。在《不朽的征兆》、《丁登寺》、《序曲》等诗篇中都可发现这种基于宗教信仰的神学哲学思想。对此上文已经作过较多的阐述,这里要重点解释的是法国大革命的历史教训对华兹华斯的孩童观念形成的影响。

法国大革命的历史教训也给诗人以很大的震动。这场作为启蒙思想政治革命实践的大革命,既给人们带来了翻天覆地的巨变,也使人性中一切悖理的东西沉渣泛起,交织成一幕幕人类历史的悲喜剧。华兹华斯作为时代的见证人,目睹了这一切的希望与幻灭。诗人早年反对专制,热爱自由,期待着革命能让人类拥有新生的天性,甚至"理性"成了"一个最有魅力的女神"。①诗人曾两度来到法国,但在短暂的欢欣与激动后,却离开法国的恋人,悄然而去。因为随着革命的激化,雅各宾派的恐怖政治把他推入失望苦闷的深渊:理性的幻想被新的暴力取代,渴盼的自由被新的专制蒙上阴影,失去理智的人们、流血的动乱、新的道德败坏……这一切让诗人陷入了理想落空的

---

① [英]华兹华斯:《序曲》第11、12章,参见王佐良《英国浪漫主义诗歌史》,人民文学出版社1991年版,第83页。

危机之中。更让诗人愤怒的是：

> 法国人出卖自由，
> 转过来变成了侵略者，
> 把自卫战争变成了军事征服，
> 忘掉了原来奋斗的一切目的。①

于是，"敬若神明的自由理想，终成了幻影"②。所有这些情感与理想的危机都迫使诗人在震惊中对理性产生了怀疑，在反思中寻求人类真正的自由与归属。最终他完全转向了过去——童年，企求在童年的回忆中找到欢欣、自由与新生的希望，认为只有那些"最初的感情和最早的回忆"，是任何力量都无法摧毁的。由此他提出了"时间之点"（spots of time）的观念。他认为"时间之点"具有更新能力，可以把人从一切困厄中解放出来，可以向心灵提供滋养，暗中医治心灵的创伤。这神奇的力量就藏在人生的某些断片之中，而最初的开始，是在童年。③ 于是诗人便把全部希望寄托在过去，把这种精神的复归作为自己安身立命之所，作为拯救现实的唯一出路。

当然，华兹华斯的"复归"观念，已不是如老子那样在主体性未得到充分发展的情况下，从本源角度设定人的存在，而是在西方文化中的主体意识经过历史的发展得以高涨，获得至高无上的地位之后，从主体的人的角度向本源的追问。通过比较二人的思维方式，就不难发现这点差异。老子说："天下有始，以为天下母。既得其母，以知其子。既知其子，复守其母。没身不殆"（52章）。这种"母子混一"，即人和万物与"道"混一的思维方式，是一种原始的浑沌思维模式的反映。原始浑沌思维视天地万物为一个未加分化的浑沌整体，是一个物我互渗、主客不分、部分与整体混同的世界。老子去古未远，他的玄同物我、涤除玄览的观照方式正带有浑沌思维的特点。所谓

---

① ［英］华兹华斯：《序曲》第11、12章，参见王佐良《英国浪漫主义诗歌史》，人民文学出版社1991年版，第84页。

② 同上书，第85—86页。

③ ［英］华兹华斯：《远游》第3章，参见［苏］季亚科诺娃《英国浪漫主义文学》，辽宁大学出版社1990年版，第44页。

"没身不殆",也就是要求复归的主体首先"没身",即没身于物,取消从万物中分离出的主体意识,把自己视作与"物"、"道"等同,这样就能复归于本源、复归于婴儿了。随着科学的发展,这种浑沌思维也逐渐被分析的、整合的思维取代,主体的意识被凸现出来。如华兹华斯的复归童年,诗人认为成人尽管已经远离童真,失去了童年时代与大自然的亲和感,但"余烬犹温",只要努力通过回忆、想象,仍然能把现在与过去、人与自然整合起来。也就是说,华兹华斯不但没有让主体意识遮没,反而让它充分显示出整合的功能,借助于它,架起了"归根返始"之路。这正是他与老子"复归"观念的重要区别所在。因此,如果说华兹华斯的"复归孩童"观念在于个体对童真幸福的重温,以及与大自然的贴近融合,并要通过理性去孜孜以求的话,那么老子"复归婴儿"观念则更具有复归于道、无极、朴的终极追问的意义,同时更强调婴儿的浑沌状态,以及对于"归根"主体在体认方式上的至虚守静特征。这样老子的"复归婴儿"就比华兹华斯的相似观念带有更浓厚的神秘性色彩。

三

　　综上所述,老子与华兹华斯的复归婴孩观念,尽管接连的是不同的文化背景与民族思维方式,但他们于不同时空中,在对既有价值体系普遍怀疑的前提下,作出了同样理想化的选择,具有强烈的反叛意识与探索精神。如果我们放弃从实际功利的角度看问题,而站在思想文化的价值层面去理解,那么,这看似荒谬与倒退的背面,实质是被忽视了的对人类摆脱困境可能前景的构想。因而,我们说"复归婴儿"这一观念在其深层文化意蕴上表现了对人类存在的关怀。与那些虚假庸俗的理想主义相比,它更反映了人的本质,也更真实,同时也体现了人的精神主动性与创造性。

　　老子与华兹华斯所提出的复归观念,也与人类学家、宗教神话学家所说的"初始之完美"的信仰有不谋而合之处。艾利亚德在其《永恒回归的神话》中指出,"初始之完美"是对"失去的天堂"的想象性追忆所唤起的神话信仰,也是一种深刻的宗教性体验。这里所谓的天堂,指那种先于现有人类存在的至福极乐的状态,一种理想化的和谐完满状态。由于人类祖先的过失、罪孽或堕落,或由于宇宙万物发展的循环变易法则,现在人类已经远离这种早已逝去的初始天堂状态,处在社会衰败和道德沦丧之中。[①] 由此,老子的"复归于婴儿"、华兹华斯的借助于回忆重返童年生活,都可以看着是追求"初始之完美"的精神尝试。同样,德国批评家本雅明论及普鲁斯特《追忆逝水年华》时也提出了一个"悲歌式的幸福"的概念,即把幸福放在过去,从不断回忆中去享受那种幸福,并把这种享受看作人生最有价值的部分。这就是说,人存在的目的就是为了回忆,从回忆中享受那原初的一去不复返的幸福,要"永恒的回复"到过去的幸福之中。而"回忆"在现象学家海德格尔那里也成为现象学"还原"的重要途径。

因此,从现代意义上看,"复归婴孩"观念反映了一种归根心态、一种精神家园意识,它所确立的人与自然的亲和关系,对今天面临"文明困境"的人类来说更富有一种拯救色彩。正如老子所言"天下有始,以为天下母"(52章)。自然界是一切生命的基础与渊源,一切生灵都是出自大自然怀抱的婴儿,在人的自觉意识开始的一瞬间以前都是自然整体不可分割的一部分。欧洲文艺复兴通过复兴古希腊文化,重新"发现"了人和自然,然而却又走上了人与自然分离的道路。随着工业文明的进程,人类不断改变着与自然原初的和谐关系。由此导致的物质形态与人文形态的疏离冲突,使人类生存越来越出现为物所役的异化形态。人类被异化的恐惧由来已久,从老子认为使巧奇物损害人性,到华兹华斯认为工业化使人跌入可怕的物欲,道德沦丧,纯朴不存,都不无忧惧地预见了今天人类的处境。因而,老子提出了归根返始的终极命题,华兹华斯则把它作为摆脱近代文明困境的一条出路。

到了20世纪,这种复归还原的倾向更成为西方文化思潮的一个重要方面。作为文学艺术创作倾向的原始主义(Primitivism),就展现了一种崇古慕俗、返朴归真的冲动,反映了人们怀疑文明现状和成就,追怀和向往远古的情感特征。萨特写自传体忏悔录《词语》,其目的也正是通过追忆童年来探析他成年后的思想与作为,来寻求他后来狂热的根源。海德格尔则直探"存在",认为只有从"存在"这个本源着眼,才能真正把握人的本质,而"存在"

---

① 参见萧兵、叶舒宪:《老子的文化解读》,湖北人民出版社1994年版,第142页。

一直被遮蔽着。形而上学的对象性思维方式破坏了人与世界的原初同一,世界和人自身都成为人认识利用的对象,"存在"的被遗忘,让人变得无家可归。既然如此,那就要返本归源,解构经验的和历史的形而上学,回到苏格拉底之前哲学的原始追问上,让"存在"在人诗意的栖居地上得以显现。所以海德格尔的"还原"论可谓哲学上的彻底"复归"。当然这并不是老子式的复归原始,而是更高层面上的设想未来。不过海德格尔正是在发现形而上学传统陷入困境时,把目光转向了东方,在老子的思想中找到了知音。①

由此可见,在古今中外文化思想史上,由缅怀童真而引发"复归婴孩"的哲学思辨,到当代对人类存在的终极关怀,它们并非只是作为一种个别的思考现象而存在,也不是仅为个别观念的相通相近,而是包含着价值观在内的整个思想体系的关联,无疑反映了人类哲学思索的共同性与普遍性。今天,我们正面临着现代化建设,应该克服单纯科技和商业文明所带来的一些流弊。诸如科学技术对人类文化的霸权地位、思想的荒漠化、价值取向的世俗化,都使得对人类存在意义与价值追求的重新认识,无法进入人们的精神视界。回顾一下那些前哲们的预见,对我们重构物质与精神的统一、科技与人文的和谐,未尝不是一种警醒与触动。正是在此层意义上,"复归婴孩"观念作为人文探索中的一种精神追求,其价值已远远超过了理想本身,其意义也就像一些散落于历史荆莽中的路碑,它们标示着过去的历程,也指向了未来的途径。文化意义上的复归正是为了更好地建设今天,展望未来。

---

① 海德格尔对老子的思想很感兴趣,曾与中国哲学家萧师毅同译《道德经》。

思想史语境中的文学经典阐释

——问题、路径与窗口 ①

　　文学经典阐释的路径很多,下面我要讲的是立足于思想史语境里的经典阐释问题,这尚未引起大家的充分注意。对文学经典而言,知其然或许只是一种感觉,知其所以然就进入文学史的解释范畴,而知其所以不然则必然要闯进思想史的领域。钱锺书 29 岁当西南联大教授,讲文学尤其重视思想史。研究文学也必须重视思想史,如此才能训练青年人的分析和评论能力。思想史叙述各时期思想、知识、信仰的历史,处理的是较能代表时代特色或较有创造力与影响力的思想资源。文学史面对那些最能体现时代审美趋向,最有精神创造特色的作家作品。我们应该从更广阔的背景了解文学所依持的思维方式、想象逻辑及情感特质,以及这些文学想象和情感方式如何在特定的历史语境中形成带普遍性的社会心理现象。

　　一个时代的哲学思潮如何通过人们的思想,作用于或反作用于“文学”?文学是基于反思所肯定的心灵事实。自然现象仅仅是现象,背后没有思想;

　　①　本文系笔者 2010 年 11 月 7 日在浙江大学召开的“世界文学经典与跨文化沟通国际学术研讨会”上的大会主题演讲,收入大会论文集《经典传播与文化传承:世界文学经典与跨文化沟通国际学术研讨会论文集》(吴玄主编,浙江大学出版社 2011 年版)。后以《思想史语境中的文学经典阐释——问题、路径与窗口》为题,发表于《福建师范大学学报》2012 年第 3 期,获得中国外国文学教学研究会优秀科研成果一等奖(2012 年);福建省第十届哲学社科优秀成果三等奖(2013 年)。

文学现象不仅是现象,背后还有思想。英国历史哲学家柯林伍德说过,可能成其为历史知识的对象的,就只有思想,而不能是任何别的东西。人们必须历史地去思想,必须思想古人做某一件事时是怎么想的。对于各种历史现象和景观,历史学家不是在看着它们,而是要"看透"它们,以便识别其中的思想。由此,柯林伍德强调"一切历史都是思想史",也就是强调历史之成为历史就在于它的思想性,思想史的背后乃是思想的精华,即历史哲学。

联系到文学,文学创作及研究的哲学贫困或思想贫血症,则要引起我们关注。没有充分的"思想"风骨,永不会有经典解读的突破。在某种意义上说,文学史就是且只能是文学思想史,此处指的是,人们在进行文学活动(创作)时,他们头脑中所进行的思想,或他们是在怎么想的。过去所遗留给当下世界的,不仅有遗文、遗物,而且还有其思想方式,即人们迄今仍然借此进行思想的那种思想方式。

循着这样的思路要求,文学经典阐释的语境就要拓展到文学思想史的领域。关于这一问题,我的主要思考是:

第一,将文学经典置于思想史的场域中考察,或利用思想史的角度理解文学经典,不同于运用单一理论方法讨论文学文本的阐释策略。这是我们讨论问题的背景。

第二,思想史语境能够帮助我们理解传统的文学价值观念,如何凸显在我们现在的精神生活中,以及我们思考这些价值观念的基本方式,并反思在不同时代、不同文化中,人们所作出的对文学经典的一系列选择。这标示着该论题的意义。

第三,从思想史视野切入文学经典阐释,便于揭示经典产生及传播过程中的精神价值,反思文学史上某些作品的"被经典化"问题及其意识形态功能,对照现有文学经典史,找寻文学思想史上的失踪者,并感知文学交流进程中那些思想史文本的独到价值。这是该命题关注的焦点之一。

第四,文学文本只有在思想史语境中才能更好地确认其价值与意义。这是我所论的主导观点之一。

第五,拓展经典阐释的学术思想空间,以思想史语境式的解读与分析,得出有益于当下社会及人生的启示价值,才能称得上是有生命力的学术研究。

这是问题的关键,经典阐释的意义正基于此。

下面我具体从五个方面讨论立足于思想史语境阐释文学经典的问题、路径与窗口。

一、问题的提出:"理论 + 文本"阐释策略的弊端

我们往往被告知,文本细读是学好文学专业的重要基础。这当然无错。那我们凭借"什么"去对文本加以"细"读,并写出具有专业色彩的文章?可能首先想到的武器就是理论方法。

但是,理论方法的使用是一把双刃剑:①既能深入地解剖文本,将其隐含的意蕴挖掘出来;②又会不经意挑断(或粗暴砍断)遍布文本周身的血管,使之失去活力,变成活死人,像鲁迅警告的那样:"会把死人说得更死"。

自 20 世纪 80 年代以来,来自欧美的文学批评、文化理论,成为我们反思文学经典研究的重要武器,并在同西方进行比照的过程中发现了自身文学经验与方法的局限与差距。20 世纪 80 年代中期的方法热、90 年代以来的文化研究热和"后"理论热,此起彼伏。由于对西方文学文化尺度的自觉接纳,以及自身学术体制建构的客观需求(特别是外国文学研究与国际接轨心态),我们几乎用二三十年的时间共时地演绎了西方上百年的文学文化观念:从符号学到语言学,从结构主义到解构主义,各路"话语"英雄上阵;新名词、新概念、新"主义"、新"标签"纷至沓来,知识话语繁荣,理论话语膨胀——这种文学批评路径的最大特点就是从既定的概念或理论出发,抽象地演绎、思辨或推理。但渐渐地,人们明智地发现,我们自身思维话语的贫乏以及审美体验的抽离,使我们困惑:难道这种操作起来"方便且省力"的著述路径,其代价就是对文学经验、历史语境、中国立场的放逐?

中国立场、中国问题、中国关怀,这些中国学者在阐释经典(特别是域外文学经典)过程中难以绕开的文化心态,是学术研究充满生机的表现之一。于是,失语症的焦虑以及部分学者的质疑(不是中国传统诗学的失语,而是部分比较诗学研究者自身的失语),都值得我们从学理层面及现实角度上加以考量。就中国传统批评话语与域外文学理论方法而言,两者不能偏废。中

国传统诗学方法是"显微镜",外来的理论话语是"望远镜"。我们不主张:把西方理论当"凸透镜"使用,这样会把文学文本变形,有趣而乏力。更不主张:将西方理论当"哈哈镜"使用,把对文本的阐释,当成一种颠覆式的解构游戏,以吸引人的眼球。也就是说,不能把"理论的消费"(利用),只当作可供我们"消费的理论"看待,应该挖掘理论用之于文本解读而凸显的思想价值,高调体现人文学科的精神向度。重建学院批评的思想空间,提升人文思想的精神魅力,应该成为文学研究(批评)从业者义不容辞的责任。

学者梁海在《当代文坛》2010 年第 4 期发表文章,指出了学院批评面临失语、失信的危机问题:除了来自社会经济意识形态的外在因素外,文学批评本身缺少原创力。看到的总是德里达、福柯、本雅明、杰姆逊、萨义德,读到的依然是"能指、所指、结构主义、镜像、后现代、后殖民"等众多词汇的繁复堆砌,使我们陷入审美疲劳,不再有撼动体验,震动心灵的感觉。

没有震动心灵的感觉,学术研究就失去了生命力。我们对用某个理论解读(套)文本的做法,都不太提倡。试想一想,如果不靠这些理论术语,你能否讲话?是否会失语?国内外都有一些作家解读文学作品(或在高校开设文学导读性的课程),值得关注。他们的评述或许不"全面",但一定是有关"文学"的"内在"批评。文学批评、文学研究的目标,应该是以史为鉴,为当前的文学创作、理论建设或人们的精神需要提供资源与养分。如今还有作家在看学院式的文学批评论文吗?文学论著成为学术界、教育界圈子里的智力游戏,难以发挥引领社会风尚的责任,边缘化的趋势难以避免。对此值得反思。

因此,我们希望文学研究能够:①紧贴历史(作品产生的氛围,学术研究史);②关注现实(立论选题的当下语境);③撼动人的心灵(深度及表述)。一句话,跳出"理论方法 + 文本批评"的解读框架。或者说,理想的学术研究状态在于:从问题点出发,关注细节,见微知著,以跨学科、语境式的解读与分析,得出有益于当下人生与社会的启示价值。

我们提倡:从文学现象(文本)而不是从模式(理论)着手工作。首先使用显微镜(对言语 /parole、文本内容感兴趣),然后再使用望远镜(对语言 /langue 规则、历史语境感兴趣)。用显微镜的方法更适合于进行广泛的比较,能够细读出诸文本之间的异同联系来,不至于让行为主体及其语言受某种特定模式的限制。

二、思想史语境解读文学经典的意义

其实,学术研究的空间是逐次展开的,可以展示为以下几组三层次关系:

一是视角问题:文本分析(借助于理论方法)——学术史研究——思想史视野研究。

二是思路问题:知其然——知其所以"然"(加法:何以如此解释)——知其所以"不然"(减法:失落的是何种思想)。

三是史识问题:真(历史本相的追求,还原研究对象)——真、伪("伪"史料中有真历史,变"假"为真)——真/伪背后的思想意图(伪书中的历史观:福柯式的思想史研究)。

四是寓言问题:蝉(固定的焦"点":固定靶/经典文本)——螳螂(爬跳出的是一条"线")——黄雀(飞出的是一个"面")。

由此可见,思想史研究视野是目前文学研究路径的拓展与提升。在操作层面上,其研究对象的设定可以立足点一个"远"字(时间久远:古代;空间遥远:外国)。对文学历史现象背后思想观念的解读(知其所以"不然"),某种程度上起的是一种解谜揭秘的作用,会对现存观念(意识形态、理论话语)产生一定程度的冲击。反过来说,必须跟后者保持一定距离,才有可能看得(讲得)清楚。

目前,古代中国文学的思想史研究,立足点多为哲学史(思想观念)的研究视角,着眼于学术(思想)史研究的路径。20世纪中国文学的思想史研究,因其跟民族意识形态与国家政权体制的纠结,要真正秉持某种批判立场,尚需假以时日。而对域外文学思想史的探讨,国内学界已有一些研讨会(如北京大学"思想史视野中的19世纪欧洲文学研究")、著作(陆建德、黄梅、胡家峦、殷企平等教授的相关著述)涉及,但总体上尚未有更大的学术群体介入,在研究理念方法上,尚未能有更自觉的认识(对大多数研究者而言),因而亟待需要推进。思想史视域的文学研究,是未来学术研究理念的新的更深层次的增长点。事实证明,用外来的文学理论批评方法,讨论文学现象,产生了这样那样的问题——这既有对外来理论的全面理解问题,也有对文学文本(本土／外国)的深入理解问题(指在历史维度上的解读)。

因而,把文学放到思想史的场域中考察,或利用思想史的方法角度理解文学现象,会发现许多往往为单纯的"理论方法＋文学研究"遮蔽或忽略的现象。不从思想史的角度与高度切入,学术研究的含金量也会打折扣。但,思想史的功夫是深挖(如同新历史主义批评的"厚描")与提炼,基础是有深度的个案研究,并努力在个案深入的基础上"以点带线",对专题研究特别合适,对总体史的写作,会有很大挑战。

通过思想史视野我们可以看到什么? 可以进一步拓展经典阐释的学术思想空间,揭示经典产生传播过程中的思想意义。某种程度上,①文学经典在思想史价值上肯定会散发出无尽的光辉,成为衡量某文本能否成为经典的试金石;②文学经典只有在思想史语境中,才能更好地确认其价值与意义。

对文学研究来说,思想史语境能够帮助我们理解传统的文学价值观念,如何凸显在我们现在的精神生活中,以及我们思考这些价值观念的基本方式,并反思在不同时代、不同文化中,人们所作出的对文学经典的一系列选择。这种立足于思想史语境的理解,可以有助于我们从对这些文学价值观念的主导性解释的控制下解放出来,并对它们进行重新理解。

三、文学经典文本解析的路径

对文学思想史历程的考察,首先要梳理并理解历史进程中文学经典形成的动因,借用福柯知识考古学的说法,不断地发掘经典化进程中权力话语和文本知识之间的关系,考证这些文学经典是怎样一步步被建构起来的。文学的思想史研究应该考证权力和知识的不断纠缠,及其如何产生了现在所认为的一些文学经典"常识"。

因而,福柯的"知识考古学"视角对文学思想史研究有启发作用。他的目的在于用考古学及系谱学的方法,揭示我们现在习惯接受的知识、历史、常识、思想等的合法性及合理性。基础如何建立起来的？凭什么得到这些合法性并拥有了合理性？话语建构了知识的"秩序"。福柯知识考古学最重要的启发，即如胡适所言"从不疑处有疑"（这就是问题意识的重要性，不断追问）。

按照福柯知识考古学的思路，思想（文学文本）的位置和重要性本身，并不是问题；但这种位置和重要性的变化过程，成了需要追问的问题。——何时因何因浮现或埋没？将这样的一个移动、变化、浮动的历史过程描述出来，就构成了新的（文学）思想史。

学术研究有一个重要目的，即所谓"去伪存真"？何为"真"？有两个层次：

其一，历史事实的"真"，所谓历史现象的客观实存性。

其二，建构者心理、思想观念（研究者）的"真"，阐释主体的"真"。这样，以往所谓"伪／假"的材料，倒反而能体现出思想史演进脉络的"真"来。我们在追溯文学史上的"伪／假"现象，重点是发掘建构者内在的心理"真相"。

那么，如何从思想史切入文学阐释？我想不妨从以下六个方面考虑：

第一，挖掘文学经典发生学意义上的思想价值。

第二，在文学史作品经典过程中，那些被遮蔽的文本（思想史上的失踪者），如何彰显其内在价值？

第三，文学史上某些作品的"被经典化"问题（如《牛虻》），如何在类似的文本中发掘其意义。

第四，吸纳异文化因素思考人类大问题的作品，可作为思想史文本对待。比如歌德、海涅等人的作品。

第五，文学的经典化过程在思想史上的意义——教育过程、出版发行、媒体宣传、评论著述（含学术讨论、争论）。那种对思想经典化、经典文本整理（选本、文集、全集）以厘定秩序的工作，思想史不能忽视。

第六，学术史的梳理引入思想史的语境，对历史上的研究成果作"同情性的理解"。

与此相关的是，考察文学经典化的过程，也是关于文学问题的评论史的话题。在此进程中可以揭示文学思想的演进轨迹——民族文化的思想、当时主流的思想、文人集团的思想、底层民众的思想——构建一个立体多元的思想史平台。这是人文科学研究的重要目标。"以史为鉴"是我们研究的重要出发点,这个"史"是:点(历史事件);线(历史事件的连续评价);面(历史事件的多时空多角度的评价史,即跨文化交流形成的文本空间)——要想使镜子的作用,越宽广越深透,必须立足于"线"与"面"的层面来考虑。如此,思想史的研究视域就会凸显。

冯友兰所谓学术研究要:①"跟着讲"——思想史意义上的"停滞",但不是"断裂";②"接着说"——思想史意义上的"赓续",形成关于某一论题的学术史链条。

问题是:文学里的思想史因素如何发掘? 以下这几个方面不妨充分关注:

第一,挖掘文本里的思想史价值,包括异文化因素对作家本人思想认识的转向和文化境界的提升,有何促进? 在作家的知识结构内(考察知识信息的来源:教育经历、游学经验、家庭背景、交游圈子等),哪些奠定了他的思想观念基础,哪些促进了他思想的转变? 作家的思想立场(历史动态的)如何(核心思想意识)? 怎样发生的?

第二,关注文学文本的产生语境(人文愿景、地域文化、时代氛围、作家心态、偶然因素)。

第三,思想史语境里,具体的文学如何产生? 文学文本又如何体现"特定"的思想史色彩? 有何变异及原因? 思想观念的(文学)形象化,或者说,通过文学形象展现思想观念的变异轨迹。所以特别是注意发掘一些够得上是"思想史文本"的文学作品。

第四,慎用"理论＋文本"的评述套路,首要提倡归纳推理法(那么多背景信息的归纳,展示文本生成的历程),慎重认知演绎推理方法的优长及缺憾。

第五,文学作品的价值,有娱乐消闲的一面,但更重要的是有没有思想的内涵,这涉及到作品能否传承的标准。因为,通过文学传达思想价值(采取的是文学的方式),可能更具有穿透力与延展性。

第六,作家文本中,文本的诗性创造(作家的艺术敏感性),如何与深刻的思想史力度相融? 找寻作家广博的文化史知识背景(特别是异域文化知识),以及那些可遇不可求的机缘。

四、激活经典精神内涵的窗口

思想史语境中的文本解读,可以最大限度地激活经典的精神内涵,以及经典的当下意义。

古今、中外对话,目的在探询经典著作解读的当代意义,才能如鲁迅所说"我们不应该把死人说得更死";或如法国哲学家雷蒙·阿隆(1905—1980)所说:"历史是由活着的人和为了活着的人而重建的死者的生活。"或如 20世纪英国历史哲学家柯林伍德所说的"重演"历史:历史事实并不以一种纯粹的形式存在,而总是通过记载历史事实的人的头脑折射出来的;历史学家对于历史人物的见解,要对他们活动背后的思想有一种富于想象力的理解;历史学家须得通过现在的眼睛才能观察和理解过去。①

黑格尔也说:"这些历史的东西虽然存在,却是在过去存在的,如果它们和现代生活已经没有什么关联,它们就不是属于我们的,尽管我们对它们很熟悉;我们对于过去事物之所以发生兴趣,并不只是因为它们在一度存在过。历史的事物只有在属于我们自己的民族时,或是只有在我们可以把现在看作过去事件的结果,而所表现的人物或事迹在这些过去事件的联锁中,形成主要的一环时,只有在这种情况之下,历史的事物才是属于我们的。"②

以上所论历史与现实的互动关系,有助于我们思考文学文本精神内涵的现实语境。

英国剑桥学派思想史研究的代表人物斯金纳强调"要将我们所要研究的文本放在一种思想的语境和话语的框架中,以便于我们识别那些文本的作者在写作这些文本时想做什么,用较为流行的话说,我强调文本的语言行动并将之放在语境中来考察。我的意图当然不是去完成进入考察已经逝去久远的思想家的思想这样一个不可能的任务,我只是运用历史研究最为通常的技术去抓住概念,追溯他们的差异,恢复他们的信仰以及尽可能地以思想家

---

① [英]R.G.科林伍德:《历史的观念》,何兆武、张文杰译,中国社会科学出版社1986年版。
② [德]黑格尔:《美学》第一卷,朱光潜译,商务印书馆1991年版,第346页。

自己的方式来理解他们。"①

　　当然,如果先有一个明确的问题范围和历史观念,就会有限度地寻找历史资料。好比照相,把焦点放在一个地方时,其他的东西就会模糊起来。寻找文献的过程,实际上成了观念观照下的触摸。福柯试图寻找新的方法,称为"把文物变成文献,然后使文献说话"。他以为所有的资料背后,存在一种地层关系,首先把文献还原为文物,然后按照地层关系重新安置,使其成为一个知识的系谱。这里有一个怎样重新看待经典文献的问题,在福柯这里,历史资料不再是真伪在先,而是它处于哪一个地层最重要,知道它在哪一个地层,就等于确定了它在系谱里的位置。真、伪问题,都可以说出它那个时代的话来。在历史重建上可能不是很有用,但是在思想史研究中,却很有用。因为,历史学家把伪史本身当做一种史料看(陈寅恪名言"伪史料中有真历史"),只是要让它变成真的(陈寅恪作为历史学家,要想办法把伪史料放在合适的地方当真史料用,要"变假为真");而思想史家考察的是作伪的原因,不必把它当作真的,因为它背后,同样有当时的心理动机和思想观念,当时人对作伪东西的接受,也有思想观念的作用,这些观念吻合了当时的观念和心理,它就被接受了,好比人们对水货、假名牌的关注与使用。

　　对文学而言,一部文学作品(经典),把它放在何以会被炮制、被漠视、何以大加解释和赞扬、何以又再次被废弃的某某时代,就可以看出很多思想的变迁,看出话语被权力包装起来,或者被权力放逐到一边儿的历史。这就是学术研究史的思想史脉络。当我们把某些争论当作一个思想史事件,逐层考察,可以发现文学思想的很多有趣的背景。

五、何为有生命力的学术研究?

　　所谓有生命力的学术研究,是能够在某课题学术史上留下重重痕迹的研究著述,更是刺激当代人神经,引发思考(反思自身文化处境)的著述。只

---

　　① 　[英]昆廷·斯金纳:《政治的视界》三卷本总序,剑桥大学出版社 2002 年版,第 8 页。转引自《昆廷·斯金纳思想研究》(凯瑞·帕罗内著,李宏图、胡传胜译,华东师范大学出版社 2005 年版)中文版序言第 4 页。

要你的结论是"审慎而非武断"得出来的,就是有活力的学术研究。学者虽然不是立法者,但可能成为社会精神良知的提醒者。

著名历史学者杜维运在谈到历史研究中的归纳方法时说:"得出结论,是使用归纳方法所预期的目标,结论愈新颖,愈能满足心理上的欢欣。新颖以外,是否精确,则待商酌。大抵结论愈新颖,其精确的程度愈低。精确的结论,不在其新颖性,惟在其得出时的审慎性。不急于得出结论,不预期一定得出结论,随时修正既得出的结论,随时放弃既得出的结论,态度百般审慎,结论自然大致趋于精确。"① 国内英语文学研究界,陆建德、黄梅、胡家峦、丁宏为、殷企平、周小仪等人的著述值得认真琢磨。尤其是两本"推敲"英国小说的著述 ②,其研究思路值得关注。

这些著述的研究路径有几个特点:

第一,以文本为出发点,显示了出色的解读文本和人物分析的功夫,特别是把文本的多层次含义一一展现,起到了经典赏析的示范作用。

第二,以中国立场为观念评述的内在参照系,起到了"他者之石"的功效,或者以史为鉴的作用。这种参照系是隐形的,说明中国学者之从事外国文学课题研究的当代(现实)意义。也就是说,把中国背景和中国关怀作为阅读外国文学作品的出发点和旨归,这是我国的英美文学研究领域在新世纪出现了一种可喜的新气象。

正如陆建德在评述黄梅《推敲"自我"》一书时所说:"作者在这一新课题的研究中全面地论证了18世纪英国小说,并充分显示当时的文学作品在反映时代精神的同时也在不断地参与价值观念(不论是道德的还是美学的)建构。作者完全根据自己的阅读经验来展开叙述,概论后面总是有细致精到的文本阅读与分析。尤为难得的是,作者在著述时处处显示出她对当下中国的关怀,并老练地将这种关怀自然融入全书,读了有'撒盐于水,化于无形'之感。"③

黄梅在该书"绪言"中说得很清楚:"18世纪是中国清王朝的康乾盛世;

---

① 杜维运:《史学方法论》,北京大学出版社 2006 年版,第 49 页。
② 黄梅:《推敲"自我":小说在 18 世纪的英国》,三联书店 2003 年版;殷企平:《推敲"进步"话语——新型小说在 19 世纪的英国》,商务印书馆 2009 年版。
③ 黄梅:《推敲"自我":小说在 18 世纪的英国》封底推荐文字,三联书店 2003 年版。

也是英国中产阶级新立宪政体巩固、商业社会初步定型和工业革命发端的时代。此后,这两个体制不同的国家经历了截然相反的命运。……历史的对比发人深思。不仅如此,对于正在快速转向市场经济的中国来说,那时的英国在很多方面都是一个极有意义的参照。18 世纪英国人的经验和教训也就随着'走向未来'和'强国之路'等大型丛书走进我们的视野,当时英国的政治体制、经济运行方式和哲学思想探索对社会发展的促进,引起了中国人的注意和思索。遗憾的是,有关的讨论在相当程度上忽略了那个时代的英国人亲身经历的诸多思想危机和痛切感受到的困惑,以及他们对这些活生生的问题所做出的反应和思考。而这些问题,如国内近期不时出现的关于'现代化的陷阱'、关于'诚信为本'、'道德建设'以及所谓'简单主义生活'的讨论所提示的,乃是今天面对'现代'生存的中国人所无法避免的。因此,作者力图在介绍并评议 18 世纪英国小说的同时,把小说在彼时彼地的'兴起'与'现代社会'的出现联系起来考察,特别注意探究那些作品的意识形态功用,也就是它们与由社会转型引发的思想和情感危机的内在关系。20 世纪末,由于诸多思想文化因素的共同作用,英美乃至整个西方对 18 世纪英国小说的学术兴趣也出现了引人注目的'爆炸'。本书与西方诸多研究 18 世纪文学文化的新论著有所不同,因为上述潜在的中国背景和中国关怀乃是笔者试图重读 18 世纪英国小说的出发点和旨归。"①

殷企平著述"前言"里也说:"如今的中国正处于社会转型时期,当然有必要参照当年英国在经济腾飞道路上的诸多经验,但是更有必要聆听许多英国有识之士在快速发展的旋涡中所发出的心声。聆听这种心声的最好场所莫过于在相应时代写就的小说——恰如怀特海所说,'如果我们希望发现某代人的内心思想,我们必须求助于文学'。"②

或者说,别人的问题,不是我们急迫所关注的问题点。立足于我们的现实处境,才能在外国文本中发现新问题,体验历史遗产的新启示。这是中国学者研究外国文学应有的姿态,也是人文学者对当下社会应有的责任,参与

---

①　黄梅:《推敲"自我":小说在 18 世纪的英国》,三联书店 2003 年版,第 1—2 页。

②　殷企平:《推敲"进步"话语——新型小说在 19 世纪的英国》,商务印书馆 2009 年版,第 1—2 页。

当下的思想建设和文化反思,而非躲进小楼成一统,在狭窄的学术圈子里做道场。拿来主义,以史为鉴。这样的学术研究才见活力,并有持久的生命力。

第三,行文思路中以前人成果(海外名家定论)为对话的对象,有三种角度:印证、补充、质疑并修正。我们著文也会引用前人的成果,但多为我们的论文思路服务,还是比较被动的。他们这些著述直接参与学术对话,这就将自己的著述置于课题学术史的框架内讨论,而非无源之水、无本之木。

第四,重视文本的历史语境。挖掘文学作品中展现的当时人的思想情感结构,多为对正统思想的抵制、质疑,以及自身的困惑,矛盾,而这些思想史上的失踪者,他们的情感需要被正史遮蔽了,进不了社会史、政治史、经济史的范畴,所以,文学中的这些思想情感因子活化了当时的历史语境,使历史充满了质感。文学(作品)与历史(著述)的界限,它们之间的空隙,是我们所要关注的地方。这是思想史语境的文学研究所需要特别注意的地方。

殷企平著述讨论 19 世纪“进步”潮流冲击下的英国社会的情感结构如何? 通过对几个小说家作品的阅读,他试图证明 19 世纪英国的老百姓对“进步”潮流的实际体验和感受,跟官方 / 主流话语对现实的解释大相径庭,也证明小说家们在捕捉社会情感结构方面的具体贡献。这些小说都渗透着一种共同的焦虑:一种对狂奔逐猎般的“进步”速度的疑虑,一种对豪气冲天的“进步”话语的反感,一种对“进步”所需沉重代价的担忧——这就是弥漫于 19 世纪英国社会的情感结构。

第五,理论方法的“化”用,即各种理论方法为我所用,而非被某理论自身的预设所左右。

西方文学理论中,语言转向系列(新批评、结构主义、符号学)是文本解读的利器,但对研究者来说,对文本本身需要先有一个历史文化语境的认知。否则,见树不见林,推导及结论就有随意性,而不是审慎推导出来的。其他西方当代文论(精神分析、原型批评、新历史主义、女性主义、生态批评、后殖民主义批评等),在使用过程中容易出现夸大其词的说法,而失去审慎的眼光。

综上所述,立足于基本文献上的对文学经典的思想史考察,可以得出属于自己的独特而合理的解释,由此才能生发出有生命力的学术研究成果。思想史语境中的文学经典阐释,是朝着有生命力的学术研究进发的重要路标。

附录　作者历年学术成果选编

一、著作出版

1.《雾外的远音:英国作家与中国文化》("十五"国家重点图书),宁夏人民出版社 2002 年版。该著获得第 18 届北方十五省市区哲学社会科学优秀图书奖(2003 年),参加第 36 届英国伦敦国际书展(2006 年)。

2.《他者的眼光:中英文学关系论稿》(宁夏人民教育出版社 2003 年版。该著获福建省人民政府颁发的福建省第六届社科优秀成果三等奖(2005 年)。

3.《中英文学关系编年史》(上海三联书店 2004 年 9 月初版,2005 年 3 月重印。该著获得福州市人民政府颁发的福州市第六届社科优秀成果二等奖(2007 年)。

4.《新时期中国比较文学编年史稿(1978—2004)》(合著),中国档案出版社 2005 年版。

5.《神奇的想象:南北欧作家与中国文化》("十五"国家重点图书,与清华大学教授王宁合著),宁夏人民出版社 2005 年版。

6.《曼德维尔游记》(译著,合译),上海书店出版社 2006 年 9 月初版,2010 年再版。

7.《跨文化语境中的中外文学关系研究》,上海三联书店 2008 年版。该著获得福州市人民政府颁发的福州市第七届社科优秀成果三等奖(2011 年)。

8.《比较文学教程》（执行主编），中国青年出版社 2001 年初版，2003 年二版，2005 年三版。该著获得山东省潍坊市哲学社科优秀成果一等奖（2002 年）。

9.《外国文学学习指南》，宁夏人民教育出版社 2007 年版。该著获得中国外国文学教学研究会 2010 年度优秀科研成果二等奖。

10.《比较文学基础教程》（合著，教育部人才培养模式改革和开放教育试点教材），中央广播电视大学出版社 2009 年版。

11.《外国文学史教程新编》（副主编，国家精品课程配套用书），高等教育出版社 2013 年版。

12.《中英文学交流史》（国家社科基金项目，"十一五"国家重点图书，"十二五"国家出版基金项目），山东教育出版社 2014 年版。

13.《20 世纪中国古代文学在英国的传播与影响》（主编，教育部哲学社会科学重大课题攻关项目），大象出版社 2014 年版。

14.《中国古典文学的英国之旅——英国汉学三大家年谱》（主编，教育部哲学社会科学重大课题攻关项目），大象出版社 2014 年版。

15.《雾外的远音：英国作家与中国文化》（增补修订版，入选"比较文学名家经典文库"），福建教育出版社 2014 年版。

16.《比较文学之路：交流视野与阐释方法》，上海三联书店 2014 年版。

17.《含英咀华——葛桂录教授讲中英文学关系》（入选"比较文学与世界文学名家讲堂"丛书），中央编译出版社 2014 年版。

二、论文发表

1.《新时期比较文学研究综论》，《山东社会科学情报》1991 年第 6 期。

2.《王夫之的诗学理论与现象学文学批评》，《淮阴师范学院学报》1992 年第 3 期。

3.《"诗画同律"与"诗画异质"》，《山东大学研究生学报》1992 年第 4 期。该文获得山东大学研究生优秀论文二等奖。

4.《试论英美诗歌中的戏剧独白特征》，《淮阴师范学院学报》1993 年第 3 期;《新华文摘》1994 年第 3 期。

5.《全国比较文学研究综述》,《文史哲》1993 年第 1 期;《文艺理论》（人大复印资料）1993 年第 3 期全文转载。

6.《苏轼和莱辛诗画观的历史文化内涵比较》,《淮阴师范学院学报》1993 年第 4 期。

7.《诗歌形式系统研究札记》,《淮阴师范学院学报》1994 年第 1 期;《文艺理论》（人大复印资料）1994 年第 6 期转载。

8.《心路历程:〈到灯塔去〉中的隐喻意蕴解读》,《淮阴师范学院学报》1994 年第 3 期。

9.《中西诗歌的想象运思结构模式》,《淮阴师范学院学报》1994 年第 4 期。

10.《中西诗歌的诗境呈现结构模式》,《淮阴师范学院学报》1994 年第 3 期;《文艺理论》（人大复印资料）1994 年第 11 期。

11.《中西诗歌形式流变及其规律的文化意义》,《淮阴师范学院学报》1994 年第 1 期;《文艺理论》（人大复印资料）1994 年第 6 期转载。该文获得淮安市哲学社科优秀成果三等奖（1995 年）。

12.《中西诗歌的情感体验结构模式》,《淮阴师范学院学报》1995 年第 1 期;《高校文科学报文摘》1995 年第 3 期转摘。

13.《中西诗歌形式系统研究论札》,《淮阴师范学院学报》1995 年第 3 期;《高校文科学报文摘》1996 年第 2 期转摘。

14.《比较文学原则在外国文学史教学中的运用》,《淮阴师范学院学报》1995 年第 2 期。

15.《论 R. L. 弗罗斯特的诗歌艺术》,《淮阴师范学院学报》1996 年第 1 期。

16.《外国文学与比较文学论札四则》,《淮阴师范学院学报》1996 年第 2 期。

17.《人类困境的基型:〈公无渡河〉与〈始祖犯罪〉对比解读》,《淮阴师范学院学报》1996 年第 3 期。

18.《比较文学发展问题对话》,《淮阴师范学院学报》1996 年第 4 期;

《高校文科学报文摘》1997 年第 3 期转摘。

19.《中西诗歌形式系统研究中的几个问题》,收入《跨世纪与跨文化》（比较文学论文集）,厦门大学出版社 1996 年版。

20.《论中国精神文化对欧洲的传播及影响》,《东南文化》1996 年第 4 期;《文化研究》（人大复印资料）1997 年第 2 期。该文获得淮安市哲学社科优秀成果二等奖（1998 年）。

21.《新视野、新观念、新方法:学习和研究比较文学的一些体会》,《淮阴师范学院学报》1997 年第 1 期。

22.《论比较文学阐发研究方法的背景、实践及其特征》,《淮阴师范学院学报》1997 年第 4 期。

23.《外国文学史教学与爱国主义教育》,《淮阴师范学院学报》1997 年第 2 期。

24.《西方文化视野中的中国形象及其误读阐释》,《淮阴师范学院学报》1997 年第 1 期;《高校文科学报文摘》1997 年第 4 期。

25.《论中国文化向世界传播的主要途径》,《淮阴师范学院学报》1997 年第 2 期。

26.《边缘对中心的解构:伍尔夫〈到灯塔去〉的另一种阐释视角》,《当代外国文学》1997 年第 2 期;《外国文学研究》（人大复印资料）1997 年第 7 期全文转载。

27.《论跨学科比较文学研究的发展态势及其重大意义》,《社会科学家》1997 年第 5 期。

28.《将纵还收,凄韵悠然:说吴文英〈浣溪沙〉》,《文史知识》1997 年第 11 期。

29.《文化交流中的形象误读与文化相对主义》,《广西民族学院学报》1998 年第 4 期。

30.《威廉·布莱克在中国的接受》,《淮阴师范学院学报》1998 年第 2 期;《外国文学研究》（人大复印资料）1998 年第 5 期全文转载。

31.《建国以后华兹华斯在中国的接受》,《宁夏大学学报》1999 年第 1 期。

32.《文学因缘：林纾眼中的狄更斯》，《淮阴师范学院学报》1999 年第 1 期。

33.《道与真的追寻：〈老子〉与华兹华斯诗歌中的"复归婴孩"观念比较》，《南京大学学报》1999 年第 2 期；《外国文学研究》（人大复印资料）1999 年第 8 期。该文获得南京大学第九届笹川良一奖二等奖（2000 年）；江苏省淮安市哲学社科优秀成果二等奖（2000 年）。

34.《文学翻译中的文化传承：华兹华斯八首译诗论析》，《外语教学》1999 年第 4 期。

35.《"善状社会之情态的迭更司"：民国时期狄更斯在中国的接受》，《淮阴师范学院学报》1999 年第 4 期。

36.《20 世纪下半叶狄更斯在中国的接受》，《西北师范大学学报》1999 年 10 月社会科学专辑。

37.《略论华兹华斯在 20 世纪中国的接受历程》，收入陈敬咏主编《走向 21 世纪的探索》，译林出版社 1999 年版。

38.《关于外国作家眼中的中国形象问题》，《苏东学刊》2000 年第 1 期。

39.《华兹华斯在 20 世纪中国的接受史》，《淮阴师范学院学报》2000 年第 2 期。

40.《狄更斯及其小说在 20 世纪中国的传播与接受》，《苏东学刊》2000 年第 2 期。

41.《"像伏尔泰那样的人是不能抓的"》，《文艺报》2000 年 5 月 30 日。

42.《比较文学课教学与素质教育》，《淮阴师范学院学报》2000 年第 2 期。

43.《比较文学观念与中学语文教学》，《天津师范大学学报》2001 年第 3 期。

44.《华兹华斯及其作品在中国的译介与接受（1900—1949）》，《四川外语学院学报》2001 年第 2 期。

45.《狄更斯：打开老舍小说殿堂的第一把钥匙》，《宁夏大学学报》2001 年第 3 期；《高校文科学报文摘》2001 年第 4 期；《新华文摘》2001 年第 8 期。该文获得南京大学优秀研究生奖（2001 年）。

46.《论王国维的西方文学家传记》,《贵州师范大学学报》2001 年第 4 期。

47.《建设性的后现代精神与新世纪比较文学研究》,《宁夏社会科学》2002 年第 1 期。

48.《20 世纪最早介绍西方文学家的一批文献》,《苏东学刊》2002 年第 2 期。

49.《关于英国作家与中国文化关系的对话》,《中华读书报》2003 年 9 月 2 日国际文化版。

50.《异域文化之镜:他者想象与欲望变形》,《苏东学刊》2003 年第 1 期。

51.《托马斯·卡莱尔与中国文化》,《淮阴师范学院学报》2004 年第 1 期。

52.《以广阔的视野来思考问题》,《文艺报》2004 年 3 月 18 日。

53.《英国文学里的中国形象及其文化阐释》,《中国比较文学教学与研究》(2004 年卷),中国文史出版社 2004 年版。

54.《奥斯卡·王尔德与中国文化》,《外国文学研究》2004 年第 4 期。该文获得 2004 年度《外国文学研究》优秀论文奖（FLS Prize）。

55.《王尔德对道家思想的心仪与认同》,《国际汉学》第十二辑,大象出版社 2005 年版。

56.《"黄祸"恐惧与萨克斯·罗默笔下的傅满楚形象》,《贵州师范大学学报》2005 年第 4 期。

57.《文范长存,学界忠魂——范存忠先生与比较文学》,收入《中国比较文学艰辛之路》,人民日报出版社 2005 年版。

58.《"中国不是中国":英国文学里的中国形象》,《福建师范大学学报》2005 年第 5 期;《文学理论》(人大复印资料)2005 年第 12 期。

59.《一个吸食鸦片者的自白:德·昆西眼里的中国形象》,《宁夏大学学报》2005 年第 5 期。

60.《春蚕蜡炬写春秋:李万钧先生与比较文学》,收入《中国比较文学艰辛之路》,人民日报出版社 2005 年版。

61.《比较文学与素质教育和中学语文教学改革》，收入《中国比较文学十讲》，时代文艺出版社 2005 年版。

62.《论哈罗德·阿克顿小说里的中国题材》，《外国文学研究》2006 年第 1 期；《外国文学研究》（人大复印资料）2006 年第 6 期。

63.《托马斯·柏克小说里的华人移民社会》，《贵州师范大学学报》2006 年第 2 期。

64.《诗人自己的生命写照——读朱湘的十四行诗〈Dante〉》，《名作欣赏》2006 年第 8 期。

65.《欧洲中世纪一部最流行的非宗教类作品——〈曼德维尔游记〉的文本生成、版本流传及中国形象综论》，《福建师范大学学报》2006 年第 4 期。

66.《中英文学关系研究的历史进程及阐释策略》，《四川外语学院学报》2006 年第 4 期；《新华文摘》2006 年第 22 期。

67.《文学交流史研究：文献史料、阐释立场与学术期待》，《文汇读书周报》2006 年 7 月 28 日。

68.《范存忠的〈中国文化在启蒙时期的英国〉导读》，收入《中外比较文学名著导读》，浙江大学出版社 2006 年版。

69.《"但丁的诗给了我很大的勇气"——巴金与但丁》，《巴金研究》2006 年第 2、3 期。

70.《"中国画屏"上的景象——论毛姆眼里的中国形象》，《盐城师范学院学报》2007 年第 1 期。

71.《托马斯·卡莱尔对儒家政治的采撷与利用》，《国际汉学》第十五辑，大象出版社 2007 年版。

72.《中外文学关系研究的学科属性、现状与展望》，《世界文学评论》2007 年第 1 期。

73.《论毛姆眼里的中国形象》，《英美文学研究论丛》2007 年第 1 期。人大复印资料《外国文学研究》2008 年第 7 期全文转载。

74.《中外文学关系研究 30 年》，《烟台大学学报》2008 年第 4 期。

75.《文学因缘：王国维与英国文学》，澳门《中西文化研究》2009 年第 2 期。

76.《I. A. 瑞恰慈与中西文化交流》,《福建师范大学学报》2009 年第 2 期。

77.《亟待加强中外文学关系史料学研究》,《跨文化对话》第二十四辑,江苏人民出版社 2009 年版。

78.《文化遭遇与异族想象:唐代文学中的天竺僧形象》(合作),《浙江工商大学学报》2009 年第 2 期。

79.《外国文学史教学与比较文学原则》,收入林精华等主编《外国文学史教学和研究与改革开放 30 年》,北京大学出版社 2009 年版。

80.《中外文学关系的史料学研究及其学科价值》,收入吴光主编《比较文学研究》,《中华文化研究集刊》第八辑,上海古籍出版社 2009 年版。

81.《英国文学里的中国形象》,收入董晓选编《中国视角下的外国文学研究》下册,南京大学出版社 2009 年版。

82.《唯美主张与伦理实践的悖论:奥斯卡·王尔德"谎言"的衰落》,《外国文学研究》2010 年第 1 期。

83.《西方的中国叙事与帝国认知网络的建构运行——以英国作家萨克斯·罗默塑造的恶魔式中国佬形象为中心》,《文学评论丛刊》2010 年第 1 期。

84.《Shanghai、毒品与帝国认知网络——带有防火墙功能的西方之中国叙事》,《福建师范大学学报》2010 年第 3 期,人大复印资料《外国文学研究》2010 年第 9 期全文转载。该文获得福建省第九届哲学社科优秀成果二等奖(2011 年)。

85.《域外影响下的于赓虞诗学理论》(合作),《贵州师范大学学报》2011 年第 1 期。

86.《我们的人文教育究竟缺少什么?》,《大学生 GE 阅读》第六辑,中国传媒大学出版社 2011 年版。

87.《守望心中的精神灯塔——漫谈外国文学作品里的罪与罚》,《大学生 GE 阅读》第七辑,中国传媒大学出版社 2011 年版。

88.《中外文学关系的史料学研究及其学科价值》,《跨文化对话》第二十九辑,三联书店 2012 年版。

89.《〈老人与海〉新论》，《大学生 GE 阅读》第八辑，中国传媒大学出版社 2012 年版。

90.《中外文学关系编年史研究的学术价值及现实意义》，《山东社会科学》2012 年第 1 期。

91.《人，究竟有多大能耐？——重读〈老人与海〉》，《汉语言文学研究》2012 年第 2 期。

92.《思想史语境中的文学经典阐释——问题、路径与窗口》，《福建师范大学学报》2012 年第 3 期。该文获中国外国文学教学研究会优秀科研成果一等奖（2012 年）；福建省第十届哲学社科优秀成果三等奖（2013 年）。

93.《奥威尔与萧乾、叶公超交游考》（合作），《新文学史料》2012 年第 4 期。

94.《这一粒粒有灵性的沙子——文学院 2012 年度文学创作大赛优秀作品集〈青春的纪程〉序言》，海峡文艺出版社 2013 年版。

95.《明智：非理论的智慧》，《大学生 GE 阅读》第十一辑，中国传媒大学出版社 2014 年版。

96.《立体的学术史研究：文献、学术、思想——以中国的外国文学学术史研究为例》，《中国社会科学报》2014 年 1 月 3 日。

97.《思想史语境里的他者形象研究——关于比较文学形象学研究方法的反思》，《福建师范大学学报》2014 年第 4 期。

后 记

　　我自 20 世纪 90 年代初期开始研习比较文学,主要学术领域为中外(中英)文学关系。近年来尝试涉及英语文学思想史研究领域,提倡在思想史语境中阐释文学经典,进一步拓展文学关系研究的学术空间。

　　在拙著《跨文化语境中的中外文学关系研究》(上海三联书店 2008 年版)的"代后记"中,我曾谈及研习中外文学关系的几点体会:①史料积累及对史料学的研讨;②学术研究规范的把握与自觉运用;③学术引路人的重要性;④一个学术领域的开拓有待于一批有志者的加入,等等。我也常让自己的研究生分享这些收获并希望他们更好地传承下去。确实,一个学术方向需要众多同道勉力耕耘,方能结出丰硕的成果。中英文学关系一直是我最重要的博士、硕士招生方向,以及博士后招收的学术领域。拙著《比较文学之路:交流视野与阐释方法》(上海三联书店 2014 年版)的代后记"向无知与偏执挑战——我的比较文学研习体会"里,曾附录指导的研究生毕业论文 47 篇,其中涉及中英文学关系方向的博士论文 4 篇、硕士论文 25 篇,有 8 篇获得福建省优秀博士论文奖或福建师范大学优秀硕士论文一、二等奖。在出版的十余部著述中,涉及中英文学关系方面的专著有 8 部(包括 4 部即将出版的)、译著(合译)1 部、论文 43 篇。已出版的 4 部学术专著均先后获得省、市人民政府颁发的学术奖励,2 篇论文先后获得福建省哲学社科优秀成果二、三等奖。近十年主持过中英文学关系研究领域的国家社科基金一般项目、国家社科基金重大招标课题子项目、教育部哲学社科重大课题攻关项目、福建省社科规划重点项目、福建省新世纪优秀人才支持计划项目等课题 7 项,全面覆盖了中英文学关系研究的诸领域,包括文献整理(史料编年、年谱编撰、史料学)、交流史专题研究、英国汉学研究、中国的英国文学接受史及学术史研究等。

如今人生闯入不惑之年已过半,不时会瞻前顾后,回首过去是为了将来看得更远,总结过往是希望能在更高层次上提升。因而不揣浅陋,将自己研习比较文学的一些学术成果附录于前。同样,编选这本文集《经典重释与中外文学关系新垦拓》,也是想借此小结一下从事学术研究的一些收获,感怀那些读书思考的岁月。

这本自选集是我二十年来研究中外文学关系与经典重释的代表性成果汇集。岁末盘点自己发表的 90 余篇论文,从中选出 24 篇,根据内容分为四辑:第一辑涉及中外文学关系学科建构与方法反思的诸多话题,包括中外文学关系的学科属性及阐释策略、学术史、编年史、史料学研究的价值意义,并立足于思想史语境反思比较文学形象学研究方法。第二辑专题研讨英国作家与中国文化的关系,既从总体上呈示了英国文学里的中国形象,揭示出英国作家对中国文化的他者想象与文化利用;也分别阐述了王尔德、毛姆、哈罗德·阿克顿、瑞恰慈对中国文化的选择、借鉴与接受特征;并考察了中世纪《曼德维尔游记》的文本生成、版本流传及中国形象塑造,以及英国作家之中国叙事在西方殖民帝国认知网络上的防火墙功能,及其构成东西方跨文化交往障碍的深层忧虑。第三辑选择了几篇涉及英国作家在中国译介及影响的论文,全面呈现出华兹华斯、狄更斯在 20 世纪中国接受影响的行行足迹,并展示了王国维与英国作家的文学因缘。第四辑主要是《老人与海》、《到灯塔去》、华兹华斯诗歌等文学经典的重读再释,并提出了从思想史语境阐释文学经典的问题、路径与窗口,以期生发出更有生命力的学术研究成果。该书是目前国内学界关于中外(中英)文学关系研究领域学术成果的汇集,并在国内比较文学与外国文学研究界较早倡导在思想史语境中重释经典文本,进而拓展文学关系领域的阐释空间。

收入本书的论文,均曾在《外国文学研究》、《当代外国文学》、《国际汉学》、《跨文化对话》、《英美文学研究论丛》、《南京大学学报》、《福建师范大学学报》、《山东社会科学》、《四川外语学院学报》、《西北师范大学学报》、《宁夏大学学报》、《汉语言文学研究》、澳门《中西文化研究》等学术期刊上公开发表过。其中,数篇被《新华文摘》转摘、人大复印资料《文艺理论》、《外国文学研究》专题全文转载,几篇论文获得福建省哲学社科优秀成果二、三等奖,中国外国文学教学研究会优秀科研成果一等奖,专业权威期刊《外国文学研究》优秀论文奖等,多篇论文收入《中国比较文学年鉴》。衷心感谢这些学术期刊审稿专家及组稿编辑的关爱与指教,让我的研究成果能够及时发表以求教于学界同仁。

感谢在我问学及成长道路上的诸多前辈学者与学界时贤,还有我供职的福建师大校领导与文学院全体同仁。没有他们的提携与鼓励,自己的学术面目难以如此清晰。在拙著《雾外的远音:英国作家与中国文化》、《他者的眼光:中英文学关系论稿》、《中英文学关系编年史》、《跨文化语境中的中外文学关系研究》、《比较文学之路:交流视野与阐释方法》、《中英文学交流史》等的后记中,均回顾过自己的受业经历及研习体会,感念过众多以各种方式对我关心爱护的专家好友,在此不再赘述。

最后,感谢福建师范大学文学院中国现当代文学国家重点学科资助刊行《桂堂文库》,将拙著收入其中。感谢人民出版社的詹素娟女士及其同事们的辛勤而出色的工作,促成本书的顺利出版。

葛桂录

2013 年 12 月 20 日深夜

于康山里寓所